IAN RANKIN

Der kalte Hauch der Nacht

Buch

Früher diente Queensberry House in Edinburghs historischem Stadtkern als Krankenhaus, nun wird es umgebaut, um demnächst das schottische Parlament zu beherbergen. In vergangenen Jahrhunderten sollen in dem Gebäude schreckliche Gräueltaten verübt worden sein, Gespenster, heißt es, suchen die Gänge noch heute heim. Mit Spukgeschichten ist die Gruppe von Polizeibeamten allerdings nicht zu beeindrucken, die an einem frostigen Wintermorgen durch das künftige Parlament geführt wird. Doch dann wird Detective Inspector Rebus mit seinen Kollegen Zeuge, wie Restauratoren die mumifizierten Überreste eines Mannes finden, der vor mindestens zwanzig Jahren getötet worden sein muss. Kurz darauf wird ein weiterer Toter entdeckt – und die Serie mysteriöser Vorfälle reißt nicht ab: Als sich wenig später ein Obdachloser von einer Brücke in den Tod stürzt, finden sich in seinem Nachlass ein Sparbuch über 400 000 Pfund sowie ein Zeitungsartikel über den bislang unidentifizierten Toten aus Queensberry House. Trotz Anfeindungen aus den eigenen Reihen macht sich Rebus daran, die Verbindung zwischen den drei Fällen aufzudecken, und mit Hilfe einer jungen Kollegin entreißt er der Vergangenheit Stück für Stück ihre dunkelsten Geheimnisse – obwohl ihn das nicht nur die Karriere, sondern auch das Leben kosten könnte...

Autor

Ian Rankin, geboren 1960, gilt als Großbritanniens führender Krimiautor, und seine Romane sind aus den internationalen Bestsellerlisten nicht mehr wegzudenken. Ian Rankin wurde unter anderem mit dem Gold Dagger für »Das Souvenir des Mörders«, dem Edgar Ellen Poe Award für »Tore der Finsternis« und dem Deutschen Krimipreis für »Die Kinder des Todes« ausgezeichnet. »Soll er sterben« erhielt als bester Spannungsroman des Jahres den renommierten British Book Award. Der Autor lebt mit seiner Frau und seinen beiden Söhnen in Edinburgh. Mehr Informationen zum Autor und seinen Büchern unter www.ianrankin.net

Die Rebus- Romane in chronologischer Reihenfolge:

Verborgene Muster (44607) • Das zweite Zeichen (44608) • Wolfsmale (44609) • Ehrensache (45014) • Verschlüsselte Wahrheit (45015) • Blutschuld (45016) • Ein eisiger Tod (45428) • Das Souvenier des Mörders (44604) • Die Sünden der Väter (45429) • Die Seelen der Toten (44610) • Der kalte Hauch der Nacht (45387) • Puppenspiel (45636) • Die Tore der Finsternis (45833) • Die Kinder des Todes (46314) • So soll er sterben (46440) • Im Namen der Toten (gebundene Ausgabe, 54606)

Außerdem lieferbar:

Der diskrete Mr. Flint. Roman (Klappenbroschur, 54623)

Ian Rankin

Der kalte Hauch der Nacht

Roman

Aus dem Englischen
von Christian Quatmann

GOLDMANN

Die Originalausgabe erschien 2000
unter dem Titel » Set in Darkness «
bei Orion, London

7. Auflage
Taschenbuchausgabe Dezember 2002
Copyright © der Originalausgabe 2000
by Ian Rankin
Copyright © der deutschsprachigen Ausgabe 2001
by Wilhelm Goldmann Verlag, München,
in der Verlagsgruppe Random House GmbH
Umschlaggestaltung: Design Team München
Umschlagfoto: Wolf Hüber
Druck und Bindung: GGP Media GmbH, Pößneck
AB · Herstellung: Str
Printed in Germany
ISBN 978-3-442-45387-0

www.goldmann-verlag.de

Für meinen Sohn Kit
– dem all meine Hoffnung, meine Träume
und meine ganze Liebe gelten

Muss auch meine Seele sich dereinst ergeben,
wird sie sich zu neuem Licht erheben.
Denn zu sehr geliebt hab ich die Sterne,
die auch weiterhin mir leuchten aus der Ferne.

Sarah Williams, »The Old Astronomer to his Pupil«

Erster Teil
Zerstobene Hoffnungen

Und dieses lange schmale Land
so voller Versprechungen…

Deacon Blue, »Wages Day«

1

Es wurde schon dunkel, als Rebus von dem Führer der Gruppe den gelben Helm entgegennahm.

»Das hier dürfte früher der Verwaltungstrakt gewesen sein«, sagte der Mann. Er hieß David Gilfillan und arbeitete für die Schottische Nationalstiftung. Er leitete die baugeschichtliche Erforschung von Queensberry House. »Das ursprüngliche Gebäude stammt aus dem späten 17. Jahrhundert. Der erste Besitzer war ein gewisser Lord Hatton. Wenig später ist es dann in den Besitz des ersten Herzogs von Queensberry gelangt und wurde bedeutend erweitert. Das Gebäude muss damals eines der größten Häuser in Canongate gewesen sein – nur einen Steinwurf von Holyrood entfernt.«

Um sie her waren die Abbrucharbeiten in vollem Gang. Zwar sollte das klassische Queensberry House erhalten bleiben, doch die späteren Erweiterungen des Gebäudes mussten weichen. Auf den Dächern hockten Arbeiter, deckten die Dachziegel ab und banden sie zu kleinen Päckchen zusammen. Dann ließen sie die Stapel an Seilen zu den unten bereitstehenden Transportwägelchen hinab. Überall lagen geborstene Ziegel herum und bezeugten, dass die Arbeiten nicht ganz ungefährlich waren. Rebus setzte den Helm auf und gab sich redlich Mühe, Gilfillan wenigstens halbwegs interessiert anzusehen.

Alle hatten zu ihm gesagt, dass dieser Auftrag etwas zu bedeuten hatte. Angeblich war er hier, weil die Chefs in der Zentrale etwas mit ihm vorhatten. Doch Rebus wusste es besser. Er wusste, dass sein Boss, Hauptkommissar »Farmer« Watson, ihn nur vorgeschlagen hatte, weil er Rebus weitere Schwierigkeiten ersparen und ihn sich selbst vom Leib halten wollte. Ja, so einfach war das. Und falls, ja falls Rebus den Auftrag klaglos übernehmen und ausführen sollte, bestand vielleicht die vage Möglichkeit, dass Watson seinen geläuterten Mitarbeiter eventuell wieder mit seiner Huld beglücken würde.

Sechzehn Uhr an einem Dezembernachmittag in Edinburgh. John Rebus hatte die Hände in die Taschen seines Regenmantels geschoben. Die Ledersohlen seiner Schuhe hatten sich bis obenhin mit Wasser voll gesogen. Gilfillan trug grüne Gummistiefel. Rebus fiel auf, dass die Füße von Inspektor Derek Linford in einem fast identischen Paar steckten. Wahrscheinlich hatte er sich mit dem Bauhistoriker vorher noch rasch telefonisch über die modischen Erfordernisse der Jahreszeit verständigt. Linford war der klassische Karrieretyp und hatte gute Aussichten, es im Präsidium noch weit zu bringen. Er war Ende zwanzig, konnte sich von seinem Schreibtisch kaum losreißen und liebte seinen Job über alles. Etliche seiner Kollegen – die meist älter waren als er – ließen schon mal vorsorglich verlauten, dass man sich mit Derek Linford besser nicht anlegen sollte. Vielleicht hatte der Mann ja ein gutes Gedächtnis. Und vielleicht würde er sich eines Tages in der Zentrale im Zimmer 279 häuslich einrichten und sie alle aus der Vogelperspektive betrachten.

Die Zentrale: das Polizeipräsidium in der Fettes Avenue; 279: das Büro des Polizeipräsidenten.

Linford hatte sein Notizbuch aufgeschlagen. Zwischen den Zähnen hielt er einen Stift. Er lauschte den Ausführungen. Ja, der Mann hörte wirklich zu.

»Vierzig Adelige, sieben Richter, Generäle, Ärzte, Bankiers…« Gilfillan berichtete seinen Zuhörern gerade, wie wichtig Canongate in der Geschichte der Stadt einmal gewesen war. Und kam dabei auch auf die nahe Zukunft zu sprechen. Die Brauerei auf dem Grundstück neben Queensberry House sollte im folgenden Frühjahr abgerissen und an dieser Stelle später das neue Parlamentsgebäude errichtet werden, und zwar direkt gegenüber Holyrood House, der Residenz der Königin in Edinburgh. Auf der anderen Straßenseite entstand gerade der naturhistorische Themenpark Dynamic Earth. Der Rohbau des Redaktionsgebäudes der größten Tageszeitung der Stadt gleich daneben war derzeit noch ein undurchschaubares Gewirr von Stahlstützen und -trägern. Und wieder gegenüber dieser Baustelle wurde bereits das Gelände für den Bau eines Hotels und eines Luxus-Appartementhauses erschlossen. Rebus befand sich also im Zentrum der wohl größten Baustelle in der Geschichte der Stadt Edinburgh.

»Sie werden Queensberry House vermutlich alle als Krankenhaus kennen«, sagte Gilfillan. Derek Linford nickte, wie er fast jede Mitteilung des Mannes mit einem verständnisvollen Nicken beschied. »Wo wir jetzt stehen, war früher einmal ein Parkplatz.« Rebus beäugte die schmutzstarrenden LKWs des Abrissunternehmens. »Doch bevor das Gebäude als Krankenhaus gedient hat, war es eine Kaserne. Das unbebaute Gelände hier war damals ein Exerzierplatz. Unsere Grabungen haben ergeben, dass sich *noch früher* an dieser Stelle ein französischer Garten befunden hat. Vermutlich hat man das Gelände später aufgeschüttet und in einen Exerzierplatz umgewandelt.«

Rebus betrachtete im Dämmerlicht Queensberry House. Die grauen, fast verwahrlosten Mauern des Gebäudes wirkten irgendwie ungeliebt. In den Dachrinnen wuchs Gras. Ein riesiges Gebäude. Trotzdem konnte er sich nicht erinnern, es je gesehen zu haben, und das, obwohl er in seinem Leben ganz sicher ein paar hundert Mal daran vorbeigefahren war.

»Meine Frau hat früher mal hier gearbeitet«, berichtete einer der Anwesenden, »als hier noch ein Krankenhaus war.« Dies sagte Detective Sergeant Joseph Dickie, der im Polizeirevier am Gayfield Square arbeitete. Die ersten beiden von den bislang vier Zusammenkünften des Polizei-Parlaments-Verbindungskomitees – PPVK – hatte er geschwänzt. Seinen Namen verdankte das Komitee den Mysterien bürokratischer Sprachschöpfung. Allerdings handelte es sich bei der Gruppe in Wahrheit nur um ein Unterkomitee, und zwar um eines von mehreren, deren Aufgabe es war, für sämtliche das schottische

Parlament betreffende Sicherheitsfragen Lösungen zu finden. Dem PPVK gehörten acht Mitglieder an, darunter auch ein Vertreter des Schottland-Ministeriums und eine finstere Gestalt, die sich als Mitglied von Scotland Yard ausgab. Als Rebus jedoch bei der Londoner Stadtpolizei Erkundigungen eingezogen hatte, war der Mensch dort niemandem bekannt. Rebus war sicher, dass der Mann – Alec Carmoodie – dem Geheimdienst MI5 angehörte. An diesem Nachmittag war Carmoodie allerdings nicht anwesend und ebenso wenig Peter Brent vom Schottland-Ministerium, ein Herr, der ebenso durch sein markant geschnittenes Gesicht wie durch seine erstklassig geschneiderten Anzüge auffiel. Brent gehörte nämlich mehreren Unterkomitees an und hatte sich an diesem Tag von seiner Pflicht mit der unabweisbaren Entschuldigung entbinden lassen, dass er das Haus bereits zweimal als Begleiter durchreisender Würdenträger besichtigt habe.

An diesem Tag bestand die Gruppe deshalb nur aus sechs Leuten. Die drei anderen waren Inspektor Ellen Wylie, die im Präsidium am Torphichen Place in der Abteilung C arbeitete. Es schien sie nicht weiter zu stören, dass sie die einzige Frau in dem Komitee war. Anscheinend sah sie in der Arbeit einen ganz normalen Job und stellte bei den Zusammenkünften kluge Fragen, auf die niemand eine Antwort wusste. Inspektor Grant Hood versah genau wie Rebus seinen Dienst in der St. Leonard's Street. Zu zweit waren sie deshalb vertreten, weil die Holyrood-Baustelle und auch das künftige Parlament zu ihrem Bezirk gehörten. Obwohl Rebus in demselben Revier arbeitete wie Hood, kannte er ihn kaum. Sie hatten bis dahin nur selten dieselbe Schicht gehabt. Das fünfte Mitglied des PPVK – nämlich Inspektor Bobby Hogan von der Abteilung D in Leith – hingegen kannte Rebus sehr wohl. Schon bei der ersten Zusammenkunft hatte Hogan Rebus beiseite genommen.

»Was, zum Teufel, machen wir hier eigentlich?«

»Mich haben sie strafversetzt«, hatte Rebus entgegnet. »Und wieso bist du hier?«

Hogan hatte in dem Raum umhergeblickt. »Mein Gott, schau dir bloß mal diese Grünschnäbel an. Verglichen mit denen sind wir doch Altes Testament.«

Rebus musste unwillkürlich lächeln, als er jetzt daran zurückdachte, und zwinkerte Hogan zu. Hogan schüttelte kaum merklich den Kopf. Rebus wusste haargenau, was der Mann dachte: Reine Zeitverschwendung. Für Bobby Hogan war fast alles Zeitverschwendung.

»Wenn Sie mir bitte folgen wollen«, sagte Gilfillan, »dann können wir uns innen etwas umschauen.«

Auch aus Rebus' Sicht war diese Führung reine Zeitverschwendung. Aber da es das Komitee nun mal gab, musste es ja irgendwie beschäftigt werden. Und so schlenderten sie also durch die dunklen Innenräume von Queensberry House. Die einzige Beleuchtung waren ein paar schwache Baulampen und die Taschenlampe, die Gilfillan mitgebracht hatte. Als sie jetzt die Treppe hinaufgingen – da niemand den Aufzug benutzen wollte –, fand Rebus sich plötzlich neben Joe Dickie wieder, der schon zum zweiten Mal fragte:

»Schon die Spesenabrechnung eingereicht?«

»Nein«, erwiderte Rebus.

»Je früher Sie die Belege einreichen, um so früher kriegen Sie Ihre Kohle.«

Während der Zusammenkünfte des Komitees war Dickie meist damit beschäftigt gewesen, irgendwelche Figuren auf seinen Notizblock zu malen. Rebus hatte noch nie gesehen, dass der Mann auch nur ein Wort, geschweige denn einen Satz zu Papier gebracht hatte. Dickie war Ende Dreißig, ein kräftig gebauter Mann, dessen Kopf irgendwie an eine Kanonenkugel erinnerte. Er hatte kurz geschorenes schwarzes Haar und auffällig kleine, runde Augen – wie bei einer Porzellanpuppe. Als Rebus Bobby Hogan von diesem Vergleich erzählte, hatte der nur bemerkt, dass eine Puppe mit Joe Dickies Zügen ganz sicher »jedes Kind in Angst und Schrecken versetzen« würde.

»Er macht ja mir sogar Angst«, hatte Hogan noch hinzugefügt, »obwohl ich schon erwachsen bin.«

Als sie jetzt die Treppe hinaufstiegen, musste Rebus wieder lächeln. Ja, er war froh, dass Bobby Hogan mit von der Partie war.

»Übrigens«, ließ Gilfillan gerade verlauten, »haben wir einen unserer aufregendsten Funde auf dem Dachboden gemacht. Man hat nämlich irgendwann über dem alten ein neues Dach errichtet. Und als wir uns die Sache näher angeschaut haben, sind wir dort oben auf die Überreste eines Turms gestoßen. Man muss allerdings eine Leiter hinaufsteigen, um in den Hohlraum zu gelangen, aber falls jemand Interesse hat...?«

»Oh ja, sehr gerne«, sagte eine Stimme. Derek Linford: Rebus kannte sein Näseln inzwischen nur allzu gut.

»Schleimer«, flüsterte eine andere Stimme neben Rebus. Natürlich Bobby Hogan, der das Schlusslicht bildete. Ein Kopf drehte sich um: Ellen Wylie. Sie hatte gehört, was Hogan gesagt hatte. Auf ihrem Gesicht lag der Anflug eines Lächelns. Rebus sah Hogan an, der nur mit den Achseln zuckte und ihm zu verstehen gab, dass Wylie nach seiner Ansicht sauber war.

»Und wie gelangt man später vom Queensberry House zum Parlament? Sind da spezielle Verbindungsgänge vorgesehen?« Wieder stellte Linford die Frage. Er ging ganz vorne direkt neben Gilfillan. Die beiden waren inzwischen hinter einer Krümmung der Treppe verschwunden, so dass Rebus nur mit Mühe Gilfillans zögerliche Antwort verstehen konnte.

»Das weiß ich leider auch nicht.«

Der Tonfall seiner Stimme sagte alles: Er war Bauhistoriker und nicht Architekt. Sein Job war es, sich mit der Vergangenheit des Anwesens auseinander zu setzen, dessen Zukunft ging ihn nichts an. Ja, er wusste selbst nicht mal genau, wieso er die Leute hier eigentlich durch das Gebäude führte, man hatte ihn schlicht darum gebeten. Hogan verzog das Gesicht, und jeder in seiner Nähe wusste, was er dachte.

»Und wann soll das Gebäude fertig sein?«, fragte Grant

Hood. Eine leichte Frage, und sie alle kannten bereits die Antwort. Rebus verstand, was Hood wollte – Gilfillan trösten, indem er ihm eine Frage stellte, die der Mann beantworten konnte.

»Baubeginn ist im Sommer«, ließ Gilfillan verlauten. »Im Herbst 2001 soll dann alles fertig sein.« Sie hatten das Zwischengeschoss erreicht und konnten jetzt mehrere Gänge erkennen, die zu den verschiedenen Stationen des ehemaligen Krankenhauses führten. Die Wände waren teilweise aufgestemmt und die Fußböden aufgerissen – offenbar hatten sich die Planer zunächst einen Eindruck vom Zustand der Bausubstanz verschafft. Rebus blickte aus einem der Fenster. Unten packten die Arbeiter gerade ihre Sachen zusammen. Inzwischen war es fast dunkel und zu gefährlich, auf irgendwelchen Dächern herumzuklettern. Ein Stück entfernt auf dem Gelände stand ein Sommerhaus. Es war ebenfalls zum Abriss freigegeben. Und dann gab es noch einen einsamen Baum inmitten einer Trümmerlandschaft. Die Königin hatte ihn höchstpersönlich gepflanzt. Ohne ihre Einwilligung konnte man ihn unter gar keinen Umständen entfernen oder gar fällen. Laut Gilfillan war die Erlaubnis inzwischen erteilt und das Schicksal des Baumes somit besiegelt. Ob dort unten wieder ein Garten oder nur ein Parkplatz entstehen würde, wusste niemand so genau. 2001 schien noch ziemlich weit weg. So lange hier noch gebaut wurde, tagte das Parlament in der Assembly Hall der Kirche von Schottland oben auf The Mound. Das Komitee hatte das Gebäude und die angrenzenden Häuser schon zweimal inspiziert. In den benachbarten Bürokomplexen sollten nämlich bis zur Fertigstellung des neuen Parlamentssitzes die Mitglieder des schottischen Parlaments ihrer Arbeit nachgehen. Bobby Hogan hatte einmal in einer Sitzung gefragt, warum die Herrschaften denn »nicht warten können, bis die Bude an der Holyrood Road fertig ist«, wie er sich ausdrückte. Peter Brent, der Beauftragte der Schottland-Ministeriums, hatte ihm daraufhin einen völlig entgeisterten Blick zugeworfen.

»Weil Schottland bereits *jetzt* ein Parlament braucht.«

»Komisch, dass wir dreihundert Jahre ohne ausgekommen sind ...«

Als Brent gerade eine lange Rede halten wollte, hatte Rebus eingeworfen: »Bobby, jedenfalls nehmen sie sich genügend Zeit für die Planung und Ausführung.«

Hogan hatte gelächelt. Er wusste nämlich genau, dass Rebus über das kurz zuvor eröffnete Schottische Nationalmuseum sprach. Die Königin war zur offiziellen Eröffnung eigens angereist, obwohl der Bau noch gar nicht fertig gewesen war. Man hatte die Gerüste und die Farbeimer bis zu ihrer Abreise einfach hinter irgendwelchen Planen verschwinden lassen.

Gilfillan stand jetzt neben einer ausziehbaren Leiter und wies zu einer Klappe in der Decke hinauf.

»Das ursprüngliche Dach ist gleich da oben«, sagte er. Derek Linford stand bereits mit beiden Füßen auf der untersten Sprosse. »Sie brauchen gar nicht ganz hinaufzusteigen«, fuhr Gilfillan fort, als Linford sich in Bewegung setzte. »Wenn ich mit der Taschenlampe hinaufleuchte ...«

Doch Linford war bereits auf dem Dachboden verschwunden.

»Am besten, wir machen die Klappe dicht und hauen einfach ab«, sagte Bobby Hogan und lächelte unschuldig.

Ellen Wylie zog die Schultern hoch. »Merkwürdige Atmosphäre hier ...«

»Meine Frau hat hier im Haus mal 'n Gespenst gesehen«, sagte Joe Dickie. »Aber nicht nur sie, auch ihre ehemaligen Kollegen. Eine weinende Frau. Meistens saß sie am Fußende eines Bettes.«

»Vielleicht 'ne Patientin, die hier gestorben ist«, gab Grant Hood zu bedenken.

Gilfillan drehte sich zu ihnen um. »Die Geschichte kenne ich. Die Frau war die Mutter eines Bediensteten hier. An dem Abend, als der Unionsvertrag zwischen Schottland und England unterzeichnet wurde, hat ihr Sohn hier gearbeitet. Der arme Kerl wurde ermordet.«

Linford teilte von oben mit, dass er die Stufen gefunden hatte, die zu dem Turm hinaufführten, doch niemand hörte ihm zu.

»Ermordet?«, fragte Ellen Wylie.

Gilfillan nickte. Der Kegel seiner Taschenlampe zuckte an den Wänden hin und her und tauchte die Spinnweben in gleißendes Licht. Linford versuchte gerade, ein Graffito an der Wand zu entziffern.

»Sieht aus wie eine Jahreszahl … 1870, glaub ich.«

»Wissen Sie eigentlich, dass Queensberry der Architekt des Unionsvertrages gewesen ist?«, sagte Gilfillan. Er spürte, dass seine Zuhörer sich plötzlich für seine Ausführungen interessierten. »Damals, 1707.« Er kratzte mit dem Schuh über die bloßen Fußbodendielen. »Ja, genau an dieser Stelle ist damals Großbritannien entstanden. Am Abend der Vertragsunterzeichnung hat ein junger Bediensteter in der Küche gearbeitet. Der Herzog von Queensberry war damals Außenminister und in dieser Funktion mit der Leitung der Verhandlungen betraut. Er hatte jedoch einen Sohn: James Douglas, Earl von Drumlanrig, der an dem Abend angeblich völlig ausgerastet ist …«

»Und was ist passiert?«

Gilfillan sah durch die geöffnete Luke auf den Dachboden hinauf. »Alles in Ordnung da oben?«, rief er.

»Ja, alles okay. Möchte sich sonst noch jemand hier oben umsehen?«

Niemand rührte sich. Ellen Wylie wiederholte ihre Frage.

»Er hat den Bediensteten mit einem Schwert erstochen«, sagte Gilfillan, »und dann in einem der Kamine in der Küche gebraten. Als er entdeckt wurde, war James gerade damit beschäftigt, den armen Kerl zu verspeisen.«

»Guter Gott«, sagte Ellen Wylie.

»Glauben Sie die Geschichte etwa?« Bobby Hogan schob die Hände in die Taschen.

Gilfillan zuckte mit den Achseln. »So ist es jedenfalls überliefert.«

Kalte Luft strömte plötzlich von oben herab. Kurz darauf erschien die Sohle eines Gummistiefels auf der Leiter, und Derek Linford begann – völlig verstaubt – seinen langsamen Abstieg. Als er unten angekommen war, nahm er den Stift aus dem Mund, den er sich zwischen die Zähne geklemmt hatte.

»Interessant dort oben«, sagte er zu den anderen. »Sie sollten sich das nicht entgehen lassen. Wahrscheinlich Ihre erste und einzige Chance.«

»Wieso?«, fragte Bobby Hogan.

»Ich nehme doch an, dass dieser Bereich in Zukunft für Touristen gesperrt ist, Bobby«, sagte Linford. »Stellen Sie sich nur mal die Sicherheitsrisiken vor.«

Hogan stürmte plötzlich auf Linford los, so dass dieser zurückwich. Dann entfernte er nur eine Spinnwebe von der Schulter des jungen Mannes.

»Sie können doch unmöglich in diesem Zustand in der Zentrale aufkreuzen, junger Mann«, sagte Hogan. Linford ignorierte ihn. Vermutlich hatte er das Gefühl, dass er auf einen alten Knochen wie Bobby Hogan nicht angewiesen war. Aber auch Hogan wusste, dass er von Linford nichts zu befürchten hatte. Sollte Linford je einen hohen Posten bekleiden, würde Hogan sich schon lange seines Ruhestands erfreuen.

»Ich kann mir die alte Bruchbude beim besten Willen nicht als Machtzentrale vorstellen«, sagte Ellen Wylie und inspizierte die Wasserflecken an den Wänden und die Risse im Putz. »Hätte man den Kasten nicht besser ganz abreißen und was Neues bauen sollen?«

»Das Gebäude steht unter Denkmalschutz«, belehrte sie Gilfillan. Wylie zuckte gleichgültig mit den Achseln. Immerhin hatte sie ihr eigentliches Ziel erreicht und eine Eskalation des Streits zwischen Hogan und Linford verhindert. Gilfillan war jetzt wieder in seinem Element und hielt einen Vortrag über die Geschichte des ganzen Anwesens. Er sprach von den Brunnen, die man unter der Brauerei entdeckt hatte, von der Schlachterei, die früher einmal gleich nebenan gestanden hatte. Als der kleine Trupp nun wieder die Treppe hinunterstieg, blieb Hogan stehen, zeigte auf die Uhr und hob ein imaginäres Glas zum Mund. Rebus nickte. Gute Idee, später noch irgendwo einen Drink zu nehmen. Das Jenny Ha's war ganz in der Nähe. Und die Holyrood Tavern lag auch auf dem Weg zum Revier. Als ob er ihre Gedanken gelesen hätte, hielt Gilfillan gerade einen kleinen Vortrag über die Younger's-Brauerei.

»Das Brauerei-Areal war früher mal zwölf Hektar groß. Damals hat das Unternehmen ein Viertel des schottischen Biers produziert. Wissen Sie, schon im elften Jahrhundert hat es hier auf dem Gelände eine Abtei gegeben. Unwahrscheinlich, dass die Mönche nur Quellwasser getrunken haben.«

Durch ein Fenster sah Rebus, dass es draußen bereits stockdunkel war. Schottland im Winter: Wenn man zur Arbeit ging, war es noch dunkel, und wenn man abends nach Hause kam, schon wieder. Immerhin hatten sie einen kleinen – wenn auch völlig sinnlosen – Ausflug unternommen und konnten jetzt wieder – bis zum nächsten Treffen – auf ihren diversen Revieren ihrer Arbeit nachgehen. Rebus empfand die Zusammenkünfte des Komitees als Strafe, und genau das hatte sein Chef wohl auch bezweckt. Farmer Watson selbst war ebenfalls Mitglied in einem – allgemein SPINS genannten – Komitee mit dem stolzen Titel »Strategien für die Polizeiarbeit im Neuen Schottland«. Und so wurde Komitee um Komitee gegründet. Nur Papier, dachte Rebus, nichts als Papier. Immer neue Ausschüsse, die sich mit der »Strukturreform der Polizei« und deren angeblicher Modernisierung befassten. Dabei produzierten sie so viel Papier, dass man damit Queensberry House bis obenhin hätte voll stopfen können. Und je mehr man redete und Berichte verfasste, um so weiter schien man sich von der Wirklichkeit zu entfernen. Queensberry House war für ihn ein Hirngespinst und das ganze Konzept eines Parlaments in seinen Augen der Traum eines dem Wahn verfallenen Gottes: »Denn Edinburgh ist der Traum eines dem Wahn verfallenen Gottes/Launisch und dunkel...« Diese Worte hatte er am Anfangs eines Buches über die Stadt entdeckt. Sie stammten aus einem Gedicht von Hugh MacDiarmid. Erst unlängst hatte er dieses Buch in dem relativ vergeblichen Bemühen gelesen, seine Heimatstadt etwas besser zu verstehen.

Er nahm seinen Schutzhelm ab, fuhr sich mit den Fingern durch das Haar und überlegte, ob der gelbe Plastikschutz wohl irgendwas nützte, wenn einem aus einigen Metern Höhe ein Gegenstand auf den Kopf fiel. Gilfillan bat ihn, den Helm wieder aufzusetzen und erst an dem Container abzunehmen, in dem die Baustellenleitung untergebracht war.

»Möglich, dass Sie bei einem Unfall keine Schwierigkeiten mehr hätten«, meinte Gilfillan, »aber ich dafür um so mehr.«

Rebus setzte den Helm wieder auf, während Hogan tadelnd den Finger hob. Sie waren inzwischen wieder im Erdgeschoss angelangt, wo sich früher vermutlich der Eingangsbereich des Krankenhauses befunden hatte. Ein ziemlich trostloser Anblick. Neben der Tür lagen ein paar Kabelrollen. Klar, in den Büros mussten ja neue Leitungen verlegt werden. Auch die Kreuzung Holyrood Road/St. Mary's Street sollte demnächst wegen unterirdischer Kabelarbeiten gesperrt werden. Rebus, der die Strecke häufig fuhr, sah der Umleitung mit Grausen entgegen. Manchmal hatte er den Eindruck, dass die ganze Stadt eine einzige Baustelle war.

»Also gut«, sagte Gilfillan und breitete die Arme aus, »das war's dann wohl. Falls Sie noch irgendwelche Fragen haben, stehe ich Ihnen natürlich gerne zur Verfügung.«

Bobby Hogan hustete in die Stille hinein. Offenbar wollte er Linford warnen. Vor nicht allzu langer Zeit war nämlich einmal ein Mensch aus London angereist, um vor dem Komitee über Sicherheitsfragen im House of Parliament zu sprechen. Bei dieser Gelegenheit hatte Linford so viele Fragen gestellt, dass der arme Engländer seinen Zug nach Süden verpasst hatte. Hogan erinnerte sich nur zu gut daran. Schließlich war er mit dem guten Mann höchstpersönlich wie ein Hirnamputierter zum Waverley-Bahnhof gerast und hatte dann den ganzen Abend mit ihm verbracht und ihn schließlich in den Nachtzug gesetzt.

Linford blätterte in seinem Notizbuch, während sechs Augenpaare ihn durchbohrten und einige der Anwesenden verstohlen auf die Uhr blickten.

»Also gut, in dem Fall«, sagte Gilfillan.

»Hey, Mr. Gilfillan! Sind Sie da oben?« Die Stimme klang aus einer Kellertür herauf. Gilfillan ging zu der Tür hinüber und rief nach unten. »Was ist denn los, Marlene?«

»Schauen Sie sich das bitte mal an.«

Gilfillan sah kurz seine etwas ratlosen Gäste an und war dann schon unterwegs nach unten. Die anderen konnten sich nicht gut ohne Abschied verdrücken. Also blieb ihnen nur die Wahl: Entweder sie warteten im Licht einer nackten Glühbirne in dem vormaligen Eingangsbereich des Krankenhauses auf die Rückkehr ihres Begleiters, oder aber sie stiegen ebenfalls in den Keller hinab. Derek Linford setzte sich an die Spitze.

Unten gelangten sie zunächst in einen – auf beiden Seiten von Räumen gesäumten – schlecht beleuchteten schmalen Gang. An diese Räume schlossen sich offenbar wieder andere Räume an. Rebus meinte im Vorbeigehen in einem der Räume einen Generator zu entdecken. Weiter vorne Stimmen und die Lichtkegel von Taschenlampen. Am Ende des Gangs traten sie in einen nur von einer einzelnen Bogenlampe erleuchteten Raum. Das Licht war auf eine lange Wand gerichtet, deren untere Hälfte mit Holz verkleidet war. Das Holz und der Wandputz waren in derselben krankenhaustypischen Cremefarbe gehalten. Da die meisten Bodendielen entfernt waren, musste die kleine Gruppe über die nackten Balken balancieren, die auf dem bloßen Erdreich aufruhten. In dem Raum roch es feucht und muffig. Gilfillan und die Frau, die er Marlene genannt hatte, hockten vor der Wand und untersuchten das hinter der Holzvertäfelung verborgene Gemäuer. Die beiden blickten in zwei halbrunde Nischen in der Wand. Wie kleine Eisenbahntunnels, dachte Rebus. Dann drehte sich Gilfillan um und wirkte zum ersten Mal an diesem Tag hellwach.

»Feuerstellen«, sagte er, »sogar zwei. Hier muss früher mal die Küche gewesen sein.« Er erhob sich und trat ein paar Schritte zurück. »Der Fußboden muss später aufgeschüttet worden sein, deshalb sehen wir nur die obere Hälfte der beiden Kamine.« Er war mit seiner Aufmerksamkeit nur halb bei seinen Zuhörern und starrte wie gebannt auf die Wand. »In einem davon hat dieser James wahrscheinlich damals den Bediensteten...?«

Einer der beiden Kamine war offen, der andere mit ein paar rostigen Metallplatten verschlossen.

»Was für eine außergewöhnliche Entdeckung«, sagte Gilfillan und strahlte seine junge Mitarbeiterin an. Sie grinste zurück. Richtig schön, mal wieder Leute zu sehen, denen ihre Arbeit Spaß machte. Die Vergangenheit ausgraben, Geheimnisse aufdecken..., Rebus musste unwillkürlich denken, dass diese Leute fast wie Detektive arbeiteten.

»Gegen einen hübschen Braten hätte ich auch nichts einzuwenden«, sagte Bobby Hogan, und Ellen Wylie prustete vor Lachen. Gilfillan war jedoch in Gedanken ganz woanders. Er stand vor der abgedichteten Feuerstelle und schob die Fingerspitzen in den Spalt zwischen dem Metall und der Mauer. Die Platte ließ sich leicht entfernen. Marlene half ihm, sie wegzuziehen und vorsichtig auf dem Boden abzustellen.

»Wer die Platten wohl dort angebracht hat?«, sagte Grant Hood.

Hogan berührte die Metallplatte. »Sieht nicht gerade prähistorisch aus, das Ding.« Gilfillan und Marlene entfernten jetzt eine zweite Platte. Alle starrten in den offenen Kamin. Gilfillan leuchtete mit der Taschenlampe hinein, obwohl die Bogenlampe reichlich Licht spendete.

Es gab nicht den geringsten Zweifel: Was sie da vor sich sahen, war eine verschrumpelte Leiche.

2

Siobhan Clarke zupfte am Saum ihres schwarzen Kleides. Zwei
Typen, die sich am Rande der Tanzfläche entlangschoben, blieben stehen und glotzten sie an. Sie warf ihnen einen bösen Blick
zu, doch die beiden waren schon wieder in ihr Gespräch vertieft und legten die hohlen Hände an den Mund und brüllten
sich irgendwas zu. Dann nickten sie, nippten an ihrem Bier,
schoben sich weiter und beäugten die anderen Gäste. Clarke
sah ihre Begleiterin an, die durch ein Kopfschütteln kundtat,
dass sie die Männer nicht kannte. Sie hockten in einer Sitznische, die einen großen Halbkreis bildete. Insgesamt vierzehn
Personen hatten sich dort an den Tisch gequetscht. Acht
Frauen, sechs Männer. Einige der Männer trugen Anzüge,
andere Jeansjacken, allerdings mit weißem oder hellblauem
Hemd. »Jeans und Jogginghosen nicht erlaubt« hieß es zwar
draußen am Eingang auf einem Schild, doch diese Vorschrift
wurde relativ locker gehandhabt. Der Club war völlig überfüllt.
Clarke überlegte, was wohl bei einem Brand passieren würde.
Sie sah ihre Begleiterin an.

»Ist es hier immer so voll?«

Sandra Carnegie zuckte mit den Achseln. »Scheint so«, schrie
sie. Obwohl sie direkt neben Clarke saß, konnte sie sich bei der
hämmernden Musik kaum verständlich machen. Nicht zum
ersten Mal fragte sich Clarke, wie man sich nur an einem solchen Ort mit jemandem verabreden konnte. Die Männer an
dem Tisch nahmen Augenkontakt mit den Frauen auf und
nickten dann Richtung Tanzfläche. Falls die Erwählte einverstanden war, mussten mehr oder weniger alle aufstehen, damit
das Paar sich Richtung Tanzfläche in Bewegung setzen konnte.
Und wenn sie dann tanzten, versanken beide in ihrer eigenen
Welt und sahen den Partner kaum einmal an. Auch wenn ein
Fremder an den Tisch trat, verlief das Ritual ganz ähnlich: Augenkontakt, ein Nicken Richtung Tanzfläche und dann das zu-

ckende Gehoppel selbst. Hier und da tanzten auch zwei Frauen zusammen – mit hängenden Schultern und schweifenden Blicken. Außerdem gab es ein paar Männer, die allein tanzten. Jedes Mal wenn Clarke Sandra auf eines der Gesichter aufmerksam machte, sah diese sich den betreffenden Mann genau an und schüttelte dann den Kopf.

Eine Single-Party im Marina Club. Guter Name für einen Nachtclub, der gerade mal vier Kilometer von der Küste entfernt lag. Das Wort »Single-Party« hatte allerdings nicht viel zu bedeuten. Theoretisch bedeutete es, dass vor allem Musik aus den Achtziger- oder Siebzigerjahren hätte gespielt werden müssen, weil hier eine etwas andere Klientel angesprochen werden sollte als in den meisten anderen Clubs. Für Clarke war ein Single zwischen dreißig und vierzig und nicht selten schon geschieden. Doch hier in dem Schuppen waren auch Knaben vertreten, die wohl erst noch ihre Hausaufgaben gemacht hatten, bevor sie hier aufgekreuzt waren.

Oder wurde sie selbst langsam älter?

Sie war zum ersten Mal auf einer Single-Party. Um sich zu wappnen, spielte sie im Geist einige Standard-Gesprächssituationen durch. Sollte zum Beispiel irgendein Schwachkopf auf die Idee kommen, sie zu fragen: »Und wie hast du deine Frühstückseier am liebsten?«, würde sie antworten: »Unbefruchtet«. Doch was sollte sie nur sagen, falls jemand sie nach ihrem Beruf fragte?

Ich bin Kriminalbeamtin klang nicht gerade wie die ideale Gesprächseröffnung, so viel wusste sie schon aus Erfahrung. Vielleicht war das ja der Grund, weshalb sie solche Situationen mied. Die Leute an ihrem Tisch wussten alle, wer sie war und was sie hier zu tun hatte. Keiner der Männer hatte versucht, mit ihr ins Gespräch zu kommen. Nur die Frauen hatten Sandra Carnegie getröstet und geherzt und den reichlich verunsicherten Männern böse Blicke zugeworfen. Klar: Auch die Typen, die mit am Tisch saßen, waren nur *Männer*. Und waren nicht letzten Endes alle Männer Schweine? Schließlich hatte ein

Mann Sandra Carnegie vergewaltigt und aus der fröhlichen allein erziehenden Mutter eine leidende junge Frau gemacht.

Clarke hatte Sandra dazu überredet, den Dreckskerl zu jagen – ja, genau so hatte sie sich ausgedrückt.

»Wir müssen den Spieß einfach umdrehen, Sandra – finde ich jedenfalls..., bevor der Kerl so was noch mal macht.«

Der Kerl... Dabei waren es eigentlich zwei gewesen. Einer, der die junge Frau vergewaltigt hatte, und ein anderer, der sie festgehalten hatte. Als dann die Zeitungen über das Verbrechen berichteten, hatten sich zwei weitere Frauen gemeldet. Auch sie waren sexuell belästigt, jedoch im Sinne des Strafgesetzbuches nicht direkt vergewaltigt worden. Alle drei Frauen hatten fast die gleiche Geschichte erzählt. Alle drei gehörten einem Single-Club an. Alle drei waren an den betreffenden Abenden im Single-Club gewesen. Alle drei waren allein nach Hause gegangen.

Einer der beiden Männer war ihnen nachgegangen und hatte sie festgehalten, der andere hatte den Lieferwagen gefahren, der plötzlich neben ihnen aufkreuzte. Die Vergewaltigungen selbst hatten dann auf der Ladefläche des Lieferwagens stattgefunden, dessen Boden mit einer Art Plane bedeckt gewesen war. Hinterher hatten die Männer die Frauen – meist irgendwo am Stadtrand – einfach aus dem Wagen gestoßen und sie davor gewarnt, irgendetwas zu verraten oder zur Polizei zu gehen.

»Hast ja ohnehin nur bekommen, was du wolltest. Wieso gehst du sonst zu diesen Single-Partys?«

So hatte sich der Vergewaltiger von seinen Opfern verabschiedet. Immer wieder hatte Siobhan Clarke in ihrem winzigen Büro über diesen Ausspruch nachgedacht. Nur eines wusste sie genau: Der Verbrecher wurde von Mal zu Mal dreister. Am Anfang hatte er sich noch mit Tätlichkeiten begnügt, der nächste Schritt war dann eine Vergewaltigung gewesen. Wer wusste schon, was er als Nächstes tun würde? Eines war jedenfalls klar: Er hatte eine Vorliebe für Single-Clubs. Ob er seine Opfer beobachtete? Und woher bezog er seine Informationen?

Eigentlich arbeitete sie schon länger nicht mehr im Sittendezernat, sondern bei der Kripo in der St. Leonard's Street. Doch dann hatte man ihr den Fall Sandra Carnegie übertragen. Ihre Vorgesetzten hatten offenbar gehofft, dass es ihr gelingen würde, die junge Frau zu einem Besuch des Marina zu überreden. Seither hatte Siobhan immer wieder überlegt: Woher hat der Kerl gewusst, dass seine Opfer einem Single-Club angehören, wenn er nicht selbst in dem Nachtclub gewesen ist? Sie hatte auch schon etliche Mitglieder der drei Single-Clubs der Stadt verhört und sogar Leute, die abgesprungen oder rausgeflogen waren.

Sandra war aschgrau im Gesicht und trank ein Bacardi-Cola. Bis dahin hatte sie fast den ganzen Abend auf die Tischplatte gestarrt. Bevor die ganze Gruppe ins Marina gegangen war, hatte man sich in einer Kneipe getroffen. So ging das jedes Mal: Manchmal trafen sich die allein stehenden Damen und Herren in einer Kneipe und zogen dann weiter, manchmal blieben sie den ganzen Abend auch an einem Ort. Bisweilen unternahmen sie aber auch gemeinsam etwas und gingen zum Beispiel zusammen tanzen oder ins Theater. Vielleicht war ihnen der Kerl sogar von der Kneipe aus gefolgt. Doch wahrscheinlich hatte alles in dem Nachtclub angefangen, und der Bursche hatte – das Gesicht hinter einem Glas verborgen – die Tanzfläche umkreist, wie Dutzende anderer Männer auch.

Clarke überlegte, ob ein paar Singles auf einem Haufen ohne weiteres als solche zu erkennen waren. In der Regel war eine solche Gruppe ziemlich groß und bestand aus Männern und Frauen. Aber das traf auch auf eine Runde von Büroangestellten zu. Natürlich trugen Singles keinen Ehering... Außerdem waren die Leute unterschiedlich alt. Aber ganz sicher waren keine Teenager darunter, die als Büronachwuchs hätten durchgehen können. Clarke hatte mit Sandra über deren Gruppe gesprochen.

»Ich geh dort nur hin, um andere Leute zu treffen. Wissen Sie, ich arbeite in einem Altenheim, und da lerne ich natürlich niemanden in meinem Alter kennen. Außerdem gibt es ja noch

David. Wenn ich ausgehen will, muss meine Mutter ihn hüten.«
David war ihr elfjähriger Sohn. »Mir geht es nur um ein bisschen Geselligkeit ... das ist alles.«

Eine andere Frau aus der Gruppe hatte fast das Gleiche ge-
sagt und dann noch hinzugefügt, dass viele Männer in Single-
Clubs – »na ja, etwas merkwürdig sind«. Im Gegensatz zu den
Frauen, »die sind in Ordnung«.

Da sie am Rand der Sitznische auf der Bank saß, hatten bereits zwei Männer Clarke zum Tanzen aufgefordert. Sie hatte
jedoch in beiden Fällen abgelehnt. Eine der Frauen hatte sich
daraufhin über den Tisch zu ihr hinübergebeugt.

»Du bist noch neu hier!«, brüllte sie. »Das riechen die Typen
förmlich!« Dann hatte sie sich zurückgelehnt und gelacht und
dabei ihre ungepflegten Zähne und ihre Cocktail-grüne Zunge
gezeigt.

»Moira ist bloß eifersüchtig«, sagte Sandra. »Die hat doch nur
Chancen bei Typen, die den ganzen Tag beim Sozialamt anste-
hen.«

Moira konnte diese Bemerkung unmöglich verstanden haben. Trotzdem starrte sie die beiden beleidigt an.

»Ich muss mal auf die Toilette«, sagte Sandra.

»Ich komme mit.«

Sandra nickte zustimmend. Clarke hatte ihr versprochen, sie
nicht einen Moment aus den Augen zu lassen. Die beiden nahmen ihre Handtaschen und bahnten sich einen Weg durch die
Menschenleiber.

Auf dem Klo war ebenfalls mächtig was los, aber wenigstens
war es dort nicht so heiß, und die Tür dämpfte die hämmernde
Musik ein wenig ab. Clarkes Ohren dröhnten, und ihre Kehle
war von dem vielen Zigarettenrauch und dem Schreien ganz
rau. Sandra stellte sich vor einer der Kabinen an, und Clarke
nahm währenddessen vor einem der Waschbecken Aufstellung.
Sie betrachtete sich im Spiegel. Da sie sich normalerweise nicht
schminkte, war sie überrascht, wie fremd ihr Gesicht ihr erschien. Ihre angemalten Augen wirkten eher härter als sonst

und nicht etwa verführerischer. Sie zupfte an einem der Träger ihres Kleides. Im Stehen berührte dessen Saum zwar ihre Knie. Doch wenn sie saß, hatte sie ständig das Gefühl, dass die Taille nach oben rutschte. Erst zweimal hatte sie das Kleid getragen: einmal auf einer Hochzeit und dann auf einer Abendgesellschaft. Damals hatte sie das Problem noch nicht gehabt. Ob sie vielleicht am Bauch zugenommen hatte? War das der Grund? Sie stellte sich seitlich vor den Spiegel und überprüfte ihre Figur. Dann inspizierte sie ihr kurz geschnittenes Haar. Sie mochte die Frisur – ließ ihr Gesicht länger erscheinen. In dem allgemeinen Gedränge vor dem Händetrockner stieß sie mit einer Frau zusammen. Aus einer der Kabinen drang lautes Schniefen nach draußen. Ob sich dort gerade jemand 'ne Ladung Koks reinzog? In der Schlange vor den Toilettentüren sprachen einige Frauen über die Typen in der Disco. Sie machten wenig geschmackvolle Bemerkungen über deren Vorzüge, sei es eine dicke Brieftasche oder die entsprechende Wölbung in der Hose. Sandra war in einer der Kabinen verschwunden. Clarke verschränkte die Arme und wartete. Plötzlich stand eine Frau vor ihr.

»Bist du hier für die Kondomausgabe zuständig?«

Einige Frauen in der Schlange lachten. Erst jetzt bemerkte sie, dass sie vor dem Automaten stand. Sie trat einen Schritt beiseite, damit die Frau ein paar Münzen in den Geldschlitz werfen konnte, dabei inspizierte sie die rechte Hand der Frau. Leberflecken und faltige Haut. Die Frau zog mit der Linken an der Schublade. An ihrem Ringfinger war deutlich zu erkennen, dass sie ihren Ehering abgezogen hatte. Vermutlich hatte sie ihn in der Handtasche verstaut. Die Bräune ihres Gesichts stammte aus dem Solarium, und ihr Ausdruck war ebenso künstlich aufgekratzt wie resigniert. Sie zwinkerte Clarke zu.

»Man weiß ja nie.«

Clarke lächelte gezwungen. An ihrem Arbeitsplatz auf dem Revier hatten diese Single-Partys im Marina keinen guten Ruf. Jurassic Park nannten die Beamten die Veranstaltungen oder

Oma-Abschleppen. Die üblichen Männerwitze. Sie selbst fand die Atmosphäre deprimierend, wusste aber selbst nicht genau, warum. Sie besuchte keine Nachtclubs, jedenfalls nicht, wenn es sich vermeiden ließ. Schon als Schülerin und später Studentin hatte sie diese Orte gemieden. Zu laut, zu rauchig, zu viel Alkohol und Stumpfsinn. Doch das waren nicht die einzigen Gründe. Schon seit längerem war sie Anhängerin des Hibernian-Fußballclubs, und auch dort wurde auf den Tribünen kräftig geraucht und Testosteron produziert. Trotzdem gab es zwischen der Menschenmasse in einem Stadion und der Menge an einem Ort wie dem Marina einen Unterschied: Während eines Fußballspiels kamen die Männer wenigstens nicht auf die Idee, Frauen anzumachen. Deshalb fühlte sie sich in der Easter Road sicher. Ja, sie fuhr sogar zu Auswärtsspielen, wenn die Zeit es zuließ. Derselbe Platz bei jedem Heimspiel – sie kannte bereits die Gesichter der anderen Fans. Und nachher, nachher ließ sie sich in der anonymen Masse auf der Straße dahintreiben. Noch nie hatte jemand sie angemacht. Deshalb waren die Leute nicht gekommen, und sie wusste das und war richtig froh, wenn an kalten Winternachmittagen bereits beim Anstoß das Flutlicht aufflammte.

Der Riegel in der Kabine wurde zurückgeschoben, und Sandra trat heraus.

»Wird aber auch Zeit«, rief jemand. »Dachte schon, du bist mit 'nem Kerl in dem Kabuff.«

»Du meinst, um mir den Hintern daran abzuputzen?«, sagte Sandra. Sie gab sich zwar redlich Mühe, witzig zu klingen, aber ihre Stimme verriet ihren wahren Zustand. Sandra trat vor den Spiegel und schminkte sich nach. Sie hatte geweint. Kleine rote Äderchen waren in ihren Augenwinkeln zu erkennen.

»Alles in Ordnung?«, fragte Clarke leise.

»Könnte noch schlimmer kommen.« Sandra inspizierte ihr Spiegelbild. »Vielleicht bin ich ja schwanger, wer weiß.«

Der Mann, der sie vergewaltigt hatte, hatte ein Kondom benutzt, also keine Samenspuren hinterlassen, mit denen das

Labor etwas hätte anfangen können. Clarkes Kollegen hatten alle möglichen Sexualstraftäter gecheckt, mussten sie jedoch nach dem Verhör alle wieder laufen lassen. Sandra hatte sich die Fotobücher angesehen – eine ganze Galerie von Frauenhassern. In manchen Fällen brauchten die weiblichen Opfer bloß das Gesicht des Täters auf dem Foto wieder zu sehen, und schon waren ein paar weitere Horrortage und natürlich -nächte garantiert. Ungepflegte leere Gesichter, tote Augen, jämmerliche Gestalten. Clarke hatte immer wieder erlebt, dass die Opfer sich hinterher fragten: *Wie konnte das nur passieren? Wieso hab ich mir das bloß von einem derart jämmerlichen Kerl gefallen lassen?*

Ja, schwach wirkten diese Typen tatsächlich. Aber nur auf dem Foto, nur aus Erschöpfung oder weil sie sich von einer unterwürfigen Haltung was erhofften. Doch im entscheidenden Augenblick, jenem hassverzerrten Augenblick, da waren sie stark. Der zweite Mann, der Komplize… Siobhan wurde nicht schlau aus dem Burschen. Was hatte der denn von alledem gehabt?

»Und – haben Sie hier schon einen Kerl gesehen, der Ihnen gefällt?«, fragte Sandra. Ihr Lippenstift zitterte leicht, als sie sich jetzt die Lippen nachzog.

»Nein.«

»Und zu Hause wartet auch niemand auf Sie?«

»Sie wissen doch, dass es niemanden gibt.«

Sandra beobachtete sie im Spiegel. »Ich weiß nur, was Sie mir erzählt haben.«

»Ich habe Ihnen die Wahrheit gesagt.«

Sie hatten lange Gespräche geführt. Clarke hatte die üblichen Verhaltensregeln außer Acht gelassen und ganz offen mit Sandra geredet. Sie hatte ihre Fragen beantwortet, ihre Polizisten-Rolle abgelegt und sich als Mensch offenbart. Anfangs war das alles nur ein Trick gewesen, ein Schachzug, um Sandra für den Plan zu gewinnen. Doch dann war plötzlich mehr daraus geworden, wirkliche Offenheit. Clarke hatte viel mehr preisgegeben, als ihr Job es von ihr verlangte – viel mehr. Aber jetzt hatte sie plötzlich das Gefühl, dass Sandra ihr nicht mehr so recht über den Weg traute. Doch hatte das nun mit ihr – Siobhan – persönlich zu tun, oder lag es daran, dass die junge Frau überhaupt niemandem wirklich vertraute? Schließlich kannten sich die beiden Frauen ja erst seit der Vergewaltigung und wären sich nie begegnet, wenn diese schlimme Sache nicht passiert wäre. Clarke gab sich hier im Marina als Sandras Freundin aus, doch das war natürlich nur ein Trick. In Wahrheit waren sie ja gar nicht befreundet, würden es vielleicht nie sein. Ein schreckliches Verbrechen hatte sie zusammengeführt. In Sandras Vorstellung war Siobhan Clarke unauflöslich mit jener Nacht verbunden, die sie unbedingt vergessen wollte.

»Wie lange müssen wir denn noch bleiben?«, wollte sie jetzt wissen.

»Liegt ganz bei Ihnen. Wir können jederzeit gehen.«

»Aber dann verpassen wir ihn vielleicht.«

»Das ist nicht Ihr Fehler, Sandra. Der Typ kann sich überall rumtreiben. Ich hab nur gedacht, dass es vielleicht einen Versuch wert ist.«

Sandra drehte sich um und sah sie an. »Also noch 'ne halbe Stunde.« Sie sah auf die Uhr. »Ich hab meiner Mutter versprochen, dass ich um zwölf zurück bin.«

Clarke nickte, und die beiden schoben sich zurück in die von zuckenden Lichtblitzen durchbrochene Dunkelheit. Fast schien es, als ob die geballte Energie des Raumes in diesen Lichtblitzen gebündelt war.

Als sie wieder ihren Tisch erreichten, saß ein Neuankömmling auf Sandras Platz. Ein jüngerer Mann. Vor ihm auf dem Tisch stand ein großes Glas Orangensaft, an dem er sich mit den Fingern zu schaffen machte. Die anderen Club-Mitglieder schienen ihn zu kennen.

»Tut mir Leid«, sagte er und stand auf, als Siobhan und Sandra näher kamen. »Ich hab Ihnen den Platz weggenommen.« Er starrte Siobhan an und streckte ihr die Hand entgegen. Der Mann hatte einen festen Händedruck und war offenbar nicht bereit, Siobhans Hand so ohne weiteres wieder freizugeben.

»Kommen Sie, tanzen wir ein bisschen«, sagte er und zog sie auf die Tanzfläche. Ihr blieb kaum eine Wahl, als ihm zu folgen, und zwar in das Auge des Sturms, wo spitze Ellbogen sie empfingen und die Tanzenden sich brüllend und gestikulierend drängten. Ihr Begleiter blickte sich um und vergewisserte sich, dass man sie von dem Tisch aus nicht mehr sehen konnte. Dann überquerte er, ohne stehen zu bleiben, die Tanzfläche und führte sie an einer Bar vorbei in ein Foyer.

»Wohin gehen wir eigentlich?«, fragte Clarke. Er drehte sich um, schien zufrieden und sah sie an.

»Ich kenne Sie«, sagte er.

Plötzlich wusste sie, dass auch ihr sein Gesicht irgendwie vertraut war. Sie überlegte krampfhaft: Vielleicht ein Kerl, den sie in den Knast gebracht hatte? Sie blickte rasch nach rechts und links.

»Sie arbeiten doch auf dem Revier in der St. Leonard's Street«, sagte er. Sie sah auf seine Hand, die noch immer ihr Handgelenk umklammert hielt. Er folgte ihrem Blick und ließ sie plötzlich los. »Oh, Entschuldigung«, sagte er, »ich wollte nur…«

»Wer sind Sie?«

Er schien gekränkt, dass sie ihn nicht kannte. »Derek Linford.«

Sie kniff die Augen zusammen. »Fettes Avenue?« Er nickte. Die Hauszeitung – genau, dort hatte sie sein Gesicht gesehen. Und vielleicht in der Kantine im Präsidium. »Und was machen Sie hier?«

»Das könnte ich Sie genauso gut fragen.«

»Ich bin mit Sandra Carnegie hier.« *Oh*, dachte sie, *bin ich ja gar nicht… Ich stehe ja hier mit dir in diesem Foyer herum…, dabei hab ich ihr versprochen…*

»Ja und«, sagte er. Dann verfinsterte sich plötzlich sein Gesicht. »Oh, verdammt, sie ist kürzlich vergewaltigt worden, nicht wahr?« Er strich sich mit Daumen und Zeigefinger über den Nasenrücken. »Und Sie hoffen, dass sie den Kerl wieder erkennt?«

»Richtig.« Clarke lächelte. »Sind Sie auch Mitglied in dem Club?«

»Und wenn schon?« Er schien darauf zu warten, dass sie etwas sagte, doch Clarke zuckte nur mit den Achseln. »Das ist doch wohl meine Privatsache, Detective Clarke.« Ach so, jetzt spielte er also das hohe Tier, versuchte, sie einzuschüchtern.

»Ich sag's auch nicht weiter, Inspektor Linford.«

»Ah. Da wir gerade von Diskretion sprechen…« Er legte den Kopf auf die Seite und sah sie an.

»Haben Sie den anderen eigentlich erzählt, dass Sie von der Kripo sind?« Er sah sie spöttisch an. »Wüsste zu gerne, was Sie denen verklickert haben.«

»Ist das wichtig?«

Clarke dachte kurz nach. »Warten Sie mal«, sagte sie. »Wir haben mit sämtlichen Club-Mitgliedern gesprochen. Ihren Namen habe ich auf der Liste allerdings nicht gesehen.«

»Ich bin erst seit einer Woche dabei.«

Clarke legte die Stirn in Falten. »Und was bedeutet das für unser weiteres *Procedere*?«

Linford rieb sich wieder die Nase. »Also gut. Unser Tänzchen ist jetzt zu Ende. Wir gehen einfach wieder an den Tisch. Und dann setzen Sie sich auf die eine und ich mich auf die andere Seite. Nicht mal mehr sprechen müssen wir miteinander.«

»Sehr charmant.«

Er grinste. »Ach, so war das nicht gemeint. Natürlich können wir ein bisschen plaudern, falls das bei dem Krach überhaupt möglich ist.«

»Ha, da fällt mir aber ein Stein vom Herzen.«

»Also, heute Nachmittag ist was Unglaubliches passiert.« Er nahm ihren Arm und führte sie zurück ins Gedränge. »Wenn Sie mir helfen, an der Bar 'ne Runde Drinks zu besorgen, erzähl ich Ihnen alles.«

»Er ist ein Arsch.«

»Kann sein«, sagte Clarke, »aber ein ziemlich attraktiver Arsch.«

John Rebus saß daheim in seinem Sessel und hielt sich das schnurlose Telefon ans Ohr. Der Sessel stand gleich neben dem Fenster. Vorhänge gab es keine, und die Fensterläden standen noch offen. In seinem Wohnzimmer brannte kein Licht, nur eine nackte 60-Watt-Birne vorne im Gang. Und so war der ganze Raum von dem gedämpft-gelben Licht der Straßenlaternen erfüllt.

»Wo, sagten Sie, haben Sie den Burschen noch mal aufgegabelt?«

»Aufgegabelt? Überhaupt nicht.« Er hörte das Lächeln in ihrer Stimme.

»Alles sehr merkwürdig.«

»Na ja, jedenfalls nicht so merkwürdig wie die Geschichte mit dem Skelett.«

»Es ist kein Skelett, eher eine Mumie.« Er musste lachen. »Dieser Mensch, der die Führung gemacht hat, ich dachte schon, der springt mir direkt in die Arme.«

»Und was haben Sie bisher rausgefunden?«

»Hm. Die Jungs von der Spurensicherung haben erst mal den Tatort gesichert. Gates und Curt werden sich Skelly erst am Montag vornehmen.«

»Skelly?«

Rebus beobachtete ein Auto, das unten einen Parkplatz suchte. »Den Namen hat Bobby Hogan sich ausgedacht.«

»Irgendwas Besonderes an der Leiche?«

»Hm ja, die Klamotten: Jeans mit Schlag, ein Stones-T-Shirt.«

»Gut, dass gleich ein Experte vor Ort war.«

»Wenn Sie damit sagen wollen: ein Rock-Dinosaurier, dann nehme ich das Kompliment gerne an. Ja, auf dem Hemd war das Cover von *Some Girls* abgedruckt. Ist 1978 rausgekommen, die Platte.«

»Sonst noch irgendwas, was den Todeszeitpunkt eingrenzen könnte?«

»Nein. Die Taschen waren leer. Weder eine Uhr noch irgendwelche Ringe.« Er sah auf die Uhr: Zwei Uhr früh. Aber natürlich hatte sie gewusst, dass sie ihn noch anrufen konnte, dass er noch nicht schlief.

»Was hören Sie da eigentlich für Musik?«

»Die Kassette, die Sie mir gegeben haben.«

»The Blue Nile? Passt ja gar nicht zu Ihrem Dinosaurier-Image. Und worüber denken Sie gerade nach?«

»Ich glaube, dass Sie ganz hin und weg sind von diesem Linford.«

»Mag ich besonders, wenn Sie den fürsorglichen Papa spielen.«

»Passen Sie bloß auf, dass ich Sie nicht übers Knie lege.«

»Vorsicht, Inspektor. Heutzutage könnte eine solche Bemerkung Sie den Job kosten.«

»Gehen wir morgen zusammen zu dem Spiel?«

»Klar doch. Ich hab extra einen grün-weißen Schal für Sie beiseite gelegt.«

»Und erinnern Sie mich unbedingt daran, dass ich mein Feuerzeug mitnehme. Also dann um zwei Uhr in der Mather's Street?«

»Ich bring auch ein paar Flaschen Bier mit.«

»Siobhan – Sie waren doch heute Abend beruflich in diesem Club ...«

»Ja.«

»Haben Sie was erreicht?«

»Nein«, sagte sie und klang plötzlich sehr müde. »Nicht mal ein torloses Unentschieden.«

Er legte das Telefon beiseite und goss sich einen Schluck Whisky in sein Glas. »Richtig stilvoll heute Abend, John«, sagte er zu sich selbst. Er war nämlich inzwischen so weit, dass er oft genug direkt aus der Flasche trank. Das Wochenende lag vor ihm, und mal abgesehen von dem Fußballspiel, wusste er nicht, was er tun sollte. Im Dämmerlicht seines Wohnzimmers hingen ganze Schwaden Zigarettenrauch. Von Zeit zu Zeit dachte er daran, die Wohnung zu verkaufen, sich was Neues zu suchen, wo weniger Gespenster ihn verfolgten. Doch andererseits waren sie seine einzige Gesellschaft: die toten Kollegen, die Opfer zahlloser Verbrechen, die Frauen, mit denen er mehr oder weniger kurzlebige Beziehungen gehabt hatte. Er wollte sich noch etwas Whisky nachgießen. Doch die Flasche war leer. Als er aufstand, bemerkte er, dass der Boden unter ihm zu schwanken anfing. Eigentlich musste er noch eine frische Flasche in der Einkaufstasche unter dem Fenster haben, doch die Tasche war leer und zerknüllt. Er blickte aus dem Fenster und sah in der Scheibe sein ratloses Gesicht. Lag nicht noch eine Flasche unten in seinem Wagen? Hatte er eigentlich eine oder zwei Flaschen gekauft? Er ging im Geist die Kneipen durch, die auch um zwei Uhr früh noch geöffnet waren. Die Stadt – seine Stadt –, dort draußen wartete sie auf ihn, wartete darauf, ihm ihr dunkles, eingeschrumpftes Herz zu präsentieren.

»Ich brauch den verdammten Stoff nicht«, sagte er und legte die Handflächen auf die Fensterscheiben, als ob er das Glas herausdrücken und zugleich damit unten auf dem Gehsteig zerschellen wollte.

»Ich brauche den verdammten Stoff nicht«, wiederholte er. Dann richtete er sich wieder auf, ging nach vorne und zog den Mantel an.

3

Samstagmittag. Der Clan traf zum Essen im Witchery zusammen.

Ein Nobelrestaurant oben an der Royal Mile. Gleich neben dem Schloss. Von draußen strömte durch die großen Fenster das Tageslicht herein – fast wie in einem Glashaus. Roddy hatte auch im Namen der übrigen Geschwister das Essen zum fünfundsiebzigsten Geburtstag ihrer Mutter organisiert. Sie war Malerin, und das hatte ihn auf die Idee gebracht, ein Restaurant mit möglichst viel Tageslicht auszuwählen. Allerdings war der Himmel bedeckt. An den Fensterscheiben rann in Strömen der Regen hinab. Die Wolken hingen tief und verhüllten sogar die Spitze der Burg.

Zum Auftakt des Familientreffens war man kurz durch die Befestigungsanlagen gegangen. Doch die Jubilarin zeigte sich unbeeindruckt. Allerdings kannte sie den Ort schon seit fast siebzig Jahren und war seither gewiss schon hundertmal hier oben gewesen. Auch das Essen hatte ihre Stimmung nicht gehoben, obwohl Roddy jeden einzelnen Gang, jeden Schluck Wein in den höchsten Tönen gepriesen hatte.

»Warum musst du nur immer so übertreiben?«, fuhr sie ihn an.

Er überging die Bemerkung schweigend, starrte in sein Puddingschälchen und zwinkerte schließlich Lorna zu. Lorna sah wieder den kleinen Jungen vor sich, der ihr Bruder einmal gewesen war, fühlte sich an jene bezaubernde Scheu erinnert, mit der er inzwischen vor allem seine potenziellen Wähler und irgendwelche Fernsehreporter umgarnte.

Warum musst du nur immer so übertreiben? Die Worte standen noch immer im Raum. Fast schien es so, als ob die übrigen Familienmitglieder sich geradezu daran labten. Doch dann fing Roddys Frau Seona an zu sprechen.

»Ja, wo er das wohl herhat?«

»Was hat sie gesagt? *Was hat sie gesagt?*«

Natürlich war es Cammo, der die Friedensverhandlungen einleitete: »Also, Mutter, er hat sich die ganze Mühe doch nur gemacht, weil du heute ...«

»Kannst du denn keinen einzigen Satz zu Ende sprechen?«

Cammo seufzte und holte tief Luft. »Weil du heute Geburtstag hast. Warum gehen wir nicht zu Fuß zum Holyrood-Palast hinunter?«

Seine Mutter funkelte ihn wütend an – ihre Augen wie

feuernde Geschütze. Dann lag plötzlich ein Lächeln auf ihrem Gesicht. Die anderen beneideten Cammo um seine Fähigkeit, solche kleinen Wunder zu vollbringen. Ja, in solchen Augenblicken verfügte er geradezu über magische Kräfte.

Sie saßen zu sechst an dem Tisch. Cammo, der älteste Sohn, hatte das Haar aus der Stirn zurückgekämmt und trug die goldenen Manschettenknöpfe seines Vaters und damit die einzigen Dinge von Wert, die ihm dieser hinterlassen hatte. Über Politik hatten sie sich schon immer gestritten – Cammo und der alte Herr, der noch ein Liberaler vom alten Schlag gewesen war. Cammo selbst hingegen war bereits während des Studiums in St. Andrews der Konservativen Partei beigetreten. Inzwischen hatte er im Umland von London ein sicheres Abgeordnetenmandat errungen und vertrat einen vorwiegend ländlichen Wahlkreis zwischen Swindon und High Wycombe. Er wohnte in London, liebte das Nachtleben und die brodelnde Metropole. Verheiratet war er mit einer Trinkerin, die Unsummen in teuren Geschäften ausgab. Die beiden wurden nur selten zusammen gesehen. Dafür erschien er auf den diversen Bällen und Partys der Hauptstadt jedes Mal mit einer anderen Frau am Arm.

Ja, das war Cammo.

Er war in der vergangenen Nacht mit dem Schlafwagen angereist und hatte sich bereits heftig darüber beklagt, dass er im Speisewagen – wegen Personalmangels – nichts zu trinken bekommen hatte.

»Unverschämtheit. Da privatisiert man extra die Eisenbahn, und dann bekommt man nicht mal einen anständigen Whisky mit Soda.«

»Mein Gott, wer trinkt denn heute noch Soda?«

Diesen Satz hatte Lorna unbedingt noch loswerden müssen, bevor die kleine Gesellschaft sich vom Sitz der Familie aus zum Essen begeben hatte. Lorna hatte schon immer gewusst, wie sie ihren Bruder nehmen musste. Sie war nur elf Monate jünger als er und hatte es sogar geschafft, sich für das Familienfest von

ihren zahlreichen Verpflichtungen
nämlich Fotomodell – jedenfalls be
nahenden Alters und der sinkenden 1
Inzwischen war sie Ende Vierzig. Da
reits in den Siebzigerjahren gemacht.
noch bisweilen gebucht und hatte ang
eine Gönnerin. In ihrer Jugend hatte
mentsabgeordneten ein Verhältnis ge
Cammo ziemlich ähnlich, der sich auch
einem Fotomodell zeigte. Lorna hatte
schichte über ihren Bruder gehört und v ......, dass es sich
umgekehrt genauso verhielt. Wenn die beiden einmal zusammentrafen, was selten genug der Fall war, tänzelten sie nervös umeinander herum wie zwei Boxer im Ring.

Und natürlich hatte Cammo als Aperitif einen Whisky-Soda bestellt.

Und dann war da noch der kleine Roddy, der inzwischen auch schon fast die vierzig erreicht hatte. Obwohl im Grunde seines Herzens ein Rebell, hatten ihn seine Lebensumstände daran gehindert, diese Seite auszuleben. Früher hatte er mal im Schottland-Ministerium gearbeitet, doch inzwischen war er als Anlageberater tätig. Auch wenn er sich zu New Labour bekannte, war er meist ziemlich ratlos, wenn sein Bruder schweres ideologisches Geschütz auffuhr. Roddy saß bei solchen Gelegenheiten einfach ruhig da und ließ sämtliche Granaten an sich abprallen. Nicht zufällig hatte ein politischer Kommentator ihn einmal als »Ausputzer« der Schottischen Labour-Partei bezeichnet. Denn tatsächlich verstand Roddy es prächtig, die vielen Landminen der Partei sorgfältig aufzuspüren und dann ebenso professionell zu entschärfen. Andere nannten ihn einen Schleimer, weil es ihm gelungen war, von Labour als Kandidat für das geplante Schottische Parlament aufgestellt zu werden. Tatsächlich hatte Roddy an diesem Tag doppelt Grund zum Feiern. Erst wenige Stunden zuvor hatte er nämlich erfahren, dass ihn seine Partei für den Wahlkreis Edinburgh West nominiert hatte.

hatte Cammo bloß gesagt und die Augen
die anderen Gäste vorneweg Champagner ge-

hingegen lächelte nur und schob sich eine dicke
rze Haarsträhne hinters Ohr. Seine Frau Seona drückte
aufmunternd den Arm. Seona war nicht nur eine loyale
Ehefrau, nein, sie war von beiden auch die politisch Aktivere.
Sie unterrichtete Geschichte an einer Gesamtschule.

Billary nannte Cammo sie bisweilen in Anspielung auf Bill
und Hillary Clinton. In seinen Augen waren die meisten Lehrer Staatsfeinde, was ihn freilich nicht daran gehindert hatte,
Seona bei mehreren ebenso festlichen wie feuchtfröhlichen Anlässen massiv anzubaggern. Lornas Vorhaltungen hatte er mit
der Auskunft beschieden: »Indoktrination durch Verführung.
Wenn die verdammten Sekten das dürfen, warum dann nicht
die Tory-Partei?«

Auch Lornas Ehemann war anwesend. Allerdings stand er
die meiste Zeit mit dem Handy am Ohr an der Tür. Von hinten
wirkte er nicht sonderlich beeindruckend: zu wohlgenährt für
seinen cremefarbenen Leinenanzug und die spitzen schwarzen
Schuhe. Und dann noch der langsam ergrauende Pferdeschwanz – Cammo hat laut gelacht, als er das Ding zum ersten
Mal gesehen hatte.

»Bist du jetzt endlich auch im New Age angelangt, Hugh?
Oder bist du unter die professionellen Ringer gegangen?«

»Schnauze, Cammo.«

Hugh Cordover war in den Siebziger-, Achtzigerjahren so
eine Art Rockstar gewesen. Inzwischen war er als Plattenpro-
duzent und Bandmanager aktiv. Allerdings interessierten sich
die Medien neuerdings mehr für seinen Bruder Richard, einen
Anwalt aus Edinburgh, als für den alternden Rockstar. Lorna
hatte er erst gegen Ende ihrer Karriere kennen gelernt. Irgendein Berater hatte ihr damals eingeredet, dass sie unbedingt singen müsse. Und so war sie eines Tages zu spät und auch noch
betrunken in Hughs Studio aufgekreuzt. Der hatte ihr zur Be-

grüßung erst mal ein Glas Wasser ins Gesicht geschüttet und ihr erklärt, sie solle gefälligst nüchtern wiederkommen. Vierzehn Tage später war sie in dem erwünschten Zustand wieder bei ihm aufgetaucht. Abends waren die beiden dann essen gegangen und hatten anschließend bis zum frühen Morgen im Studio gearbeitet.

Zwar wurde Hugh noch manchmal auf der Straße erkannt, doch meist von Leuten, die ihn nicht die Bohne interessierten. Im Zentrum seines Lebens stand jetzt sein heiliges Buch – ein in Leder gebundener dicker Terminkalender. Dieses Buch hielt er geöffnet in der Hand, während er – das Telefon zwischen Schulter und Ohr geklemmt – in dem Restaurant auf und ab ging. Seine Hauptbeschäftigung bestand offenbar darin, Termine zu vereinbaren, immer neue Termine. Lorna beobachtete ihn über den Rand ihrer Brille hinweg, und ihre Mutter wollte plötzlich unbedingt, dass jemand das Licht einschaltete.

»Mein Gott, wie dunkel es hier ist. Wollt ihr mir unbedingt einen Vorgeschmack auf den Friedhof geben?«

»Ja, Roddy«, sagte Cammo, »kannst du nichts dagegen unternehmen? Schließlich hast du das Lokal ausgewählt.« Er sah sich verächtlich in dem Raum um. Zwischenzeitlich waren zwei Fotografen eingetroffen – einer, den Roddy organisiert hatte, und ein anderer von einer Illustrierten. Cordover kehrte angesichts der neuen Lage augenblicklich an seinen Platz am Tisch zurück und gab sich redlich Mühe, die diversen Mitglieder des Grieve-Clans möglichst überzeugend anzulächeln.

Nach Roddy Grieves Planung war ein Spaziergang entlang der gesamten Royal Mile eigentlich nicht vorgesehen. Ja, er hatte sogar extra ein paar Taxis organisiert, die vor dem Holiday Inn warteten. Doch seine Mutter hatte ihren eigenen Kopf.

»Wenn wir schon spazieren gehen, dann um Himmels willen den ganzen Weg.« Und dann setzte sie sich in Marsch. Dabei stützte sie sich auf ihren Handstock, den sie zu rund siebzig Prozent aus Geltungssucht und vielleicht zu dreißig

Prozent aus schmerzlicher Notwendigkeit mit sich führte. Als Roddy gerade die Fahrer bezahlte, flüsterte ihm Cammo ins Ohr: »Warum musst du nur immer so übertreiben?« Dann lachte er.

»Hau ab, Cammo.«

»Würde ich ja gerne, Bruder. Aber der nächste Zug zurück in die Zivilisation geht erst in ein paar Stunden.« Er schaute umständlich auf die Uhr. »Außerdem hat Mutter heute Geburtstag, wie du vielleicht weißt. Ich fürchte, sie wäre außerordentlich bestürzt, wenn ich plötzlich wieder abreise.«

Und so war es wohl auch. Das konnte selbst Roddy nicht leugnen.

»Schaut mal, wie sie geht«, sagte Seona und sah staunend zu, wie sich ihre Schwiegermutter in jenem merkwürdig schleppenden Gang, der überall Aufmerksamkeit erregte, die Straße hinabbewegte. Ja, Alicia war zweifellos ungewöhnlich geltungssüchtig. Schon immer hatte sie Mittel und Wege gefunden, die Aufmerksamkeit der anderen auf sich zu ziehen, und auch ihr Nachwuchs musste diesem Drang Tribut zollen. Zu Allan Grieves Lebzeiten hatten sich diese Marotten noch in Grenzen gehalten, immerhin hatte sich seine Frau einiges von ihm sagen lassen. Doch seit er tot war, tat Alicia alles, um sich für die vielen Jahre erzwungener Normalität zu entschädigen.

Nicht dass die Grieves eine normale Familie gewesen wären: Davon hatte Roddy Seona bereits in Kenntnis gesetzt, als die beiden das erste Mal zusammen ausgegangen waren. Aber natürlich hatte sie es ohnehin schon gewusst – jeder in Schottland wusste wenigstens *irgendwas* über die Grieves –, allerdings hatte sie es vorgezogen, das für sich zu behalten. Roddy ist halt anders, hatte sie sich damals eingeredet. Ja, bisweilen versuchte sie sich davon auch jetzt noch zu überzeugen, nur dass sie inzwischen nicht mehr so recht daran glaubte.

»Werfen wir doch mal einen Blick auf die Parlamentsbaustelle«, schlug sie vor, als die kleine Gesellschaft die Kreuzung St. Mary's Street erreichte.

»Um Gottes willen, wozu denn?«, brummte Cammo verächtlich.

Alicia verzog nur den Mund, sagte aber nichts und setzte ihren Weg Richtung Holyrood Road fort. Seona gab sich Mühe, ein Lächeln zu unterdrücken: Zwar nur ein kleiner, trotzdem ein wichtiger Sieg. Aber gegen wen oder was kämpfte sie eigentlich?

Cammo ließ sich zurückfallen. Die drei Frauen hielten miteinander Schritt. Hugh war vor einem Schaufenster stehen geblieben und telefonierte mal wieder. Cammo ging jetzt neben Roddy und freute sich darüber, dass er noch immer wesentlich besser gekleidet war als sein jüngerer Bruder.

»Ich hab wieder eins von diesen Schreiben bekommen«, sagte er beiläufig.

»Was für ein Schreiben?«

»Mensch, hab ich dir davon noch nichts erzählt? Die Briefe werden an mein Abgeordnetenbüro geschickt. Und meine Sekretärin muss sie aufmachen, armes Mädchen.«

»Drohbriefe?«

»Glaubst du vielleicht, dass man als Abgeordneter nur Fan-Post erhält?« Cammo tippte Roddy auf die Schulter. »Damit musst du leben, falls du gewählt wirst.«

»Falls«, wiederholte Roddy lächelnd.

»Also, soll ich dir jetzt was über diese Todesdrohungen erzählen oder nicht?«

Roddy blieb plötzlich stehen, doch Cammo ging einfach weiter. Roddy brauchte einen Augenblick, um ihn wieder einzuholen.

»Todesdrohungen?«

Cammo zuckte mit den Achseln. »In unserem Metier nicht ganz unbekannt.«

»Und was steht in den Briefen?«

»Nicht viel. Nur, dass es mir demnächst ›an den Kragen‹ geht. Einmal waren sogar ein paar Rasierklingen beigelegt.«

»Und was sagt die Polizei dazu?«

Cammo sah ihn kopfschüttelnd an. »Mein Gott, wie naiv du bist. Die Einrichtungen, die in diesem Land mit der Durchsetzung der Gesetze betraut sind, Roddy – und diesen Tipp gebe ich dir kostenlos –, zeichnen sich vor allem durch ihre Indiskretion aus. Das gilt insbesondere, wenn man die Herrschaften zum Essen oder Trinken einlädt oder wenn ein oder mehrere Abgeordnete im Spiel sind.«

»Du meinst, dass die Polizei die Presse informiert?«

»Bingo.«

»Trotzdem verstehe ich nicht ganz…«

»Die Zeitungen würden die Sache breittreten und mich auf Schritt und Tritt verfolgen.« Cammo wartete, bis seine Worte ihre Wirkung getan hatten. »An ein normales Privatleben wäre dann natürlich nicht mehr zu denken.«

»Aber Todesdrohungen…«

»Irgendein Geisteskranker«, schnaubte Cammo verächtlich. »Nicht der Rede wert. Ich wollte dich nur warnen. Dir könnte nämlich demnächst durchaus dasselbe blühen, Brüderchen.«

»*Wenn* ich gewählt werde.« Wieder dieses scheue Lächeln – eine Scheu allerdings, die mit reichlich Kampfeslust gepaart war.

»Wenn das Wörtchen Wenn nicht wär«, sagte Cammo und zuckte mit den Achseln. »So sagt man doch, oder?« Er hielt Ausschau nach den drei Frauen weiter vorne. »Mutter hat 'n ganz schönes Tempo drauf, was?«

Alicia Grieve hieß mit Mädchennamen Alicia Rankeillor, und unter diesem Namen war sie als Malerin berühmt und wohlhabend geworden. Das Hauptthema ihres Werkes war das Edinburgher Licht. Ihr bekanntestes Gemälde war tausendfach auf Postkarten und auf sonstigen Reproduktionen verbreitet. Auf dem Bild durchbrach das Sonnenlicht an mehreren Stellen einen Wolkenvorhang und tauchte das Schloss und weiter unten den Lawnmarket in gleißendes Licht. Obwohl nur wenige Jahre älter als sie, war Allan Grieve an der Kunsthochschule ihr Lehrer gewesen. Die beiden hatten früh geheiratet, jedoch erst

Kinder in die Welt gesetzt, als ihr beruflicher Erfolg gesichert schien. Insgeheim hatte Alicia stets das Gefühl gehabt, dass Allan sie um ihren künstlerischen Erfolg beneidete. Er war zwar ein großartiger Lehrer, doch fehlte ihm das Talent, selbst als Künstler Bedeutendes zu leisten. Einmal hatte sie sogar zu ihm gesagt, er müsse versuchen, von seiner akademischen Korrektheit Abstand zu nehmen, weil echte Kunst der Überpointierung bedürfe. Er hatte nur ihre Hand gedrückt und geschwiegen und sie erst kurz vor seinem Tod an diese Worte erinnert.

»An dem Tag damals hast du mich getötet und meinen künstlerischen Lebenstraum zerstört.« Sie wollte schon Protest erheben. Doch dann hatte er begütigend gesagt: »Du hattest ja völlig Recht. Leider habe ich nie eine echte künstlerische Vision gehabt.«

Manchmal wünschte sich Alicia, dass das Schicksal auch ihr selbst diese Vision erspart hätte. Eine gute, liebevolle Mutter wäre zwar auch dann nicht aus ihr geworden, aber vielleicht wenigstens eine bessere Ehefrau und Geliebte.

Inzwischen lebte sie – von den Werken anderer Künstler und einigen schön gerahmten Bildern ihres Mannes umgeben – allein in dem riesigen Haus in Ravelston. Das Anwesen lag nur ein paar Schritte von der Galerie für moderne Kunst entfernt, wo man erst unlängst eine Retrospektive ihrer Werke gezeigt hatte. Der Eröffnung war sie zwar unter irgendeinem Vorwand ferngeblieben, einige Tage später jedoch war sie frühmorgens in die Ausstellung gegangen und hatte sich ihre Bilder in aller Ruhe angesehen. Am meisten irritiert hatte sie dabei, dass man ihr Werk in das Korsett einer ihr selbst völlig fremden thematischen Ordnung gesteckt hatte.

»Die Polizei hat irgendwo eine Leiche gefunden«, sagte Hugh Cordover.

»Hugh«, säuselte Cammo mit gespielter Herzlichkeit, »du wieder unter uns?«

»Eine Leiche?«, fragte Lorna.

»Ja, haben sie in den Nachrichten gesagt.«

»Ich hab was von einem Skelett gehört«, sagte Seona.

»Und wo?«, fragte Alicia und blieb stehen, um sich am Anblick der Salisbury Crags zu erfreuen.

»In einer Wand in Queensberry House«, entgegnete Seona und zeigte auf das Haus, vor dessen Tor sie gerade standen. Alle starrten wie gebannt auf das Gebäude. »Früher war in dem Bau mal ein Krankenhaus.«

»Wahrscheinlich ein armes Schwein von der Warteliste«, sagte Hugh Cordover, doch niemand hörte ihm zu.

4

»Wer, glaubst du eigentlich, wer du bist?«

»Was?«

»Du hast mich genau verstanden.« Jayne Lister warf ihrem Mann ein Kissen an den Kopf. »Das Geschirr steht schon seit gestern Abend in der Spüle.« Sie wies mit dem Kopf Richtung Küche. »Du hast doch gesagt, dass du den Abwasch machst.«

»Mach ich doch auch.«

»Aber *wann*?«

»Heute ist Sonntag, der Tag der Ruhe.« Nicht besonders witzig, aber er wollte sich nicht den ganzen Tag verderben lassen.

»Wenn es nach dir ginge, ist die ganze Woche Ruhetag. Wann bist du gestern Abend nach Hause gekommen?«

Sie stand vor dem Fernseher und nahm ihm die Sicht. Eine Jugendsendung. Die Moderatorin war ziemlich heiß. Er hatte Nic schon von ihr erzählt. Die Kleine war gerade im Bild, sprach in ein Telefon und winkte mit einer Karte. Mein Gott, was für ein Gefühl, morgens neben einer solchen Braut aufzuwachen.

»Kannst du mal deinen Arsch bewegen?«, sagte er zu seiner Frau.

»Du hast mir das Wort aus dem Mund genommen.« Sie drehte sich um und schaltete den Fernseher aus. Jerry schoss wie der Blitz vom Sofa hoch. Sie sah ihn erschrocken, fast ängstlich an. Um so besser. Er schob sie zur Seite und wollte schon auf den Knopf drücken, doch sie hielt ihn an den Haaren fest und zog ihn zurück.

»Mit diesem Nic Hughes die ganze Nacht durchsaufen, das kannst du«, kreischte sie. »Glaubst du vielleicht, dass du kommen und gehen kannst, wann du gerade Lust hast, du Schwein!«

Er umfasste ihr Handgelenk und verdrehte es. »Loslassen, verdammt noch mal!«

»Meinst du vielleicht, ich lass mir das gefallen?« Der Schmerz schien ihr nichts auszumachen. Er drückte fester zu und drehte ihr den Arm noch kräftiger um. Doch sie krallte sich nur immer mehr in seinem Haar fest. Seine Kopfhaut brannte. Er warf den Kopf zurück und traf sie direkt über der Nase. Das reichte fürs Erste. Sie ließ ihn heulend los, und er stieß sie auf das Sofa, dabei riss sie mit dem Fuß den Kaffeetisch um: Aschenbecher, leere Dosen, die Samstagszeitung, alles landete krachend und scheppernd auf dem Boden. Die Nachbarn in der Wohnung über ihnen stampften gegen die Decke. Die Stelle an der Stirn, wo er sie getroffen hatte, war ganz rot. Aber auch sein eigener Schädel brummte, als ob der verdammte Kater vom Vorabend noch nicht reichte.

Gleich nach dem Aufstehen hatte er nachgerechnet: Acht halbe Liter und zwei Gläser Whisky. Klar, dass er nur noch ein paar Münzen in der Tasche hatte. Und das Taxi hatte sechs Pfund gekostet. Dabei hatte Nic sogar das Essen beim Inder bezahlt. Ja, Nic war an allem schuld: Er wollte unbedingt einen draufmachen, obwohl Jerry darauf eigentlich gar keinen Bock gehabt hatte.

»Aber *ich* hab Bock«, hatte Nic nur gesagt. Nach dem Essen war er dann schon etwas ruhiger geworden. Zwei oder drei Kneipen…, dann ein Taxi für Jerry. Nic selbst war zu Fuß nach Hause gegangen. Ja, das war der Vorteil, wenn man mitten in der Stadt wohnte: Um den Heimweg brauchte man sich keine

Gedanken zu machen. Doch hier draußen in der Prärie war es immer ein Problem, nach Hause zu kommen. Auf die Busse war ohnehin kein Verlass, außerdem vergaß er jedes Mal, wie lange sie nachts fuhren. Aber auch die Taxifahrer musste man belügen und ihnen weismachen, dass man nach Gatehill wollte. Wenn man dann in Gatehill ankam, konnte man entweder aussteigen und zu Fuß über den Sportplatz gehen, oder man musste den Fahrer überreden, noch knapp einen Kilometer weiter bis zur Garibaldi-Siedlung zu fahren. Einmal war er mitten auf dem Fußballplatz überfallen worden: Vier oder fünf Typen, und er zu blau, um sich zu wehren. Seither ließ er sich immer bis vor die Haustür fahren.

»Du bist ein verdammtes Schwein«, sagte Jayne und rieb sich die Stirn.

»Wer hat denn damit angefangen? Warum lässt du mich denn nicht einfach auf dem Sofa liegen?« Seine Stimme klang jetzt sanfter. »Ich wollte den Abwasch doch später machen, ehrlich. Nur vorher noch ein bisschen ausruhen.« Er versuchte sie zu umarmen. Tja, die kleine Rauferei hatte ihn richtig geil gemacht. Vielleicht hatte Nic ja recht: Der sagte nämlich immer, dass Sex und Gewalt ungefähr dasselbe sind.

Jayne rappelte sich wieder auf. Sie wusste sofort, was los war. »Kannste vergessen, Arschloch.« Sie stolzierte aus dem Zimmer. Blöde Zicke … ständig eingeschnappt. Vielleicht hatte Nic ja Recht. Vielleicht hatte er – Jerry – echt was Besseres verdient. Aber wenn man sich Nic so ansah – mit seinem guten Job und seinen Klamotten und dem ganzen Scheiß. Eigenheim auf Raten und reichlich Kohle, und trotzdem war Catriona abgehauen. Jerry schnaubte verächtlich. Das musste man sich mal vorstellen: Die eigene Frau hatte ihn wegen eines Kerls verlassen, den sie auf einer Single-Party kennen gelernt hatte. *Eine verheiratete Frau, die auf einer Single-Party einen Kerl aufreißt!* Ja, manchmal war das Leben echt grausam. Aber es gab ja noch die kleinen Freuden. Also die Glotze wieder eingeschaltet und zurück aufs Sofa. Seine Bierdose stand noch aufrecht auf dem

Boden. Er nahm einen Schluck. Im Fernsehen lief gerade ein Comic. Kein Problem, Jerry mochte Comics. Kinder hatte er allerdings keine, auch kein Problem. War ja selbst noch 'n halbes Kind, ehrlich gesagt. Die Stampfer einen Stock höher, ja, die hatten drei... und besaßen dazu noch die Frechheit, ihm Vorwürfe zu machen, weil er zu laut war. Auf dem Boden lag noch genau an der Stelle, wo er bei der kleinen Prügelei gelandet war, der Brief der Hausverwaltung. Uns haben Klagen erreicht... problematische Mieter müssen mit juristischen Schritten rechnen... bla bla. Was konnte er denn dafür, dass die Wände so dünn waren? Nicht mal einen richtigen Dübel konnte man darin befestigen. Und jedes Mal wenn die Scheißer von oben sich abmühten, Kind Nummer vier zu produzieren, machten sie einen Höllenlärm. Einmal hatte er ihnen sogar applaudiert, als sie endlich fertig waren. Danach kein Pieps mehr, also hatten sie ihn gehört.

Er überlegte, ob Jayne mit Sex nichts mehr am Hut hatte, weil sie nicht wollte, dass man sie dabei hörte. Musste sie gelegentlich mal danach fragen. Klar: Er konnte sie sich auch einfach schnappen und es ihr kräftig besorgen. Und wenn sie dann so richtig laut stöhnte und schrie, dann würden die Scheißer von oben schon sehen, was sie davon hatten. Die Kleine aus der Glotze, die kreischte und schrie beim Vögeln ganz sicher – aber hundert Pro. Der musste man beim Rammeln wahrscheinlich die Hand auf den Mund legen und aufpassen, dass sie noch genug Luft kriegte.

Hatte Nic doch auch gesagt: Das war das Wichtigste.

»Und – interessieren Sie sich für Fußball?«

Derek Linford hatte sich Siobhans Nummer im Marina geben lassen. Samstags hatte er ihr dann auf den Anrufbeantworter gesprochen und gefragt, ob sie Lust hätte, am Sonntag einen Spaziergang zu machen. Und jetzt schlenderten sie also durch den Botanischen Garten. Ein kühler Nachmittag und überall lustwandelnde Paare. Doch sie sprachen über Fußball.

»Ich gehe fast jeden Samstag ins Stadion«, gestand Siobhan.

»Ist denn jetzt nicht Winterpause oder so was?« Er wollte ihr zeigen, dass er wenigstens ein bisschen von der Sache verstand.

Sie lächelte über seine Bemühungen. »Das gilt nur für die Erste Liga. Aber die Hibs sind letztes Jahr abgestiegen.«

»Ach so.« Sie kamen an eine Kreuzung. »Wenn Ihnen kalt ist, können wir auch dort drüben in das Gewächshaus gehen.«

Sie schüttelte den Kopf. »Kein Problem. Ich unternehme sonntags meist nicht viel.«

»Nein?«

»Manchmal geh ich zum Flohmarkt, aber meistens bleibe ich zu Hause.«

»Kein Freund oder so was?« Sie schwieg. »Tut mir Leid, dass ich gefragt habe.«

Sie zuckte mit den Achseln. »Ist doch kein Verbrechen oder?«

»In unserem Beruf – wie soll man da auch andere Leute kennen lernen?«

Sie sah ihn an. »Deshalb also der Single-Club?«

Er errötete. »Kann schon sein.«

»Keine Sorge. Ich sag's nicht weiter.«

Er versuchte zu lächeln. »Danke.«

»Trotzdem haben Sie Recht«, fuhr sie fort, »wann lernt man in unserem Beruf schon mal jemanden kennen? Mal abgesehen von den Kollegen.«

»Und den Kriminellen natürlich.«

Die Art und Weise, wie er das Wort aussprach, weckte in ihr den Verdacht, dass er es noch nicht mit allzu viel »Kriminellen« zu tun gehabt hatte. Trotzdem nickte sie.

»Ich glaube, das kleine Café da drüben hat geöffnet«, sagte er. »Wenn Sie Lust haben …?«

»Oh ja, einen Tee und etwas Gebäck.« Sie nahm seinen Arm. »Ein herrlicher Sonntagnachmittag.«

Allerdings hatte die Familie am Nachbartisch ein hyperaktives Kind mitgebracht und einen schreienden Säugling in einem Kinderwagen. Linford drehte sich um und warf dem Kind einen finsteren Blick zu. Offenbar glaubte der Mann, dass seine Ausstrahlung genügte, um den Kleinen zur Ruhe zu bringen.

»Was ist so komisch?«, fragte er, als er sich wieder Siobhan zuwandte.

»Nichts«, sagte sie.

»Glaub ich nicht.« Er rührte mit dem Löffel in seinem Kaffee.

Sie sprach leise, damit man sie am Nebentisch nicht verstehen konnte. »Im ersten Augenblick hab ich gedacht, Sie wollen den Kleinen verhaften.«

»Keine schlechte Idee.« Seine Stimme klang ernst.

Sie saßen ein, zwei Minuten schweigend da. Dann fing Linford an, von seinem Job zu erzählen. Als er eine kleine Pause einlegte, fragte sie ihn: »Und was machen Sie so in Ihrer Freizeit?«

»Na ja, ich hab immer viel zu lesen: Fachliteratur und Zeitschriften. Ich hab ständig zu tun.«

»Klingt faszinierend.«

»Ja, das sagen viele Leute…« Er verstummte und sah sie an. »Wollen Sie mich auf den Arm nehmen?«

Sie nickte lächelnd. Er räusperte sich und fing wieder an, in seinem Kaffee herumzurühren.

»Themenwechsel«, sagte er schließlich. »Was ist eigentlich dieser John Rebus für ein Typ? Sie arbeiten doch mit ihm in der St. Leonard's Street zusammen.«

Obwohl von einem Themenwechsel keine Rede sein konnte, nickte sie. »Wieso fragen Sie?«

Er zuckte mit den Achseln. »Dieses Komitee – er nimmt es offenbar nicht ernst.«

»Vielleicht würde er lieber was anderes machen.«

»Ja, den ganzen Tag mit 'ner Zigarette im Mund in der Kneipe rumsitzen. Trinkt zu viel, der Mann, stimmt's?«, sagte er.

Sie sah ihn distanziert an. »Nein«, sagte sie kalt.

Er schüttelte den Kopf. »Tut mir Leid, wieder eine falsche Frage. Natürlich müssen Sie ihn verteidigen, ist ja ein enger Kollege von Ihnen.«

Sie verzichtete auf eine Antwort und er ließ seinen Löffel klirrend auf die Untertasse fallen.

»Wirklich idiotisch, wie ich mich verhalte«, sagte er. Der Säugling fing wieder an zu schreien. »Ich kann bei dem Geschrei einfach nicht klar denken.« Er sah sie kurz an. »Gehen wir?«

5

Am Montagmorgen fuhr Rebus zunächst in das Pathologische Institut. Wenn gerade eine Autopsie durchgeführt wurde, trat er normalerweise durch den Seiteneingang ein, der unmittelbar in den Zuschauerbereich führte. Doch da die Abluftanlage des Gebäudes nicht in Ordnung war, wurden im Augenblick sämtliche Obduktionen in einem Krankenhaus durchgeführt, und das Pathologische Institut diente lediglich der Aufbewahrung. Schon als er eintraf, fiel ihm auf, dass draußen auf dem Parkplatz keiner der typischen grauen Bedfords abgestellt war. Anders als in den meisten britischen Städten wurde in Edinburgh zunächst jede Leiche in das Institut gebracht. Die Bestattungsunternehmen kamen erst später ins Spiel. Er betrat das Gebäude durch den Personaleingang. Im so genannten Kartenzimmer – das so hieß, weil die Mitarbeiter hier in den Pausen Karten spielten – war niemand zu sehen. Deshalb ging er direkt in das Kühlhaus. Dougie, der für den Betrieb verantwortlich zeichnete, stand dort in seinem weißen Kittel mit einem Klemmbrett in der Hand.

»Hallo, Dougie«, sagte Rebus, um sich bemerkbar zu machen.

Dougie sah ihn durch seine Nickelbrille an. »Morgen, John.« Er blinzelte seinem Besucher fröhlich entgegen. Ein humorvoller Mann, der nach eigenem Bekunden in einem »todschicken Laden« arbeitete.

Rebus hielt sich die Nase zu, um Dougie zu signalisieren,

dass ihm der leicht süßliche Geruch in dem Raum nicht entgangen war.

»Ach so«, sagte Dougie. »Unangenehme Sache. Eine ältere Dame, dürfte schon seit einer Woche in der Wohnung gelegen haben.« Er wies mit dem Kopf zu dem Raum hinüber, wo die am übelsten riechenden Leichen verwahrt wurden.

»Hm. Die Leiche, die mich interessiert, dürfte schon wesentlich länger tot sein.«

Dougie nickte. »Da sind Sie leider zu spät dran. Der ist schon weg.«

»Weg?« Rebus sah auf die Uhr.

»Zwei von meinen Jungs haben ihn ungefähr vor einer Stunde zum Western-General-Krankenhaus gefahren.«

»Meines Wissens ist die Obduktion für elf Uhr angesetzt.«

Dougie zuckte mit den Achseln. »Euer Mann hat es furchtbar eilig gehabt. Gehört schon einiges dazu, die Zwei Musketiere so weit zu bringen, dass sie ihren Tagesablauf ändern.«

Die Zwei Musketiere – mit diesem Namen bezeichnete Dougie Professor Gates und Dr. Curt. Rebus legte die Stirn in Falten.

»Unser Mann?«

Dougie inspizierte das Blatt Papier auf dem Klemmbrett und fand schließlich den Namen. »Inspektor Linford.«

Als Rebus im Krankenhaus eintraf, war das Gespann Gates und Curt bereits bei der Arbeit. Professor Gates beschrieb sich selbst gerne als grobknochig. Als er sich jetzt über die sterblichen Überreste beugte, wirkte er tatsächlich wie der glatte Gegentyp seines ziemlich groß gewachsenen, hageren Kollegen. Curt war rund zehn Jahre jünger als Gates und räusperte sich ständig, was Außenstehende häufig als Kritik an Gates' handwerklichen Fähigkeiten interpretierten. Allerdings wussten diese Leute nicht, dass der gute Mann am Tag bis zu dreißig Zigaretten rauchte. Jeder Augenblick, den Curt in Arbeitskleidung verbrachte, rettete ihn für eine Weile vor seiner Sucht. Rebus, der während der Fahrt hierher an ganz andere Dinge gedacht hatte, verspürte plötzlich ein unbändiges Verlangen nach einer Zigarette.

»Morgen, John«, sagte Gates und blickte von seiner Arbeit auf. Er trug unter seiner bodenlangen Gummischürze ein blütenweißes Hemd und einen rot-gelb gestreiften Schlips. Obwohl er graue Anzüge bevorzugte, konnten ihm seine Krawatten nie bunt genug sein.

»Kommen Sie etwa vom Joggen?«, fragte Curt. Erst jetzt bemerkte Rebus, dass er schwer atmete.

»Nein, ich bin nur…«

»Wenn er so weitermacht«, sagte Gates und sah Curt bedeutungsvoll an, »dann ist er der Nächste, den wir hier auf den Tisch bekommen.«

»Stell ich mir nicht besonders witzig vor«, entgegnete Curt. »Möchte nicht wissen, wie es in dem Mann aussieht.«

»Außerdem hat der Mann ein verdammt dickes Fell. Ohne Hackmesser geht bei dem nichts. Kann mir nicht vorstellen, dass man bei dem mit einem Skalpell viel ausrichten kann.« Die beiden Herren amüsierten sich köstlich. Nicht zum ersten Mal verfluchte Rebus die Vorschrift, dass bei einer Autopsie grundsätzlich zwei Pathologen anwesend sein mussten.

Die Leiche bestand buchstäblich nur noch aus Haut und Knochen. Die Mumie lag auf einem Edelmetallwagen mit etlichen Abflussrinnen. Sie war reichlich verstaubt und mit Spinnweben bedeckt, doch von Körperflüssigkeiten keine Spur. Der Schädel lag auf einem kleinen Holzsockel, der unter anderen Umständen auch als etwas merkwürdiges Käsebrett hätte durchgehen können.

»Alles zu seiner Zeit, meine Herren.« Linfords Stimme. Er war zwar jünger als die beiden Pathologen, doch der schneidende Klang seiner Stimme ließ sie verstummen. Dann sah Linford Rebus an. »Guten Morgen, John.«

Rebus ging zu ihm hinüber. »Nett, dass Sie mich extra zum Pathologischen Institut haben fahren lassen.«

Linford sah ihn fragend an. »Irgendwelche Probleme?«

Rebus sah ihn böse an. » Wie kommen Sie denn darauf?« In dem Raum waren noch einige andere Leute: zwei Krankenhausangestellte, ein Polizeifotograf, jemand von der Spurensicherung und ein elegant gekleideter Herr von der Staatsanwaltschaft mit angewidertem Gesicht. Bei der Obduktion einer Leiche war immer eine Menge los. Wer nicht unmittelbar mit der Prozedur zu tun hatte, stand meist etwas hilflos herum und trat nervös von einem Fuß auf den anderen.

»Ich habe mich mit unserem Freund hier schon am Wochenende etwas näher befasst«, sagte Gates zu den Anwesenden. »Sein Zustand deutet darauf hin, dass er etwa Ende der Siebziger-, Anfang der Achtzigerjahre gestorben ist.«

»Haben Sie seine Kleider schon zur Analyse geschickt?«, fragte Linford.

Gates nickte. »Ja, nach Howdenhall – schon heute früh.«

»Die Kleidung eines jungen Menschen«, fügte Curt noch hinzu.

»Oder ein alter Knacker, der auf jung gemacht hat«, sagte der Fotograf.

»Das Haar jedenfalls ist noch nicht ergraut, auch wenn das natürlich nicht allzu viel besagt.« Gates machte dem Fotografen durch einen Blick klar, dass seine Theorien unerwünscht waren. »Ein genaueres Todesdatum dürfte erst der Laborbefund erbringen .«

»Und wie ist er gestorben?«, fragte Linford. Normalerweise hätte Gates solche Ungeduld bestraft, in diesem Fall jedoch begnügte er sich damit, den jungen Inspektor zu ignorieren.

»Schädelfraktur.« Curt wies mit einem Schreiber auf den Bereich. »Könnte natürlich auch erst post mortem passiert sein. Schwer zu sagen, ob es sich dabei um die eigentliche Todesursache handelt.« Er sah Rebus an. »Vieles hängt von den Ergebnissen der Spurensicherung ab.«

Der Mann von der Spurensicherung kritzelte etwas auf einen dicken Notizblock. »Wir sind an der Sache dran.«

Rebus wusste genau, wonach die Kollegen gesucht hatten. Zuerst nach der Mordwaffe und dann natürlich nach Blutspuren. Blut ließ sich nämlich so leicht nicht entfernen.

»Und wie ist er in den Kamin hineingekommen?«, fragte er.

»Nicht unser Problem«, sagte Gates und lächelte Curt an.

»Also besteht Mordverdacht?«, fragte der Mann von der Staatsanwaltschaft, dessen dröhnender Bass-Bariton so gar nicht zu seiner bescheidenen Größe und seinem eher zarten Körperbau passen wollte.

»Würde ich bejahen – und du?« Gates richtete sich auf und warf ein Besteck in ein Metallschälchen. Erst ein paar Sekunden später begriff Rebus, dass der Pathologe etwas in seiner behandschuhten Hand hielt. Etwas Schrumpeliges – etwa so groß wie ein dicker Pfirsich.

»Verdammt zähes Organ – das Herz«, sagte Gates und sah sich das Gebilde an.

»Sie waren ja am Anfang nicht dabei«, sagte Curt zu Rebus. »Eine Wunde in der Haut über den Rippen. Könnten theoretisch natürlich auch Ratten gewesen sein ...«

»Was?«, sagte Gates. » Seit wann gibt es denn Ratten, die mit einem Messer in der Gegend rumlaufen?« Er hielt seinem Kollegen das Organ unter die Nase. » Ganz eindeutig ein Einstich. Sieht ein bisschen aus wie ein Küchenmesser.«

»Also Mordverdacht«, murmelte der Mann von der Staatsanwaltschaft und machte sich eine entsprechende Notiz.

» Wieso haben Sie mir nicht Bescheid gesagt?«, fauchte Rebus. Er stand auf dem Parkplatz des Krankenhauses und hatte nicht die Absicht, Derek Linford einfach so in die Zentrale zurückfahren zu lassen.

»John, allmählich kenne ich Sie. Sie sind einfach kein Mannschaftsspieler.«

»Ach so, dann ist das also Ihr Begriff von Mannschaftsspiel? Mir einfach wichtige Informationen vorzuenthalten?«

»Also gut, vielleicht haben Sie ja Recht. Ich finde Ihre heftige Reaktion nur etwas übertrieben.«

»Aber ich gehe doch recht in der Annahme, dass die St. Leonard's Street für die Ermittlungen zuständig ist?«

Linford hatte inzwischen die Fahrertür seines blitzenden neuen BMW geöffnet. Zwar nur ein kleines Modell, aber trotzdem nicht schlecht für einen so jungen Kerl. »Wieso?«

»Die Leiche wurde doch bei einem unserer PPVK-Treffen gefunden.«

»Ja und?«

»Ach, hören Sie doch auf. Wer ist denn sonst dafür zuständig? Glauben Sie vielleicht, das Parlament bezieht ein Gebäude, in dem ein ungeklärter Mord passiert ist?«

»Die Geschichte ist doch schon mehr als zwanzig Jahre her: Ich glaube nicht, dass sich unsere künftigen Abgeordneten deswegen sonderlich beunruhigen werden.«

»Vielleicht nicht, aber die Presse lässt ganz sicher nicht so schnell locker. Bei jeder Gelegenheit werden die Schmierer darauf herumreiten: Geheimnisvoller Mord im Holyrood-Palast – ein Parlament watet im Blut.«

Linford schnaubte verächtlich, überlegte kurz und lächelte schließlich. »Sind Sie immer so?«

»Ich finde, Skelly gehört uns.«

Linford verschränkte die Arme. Rebus wusste, was der Mann dachte. Der Fall hatte – wie indirekt auch immer – mit dem zukünftigen Parlament zu tun. Deshalb war abzusehen, dass die oberste Polizeiführung die Sache an sich ziehen würde. »Und wie gehen wir vor?«

Rebus legte eine Hand vorne auf den BMW, sah Linfords Blick und zog sie wieder zurück. »Wie ist die Leiche nur dorthin gekommen? Vor zwanzig Jahren war in dem Gebäude doch ein Krankenhaus. Schwer vorstellbar, dass man damals einfach so in das Haus hineinmarschieren, eine Wand aufreißen und darin eine Leiche verstauen konnte.«

»Sie meinen, die Patienten hätten das bemerken müssen?«

Jetzt musste auch Rebus lächeln. »Jedenfalls kommt da einiges auf uns zu.«

»Sie lieben es doch, in solchen Sachen rumzuwühlen, nicht wahr?«

Rebus schüttelte den Kopf. » Nein, das hab ich schon zu oft gemacht.«

»Was soll das heißen?«

Er sprach von den Gespenstern der Vergangenheit. Doch das ging Linford nichts an. »Was halten Sie von Grant Hood und Ellen Wylie?«, sagte er stattdessen.

»Ja glauben Sie denn, dass die beiden scharf auf den Fall sind?«

»Die haben doch gar keine andere Wahl. Wozu haben wir sonst eine Befehlshierarchie?«

Linford nickte nachdenklich und stieg in seinen Wagen, doch Rebus hielt die Tür am Rahmen fest.

»Noch eins. Siobhan Clarke und ich – wir sind befreundet. Wer ihr wehtut, kriegt es mit mir zu tun.«

»Gut zu wissen.« Linford lächelte wieder, diesmal allerdings ziemlich kühl. »Ich glaube übrigens nicht, dass Siobhan Wert darauf legt, dass Sie sich in dieser Form in ihre Angelegenheiten einmischen. Außerdem spielt sich das alles nur in Ihrem Kopf ab. Wiedersehen, John.«

Linford ließ den Wagen an und nahm dann bei laufendem Motor ein Telefonat entgegen. Er hörte einige Sekunden zu, sah dann Rebus an und ließ die Scheibe herunter.

»Wo ist Ihr Wagen?«

»Zwei Straßen entfernt.«

»Dann fahren Sie am besten gleich hinter mir her.« Linford beendete das Gespräch und warf das Handy auf den Beifahrersitz.

»Wieso. Was ist denn los?«

Linford umfasste das Lenkrad mit beiden Händen. »Schon wieder eine Leiche in Queensberry House.« Er blickte starr geradeaus. »Nur diesmal etwas frischer.«

6

Noch am vergangenen Freitag waren sie an dem Sommerhaus vorbeigegangen. Ein leichter Holzbau, der früher zu dem Krankenhaus gehört hatte. Das Haus stand auf dem Gelände gleich neben dem Kirschbaum Ihrer Majestät. Beides sollte demnächst entfernt werden, doch derzeit diente das Sommerhaus noch als Lagerraum für allerlei Gerümpel. Nicht mal die Tür ließ sich abschließen. Ein Schloss hätte allerdings auch nur wenig genützt, denn die meisten Fenster waren ohnehin kaputt.

In diesem Haus hatte man die Leiche inmitten alter Farbdosen, Müllsäcke und ausrangierter Werkzeuge gefunden.

»Keine schöne Art zu sterben«, murmelte Linford und sah sich in dem Chaos um. Die Polizei war damit beschäftigt, eine Absperrung um das Sommerhaus zu errichten. Ein paar Arbeiter mit Schutzhelmen auf dem Kopf wurden gebeten, sich zu entfernen. Sie hatten sich auf dem Dach eines zum Abbruch bestimmten Gebäudes versammelt und beobachteten neugierig, was unten passierte. Wenn man nichts dagegen unternahm, würde sich dort bald die halbe Belegschaft einfinden, oder aber das Dach brach ein. Noch nicht mal Mittag, und Rebus hegte schon die schlimmsten Befürchtungen. Der Baustellenleiter wurde gerade in seinem Container vernommen. Er verlangte, sämtliche Polizisten sollten Helme aufsetzen. Rebus und Linford hatten bereits zwei von den Dingern auf dem Kopf. Die Spurensicherung packte gerade ihre geheimnisvollen Utensilien aus. Ein Arzt hatte den Tod des Opfers festgestellt. Auch die diensthabenden Pathologen waren schon informiert. Wegen der Bauarbeiten war die Holyrood Road nur einspurig befahrbar. Der Verkehr wurde mit Ampeln geregelt. Überall standen Polizeiwagen herum. Deshalb wurde das Chaos draußen auf der Straße immer schlimmer, und die Leute in den Autos fingen an zu schimpfen. Das Hupkonzert schwoll allmählich zu einem Orkan an. Darüber ein trüber Himmel.

»Sieht nach Schnee aus«, sagte Rebus. »Kalt genug ist es jedenfalls.« Noch am Vortag war es mild und regnerisch gewesen wie im April. Zwölf Grad über Null.

»Das Wetter ist im Augenblick nicht unser Problem«, fuhr Linford ihn an. Er wollte unbedingt die Leiche und das Innere des Sommerhauses inspizieren. Doch zuerst musste der Tatort gesichert werden. Er kannte ja die Vorschriften. Sie konnten nicht einfach hineingehen, da sonst die Gefahr bestand, dass sie Spuren verwischten.

»Der Arzt sagt, das Opfer hat einen heftigen Schlag auf den Hinterkopf erhalten.« Er nickte gedankenverloren und sah Rebus an. »Halten Sie das für Zufall?«

Rebus stand mit den Händen in den Taschen da und zuckte mit den Achseln. Er rauchte an diesem Morgen erst die zweite Zigarette. Er wusste, dass Linford irgendeinen Zusammenhang vermutete. Ziemlich schnell, der Mann. Offenbar witterte er hinter der Geschichte einen großen Fall. Und im Mittelpunkt des Geschehens sah er natürlich sich selbst – mit der Medienmeute im Rücken, die ihm die Öffentlichkeit auf den Hals hetzte. Einen solchen Fall konnte natürlich nur Linford lösen.

»Ich wohne in seinem Wahlkreis«, sagte Linford. »Genau genommen in Dean Village.«

»Auch nicht schlecht.«

Linford lachte verlegen.

»Kein Problem«, beruhigte Rebus ihn. »In solchen Situationen redet man halt irgendwas daher, um sich selbst zu beruhigen.«

Linford nickte.

»Was mich interessieren würde«, sagte Rebus. »Wie viele Mordfälle haben Sie eigentlich schon bearbeitet?«

»Kommen Sie mir jetzt bitte nicht mit dem alten Ich-hab-schon-mehr-Leichen-gesehen-als-du-warme-Mahlzeiten.«

Rebus zuckte wieder mit den Schultern. »War ja nur 'ne Frage.«

»Ich bin ja nicht immer in der Zentrale in der Fettes Avenue gewesen, wissen Sie.« Linford trat von einem Fuß auf den anderen. »Verdammt, hoffentlich sind die bald fertig.« Die Leiche befand sich noch am Tatort – genau genommen Roddy Grieves Leiche. Seine Identität war schon bekannt. Bei einer vorsichtigen Durchsuchung seiner Taschen hatte man nämlich seine Brieftasche gefunden. Die Beamten hatten ihn aber auch so erkannt. Schließlich war Roddy Grieve nicht *irgendwer*.

Er war ein Grieve, also ein Angehöriger des »Clans«, wie die Familie genannt wurde. In der Presse wurde sogar einmal von der »Ersten Familie« Schottlands gesprochen. Was natürlich Unsinn war.

Die vornehmste Familie im Land war selbstverständlich immer noch die der Broons.

»Wieso lächeln Sie?«

»Ach, nichts.« Rebus drückte seine Zigarette aus und schob sie wieder in die Schachtel. Wegwerfen wollte er sie nicht, um keine Spuren zu verwischen. Er wusste nur zu gut, wie wichtig die Arbeit der Spurensicherung war. Plötzlich verspürte er unbändige Lust auf einen Drink, und zwar jenen Drink, auf den er sich am Freitag Nachmittag mit Bobby Hogan verabredet hatte. Doch dann war die erste Leiche dazwischengekommen. Ja, er hätte jetzt zu gerne in einer Bar gehockt, über alte Zeiten geredet und sämtliche in dicken Wänden oder in Sommerhäusern versteckten Leichen vergessen. Einen Drink in einem Paralleluniversum genommen, wo es Grausamkeit und Gemeinheit einfach nicht gab.

Einer fühlte sich durch solch selbstquälerische Gedanken offenbar angezogen: nämlich Hauptkommissar Watson, der auf Rebus zusteuerte. Er hatte Rebus schon von weitem gesehen. Jetzt verengten sich seine Augen, und er sah Rebus an, als ob er mit einer Waffe auf ihn zielte.

»Ich hab mit der Sache nichts zu tun, Sir«, sagte Rebus, um seinem Chef von vornherein den Wind aus den Segeln zu nehmen.

»Mein Gott, John, kaum sieht man Sie, und schon gibt's Ärger.« Er sprach nur halb im Scherz. Watson blieben nur noch wenige Monate bis zur Pensionierung. Und er hatte die Absicht, seine Amtszeit in Ruhe ausklingen zu lassen. In diesem Sinne hatte er sich auch Rebus gegenüber mehrmals geäußert. Deshalb hob Rebus schuldbewusst die Hände und machte seinen Chef mit Derek Linford bekannt.

»Ah, Derek«, sagte der Hauptkommissar und streckte dem jüngeren Kollegen die Hand entgegen. »Hab natürlich schon von Ihnen gehört.« Die beiden Männer schüttelten sich etliche Sekunden die Hand, während sie sich gegenseitig taxierten.

»Sir«, meldete sich Rebus schließlich zu Wort, »Inspektor Linford und ich…, wir sind zu der Auffassung gelangt, dass wir für den Fall hier zuständig sind. Immerhin zeichnen wir für die Sicherheit des künftigen Parlaments verantwortlich und der Tote hat sich doch um ein Mandat für das Hohe Haus beworben.«

Watson ignorierte ihn einfach. »Schon bekannt, wie er gestorben ist?«

»Nein, noch nicht, Sir«, antwortete Linford hastig. Rebus war beeindruckt, wie schnell der Mann umschalten konnte. Linford war jetzt ganz der unterwürfige Schmeichler, der es dem großen Boss recht machen möchte. Reine Berechnung, doch davon bekam Watson natürlich nichts mit, wollte es auch gar nicht wahrhaben.

»Der Arzt hat ein Schädeltrauma diagnostiziert«, fügte Linford noch hinzu. »Merkwürdig, dass die Leiche in dem Kamin ganz ähnliche Verletzungen aufweist: eine Schädelfraktur plus Stichwunde.«

Watson nickte bedächtig. »Aber von einer Stichwunde ist doch in diesem Fall keine Rede.«

»Nein, Sir«, sagte Rebus. »Trotzdem…«

Watson sah ihn an. »Meinen Sie wirklich, ich würde *Ihnen* einen solchen Fall anvertrauen?«

Rebus zuckte mit den Achseln.

»Wenn es Sie interessiert, kann ich Ihnen gerne mal den Kamin zeigen«, sagte Linford zu Watson. Rebus wusste nicht recht, ob der Mann lediglich Zeit gewinnen wollte oder was er sonst bezweckte. Jedenfalls konnte er den Fall nicht einfach an sich reißen, schließlich war Rebus Mitglied des PPVK.

»Vielleicht später, Derek«, entgegnete Watson. »Nach dem Mord an Roddy Grieve interessiert sich doch niemand mehr für ein verschimmeltes altes Skelett.«

»So verschimmelt war Skelly gar nicht«, sagte Rebus. »Außerdem können wir ja die Ermittlungen nicht einfach einstellen.«

»Natürlich nicht«, fuhr Watson ihn an. »Trotzdem gibt es Prioritäten, John. Das sollten selbst *Sie* begreifen.« Watson streckte seine umgedrehte Hand aus. »Verdammt, jetzt fängt es auch noch an zu schneien.«

»Hoffentlich hauen dann wenigstens die Gaffer ab«, sagte Rebus.

Watson, der wegen seines rötlichen Teints und seiner Herkunft aus dem ländlichen Nordosten des Landes den Beinamen »der Farmer« erhalten hatte, grummelte zustimmend. »Na gut, Derek. Wenn es tatsächlich anfängt zu schneien, können wir genauso gut einen Blick auf Ihren merkwürdigen Kamin werfen.«

Derek Linford schien überglücklich und führte den »Farmer« in das Gebäude. Rebus blieb allein draußen zurück. Er zündete sich eine Zigarette an und lächelte in sich hinein. Sollte Linford den Farmer ruhig bearbeiten… Möglich, dass sie auf diese Weise sogar beide Fälle bekamen – jedenfalls genug Arbeit, um Rebus über die dunkelsten Wochen des Winters und vielleicht sogar über die Weihnachtstage zu bringen.

7

Die Identifizierung war zwar nur eine Formsache, aber unumgänglich. Besucher der Pathologie mussten das Gebäude durch eine bestimmte Tür betreten und befanden sich dann unmittelbar vor einer zweiten Tür mit der Aufschrift »Besucherraum«. In dem Raum standen ein paar Sessel. An einem Schreibtisch saß eine Schaufensterpuppe. Jemand hatte ihr einen weißen Laborkittel angezogen und ihr einen Schnauzbart unter die Nase gemalt – eine in dieser Umgebung merkwürdig bizarre Humorbekundung.

Gates und Curt hatten die Obduktion zwar erst für später angesetzt. Doch Dougie beruhigte Rebus und erklärte, dass »in der Kühlung noch reichlich Platz ist«. Im Empfangsbereich vor dem Besucherzimmer hingegen herrschte drangvolle Enge. Roddy Grieves Witwe war erschienen, außerdem seine Mutter und seine Schwester. Sein Bruder Cammo saß gerade im Flugzeug aus London. Nach einem ungeschriebenen Gesetz hielten sich die Medien vom Pathologischen Institut fern, mochte der Fall auch noch so sensationell sein. Trotzdem hatten sich auf der anderen Straßenseite auf dem Gehsteig ein paar besonders rücksichtslose Geier eingefunden. Als Rebus hinausging, um eine Zigarette zu rauchen, sprach er sie an. Zwei Journalisten und ein Fotograf. Junge schlaksige Kerle, die nur wenig oder überhaupt keinen Respekt vor alten Regeln kannten. Aber ihn kannten sie wenigstens. Deshalb traten sie etwas unbehaglich von einem Fuß auf den anderen, machten aber keine Anstalten zu verschwinden.

»Lassen Sie es mich zunächst im Guten versuchen«, sagte Rebus und schüttelte eine Zigarette aus der Packung. Er zündete sie an und bot dann den Journalisten ebenfalls eine an. Alle drei schüttelten den Kopf. Einer spielte mit seinem Handy herum und las irgendwelche Nachrichten auf dem winzigen Display.

»Und was haben Sie für uns, Inspektor?«, fragte der andere Reporter. Rebus starrte ihn ungläubig an, begriff aber sofort, dass es sinnlos war, an die Vernunft der Männer zu appellieren.

»Kann auch inoffiziell sein, wenn Ihnen das lieber ist«, fuhr der Mann völlig unbeeindruckt fort.

»Sie können mich gerne zitieren«, sagte Rebus leise. Der Reporter zog ein Diktaphon aus der Jackentasche.

»Ein bisschen näher, bitte.«

Der Reporter entsprach dem Wunsch und schaltete das Gerät ein.

Rebus sprach klar und deutlich. Bereits nach wenigen Worten schaltete der Mann das Gerät wieder aus und grinste Rebus ebenso frech wie beleidigt ins Gesicht. Seine Kollegen hinter ihm starrten verlegen auf ihre Füße.

»Genügt Ihnen das, oder brauchen Sie noch mehr?«, sagte Rebus. Dann ging er über die Straße und verschwand wieder in der Pathologie.

Die Identifizierungsprozedur war inzwischen erledigt. Die Angehörigen des Ermordeten wirkten wie betäubt. Selbst Linford machte einen betroffenen Eindruck. Was er damit wohl wieder bezweckte? Rebus sah die Witwe an.

»Wenn Sie möchten, lassen wir zwei Wagen kommen…«

Sie konnte kaum sprechen. »Nein, danke, ist schon gut.« Sie klimperte mit den Wimpern und sah ihn dann an. »Wir haben schon ein Taxi bestellt.« Von der anderen Seite des Raumes kam jetzt die Schwester des Toten herüber. Ihre Mutter blieb mit versteinerter Miene kerzengerade auf einem der Stühle sitzen.

»Mutter hat an ein bestimmtes Bestattungsunternehmen gedacht, bist du damit einverstanden?« Lorna Cordover sprach zwar zu der Witwe, doch Rebus antwortete.

»Tut mir Leid, aber wir können die Leiche im Augenblick noch nicht freigeben.«

Sie starrte ihn mit Augen an, die er schon tausendmal in irgendwelchen Zeitungen oder Illustrierten gesehen hatte. Lorna Grieve: der Name, unter dem sie als Modell bekannt gewesen war. Sie war zwar noch keine fünfzig, aber viel fehlte nicht mehr bis dorthin. Das erste Mal von ihr gehört hatte Rebus Ende der Sechzigerjahre. Damals war sie noch ein ganz junges Ding gewesen und hatte mit diversen Rockstars Affären gehabt. Sogar eine erfolgreiche Rockband war angeblich ihretwegen zerbrochen. Selbst der *Melody Maker* und *NME* hatten über sie berichtet. Damals hatte sie langes strohblondes Haar gehabt und war klapperdürr gewesen. Doch seither war sie deutlich runder geworden, und auch ihr Haar trug sie jetzt kürzer und dunkler. Trotzdem hatte sie noch immer eine ungewöhnliche Ausstrahlung, selbst in dieser Situation und an diesem Ort.

»Wir sind seine verdammte Familie«, fuhr sie ihn an.

»Bitte, Lorna«, versuchte ihre Schwägerin sie zu beruhigen.

»Ist doch wahr. Was will der Kerl eigentlich von uns ...?«

»Sie scheinen zu glauben, dass ich hier zum Haus gehöre«, fuhr Rebus ihr in die Parade.

Sie sah ihn mit zusammengekniffenen Augen an. »Und wer zum Teufel sind Sie?«

»Er ist von der Polizei«, erklärte ihr Seona Grieve. »Er führt die Emittlungen ...« Doch dann wusste sie nicht weiter und verstummte mitten im Satz.

Lorna Grieve schnaubte verächtlich und zeigte auf Derek Linford, der neben ihrer Mutter Alicia saß. Gerade neigte er sich zu der alten Dame hinüber und tätschelte ihr die Hand. »Der Mann dort drüben«, sagte Lorna, »das ist der Beamte, der die Ermittlungen führt.« Sie tätschelte Seonas Schulter. »An *den* müssen wir uns halten«, sagte sie. Sie warf Rebus einen vernichtenden Blick zu: »Nicht an diesen Affen da.«

Rebus sah, wie Lorna wieder zu ihrer Mutter hinüberging. Neben ihm sprach die Witwe so leise, dass er sie zunächst kaum verstand.

»Tut mir Leid«, sagte sie ein ums andere Mal.

Er lächelte ihr zu und nickte. Ein Dutzend Plattitüden schwirrte ihm im Kopf herum. Doch er wischte sich nur mit der Hand über die Stirn, um die Gedanken zu verscheuchen.

»Sie möchten bestimmt einige Fragen an uns richten«, sagte sie.

»Wenn es Ihnen gerade passt?«

»Meines Wissens hat er keine Feinde gehabt ..., jedenfalls keine echten.« Offenbar sprach sie mit sich selbst. »Das ist doch meist die erste Frage in Kriminalfilmen, nicht wahr?«

»Darauf kommen wir noch.« Er beobachtete Lorna Grieve,

die vor ihrer Mutter hockte. Linford konnte sich gar nicht satt an ihr sehen. Dann wurde die Tür einen Spaltbreit geöffnet.

»Hat hier jemand ein Taxi bestellt?«

Rebus sah zu, wie Linford Alicia aus dem Raum führte. Ein kluger Schachzug: nicht die Witwe, sondern die Übermutter. Für Machtverhältnisse hatte der Mann in der Tat einen hochentwickelten Instinkt.

Sie ließen die Familie ein paar Stunden in Ruhe und fuhren dann nach Ravelston Dykes hinaus.

»Und was halten Sie davon?« fragte Linford. Er sprach so nüchtern, als ob er wissen wollte, was Rebus von seinem BMW hielt.

Rebus zuckte mit den Achseln. Man war sich einig geworden, dass die Dienststelle in der St. Leonard's Street den Mordfall übernehmen sollte, schließlich lag Queensberry House in ihrem Revier. Offiziell hatte man es natürlich noch gar nicht mit einem Mordfall zu tun. Dazu musste erst der Obduktionsbefund vorliegen. Reine Formalität. Joe Dickie und Bobby Hogan waren bereits informiert. Außerdem hatte Rebus Grant Hood und Ellen Wylie kontaktiert und ihnen den Skelly-Fall aufs Auge gedrückt.

»Wirklich eine Herausforderung«, hatten beide unabhängig voneinander erklärt. Das letzte Wort hatten natürlich ihre Chefs, aber das bereitete Rebus weniger Sorgen. Also hatte er Hood und Wylie schon mal gebeten, sich zusammenzuhocken und eine Strategie auszuhecken.

»Und wer ist unser Ansprechpartner?«, hatte Wylie gefragt.

»Ich natürlich«, hatte er entgegnet und sich vergewissert, dass Linford gerade nicht in Hörweite war.

Als vor ihnen eine Ampel auf Gelb umsprang, schaltete Linford in den zweiten Gang zurück. Rebus hätte an seiner Stelle natürlich Gas gegeben und wäre vielleicht gerade noch vor dem roten Signal durchgerutscht. Vielleicht hätte er aber auch gestoppt, jedenfalls, wenn er allein im Wagen gewesen wäre. Doch mit einem Beifahrer neben sich hätte er auf jeden Fall versucht, Eindruck zu schinden. Von Linford hatte er eigentlich eine ähnliche Reaktion erwartet. Der BMW stoppte vor der Ampel. Linford zog die Handbremse und sah ihn an.

»Anlageberater, Labour-Kandidat, berühmte Familie. Was halten Sie von der Sache?«

Rebus zuckte wie üblich mit den Achseln. »Ich weiß auch nur, was in der Zeitung steht. Offenbar hat einigen Leuten das Auswahlverfahren für die Kandidaten nicht gepasst.«

Linford nickte. »Hat vielleicht böses Blut gegeben.«

»Da hilft nur eins: fragen. Denkbar ist aber auch, dass wir es mit einem missglückten Raubüberfall zu tun haben – allerdings mit katastrophalen Folgen.«

»Oder mit einem Eifersuchtsdrama? «

Rebus sah ihn an. Linford spielte mit der Handbremse und starrte auf die Ampel. »Vielleicht findet die Spurensicherung ja was.«

»Fingerabdrücke oder irgendwelche Fasern?« Linford klang skeptisch.

»Ziemlich matschig auf dem Gelände. Wenn wir Glück haben, entdecken sie vielleicht irgendwelche Fußabdrücke.«

Die Ampel schaltete auf Grün. Da sie niemanden vor sich hatten, legte der BMW rasch an Geschwindigkeit zu.

»Der Boss hat mich schon angerufen«, sagte Linford. Rebus wusste sofort, dass damit nicht der kleine Hauptkommissar Farmer Watson gemeint war. »Genau genommen der SPP«, erklärte Linford: »Colin Carswell, der Stellvertretende Polizeipräsident. Wollte zunächst eine Spezialeinheit einschalten.«

»Sonderermittler?«

Diesmal zog Linford die Schultern hoch. »Handverlesen. Keine Ahnung, an wen er gedacht hat.«

»Und was haben Sie gesagt?«

»Ich hab zu ihm gesagt: Wenn er mir die Ermittlungen überträgt, braucht er sich keine Sorgen zu machen.« Linford warf Rebus einen Blick zu und freute sich über dessen gequältes Gesicht. Rebus wiederum gab sich redlich Mühe, möglichst keine Reaktion zu zeigen. In seiner gesamten Polizeilaufbahn hatte er bisher vielleicht zwei- oder dreimal mit dem SPP gesprochen.

Linford lächelte. Er wusste genau, dass er unter Rebus' rauer Schale eine empfindliche Stelle getroffen hatte.

»Als ich gesagt habe, dass Inspektor Rebus mich unterstützt...«

»Was – unterstützt?«, schnaubte Rebus. Erst jetzt begriff er, was Linford eigentlich gesagt hatte.

»..., war er anfangs etwas skeptisch«, redete Linford unbekümmert weiter. »Doch ich hab ihm versichert, dass Sie in Ordnung sind und dass wir gut zusammenarbeiten. Übrigens ›unterstützen‹ heißt für mich ganz einfach, dass Sie mir helfen und ich Ihnen.«

»Aber die Ermittlungen führen Sie?«

Linford ließ die Frage genüsslich auf sich wirken. Noch ein Hieb, der gesessen hatte. »Nicht mal Ihr eigener Vorgesetzter will, dass Sie an der Sache mitarbeiten, John. Woran liegt das eigentlich?«

»Geht Sie nichts an.«

»Alle wissen doch Bescheid über Sie, John. Ja, man kann ohne Übertreibung sagen, dass Ihnen ein gewisser Ruf vorauseilt.«

»Aber wenn Sie die Ermittlungen führen, ist natürlich alles anders?«, murmelte er.

Linford zuckte mit den Achseln und wartete einen Augenblick. »Da wir gerade so gemütlich beisammen sitzen«, sagte er dann, »vielleicht sollte ich Ihnen noch sagen, dass ich heute Abend mit Siobhan verabredet bin. Aber keine Sorge, ich bring sie vor elf wieder nach Hause.«

Roddy Grieve hatte mit seiner Frau irgendwo in Cramond gewohnt. Seona Grieve hatte jedoch durchblicken lassen, dass sie bei Roddys Mutter anzutreffen sei. Das in seinen Dimensionen fast abweisende Haus lag am Ende einer kurzen, engen Auffahrt. Es wirkte fast ein wenig unheimlich. Vielleicht lag das an dem gestaffelten Giebel und dem Relief oberhalb der Eingangstür, das eine Distel zeigte. Der Vorplatz war leer: weit und breit kein Auto. Sämtliche Vorhänge waren zugezogen. Eine kluge Vorsichtsmaßnahme, denn die Reporter und Fotografen waren schon wieder da und warteten in einem silbernen Audi 80 am Straßenrand. Auch die ersten Fernsehteams würden gewiss nicht mehr lange auf sich warten lassen. Rebus zweifelte nicht daran, dass die Grieves dem Rummel gewachsen waren.

Linford drückte auf die Klingel. »Hübsch hier, was?«, sagte er.

»Erinnert mich an meine Kindheit«, sagte Rebus und fügte nach einer kurzen Pause hinzu: »Wir haben nämlich in einer Sackgasse gewohnt.«

»Jedenfalls eins, was Sie mit den Grieves gemeinsam haben«, sagte Linford.

Ein Mann in einem Kamelhaarmantel mit dunkelbraunem Kragen öffnete ihnen die Tür. Der Mantel stand offen. Darunter waren ein eleganter Nadelstreifenanzug und ein weißes Hemd zu erkennen. Das Hemd war am Hals aufgeknöpft. In der linken Hand hielt der Mann eine schwarze Krawatte.

»Mr Grieve?«, sagte Rebus. Er hatte Cammo Grieve schon öfter im Fernsehen gesehen. Persönlich wirkte der Mann sogar noch größer und distinguierter als auf der Mattscheibe, selbst in seinem derzeitigen verwirrten Zustand. Seine Wangen waren leicht gerötet. Entweder lag das an der Kälte, oder aber er hatte im Flugzeug zu viel Whisky getrunken. Ein paar silberschwarze Haarsträhnen hingen ihm ins Gesicht.

»Ich nehme an, Sie sind von der Polizei? Bitte kommen Sie herein.«

Linford ließ Rebus zuerst in die holzvertäfelte Halle eintreten. Die Wände waren mit Gemälden und Zeichnungen vollgehängt. Auf der untersten Stufe der Steintreppe lag ein Bücherstapel. Am Fuß eines überladenen Garderobenständers standen mehrere Paare schwarze verstaubte Gummistiefel. Aus einem Schirmständer ragten diverse Spazierstöcke hervor, und am Treppengeländer hingen ein paar Schirme. Auf dem Telefontischchen stand neben dem Anrufbeantworter, dessen Stecker herausgezogen war, ein offenes Glas Honig. Ein Telefon war allerdings weit und breit nicht zu entdecken. Cammo Grieve schien das Durcheinander ebenfalls zu bemerken.

»Tut mir Leid«, sagte er. »Alles ein bisschen…, na ja, Sie verstehen schon.« Er strich seine Haare zurück.

»Natürlich, Sir«, sagte Linford devot.

»Nur einen Rat«, sagte Rebus und wartete, bis der Abgeordnete ihn ansah. »Als Polizist kann sich jeder ausgeben. Am besten, Sie lassen sich zuerst die Dienstmarke zeigen, bevor Sie jemanden hereinlassen.«

Cammo Grieve nickte. »Ach so, Sie meinen die vierte Gewalt. Mieses Pack, jedenfalls die meisten von denen.« Er sah Rebus an. »Das bleibt natürlich unter uns.«

Rebus nickte. Linford konnte sich ein ebenso verständnisvolles wie verschwörerisches Lächeln nicht verkneifen.

»Ich kann es immer noch nicht…« Grieves Gesicht war plötzlich wie versteinert. »Ich vertraue darauf, dass die Polizei alles Notwendige unternimmt. Sollte mir zu Ohren kommen, dass irgendwo geschlampt wird… Natürlich weiß ich, wie das heute ist – immer neue Budgetkürzungen und Behinderungen. Na ja, was soll man von einer Labour-Regierung auch anderes erwarten.«

Bevor er sich in Rage reden konnte, unterbrach ihn Rebus.

»Es beschleunigt die Ermittlungen nicht gerade, Sir, wenn wir hier herumstehen«, sagte er.

»Ich weiß nicht recht, ob ich Sie mag«, sagte Grieve und kniff die Augen zusammen. »Wie heißen Sie eigentlich?«

»Das ist der Affen-Mann«, sagte eine Stimme im Hintergrund. Lorna Grieve trat mit zwei Gläsern Whisky aus einer Tür in die Halle. Sie reichte eines davon ihrem Bruder und stieß kurz mit ihm an, bevor sie einen Schluck nahm. »Und der andere Herr«, sagte sie und wies mit dem Kopf auf Linford, »das ist natürlich der Leierkastenmann.«

»Ich bin Inspektor Rebus«, stellte sich Rebus dem Abgeordneten vor. »Und das ist Inspektor Linford.«

Linford inspizierte gerade einen der gerahmten Drucke und drehte sich jetzt wieder um. Auf dem Blatt standen ein paar handgeschriebene Verse.

»Ein Gedicht an unsere Mutter«, erklärte Lorna Grieve. »Von Christopher Murray Grieve. Ist übrigens nicht mit uns verwandt, falls Sie das interessiert.«

»Hugh MacDiarmid«, sagte Rebus, und Linford sah ihn verständnislos an.

»Gar nicht so dumm, der Affen-Mann«, gurrte Lorna. Dann sah sie das Honigglas. »Oh, da ist es ja. Mutter wusste nicht mehr, wo sie es hingestellt hat.« Sie sah wieder Rebus an. »Ich verrate Ihnen jetzt mal ein Geheimnis, Affen-Mann.« Sie stand direkt vor ihm. Wieder sah er die Lippen vor sich, die er als junger Mann geküsst hatte, wieder schmeckte er die Druckerfarbe und das billige Papier in seinem Mund. Sie roch nach gutem Whisky, ein Duft, den er zu schätzen wusste. Ihre Stimme klang schroff, doch ihr Blick blieb völlig teilnahmslos. »Niemand weiß etwas von dem Gedicht. Er hat es unserer Mutter geschenkt. Nicht mal eine Kopie gibt es davon.«

»Lorna …« Cammo Grieve legte seiner Schwester die Hand in den Nacken, doch sie entwand sich seinem Griff. »Ein unentschuldbarer Fehler, dass wir hier Whisky trinken und unsere Gäste vernachlässigen.« Er komplimentierte die beiden Polizisten in den Salon. Auch dieser Raum war holzvertäfelt, jedoch nur mit wenigen Bildern geschmückt, die an einer Schiene hingen. Die Ausstattung bestand aus zwei Sofas und zwei Sesseln, einem Fernseher und einer Stereoanlage. Ansonsten war der Raum voller Bücher. Bücherstapel auf dem Boden, ganze Regale voller Bücher. Ja, sogar zwischen den Blumentöpfen auf der Fensterbank standen Bücher. Da die Vorhänge geschlossen waren, brannte das Licht. In dem eigentlich mit drei Fassungen ausgestatteten Deckenleuchter steckte nur eine kümmerliche Glühbirne. Rebus schob auf dem Sofa einen Stapel Geburtstagskarten beiseite. Irgendjemand hatte dem festlichen Treiben abrupt eine Ende gesetzt.

»Und wie geht es Mrs. Grieve?«, fragte Linford.

»Meine Mutter ruht«, entgegnete Cammo Grieve.

»Ich meine Mrs. Grieves… die Frau Ihres…«

»Er meint Seona«, sagte Lorna und ließ sich auf eines der Sofas fallen.

»Die ruht ebenfalls«, erklärte Cammo Grieve. Er ging zu dem marmorverkleideten Kamin hinüber, dessen Rost mit Whisky-Flaschen bestückt war. »Auch wenn das Feuer erloschen ist…«, sagte er.

»Mach schon – her mit dem Feuerwasser«, stöhnte seine Schwester und verdrehte die Augen. »Mein Gott, Cammo, bitte nicht schon wieder diesen Spruch.«

Wieder stieg das Blut in die Wangen ihres Bruders – diesmal allerdings vor Zorn. Vielleicht war es ja auch schon Zornesröte gewesen, was sie gesehen hatten, als er ihnen die Tür geöffnet hatte. Ja, Lorna Grieve konnte einen Mann zur Weißglut treiben, keine Frage.

»Ich nehme einen Macallan«, sagte Rebus.

»Der Mann hat scharfe Augen«, sagte Cammo Grieve halb ironisch. »Und Sie, Inspektor Linford?«

Rebus war überrascht, als Linford sich für einen Springbank entschied. Grieve nahm ein paar Gläser aus einem kleinen Schrank und goss dann reichlich ein.

»Ich nehme doch an, dass Sie auf Soda keinen Wert legen.« Dann reichte er ihnen die Getränke. »Bitte, nehmen Sie doch Platz.«

Rebus ließ sich in einen der beiden Sessel sinken, Linford setzte sich in den anderen. Cammo Grieve selbst nahm auf dem Sofa neben seiner Schwester Platz, der das offenbar nicht ganz recht war. Sie nippten zunächst schweigend an ihren Drinks. Dann fing in Cammos Manteltasche plötzlich etwas an zu dudeln. Er zog ein Handy hervor, erhob sich und ging Richtung Tür.

»Hallo, ja, tut mir Leid, aber Sie verstehen sicher…« Er machte die Tür hinter sich zu.

»Mein Gott«, sagte Lorna Grieve. »Womit habe ich das nur verdient?«

»*Was* verdient, Mrs. Cordover?«, fragte Linford.

Sie schnaubte verächtlich.

»Inspektor Linford«, sagte Rebus langsam. »Die Dame fühlt sich durch uns gestört. Hab ich Recht, Mrs. Cordover?«

»Ich heiße Grieve, Lorna Grieve.« Sie sah Rebus wütend an, aber wenigstens sah sie ihn überhaupt an. »Kennen wir uns eigentlich?«, fragte sie.

»Glaub ich nicht«, sagte er.

»Ich komme nur darauf, weil Sie mich ständig so merkwürdig anstarren.«

»Und was heißt das, wenn ich fragen darf?«

»Sie glotzen wie manche dieser Fotografen, mit denen ich zu tun habe. Zu blöde, um einen Film richtig einzulegen.«

Rebus lächelte hinter seinem Whisky-Glas. »Ich war früher mal ein großer Obscura-Fan.«

Sie schien sich etwas zu beruhigen, und selbst ihre Stimme klang plötzlich sanfter. »Hughs Band?«

Rebus nickte. »Ihr Foto war auf einem Album abgedruckt.«

»Mein Gott, ja, richtig. Wie hieß die Platte noch mal…?«

»*Continuous Repercussions.*«

»Ganz genau. Das war, glaub ich, ihre letzte Platte, richtig? Mir hat die Gruppe allerdings nie besonders gefallen.«

»Nein?«

Immerhin so etwas wie ein Gespräch. Linford saß am Rand von Rebus' Blickfeld in seinem Sessel. Wenn Rebus sich nur gehörig auf Lorna Grieve konzentrierte, konnte er sich fast einbilden, dass der junge Mann nur eine Lichttäuschung war.

»Obscura«, sagte Lorna nachdenklich. »Der Name war Hughs Idee.«

»Vielleicht hat ihn die Camera Obscura oben am Schloss auf die Idee gebracht?«

»Möglich, aber ich weiß nicht mal, ob Hugh je dort gewesen ist. Aber eigentlich hat er den Namen aus einem anderen Grund gewählt. Schon mal was von Donald Cammell gehört?«

Rebus musste passen.

»Ein Filmregisseur. Er hat *Performance* gemacht.«

»Ach so, natürlich.«

»Er ist dort zur Welt gekommen.«

»Was – in der Camera Obscura?«

Lorna nickte und beglückte ihn mit einem beinahe herzlichen Lächeln.

Linford räusperte sich. »Ich bin mal in der Camera Obscura gewesen«, sagte er. »Wirklich ein erstaunlicher Anblick.«

Einen Augenblick herrschte wieder Schweigen. Dann beschenkte Lorna Grieve Rebus abermals mit einem Lächeln. »Der Mann hat keinen Schimmer, worüber wir sprechen, richtig?«

Rebus schüttelte den Kopf, als Cammo wieder in den Raum trat. Er hatte den Mantel abgelegt, das Jackett jedoch anbehalten. Rebus bemerkte plötzlich, dass es in dem Haus ziemlich kalt war. Typisch: Viele dieser alten Riesenkästen hatten zwar neuerdings eine Zentralheizung, aber keine wärmedämmenden Fenster. Dafür hohe Decken und reichlich Zugluft. Ob es nicht sinnvoller gewesen wäre, den alten Kamin wieder seiner ursprünglichen Bestimmung zuzuführen, dachte er.

»Tut mir Leid«, sagte Cammo. »Die Sache hat Blair offenbar ziemlich mitgenommen.«

Lorna schnaubte verächtlich und war plötzlich wieder ganz die Alte. »Dieser Tony Blair: Der Bursche lügt doch wie gedruckt.« Sie sah ihren Bruder an. »Ich wette, der kennt nicht mal deinen Namen. Außerdem wär Roddy als Abgeordneter dreimal besser gewesen als du. Wenigstens hat er den Mumm gehabt, für das *Schottische* Parlament zu kandidieren, wo er wirklich etwas hätte bewirken können.«

Ihre Stimme überschlug sich geradezu, und die Wangen ihres Bruders waren tief gerötet.

»Lorna«, sagte er leise, »offenbar geht es dir nicht gut.«

»Hör auf, mich zu beschulmeistern.«

Der Abgeordnete blickte lächelnd seine beiden Gäste an und versuchte, seine Schwester zu beruhigen.

»Lorna, ich glaube wirklich…«

»Du bist schuld, dass es mit unserer Familie so weit gekommen ist!« Lorna wurde immer hysterischer. »Und Vater konnte dich ohnehin nicht ausstehen…«

»Jetzt reicht es aber.«

»Und Roddy, der arme Kerl. Immer wollte er so sein wie *du*. Und dann noch die Geschichte mit Alasdair…«

Cammo Grieve hob die Hand, um seine Schwester zu schlagen. Sie versuchte kreischend, ihm auszuweichen. Und dann stand jemand in der Tür, eine leicht schwankende Gestalt, die sich schwer auf einen schwarzen Gehstock stützte. Und dann war da noch eine zweite Person draußen in der Halle, die mit einer Hand den Kragen ihres Morgenmantels umklammert hielt.

»Hört sofort damit auf!«, schrie Alicia Grieve und stampfte laut mit dem Stock auf den Boden. Hinter ihr stand wie ein Geist Seona Grieve. Sie war kreideweiß und erinnerte mehr an eine Statue als an einen Menschen von Fleisch und Blut.

8

»Ich habe nicht mal gewusst, dass es hier ein Restaurant gibt.« Siobhan blickte um sich. »Sogar die Farbe kann man noch riechen.«

»Hat ja auch erst vor einer Woche aufgemacht, der Laden«, sagte Derek Linford und nahm ihr gegenüber Platz. Sie befanden sich im Dachrestaurant oben auf dem Schottischen Museum in der Chambers Street. Draußen gab es sogar eine Terrasse, doch die war natürlich an diesem Dezemberabend gähnend leer. Von ihrem Fensterplatz aus blickten sie auf den

Sheriff's Court und das Schloss. Auf den Dächern der Häuser ringsum lag Raureif. »Muss ziemlich gut sein«, fügte er hinzu. »Gehört demselben Menschen wie das Witchery.«

»Gut besucht ist es jedenfalls.« Siobhan inspizierte die anderen Gäste. »Die Frau da drüben kommt mir irgendwie bekannt vor. Ist das nicht eine berühmte Restaurantkritikerin?«

»So was les ich nicht.«

Sie sah ihn an. »Und woher wissen Sie es dann?«

»Was?«

»Ja, dass es hier ein neues Lokal gibt?«

»Ach so.« Er war schon mit der Speisekarte beschäftigt. »Ein Typ von der Schottischen Nationalstiftung hat es erwähnt.«

Sie musste lächeln. Linfords Art zu sprechen erinnerte sie daran, dass sie ungefähr gleich alt waren, ja, vielleicht war er sogar ein, zwei Jahre jünger als sie. Sein dunkler Anzug, das weiße Hemd und die blaue Krawatte ließen ihn allerdings älter erscheinen, als er eigentlich war. Vielleicht erklärte dieser Aufzug aber auch seine Beliebtheit bei den großen Bossen im Präsidium. Als er sie zum Essen eingeladen hatte, wollte sie zunächst absagen. Ihr gemeinsamer Besuch im Botanischen Garten war ihr nicht in bester Erinnerung geblieben. Andererseits hatte sie das Gefühl, dass sie von ihm vielleicht das eine oder andere lernen konnte. Ihre eigene Vorgesetzte, Chefinspektorin Gill Templer, war nämlich in dieser Hinsicht keine große Hilfe und hauptsächlich damit beschäftigt, ihren männlichen Kollegen zu beweisen, dass sie genauso gut war wie sie. Obwohl das nicht ganz stimmte. Sie war nämlich besser als die meisten männlichen Oberinspektoren, für die Siobhan bis dahin gearbeitet hatte. Nur dass Gill Templer selbst das offenbar nicht wusste.

»Der Typ, der die Leiche in Queensberry House entdeckt hat?«

»Genau der«, sagte Linford. »Und – schon was gefunden, was Ihnen zusagt?«

Manche Männer eröffneten mit solchen Fragen die Testphase und erhofften sich von der Antwort Aufschluss über den

Stand der Dinge. Nicht so Linford. Er inspizierte die Speisekarte fast wie ein Beweisstück.

»Ich esse nur selten Fleisch«, entgegnete sie. »Irgendwas Neues über Roddy Grieve?«

Die Bedienung trat an den Tisch und nahm die Bestellung auf. Erst als Linford sich vergewissert hatte, dass Siobhan nicht fahren musste, bestellte er eine Flasche Weißwein.

»Sind Sie zu Fuß gekommen?«, fragte er.

Sie schüttelte den Kopf. »Nein, mit dem Taxi«, sagte sie.

»Hab leider nicht daran gedacht. Natürlich hätte ich Sie auch abholen können.«

»Kein Problem. Sie wollten mir doch gerade was über Roddy Grieve erzählen.«

»Mein Gott – der hat eine Schwester.« Linford schüttelte den Kopf, als er an den Besuch bei den Grieves zurückdachte.

»Lorna? Würde ich gerne mal kennen lernen.«

»Die Frau ist ein Monster.«

»Aber wenigstens ein verdammt attraktives Monster.« Linford machte eine wegwerfende Handbewegung. Offenbar wollte er den Eindruck erwecken, dass ihn das Aussehen anderer Leute nicht interessierte. »Wenn ich später in Lornas Alter auch nur halb so gut aussehe wie sie«, fuhr Siobhan fort, »dann wär ich schon verdammt froh.«

Er machte sich an seinem Weinglas zu schaffen. Vielleicht glaubte er ja, dass sie ein Kompliment von ihm hören wollte. Und vielleicht stimmte das sogar.

»Ich hatte den Eindruck, dass die Dame sich ziemlich gut mit *Ihrem* Bodyguard versteht«, sagte er und zeigte auf Siobhan.

»Meinem was?«

»Mit Rebus, der es gar nicht gerne sieht, dass wir miteinander zu tun haben – Sie und ich.«

»Also, ich glaube…«

Linford lehnte sich plötzlich auf seinem Stuhl zurück. »Ach, vergessen Sie's. Tut mir Leid, dass ich ständig solchen Unsinn rede.«

Siobhan war leicht verwirrt. Sie begriff nicht recht, was Linford ihr signalisieren wollte. Sie putzte imaginäre Krümel von ihrem zerknitterten roten Samtkleid und suchte an ihrer schwarzen Strumpfhose nach Laufmaschen, die es nicht gab. Sie trug ein schulterfreies Kleid. Ob es das war, was ihn nervös machte?

»Irgendwas nicht in Ordnung?«, fragte sie.

Er schüttelte den Kopf und wich ihrem Blick aus. »Komisch, ist heute mein erstes Rendezvous mit einer Kollegin.«

»Rendezvous?«

»Ich meine, ich bin bisher noch nie mit einer Kollegin essen gegangen oder so was. Bei offiziellen Anlässen trifft man sich natürlich, aber ich bin noch nie…« Ihre Augen begegneten sich. »Ich meine, nur zu zweit. So wie jetzt.«

Sie lächelte. »Wir sind zum Essen verabredet, Derek, mehr nicht.« Der Satz war ihr einfach so herausgerutscht, doch daran war jetzt nichts mehr zu ändern. War es eigentlich richtig, was sie gesagt hatte: Waren sie wirklich *nur* zum Essen verabredet? Oder erwartete er noch etwas anderes von ihr?

Trotz der kleinen Irritation wirkte er schon wieder ganz entspannt. »Und dieses Haus – äußerst merkwürdig«, sagte er, als ob er die ganze Zeit an die Grieves gedacht hätte. »Überall Bilder und Zeitungen und Bücher. Die Mutter des Ermordeten lebt dort allein. Wahrscheinlich wäre sie besser in einem Heim aufgehoben, wo sich jemand um sie kümmert.«

»Sie ist Malerin, nicht wahr?«

»War sie wenigstens früher. Ich weiß nicht, ob sie noch malt.«

»Ihre Arbeiten müssen ein Vermögen wert sein. Hab ich jedenfalls in der Zeitung gelesen.«

»'n bisschen gaga, die Frau, wenn Sie mich fragen. Na ja, andererseits ist gerade ihr Sohn ermordet worden. Steht mir eigentlich nicht zu, so was zu sagen.« Er sah sie an, um seine Wirkung zu prüfen. Ihre Augen sagten ihm, dass er seine Sache nicht übel machte. »Cammo Grieve war auch da.«

»Gilt als ziemlicher Lebemann.«

»Was – bei dem Übergewicht?«

»Jedenfalls gilt er als Weiberheld – und als ziemlich unseriös.«

Sie grinste ihn an, doch er sprach unbeirrt weiter. »Ziemlich unseriös. Hmm.« Er dachte wieder nach. »Keine Ahnung, worüber die beiden gesprochen haben.«

»Wer?«

»Rebus und Lorna Grieve.«

»Rock-Musik«, sagte Siobhan und lehnte sich zurück, damit die Bedienung ihr etwas Wein nachschenken konnte.

»Stimmt – jedenfalls zwischendurch.« Linford inspizierte sie. »Woher wissen Sie das?«

»Sie ist mit einem Plattenproduzenten verheiratet, und John liebt diese Welt. Natürlich hatten die beiden sofort ein gemeinsames Thema.«

»Ich glaube, allmählich verstehe ich, wieso Sie bei der Kripo sind.«

Sie zuckte mit den Achseln. »John ist schließlich nicht der einzige Polizist, der Wishbone Ash hört, wenn er Bereitschaft hat.«

»Wer oder was – um Himmels willen – ist Wishbone Ash?«

»Genau das.«

Als sie mit der Vorspeise fertig waren, kam Siobhan wieder auf Roddy Grieve zu sprechen. »Es ist doch Mord, oder etwa nicht?«

»Wir warten zwar noch auf den Obduktionsbefund, aber es spricht alles dafür. Jedenfalls hat er sich nicht selbst umgebracht, und nach einem Unfall sieht es auch nicht aus.«

»Ein politischer Mord?« Siobhan sah ihn zweifelnd an.

»Der Mann war doch noch gar kein Politiker, sondern ein Anlageberater, der zufällig für das Parlament kandidiert hat.«

»Was die Frage des Motivs nur weiter kompliziert.«

Linford nickte. »Vielleicht ein wütender Klient. Vielleicht hat Grieve irgendwen in den Ruin getrieben.«

»Und was ist mit den Labour-Leuten, die er aus dem Rennen geworfen hat?«

»Richtig: Die gibt's natürlich auch noch.«

»Und dann ist da noch seine Familie.«

»Ja, auch möglich.« Linford nickte immer noch.

»Oder er war nur zufällig am falschen Ort und so weiter.«

»Vielleicht wollte er sich nur mal die Parlamentsbaustelle anschauen und wird zufällig Opfer eines Raubüberfalls.« Linford blies die Backen auf. »Jede Menge denkbare Motive.«

»Die alle überprüft werden müssen.«

»Ja.« Linford schien über diese Aussicht gar nicht glücklich. »Verdammt viel Arbeit jedenfalls – und keine leichten Antworten.«

Er klang, als ob er sich selbst Mut zusprechen wollte. »Auf John kann man sich doch verlassen – nicht wahr? Ich meine: ganz unter uns.«

Sie überlegte und nickte dann langsam. »Wenn der sich mal in was verbissen hat, lässt er nicht mehr los.«

»Ja, hab ich auch gehört. Allerdings weiß er offensichtlich nicht, wann es genug ist.« Nicht sehr schmeichelhaft, diese Einschätzung. »Der SPP möchte jedenfalls, dass ich die Ermittlungen leite. Meinen Sie, dass John das akzeptiert?«

»Keine Ahnung.«

Er lachte etwas verkrampft. »Alles klar. Ich sag ihm auch nichts von unserem Gespräch.«

»Das ist nicht der Grund«, sagte sie, auch wenn das nicht ganz stimmte. »Ich weiß es wirklich nicht.«

Linford sah sie enttäuscht an. »Ist ja auch egal«, sagte er.

Aber Siobhan wusste, dass es nicht egal war.

Nic Hughes chauffierte seinen Freund Jerry durch die Straßen der Stadt. Jerry fragte immer wieder nach dem Fahrtziel.

»Mein Gott, Jerry, du redest ja wie 'ne kaputte Platte.«

»Ich frag ja nur.«

»Und was ist, wenn wir überhaupt kein Ziel haben?«

»Hast du schon mal gesagt.«

»Ja und – stimmt ja auch.« Jerry kapierte überhaupt nichts

mehr. »Ja, stimmt.« Was Nic zu der Auskunft animierte: »Weil wir einfach nur so herumfahren, ist doch super.«

»Was?«

»Ach, am besten, du hältst den Mund.«

Jerry Lister starrte aus dem Beifahrerfenster. Sie waren zunächst stadtauswärts und dann wieder Richtung Queensferry Road gefahren. Doch dann bog Nic plötzlich Richtung Muirhouse und Pilton ab. Unterwegs sahen sie einen Typen, der gegen einen Laternenmast pinkelte, und Jerry sagte: »Jetzt pass mal auf.« Er ließ sein Fenster herunter, und als sie an dem Mann vorbeirollten, stieß er einen markerschütternden Schrei aus. Dann lachte er und beobachtete im Rückspiegel die Wirkung seiner Attacke. Der Kerl tobte wie ein Wahnsinniger und schrie so laut, dass man es noch im Wagen hören konnte.

»'ne gefährliche Gegend hier, Jerry«, sagte Nic, als ob Jerry das nicht selbst gewusst hätte.

Jerry mochte Nics Auto. Ein glänzender schwarzer Sierra Cosworth. Als sie an einer Gruppe Halbwüchsiger vorüberkamen, hupte Nic und winkte ihnen wie ein alter Bekannter zu. Sie glotzten nur blöde und fixierten das Auto und den Fahrer, der wiederum sie fixierte.

»So'n Wagen, Jerry«, sagte Nic, »die Kids würden uns glatt umlegen, um die Kiste zu klauen. Echt, Mann. Die würden glatt ihre Oma umbringen, um mit so einem Schlitten 'ne Probefahrt zu machen.«

»Dann pass besser auf, dass dir der Sprit nicht ausgeht.«

Nic sah ihn an. »Ach, mit denen würden wir schon fertig.« Mit seiner blauen Wildlederjacke und 'ner Ladung Speed im Leib fühlte er sich superstark. »Meinst du nicht?« Er nahm den Fuß vom Gaspedal. Der Wagen wurde immer langsamer. »Sollen wir noch mal zurückfahren und ...«

»Fahr bloß weiter.«

Danach herrschte ein paar Sekunden Schweigen, und Nic raste wie ein Hirnamputierter durch sämtliche Rondelle, die auf ihrem Weg lagen.

»Fahren wir nach Granton?«

»Hast du Bock?«

»Und was ist da los?«, fragte Jerry.

»Keinen Schimmer. Du hast doch davon angefangen.« Er sah seinen Freund viel sagend an. »Geile Schlampen, das meinst du doch, richtig? Möchtest mal wieder eine vernaschen, was?« Er schleckte sich mit der Zunge die Lippen ab. »Klar, die steigen natürlich nicht in einen Wagen, in dem zwei Typen sitzen. Dazu sind die viel zu clever, diese blöden Nutten. Warum versteckst du dich nicht im Kofferraum? Ich kann ja eine von denen aufgabeln, und dann fahr ich mit ihr auf den Parkplatz… Und dann sind wir plötzlich zu zweit, Jerry…«

Jerry fuhr sich mit der Zunge über die Lippen. »Ich dachte, wir machen das nicht mehr?«

»Was?«

Jerry klang bekümmert. »Weißt du ganz genau.«

»Echt nicht, keine Ahnung, Kumpel.« Nic Hughes tippte sich gegen den Kopf. »Der verdammte Fusel. Schließlich trink ich, um zu vergessen, und das scheint zu funktionieren.« Sein Gesicht war plötzlich wie versteinert, und seine linke Hand spielte erregt mit dem Schalthebel. »Nur dass ich immer das Falsche vergesse.«

Jerry sah ihn an. »Du musst sie vergessen, Nic.«

»Du hast leicht reden.« Er entblößte beim Sprechen die Zähne. In seinen Mundwinkeln klebte Schaum. »Weißt du, was sie zu mir gesagt hat, Kumpel? Weißt du das?«

Jerry wollte nichts mehr hören. James Bonds Auto hatte wenigstens einen Schleudersitz, der Cosworth dagegen nur ein Schiebedach. Jerry blickte nervös um sich. Doch den erlösenden Knopf suchte er vergeblich.

»Sie hat gesagt, mein Auto ist total Scheiße – dass die anderen nur darüber lachen.«

»Stimmt doch gar nicht.«

»Diese Kids da draußen, weißt du, was die machen würden: Die würden wie bescheuert mit der Kiste eine Stunde durch die

Gegend rasen, und dann würden sie sich langweilen. Mehr bedeutet ihnen die Mühle nicht. Aber Cat, die findet den Schlitten nur Scheiße, sonst nichts.«

Manche Männer wurden in solchen Situationen einfach traurig, sentimental; sie fingen an zu weinen. Auch Jerry hatte schon ein-, zweimal geheult – nach ein paar Dosen Bier vor der Glotze, wenn gerade *Animal Hospital* lief oder an Weihnachten *Bambi* oder *Der Zauberer von Oz*. Doch Nic hatte er noch nie weinen sehen. Nic war immer nur wütend. Selbst wenn er lächelte wie jetzt, wusste Jerry ganz genau, dass er wütend war, augenblicklich explodieren konnte. Nicht alle wussten das, aber Jerry dafür umso besser.

»Los, komm schon, Nic«, sagte er. »Fahren wir zurück in die Stadt – zur Lothian Road oder so was.«

»Vielleicht hast du ja Recht«, sagte Nic schließlich. Er hielt vor einer Ampel. Neben ihnen stoppte ein Motorrad. Der Fahrer ließ den Motor aufheulen. Keine große Maschine, aber dafür federleicht. Junger Kerl auf dem Bock, vielleicht siebzehn. Er sah sie an, das Gesicht hinter seinem Helm verborgen. Nic trat die Kupplung voll durch und gab Gas. Doch als die Ampel umschaltete, ließ das Moped den Wagen wie einen Stein hinter sich zurück.

»Siehst du das?«, sagte Nic leise. »Das war Cat. Wollte mir und meiner Scheißkarre zum Abschied nur noch mal zuwinken.«

Als sie wieder in der Stadt waren, hielten sie kurz vor einem Schnellrestaurant und besorgten sich ein paar Burger und Pommes. Sie lehnten an Nics Auto und mampften das Zeug in sich hinein. Jerry hatte nur eine billige Nylonjacke an. Obwohl er den Reißverschluss hochgezogen hatte, bibberte er am ganzen Leib. Nic dagegen hatte die Jacke nicht mal zugemacht, trotzdem schien er nicht zu frieren. An einem Fenstertisch in dem Restaurant hockten ein paar halbwüchsige Gören. Nic lächelte sie an, versuchte, Blickkontakt mit ihnen aufzunehmen. Sie saugten bloß an ihren Milch-Shakes und beachteten ihn gar nicht.

»Die scheinen zu glauben, dass sie alles unter Kontrolle haben, Jerry«, sagte Nic. »Merkwürdig. Auch wenn wir bloß hier draußen in der Kälte stehen, trotzdem haben *wir* die Macht. Allerdings wissen die nichts davon, aber wenn wir wollten, dann würden wir denen in zehn Sekunden zeigen, wo's langgeht.« Er sah seinen Freund an. »Richtig?«

»Wenn du es sagst.«

»Nein, du musst es sagen. Dann ist es erst wahr.« Nic warf seine Burger-Schachtel auf das Pflaster. Jerry war noch nicht ganz fertig, aber Nic stieg schon wieder ins Auto, und Jerry wusste, dass Nic es nicht mochte, wenn es in dem Cosworth nach Essen roch. Ein paar Meter entfernt stand ein Mülleimer. Er warf den Rest von seinem Burger hinein. Der Wagen rollte schon, als er sich auf den Beifahrersitz hievte.

»Also gut, dann vergessen wir's für heute – meinst du nicht?« Das Essen hatte Nic offenbar beruhigt.

»Doch, find ich auch.«

Jerry war wieder etwas lockerer, als sie die Princess Street erreicht hatten. Dann fuhren sie die Lothian Road hinauf. Anschließend Richtung Grassmarket und Victoria Street. Am Ende der Straße dann die riesigen Gebäude. Jerry hatte keine Ahnung, wozu sie dienten. George-IV.-Brücke: auf der rechten Seite das alte Parlamentsgebäude – gegenüber dann Deacon Brodie's Pub. Dann nach rechts in die High Street. Die Reifen klackerten auf dem Kopfsteinpflaster. Kalt draußen. Kaum Leute auf der Straße. Trotzdem ließ Nic plötzlich das Beifahrerfenster runter. Jetzt sah auch Jerry die Frau: Wadenlanger Mantel; schwarze Strümpfe, dunkles kurzes Haar. Genau die richtige Größe, tolle Figur. Nic bremste den Wagen neben ihr ab.

»Kalt heute, was?«, rief er. Sie ignorierte ihn. »Da drüben vor dem Holiday Inn ist ein Taxistand. Wenn Sie Glück haben, ist gerade eins da.«

»Ich kenn mich bestens aus«, sagte sie schroff.

»Sind Sie aus England? Zu Besuch hier?«

»Ich lebe hier.«

»War ja nicht böse gemeint. Sonst wirft man uns immer vor, dass wir unfreundlich zu den Engländern sind.«

»Verpiss dich.«

Nic gab zunächst Gas, stoppte dann aber wieder, um sie von vorne zu begutachten. Sie hatte einen Schal um den Hals gewickelt, der ihr halbes Gesicht verdeckte. Als sie an ihnen vorbeiging, ohne sie eines Blickes zu würdigen, sah Nic Jerry an und fing dann an zu nicken.

»Lesbe, Jerry«, sagte er laut, ließ das Fenster wieder herauf und fuhr weiter.

Siobhan wusste eigentlich selbst nicht, warum sie zu Fuß ging. Als sie jetzt den Waverley-Bahnhof betrat, um ihren Weg abzukürzen, wusste sie allerdings ganz genau, weshalb sie am ganzen Körper bebte.

Lesbe.

Was für miese Schweine! Linfords Angebot, sie nach Hause zu fahren, hatte sie abgelehnt. Sie wollte lieber zu Fuß gehen, hatte sie gesagt und nicht mal genau gewusst, warum. Trotzdem hatten sie sich freundschaftlich verabschiedet. Kein Handschlag und auch kein Bussi auf die Wange, das war in Edinburgh nicht üblich, jedenfalls nicht nach dem ersten gemeinsamen Restaurantbesuch. Sie hatten sich nur freundlich angelächelt und vereinbart, demnächst wieder mal essen zu gehen – ein Versprechen, das Siobhan nicht wirklich zu halten gedachte. Merkwürdige Situation, als sie dann von der Dachterrasse aus mit dem Aufzug durch das Museum wieder nach unten gefahren waren. Selbst zu dieser Stunde waren noch überall Arbeiter beschäftigt: Kabel, Leitern, das Heulen einer Bohrmaschine.

»Ich hab gedacht, das Museum ist schon für das Publikum geöffnet«, sagte Linford.

»Ist es ja auch«, entgegnete sie. »Nur noch nicht ganz fertig, so einfach ist das.«

Anschließend war sie zunächst über die George-IV.-Brücke gegangen und dann in die High Street eingebogen. Dann plötzlich dieses Auto und diese schrecklichen Männer… Nichts wie weg von dieser Straße. Eine lange dunkle Treppe, überall Schatten, laute Stimmen und Musik aus diversen Kneipen. Dann der Waverley-Bahnhof. Sie wollte nur so schnell wie möglich die Princes Street erreichen und dann die Broughton Street, das heißt das so genannte Schwulenviertel der Stadt.

Dort wohnte sie nämlich. Dort wohnten eine Menge Leute.

Lesbe.

Idioten.

Sie dachte an den Abend zurück, versuchte sich zu beruhigen. Derek war nervös gewesen, aber das musste gerade sie sagen. Seit sie im Sittendezernat gearbeitet hatte, war ihr Verhältnis zu den Männern ziemlich gestört. All diese Sexualstraftäter, diese gierigen Gesichter, die schrecklichen Dinge, die sie taten. Und dann die gemeinsame Zeit mit Sandra Carnegie und die ganzen Geschichten, die die zwei sich gegenseitig erzählt hatten. Eine Beamtin, die schon fast vier Jahre bei der Sitte arbeitete, hatte mal zu ihr gesagt: »Die Arbeit hier raubt einem die letzten Illusionen, macht einen fix und fertig.« Drei Penner hatten eine Studentin attackiert, eine zweite Studentin war in einer der reichsten Straßen der Stadt fast vergewaltigt worden. Eine dreiste Anmache durch zwei Typen in einem Auto und eine unverschämte Beleidigung – im Vergleich zu solchen Vorfällen war das natürlich beinahe eine Bagatelle. Trotzdem hatten der Name – Jerry – und der glänzend schwarze Schlitten sich ihrem Gedächtnis eingeprägt.

Von der Fußgängerbrücke aus sah sie jetzt unter sich die Gleise und das Gewühl der Reisenden. Über ihr das undichte Glasdach des Bahnhofs. Plötzlich stürzte am äußersten Rand ihres Blickfelds etwas durch das Dach. Zunächst glaubte sie an eine Einbildung. Als sie in die Richtung blickte, sah sie Schneeflocken. Nein, keine Schneeflocken: große Glasscherben. Oben im Dach war ein Loch, und unten auf einem Bahnsteig kreischte jemand. Einige Taxifahrer waren ausgestiegen und rannten auf den Bahnsteig.

Wieder einer, der es nicht mehr ausgehalten hatte – ja, genau, das war es. Der Bahnsteig lag zum Teil im Dunkeln: Sie starrte in ein schwarzes Loch. Dann rannte Siobhan über eine Treppe hinunter in die Halle. Unten warteten Fahrgäste auf den Nachtzug nach London. Eine Frau weinte. Einer der Taxifahrer hatte die Jacke ausgezogen und den Selbstmörder damit zugedeckt. Siobhan bahnte sich ihren Weg. Der andere Taxifahrer hob die Hand, um sie zu stoppen.

»Lassen Sie das besser, Teuerste.« *Teuerste* – sie war verwirrt. Was meinte der Mann bloß?

»Ich bin Polizeibeamtin«, sagte sie dann und zeigte ihm ihre Dienstmarke.

So viele Leute waren schon von der North Bridge gesprungen, dass die Bahnhofsmission am Geländer ein Schild angebracht hatte. Die North Bridge verband die Altstadt von Edinburgh mit der Neustadt und führte über den tiefen Graben hinweg, in dem der Waverley-Bahnhof lag. Als Siobhan oben ankam, war weit und breit niemand zu sehen. Nur in der Ferne erkannte sie Gestalten, hörte Stimmen: Betrunkene, die nach Hause wankten. Taxis und Autos. Offenbar hatte niemand etwas von dem Unglück mitbekommen. Jedenfalls war weit und breit niemand zu sehen. Siobhan beugte sich über das Geländer und sah auf das Bahnhofsdach hinab. Fast direkt unter ihr war das Loch. Ja, sie konnte durch das Loch sogar erkennen, wie unten auf dem Bahnsteig die Rettungsleute eintrafen. Siobhan hatte natürlich sofort die Kollegen benachrichtigt und sie gebeten, eine Ambulanz zu schicken. Sie war ja nicht mal im Dienst – sollten sich doch die anderen um die Sache kümmern. Falls der erste Eindruck sie nicht getrogen hatte, handelte es sich bei dem Toten um einen Penner. Nur dass das Wort inzwischen verpönt war. Das richtige Wort fiel ihr allerdings nicht ein. In ihrem Kopf verfasste sie bereits den Bericht. Als sie die leere Straße sah, wurde ihr plötzlich bewusst, dass sie auch einfach weitergehen konnte. Sollten sich doch die anderen damit befassen. Sie stieß mit dem Fuß gegen etwas. Eine ausgebeulte Plastiktüte. Sie bückte sich und hob die Tüte auf. Eine dieser überdimensionierten Plastiktüten, wie man sie in Textilhäusern beim Kleiderkauf erhält. Sogar eine Jenners-Tüte. Das Nobel-Kaufhaus war zu Fuß nur ein paar Minuten entfernt. Sie konnte sich nicht recht vorstellen, dass der Selbstmörder jemals dort eingekauft hatte. Vielmehr sprach alles dafür, dass seine sämtlichen Habseligkeiten in dieser Tüte verborgen waren. Sie nahm die Tüte und ging wieder zurück zum Bahnhof.

Sie hatte schon vorher mit Selbstmordfällen zu tun gehabt, mit Leuten, die den Gashahn aufdrehten und einfach neben dem Ofen sitzen blieben oder sich bei laufendem Motor in der Garage in ihren Wagen setzten. Tablettenfläschchen neben dem Bett, weißblau gefleckte Lippen. Erst vor kurzem war ein Kripobeamter von den Salisbury Crags gesprungen. Solche Orte gab es reichlich in Edinburgh. Ja, an selbstmordtauglichen Orten herrschte in der Stadt wahrlich kein Mangel.

»Warum gehen Sie nicht einfach nach Hause?«, wollte eine Polizistin wissen. Die Beamtin lächelte. »Was hält Sie denn hier?«

Gute Frage. Offenbar ahnte die Frau, dass zu Hause auf Siobhan nur wenig Erfreuliches wartete.

»Sind Sie nicht in Inspektor Rebus' Abteilung?«, fragte die Beamtin.

Siobhan sah sie an. »Ja und?«

Die Frau zuckte mit den Achseln. »Tut mir Leid, war ja nur 'ne Frage.« Dann drehte sie sich um und ging weg. Der Bereich des Bahnsteigs, wo die Leiche lag, war inzwischen abgesperrt. Ein Arzt hatte den Tod des Mannes bestätigt, und draußen stand schon ein Wagen bereit, um die sterblichen Überreste wegzubringen. Einige Bahnarbeiter standen mit einem Schlauch bereit, um die Blutspuren vom Bahnsteig zu spritzen.

Der Nachtzug war inzwischen abgefahren, und das Personal traf die nötigen Vorkehrungen, um den Bahnhof für die Nacht zu schließen. Auch Taxis waren keine mehr da. Siobhan ging zu den Schließfächern hinüber. Ein Polizist war dort damit beschäftigt, die Jenners-Tüte auf einem Tisch zu entleeren. Er fasste jedes einzelne Stück mit spitzen Fingern an. Offenbar hatte er Angst, sich anzustecken.

»Was Besonderes dabei?«, fragte Siobhan.

»Nur, was Sie hier sehen.«

Der Tote hatte keine Ausweispapiere bei sich getragen. In seinen Taschen hatte man nur ein Taschentuch und ein paar Münzen gefunden. Siobhan inspizierte die Dinge, die auf dem Tisch lagen. In einem Plastikbeutel befanden sich die notwendigsten Waschutensilien. Außerdem lagen auf dem Tisch noch ein paar Kleidungsstücke und ein altes *Reader's-Digest*-Heft. Dann noch ein kleines Transistorradio, dessen Rückseite mit Klebeband befestigt war, und schließlich die neueste Ausgabe der Abendzeitung...

Inspektor Rebus' Abteilung. Was hatte die Frau damit nur gemeint? Vielleicht, dass sie – Siobhan – inzwischen schon genauso verschroben geworden war wie Rebus: einsam und verlassen? Gab es vielleicht nur die zwei Typen von Polizisten: John Rebus und Derek Linford? Und musste sie sich zwischen diesen beiden Alternativen entscheiden?

Der Polizist, der mit der Tüte beschäftigt war, brachte noch weitere Dinge zum Vorschein: ein in Papier eingewickeltes Sandwich, eine halb mit Wasser gefüllte Limonadeflasche, noch mehr Kleidungsstücke. Inzwischen war die Tüte fast leer. Die restlichen Sachen kippte der Mann einfach auf den Tisch. Was jetzt zum Vorschein kam, sah aus wie irgendwelche Souvenirs, die der Tote auf seinen Reisen eingesammelt hatte: ein paar Kieselsteine, ein billiger Ring, Schuhbänder und Knöpfe. Außerdem eine kleine Schachtel, in der – dem verblassten Foto nach zu urteilen – früher einmal das Radio verpackt gewesen war. Siobhan nahm sie in die Hand und öffnete den Klappverschluss. Sie fand in der Verpackung ein kleines Büchlein, das sie zunächst für einen Reisepass hielt.

»Ein Sparbuch«, sagte ihr Kollege. »Von einer Bausparkasse.«

»Dann müsste ja ein Name drin stehen«, sagte Siobhan.

Der Mann öffnete das Heft. »Mr. C. Mackie. Hat einen Wohnsitz am Grassmarket.«

»Und wie ist Mr. Mackies Kontostand?«

Der Polizist blätterte in dem Buch und hielt es ins Licht, als ob er die Einträge nicht richtig lesen könnte.

»Ganz beachtlich«, sagte er schließlich. »Ein Guthaben von mehr als vierhundert Riesen.«

»Vierhunderttausend? Nicht schlecht für einen Mann in seinen Umständen.«

Er gab ihr das Buch. Tatsächlich. Der Mann hatte keinen Witz gemacht. Der arme Kerl, dessen sterbliche Überreste Bahnangestellte gerade vom Bahnsteig 11 gekratzt und gespritzt hatten, nannte stolze vierhunderttausend Pfund sein Eigen.

9

Dienstags erschien Rebus wieder in der St. Leonard's Street. Hauptkommissar Watson hatte ihn einbestellt. Als er das Zimmer betrat, saß Derek Linford bereits in einem Sessel und hielt in einer Hand eine noch unberührte Tasse mit öligem Kaffee.

»Bitte, bedienen Sie sich«, sagte Watson.

Rebus zeigte auf den Becher, den er bereits in der Hand hielt. »Hab schon Kaffee, Sir.« Wann immer er das Zimmer seines Chefs betrat, brachte er eine halbe Tasse Kaffee mit. Das war Rebus' Methode, Watsons Kaffee-Angebot gar nicht erst auszuschlagen zu müssen.

Als sie schließlich alle drei saßen, kam der Hauptkommissar sofort zur Sache.

»*Alle* sind an diesem Fall interessiert: die Presse, die Öffentlichkeit und die Regierung…«

»In dieser Reihenfolge, Sir?«, fragte Rebus.

Watson ignorierte ihn. »... und das bedeutet, dass ich Ihnen bei den Ermittlungen genauer als sonst auf die Finger sehen werde.« Er sah Linford an. »John verhält sich manchmal wie ein Elefant im Porzellanladen. Ich vertraue darauf, dass Sie ihn irgendwie in Schach halten.«

Linford lächelte. »Solange der Elefant selbst damit einverstanden ist.« Er sah Rebus an, der schwieg.

»Den Medienleuten steht schon der Schaum vor dem Mund. Das Parlament, die Wahlen... alles nur langweiliges Zeug. Doch jetzt haben sie endlich eine Story.« Watson hielt seinen Daumen und seinen Zeigefinger in die Luft. »Genau genommen zwei Geschichten. Was glauben Sie, gibt es zwischen beiden Fällen eine Verbindung?«

»Zwischen Grieve und dem Skelett?« Linford überlegte kurz und sah dann Rebus an, der sich gerade mit der Bügelfalte seines linken Hosenbeins beschäftigte. »Glaub ich nicht, Sir. Beziehungsweise nur, wenn Grieve von einem Gespenst umgebracht worden ist.«

Der Farmer hob den Zeigefinger. »Auf solche Sprüche ist die Presse ganz wild. Machen Sie hier bei mir so viele Witze, wie Sie wollen, aber bitte nicht draußen, verstanden.«

»Ja, Sir.« Linford gab sich zerknirscht.

»Und – haben Sie schon was herausgefunden?«

»Wir haben sofort mit den Angehörigen gesprochen«, antwortete Rebus. »Natürlich müssen wir sie noch intensiver befragen. Als Nächstes sollten wir uns mit der Wahlkampf-Managerin des Verstorbenen unterhalten, danach vielleicht mit den Größen des Labour-Ortsverbands.«

»Hatte der Mann irgendwelche Feinde?«

»Nach Auskunft der Witwe nein, Sir«, erwiderte Linford rasch und neigte sich in seinem Sessel vor. Er wollte Rebus auf keinen Fall die Bühne überlassen. »Aber natürlich wissen Ehefrauen nicht immer alles.«

Der Farmer nickte. Sein Gesicht war noch stärker gerötet als sonst. Das hatte er nun davon.

»Freunde? Geschäftspartner?«

Linford nickte in demselben Rhythmus wie der Hauptkommissar. »Werden wir noch befragen.«

»Und was hat die Obduktion ergeben?«

»Schlag auf den Hinterkopf. Starke Hirnblutungen. Offenbar war er sofort tot. Danach noch zwei weitere Schläge mit Schädelfrakturen.«

»Die beiden letzten Schläge erst nach Eintritt des Todes?«

Linford sah Rebus fragend an. »Der Pathologe geht jedenfalls davon aus«, ließ Rebus sich vernehmen. »Die Schläge haben Grieve oben auf dem Kopf getroffen. Der Mann war ziemlich groß...«

»Einsvierundachtzig«, unterbrach ihn Linford.

»..., um Grieve einen solchen Schlag zu verpassen, hätte der Angreifer ein Riese sein müssen, oder aber er hat von oben zugeschlagen.«

»Oder Grieves war schon nicht mehr auf den Beinen, als ihn die Schläge getroffen haben«, sagte Watson und wischte sich mit dem Taschentuch über die Stirn. »Ja, klingt plausibel, finde ich. Wie zum Teufel ist er nur auf das Gelände gekommen?«

»Entweder ist er über den Zaun geklettert«, sagte Linford, »oder jemand hat einen Schlüssel gehabt. Jedenfalls ist das Tor nachts mit einem Vorhängeschloss abgesperrt – damit keine Werkzeuge und Maschinen geklaut werden und so weiter.«

»Außerdem gibt es einen Wachmann«, erklärte Rebus. »Der Mann sagt, er ist die ganze Nacht da gewesen und hat regelmäßig die Runde gemacht. Angeblich hat er niemanden gesehen.«

»Und – glauben Sie das?«

»Ich schätze, er hat in seiner warmen Loge gepennt. In dem Raum gibt es ein Radio, einen Teekessel und alle möglichen Annehmlichkeiten. Entweder das, oder er ist gleich nach Hause gegangen.«

»Aber er behauptet, dass er das Sommerhaus kontrolliert hat?«, fragte Watson.

»Er sagt, er *glaubt*, dass er sich dort umgesehen hat.« Linford zitierte den Mann wörtlich: »Ich leuchte immer mit der Taschenlampe durch das Fenster – für alle Fälle. Ich bin sicher, dass ich das auch in der Mordnacht getan habe.«

Der Hauptkommissar stützte sich mit den Ellbogen auf den Schreibtisch. »Und – nehmen Sie ihm das ab?« Er hatte nur Augen für Linford.

»Ich meine, wir sollten uns auf das Motiv konzentrieren, Sir. Haben wir es nur mit einer Zufallsbegegnung zu tun? Nach dem Motto: Parlamentskandidat möchte mitten in der Nacht seinen künftigen Arbeitsplatz besichtigen und läuft zufällig jemandem über den Weg, der ihn totschlägt?« Linford schüttelte zweifelnd den Kopf und sah Rebus an, der ihn wütend anstarrte, weil er eine Stunde zuvor fast wörtlich das Gleiche gesagt hatte.

»Da bin ich mir nicht so sicher«, sagte Watson. »Sagen wir mal, jemand war dort, um Werkzeug zu stehlen. Dann kommt Grieve daher, und sie ziehen ihm eins über.«

»Und als er dann am Boden liegt«, unterbrach ihn Rebus, »schlagen sie ihm für alle Fälle noch zweimal auf den Kopf?«

Watson brummte irgendwas und gab sich geschlagen. »Und die Mordwaffe?«

»Noch nicht gefunden, Sir«, sagte Linford. »Kein Problem, auf einer so großen Baustelle was zu verstecken. Aber unsere Beamten kümmern sich schon darum.«

»Jedes Bauunternehmen führt eine Inventarliste«, erklärte Rebus. »Damit nicht ständig was geklaut wird. Falls an dem Abend wirklich Diebe auf dem Gelände waren, ließe sich das vielleicht über die Liste herausfinden.«

»Und noch eins, Sir. An Grieves Schuhen haben wir frische Kratzspuren gefunden und in seinen Hosenbeinen Schmutz- und Staubreste.«

Watson lächelte. »Gott segne die Spurensicherung. Und – was lässt sich daraus schließen?«

»Könnte darauf hindeuten, dass er über den Zaun oder das Tor gestiegen ist.«

»Trotzdem dürfen Sie nichts ausschließen. Sprechen Sie mit allen, die einen Schlüssel besitzen. Und zwar mit *allen*, verstanden?«

»Natürlich, Sir«, sagte Linford.

Rebus nickte bloß. Die beiden anderen beachteten ihn ohnehin nicht.

»Und unser Freund Skelly?«, sagte der Hauptkommissar.

»Wir haben bereits zwei Beamte auf den Fall angesetzt, Sir«, sagte Rebus.

Watson brummte wieder etwas und sah dann Linford an. »Irgendwas mit Ihrem Kaffee nicht in Ordnung, Derek?«

Linford betrachtete den Inhalt seiner Tasse. »Doch, alles bestens, Sir. Ich trinke ihn nur nicht gerne so heiß.«

»Probieren Sie ihn doch jedenfalls mal?«

Linford führte die Tasse an die Lippen und leerte sie in einem Zug. »Schmeckt ausgezeichnet, Sir. Danke.«

Rebus hatte plötzlich keinen Zweifel mehr: Linford hatte bei der Polizei noch einen steilen Aufstieg vor sich.

Als die Besprechung zu Ende war, sagte Rebus draußen auf dem Gang zu Linford: »Ich muss noch kurz was erledigen, ich komm gleich nach.« Dann klopfte er noch mal an Watsons Tür.

»Ich dachte, wir sind fertig?« Watson war in irgendwelche Papiere vertieft.

»Scheint so, als ob Sie mich kaltstellen wollen«, sagte Rebus, »das passt mir überhaupt nicht.«

»Dann tun Sie was dagegen.«

»Und was?«

Watson blickte von seinen Papieren auf. »Derek führt die Ermittlungen. Am besten, Sie akzeptieren das.« Er machte eine kurze Pause. »Entweder das, oder Sie bitten um Ihre Versetzung.«

»Aber Sir, ich möchte auf gar keinen Fall Ihre Pensionierung versäumen.«

Watson legte seinen Stift beiseite. »Wahrscheinlich ist diese

Geschichte mein letzter großer Fall. Die Sache ist außerordentlich wichtig.«

»Soll das heißen, Sie trauen mir die Ermittlungen nicht zu, Sir?«

»Ständig glauben Sie, dass Sie alles besser wissen, John. Das ist Ihr Problem.«

»Dafür kennt Linford nur seinen Schreibtisch in der Fettes Avenue. Aber natürlich weiß er, bei wem er sich beliebt machen muss.«

»Der SPP stellt die Sache ein bisschen anders dar.« Watson lehnte sich in seinem Stuhl zurück. »Sind Sie etwa neidisch, John? Junger Mann, der schnell aufsteigt…?«

»Na klar. Ich war doch schon immer der typische Karrierist.« Rebus wandte sich zum Gehen.

»Noch eins, John. Ich kann Ihnen nur eines raten: Verhalten Sie sich kooperativ. Entweder das, oder Sie werden kaltgestellt…«

Rebus machte die Tür hinter sich zu, während sein Chef noch sprach. Linford wartete am Ende des Ganges auf ihn und telefonierte gerade.

»Ja, Sir, wir fahren gleich hin.« Er hörte intensiv zu und bat Rebus durch eine Geste um etwas Geduld. Rebus ignorierte ihn einfach, ging an ihm vorbei und dann die Treppe hinunter. Als er bereits die ersten Stufen erreicht hatte, hörte er noch, wie Linford sagte: »Ich glaube schon, dass er sich an die Regeln hält, Sir. Andernfalls…«

Rebus hatte den Nachtwächter eigentlich schon entlassen, doch der Mann blieb auf seinem Stuhl sitzen und sah abwechselnd Rebus und Linford an.

»Ich hab doch gesagt, Sie können gehen.«

»Wohin denn?«, fragte der Mann schließlich mit bebender Stimme. »Schließlich ist das hier mein Büro.«

Was der Wahrheit entsprach: Die drei Männer saßen in der Pförtnerloge der Parlamentsbaustelle. Auf dem Tisch lag ein dickes Buch mit den Namen sämtlicher Besucher. Linford studierte die Einträge. Obwohl sein Notizbuch vor ihm lag, hatte er noch keinen einzigen Namen hineingeschrieben.

»Ich dachte, dass Sie vielleicht gerne nach Hause wollen«, sagte Rebus zu dem Wachmann. »Sind Sie denn nicht müde?«

»Na ja«, murmelte der Mann. Er ahnte wohl schon, dass er seinen Job bald los sein würde. Schlechte PR für das Sicherheitsunternehmen, dass man ausgerechnet auf dieser Baustelle eine Leiche gefunden hatte. Klar: Was verdiente man denn schon als Wachmann? Und die Arbeitszeiten waren vor allem für Einzelgänger und Außenseiter interessant. Nachdem Rebus dem Mann klar gemacht hatte, dass man ihn auf jeden Fall überprüfen würde, hatte der Nachtwächter zugegeben, dass er schon mal die Gastfreundschaft der Windsor Hotel Group in Anspruch genommen hatte – wie er sich ausdrückte –, also im Gefängnis gewesen war. Doch er schwor, dass er niemandem Kopien seiner Schlüssel gegeben hatte und dass er nichts verschwieg.

»Na gut, dann können Sie gehen«, sagte Rebus. Der Wachmann verließ den Raum. Rebus stieß einen Seufzer der Erleichterung aus und streckte seine Glieder. »Irgendwas Interessantes?«

»Ein paar ziemlich verdächtige Namen«, sagte Linford. Er drehte das Buch so, dass Rebus die Einträge lesen konnte. In dem Buch tauchten vor allem ihre eigenen Namen auf, aber auch Ellen Wylie, Grant Hood, Bobby Hogan und Joe Dickie waren mehrfach vermerkt, das heißt alle Personen, die Queensberry House besichtigt hatten. »Oder wie wär's denn mit dem Schottland-Minister oder mit dem katalanischen Präsidenten?«

Rebus putzte sich die Nase. Obwohl es in dem Raum einen kleinen Heizlüfter gab, drang die Kälte durch sämtliche Ritzen herein. »Und was halten Sie von dem Wachmann?«

Linford schloss das Buch. »Ich glaube, der Typ ist ein Feigling. Wenn man den entsprechend unter Druck setzt, rückt der jeden Schlüssel raus.«

Rebus trat an das schmutzstarrende Fenster. Draußen wurde eifrig abgerissen und neu aufgebaut. Fast wie bei der Kripo: Manchmal musste man ein Alibi oder eine Geschichte erst mal auseinander nehmen und dann wieder völlig neu zusammensetzen. Das Ergebnis war ein aus vielen Informationen neu zusammengesetztes – häufig ziemlich hässliches – Gebäude.

»Glauben Sie wirklich, dass er das getan hat?«, fragte er.

»Keine Ahnung. Mal sehen, was herauskommt, wenn wir die Vorgeschichte des Mannes überprüfen.«

»Meiner Ansicht nach ist das reine Zeitverschwendung. Ich glaube nicht, dass er irgendwas weiß.«

»Oh?«

»Ja, ich glaub nicht mal, dass er in der Mordnacht hier gewesen ist. Nicht mal an das Wetter konnte er sich genau erinnern. Und wo er auf seinem Rundgang überall gewesen ist, wusste er auch nicht mehr.«

»Ein bisschen debil, der Mann«, sagte Linford. »Trotzdem müssen wir ihn überprüfen.«

»Aus Prinzip?«

Linford nickte. Draußen herrschte plötzlich ein ziemlicher Lärm.

»Läuft das Ding schon die ganze Zeit?«, fragte Rebus.

»Welches Ding?«

»Hören Sie nicht den Krach da draußen – ein Zementmischer oder so was.«

»Keine Ahnung.«

Jemand klopfte an die Tür. Der Baustellenleiter trat mit seinem gelben Helm in der Hand herein. Der Mann trug eine gelbe Öljacke und eine braune Kordhose. Seine Stiefel waren mit Schmutz bedeckt.

»Nur noch ein paar Fragen«, sagte Linford und bot ihm einen Platz an.

»Ich habe sämtliche Werkzeuge inventarisiert«, sagte der Polier und entfaltete umständlich ein Blatt Papier. »Natürlich kommt immer mal was weg.«

Rebus sah Linford an. »Diesen Herrn überlasse ich Ihnen. Ich brauche ein bisschen frische Luft.«

Er trat in die Kälte hinaus, holte tief Luft und suchte dann in seinen Taschen nach Zigaretten. Richtig Platzangst hatte er bekommen in der Bude. Und einen Drink konnte er auch gebrauchen. Draußen vor dem Tor stand ein Imbisswagen, an dem sich die Bauarbeiter mit Burgern und Tee eindeckten.

»Einen Whisky«, sagte Rebus zu der Frau.

»Möchten Sie Wasser dazu?«

Er lächelte. »Nein danke, nur einen Tee. Milch und keinen Zucker.«

»Gerne.« Während die Frau sich an ihren Gerätschaften zu schaffen machte, rieb sie sich zwischendurch immer wieder die Hände.

»Ziemlich kalt, hier zu arbeiten, was?«

»Schrecklich«, entgegnete sie. »Ich könnte selbst hin und wieder einen Schnaps gebrauchen.«

»Und was haben Sie für Öffnungszeiten?«

»Meistens fängt Andy morgens um acht an und macht für die Leute Frühstück. Um zwei Uhr übernehm ich dann die Schicht, und er geht mit dem Geld nach Hause.«

Rebus sah auf die Uhr. »Ist aber doch erst kurz nach elf.«

»Haben Sie sonst noch einen Wunsch? Ich habe gerade ein paar frische Burger.«

»Na gut, aber nur einen.« Er klopfte sich auf den Bauch.

»Sie sehen ja ganz verhungert aus«, sagte sie und zwinkerte ihm zu.

Sie reichte Rebus zuerst den Tee, dann den Burger. In einem kleinen Regal auf der Theke standen Flaschen mit Gewürzsaucen. Er presste sich reichlich Senf auf die Füllung seines Brötchens.

»Andy geht es heute nicht gut«, sagte sie. »Deshalb vertrete ich ihn.«

»Hoffentlich nichts Ernstes?« Rebus biss in das mit Zwiebeln garnierte heiße Fleisch.

»Nur die Grippe, vielleicht auch nur 'ne Erkältung. Ihr Männer seid doch alle Hypochonder.«

»Kann man ihm nicht verübeln – bei dem Wetter.«

»Ich sag ja gar nichts.«

»Frauen sind halt nicht so leicht kleinzukriegen.«

Sie lachte und verdrehte die Augen.

»Und wann machen Sie abends Schluss?«

Sie lachte wieder. »Wollen Sie mich vielleicht anmachen?«

Er sah sie unschuldig an. »Kann sein, dass ich später noch eins von den Dingern möchte.« Er hielt den Burger in die Luft.

»Na ja, eigentlich bin ich bis fünf hier. Aber in der Mittagszeit reißen sie mir die Burger aus der Hand.«

»Das Risiko muss ich eingehen«, sagte Rebus. Diesmal lächelte er ihr zu, als er wieder durch das Tor ging. Den Tee hatte er mitgenommen. Als gerade wieder eine Ladung Ziegel heruntergelassen wurde, bemerkte er, dass er keinen Helm aufhatte. Es gab zwar noch welche in der Pförtnerloge, doch dahin wollte er nicht zurückgehen. Und so marschierte er schnurstracks Richtung Queensberry House. Die Kellertreppe war unbeleuchtet. Auf der anderen Seite der Eingangshalle hörte er Stimmen. In der alten Küche sah er schemenhafte Gestalten. Als er eintrat, blickte Ellen Wylie ihm entgegen und nickte. Sie lauschte gerade den Ausführungen einer älteren Frau. Die Besucherin saß in einem ausklappbaren Segeltuchstuhl, der bei jeder Bewegung quietschte. Da die Dame lebhaft sprach, war dies ständig der Fall. Grant Hood stand an der Wand und machte sich Notizen. Er stand hinter der Frau, um sie nicht abzulenken.

»Die Wand war schon immer holzvertäfelt«, sagte die Frau gerade. »Jedenfalls so weit ich zurückdenken kann.« Sie sprach mit einer etwas schrillen, äußert selbstbewussten Stimme.

»Sie meinen, so wie dort drüben?«, fragte Wylie. Sie zeigte auf ein Stück Vertäfelung, das nahe der Tür noch an der Wand befestigt war.

»Ja, ich glaube schon.« Jetzt erst bemerkte die Frau Rebus und lächelte ihm entgegen.

»Das ist Inspektor Rebus«, sagte Wylie.

»Guten Morgen, Inspektor. Ich heiße Marcia Templewhite.«
Rebus ging zu ihr hinüber und schüttelte ihr die Hand.

»Miss Templewhite hat in den Siebzigerjahren für das Gesundheitsamt gearbeitet«, sagte Wylie.

»Und schon viele Jahre zuvor«, fügte Miss Templewhite hinzu.

»Sie erinnert sich noch an den Umbau damals«, fuhr Wylie fort.

»*Alles* ist umgebaut worden«, sagte Miss Templewhite. »Der ganze Keller. Neue Heizungsanlage, neue Fußböden, neue Rohre… Ein ziemliches Chaos war das damals, das sag ich Ihnen. Alles musste nach oben gebracht werden, und dann wussten wir nicht, wohin damit. So ging das wochenlang.«

»Und dabei wurde auch die Vertäfelung entfernt?«, fragte Rebus.

»Also, wie ich gerade zu Miss… gesagt habe.«

»Detective Wylie«, half Ellen Wylie ihr.

»Wie ich gerade zu Detective Wylie gesagt habe – wenn man diese Kamine damals entdeckt hätte, wäre mir das bestimmt zu Ohren gekommen.«

»Dann haben Sie also davon nichts gewusst?«

»Erst seit Detective Wylie mir davon erzählt hat.«

»Aber die Bauarbeiten«, mischte sich jetzt Grant Hood ein, »fallen etwa in die gleiche Zeit wie die Ermordung des Mannes, dessen Skelett man hier gefunden hat.«

»Glauben Sie vielleicht, dass sich einer der Arbeiter hier eingemauert hat?«, fragte Miss Templewhite.

»Das wäre ganz sicher aufgefallen«, sagte Rebus. Trotzdem mussten natürlich die damaligen Bauunternehmer noch genau befragt werden. »Wer hat denn die Bauarbeiten durchgeführt?«

Miss Templewhite hob die Hände in die Luft. »Na ja, irgendwelche Baufirmen halt, Subunternehmer… Ich hab schon damals den Überblick verloren.«

Wylie sah Rebus an. »Miss Templewhite glaubt, dass es noch irgendwo Unterlagen geben müsste.«

»Aber sicher doch, ganz sicher.« Sie sah sich in dem Raum um. »Und jetzt auch noch die Geschichte mit Roddy Grieve. Dieses Haus war schon immer vom Unglück verfolgt, und das wird wohl auch so bleiben.« Sie nickte den drei Polizisten bedeutungsvoll zu und machte ein Gesicht, als ob ihr diese Wahrheit überhaupt nicht behagte.

Er stand wieder an dem Imbisswagen und orderte drei Becher Tee.

»Schlechtes Gewissen?«, fragte Wylie, als sie ihren Becher entgegennahm. Ein Streifenwagen war inzwischen eingetroffen, um Miss Templewhite nach Hause zu fahren. Grant Hood half ihr vorsichtig beim Einsteigen und winkte ihr dann nach.

»Wieso ein schlechtes Gewissen?«, fragte Rebus.

»Man hört, dass wir *Ihnen* diesen Fall verdanken.«

»Wer hat das gesagt?«

Sie zuckte mit den Achseln. »Man hört so manches.«

»Dann sollten Sie mir eigentlich dankbar sein«, sagte Rebus. »So ein wichtiger Fall könnte sich nämlich für Sie als durchaus karrierefördernd erweisen.«

»Aber der Roddy-Grieve-Mord ist natürlich wichtiger.« Sie fixierte ihn.

»Los, sagen Sie schon, was Ihnen auf dem Herzen liegt«, sagte er. Aber sie schüttelte nur den Kopf. Er reichte Grant Hood den dritten Styroporbecher. »Nette alte Dame.«

»Grant hat eine Schwäche für reifere Frauen«, sagte Wylie.

»Ach, hör doch auf, Ellen.«

»Manchmal geht er sogar mit seinen Kumpels ins Marina zum Oma-Abschleppen.«

Rebus sah Hood an, der errötete. »Stimmt das, Grant?«

Hood sah Wylie an und machte sich dann an seinem Tee zu schaffen.

Offenbar verstanden sich die zwei so gut, dass sie sogar über ihr Privatleben miteinander sprachen, ja sogar Witze darüber machten. »Na gut«, sagte Rebus, »kommen wir wieder zum Thema ...« Er trat ein paar Schritte von dem Imbiss zurück, wo die Arbeiter sich für die Mittagspause mit Gebäck und Schokoladenriegeln eindeckten und gleichzeitig Ellen Wylie beäugten. Wylie und Hood trugen beide Schutzhelme, doch sie sahen irgendwie merkwürdig damit aus. Die Arbeiter in der Schlange wussten sofort, dass die zwei nur zu Besuch auf der Baustelle waren.

»Und – was haben wir bisher?«

»Skelly befindet sich augenblicklich in einem Speziallabor unten im Süden«, sagte Wylie. »Die Experten dort meinen, dass sie das Todesdatum noch genauer bestimmen können. Im Augenblick gehen wir davon aus, dass der Mann zwischen '79 und '81 gestorben ist.«

»Und wir wissen, dass 1979 hier gebaut worden ist«, fügte Hood hinzu. »Deshalb tippen wir auf 1979.«

»Und wieso das?«, wollte Rebus wissen.

»Weil man dort unten nicht so ohne weiteres eine Leiche verstecken kann. Im Übrigen war das Tiefgeschoss meist abgesperrt. Außerdem konnte natürlich nur jemand die Leiche hier deponieren, der von den Kaminen im Keller wusste. Wer immer es gewesen sein mag, jedenfalls wusste er, dass die Wandöffnungen wahrscheinlich während der nächsten hundert Jahre nicht wieder aufgemacht werden.«

Wylie nickte zustimmend. »Muss irgendwie mit den Bauarbeiten damals zusammenhängen.«

»Dann müssen wir also herausbekommen, welche Firmen den Umbau damals gemacht haben.« Die beiden jungen Beamten sahen sich an. »Ich weiß, das ist 'ne Riesenarbeit. Kann sein, dass viele der Firmen gar nicht mehr existieren, und die wenigsten von ihnen werden ihre alten Papiere so sorgfältig verwahren wie Miss Templewhite. Aber sonst haben wir ja nichts.«

»Ich glaube nicht, dass solche Dinge so genau dokumentiert werden«, sagte Wylie. »Viele Bauunternehmen stellen Mitarbeiter nur für ein konkretes Projekt ein, und hinterher entlassen sie sie wieder. Außerdem ziehen viele Bauarbeiter von Baustelle zu Baustelle, und natürlich wechseln manche auch die Branche.«

Rebus nickte. »Jedenfalls werden Sie ohne den guten Willen der Leute nicht viel erreichen.«

»Wie darf ich das verstehen, Sir?«, fragte Hood.

»Das heißt, dass Sie besonders nett und höflich sein müssen. Aber deshalb hab ich ja gerade Sie ausgewählt. Ein Bobby Hogan oder Joe Dickie – die platzen einfach bei den Leuten herein und fangen an zu fragen. Nur dass man unter solchen Umständen immer wieder die Erfahrung macht, dass die Leute plötzlich alles vergessen haben, was man wissen möchte. Also immer schön freundlich und entspannt.« Er sah Wylie an.

Durch das Tor, das sich hinter ihr befand, konnte er erkennen, dass der Baustellenleiter gerade aus der Pförtnerloge trat und seinen Helm wieder aufsetzte. Auch Linford kam mit dem Helm in der Hand heraus und hielt nach Rebus Ausschau. Dann sah er ihn und kam zu der kleinen Gruppe hinüber.

»Und – was hat der Mann gesagt?«, fragte Rebus.

»Ein paar Kleinigkeiten fehlen.« Linford wies mit dem Kopf Richtung Baustelle. »Und – haben unsere Leute schon was gefunden?« Zwei Polizeitrupps durchkämmten gerade das Gelände nach der Mordwaffe.

»Keine Ahnung«, sagte Rebus. »Die sind mir noch gar nicht aufgefallen.«

Linford sah ihn an. »Aber Zeit zum Teetrinken haben Sie?«

»Ich hab nur versucht, meine Mitarbeiter ein bisschen zu motivieren.«

Linford blickte ihn immer noch an. »In Ihren Augen ist offenbar alles, was wir hier machen, reine Zeitverschwendung, nicht wahr?«

»So ist es.«

»Und wieso, wenn ich fragen darf?« Er verschränkte die Arme.

»Weil wir so nicht weiterkommen«, sagte Rebus. »Ist doch

egal, wie er auf das Gelände gekommen ist und womit man ihn umgebracht hat. Uns interessiert doch nur, wer es getan hat und warum. Sie erinnern mich ein bisschen an einen Bürochef, der sich intensiv mit ein paar Klarsichtfolien beschäftigt, während sich die unerledigten Akten um ihn her meterhoch auf den Schreibtischen stapeln.«

Linford sah auf die Uhr. »Eigentlich noch ein bisschen früh am Tage für so üble Sprüche.« Er versuchte, die Sache von der humorvollen Seite zu nehmen, weil er wusste, dass fremde Ohren zuhörten.

»Sie können den Baustellenleiter befragen, so viel Sie wollen«, sagte Rebus nur. »Selbst wenn Sie tatsächlich feststellen, dass irgendein Hammer fehlt, was nützt Ihnen das? Eins ist jedenfalls klar: Wer immer Roddy Grieve ermordet hat, wusste genau, was er tat. Wenn Grieve nur zufällig irgendwen gesehen hat, der ein paar Dachziegel klaut, dann hätte so jemand ihn vielleicht niedergeschlagen. Aber wahrscheinlicher ist, dass ein solcher Dieb – auch wenn es mehrere waren – einfach abgehauen wäre. Jedenfalls hätten Werkzeug-Diebe sicher nicht weiter auf ihn eingeschlagen, als er schon am Boden lag. Er hat seinen Mörder *gekannt,* und er ist auch nicht zufällig hier aufgekreuzt. Wir müssen den Mörder in Roddys beruflichem und politischem oder aber in seinem privaten Umfeld suchen.« Als er aufhörte zu sprechen, sah er, dass die Arbeiter, die vor dem Imbiss Schlange standen, die Vorstellung genau beobachteten.

»Ende der Lektion«, sagte Ellen Wylie und lächelte in ihre Tasse.

10

Roddy Grieves Wahlkampfmanagerin hieß Josephine Banks. Sie saß mit Rebus in einem der Besprechungszimmer in der St. Leonard's Street und erklärte ihm gerade, dass sie Grieve seit etwa fünf Jahren kannte.

»Wir haben uns von Anfang an für New Labour engagiert. Ich hab sogar für John Smith Plakate geklebt.« Sie sah nachdenklich in die Luft. »Er fehlt uns noch immer.«

Rebus saß ihr gegenüber. Seine Finger spielten mit einem billigen Kuli. »Wann haben Sie Mr. Grieve zuletzt gesehen?«

»An dem Tag, als er gestorben ist. Wir haben uns nachmittags getroffen. Die Wahlen sind ja schon in fünf Monaten, deshalb hatten wir eine Menge zu besprechen.«

Sie war zirka einsfünfundsechzig groß und an der Taille und an den Hüften ziemlich füllig. Auch in ihrem kleinen runden Gesicht waren bereits die ersten Vorboten eines Doppelkinns zu erkennen. Ihr dickes schwarzes Haar hatte sie am Hinterkopf zusammengebunden, und sie trug eine Lesebrille mit modisch gefleckter Fassung.

»Und – haben Sie selbst nie daran gedacht zu kandidieren?«, fragte Rebus.

»Was? Für das Parlament?« Sie lächelte. »Vielleicht beim nächsten Mal.«

»Dann haben Sie also politische Ambitionen?«

»Natürlich.«

»Und wieso haben Sie ausgerechnet Roddy Grieve unterstützt und nicht irgendeinen anderen Kandidaten?«

Sie trug dunklen Lidschatten, und ihre grünen Augen funkelten geradezu, wenn sie sich bewegten.

»Weil ich ihn mochte«, sagte sie. »Außerdem hatte ich volles Vertrauen zu ihm. Er hatte noch Ideale, ganz im Gegensatz zu seinem Bruder beispielsweise.«

»Cammo?«

»Ja.«

»Mögen Sie ihn nicht?«

»Wieso sollte ich?«

»Und Roddy und Cammo?«

»Ach, die haben ständig über Politik gestritten, zum Glück haben sie sich meist nur bei familiären Anlässen gesehen. Und dann haben Alicia und Lorna meist Schlimmeres verhindert.«

»Und Mr. Grieves Frau?«

»Welche?«

»Roddys?«

»Ja, aber welche? Er hatte zwei, wissen Sie.«

Rebus war einen Augenblick verwirrt.

»Die erste Ehe hat nicht lange gehalten«, sagte Josephine Banks und schlug die Beine übereinander. »Eine Teenager-Geschichte.«

Rebus brachte seinen Stift in Position und öffnete sein Notizbuch. »Und wie heißt sie?«

»Billie.« Sie buchstabierte den Namen. »Ihr Mädchenname ist Collins. Aber sie hat wieder geheiratet.«

»Lebt sie noch hier?«

»Als ich zuletzt etwas von ihr gehört habe, hat sie irgendwo in Fife unterrichtet.«

»Sind Sie ihr je begegnet?«

»Um Himmels willen, nein, die war längst weg, als ich Roddy kennen gelernt habe.« Sie sah ihn an. »Wissen Sie, dass die beiden einen Sohn haben?«

Keines der übrigen Familienmitglieder hatte das erwähnt. Rebus schüttelte den Kopf. Banks sah ihn enttäuscht an.

»Er heißt Peter. Er verwendet den Nachnamen Grief. Sagt Ihnen das etwas?«

Rebus machte gerade ein paar Notizen. »Nein, eigentlich nicht.«

Sie zuckte mit den Achseln. »Er spielt bei den Robinson Crusoes mit – einer Popgruppe.«

»Nie davon gehört.«

»Fragen Sie mal Ihre jüngeren Kollegen.«

»Oh, oh«, sagte Rebus gequält, und sie musste lächeln.

»Allerdings ist Peter bei seiner Familie unten durch.«

»Wieso – wegen seines Berufes?«

»Oh nein. Deshalb nicht. Ich glaube, seine Großmutter ist sogar stolz darauf, einen Popstar in der Familie zu haben.«

»Und warum dann?«

»Na ja, er wohnt in Glasgow.« Sie hielt inne. »Haben Sie denn nicht mit den Angehörigen gesprochen?« – »Doch«, sagte er und nickte. »Dann hätte Hugh es eigentlich erwähnen müssen.«

»Mit Mr. Cordover habe ich allerdings noch nicht gesprochen. Wahrscheinlich managt er die Band, richtig?«

»Ja, natürlich. Mein Gott, muss ich Ihnen denn alles erzählen? Hugh hat etliche von diesen jungen Bands unter Vertrag – Vain Shadows, Change and Decay...« Sie lächelte, weil die Namen ihm nichts sagten.

»Da bleibt mir wohl keine andere Wahl, als mich an meine jüngeren Kollegen zu wenden«, sagte er, und sie musste lachen.

Er holte zwei Tassen Kaffee aus der Kantine. Der Burger lag ihm noch immer schwer im Magen, deshalb ging er in sein Büro und schluckte erst mal ein paar Rennies. Früher war so ein Essen für ihn nie ein Problem gewesen. Doch irgendwann hatte sein Verdauungstrakt angefangen zu streiken. Er schnappte sich sein Telefon und rief bei Lorna Grieve an. Gleichzeitig fiel ihm ein: Josephine Banks hatte Seona Grieve bisher noch mit keinem Wort erwähnt. Sie hatte die ganze Zeit nur von Billie Collins gesprochen, der ersten Mrs. Grieve. Bei den Cordovers meldete sich niemand. Er ging mit den beiden Tassen Kaffee zurück in das Besprechungszimmer. »Hier, bitte schön, Miss Banks.«

»Danke.« Er hatte den Eindruck, dass sie in seiner Abwesenheit nur reglos dagesessen hatte.

»Ich frage mich die ganze Zeit«, sagte sie, »wann Sie endlich zum Kern der Sache kommen. Bis jetzt haben Sie doch nur ständig um den heißen Brei herumgeredet.«

»Was soll denn das schon wieder heißen?« Rebus kramte wieder sein Notizbuch und einen Stift hervor und legte beides vor sich auf den Schreibtisch.

»Ja was wohl – die Geschichte mit Roddy und mir«, sagte sie und sah ihn durchdringend an. »Unsere Affäre. Können wir jetzt darüber sprechen?«

Rebus nahm seinen Schreiber und nickte nur.

»So ist das nun mal in der Politik.« Sie legte eine kurze Pause ein. »Na ja, eigentlich in allen Berufen. Zwei Leute arbeiten eng zusammen.« Sie nippte an ihrem Kaffee. »Politiker sind die größten Klatschmäuler, die man sich nur vorstellen kann. Vielleicht liegt das daran, dass mit ihrem Selbstbewusstsein irgendwas nicht stimmt. Über andere Leute herziehen, das ist ja so einfach.«

»Und – hatten Sie tatsächlich eine Affäre mit Roddy?«

Sie sah ihn lächelnd an. »Habe ich diesen Eindruck erweckt?« Sie machte eine halb entschuldigende Kopfbewegung. »Eigentlich hätte ich von der *angeblichen* Affäre sprechen sollen. Denn mehr war es nicht. Haben Sie nichts davon gewusst?«

Er schüttelte den Kopf.

»So viele Gespräche … und niemand hat …«

Sie richtete sich in ihrem Stuhl auf. »Na ja, vielleicht habe ich Sie auch falsch eingeschätzt.«

»Aber wir haben doch bisher mit kaum jemandem wirklich gesprochen.«

»Ich dachte, Sie hätten den Clan interviewt?«

»Sie meinen die Familie Grieve?«

»Ja.«

»Und – wussten die davon?«

»Jedenfalls Seona. Ich nehme mal an, sie hat es nicht für sich behalten.«

»Hat Mr. Grieve es ihr erzählt?«

Wieder lächelte sie. »Warum sollte er? Es hat ja ohnehin nicht gestimmt. Wenn einer Ihrer Kollegen etwas Unwahres über Sie verbreitet, würden Sie damit gleich zu Ihrer Frau rennen?«

»Und wie hat Mrs. Grieve dann davon erfahren?«

»Das Übliche. Irgendein anonymer Denunziant.«

»Ein Brief?«

»Ja.«

»Nur einer?«

»Da müssen Sie sie selbst fragen.« Sie stellte ihren Becher auf den Schreibtisch. »Sie würden zu gerne eine rauchen, stimmt's?«, sagte sie. Rebus sah sie verwundert an. Sie wies mit dem Kopf auf den Stift, an dem er die ganze Zeit herumknabberte. »Das machen Sie schon die ganze Zeit«, sagte sie. »Und es macht mich nervös.«

»Wieso das, Miss Banks?«

»Weil ich selbst unbedingt eine rauchen möchte.«

Auf dem Revier in der St. Leonard's Street durfte man nur hinten auf dem Parkplatz rauchen. Da sich jedoch Außenstehende dort nicht aufhalten durften, stand er jetzt mit Josephine Banks draußen auf dem Gehsteig. Es war so kalt, dass die beiden bibbernd von einem Fuß auf den anderen traten.

Als seine Zigarette fast zu Ende war, fragte er sie – vielleicht um den unvermeidlichen letzten Zug noch ein wenig hinauszuzögern –, ob ihr der Verfasser des Briefes bekannt sei.

»Nein, keinen blassen Schimmer.«

»Aber es muss doch jemand gewesen sein, der Sie beide gekannt hat.«

»Oh ja. Ich schätze, jemand aus dem Ortsverband. Oder vielleicht ein beleidigter Verlierer. Bei der Auswahl des Kandidaten ist es manchmal ziemlich hoch hergegangen.«

»Wieso?«

»Die Labour-Fossilien gegen die neue Richtung. Dabei sind natürlich viele alte Geschichten wieder hochgekommen.«

»Wer ist denn eigentlich gegen Mr. Grieve angetreten?«

»Es gab noch drei weitere Anwärter: Gwen Mollison, Archie Ure und Sara Bone.«

»Und – war es eine faire Kandidatenkür?«

»So weit man bei solchen Verfahren überhaupt von fair sprechen kann – ja. Ich meine, niemand hat mit schmutzigen Tricks gearbeitet.«

Irgendetwas in ihrer Stimme ließ ihn nachhaken: »Aber?«

»Natürlich waren die anderen etwas gekränkt, als Roddy die Kandidatur für sich entschieden hat. Vor allem Ure. Das müssen Sie doch in der Zeitung gelesen haben.«

»Nur falls der Sportteil darüber berichtet hat.«

Sie sah ihn an. »Aber zur Wahl gehen Sie doch wenigstens?«

Er starrte auf den kümmerlichen Rest seiner Zigarette. »Und wieso war Archie derart aufgebracht?«

»Archie ist schon hundert Jahre bei Labour. Außerdem ist er ein Verfechter der Dezentralisierung. Schon '79 hat er in halb Edinburgh Plakate geklebt. Dann kommt dieser Roddy daher und schnappt ihm die Kandidatur vor der Nase weg. Archie war der Meinung, dass die Kandidatur sein natürliches Recht ist. Sagen Sie, sind Sie 1979 zu der Abstimmung gegangen?«

Am 1. März 1979, dem Tag der fehlgeschlagenen Volksabstimmung. Schon damals war es um die schottische Selbstverwaltung gegangen. »Weiß ich nicht mehr«, log Rebus.

»Also sind Sie nicht hingegangen.« Er zuckte mit den Achseln. »Und warum nicht?«

»Ich war doch nicht der Einzige.«

»Nur so aus Interesse. Es war bitter kalt an dem Tag damals. Vielleicht hat der Schnee Sie ja abgeschreckt.«

»Wollen Sie mich auf den Arm nehmen, Miss Banks?«

Sie schnippste ihren Zigarettenstummel auf die Straße. »Wie könnte ich, Inspektor.«

1979

Seine Frau Rhona hatte damals ständig eine ganze Rolle »Schottland sagt JA«-Aufkleber mit sich herumgeschleppt. Daran erinnerte er sich nur zu gut. Auf seinen Jacken hatten die Dinger geklebt, auf der Windschutzscheibe des Autos, ja sogar auf dem Flachmann, den er manchmal mit zur Arbeit nahm. Der Winter war schrecklich gewesen: dunkel, elend kalt – und dann noch ständig irgendwelche Streiks. Die Zeitungen hatten von einem Winter des Missbehagens gesprochen, eine Charakterisierung, die den Nagel auf den Kopf getroffen hatte. Seine Tochter Sammy war damals vier gewesen. Wenn er sich mit Rhona herumstritt, sprachen sie leise, damit die Kleine nicht aufwachte. Einer der Streitpunkte war seine Arbeit: Der Tag

113

hatte einfach nicht genug Stunden. Außerdem hatte Rhona kurz zuvor ihre politische Ader entdeckt und machte sogar Wahlkampf für die SNP – also die Schottische Nationalpartei. Sie sah in dem geplanten Autonomiestatut nur einen ersten Schritt Richtung Unabhängigkeit. James Callaghan und seine Labour-Regierung hingegen verstanden darunter ..., na ja, Rebus wusste es selbst nicht so genau. Eine Art Beruhigungspille für die Nationalisten? Oder für Großbritannien insgesamt? Doch Rebus zweifelte daran, ob ein solches Statut die Einheit zwischen Schottland und den übrigen Teilen des Vereinigten Königreichs wirklich stärken konnte.

Rhona diskutierte mit Rebus am Küchentisch so lange über Politik, bis er fast durchdrehte. Ja, manchmal schmiss er sich einfach auf das Sofa und sagte zu seiner Frau, dass ihn die ganze Autonomie einen Scheißdreck interessierte. Anfangs hatte sie bei diesen Gelegenheiten noch Aufstellung vor ihm genommen und ihm die Sicht auf den Fernseher versperrt. Und dann hatte sie einmal mehr eine ihrer leidenschaftlichen Predigten abgeliefert.

Wenn sie damit fertig war, sagte er: »Meinst du, du kannst mir Angst machen?« Und dann fing sie an, ihn mit Kissen zu bewerfen, bis er sie schließlich zu Boden zog und beide sich kaputtlachten.

Vielleicht war es ja nur aus Trotz gewesen. Jedenfalls war seine Ablehnung immer stärker geworden. Eines Abends kam er mit einem »Schottland sagt Nein«-Anstecker nach Hause. Sie saßen am Küchentisch und aßen. Rhona sah müde aus: Tagsüber ging sie zur Arbeit und kümmerte sich um das Kind, und abends musste sie dann noch Wahlkampf machen. Sie erwähnte seinen Anstecker mit keinem Wort, nicht einmal, als er ihn extra von seiner Jacke abnahm und an seinem Hemd befestigte. Sie sah ihn nur mit leeren Augen an und sagte den ganzen Abend kein Wort. Als sie schließlich ins Bett gingen, kehrte sie ihm den Rücken zu.

»Und ich hab gedacht, dass ich dir nicht politisch genug bin«, versuchte er zu scherzen. Doch sie schwieg. »Echt«, sagte er. »Ich hab mir die Sache gründlich durch den Kopf gehen lassen, wie du es von mir verlangt hast. Dabei bin ich zu dem Entschluss gelangt, mit Nein zu stimmen.«

»Tu, was du nicht lassen kannst«, sagte sie nur kalt.

»Also gut«, hatte er entgegnet und ihre zusammengekrümmte Gestalt betrachtet.

Doch am 1. März, dem Tag der Abstimmung, hatte er dann nicht mit Nein gestimmt – nein, er hatte etwas noch viel Schlimmeres getan. Er war der Abstimmung einfach ferngeblieben. Natürlich konnte er sich mit der Arbeit herausreden oder mit dem Wetter oder mit irgendwelchen anderen Begründungen. Doch in Wahrheit verzichtete er auf sein Wahlrecht, um Rhona zu verletzen. Er war sich dessen genau bewusst, als er im Büro immer wieder auf die Uhr sah und der Zeiger dem Ende der Abstimmung immer näher rückte. Kurz vor Schließung der Wahllokale wäre er beinahe noch zu seinem Wagen gerannt, doch dann redete er sich ein, dass es schon zu spät sei. Ja, es war tatsächlich zu spät gewesen.

Auf dem Heimweg fühlte er sich miserabel. Sie war nicht da, als er nach Hause kam. Wahrscheinlich war sie unterwegs, um irgendwo Wahlscheine auszuzählen. Vielleicht hockte sie aber auch mit Gleichgesinnten im Hinterzimmer irgendeiner Kneipe und wartete auf das Ergebnis.

Irgendwann war dann auch die Babysitterin gegangen. Er warf noch einen Blick in Sammys Zimmer, die fest schlief und mit einem Arm ihren Lieblingsteddybär Pa Broon umklammert hielt. Rhona kam erst spät nach Hause. Sie war leicht angetrunken und er vielleicht noch mehr: vier Flaschen Tartan Special vor dem Fernseher. Er hatte den Ton leise gestellt und hörte Musik. Als sie hereinkam, wollte er zunächst sagen, dass er mit Nein gestimmt hatte, doch er wusste genau, dass sie ihm ohnehin nicht glauben würde. Deshalb erkundigte er sich einfach nach ihrem Befinden.

»Völlig fertig«, sagte sie und blieb in der Tür stehen. Offenbar fiel es ihr schwer, den Raum zu betreten. »Aber schon wieder etwas besser«, sagte sie und ging noch mal zurück in die Diele.

März 1979. Das Referendum enthielt eine Klausel. Mindestens vierzig Prozent der Wahlberechtigten mussten mit Ja stimmen, andernfalls war das Autonomiestatut ungültig. Außerdem ging das Gerücht, dass die Labour-Regierung in London absichtlich Hindernisse aufgerichtet hatte, um einen positiven Ausgang der Abstimmung zu verhindern. Offenbar hatte man in Westminster Angst, die schottischen Abgeordneten und damit langfristig die Mehrheit im Parlament an die Konservativen zu verlieren. Vierzig Prozent der Wahlberechtigten mussten also mit Ja stimmen.

Dieses Ziel wurde weit verfehlt. Dreiunddreißig Prozent stimmten mit Ja, einunddreißig mit Nein – und das bei einer Wahlbeteiligung von knapp vierundsechzig Prozent. Das Ergebnis war eine »geteilte Nation«, wie eine Zeitung es ausdrückte, und die SNP entzog der Callaghan-Regierung ihre Unterstützung. Der Premier ließ sich sogar zu der Bemerkung hinreißen, die Aktivisten der Partei hätten sich wie Truthähne verhalten, die für Weihnachten stimmen. Bald darauf wurden Neuwahlen angesetzt, und die Konservativen unter Führung Margaret Thatchers kamen an die Regierung.

»Das alles haben wir deiner SNP zu verdanken«, sagte Rebus zu Rhona. »Und die Selbstverwaltung kannst du dir jetzt an den Hut stecken.«

Sie zuckte bloß mit den Achseln und hatte keine Lust mehr zu streiten. Die Zeit der Kissenschlachten auf dem Wohnzimmerboden lag inzwischen lange zurück. Er verschanzte sich immer mehr hinter seiner Arbeit und kümmerte sich fortan hauptsächlich um das Leben anderer Leute, um ihre Probleme und ihre Nöte.

Und war seither nie mehr wählen gegangen.

Nachdem er sich von Josephine Banks verabschiedet hatte, begab sich Rebus in das Lagezentrum. Detective »Hi-Ho« Silvers redete pausenlos in sein Telefon. Ein paar Detectives, die aus anderen Abteilungen abkommandiert worden waren, hingen ebenfalls am Telefon. Chefinspektorin Gill Templer unterhielt sich gerade mit dem Farmer. Eine Polizistin trat zu ihnen und überreichte Watson einen dicken Stapel Telefonnotizen – die von einem riesigen Klipp zusammengehalten wurden. Watson sah sich die Papiere stirnrunzelnd an und hörte dann wieder Templer zu. Er hatte sein Jackett abgelegt und die Ärmel seines weißen Hemdes hochgerollt. In dem Raum herrschte ein permanentes Kommen und Gehen, zahllose Computertastaturen klapperten, und ständig läutete irgendwo ein Telefon.

Auf seinem Schreibtisch fand Rebus die Protokolle der Gespräche, die einige seiner Kollegen mit den Familienangehörigen geführt hatten. Dabei hatte Cammo Grieve das Pech gehabt, ausgerechnet von Bobby Hogan und Joe Dickie befragt zu werden.

Cammo Grieve: Und wie lange dauert dieser Quatsch?

Hogan: Tut mir Leid, Sir. Wir möchten Ihnen nicht zur Last fallen.

Grieve: Mein Bruder ist ermordet worden, wissen Sie.

Hogan: Deshalb möchten wir ja gerade mit Ihnen reden, Sir.

(Rebus lächelte in sich hinein: Bobby Hogan hatte eine Art, »Sir« zu sagen, die durchaus beleidigen konnte.)

Dickie: Sie sind also an jenem Samstag nach London zurückgereist, Mr. Grieve?

Grieve: Ja, so bald wie irgend möglich.

Dickie: Haben Sie ein gespanntes Verhältnis zu Ihrer Familie?

Grieve: Da geht Sie einen Scheißdreck an.

Hogan (zu Dickie): Notieren Sie, dass Mr. Grieve in diesem Punkt die Aussage verweigert.

Grieve: Herrgott, was für eine Farce.

Hogan: Es besteht kein Grund, hier den Namen des Herrn ins Spiel zu bringen, Sir.

(Rebus musste laut lachen, als er das las. Von den drei unvermeidlichen Anlässen – Hochzeiten, Beerdigungen und Taufen – einmal abgesehen, konnte er sich kaum vorstellen, dass Hogan je eine Kirche von innen gesehen hatte.)

Grieve: Also bitte, können wir die Sache bitte zu Ende bringen?

Dickie: Ganz in unserem Sinne, Sir.

Grieve: Ich bin Samstag Abend wieder in London angekommen. Sie können ja meine Frau fragen. Wir haben auch den Sonntag zusammen verbracht, allerdings habe ich mich zwischendurch mit meinem Referenten getroffen, um über Wahlkreisfragen zu sprechen. Abends haben wir dann gemeinsam mit einigen Freunden gegessen. Montag Morgen war ich gerade auf dem Weg ins Parlament, als ich über Handy erfahren habe, dass Roddy tot ist.

Hogan: Und wie haben Sie auf die Nachricht reagiert, Sir …?

Und so ging es immer weiter. Cammo Grieve aggressiv, während Hogan und Dickie seine Feindseligkeit einfach von sich abprallen ließen und mit immer neuen Fragen und bissigen Kommentaren zurückschlugen.

Lorna Grieve und ihr Gemahl hatten es im Einzelverhör mit dem etwas umgänglicheren Gespann Detective Bill Pryde und Sergeant Roy Frazer zu tun bekommen. Keiner von beiden hatte Roddy an jenem Sonntag gesehen. Lorna hatte Freunde in North Berwick besucht, und Hugh Cordover hatte zusammen mit einem Toningenieur und diversen Musikern zu Hause in seinem Privatstudio gearbeitet.

Auch gab es niemanden, der Roddy Grieve am Sonntag Abend gesehen hatte, als er angeblich mit ein paar Freunden ausgegangen war. Keiner seiner Freunde war mit ihm zusammen gewesen. Und so drängte sich die Schlussfolgerung auf: Roddy hatte außerhalb seiner Ehe ein Geheimleben geführt. Und dieser Umstand erschwerte die Ermittlungen natürlich ganz erheblich.

Denn manche Geheimnisse lassen sich nun mal nicht lüften, egal was man auch anstellt.

11

Die Bausparkasse hatte ihren Sitz in der George Street. Als Siobhan Clarke nach Edinburgh gezogen war, war in der George Street mit schönen Häusern und mäßig belebten Geschäften noch nicht viel los gewesen. Die Büroflächen standen größtenteils leer, und an vielen Gebäuden waren »Zu vermieten«-Schilder angebracht. Inzwischen hatte sich das Erscheinungsbild der Straße verändert. Es gab jetzt reichlich teuere Geschäfte und ebenso viele schicke Bars und Restaurants, die meist in die ehedem von Banken genutzten Gebäude eingezogen waren.

Dass C. Mackies Bausparkasse noch immer hier ansässig war, erschien unter diesen Umständen wie ein mittleres Wunder. Siobhan Clarke saß im Büro des Filialleiters, während dieser nach Mackies Akte suchte. Mr. Robertson war ein freundlich lächelnder, kleiner rundlicher Mann mit einem großen kahlen Kopf. Seine Nickelbrille ließ ihn wie einen Angestellten aus einem Dickens-Roman erscheinen. Clarke stellte ihn sich unwillkürlich in der Kostümierung der damaligen Zeit vor. Offenbar deutete er ihr Lächeln als wohlwollende Reaktion – sei es auf seine imponierende Persönlichkeit oder auf seine berufliche Effizienz. Und so nahm er erst einmal etwas umständlich in seinem modernen Büro hinter seinem modernen Schreibtisch Platz. Die Akte war relativ dünn.

»Das C steht für Christopher«, bemerkte er.

»Dann ist ja diese Frage auch geklärt«, sagte Clarke und öffnete ihr Notizbuch. Mr. Robertson strahlte sie an.

»Das Konto wurde im März 1980 eröffnet. Genau genommen am Samstag, dem fünfzehnten. Allerdings war ich damals noch nicht Filialleiter.«

»Und wer dann?«

»Mein Vorgänger, George Samuels. Ich war damals noch nicht mal in dieser Filiale tätig.«

Clarke blätterte in Christopher Mackies Sparbuch. »Und es wurden sofort 430 000 Pfund eingezahlt?«

Robertson prüfte die Zahlen. »Ganz recht. Danach sind alljährlich die fälligen Zinsen dazugekommen und bisweilen kleinere Beträge abgehoben worden.«

»Haben Sie Mr. Mackie gekannt?«

»Nein, nicht dass ich wüsste. Ich habe mir die Freiheit genommen, mit meinen Mitarbeitern zu sprechen. Wenn ich Sie recht verstanden habe, war der Mann obdachlos, nicht wahr?«

»Seine Kleidung spricht jedenfalls dafür.«

»Na ja, natürlich sind die Immobilienpreise exorbitant gestiegen, aber trotzdem…«

»Für vierhunderttausend Pfund müsste man doch eigentlich schon was Nettes bekommen?«

»Ja, mit dieser Summe hätte er wirklich eine riesige Auswahl gehabt.« Er hielt inne. »Aber es gibt ja noch diese Adresse am Grassmarket.«

»Darum muss ich mich noch kümmern, Sir.«

Robertson nickte zerstreut. »Eine meiner Mitarbeiterinnen, eine gewisse Mrs. Briggs. Wenn er Geld abheben wollte, hat er sich immer an sie gewandt.«

»Ich würde gerne mit ihr sprechen.«

Er nickte wieder. »Das habe ich angenommen. Sie wartet schon draußen.«

Clarke studierte ihre Aufzeichnungen. »Hat sich in all den Jahren, seit Mackie bei Ihnen Kunde war, mal seine Adresse geändert?«

Robertson blickte auf die Papiere vor sich. »Sieht nicht so aus«, sagte er schließlich.

»Ist Ihnen die Summe auf dem Konto nicht ungewöhnlich hoch erschienen, Sir?«

»Wir haben Mr. Mackie von Zeit zu Zeit angeschrieben und ihm alternative Möglichkeiten der Geldanlage unterbreitet. Aber natürlich darf man Kunden nicht unter Druck setzen.«

»Weil sie sich sonst belästigt fühlen?«

Mr. Robertson nickte. »Wie Sie wissen, leben wir in einer reichen Stadt. Mr. Mackie war nicht der Einzige, der über eine solche Summe verfügen konnte.«

»Allerdings hat er das Geld nicht für sich arbeiten lassen.«

»Da fällt mir gerade etwas anderes ein…«

»Ein Testament oder so etwas haben wir nicht gefunden, falls Sie das meinen.«

»Und wie sieht es mit Verwandten aus?«

»Mr. Robertson, mir war noch nicht mal Mr. Mackies Vorname bekannt, bevor ich dieses Zimmer betreten habe.« Clarke klappte ihr Notizbuch zu. »Ich würde jetzt gerne mit Mrs. Briggs sprechen, wenn es Ihnen recht ist.«

Valerie Briggs war eine Frau mittleren Alters, die offenbar seit kurzem eine neue Frisur trug. Dafür sprach jedenfalls der Umstand, dass sie sich pausenlos mit der Hand an ihrem Haar zu schaffen machte, als ob ihr dessen ungewohnter Schnitt selbst noch nicht ganz geheuer wäre.

»Als er das allererste Mal zu uns gekommen ist, habe ich ihn zufälligerweise bedient.« Vor Mrs. Briggs stand eine Tasse Tee. Sie starrte etwas verunsichert darauf: Tee im Büro ihres Chefs, das war für sie anscheinend genauso neu wie ihre Frisur. »Er sagte nur, dass er ein Konto eröffnen möchte, und wollte wissen, an wen er sich zu wenden habe. Ich hab ihm also das Formular gegeben, und er war augenblicklich wieder verschwunden. Später kam er dann mit dem ausgefüllten Vordruck zurück und wollte wissen, ob er den Betrag in bar einzahlen könne. Zuerst hab ich gedacht, dass er sich verschrieben hat – wegen der vielen Nullen.«

»Und – hatte er das Geld tatsächlich bei sich?«

Mrs. Briggs nickte und machte große Augen, als sie an die Szene zurückdachte. »Er hat es mir gezeigt, alles in einer eleganten Aktentasche.«

»Einer Aktentasche?«

»Ja, sehr hübsch und gepflegt.«

Siobhan machte sich eine Notiz. »Und was ist dann passiert?«, fragte sie.

»Na ja, ich bin zum Filialleiter gegangen. Verstehen Sie, bei einer solchen Summe…« Allein der Gedanke ließ sie abermals erschaudern.

»Das war dann wohl Mr. Samuels?«

»Der Filialleiter, ja. Sehr netter Mann, der gute alte George.«

»Stehen Sie noch in Kontakt mit ihm?«

»Oh ja.«

»Und wie ging es dann weiter?«

»Also, George…, das heißt Mr. Samuels führte Mr. Mackie in sein Büro. Das alte Büro.« Sie wies mit dem Kopf Richtung Eingang. »Früher war das Büro gleich neben der Tür. Keine Ahnung, wieso sie es verlegt haben. Und als Mr. Mackie dann wieder aus dem Zimmer trat, war die Sache erledigt, und wir hatten einen neuen Kunden. Wenn er später mal zu uns gekommen ist, hat er immer gewartet, bis ich Zeit für ihn hatte.« Sie schüttelte langsam den Kopf. »Zu schade, dass es so weit mit ihm gekommen ist.«

»Wie meinen Sie das?«

»Na ja, dass er sich so hat gehen lassen. An dem Tag damals, als er das Konto eröffnet hat…, na ja, elegant war er nicht gerade gekleidet, aber wenigstens gepflegt. Anzug und so weiter. Wäre ihm sicher nicht schlecht bekommen, wenn er mal sein Haar gewaschen hätte oder zum Friseur gegangen wär…« Sie betastete wieder ihr eigenes Haar. »… trotzdem ein außerordentlich sympathischer Mann.«

»Und dann ist es mit ihm immer weiter bergab gegangen?«

»Ja, ziemlich schnell sogar. Ich hab sogar mal mit Mr. Samuels darüber gesprochen.«

»Und – was hat der gesagt?«

Sie lächelte, als sie an das Gespräch zurückdachte, und zitierte ihren vormaligen Chef: »Meine liebe Valerie, es gibt vermutlich wesentlich mehr exzentrische als normale reiche Leute.‹ Wahrscheinlich hat er Recht gehabt. Und dann hat er noch etwas gesagt: ›Geld bringt eine Verantwortung mit sich, der nicht jeder gewachsen ist!‹«

»Da könnte er Recht gehabt haben.«

»Kann schon sein. Trotzdem hab ich zu ihm gesagt, dass ich das Risiko gerne eingehe, falls er mal das dringende Bedürfnis hat, den Safe auszuleeren.«

Die beiden Frauen lachten herzlich über diesen Scherz. Dann fragte Clarke Mrs. Briggs, wo dieser Mr. Samuels anzutreffen sei.

»Das ist ganz einfach. Er ist ein leidenschaftlicher Bowlingspieler – ist für ihn fast eine Art Religion.«

»Bei dem Wetter?«

»Verzichten Sie etwa auf den Kirchgang, bloß weil es draußen schneit?«

Ein schlagendes Argument, dessen Plausibilität Clarke im Austausch gegen eine Adresse augenblicklich anerkannte.

Sie ging am Rand des Bowlinganlage entlang und stieß dann die Tür zum Clubhaus auf. Da sie vorher noch nie in Blackhall gewesen war, hatte sie sich zunächst in dem Straßengewirr verfranzt und war zweimal wieder auf der verkehrsreichen Queensferry Road gelandet. In der Gegend reihte sich Bungalow an Bungalow, so dass man sich unversehens in die Dreißigerjahre zurückversetzt fühlte. Ja, zwischen diesem Viertel und der Broughton Street lagen ganze Welten. Irgendwie schien die Gegend nicht mehr richtig zur Stadt zu gehören. Kaum Geschäfte, und auch Menschen waren auf den Straßen nur selten zu sehen. Die Bowlinganlage mit den saftlosen Rasenflächen hatte offenbar auch schon bessere Tage gesehen. Das aus Holz erbaute und braun gestrichene einstöckige Clubhaus im Hintergrund war vermutlich schon gut dreißig Jahre alt und machte auch nicht mehr den frischesten Eindruck. Als sie eintrat, stand sie sofort im Luftstrom eines Heizgerätes, das an der Decke angebracht war. Ein Stück weiter hinten gab es eine Bar, hinter der eine ältere Frau irgendein Lied summte, während sie die Spirituosenflaschen abstaubte.

»Bowling?«, sagte Clarke.

»Da drüben durch die Tür, Gnädigste.« Die Frau wies mit dem Kopf auf eine Tür, ohne sich weiter in ihrer Arbeit stören zu lassen. Clarke stieß die Doppeltür auf und stand in einem langen, engen Raum. Eine vier Meter breite, rund fünfzehn Meter lange Biomatte nahm fast den ganzen Boden ein. Am Rande des Spielfeldes standen ein paar Plastikstühle. Doch Zuschauer waren weit und breit keine zu sehen, nur die vier Spieler, die auf die Störung anfangs mit äußerster Empörung reagierten. Als sie dann sahen, dass es sich bei dem Eindringling um eine junge Frau handelte, wurden sie plötzlich munter und nahmen Haltung an.

»Die will bestimmt zu dir«, sagte einer der Männer und stieß seinen Nachbarn an.

»Ach, scher dich zum Teufel.«

»Jimmy hat sie lieber etwas fülliger«, ließ ein dritter Mann sich vernehmen.

»Und mit einem etwas höheren Tachostand«, sagte Spieler Numero vier. Sie amüsierten sich köstlich und lachten mit der Unverfrorenheit alter Männer, die über kleinkarierte Bedenken erhaben sind.

»Ich nehm mal an, du würdest eine ganze Menge dafür geben, wenn du noch mal vierzig Jahre jünger sein könntest.« Der Mann, der dies sagte, hielt eine Kugel in der Hand. Ganz am hinteren Ende der Spielfläche lag die rechts und links von zwei weiteren Kugeln flankierte Zielkugel.

»Tut mir Leid, dass ich Sie beim Spielen störe«, sagte Clarke und kam gleich zur Sache. »Ich bin Detective Clarke.« Sie zeigte ihnen ihre Kennmarke. »Ich suche George Samuels.«

»Hab ich doch gesagt, dass sie dich irgendwann doch noch erwischen, alter Knabe.«

»Alles nur eine Frage der Zeit.«

»Ich bin George Samuels.« Ein groß gewachsener schlanker Mann kam ihr entgegen. Er trug einen Pullunder mit V-Ausschnitt und darunter eine burgunderrote Krawatte. Er hatte eine warme trockene Hand, mit der er ihr kräftig die Rechte schüttelte. Sein volles schneeweißes Haar erschien weich wie Watte.

»Mr. Samuels, ich komme von der Polizeiinspektion in der St. Leonard's Street. Könnte ich mich wohl mal kurz mit Ihnen unterhalten?«

»Ich habe Sie schon erwartet.« Seine Augen waren blau wie Wasser an einem Sommertag. »Es geht um Christopher Mackie, nicht wahr?« Als er ihr überraschtes Gesicht sah, lächelte er breit. Offenbar freute er sich darüber, dass er in der Welt doch noch zu etwas nütze war.

Sie setzten sich vorne im Gastraum an einen Ecktisch. Ein paar Tische weiter hatte es sich ein älteres Ehepaar bequem gemacht: Der Mann war eingeschlafen und die Frau strickte. Vor dem Mann stand ein halbes Glas Bier, vor der Frau ein Sherry.

George Samuels hatte einen Whisky bestellt, den er mit Wasser verdünnte. Clarke begnügte sich mit einem Kaffee, obwohl Samuels sie auf einen Drink eingeladen hatte. Schon nach dem ersten Schluck bereute sie diesen Entschluss. Die riesige Dose Instantkaffee hinter der Bar hätte ihr eigentlich eine Warnung sein müssen.

»Wie haben Sie das gewusst?«, fragte sie.

Samuels strich sich mit der Hand über die Stirn. »Mir war schon immer klar, dass mit ihm irgendwas nicht stimmt. Man spaziert nicht einfach mit einer solchen Summe in die Filiale einer Bausparkasse.« Er sah sie an. »Oder würden Sie das machen?«

»Leider bin ich bisher noch nie in die Verlegenheit gekommen«, sagte sie.

Er lächelte. »Scheint so, als ob Sie mit Val Briggs gesprochen haben. Die hat früher öfter so was Ähnliches gesagt. Wir haben uns damals manchmal einen Spaß daraus gemacht.«

»Aber wenn Ihnen die Sache von Anfang an merkwürdig erschienen ist, wieso haben Sie das Geld dann überhaupt akzeptiert?«

Er hob theatralisch die Arme. »Na ja, wenn ich es nicht gemacht hätte, dann halt jemand anderer. Außerdem ist das alles schon zwanzig Jahre her. Damals musste man so was noch nicht der Polizei melden. Im Übrigen bin ich wegen dieser Summe Filialleiter des Monats geworden.«

»Hat er irgendwas über die Herkunft des Geldes gesagt?«

Samuels nickte. Sein Haar hatte etwas Weihnachtliches. Wahrscheinlich fühlte es sich an wie frischer Schnee. »Natürlich habe ich ihn gefragt«, sagte er. »Ganz direkt.«

»Und?« Auf der Untertasse ihres Kaffees lagen ein paar Plätzchen. Sie biss in eines davon. Die weiche Masse schmeckte widerlich.

»Er hat gefragt, ob ich darauf bestehe, dass er es mir sagt. Und ich habe geantwortet, dass ich es schon gerne wüsste – aber das ist natürlich nicht dasselbe. Dann hat er gesagt, dass das Geld aus einem Banküberfall stammt.« Wieder freute er sich über ihr erstauntes Gesicht. »War natürlich nur ein Witz. Wenn es sich tatsächlich um Geld aus einem Banküberfall gehandelt hätte, dann wär ich doch über die Seriennummern informiert gewesen.«

Clarke nickte. Sie hatte noch immer die klebrige Masse im Mund. Um das Zeug herunterzuspülen, brauchte sie unbedingt etwas Trinkbares, und das einzig Trinkbare in ihrer Reichweite war der Kaffee, der vor ihr stand. Sie nahm also einen Schluck, hielt die Luft an und würgte die widerliche Pampe hinunter.

»Und was hat er sonst noch gesagt?«

»Na ja, er hat gesagt, dass er das Geld geerbt hat. Und dann hat er angeblich den Scheck eingelöst, weil er gerne mal eine so riesige Summe in bar vor sich sehen wollte.«

»Hat er vielleicht gesagt, wo er den Scheck damals eingelöst hat?«

Samuel zuckte mit den Achseln. »Hätte ich ihm ohnehin nicht geglaubt, selbst wenn er es mir erzählt hätte.«

Sie blickte ihn an. »Sie haben also gedacht, dass das Geld…?«

»Ja,… nicht ganz sauber ist.« Er nickte. »Aber egal, was ich gedacht habe. Der Mann stand nun mal vor mir und wollte in *meiner* Filiale ein Konto eröffnen.«

»Und – hatten Sie kein schlechtes Gewissen?«

»Nein, damals nicht.«

»Trotzdem haben Sie immer gewusst, dass irgendwann jemand aufkreuzt und mit Ihnen über Mr. Mackie sprechen möchte?«

Wieder ein Achselzucken. »Ich will mich gar nicht herausreden, Miss Clarke. Aber ich nehme mal an, dass Sie wissen, woher das Geld stammt.«

Clarke schüttelte den Kopf. »Keine Ahnung, Sir.«

Samuels lehnte sich in seinem Stuhl zurück. »Und warum sind Sie dann hier?«

»Mr. Mackie hat sich umgebracht, Sir. Er hat wie ein Obdachloser gelebt und sich von der North Bridge gestürzt. Ich versuche herauszufinden, warum.«

Samuels konnte ihr also nicht weiterhelfen. Er hatte nur bei dieser einen Gelegenheit mit Mackie gesprochen. Als Clarke jetzt in die Stadt zurück und Richtung Grassmarket fuhr, dachte sie kurz darüber nach, was als Nächstes zu tun war. Sie hatte nur diese eine kümmerliche Spur, das war alles. Um mehr über Christopher Mackie und seine Motive herauszufinden, musste sie sich erst einmal Klarheit darüber verschaffen, mit *wem* sie es eigentlich zu tun hatte. Eine Suchmeldung hatte sie bereits durchgegeben. Doch Mackie war nirgends gemeldet und hatte auch keine Telefonnummer. Als sie schließlich am Grassmarket eintraf, war sie nicht weiter überrascht, dass es sich bei der angegebenen Adresse um ein Obdachlosenheim handelte.

Der Grassmarket war eine eigene kleine Welt. In früheren Jahrhunderten hatte sich hier eine Richtstätte befunden, woran noch der Name einer Kneipe erinnerte: The Last Drop. Noch in den Siebzigerjahren hatte die Gegend vor allem Mittel- und Heimatlose angezogen. Doch dann wurde das Quartier saniert und avancierte allmählich zum In-Viertel. Kleine Spezialgeschäfte wurden eröffnet, die Lokale wurden aufgemöbelt, und selbst die Touristen wagten – wenn auch anfangs noch zögernd – den steilen Abstieg von der Victoria Street und der Candlemaker Row.

Das Heim machte von seiner Existenz kein Aufhebens. Zwei schmuddelige Fenster und eine schwere Eingangstür – das war alles. Vor dem Haus drückten sich ein paar Männer herum. Einer bat sie um Feuer. Sie schüttelte nur den Kopf.

»Dann hast du wahrscheinlich auch keine Kippen«, sagte er und setzte seine Unterhaltung mit seinem Kumpel fort.

Clarke drehte den Türknopf, doch die Tür war verschlossen. An der Wand gab es eine Klingel. Sie läutete zweimal und wartete dann. Ein hagerer junger Mann riss die Tür auf, sah sie kurz an, trat ein paar Schritte zurück und sagte: »Was für eine Überraschung – die Polizei.« Dann ließ er sich wieder in einen Sessel fallen und starrte gebannt auf die Flimmerkiste. Der Raum war mit einigen ramponierten Sesseln bestückt, außerdem mit einer Holzbank und zwei Barhockern. Der Fernseher und ein niedriger Tisch komplettierten die Möblierung. Obwohl ein Blechaschenbecher auf dem Tisch stand, zogen es die meisten Gäste des Hauses offenbar vor, sich ihrer Zigarettenstummel auf dem Linoleumfußboden zu entledigen. In einem Sessel saß ein älterer Mann und schlief. Auf seinem Gesicht klebten kleine weiße Papierfetzen. Clarke wollte gerade die erste Frage stellen, als der Mensch, der sie hereingelassen hatte, ein Stück von einer alten Zeitung abriss, in den Mund steckte, darauf herumkaute und dann den alten Mann mit der klebrigen Masse bespuckte.

»Ein Treffer im Gesicht bringt zwei Punkte«, erklärte er. »Der Bart oder das Haar nur einen.«

»Und was ist Ihr bisheriger Rekord?«

Er grinste und entblößte seine wenigen noch verbliebenen Zähne. »Fünfundachtzig.«

Auf der anderen Seite des Raumes wurde jetzt eine Tür geöffnet. »Kann ich etwas für Sie tun?«

Clarke ging zu der Frau hinüber und reichte ihr die Hand. Hinter ihr heulte der Spucker wie eine Sirene. »Ich bin Detective Clarke.«

»Ja bitte?«

»Kennen Sie einen Mann namens Christopher Mackie?«

Ein zurückhaltender Blick. »Könnte sein. Was hat er getan?«

»Ich fürchte, Mr. Mackie ist tot. Selbstmord, wie es aussieht.«

Die Frau schloss kurz die Augen. »Ist er der Mann, der von der North Bridge gesprungen ist? In der Zeitung hab ich nur gelesen, dass es ein Obdachloser war.«

»Dann haben Sie ihn also gekannt?«

»Am besten, wir reden drüben im Laden weiter.«

Die Frau hieß Rachel Drew und leitete das Heim bereits seit einem Dutzend Jahren.

»Ist eigentlich kein richtiges Heim«, sagte sie, »sondern ein Tageszentrum. Aber um ehrlich zu sein, wenn meine Gäste sonst nirgends hinkönnen, lasse ich sie manchmal auch vorne im Aufenthaltsraum übernachten. Schließlich ist Winter, und was soll ich sonst machen?«

Clarke nickte. Der Raum, in dem sie saßen, erinnerte tatsächlich irgendwie an einen Laden. Es gab dort einen Schreibtisch und ein paar Stühle, den restlichen Platz nahmen große Blechdosen mit Lebensmitteln ein. Weiter hinten gab es laut

Drew noch eine kleine Küche, wo die Frau mit ein paar Hilfskräften drei Mahlzeiten pro Tag zubereitete.

»Nicht gerade *haute cuisine*, aber beklagt hat sich bisher kaum jemand.«

Rachel Drew war eine groß gewachsene schlichte Frau von etwa Mitte vierzig mit naturkrausem, schulterlangem braunem Haar. Sie hatte dunkle Augen und ein blasses Gesicht, eine warme, humorvolle Stimme und sah ziemlich übermüdet aus.

»Was können Sie mir über Mr. Mackie sagen?«

»Er war ein feiner, freundlicher Mann. Etwas menschenscheu, aber so war er nun mal. Hat lange gedauert, bis ich ihn näher kennen gelernt habe. Er war hier bereits Stammkunde, als ich damals angefangen habe. Verstehen Sie mich nicht falsch: Er ist hier nicht ständig herumgehangen, aber er kam regelmäßig vorbei.«

»Haben Sie die Post für ihn verwahrt?«

Drew nickte. »Aber er hat ja kaum was bekommen. Meist nur der Scheck von der Sozialhilfe … Vielleicht zwei oder drei Briefe pro Jahr.«

»Die Kontoauszüge seiner Bausparkasse«, mutmaßte Clarke. »Wie gut haben Sie ihn gekannt?«

»Wieso fragen Sie?«

Clarke sah sie forschend an. Auf Rachel Drews Gesicht erschien ein verlegenes Lächeln. »Tut mir Leid, aber ich spreche nicht gerne über die Leute, die hierher kommen. Wahrscheinlich möchten Sie wissen, ob Chris selbstmordgefährdet war.« Sie schüttelte langsam den Kopf. »Jedenfalls habe ich davon nichts bemerkt.«

»Wann haben Sie ihn zuletzt gesehen?«

»Ungefähr vor einer Woche.«

»Wissen Sie, wo er sich aufgehalten hat, wenn er nicht hier war?«

»Einer meiner Grundsätze lautet, niemals danach zu fragen.«

»Und wieso nicht?« Clarke war jetzt aufrichtig interessiert.

»Man weiß nie, wann man einen schwachen Punkt erwischt.«

»Hat er Ihnen etwas über seine Vergangenheit erzählt?«

»Ein paar Geschichten. Er hat mal gesagt, dass er in der Armee war. Ein andermal hat er erzählt, dass er früher mal ein Restaurant hatte. Seine Frau ist angeblich mit einem Ober durchgebrannt.«

Irgendetwas an Rachels Drews Stimme irritierte Clarke. »Aber Sie haben ihm das nicht abgenommen?«

Drew lehnte sich in ihrem Sessel zurück. Sie war jetzt gewissermaßen von Blechdosen eingerahmt. Jeden Tag öffnete sie ein paar von diesen Dosen, stellte sich an den Herd und kochte für hilfebedürftige Menschen, damit die übrige Welt deren Not ignorieren konnte. »Ich höre viele Geschichten, außerdem kann ich gut zuhören.«

»Hatte Chris eigentlich nahe Freunde?«

»Hier jedenfalls nicht – niemand, der mir aufgefallen wäre. Aber vielleicht irgendwo anders…« Drews Augen verengten sich zu schmalen Schlitzen. »Verstehen Sie mich bitte nicht falsch – aber wieso interessieren Sie sich so brennend für einen Penner.«

»Weil er keiner war. Chris hatte bei einer Bausparkasse ein Guthaben von vierhunderttausend Pfund.«

»Das ist ja großartig«, lachte Drew. Dann sah sie Clarkes Gesicht. »Mein Gott, ist das Ihr Ernst?« Sie beugte sich auf ihrem Stuhl nach vorne, presste die Füße gegen den Boden und stützte sich mit den Ellbogen auf die Knie. »Und woher hatte er so viel…?«

»Wissen wir nicht.«

»Jedenfalls verstehe ich jetzt, warum Sie sich für ihn interessieren. Und wer bekommt das Geld?«

Clarke zuckte mit den Achseln. »Irgendwelche Verwandten…«

»Vorausgesetzt natürlich, er hat welche.«

»Richtig.«

»Und vorausgesetzt, Sie finden sie.« Drew biss sich auf die Unterlippe. »Wissen Sie, es hat schon Zeiten gegeben, da hat-

131

ten wir hier mächtig zu kämpfen. Und auch im Augenblick sieht es nicht gerade rosig aus. Trotzdem hat der Mann nie auch nur ein Wort...« Sie lachte plötzlich bitter und schlug die Hände zusammen. »So ein gerissener Bursche. Aber was soll's?«

»Frage ich mich auch.«

»Und wenn Sie nun keine Angehörigen von ihm ausfindig machen können, wer bekommt dann das Geld?«

»Die Staatskasse, nehm ich an.«

»Der Staat? Mein Gott, es gibt einfach keine Gerechtigkeit.«

»Vergessen Sie nicht, mit wem Sie sprechen«, sagte Clarke und lächelte.

Drew schüttelte den Kopf und kicherte. »Vierhundert Riesen. Und der Mann springt von einer Brücke und lässt das ganze Geld einfach zurück.«

»Sieht so aus.«

»Und natürlich hat er gewusst, dass Sie das rausfinden werden.« Drew sah Clarke an. »Man könnte fast meinen, er hat Ihnen absichtlich ein Rätsel aufgegeben.« Sie dachte einen Moment nach. »Warum wenden Sie sich nicht an die Presse? Wenn die Geschichte bekannt wird, kommen die Verwandten doch von ganz allein zu *Ihnen*.«

»Und außerdem sämtliche Gauner und Betrüger im Umkreis von tausend Meilen. Deshalb versuche ich doch, mehr über ihn herauszufinden. Damit solche Gestalten erst gar keine Chance bekommen.«

»Hm. Klingt plausibel. Auf den Kopf gefallen sind Sie jedenfalls nicht.« Sie atmete schwer aus. »Ich wüsste schon, was ich mit dem Geld mache.«

»Vielleicht eine Küchenhilfe engagieren?«

»Eigentlich hatte ich eher an ein Jahr auf Barbados gedacht.«

Clarke musste wieder lächeln. »Noch eins: Sie haben nicht zufällig ein Bild von Chris?«

Drew hob eine Augenbraue. »Vielleicht haben Sie Glück.« Sie öffnete eine Schreibtischschublade und kramte diverse Papiere, Schreibutensilien und Tonbandkassetten hervor. Schließlich fand sie, wonach sie suchte: einen Stapel Fotografien. Sie sah die Fotos rasch durch, zog dann eines heraus und reichte es Clarke.

»Letztes Jahr Weihnachten aufgenommen, aber Chris hat sich seither kaum verändert. Der Mann neben ihm, das ist Graubart.«

Clarke erkannte den schlafenden Mann aus dem Aufenthaltsraum. Auf dem Foto saß er in demselben Sessel, allerdings hellwach und fröhlich lachend. Auf der Armlehne des Sessels hockte Christopher Mackie. Mittelgroß, leicht untersetzt. Sein schwarzes Haar war aus der ausgeprägten Stirn nach hinten gekämmt. Er lächelte etwas verlegen und geheimnisvoll. Und ein Geheimnis hatte er in der Tat. Es war das erste Mal, dass sie sein Gesicht sah. Merkwürdiges Gefühl. Bis dahin hatte sie ihn nur als Leiche gekannt...

»Und hier ist er noch mal zu sehen – ganz alleine«, sagte Drew.

Auf dem zweiten Foto stand Mackie vor dem mit Geschirr gefüllten Spülbecken. Der Fotograf hatte ihn unvorbereitet erwischt. Mackies Gesicht wirkte entschlossen, und er schien ganz auf seine Arbeit konzentriert. Der Blitz tauchte sein Gesicht in ein gespenstisch weißes Licht und ließ seine Augen wie rote Punkte erscheinen.

»Was dagegen, wenn ich die Fotos mitnehme?«

»Kein Problem.«

Clarke schob die beiden Bilder in die Jackentasche. »Sie würden mir einen großen Gefallen tun, wenn Sie im Augenblick noch für sich behalten könnten, was Sie soeben erfahren haben.«

»Auf einen Massenandrang durchgeknallter Pseudo-Erben kann ich durchaus verzichten.«

»Würde mir die Arbeit sehr erleichtern.«

Drew schien noch über etwas nachzudenken. Sie öffnete eine rote Plastikkiste mit Karteikarten und blätterte darin herum, bis sie schließlich ein Kärtchen herauszog.

»Chris' persönliche Daten«, sagte sie und reichte Clarke die Karte. »Geburtsdatum, Name seines Hausarztes samt Telefonnummer. Vielleicht hilft Ihnen das ja weiter.«

»Danke«, sagte Clarke. Sie zog eine Banknote aus der Tasche. »Das ist kein Schmiergeld oder so was, ich möchte dem Heim nur eine kleine Spende zukommen lassen.«

Drew betrachtete den Geldschein. »Also gut«, sagte sie schließlich und nahm das Geld an. »Wenn es Ihr Gewissen beruhigt, warum soll ich es dann ablehnen?«

»Ich bin Polizeibeamtin, Miss Drew. Das Gewissen – das gewöhnen sie einem schon in der Grundausbildung ab.«

»Hm«, sagte Rachel Drew und erhob sich, »scheint fast so, als ob bei Ihnen ein neues nachgewachsen wäre.«

12

Rebus überließ Derek Linford die Wahl: Roddy Grieves Arbeitsplatz oder Hugh Cordovers Studio. Natürlich wusste er, wofür Linford sich entscheiden würde.

»Vielleicht stoße ich ja dort auf etwas, das uns einen Schritt weiter bringt«, sagte Linford und ließ Rebus zum Herrensitz von Hugh Cordover und Lorna Grieve in dem Dorf Roslin fahren. In Roslin gab es aber auch die ebenso alte wie ungewöhnliche Rosslyn-Kapelle, die sich seit einigen Jahren bei diversen durchgeknallten Endzeit-Esoterikern ungemeiner Beliebtheit erfreute. Angeblich war unter dem Boden der Kapelle die Bundeslade vergraben. Andere Verrückte sahen in dem Gebäude ein außerirdisches Raumschiff. Das Dorf selbst war ebenso ruhig wie belanglos. High Manor, das Domizil der Cordovers, verbarg sich knapp einen Kilometer jenseits des Ortes hinter einer langen Mauer. Es gab zwar eine aus Stein erbaute Toreinfahrt, aber kein Tor, sondern lediglich ein Schild mit der Aufschrift »Privat«. Seinen Namen High Manor verdankte das Anwesen dem Umstand, dass sich Hugh, als er noch bei Obscura mitgespielt hatte, mit dem Künstlernamen High Cord geschmückt hatte. Rebus hatte eines der Alben der Gruppe dabei: *Continuous Repercussions*. Auf der Hülle war Lorna abgebildet. Sie saß in einem durchsichtigen weißen Gewand wie eine Hohepriesterin auf einem Thron, und um ihren Kopf ringelte sich eine Schlange. Laserblitze zuckten aus ihren Augen. Die Ränder des Covers waren mit Hieroglyphen verziert.

Er parkte seinen Saab neben einem Fiat Punto und einem Landrover. Ein Stück abseits standen noch ein paar andere Autos: ein ramponierter alter Mercedes und ein amerikanischer Klassiker mit Faltdach. Rebus ließ das Album im Wagen zurück und ging zur Eingangstür. Lorna Grieve selbst öffnete ihm die Tür. Eiswürfel klimperten in dem Glas, das sie in der Hand hielt.

»Da ist ja mein kleiner Affen-Mann«, gurrte sie. »Herein mit Ihnen. Hugh ist unten in den Katakomben. Aber Sie müssen bitte ganz leise sein, bis er fertig ist.«

Diese geheimnisvollen Sätze bedeuteten, dass Hugh gerade in seinem Heimstudio beschäftigt war, das er sich im Keller des Hauses eingerichtet hatte. Cordover selbst saß gemeinsam mit einem Toningenieur in der verglasten Kontrollbox. Um sie her eine wahre Orgie an elektronischen Geräten. Durch das dicke Glas konnte Rebus in das eigentliche Studio hineinblicken. Drei total erschöpfte junge Männer waren dort unten zu sehen. Der Schlagzeuger ging mit einer Flasche Jack Daniels in der Hand hinter seinen Gerätschaften auf und ab. Der Gitarrist und der Bassist lauschten konzentriert in ihre Kopfhörer. Überall leere Bierdosen, Zigarettenpäckchen, Weinflaschen und Gitarrensaiten.

»Versteht ihr, was ich meine«, sagte Cordover in ein Mikrofon. Die Musiker nickten. Er sah Rebus an. »Also gut, Jungs, die Polizei ist hier und möchte mit mir sprechen. Versucht mal, den Text noch etwas deutlicher rüberzubringen, okay?«

Die Musiker grinsten und erhoben die Hände zum V-Zeichen.

Cordover gab dem Toningenieur ein paar Anweisungen und stand steif von seinem Stuhl auf. Er strich mit der Hand über sein unrasiertes Gesicht und schüttelte langsam den Kopf. Dann öffnete er die Tür und ließ Rebus beim Verlassen des Kontrollraums den Vortritt.

»Wer sind die Jungs?«, fragte Rebus.

»Kommen bald ganz groß raus«, entgegnete Cordover, »jedenfalls, wenn sie tun, was ich ihnen sage. Sie heißen The Crusoes.«

»The Robinson Crusoes?«

»Haben Sie von Ihnen gehört?«

»Irgendwer hat mir erzählt, dass Sie die Gruppe managen.«

»Ja, ich bin ihr Manager, Arrangeur, Produzent. Halt der Papi, der für alles sorgt.« Cordover stieß eine Tür auf. »Das hier ist der Aufnahmeraum.«

In dem Raum herrschte das absolute Chaos. Der Boden, die Stühle – alles war mit Musikzeitschriften bedeckt. Cordover öffnete den Kühlschrank und schnappte sich eine Flasche Wasser. »Möchten Sie auch was?«

Lorna Grieve saß auf einem roten Sofa und legte die Zeitung beiseite, in der sie gelesen hatte. »Falls meine Menschenkenntnis mich nicht trügt, möchte mein kleiner Affen-Mann was Richtiges trinken.« Sie ließ das Eis in ihrem Glas klimpern, um zu demonstrieren, was sie meinte. Sie trug einen grünen Seidenanzug und war barfuß. Um den Hals hatte sie sich ein rotes Chiffontuch geschlungen.

»Keinen Alkohol«, sagte Rebus und nickte, als Cordover zwei Flaschen aromatisiertes Mineralwasser anschleppte.

»Was dagegen, wenn wir uns hier unterhalten?«, sagte Cordover. »Oder sollen wir lieber nach oben gehen?«

»Ist doch egal«, sagte Lorna, »oben ist es auch nicht ordentlicher.«

»Kein Problem«, sagte Rebus und setzte sich auf einen Stuhl. Cordover selbst hievte sich auf einen Billardtisch und saß mit baumelnden Beinen da. Seine Frau verdrehte genervt die

Augen. Offenbar fand sie es gar nicht gut, dass er sich nicht einfach auf einen Stuhl setzte.

»Wer von den Jungs war Peter Grief?«, fragte Rebus.

»Der Bassist«, antwortete Cordover.

»Kennt er seinen Vater?«

»Natürlich kennt er ihn«, fuhr Lorna Grieve ihn an.

»Besonders nahe gestanden haben sich die beiden allerdings nicht«, fügte Cordover hinzu.

»Der Affen-Mann«, sagte Grieve zu ihrem Mann, »findet es, glaub ich, gar nicht gut, dass du so kurz nach Roddys brutaler Ermordung schon wieder mit Peter arbeitest, als ob nichts gewesen wäre.«

»Das musst gerade du sagen«, entgegnete Cordover giftig. »Sollen wir uns vielleicht an dir ein Vorbild nehmen und uns ständig volllaufen lassen?«

»Wann hätte ich dazu je als Vorwand eines Todesfalles in der Familie bedurft?« Sie lächelte Cordover mit schweren Augenlidern an. Dann sah sie Rebus an. »Sie müssen noch viel über den Clan lernen, Affen-Mann.«

»Wieso nennst du ihn ständig so?« Cordover klang irritiert.

»Ein Kinks-Song«, sagte Rebus, und Lorna hob anerkennend das Glas. Er strahlte sie an. Offenbar Brandy, was sie da trank. Selbst aus einigen Metern Entfernung konnte er den Stoff noch fast schmecken.

»Ich hab Stew sogar persönlich gekannt«, sagte Cordover.

»Stew?« Lorna kniff die Augen zusammen.

»Ian Stewart«, erklärte Rebus. »Das war der sechste Rolling Stone.«

Cordover nickte. »Angeblich passte sein Gesicht nicht zum Image der Gruppe, deshalb durfte er nicht mit den anderen auftreten. Aber im Studio haben sie ihn mitspielen lassen.« Er sah Rebus an. »Wissen Sie eigentlich, dass er aus Fife stammt? Und Stu Sutcliffe aus Edinburgh.«

»Und Jack Bruce aus Glasgow.«

Cordover lächelte. »Scheint so, als ob Sie was von der Sache verstehen.«

»Na ja, ganz blöde bin ich auch nicht. Ich weiß zum Beispiel, dass Peters Mutter Billie Collins heißt. Haben Sie zufällig mit ihr gesprochen?«

»Was geht uns Billie an?«, sagte Lorna. »Soll sich doch 'ne Zeitung kaufen.«

»Ich glaube, Peter hat mit ihr gesprochen«, sagte Cordover knapp.

»Wo wohnt sie?«

»St. Andrews, glaube ich.« Cordover sah seine Frau fragend an. »Unterrichtet dort an einer Schule.«

»Haugh Academy«, sagte Lorna. »Ist sie verdächtig?«

Rebus machte sich ein paar Notizen. »Käme Ihnen das gelegen?« Er fragte ganz beiläufig, ohne aufzublicken.

»Ja, wär echt super.«

Cordover hievte sich von dem Billardtisch. »Mein Gott, Lorna!«

»Ach ja«, fauchte seine Frau ihn an, »du hast ja schon immer eine Schwäche für sie gehabt. Deutlicher gesagt: Du warst ja schon immer scharf auf sie.« Sie sah Rebus an. »Wissen Sie, Hugh hat nämlich schon immer in der Gegend rumgehurt, weil Künstler das angeblich so machen.«

»Ach, das sind doch bloß irgendwelche Gerüchte.« Cordover ging jetzt in dem Raum auf und ab.

»Da wir gerade von Gerüchten sprechen«, sagte Rebus. »Haben Sie schon mal was von Josephine Banks gehört?«

Lorna Grieve kicherte und hob die Hände wie im Gebet. »Oh bitte, lass sie es sein. Das wäre *zu* schön.«

»Roddy stand in der Öffentlichkeit, Inspektor«, sagte Cordover und sah seine Frau an. »Da wird alles Mögliche erzählt.«

»Tatsächlich?«, sagte Lorna. »Wie faszinierend. Dann sag mir doch bitte mal, welche Gerüchte über *mich* im Umlauf sind.«

Cordover schwieg. Rebus wusste, der Mann hatte eine überaus verletzende Antwort parat – nach dem Motto: *Kein einzi-*

ges, was allerdings nur beweist, wie tief du inzwischen gesunken bist. Etwas in der Art. Doch er schwieg.

Rebus fand es an der Zeit, eine kleine Bombe zu zünden. »Wer ist Alasdair?«

Zunächst herrschte Schweigen. Lorna nahm einen Schluck von ihrem Drink. Cordover lehnte sich gegen den Billardtisch. Rebus überließ es der Stille, für ihn die Arbeit zu verrichten.

»Lornas Bruder«, sagte Cordover schließlich. »Hab ihn allerdings nie kennen gelernt.«

»Alasdair war der Beste von uns allen«, sagte Lorna leise. »Deshalb hat er es hier auch nicht mehr ausgehalten.«

»Und was ist aus ihm geworden?«, fragte Rebus.

»Er hat sich einfach in die große weite Welt abgesetzt.« Sie machte eine weit ausholende Geste mit ihrem Glas, in dem nur mehr das Eis klimperte.

»Und wann?«

»Schon vor Ewigkeiten, Affen-Mann. Wahrscheinlich ist er jetzt irgendwo in tropischen Gefilden, und meine besten Wünsche begleiten ihn.« Sie sah Rebus an und wies auf seine linke Hand. »Kein Ehering. Was sagt mir da mein detektivisches Gespür? Und Trinker sind Sie auch? Sie haben nämlich vorhin mein Glas so verdächtig angestarrt.« Sie schmollte. »Oder interessieren Sie sich vielleicht auch noch für was anderes?«

»Am besten, Sie ignorieren sie, Inspektor.«

Sie warf ihr Glas nach ihrem Ehemann. »Hier ignoriert mich niemand. Schließlich bin ich hier nicht der abgetakelte Star.«

»Na klar, die Agenturen rennen dir ja buchstäblich die Tür ein. Und das Telefon hört gar nicht mehr auf zu klingeln.« Das Glas hatte ihn knapp verfehlt, und er wischte sich nur etwas Eiswasser vom Ärmel.

Lorna erhob sich etwas wackelig vom Sofa. Rebus hatte den Eindruck, dass die beiden den öffentlichen Streit liebten und darin so etwas wie ihr ureigenes *künstlerisches* Vorrecht sahen.

»Hey, ihr zwei«, sagte plötzlich eine beschwichtigende Stimme. »Wir verstehen ja drüben unser eigenes Wort nicht mehr.

Was nur wieder die Qualität der Schalldämpfung belegt.« In der Tür stand Peter Grief. Er ging zum Kühlschrank und holte sich eine Flasche Wasser. »Im Übrigen kann sich solche Ausbrüche eigentlich nur der Rockstar leisten und nicht seine Tante und sein Onkel.«

Rebus und Peter Grief saßen in der Kontrollkabine. Alle anderen waren oben im Esszimmer. Inzwischen war nämlich ein Bäckereiwagen vorgefahren und hatte ganze Tabletts voll Sandwiches und Gebäck abgeliefert. Rebus hielt einen kleinen Papierteller in der Hand. Darauf lag ein mit Hühnchen-Tikka gefülltes Sandwich. Peter Grief hatte ein Stück Torte vor sich und schaufelte sich mit dem Finger nur die Sahne in den Mund. Ansonsten hatte er den ganzen Morgen offenbar noch nichts zu sich genommen. Er fragte Rebus: »Stört es Sie, wenn ich im Hintergrund ein bisschen Musik laufen lasse.« Musik erleichterte ihm angeblich das Denken.

»Selbst wenn es sich dabei um die Rohmischung eines meiner eigenen Songs handelt.«

Und diese Musik lief jetzt im Hintergrund. Rebus sagte: »Drei-Mann-Bands sind eher eine Seltenheit.« Doch Grief korrigierte ihn und erwähnte die Manic Street Preachers, Massive Attack, Supergrass und ein halbes Dutzend weitere Gruppen und fügte dann hinzu: »Und natürlich Cream.«

»Und Jimi Hendrix nicht zu vergessen.«

Grief senkte den Kopf. »Noel Redding: Nicht viele Bassisten konnten es mit James Marshall aufnehmen.«

Nach diesem Austausch von Höflichkeiten stellte Rebus seinen Teller beiseite. »Sie wissen, weshalb ich hier bin, Peter?«

»Ja, Hugh hat es mir erzählt.«

»Tut mir Leid wegen Ihres Vaters.«

Grief zuckte mit den Achseln. »Tja, das hat er nun von der Politik. Hätte besser ins Musikgeschäft einsteigen sollen…« Das alles klang wie einstudiert, wie eine aus Selbstschutz wieder und wieder abgenudelte Litanei.

»Wie alt waren Sie eigentlich, als Ihre Eltern sich getrennt haben?«

»Zu jung, um mich noch daran zu erinnern.«

»Und aufgewachsen sind Sie bei Ihrer Mutter?«

Grief nickte. »Aber die beiden sind natürlich in Verbindung geblieben. Sie wissen schon – ›damit das Kind nicht darunter zu leiden hat‹.«

»Trotzdem hat es Sie tief verletzt, richtig?«

Grief blickte von seinem Teller auf. In seiner Stimme klang Verärgerung mit. »Und woher wollen Sie das wissen, wenn ich fragen darf?«

»Auch ich habe meine Frau vor vielen Jahren verlassen. Sie hat unsere Tochter allein aufgezogen.«

»Und wie geht es Ihrer Tochter heute?« Seine Verärgerung war inzwischen einer gewissen Neugier gewichen.

»Okay.« Rebus machte eine kurze Pause. »Das heißt, *heute*. Also damals…, ich weiß nicht recht.«

»Sie sind doch *Polizist*, richtig? Oder sind Sie vielleicht so ’ne Art Therapeut, der mich dazu bringen will, über meine Gefühle zu sprechen?«

Rebus lächelte. »Wenn ich wirklich Therapeut wäre, Peter, dann würde ich jetzt sagen: Finden Sie nicht, dass es an der Zeit ist, ganz offen über Ihre Gefühle zu sprechen?«

Grief lächelte und senkte den Kopf. »Manchmal wäre ich gerne wie Hugh und Lorna.«

»Weil die ihre Gefühle so völlig ungeniert rauslassen?«

»Richtig.« Wieder ein Lächeln, das langsam auf seinen Lippen erstarb. Grief war ein hoch aufgeschossener, schlanker junger Mann. Er hatte – möglicherweise gefärbtes – zurückgegeltes schwarzes Haar, von dem ihm ein paar Strähnen in die Stirn fielen. Das Auffälligste an seinem langen kantigen Gesicht waren die markanten Wangenknochen und die dunklen gehetzten Augen. Ansonsten sah er exakt so aus, wie man sich einen Popmusiker vorstellt: schmuddeliges weißes T-Shirt mit weiten Ärmeln. Schwarze Jeans und Biker-Boots. Er trug an beiden

Handgelenken dünne Lederarmbänder und um den Hals ein Pentagramm. Hätte Rebus die Stelle eines Bassisten in einer Rockband zu besetzen gehabt, dann wäre Peter ganz sicher die allererste Wahl gewesen.

»Wie Sie wissen, versuchen wir herauszufinden, wer Ihren Vater umgebracht hat.«

»Ja.«

»Hat er Ihnen gegenüber mal erwähnt ... Also, hatten Sie das Gefühl, dass er Feinde hatte, dass es da jemanden gab, vor dem er auf der Hut war?«

Grief schüttelte den Kopf. »Hätte er mir ohnehin nicht erzählt.«

»Und mit wem hätte er darüber gesprochen?«

»Vielleicht mit Onkel Cammo.« Grief überlegte kurz. »Oder mit Großmutter.« Er imitierte mit den Fingern auf einer imaginären Gitarre die Basstöne, die aus den Lautsprechern wummerten. »Das Stück hier hab ich extra für Sie aufgelegt. Es handelt von meiner letzten Begegnung mit meinem Vater.«

Rebus hörte zu. Der Rhythmus hatte mit Begräbnismusik nicht allzu viel gemein.

»Es gab da zwischen uns diesen Riesenkrach. Er war der Meinung, dass ich meine Zeit verplempere. Und auf Onkel Hugh war er auch wütend, weil der mich unterstützt.«

Rebus konnte den Text nicht richtig verstehen. Doch dann fing Grief an mitzusingen, und plötzlich verstand er jedes Wort.

> Was Schönheit ist, das weißt du nicht
> Auch Wahrheit ist dir scheißegal
> Doch halte ich's für meine Pflicht,
> dir mitzuteilen: Es war nur Qual
> oh ja, es war die reinste Qual.

Hugh Cordover und Lorna Grieve begleiteten Rebus zu seinem Wagen.

»Ja«, sagte Cordover, »sein bester Song bisher.« Auch jetzt

schleppte er wieder das unvermeidliche Handy mit sich herum.

»Hat er Ihnen gesagt, dass es in dem Lied um seinen Vater geht?«

»Ja, er hat mir erzählt, dass er sich mit ihm gestritten hat und dass er sich mit dem Lied irgendwie Luft machen wollte.« Cordover zuckte mit den Achseln. »Aber kann man aus alledem schließen, dass das Lied wirklich von seinem Vater handelt? Ich glaube, Sie nehmen das ein bisschen zu wörtlich, Inspektor.«

»Vielleicht.«

Lorna Grieve war nicht anzumerken, dass sie schon reichlich getrunken hatte. Sie beäugte Rebus' Saab wie ein Museumsstück. »Werden diese Autos noch gebaut?«

»Die neuen Modelle haben sogar schon richtige Scheinwerfer«, entgegnete Rebus. Sie lächelte.

»Sogar Humor haben Sie, wie erfrischend.«

»Eins noch…« Rebus tauchte mit dem Oberkörper in das Wageninnere hinab und kam mit dem Obscura-Album in der Hand wieder zum Vorschein.

»Mein Gott«, sagte Cordover. »Davon gibt es nicht mehr viele.«

»Ist mir unbegreiflich«, sagte seine Frau und starrte auf ihr Foto auf der Hülle.

»Ich wollte Sie um ein Autogramm bitten«, sagte Rebus und hielt plötzlich einen Schreiber in der Hand.

Cordover nahm den Stift. »Mit Vergnügen. Warten Sie mal: Soll ich lieber mit meinem eigenen Namen oder mit High Cord unterzeichnen?«

Rebus lächelte. »Natürlich mit High Cord, ist doch klar.«

Cordover kritzelte den Namen auf die Hülle und wollte ihm das Album schon zurückgeben.

»Und das Modell?«, fragte Rebus. Sie sah ihn an, und er glaubte schon, sie würde ablehnen. Doch dann nahm sie den Stift und verewigte sich mit ihrem Namen auf der Hülle. Als sie damit fertig war, nahm sie das Album nochmals in Augenschein.

»Die Hieroglyphen«, fragte Rebus, »irgendeine Idee, was die bedeuten?«

Cordover lachte. »Keinen Schimmer. Ein Typ, den ich damals kannte, hat sich für so was interessiert.« Erst jetzt fiel Rebus auf, dass einige der Hieroglyphen in Wahrheit Pentagramme waren – wie der Anhänger, den Peter Grief getragen hatte.

Lorna lachte. »Red keinen Unsinn, Hugh, du selbst hast dich damals für diese Sachen interessiert.« Sie sah Rebus an. »Und er beschäftigt sich immer noch damit. Er spielt zwar nicht ganz in Jimmy Pages Liga, aber wir sind sogar extra wegen der Kapelle hier nach Roslin gezogen. Ein richtiger New-Age-Freak ist er – mit seinem blöden Pferdeschwanz und dem ganzen Schwachsinn.«

»Ich glaube, für heute hast du mich vor dem Inspektor genug beschimpft«, sagte Cordover und verzog das Gesicht zu einer hässlichen Grimasse. Dann läutete sein Telefon, und er drehte sich um und nahm den Anruf entgegen. Plötzlich war er ganz aufgeregt und gab sich Mühe, mit amerikanischem Akzent zu sprechen. Im Übrigen vergaß er vollständig, dass Lorna und Rebus auch noch da waren. Die beiden standen jetzt alleine da. Lorna verschränkte die Arme.

»Einfach lächerlich, wie er sich benimmt, finden Sie nicht? Ich begreife selbst nicht, was mir an ihm gefällt.«

»Da kann ich Ihnen auch nicht helfen.«

Sie musterte ihn eingehend. »Übrigens: Liege ich richtig mit meiner Vermutung, dass Sie trinken?«

»Nur in Gesellschaft.«

Sie lachte. »Wenn ich will, lege ich auch großen Wert auf Gesellschaft. Nur meistens will ich nicht, jedenfalls nicht, wenn Hugh mit von der Partie ist.« Sie sah ihrem Mann nach, der zum Haus zurückging. Er sprach über irgendwelche Zahlen – Geld oder CD-Stückzahlen. Rebus konnte es nicht genau verstehen.

»Und wohin gehen Sie zum Trinken?«, fragte sie.

»Ach, ein paar Kneipen.«

»Zum Beispiel?«

»Die Oxford Bar. Swany's. The Malting.«

Sie verzog die Nase. »Bei diesen Namen sehe ich nur nackte Holzfußböden und Zigarettenrauch vor mir und höre laute Stimmen. Frauen sind dort nicht gerade stark vertreten.«

Er musste lächeln. »Dann kennen Sie diese Lokale also?«

»Kommt mir jedenfalls so vor, ja. Vielleicht laufen wir uns mal über den Weg.«

»Vielleicht.«

»Ich würde Sie gerne küssen. Aber das ist wahrscheinlich verboten, richtig?«

»Richtig«, pflichtete Rebus ihr bei.

»Vielleicht mach ich's trotzdem einfach.« Cordover war inzwischen im Haus verschwunden. »Oder werde ich dann verhaftet?«

»Nicht, so lange niemand Sie anzeigt.«

Sie neigte sich zu ihm hinüber und verpasste ihm ein Küsschen auf die Wange. Als sie sich wieder aufrichtete, sah Rebus an einem der Fenster ein Gesicht. Es war nicht Cordover, sondern Peter Grief.

»Peters Song«, sagte Rebus. »Das Lied über seinen Vater. Wie war noch mal der Titel?«

»›Die reinste Qual‹«, entgegnete Lorna Grieve. »Nun müssen Sie aber ganz schnell in Ihr Auto steigen.«

Unterwegs im Auto schnappte sich Rebus sein Handy und erkundigte sich bei Derek Linford, was dessen Ermittlungen in Roddys Firma ergeben hatten.

»Roddy Grieve hat eine blütenweiße Weste«, sagte Linford. »Keine missglückten Geschäfte, keine krummen Dinger, keine unglücklichen Anleger. Außerdem ist keiner seiner Kollegen am Sonntagabend mit ihm was trinken gegangen.«

»Und – was schließen wir daraus?«

»Keine Ahnung.«

»Also schlechte Aussichten.«

»Nicht ganz. Immerhin hab ich einen heißen Börsentipp bekommen. Und wie war's bei Ihnen?«

Rebus blickte auf das Album auf dem Beifahrersitz. »Ich weiß nicht recht, bin mir noch nicht ganz schlüssig. Am besten, wir unterhalten uns später.« Er machte ein weiteres Telefonat, diesmal mit einem Plattenhändler in der Stadt.

»Paul? Hier spricht John Rebus. Ich habe hier *Continuous Repercussions* von Obscura mit High Cords und Lorna Grieves Autogramm.« Er lauschte einen Augenblick in den Hörer. »Nicht gerade ein Vermögen, aber nicht schlecht.« Dann hörte er wieder zu. »Ach, wissen Sie, rufen Sie mich einfach an, wenn Sie noch 'ne Kleinigkeit drauflegen können, okay? Ciao.«

Er fuhr etwas langsamer, suchte im Handschuhfach nach einer Hendrix-Kassette und schob sie in das Gerät. »Love or Confusion«. Manchmal war beides wirklich kaum zu unterscheiden.

Das Gerichtsmedizinische Institut war in Howdenhall ansässig. Rebus wusste nicht genau, weshalb Grant Hood und Ellen Wylie ihn ausgerechnet dort treffen wollten. Sie hatten nur angedeutet, dass er sich auf eine Überraschung gefasst machen sollte. Rebus hasste Überraschungen. Der Kuss von Lorna Grieve… na ja, das war eigentlich keine echte Überraschung gewesen, aber trotzdem. Wenn er den Kopf nicht in letzter Sekunde etwas zur Seite gedreht hätte, hm, dann hätte sie ihn auf den Mund geküsst…. und Peter Grief hätte am Fenster alles beobachtet. Grief. Eigentlich hatte Rebus ihn noch fragen wollen, wieso er seinen Namen geändert hatte. Aber so groß war der Unterschied ja nun auch wieder nicht. Peter hatte ja nur das *ve* am Ende gegen ein *f* ausgetauscht. Außerdem war er bei seiner Mutter aufgewachsen, vielleicht hieß er also in Wahrheit sogar Collins. Trotzdem war die Veränderung des Namens nicht völlig ohne Belang. Denn der junge Mann legte offenbar gesteigerten Wert darauf, auf die fehlende Hälfte seiner Identität zu verweisen, auf das, was ihm in all den Jahren entgangen war.

Howdenhall war ein Ort für Überflieger – manche von ihnen kaum zwanzig. Leute, die sich mit DNS und mit Computeranalysen auskannten. Auch in der St. Leonard's Street presste man seit einiger Zeit den Finger verdächtiger Personen nicht mehr auf ein Stempelkissen, sondern auf eine computerisierte Unterlage. Binnen Sekunden erschien dann der Abdruck auf dem Bildschirm. Hatte der Computer die Daten der betreffenden Person bereits gespeichert, erschien innerhalb von Sekunden eine entsprechende Meldung. Die Prozedur verblüffte ihn noch immer, obwohl sie schon seit Monaten zur Routine gehörte.

Hood und Wylie erwarteten ihn bereits in einem Besprechungszimmer. Der Gebäudekomplex in Howdenhall war noch relativ neu, und entsprechend steril und nüchtern waren die Zimmer eingerichtet. Der aus drei mobilen Elementen zusammengesetzte ovale Schreibtisch hatte offenbar noch keine Zeit gehabt, sich mit Schrammen zu schmücken. Auch die Polster der Stühle waren noch voll intakt. Die beiden jungen Beamten machten Anstalten, sich zu erheben, als er eintrat, doch er winkte nur ab und nahm auf der anderen Seite des Schreibtischs ihnen gegenüber Platz.

»Kein Aschenbecher«, konstatierte er.

»Nichtraucherzone«, erklärte Wylie.

»Ist mir inzwischen bekannt. Trotzdem hoffe ich immer wieder, dass ich eines Tages aus diesem Albtraum aufwache und froh darüber bin, dass der ganze Spuk vorbei ist.« Er sah sich in dem Raum um. »Mit Kaffee oder Tee sieht es anscheinend auch schlecht aus.«

Hood sprang auf. »Ich kann Ihnen …«

Rebus schüttelte nur den Kopf. Trotzdem ganz angenehm, dass sich der junge Mann so bemüht zeigte. Zwei leere Styroporbecher standen auf dem Tisch: Er überlegte, wer von beiden den Stoff wohl besorgt hatte. Höchstwahrscheinlich Wylie, tippte er.

»Und was gibt's?«, fragte er.

»Kaum Blutspuren in dem Kamin«, sagte Wylie. »Sieht so aus, als ob Skelly sein Leben woanders ausgehaucht hat.«

»Das heißt also: weniger Anhaltspunkte für die Spurensicherung.« Rebus dachte kurz nach. »Und was ist das nun für ein Geheimnis?«, fragte er dann.

»Überhaupt kein Geheimnis, Sir. Wir haben nur erfahren, dass Professor Sendak heute Nachmittag zufällig hier ist und ...«

»... die Chance wollten wir uns natürlich nicht entgehen lassen, Sir«, führte Hood den Satz zu Ende.

»Und wer bitte ist dieser Professor Sendak?«

»Lehrt an der Universität Glasgow Forensische Pathologie.«

Rebus hob eine Augenbraue. »Glasgow. Passen Sie mal auf: Wenn Gates und Curt davon erfahren, dann sind *Sie* dran, nicht ich – kapiert?«

»Wir haben die Sache schon mit der Staatsanwaltschaft abgeklärt.«

»Und was macht dieser Sendak, was unsere Experten nicht genauso gut könnten?«

Jemand klopfte an die Tür.

»Das erklärt Ihnen der Professor am besten selbst«, sagte Hood mit einer gewissen Erleichterung in der Stimme.

Professor Ross Sendak ging zwar bereits auf die sechzig zu, hatte aber immer noch dichtes schwarzes Haar. Auch wenn er von allen Anwesenden im Raum der Kleinste war, beeindruckte er durch ein außerordentlich selbstbewusstes, ja respektgebietendes Auftreten. Nachdem man sich miteinander bekannt gemacht hatte, ließ er sich auf einem Stuhl nieder und legte die Hände auf den Tisch.

»Sie scheinen zu glauben, dass ich Ihnen helfen kann«, sagte er, »und möglicherweise haben Sie damit sogar Recht. Allerdings müsste der Schädel nach Glasgow gebracht werden. Ist das zu machen?«

Wylie und Hood sahen sich an. Rebus räusperte sich.

»Ich befürchte, meine Mitarbeiter haben mich noch nicht ganz ins Bild gesetzt, Professor.«

Sendak nickte und holte tief Luft. »Lasertechnik, Inspektor.« Er beförderte aus seiner Aktentasche einen Laptop hervor und schaltete ihn ein. »Forensische Gesichtsrekonstruktion. Ihre Kollegen von der Gerichtsmedizin haben bereits festgestellt, dass der Verstorbene braunes Haar gehabt hat. Das ist immerhin ein Anfang. In Glasgow würden wir den Schädel nun auf einen Drehsockel platzieren. Danach richten wir Laserstrahlen auf den Schädel und geben die Informationen, die wir dabei erhalten, in den Computer ein. Aus diesen Informationen rekonstruieren wir anschließend das ganze Gesicht. Weitere Erkenntnisse, etwa über die körperliche Gesamterscheinung des Opfers oder das Todesdatum, gestatten es uns, am Ende ein ziemlich genaues Bild zu erstellen.« Er drehte den Computer um, so dass Rebus den Bildschirm vor sich hatte. »Und das Ergebnis sieht dann ungefähr so aus.«

Rebus musste aufstehen. Aus seiner Perspektive war auf dem Bildschirm nichts zu erkennen. Hood und Wylie taten es ihm gleich. Die drei rangelten beinahe um die beste Position, weil jeder von ihnen möglichst deutlich das Gesicht sehen wollte, das ihnen entgegenflackerte. Schließlich hatten sich die drei Polizisten richtig in Stellung gebracht und erblickten klar und deutlich vor sich auf dem Bildschirm das Gesicht eines jungen Mannes. Die Figur erinnerte ein wenig an eine Schaufensterpuppe, ihre Augen waren tot, und das eine Ohr, das man sehen konnte, saß nicht ganz richtig. Auch hatte man keine große Mühe auf das Haar verwendet.

»Dieser arme Teufel ist auf einem Hügel in den Highlands verrottet. Als man ihn gefunden hat, war mit den üblichen Identifizierungsmethoden nichts mehr zu machen. Dazu hatten Tiere und die übrigen Naturgewalten den Leichnam viel zu sehr entstellt.«

»Aber Sie glauben, dass er zu Lebzeiten so ausgesehen hat?«

»Ja, wenigstens sehr ähnlich. Die Augen und die Frisur sind

natürlich spekulativ, aber die Gesamtstruktur des Gesichts stimmt.«

»Erstaunlich«, sagte Hood.

»Mit Hilfe des Computers«, fuhr Sendak fort, »können wir ein Gesicht aber auch neu konfigurieren – also die Frisur ändern, einen Oberlippen- oder überhaupt einen Bart hinzufügen, sogar die Augenfarbe verändern. Hinterher kann man diese Varianten ausdrucken und an die Öffentlichkeit bringen.« Sendak zeigte auf ein kleines graues Rechteck in der rechten oberen Bildschirmecke. In dem Feld war ein rudimentäres Phantombild zu erkennen: die groben Umrisse eines Kopfes sowie Hüte, Frisuren, Bartvarianten und Brillen.

Rebus sah Hood und Wylie an. Die beiden blickten ihm ebenfalls hoffnungsvoll entgegen und warteten offenbar auf seine Zustimmung.

»Und wie teuer ist das Ganze?«, fragte er und betrachtete wieder den Bildschirm.

»Das Verfahren ist nicht sehr teuer«, sagte Sendak. »Ich nehme mal an, dass der Grieve-Fall sehr viel Geld verschlingt.«

Rebus sah Wylie an. »Hat da vielleicht jemand geplaudert?«

»Unsere Ermittlungen kosten doch fast nichts«, sagte Wylie nur. Rebus sah, dass sie verärgert war. Offenbar erwartete sie von ihm mehr Unterstützung. Zu jedem anderen Zeitpunkt wäre die Skelly-Geschichte eine Sensation gewesen, doch mit Roddy Grieve konnte der Fall natürlich nicht konkurrieren.

Schließlich nickte Rebus.

Hinterher blieb gerade noch genug Zeit für einen gemeinsamen Kaffee. Sendak erklärte, dass sein Identifizierungszentrum bereits bei der Aufklärung von Kriegsverbrechen in Ruanda und im ehemaligen Jugoslawien geholfen hatte. Ja, er musste sogar einige Tage später nach Den Haag reisen, um dort in einem Kriegsverbrecherprozess auszusagen.

»Dreißig serbische Opfer, die in einem Massengrab liegen. Wir haben dabei geholfen, die Opfer zu identifizieren, und konnten beweisen, dass man sie aus nächster Nähe erschossen hat.«

»Das sind natürlich völlig andere Dimensionen«, sagte Rebus hinterher und sah Wylie an. Hood war gerade weggegangen, um die Staatsanwaltschaft telefonisch über die neuesten Entwicklungen zu informieren.

»Natürlich müssen Sie Professor Gates von der Sache in Kenntnis setzen«, fuhr Rebus fort.

»Ja, Sir. Sehen Sie da ein Problem?«

Rebus schüttelte den Kopf. »Ich werde mit ihm sprechen. Klar, er wird nicht sehr erfreut sein, dass seine Kollegen in Glasgow etwas haben, was er nicht hat, aber er wird es überleben.« Er sah sie lächelnd an. »Wenigstens haben wir hier in Edinburgh alles andere.«

13

Im Lagezentrum in der St. Leonard's Street lief die Arbeit auf Hochtouren: Computer, wissenschaftliche Experten, zusätzliche Telefone. Außerdem hatte man auf dem Gehsteig direkt vor Queensberry House einen Bürocontainer aufgestellt. Hauptkommissar Watson hatte Dutzende von Besprechungen mit irgendwelchen hohen Tieren aus der Fettes Avenue und mit der örtlichen Politprominenz. Einmal verlor er sogar völlig die Selbstbeherrschung und brüllte einen seiner jungen Beamten an. Anschließend rannte er wutschnaubend in sein Büro und knallte die Tür hinter sich zu. Niemand hatte ihn je so erlebt. Detective Frazer meinte nur spöttisch: »Am besten, wir lassen Rebus kommen, damit der Farmer sich an ihm austoben kann.« Joe Dickie hatte jedoch ein dringenderes Anliegen und fragte: »Und was ist mit den Überstunden?« Vor ihm auf dem Schreibtisch lag ein unausgefülltes Spesenformular.

Gill Templer fungierte als Pressesprecherin. Einen ersten Erfolg hatte sie bereits vorzuweisen. Es war ihr nämlich gelungen, einige besonders wild ins Kraut schießende Verschwörungstheorien zu entkräften. Auch der SPP Carswell hatte sich bereits bei der Truppe blicken und sich von Derek Linford alles zeigen lassen. Auf dem Revier herrschte ein Treiben wie in einem Bienenkorb. Nicht mal ein eigenes Büro hatte Linford. Man hatte ihm zwölf zusätzliche Kriminalbeamte und ein weiteres Dutzend Uniformierte zugewiesen. Die Uniformierten hatten die Aufgabe, im Umkreis des Tatorts systematisch das Terrain zu durchforsten und in den umliegenden Häusern Nachforschungen anzustellen. Außerdem hatte man das Sekretariat verstärkt, obwohl Linford noch nicht einmal wusste, wie viel Geld ihm zur Verfügung stand. Bisher jedenfalls hatte er sich nicht lumpen lassen: Schließlich hatten sie es mit einem sensationellen Mordfall zu tun, der jeden zusätzlichen Personaleinsatz mitsamt den entsprechenden Überstunden rechtfertigte.

Trotzdem durfte er die finanzielle Seite des Unternehmens natürlich nicht aus den Augen verlieren. Erschwerend kam noch hinzu, dass er nicht in seiner gewohnten Umgebung agieren konnte. Obwohl er die feindseligen Blicke und Kommentare tunlichst ignorierte, blieben sie nicht ganz ohne Wirkung. *Dieser Fettes-Scheißer ... denkt wohl, dass er uns vorschreiben kann, wie wir hier arbeiten.* Rebus hingegen machte keine Probleme. Er hatte Linford bereitwillig die Leitung des Reviers überlassen und sogar eingeräumt, dass der Mann der bessere Administrator war. Wörtlich hatte er gesagt: »Derek, ehrlich gestanden, mir hat bisher noch nie jemand übertriebene bürokratische Ambitionen nachgesagt.«

Linford unternahm einen Inspektionsgang durch den Raum: An den Wänden hingen Tabellen, Dienstpläne, Fotos vom Tatort, Telefonnummern. Drei Beamte saßen stumm an ihren Computern und tippten die neuesten Ergebnisse ein. Das Einzige, was man im Augenblick tun konnte, war, möglichst viele Daten zu sammeln und zueinander in Beziehung zu setzen. Auf diese Weise hoffte man, Querverbindungen zu entdecken, eine bisweilen unendlich mühsame Arbeit. Linford fragte sich, ob auch die anderen Polizisten in dem Raum genauso unter Strom standen wie er selbst. Die Aufgabenverteilung war klar: Detective Roy Frazer war für die Ermittlungen in der Holyrood Road zuständig und für die Befragung der Bürger in den umliegenden Häusern. Außerdem sollte er sich mit den Abriss- und den Bauarbeitern unterhalten. Ein weiterer Detective, George Silvers, bemühte sich, die letzten Stunden des Ermordeten zu rekonstruieren. Roddy Grieve hatte in Cramond gewohnt. Nach Auskunft seiner Frau war er an dem Abend mit Freunden auf einen Drink verabredet gewesen. Daran war nun wirklich nichts Auffälliges gewesen. Außerdem hatte er ja sein Handy dabeigehabt. Sie hatte also keinen Grund gehabt, ihm hinterherzuspionieren. Seona selbst war gegen Mitternacht nach Hause gekommen. Als Roddy am nächsten Morgen immer noch nicht da gewesen war, war sie zwar ein wenig beunruhigt gewesen. Doch dann hatte sie sich entschlossen, noch ein, zwei Stunden zu warten. Angeblich hatte sie angenommen, ihr Mann sei über Nacht vielleicht woanders untergekommen.

»Ist das öfter vorgekommen?«, fragte Silvers.

»Hier und da.«

»Und wo schlief er bei solchen Gelegenheiten?«

Antwort: »Bei seiner Mutter oder bei einem Freund auf dem Sofa.«

Silvers sprühte nicht eben vor Tatendrang. In Eile konnte man sich den Mann beim besten Willen nicht vorstellen. Er nahm sich stets genügend Zeit für seine Fragen und überlegte sich seine Strategien gründlich.

Genügend Zeit auch, um sein Gegenüber zappelig zu machen.

Grieves Pressereferent war ein junger Mann namens Hamish Hall, mit dem Linford bereits gesprochen hatte. Als er sich das Gespräch später noch einmal durch den Kopf gehen ließ, hatte Linford das Gefühl, dass er aus der Begegnung nur als zweiter Sieger hervorgegangen war. Hall, ein gut aussehender Mann in einem perfekt geschnittenen Anzug, hatte sich vor allem durch seine Geistesgegenwart und Souveränität ausgezeichnet und dem Polizisten den Eindruck vermittelt, dass dessen Fragen sich vor allem durch Belanglosigkeit auszeichneten. Deshalb war Linford während des Verhörs immer wieder in die Defensive geraten.

»Wie haben Sie sich mit Mr. Grieve verstanden?«

»Gut.«

»Nie irgendwelche Probleme?«

»Nie.«

»Und Miss Banks?«

»Meinen Sie, ob ich gut mit ihr zurechtkomme oder wie ihr Verhältnis zu Roddy war?« In den Gläsern seiner runden Nickelbrille spiegelte sich das Licht.

»Beides, glaub ich.«

»Gut.«

»Wie bitte?«

»Das ist meine Antwort auf beide Fragen: Wir haben uns gut verstanden.«

»Ach so.«

Und so ging es immer weiter – wie aus der Pistole geschossen. Halls Persönlichkeitsprofil: Parteimitglied, ehrgeizig, Wirtschaftsdiplom. Und entsprechend ökonomisch fielen auch seine Antworten aus.

»Pressereferent... ist das so eine Art Medienmanipulator?«

Hall verzog den Mund. »Tut mir Leid, Inspektor, das ist wirklich unter meinem Niveau.«

»Wer hat sonst noch für Grieve gearbeitet? Ich nehme mal an, es gab auch ein paar ehrenamtliche Wahlhelfer...?«

»Noch nicht. Der eigentliche Wahlkampf fängt ja erst im April an. Erst dann brauchen wir solche Leute.«

»Fallen Ihnen dabei bestimmte Namen ein?«

»Das ist nicht mein Bereich. Fragen Sie Jo.«

»Jo?«

»Josephine Banks, seine Wahlkampfmanagerin. Wir nennen sie meistens Jo.« Ein Blick auf die Uhr, ein Stoßseufzer.

»Und was haben Sie jetzt vor, Mr. Hall?«

154

»Sie meinen, wenn ich hier aufhöre?«

»Ich meine – jetzt nach dem Ableben Ihres Arbeitgebers.«

»Ich such mir eine neue Stelle.« Ein aufrichtiges Lächeln diesmal. »An Interessenten besteht kein Mangel.«

Linford konnte sich Hall in fünf bis zehn Jahren gut direkt hinter einem ranghohen Politiker, ja sogar dem Premierminister vorstellen. Als Einflüsterer, der seinem hochrangigen Chef die Stichworte lieferte, die dieser seinen Zuhörern nur Sekunden später als eigene Gedanken verkaufte. Immer auf dem Sprung. Immer im Dunstkreis der Macht.

Dann erhoben sich die beiden Männer, und Linford schüttelte Hall strahlend die Hand.

»Vielen Dank, dass Sie sich die Zeit genommen haben…, tut mir Leid, dass… Und alles Gute für die Zukunft…«

Nur für alle Fälle… Man wusste ja nie, was aus dem Mann noch werden konnte…

»Soll das ein Witz sein?«

Ellen Wylie sah sich in dem düsteren Raum um. Sie befanden sich in einem der Vernehmungsräume unten im Tiefparterre. Das Zimmer war zur Hälfte mit ausrangierten Sachen voll gestellt: Stühle mit fehlender Sitzfläche, Kugelkopf-Schreibmaschinen.

»Dient seit einiger Zeit als Abstellraum, wie Sie sehen.«

Sie sah den Polizisten an, der die Tür aufgeschlossen hatte, und drehte das Licht an. »Gut, dass Sie es sagen, wäre mir sonst gar nicht aufgefallen.«

»Und was machen wir mit dem ganzen Krempel?«, fragte Grant Hood.

»Am besten, Sie lassen das Zeug einfach, wo es ist«, schlug der Uniformierte vor.

»Wir bearbeiten zufällig einen *Mordfall*«, fauchte Wylie ihn an. Dann blickte sie sich wieder in dem Raum um und sah verzweifelt ihren Partner an. »Womit haben wir das verdient, Grant?«

»Jedenfalls können Sie hier schalten und walten, wie Sie möchten«, sagte der Polizist, entfernte den Schlüssel von seinem Bund und reichte ihn Hood. »Viel Spaß.«

Hood beobachtete den Rückzug des Mannes und hielt dann Wylie den Schlüssel vor die Nase. »Stell dir mal vor, das alles gehört jetzt uns.«

»Sollen wir uns bei der Verwaltung beschweren?« Wylie trat gegen einen der Stühle, dessen Armlehne prompt abbrach.

»Klar, im Prospekt hat es zwar geheißen: ›Mit Meeresblick‹«, sagte Hood, »aber wenn wir etwas Glück haben, müssen wir es nur ein paar Tage in der Bude aushalten.«

»Oben haben sie natürlich eine Kaffeemaschine«, sagte Wylie. Dann fing sie laut an zu lachen. »Was sag ich da? Hier gibt's ja nicht mal ein Telefon.«

»Schon möglich«, gab Hood zu bedenken, »aber wenn mich nicht alles täuscht, haben wir hier den weltweit größten Posten an ausrangierten elektrischen Schreibmaschinen.«

Siobhan Clarke hatte Linford als Treffpunkt »irgendein schickes Lokal« vorgeschlagen. Als sie ihm jetzt von ihrem Tag berichtete, verstand er auch, warum. Den ganzen Tag hatte sie das Elend der Obdachlosen-Szene vor Augen gehabt.

»Stelle ich mir nicht ganz einfach vor«, sagte er. »Aber Probleme haben Sie doch hoffentlich keine gehabt?« Sie sah ihn an. »Ich meine, also... diese Leute beißen doch nicht.«

»Nein, sie...« Die beiden hatten sich in der The Dome Bar verabredet. Siobhan blickte zu der spektakulären Decke des Lokals hinauf, als ob sie dort jeden Augenblick eine Flammenschrift erwartete. »Also, ich finde viele von denen sogar sympathisch. Nur dass sie ständig in der Vergangenheit herumwühlen.« Sie nickte. »Ja, das ist es.«

»Wie meinen Sie das?« Er machte sich mit seinem Rührstäbchen an einer Limonenscheibe in seinem Glas zu schaffen.

»Ich meine, all die Geschichten, die Tragödien und kleinen Missgeschicke, die diese Leute aus der Bahn geworfen haben.

Niemand ist *von Geburt* dazu verurteilt, so zu leben. Kann ich mir jedenfalls nicht vorstellen.«

»Jetzt verstehe ich. Sie meinen, diese Leute müssten gar nicht obdachlos sein, jedenfalls die meisten von ihnen nicht. Außerdem gibt es ja noch das Sozialsystem.« Sie sah ihn fragend an, was ihm jedoch entging. »Von mir bekommen diese Leute aus Prinzip kein Geld. Einige dieser Penner verdienen wahrscheinlich in der Woche mehr als wir. Stellen sich mit dem Hut in der Hand in die Princes Street und sammeln mal schnell zweihundert Piepen am Tag ein.« Er schüttelte langsam den Kopf. Dann erst sah er den befremdeten Ausdruck auf ihrem Gesicht. »Was ist denn?«

Sie inspizierte eingehend ihren Drink, einen großen Gin-Tonic. Er selbst hatte nur ein Glas Zitronensaft mit Soda vor sich. »Ach, nichts.«

»Was hab ich denn gesagt?«

»Na ja, wahrscheinlich…«

»… wahrscheinlich sind Sie mit der Sache psychisch überfordert.«

Sie sah ihn finster an. »Nein, das ist es nicht – mir gefällt einfach Ihre Einstellung nicht.«

Sie saßen eine Weile schweigend da. Natürlich fiel das keinem der anderen Gäste auf. Schließlich war gerade Cocktail-Stunde: Anzüge aus der George Street; schwarze Kostüme mit passenden Strümpfen. Jeder war mit seiner eigenen kleinen Gruppe beschäftigt: Bürotratsch. Clarke nahm einen großen Schluck. Nie war genug Gin in diesen Drinks. Selbst wenn man einen Doppelten bestellte, kam der ersehnte Kick nicht. Zu Hause trank sie halb Gin halb Tonic. Und viel Eis. Und eine richtige Scheibe Zitrone und nicht so ein hauchdünnes Futzelchen – wie mit der Rasierklinge präpariert.

»Ihr Akzent verändert sich«, sagte Linford schließlich. »Je nach Situation. Kein schlechter Trick.«

»Was soll das heißen?«

»Na ja, Sie haben doch eigentlich einen englischen Akzent.

Aber in manchen Situationen, zum Beispiel auf dem Revier, klingen Sie fast wie eine Schottin.«

Ja, damit hatte er Recht: Sie war sich dessen durchaus bewusst. Schon in der Schule und auf dem College hatte sie sich angepasst, weil sie nicht auffallen wollte. Früher hatte sie das sogar zwischendurch selbst bemerkt, inzwischen nicht mehr. Sie überlegte, warum sie sich so verhielt. War sie als junges Mädchen tatsächlich so verzweifelt, so einsam gewesen?

Ja, vielleicht war es das.

»Wo sind Sie eigentlich geboren?«

»Liverpool«, sagte sie. »Meine Eltern waren dort an der Uni. Aber schon eine Woche nach meiner Geburt sind sie nach Edinburgh gezogen.«

»Mitte der Siebziger?«

»Ende der Sechziger – mit Schmeicheleien kommen Sie bei mir nicht weit.« Wenigstens brachte sie wieder ein Lächeln zustande. »Wir sind nur ein paar Jahre hier geblieben, dann war Nottingham an der Reihe. Dort hab ich den Großteil meiner Schulzeit verbracht und den Abschluss – den hab ich in London gemacht.«

»Wohnen Ihre Eltern immer noch dort?«

»Ja.«

»Akademiker? Und was halten die von Ihrer Berufswahl?«

Eigentlich eine vernünftige Frage, doch sie kannte ihn nicht gut genug, um darauf ehrlich zu antworten. Sie sprach nicht gerne über sich: Sie hatte beispielsweise ihre Kollegen auch stets in dem Glauben gelassen, dass ihre Wohnung in der Neustadt nur angemietet war. Irgendwann hatte sie sie dann verkauft und sich auf Raten ein neues Domizil zugelegt, das nur halb so groß war wie ihre frühere Bleibe. Das Geld aus dem Verkauf hatte sie einfach ohne weitere Erklärung auf das Konto ihrer Eltern überwiesen, die sich nur einmal – vergeblich – nach ihren Motiven erkundigt hatten.

»Zum Studium bin ich dann wieder hierher gekommen«, sagte sie zu Linford, »und hab mich in die Stadt verliebt.«

»… und sich ausgerechnet für einen Beruf entschieden, bei dem Sie es vor allem mit den Schattenseiten dieser schönen Fassade zu tun haben?«

Auch diese Frage ließ sie unbeantwortet.

»Dann sind Sie also eine Zugereiste – eine ›Neue Schottin‹, wie die Nationalisten sagen. Ich nehme mal an, dass Sie die Nationalisten sogar wählen, stimmt's?«

»Oh, sind Sie SNP-Anhänger?«

»Nein.« Er lachte. »Eigentlich wollte ich nur wissen, was Sie von denen halten.«

»Ziemlich raffinierte Vernehmungstechnik?«

Er zuckte mit den Achseln und leerte sein Glas. »Noch einen?«

Noch immer musterte sie ihn kritisch, und plötzlich ging er ihr auf die Nerven. Die anderen Büromenschen in dem Raum kamen langsam in Stimmung und nahmen noch schnell ein paar Drinks, bevor sie nach Hause gingen. Wieso machten die Leute das nur? Wieso gingen sie nicht einfach nach Hause? Fernseher an und Beine hoch. Warum trieben sie sich nach Feierabend noch im Dunstkreis ihres Büros herum und gingen mit ihren Kollegen in die Kneipe? Fiel es ihnen so schwer, die Arbeit loszulassen? Oder empfanden sie ihr Heim gar nicht als die sprichwörtliche Zuflucht vor der Welt? Brauchten sie vielleicht einen Drink, bevor sie sich nach Hause trauten? Mussten sie sich Mut antrinken, um ihre so genannte Freizeit zu ertragen? Und saß auch sie selbst nicht aus ebendiesen Gründen hier?

»Ich glaube, ich muss jetzt gehen«, sagte sie unvermittelt. Ihre Jacke hing auf der Rücklehne ihres Stuhls. Erst vor ein paar Wochen war jemand direkt vor dem Lokal erstochen worden, in dem sie saßen. Sie hatte damals die Ermittlungen geführt. Was für ein Gewaltpotential, wie viel Sinnlosigkeit ringsum!

»Haben Sie heute noch was vor?« In seiner ganzen Ahnungslosigkeit, seinem Egoismus sah er sie erwartungsvoll-nervös an. Was sollte sie ihm nur antworten? Ich möchte noch ein bisschen Musik hören; mir noch einen Gin-Tonic genehmigen;

einen Isla-Dewar-Roman zu Ende lesen. Tja, welcher Mann konnte da schon mithalten?

»Wieso lächeln Sie?«

»Ach, gar nichts«, sagte sie.

»Sie lächeln doch nicht ohne Grund.«

»Eine Frau braucht ihre Geheimnisse, Derek.« Sie hatte die Jacke schon angezogen und wickelte sich den Schal um den Hals.

»Ich hatte eigentlich gedacht, wir gehen noch zusammen was essen«, platzte er heraus. »Machen uns einen schönen Abend.«

Sie sah ihn an. »Sieht nicht danach aus.« Sie hoffte, dass er die Botschaft zwischen den Zeilen richtig gedeutet hatte, und die lautete: *Vergiss es – und zwar ein für alle Mal.*

Dann ging sie.

Er bot ihr an, sie nach Hause zu begleiten, doch sie lehnte ab. Bot ihr an, ihr ein Taxi zu rufen, doch sie wohnte ja nur ein paar Schritte entfernt. Es war noch nicht mal halb acht, und plötzlich stand er ganz alleine da. Plötzlich erschien ihm der Lärm um ihn her ohrenbetäubend laut, unerträglich. Stimmen, Gelächter, Gläserklingen. Nicht mal nach dem Verlauf seines Tages hatte sie ihn gefragt, hatte überhaupt kaum etwas gesagt, es sei denn, er hatte nachgebohrt. Das Getränk, das vor ihm stand, erschien ihm plötzlich widerlich grell, abstoßend. Das Zeug klebte ihm im Mund, übersäuerte seinen Magen, zersetzte seine Zähne. Er ging an die Bar und orderte einen Whisky. Nein, kein Wasser. Als er sich umblickte, sah er, dass ein anderes Paar es sich bereits an seinem Tisch bequem gemacht hatte. Auch gut. An der Bar fiel er ohnehin weniger auf. Vielleicht glaubten die Leute ja, dass er zu einer der Bürocliquen gehörte, die sich beiderseits von ihm angeregt unterhielten. Aber natürlich gehörte er nicht dazu, und das wusste er nur zu gut. Er war hier ebenso ein Außenseiter wie in der St. Leonard's Street. Tja, das war nun mal die Konsequenz, wenn man so hart arbeitete wie er: Man kam zwar vorwärts, aber gehörte nirgends dazu. Die Kollegen gingen einem tunlichst aus dem Weg, und zwar weil sie entweder Angst hatten oder neidisch waren. Nachdem er dem SPP die Räumlichkeiten in der St. Leonard's Street gezeigt hatte, hatte der Mann ihn beiseite genommen.

»Sie leisten gute Arbeit, Derek«, hatte er gesagt. »Machen Sie so weiter. Könnte sich schon in ein paar Jahren auszahlen. Wenn Sie diesen Fall aufklären, ist vieles möglich.« Dann hatte ihm der SPP zugezwinkert und ihm den Arm getätschelt.

»Ja, Sir. Danke, Sir.«

Doch dann hatte sich der SPP bereits im Weggehen nochmals halb umgedreht und gesagt: »Was Ihnen allerdings noch fehlt, Derek, ist eine Familie. Das erwarten die Leute einfach von uns – sie möchten, dass wir genauso sind wie sie.«

Linford war hinterher direkt zum Telefon gegangen und hatte Siobhan angerufen...

Scheiß darauf. Er trat aus dem Lokal und nickte dem Türsteher zu, den er überhaupt nicht kannte. Hinaus auf die windgepeitschte Straße, in den beißend kalten Abend. Er spürte seine Lunge, als er die kalte Luft einatmete. Er brauchte sich nur nach links zu wenden, dann konnte er in zehn Minuten zu Hause sein. Ja, am besten, er ging nach Hause.

Doch dann bog er nach rechts ab und ging Richtung Queen Street. Ja, in der Barony Bar in der Broughton Street, dort gefiel es ihm. Gutes Bier, altmodisches Ambiente. In so einem Lokal fiel man nicht auf, selbst wenn man allein etwas trank.

Er brauchte nur ein paar Minuten, bis er das Haus fand, in dem Siobhan Clarke wohnte. Eine Adresse ausfindig zu machen, das war für einen Kripobeamten nun wirklich kein Problem. Bereits nach ihrem ersten gemeinsamen Abend hatte er sich am nächsten Morgen im Büro sofort die nötigen Informationen besorgt. Ihre Wohnung lag in einer ruhigen Straße mit viergeschossigen viktorianischen Mietshäusern. Zweiter Stock: ja, da wohnte sie. Zweiter Stock links. Er ging zu dem Gebäude auf der gegenüberliegenden Seite hinüber. Die Eingangstür war nicht abgesperrt. Er stieg die Treppe bis in den zweiten

Stock hinauf. Auf dem Treppenabsatz gab es ein Fenster, durch das man die Straße und die Wohnungen auf der anderen Seite einsehen konnte. Siobhans Fenster waren erleuchtet. Sie hatte die Vorhänge nicht zugezogen. Ja, da war sie: Ein kurzer Blick genügte. Sie ging gerade durch einen der Räume, hielt etwas in der Hand und schien darauf etwas lesen zu wollen: eine CD-Hülle? Schwer zu sagen. Er mummte sich in sein Jackett ein. Die Temperatur lag nur wenig über dem Gefrierpunkt. Das Oberlicht über seinem Kopf hatte ein Loch. Von draußen strömte kalte Zugluft herein.

Doch auch das konnte ihn nicht davon abhalten, wie gebannt auf das Fenster gegenüber zu starren.

14

»Und wann wird die Leiche freigegeben?«

»Kann ich noch nicht sagen.«

»Schrecklich, wenn jemand stirbt, und man kann ihn noch nicht mal begraben.«

Rebus nickte. Er war wieder mal im Wohnzimmer des Hauses in Ravelston. Derek Linford saß neben ihm auf dem Sofa. Ihnen gegenüber in einem Sessel saß Alicia Grieve und erschien klein und gebrechlich. Ihre Schwiegertochter, die gerade gesprochen hatte, saß neben ihr auf der Armlehne. Seona Grieve trug Trauerkleidung, Alicia hingegen hatte ein mit bunten Blumen gemustertes Kleid an, dessen Farben mit ihrem aschfahlen Gesicht merkwürdig kontrastierten. Als er die tiefen Falten sah, die sich in ihr Gesicht und in ihren Hals gegraben hatten, musste Rebus unwillkürlich an einen Elefanten denken.

»Ich hoffe, Sie verstehen das, Mrs. Grieve«, sagte Linford zuckersüß. »Wir können die Leiche in einem solchen Fall nicht sofort freigeben. Könnte sein, dass wir noch weitere Obduktionsbefunde brauchen...«

Alicia Grieve versuchte sich aus ihrem Sessel zu erheben.

»Ich kann das alles nicht mehr hören«, sagte sie. »Nicht hier und nicht jetzt. Am besten, Sie gehen jetzt.«

Seona half ihr, sich aufzurichten. »Schon gut, Alicia. Ich spreche mit den Herren. Möchtest du lieber nach oben gehen?«

»Nein, in den Garten... Ich gehe in den Garten.«

»Aber pass auf, dass du nicht stolperst.«

»So gebrechlich bin ich nun auch wieder nicht, Seona.«

»Natürlich nicht. Ich meine ja bloß...«

Die alte Frau schleppte sich zur Tür. Sie sagte kein Wort, blickte sich nicht um. Schloss einfach die Tür hinter sich. Schlurfte langsam davon.

Seona setzte sich in den Sessel, den ihre Schwiegermutter gerade freigemacht hatte. »Tut mir Leid.«

»Keine Ursache«, sagte Linford.

»Aber wir müssen *unbedingt* mit ihr sprechen«, gab Rebus zu bedenken.

»Ist das wirklich nötig?«

»Ich fürchte, ja.« Natürlich konnte er nicht zu Seona sagen: Weil Ihr Mann seiner Mutter vielleicht bestimmte Dinge anvertraut hat – weil sie vielleicht Dinge weiß, die für uns wichtig sind.

»Und wie geht es Ihnen selbst, Mrs. Grieve?«, fragte Linford. »Wie kommen Sie mit der Situation zurecht?«

»Wie eine Alkoholikerin«, entgegnete Seona Grieve und seufzte.

»Na ja, ein Gläschen hier und da kann ja ganz hilfreich...«

»Sie meint«, sagte Rebus, »dass sie die Dinge von Tag zu Tag auf sich zukommen lässt.«

Linford nickte, als ob er sich darüber schon die ganze Zeit im Klaren gewesen wäre.

»Apropos«, sagte Rebus, »hat jemand in Ihrer Familie ein Alkoholproblem?«

Seona Grieve sah ihn an. »Sie meinen Lorna?«

Er schwieg.

»Roddy hat nicht besonders viel getrunken«, fuhr sie fort.

»Hier und da ein Glas Rotwein oder mal einen Whisky abends vor dem Essen. Cammo…, na ja, Cammo kann irrsinnig viel trinken, ohne dass man es merkt, es sei denn, man kennt ihn sehr gut. Aber er fängt nicht etwa an, zu lallen oder zu singen.«

»Und wie zeigt es sich dann?«

»Sein Verhalten verändert sich.« Sie blickte auf ihren Schoß hinab. »Sagen wir mal, seine moralischen Grundsätze geraten ins Wanken.«

»Hat er jemals…?«

Sie sah Rebus an. »Ja, ein- oder zweimal.«

Linford, der nicht ganz im Bilde war, sah Rebus bedeutungsvoll an. Seona Grieve bemerkte den Blick und schnaubte verächtlich.

»Keine besonders originelle Idee, Inspektor Linford?«

Er zuckte zusammen. »Was soll das heißen?«

»Verbrechen aus Leidenschaft. Cammo bringt Roddy um, weil er unbedingt mich haben will.« Sie schüttelte den Kopf.

»Finden Sie, wir machen es uns zu einfach, Mrs. Grieve?«

Sie dachte über Rebus' Frage nach – ließ sich dabei viel Zeit. Deshalb schob er eine weitere nach.

»Sie sagen, dass Ihr Mann nur wenig getrunken hat. Trotzdem ist er manchmal mit Freunden zum Trinken weggegangen?«

»Ja.«

»Und manchmal nachts nicht heimgekommen?«

»Was wollen Sie damit sagen?«

»Das Problem ist, wir können niemanden finden, der an besagtem Abend mit ihm zusammen gewesen ist.«

Linford sah in sein Notizbuch. »Bisher wissen wir lediglich, dass er möglicherweise am frühen Abend in einer Bar im West End alleine etwas getrunken hat.«

Seona Grieve schwieg. Rebus neigte sich auf dem Sofa ein wenig vor. »Und – hat Alasdair viel getrunken?«

»Alasdair?« Sie war sichtlich überrascht. »Was hat der denn damit zu tun?«

»Haben Sie eine Ahnung, wo er sich aufhalten könnte?«

»Wieso?«

»Mich würde einfach interessieren, ob er weiß, was mit Ihrem Mann passiert ist. Sicher würde er doch gerne zur Beerdigung kommen.«

»Angerufen hat er jedenfalls bisher nicht…« Sie saß wieder nachdenklich da. »Alicia vermisst ihn.«

»Meldet er sich manchmal?«

»Hier und da eine Karte: Alicias Geburtstag vergisst er jedenfalls nie.«

»Aber ohne Absender?«

»Ja.«

»Poststempel?«

Sie zuckte mit den Achseln. »Ganz unterschiedlich. Aus den verschiedensten Gegenden der Welt.«

Ihre Stimme klang so merkwürdig, dass Rebus sagte: »Sie verheimlichen uns etwas.«

»Also, ich nehme an… ich vermute, dass er die Karten gar nicht selbst aufgibt, sondern von anderen Leuten besorgen lässt, die gerade irgendwohin reisen.«

»Und warum?«

»Damit wir ihn nicht finden können.«

Rebus rutschte auf dem Sofa noch ein Stück weiter nach vorne und verringerte so den Abstand zwischen sich und der Witwe. »Was ist passiert? Wieso hat er sich abgesetzt?«

Wieder nur ein Achselzucken. »Das war vor meiner Zeit. Roddy war damals noch mit Billie verheiratet.«

»War die Ehe schon kaputt, bevor Sie Mr. Grieve kennen gelernt haben?«

Sie kniff die Augen zusammen. »Was wollen Sie damit sagen?«

»Kommen wir noch mal auf Alasdair zurück«, sagte Rebus und hoffte, dass Linford auf weitere Fragen verzichten würde. »Sie haben also keine Ahnung, warum er weggegangen ist?«

»Roddy hat nur selten von ihm gesprochen – meistens, wenn wieder mal eine von diesen Postkarten gekommen ist.«

»Waren die Karten an ihn gerichtet?«

»Nein, an Alicia.«

Rebus sah sich in dem Raum um. Alicias Geburtstagskarten waren nicht mehr da. »Hat er dieses Jahr schon eine geschickt?«

»Meistens kommen seine Karten ein oder zwei Wochen zu spät. Arme Alicia. Sie glaubt, dass ich hier in diesem Haus bin, weil ich eine Zuflucht suche.«

»Obwohl Sie in Wahrheit auf sie aufpassen?«

Sie schüttelte den Kopf. »Aufpassen ist nicht das richtige Wort, aber ich mache mir Sorgen ihretwegen. Sie ist in letzter Zeit ziemlich gebrechlich geworden. Außer dem Raum hier, in dem wir sitzen, gibt es praktisch im ganzen Haus kein anderes bewohnbares Zimmer mehr. Die übrigen Räume sind samt und sonders mit alten Papieren, Zeitungen und Illustrierten voll gestopft. Sie lässt einfach nicht zu, dass wir das Zeug entsorgen. Jede Menge Müll. Und wenn dann wieder ein Zimmer voll ist, zieht sie einfach in das nächste. Diesem Raum wird es genauso ergehen, schätze ich.«

»Können denn ihre Kinder nichts dagegen tun?«, fragte Linford.

»Nein, das lehnt sie ab. Nicht mal eine Reinigungshilfe will sie haben. ›Alles ist aus einem ganz bestimmten Grund an seinem Platz‹, sagt sie immer.«

»Da hat sie vielleicht nicht so Unrecht«, sagte Rebus. Alles genau an seinem Platz: die Leiche in dem Kamin, Roddy Grieve in dem Sommerhaus – und zwar aus einem ganz bestimmten Grund. Es musste zwischen diesen Ereignissen einen Zusammenhang geben, den sie allerdings noch nicht kannten. »Malt sie eigentlich noch?«, fragte er.

»Nein, nicht wirklich. Manchmal versucht sie es zwar noch, aber es kommt nichts mehr dabei heraus. Ihr Atelier ist hinten im Garten, wahrscheinlich ist sie jetzt dort.« Seona sah auf die Uhr. »Mein Gott, ich muss ja noch was zu essen einkaufen...«

»Sind Ihnen die Gerüchte über Josephine Banks und Ihren Mann bekannt?«

Mein Gott, was für eine idiotische Frage, dachte Rebus. Er sah seinen Kollegen wütend an, doch Linford war zu sehr mit der Witwe beschäftigt. »Ich hab da so einen Brief bekommen.« Sie zog den Ärmel ihrer Bluse wieder über ihre Uhr. Gerade hatte sie angefangen, sich ein wenig zu öffnen, doch damit war es jetzt wieder vorbei.

»Und – haben Sie Ihrem Mann vertraut?«

»Absolut. Ich weiß, wie es in der Politik zugeht.«

»Irgendeine Idee, wer den Brief geschrieben haben könnte?«

»Ich habe ihn sofort in den Müll geworfen – wo er nach unserer übereinstimmenden Meinung hingehörte.«

»Und wie hat Miss Banks reagiert?«

»Anfangs wollte sie einen Detektiv engagieren. Aber das haben wir ihr ausgeredet. Das hätte die Sache nur aufgewertet. Außerdem hätten wir uns doch auf das Spiel eingelassen.«

»Und wer hat das Spiel angezettelt?«

»Derjenige, der das Gerücht in die Welt gesetzt hat.«

»Woher wissen Sie, dass es ein *er* war?«

»Eine Frage der Wahrscheinlichkeit, Inspektor Linford. In der Politik dominieren nun mal die Männer. Traurig, aber wahr.«

»Wenn ich recht informiert bin«, sagte Rebus, »haben auch zwei Frauen mit Ihrem Mann um die Kandidatur gekämpft.«

»Typisch Labour.«

»Kennen Sie einen der anderen Kandidaten?«

»Natürlich. Schließlich ist die Labour-Partei eine große glückliche Familie, Inspektor.«

Er lächelte, wie sie es von ihm erwartete. »Ich habe gehört, dass Archie Ure nicht besonders froh über das Ergebnis gewesen ist.«

»Na ja. Archie ist schon wesentlich länger in der Politik als Roddy. Offenbar hat er die Kandidatur für sein natürliches Recht gehalten.«

Auch Jo Banks hatte von einem »natürlichen Recht« gesprochen.

»Und die beiden weiblichen Bewerberinnen?«

»Jung und intelligent... die werden schon noch erreichen, was sie wollen.«

»Und wie geht das Verfahren jetzt weiter, Mrs. Grieve?«

»Weiter?« Sie starrte auf den Teppich. »Archie Ure hat nach Roddy die meisten Stimmen bekommen. Ich nehme mal an, dass sie ihn jetzt aufstellen.« Sie starrte noch immer auf den Teppich, als ob sie eine Botschaft darin lesen könnte.

Linford räusperte sich, sah Rebus an und gab ihm zu verstehen, dass das Gespräch aus seiner Sicht beendet war. Rebus zermarterte sich den Kopf nach einer brillanten Abschlussfrage – doch ihm fiel beim besten Willen keine ein.

»Geben Sie mir nur meinen Mann zurück«, sagte Seona Grieve und geleitete sie in die Halle. Alicia stand dort am Fuß der Treppe und hielt eine Tasse in der Hand. In der Tasse lagen ein paar kleine Stücke Brot.

»Ich wollte doch irgendwas«, sagte sie zu ihrer Schwiegertochter. »Leider weiß ich nicht mehr, was.«

Als die beiden Polizisten ins Freie traten, führte Roddy Grieves Witwe gerade dessen Mutter wie ein hilfloses Kind die Stufen hinauf.

Dann standen sie neben dem Auto, und Rebus sagte zu Linford: »Sie können schon mal vorausfahren.«

»Was?«

»Ich bleibe noch etwas hier und spiele den guten Samariter.«

»Babysitten?« Linford stieg ein und startete den Motor. »Ich hab so das Gefühl, dass wir nicht die ganze Geschichte gehört haben.«

»Vielleicht kann ich mich ein bisschen mit der alten Dame unterhalten, wenn ich schon mal hier bin.«

»Sie wollen doch nicht etwa Oma-Abschleppen spielen?«

Rebus zwinkerte ihm zu. »Nicht jeder von uns hat eine junge Dame, die sich in Sehnsucht nach ihm verzehrt.«

Linfords Gesichtsausdruck veränderte sich schlagartig. Er legte den ersten Gang ein und fuhr los.

Rebus sah grinsend zu, wie Linford wegfuhr. »Gut gemacht, Siobhan – gut, dass du ihn richtig abgeschmettert hast.«

Er ging zurück zum Haus und läutete. Bot Seona Grieve an, zwanzig, dreißig Minuten auf Alicia aufzupassen. »Damit Sie schnell einkaufen fahren können.« Sie zögerte.

»Eigentlich brauche ich nur Milch und Zucker, Inspektor. Wahrscheinlich kommen wir mit unseren Vorräten sogar bis morgen über die Runden…«

»Ist doch egal. Jetzt bin ich schon mal da, und mein Fahrer ist sowieso weg.« Er zeigte auf den leeren Vorplatz. »Wollen Sie denn, dass Mrs. Grieve trockenes Brot isst?«

Er machte es sich im Wohnzimmer bequem. »Sie können sich gerne einen Tee oder Kaffee machen, falls Sie dazu keine Milch brauchen«, sagte Seona. »Aber nur zur Warnung – in der Küche sieht es aus wie nach einem Bombenangriff.«

»Kein Problem«, sagte er und fing an, in einer bereits sechs Monate alten Sonntagsbeilage zu blättern. Er hörte, wie die Tür zufiel. Offenbar war Seona einfach weggegangen, ohne ihrer Schwiegermutter Bescheid zu sagen. Etwa einen halben Kilometer entfernt gab es ein kleines Lädchen. Seona würde also schon bald zurück sein. Rebus wartete ein paar Minuten und ging dann die Treppe hinauf. Oben in der Schlafzimmertür stand Alicia Grieve. Obwohl sie noch angezogen war, hatte sie bereits einen Morgenmantel übergestreift.

»Oh«, sagte sie. »Ich dachte, ich hätte jemanden weggehen hören.«

»Ganz richtig, Mrs. Grieve. Seona ist mal schnell einkaufen gefahren.«

»Und was machen Sie dann noch hier?« Sie starrte ihn fragend an. »Sie sind doch der *Polizist*, wenn ich mich recht entsinne?«

»Genau.«

Dann schlurfte sie an ihm vorbei, wobei sie sich immer wieder mit einer Hand an der Wand abstützte. »Ich suche etwas«, sagte sie. »Aber in meinem Schlafzimmer ist es nicht.«

Er konnte durch die offene Tür in ihr Zimmer schauen. Ein einziges Chaos. Überall Kleider – auf dem Boden und auf den Stühlen. Auch die Garderobe und die Schubladen – bis oben-hin voll. Überall Bücher und Illustrierte und Bilder, die an den Wänden lehnten. Nahe dem Fenster war oben an der Decke ein großer feuchter Fleck.

Inzwischen hatte sie eine zweite Tür geöffnet. Der gemus-terte Teppich in dem Raum war völlig verblasst und an man-chen Stellen ganz abgetreten. Rebus folgte ihr. War dies nun ein Wohnzimmer? Oder ein Büro? Mit Erinnerungsstücken und Müll angefüllte Kartons standen herum. Alte Briefe, etliche da-von noch ungeöffnet. Fotoalben, aus denen lose Bilder hervor-quollen. Noch mehr Illustrierte und Zeitungen, noch mehr Bil-der, Spielsachen und Gesellschaftsspiele aus unvordenklichen Zeiten. An einer Wand eine Spiegelsammlung. In der hinters-ten Ecke ein geflicktes und zerknittertes gelbes Indianerzelt. Eine mit einer Jacke und einem Kilt bekleidete kopflose Puppe lag unter einem Stuhl. Rebus hob sie auf, fand den Kopf, der zusammen mit irgendwelchen Dominosteinen, Spielkarten und leeren Garnrollen in einer offenen Keksdose lag. Er steckte den Kopf wieder auf die Puppe und starrte in ihre leeren blauen Augen.

»Wonach suchen Sie denn eigentlich?«

Sie sah sich um. »Was machen Sie da mit Lornas Puppe?«

»Der Kopf war abgegangen. Ich hab ihn nur …«

»Nein, nein, nein.« Sie riss ihm die Puppe aus der Hand. »Der Kopf ist nicht von alleine abgefallen, den hat die junge Dame höchstpersönlich abgerissen.« Und das Gleiche tat jetzt auch Alicia Grieve. »Sie wollte uns damit zeigen, dass sie kein Kind mehr ist.«

Rebus lächelte. »Wie alt war sie denn damals?« Er dachte, vielleicht neun oder zehn Jahre.

»Ungefähr fünfundzwanzig, sechsundzwanzig.« Sie war jetzt mit ihrer Aufmerksamkeit halb bei ihrem Besucher, halb mit ihrer Suche beschäftigt.

»Und wie fanden Sie es, als sie angefangen hat, als Modell zu arbeiten?«

»Ich habe meine Kinder stets unterstützt.« Klang wie auswendig gelernt, wie ein Standardspruch für Journalisten und Neugierige.

»Und Cammo und Roddy? Waren Sie selbst früher mal politisch engagiert, Mrs. Grieve?«

»In jungen Jahren schon. Meist für Labour. Allan war ein Liberaler, wir haben oft diskutiert...«

»Trotzdem ist einer Ihrer Söhne heute Tory.«

»Ach, Cammo war schon immer schwierig.«

»Und Roddy?«

»Roddy muss noch aus dem Schatten seines Bruders herauswachsen. Sie können sich nicht vorstellen, wie er Cammo bewundert. Ständig beobachtet und studiert er ihn. Aber Cammo hat nun mal seine eigenen Freunde. Mein Gott, wie grausam Jungen in dem Alter sein können.«

Sie hatte ihn schon fast vergessen und war in einer längst vergangenen Zeit versunken.

»Aber die beiden sind doch inzwischen erwachsene Männer, Alicia.«

»Für mich werden sie immer kleine Jungen bleiben.« Sie kramte verschiedene Dinge aus einer Schachtel hervor und inspizierte jedes einzelne Stück – eine Brille, ein Marmeladenglas, einen Fußballwimpel –, als ob sie sich davon eine Offenbarung erhoffte.

»Und – wie ist Ihr Verhältnis zu Roddy?«

»Roddy ist ein ganz Lieber.«

»Spricht er manchmal mit Ihnen über seine Probleme?«

»Er ist doch...« Sie hielt verwirrt inne. »Er ist doch tot.« Rebus nickte. »Ich hab ihn ja immer gewarnt. In seinem Alter über Zäune klettern.« Sie schüttelte den Kopf. »Da muss ja irgendwann was passieren.«

»Hat er das schon öfter gemacht – ist er schon häufiger über Zäune geklettert?«

»Oh, ja. Um den Schulweg abzukürzen, wissen Sie.«

Rebus schob die Hände in die Taschen. Sie war jetzt wieder in ihren Gedanken verloren. »In den Fünfzigerjahren habe ich mal mit den Nationalisten geliebäugelt. Komische Leute waren das – mit ihren Kilts und ihrem gälischen Kauderwelsch und mit ihren merkwürdigen Komplexen. Trotzdem: Feiern und tanzen, das konnten sie. Schwert und Schild…«

Auf Rebus' Stirn erschienen ein paar Falten. »Ja, davon hab ich auch schon gehört. War das nicht ein Ableger der Nationalisten?«

»Hat aber nicht lange überlebt – wie die meisten Dinge damals. Zuerst hatte irgendwer eine tolle Idee, und dann hat man was zusammen getrunken, und das war's dann auch schon.«

»Haben Sie Matthew Vanderhyde gekannt?«

»Oh ja. Jeder kannte Matthew. Lebt er eigentlich noch?«

»Ich besuche ihn bisweilen, allerdings nicht so oft, wie ich eigentlich sollte.«

»Matthew und Allan haben oft mit Chris Grieve über Politik diskutiert…« Sie hielt inne. »Sie wissen ja, er ist nicht mit uns verwandt.« Rebus nickte und dachte an das gerahmte Gedicht unten in der Halle. »Allan hat Chris häufig porträtiert, doch der Mann konnte einfach nicht stillsitzen. Ständig musste er herumzappeln und gestikulieren, um seinen Argumenten Nachdruck zu geben.« Sie ruderte jetzt selbst mit den Armen in der Luft herum. In der einen Hand hielt sie das Marmeladenglas, in der anderen eine Rolle Klebeband. »Von Edwin Muir war er allerdings sehr enttäuscht. Und dann war da noch die zauberhafte Naomi Mitchison. Kennen Sie ihre Arbeiten?« Rebus sagte nichts, weil er Angst hatte, durch ein Wort den Zauber zu brechen.

»Und die Maler – Gillies, McTaggart, Maxwell.« Sie lächelte. »Da war immer was geboten. Und das Festival war das Beste, was uns passieren konnte, weil es Besucher in die Galerien brachte. Edinburgher Schule haben wir uns genannt. Das war damals ein völlig anderes Land, wissen Sie. Der Zweite Weltkrieg lag gerade hinter uns und die nächste globale Katastrophe vor uns. So hat man das jedenfalls damals empfunden. Nicht so einfach, Kinder aufzuziehen, wenn einem ständig die Atombombe über dem Kopf hängt. Ist auch nicht ohne Wirkung auf meine Arbeit geblieben.«

»Und Ihre Kinder – haben die sich für Kunst interessiert?«

»Lorna hat ein bisschen gemalt, tut sie vielleicht heute noch. Die Jungs nicht. Cammo hatte immer einen Haufen Freunde um sich – so eine Art Prätorianergarde. Roddy hat von Anfang an die Gesellschaft Erwachsener vorgezogen. Er war immer höflich und hat aufmerksam zugehört.«

»Und Alasdair?«

Sie legte den Kopf zur Seite. »Alasdair war für einen Maler ein wahrer Albtraum, ein hinreißender kleiner Rabauke. Ist mir nie richtig gelungen, dieses gewisse Etwas einzufangen. Immer führte er was im Schilde, aber daran hat sich niemand gestört, weil Alasdair nun mal so war. Verstehen Sie?«

»Ich denke schon.« Rebus kannte selbst ein paar kleine Schurken dieser Art: charmant und frech und immer darauf bedacht, auf ihre Kosten zu kommen. »Hören Sie noch manchmal von ihm?«

»Oh, ja.«

»Und wieso ist er von zu Hause weggegangen?«

»Er ist nicht von *zu Hause* weggegangen. Er hat in der Stadt eine eigene Wohnung gehabt – nicht weit vom Bahnhof entfernt. Als er dann weggegangen ist, haben wir herausgefunden, dass er eigentlich in einer möblierten Wohnung gelebt und dass praktisch nichts ihm dort gehört hat. Er hat nur einen Koffer voll Kleider und ein paar Bücher mitgenommen, das war alles.«

»Aber er hat nicht gesagt, warum er weggeht?«

»Nein, er hat nur irgendwann angerufen und gesagt, dass er sich wieder meldet.«

Rebus hörte, wie die Eingangstür geöffnet und dann wieder geschlossen wurde. Eine Stimme rief von unten: »Ich bin wieder da.«

»Ich glaube, ich sollte jetzt besser gehen«, sagte er.

Alicia Grieve hatte ihn anscheinend schon vergessen. »Wenn ich doch nur wüsste, wo es ist«, sagte sie zu sich selbst und legte das Marmeladenglas in die Schachtel zurück. »Mein Gott, wenn ich doch nur wüsste…«

Er begegnete Seona Grieve auf halber Treppe.

»Alles in Ordnung?«

»Alles bestens«, beruhigte er sie. »Mrs. Grieve hat nur was verloren und findet es nicht.«

Seona blickte die Treppe hinauf. »Inspektor, sie hat praktisch *alles* verloren. Sie weiß es nur noch nicht…«

15

Das Büro hatte nichts Auffälliges an sich.

Grant Hood und Ellen Wylie sahen sich an. Sie hatten eigentlich einen Bauhof erwartet – viel Matsch und Gebäude aus Schlackenstein, dazu einen wütend bellenden Schäferhund an einer Kette. Wylie hatte sogar für alle Fälle Gummistiefel im Kofferraum. Doch jetzt standen sie etwa auf halber Höhe des Leith Walk im dritten Stock eines Bürogebäudes aus den Sechzigerjahren. Schon im Wagen hatte Wylie Hood gefragt, ob sie hinterher noch kurz bei Valvona and Crolla's vorbeischauen könnten. Er war einverstanden, klar doch – »aber ist es dort nicht ein bisschen teuer?«

»Qualität hat nun mal ihren Preis«, hatte sie nur geantwortet, fast wie in einem Werbespot.

Sie hatten gerade damit angefangen, sämtliche Edinburgher Baufirmen abzuklappern – die größten und ältesten zuerst. Zunächst ein Anruf, und wenn es in dem Unternehmen jemanden gab, der ihnen weiterhelfen konnte, folgte ein Besuch.

»Vielleicht hat John ja recht, wenn er uns als Histo-Team bezeichnet«, meinte Wylie. »Als Archäologin hab ich mich bisher noch gar nicht gesehen.«

»Na ja, zwanzig Jahre kann man nicht gerade als prähistorisch bezeichnen.«

Hood war ganz beglückt darüber, wie leicht es ihm fiel, mit Wylie zu sprechen. Keine peinlichen Pausen oder Versprecher. Nur in einem Punkt waren sie uneins. Wylie glaubte nämlich, dass man sie mit den Skelly-Ermittlungen gewissermaßen auf ein Abstellgleis geschoben hatte.

»Interessierst du dich für Fußball?«

»Vielleicht?«

»Und für wen bist du?«

»Sag du zuerst.«

Hood: »Ich war schon immer für die Rangers. Und du?«

Sie grinste: »Celtic.«

Sie mussten beide lachen. Dann wieder Wylie: »Wie heißt es noch mal so schön: Gegensätze ziehen sich an.«

Der Satz ging Grant Hood immer noch im Kopf herum, als sie jetzt im dritten Stock in dem Vorzimmer saßen.

Peter Kirkwall, der Chef der Firma Kirkwall Construction, war Anfang dreißig und trug einen perfekt sitzenden Nadelstreifenanzug. Mit einer Schaufel in seinen zarten Händen konnte man ihn sich nur schwer vorstellen. Trotzdem war er auf einigen der gerahmten Fotos, die an den Wänden seines Büros hingen, als Malocher zu sehen.

»Auf dem ersten Bild«, sagte er wie ein Kunsthistoriker, der Gäste durch eine Ausstellung führt, »bin ich mit sieben Jahren zu sehen, wie ich in Daddys Hof gerade Zement mische.« Sein Vater war Jack Kirkwall, der die Firma bereits in den Fünfzigerjahren gegründet hatte. Er war ebenfalls auf einigen Fotos abgebildet. Doch im Mittelpunkt stand Peter: Peter, der als College-Student in den Sommerferien als Maurer arbeitet; Peter mit den Plänen für einen großen Bürokomplex, das erste Großprojekt des Unternehmens, das er höchstpersönlich abgewickelt hatte; Peter im Gespräch mit Prominenten, hinter dem Lenkrad eines Mercedes CLK und schließlich an dem Tag, als Jack Kirkwall aus der Firmenleitung ausgeschieden war.

»Wenn Sie sich genau über die damaligen Verhältnisse informieren möchten«, sagte er und nahm in seinem Schreibtischstuhl Platz, »dann müssen Sie meinen Vater fragen.« Er machte eine kurze Pause. »Kaffee? Tee?« Offenbar war er erfreut, als beide den Kopf schüttelten: Schließlich hatte er einen vollen Terminkalender.

»Wir wissen es zu schätzen, Sir, dass Sie uns Ihre wertvolle Zeit opfern«, sagte Wylie etwas melodramatisch. »Und wie laufen die Geschäfte?«

»Phänomenal. Da sind zum einen die Umbauarbeiten an der Holyrood Road, dann haben wir noch weitere Projekte im Western Approach Corridor, in Gyle, Wester Hailes. Und in Granton ist ebenfalls ein Großprojekt in Planung…« Er schüttelte den Kopf. »Wir kommen kaum noch nach. Jede Woche machen wir ein Gebot.« Er zeigte auf einige Pläne, die auf dem Konferenztisch lagen. »Wissen Sie, wie mein Vater angefangen hat? Mit Garagen und kleinen Anbauten. Heute sind wir so weit, dass wir wahrscheinlich sogar in den Londoner Docklands zum Zuge kommen.« Er rieb sich gut gelaunt die Hände.

»Mr. Kirkwall, in den Siebzigerjahren hat Ihre Firma unseres Wissens an der Umgestaltung von Queensberry House mitgearbeitet.« Wylie kam jetzt zur Sache und holte Kirkwall auf den Boden zurück.

»Tut mir Leid, ja natürlich. Ich bin leider nicht mehr so leicht zu bremsen, wenn ich mal in Fahrt gekommen bin.« Er räusperte sich. »Ich habe unsere Unterlagen durchgesehen…« Er zog aus einer Schublade ein dickes altes Heft, ein paar Notizbücher und einen Karteikasten hervor. »Ende '78 waren wir eine der Firmen, die das Krankenhaus renoviert haben. Natürlich nicht ich. Ich bin damals ja noch zur Schule gegangen. Und ausgerechnet dort haben Sie jetzt ein Skelett gefunden.«

Hood gab ihm die Fotografien der beiden Kamine. »Der Raum an hinteren Ende des Untergeschosses. Ursprünglich war dort mal die Küche.«

»Und dort hat man die Leiche gefunden?«

»Nach unserer Schätzung war die Leiche etwa zwanzig Jahre dort versteckt«, sagte Wylie und übernahm die Rolle der Wortführerin, während Hood sich eher schweigsam gab. »Was zeitlich mit Ihren Bauarbeiten übereinstimmen würde.«

»Also, meine Sekretärin hat alles herausgesucht, was wir noch haben.« Er lächelte blasiert. Mit seinem gestreiften Hemd, den ovalen Brillengläsern und dem gepflegten schwarzen Haar zeigte sich Kirkwall ganz von der weltmännischen Seite. Trotzdem war deutlich spürbar, dass er diese Rolle nur spielte. Wylie fühlte sich an einen dieser erfolgreichen Fußballer erinnert, die im Fernsehen als weltläufige Kommentatoren auftreten. Diese Leute waren zwar elegant gekleidet – nur eines fehlte ihnen: nämlich Stil.

»Leider haben wir nicht viel gefunden«, sagte Kirkwall und zog aus einer Schublade einen Plan hervor, den er so vor ihnen ausbreitete, dass sie ihn bequem lesen konnten. Die Ecken beschwerte er mit polierten Steinen. »Von jeder Baustelle, auf der wir tätig sind, nehme ich einen Stein mit, den ich reinigen und lackieren lasse«, erklärte er. Dann: »Was Sie hier sehen, ist Queensberry House. Die blau schattierten Zonen und die roten Linien markieren die Bereiche, in denen wir gearbeitet haben.«

»Sieht aus wie Außenarbeiten.«

»Ganz richtig. Fallrohre, Risse im Putz und außerdem ein Sommerhaus, das wir von A bis Z gebaut haben. So ist das nun mal bei öffentlichen Aufträgen. Jede Firma bekommt nur einen bestimmten Teil der Arbeiten.«

»Scheint so, als ob Sie die Herrschaften im Stadtrat nicht genug geschmiert hätten«, murmelte Hood.

Kirkwall warf ihm einen empörten Blick zu.

»Dann war also für die Innenarbeiten ein anderes Unternehmen zuständig?« Wylie studierte den Plan.

»Ob eines oder mehrere, weiß ich nicht. Das geht aus meinen Unterlagen nicht hervor. Wie gesagt: Da müssen Sie meinen Vater fragen.«

»Gute Idee, Mr. Kirkwall«, sagte Ellen Wylie.

Doch zuerst fuhren sie noch bei Valvona's vorbei, wo Wylie ein paar Einkäufe tätigte und dann fragte: »Essen wir noch 'ne Kleinigkeit?« Er sah umständlich auf die Uhr.

»Los, komm schon«, sagte sie. »Da drüben ist gerade ein freier Tisch. Das kann nur ein Zeichen des Himmels sein – bei dem Andrang.«

Sie aßen also Salat und Pizza und teilten sich eine Flasche Mineralwasser. An den Nachbartischen saßen andere Paare, die genau das Gleiche taten. Hood lächelte.

»Die Leute glotzen uns ja gar nicht an«, sagte er.

Sie betrachtete seinen Bauch. »Na ja, mich jedenfalls nicht.«

Er zog den Bauch ein und beschloss, auf das letzte Stück Pizza zu verzichten. »Du weißt doch, was ich meine«, sagte er.

Ja, das wusste sie. Da man es als Polizist ständig mit Leuten zu tun hatte, die ihrerseits ständig mit Polizisten zu tun hatten, konnte man leicht auf die Idee verfallen, dass jeder einen sofort als Bullen erkannte.

»Echter Schock, dass du nicht zu den Ausgestoßenen dieser Erde gehörst, was?«

Hood blickte auf seinen Teller. »Der größte Schock für mich ist eigentlich, dass ich etwas Essbares einfach auf dem Teller liegen lassen kann.«

Anschließend fuhren sie zu dem Haus, das Jack Kirkwall sich für seinen Ruhestand hatte erbauen lassen. Es lag am Rand von South Queensferry und bot einen Ausblick auf die beiden Brücken in der Ferne. Das Haus war betont geometrisch gestaltet und hatte riesige Fenster. Wylie fühlte sich an eine Kathedrale erinnert, und Hood stimmte ihr zu.

Schon bei der Begrüßung bläute Jack Kirkwall ihnen ein, dass sie unbedingt John Rebus von ihm grüßen sollten.

»Dann kennen Sie also Inspektor Rebus?«, fragte Wylie.

»Hat mir mal einen Gefallen getan«, kicherte Kirkwall.

»Möglich, dass Sie diese Gefälligkeit heute erwidern können, Sir«, sagte Hood. »Hängt davon ab, wie gut Ihr Gedächtnis ist.«

»Meinen Sie, ich leide schon unter Altersstumpfsinn?«
brummte Kirkwall.

Wylie sah ihren Partner warnend an. »Detective Hood wollte
eigentlich sagen, dass wir in dem Fall, in dem wir gerade ermitteln, völlig im Dunkeln tappen und dass Sie unsere einzige
Hoffnung sind.«

Kirkwall war plötzlich ganz Ohr. Er ließ sich in einen Sessel
sinken und bot ihnen ebenfalls einen Platz an.

Das cremefarbene Ledersofa roch brandneu. Der Raum war
riesig groß, an den Wänden leuchteten zentimeterdicke Teppiche, und eine ganze Wand bestand ausschließlich aus Glastüren. Kirkwalls Vergangenheit kam in dem Zimmer allerdings
nicht vor: weder Fotos noch Andenken oder alte Möbel. Das
ganze Ambiente wirkte so, als ob er in fortgeschrittenen Jahren
nochmals den Entschluss gefasst hatte, ganz von vorne anzufangen. Der vorherrschende Eindruck war Anonymität. Plötzlich ging Wylie ein Licht auf: Sie befanden sich gewissermaßen
in einem Musterhaus. Etwaige Interessenten konnten hier in allen Einzelheiten die Professionalität der Firma Kirkwall Construction in Augenschein nehmen.

Individualität war nicht vorgesehen.

Sie überlegte, ob Jack Kirkwalls traurig-zerfurchtes Gesicht
vielleicht damit etwas zu tun hatte. So hatte er sich seinen
Ruhestand ganz gewiss nicht vorgestellt. Sie war sich plötzlich
ganz sicher: Die Materialien und Möbel hatte nicht Jack ausgewählt, sondern sein Sohn Peter.

»Ihr Unternehmen«, sagte sie, »hat 1979 in Queensberry
House verschiedene Arbeiten ausgeführt.«

»Das Krankenhaus?« Sie nickte. »Angefangen haben wir '78,
und '79 waren wir fertig. Eine schreckliche Zeit damals.« Er sah
sie an. »Aber daran können Sie sich natürlich nicht mehr erinnern. In jenem Winter haben nicht nur die Müllarbeiter und die
Lehrer gestreikt, sondern sogar die Mitarbeiter des Städtischen
Leichenhauses.« Er schnaubte unwillig und sah Hood an. Dann
tippte er sich mit dem Finger gegen die Stirn und sagte: »Sehen

Sie, junger Mann, funktioniert noch ganz gut da oben. Kommt mir vor, als ob das alles erst gestern gewesen ist. Ja genau, im Dezember haben wir angefangen, und im März waren wir dann fertig. Am achten, wenn Sie es genau wissen wollen.«

Wylie lächelte. »Unglaublich.«

Kirkwall nahm ihr Kompliment wohlwollend entgegen. Er war ein groß gewachsener breitschultriger Mann mit einem ausgeprägten Kinn. Wahrscheinlich war er im strikten Wortsinn nie ein attraktiver Mann gewesen, aber dass er einmal Macht und Einfluss ausgeübt hatte, war noch immer spürbar.

»Wissen Sie, wieso ich mich daran so gut erinnere?« Er schüttelte den Kopf. »Nein, das können Sie nicht wissen, dazu sind Sie noch zu jung.«

»Das Referendum?«, sagte Hood aufs Geratewohl.

Kirkwall machte ein enttäuschtes Gesicht. Wylie warf Hood wieder einen warnenden Blick zu: Sie durften den Mann auf keinen Fall verprellen.

»War das nicht am ersten März?«, fragte Hood.

»Richtig, ja. Die Abstimmung haben wir zwar gewonnen, aber den Kampf verloren.«

»War ja nur ein vorübergehender Rückschlag«, versuchte Wylie ihn zu trösten.

Er sah sie irritiert an. »Wenn Sie zwanzig Jahre für eine kurze Zeit halten, dann mögen Sie Recht haben. Mein Gott, was hatten wir für Träume …«Wylie wollte sich schon auf die sentimentale Nummer einrichten, um so mehr überraschte sie, was er dann sagte. »Stellen Sie sich mal vor, was das für das Land bedeutet hätte: Ausbau der Infrastruktur, Wohnungsbau, neue Unternehmen.«

»Ein gewaltiger Aufschwung für die Baubranche?«

Kirkwall schüttelte nur den Kopf, als er an all die verpassten Chancen zurückdachte.

»Aber im Augenblick geht es der Branche doch hervorragend, hat jedenfalls Ihr Sohn gesagt«, meinte Wylie .

»Hmm.«

Der Mann klang unglaublich verbittert. Hatte Jack Kirkwall sich vielleicht gar nicht freiwillig aus seinem Unternehmen zurückgezogen, sondern war von seinem Sohn dazu gedrängt worden?

»Was uns vor allem interessiert, sind die Umbauarbeiten in dem Krankenhaus selbst«, sagte Hood. »Wissen Sie noch, welche Firmen das gemacht haben?«

»Die Dächer hat Caspian gemacht«, sagte Kirkwall leise. Er war noch immer in Gedanken versunken. »Für den Gerüstbau war Macgregor zuständig. Den Innenausbau hat großenteils Coghill's übernommen: Innenputz und ein paar zusätzliche Trennwände.«

»Auch im Untergeschoss?«

Kirkwall nickte. »Eine neue Wäscherei und eine neue Heißwasseranlage.«

»Wissen Sie noch, ob die ursprünglichen Wände teilweise freigelegt worden sind?«Wylie zeigte ihm das Foto mit den beiden Kaminen. »So wie hier?« Kirkwall betrachtete das Bild und schüttelte den Kopf. »Ich weiß nur, dass die Firma Coghill's die Arbeiten im Untergeschoss ausgeführt hat.«

Kirkwall nickte gedankenverloren. »Aber das Unternehmen existiert nicht mehr – pleite gegangen.«

»Und Mr. Coghill selbst – lebt der noch?«

Kirkwall zuckte mit den Achseln. »Eigentlich war das Unternehmen kerngesund. Gute Firma. Dean hat was vom Geschäft verstanden.«

»Bestimmt nicht leicht, in der Branche zu überleben«, sagte Wylie.

»Das ist nicht der Grund.« Er sah sie an.

»Was dann?«

»Vielleicht sollte ich nicht darüber sprechen.« Er überlegte kurz. »Aber in meinem Alter – was spielt das da noch für eine Rolle.« Er holte tief Luft. »Na ja: Jedenfalls hab ich gehört, dass Dean mit Mr. Big aneinander geraten ist.«

Wylie und Hood fragten gleichzeitig: »Mr. Big?«

Die Oxford Bar war schon ziemlich voll, als Rebus dort eintraf. Er hatte sich bereits einen Drink im The Maltings genehmigt und war wieder gegangen, bevor das studentische Abendpublikum dort aufkreuzte. Danach hatte er noch zwei weitere im Swany's gekippt und dort zufällig einen erst kürzlich pensionierten ehemaligen Kollegen getroffen.

»Sie sehen noch viel zu jung aus«, hatte Rebus stichelnd gesagt.

»Wir sind ungefähr gleich alt, John«, hatte der andere entgegnet.

Allerdings hatte Rebus noch keine dreißig Jahre abgedient. Er war erst als Mittzwanziger zur Polizei gestoßen. Noch zwei, drei Jahre, dann erwartete auch ihn die Ödnis des Ruhestands. Rebus spendierte dem Mann einen Drink und schlich dann in die Kälte des Winterabends hinaus. Scheinwerfer rasten in der Dunkelheit an ihm vorbei, und der kurz zuvor gefallene Regen fing allmählich an zu vereisen. Bis zu ihm nach Hause waren es fünfzehn Minuten zu gehen. Auf der anderen Straßenseite gab es eine Tankstelle. An einer der Tanksäulen stand ein Taxi.

Ja, der Ruhestand. Das Wort kreiste unaufhörlich in seinem Kopf. Mein Gott, was sollte er nur den ganzen Tag machen? Der eine freute sich auf die Pensionierung, dem anderen war sie ein Gräuel. Er dachte an Watson, winkte dann das Taxi heran und ließ sich zur Oxford Bar fahren.

Rebus' übliche Trinkgefährten Doc und Salty waren zwar nicht da, aber viele Gesichter, die er kannte. Die Bude war rappelvoll, schon im Vorraum traten sich die Leute auf die Füße. Im Fernsehen lief Fußball: irgendein Spiel aus dem Süden. Ein Stammgast namens Muir stand gleich neben der Tür und nickte ihm zu.

»Ihre Frau ist doch Galeristin?«, sagte Rebus. Muir nickte wieder. »Hat sie vielleicht schon mal was von Alicia Rankeillor verkauft?«

Muir lachte. »Schön wär's. Rankeillors Bilder bringen Zehntausende. Jede größere Stadt der westlichen Welt möchte etwas von ihr haben – vor allem aus den Vierziger- und Fünfzigerjahren. Selbst ihr druckgraphisches Werk bringt pro Blatt einen oder zwei Tausender.« Muir sah ihn an. »Wissen Sie zufällig jemanden, der verkaufen will?«

»Nein, aber wenn ich was höre, sag ich's Ihnen.«

Hinter der Bar waren schon die beiden Margarets in Aktion. Rebus bekam automatisch sein Bier hingestellt und orderte noch zusätzlich einen Whisky. In dem Hinterzimmer wurde offensichtlich musiziert: eine akustische Gitarre und die Stimme einer jungen Frau. Vor ihm stand jetzt sein Lieblingsduett: ein Bier und ein Schnaps. Er verlängerte den Whisky mit etwas Wasser. Dann ein großer gaumenbetörender Schluck. Eine der beiden Margarets legte währenddessen das Restgeld vor ihm auf die Theke.

»Da drüben wartet jemand auf Sie.«

Rebus legte die Stirn in Falten. »Wo – im Hinterzimmer?«

Sie lächelte und schüttelte den Kopf. »Nein, neben dem Zigarettenautomaten.«

Er drehte sich um und sah erst mal eine Mauer anderer Gäste vor sich. Der Automat befand sich gleich neben der Toilette in einem Alkoven, zu dem drei Stufen hinaufführten. Außerdem hing dort noch ein Spielautomat an der Wand. Doch er sah nur Männer, die ihm den Rücken zukehrten. Woraus er schloss, dass jemand dort oben ein Publikum haben musste.

»Und – um wen handelt es sich?«

Margaret zuckte mit den Achseln. »Hat bloß gesagt, dass sie Sie kennt.«

»Siobhan?«

Wieder ein Achselzucken. Er verrenkte seinen Hals. Gerade wurde eine neue Runde gebracht. Die Gestalten drehten sich halb zur Seite. Rebus kannte einige der Gesichter: Stammgäste. Und hinter ihnen an dem Spielautomaten lehnte ganz entspannt Lorna Grieve. Sie nahm gerade einen Schluck aus ihrem vollen Glas. Konnte nur unverdünnter Whisky sein oder Brandy, was sie da trank – mindestens ein Dreifacher. Jetzt leckte sie sich die Lippen. Dann trafen sich ihre Blicke, und sie hob lächelnd das Glas. Er lächelte zurück und hob ebenfalls das Glas. In dem Moment fiel ihm plötzlich wieder ein, wie er als Kind einmal von der Schule nach Hause gegangen war. An der Straßenecke gleich neben dem Kiosk hatte eine Gruppe älterer Jungen ein Mädchen aus seiner Klasse eingekreist. Er konnte nicht genau erkennen, was los war. Plötzlich sah er zwischen zwei Köpfen die Augen des Mädchens. Die Kleine schien weder besonders unglücklich noch glücklich mit der Situation...

Lorna Grieve berührte den Arm eines ihrer Verehrer und sagte etwas zu ihm. Der Mann hieß Gordon und stammte wie Rebus aus Fife. Hätte ohne weiteres ihr Sohn sein können.

Dann setzte sie sich in Bewegung, ging die Stufen hinab. Sie schob sich durch die Menge, berührte Arme und Schultern, bahnte sich einen Weg.

»So, so«, sagte sie, »was für eine Überraschung, Sie hier zu sehen.«

»Ja«, sagte er, »das ist wirklich 'ne Überraschung.« Sein Whiskyglas war inzwischen leer, und sie fragte, ob sie ihm einen spendieren dürfe. Er schüttelte den Kopf und hob sein Bierglas.

»Kann mich nicht erinnern, dass ich schon mal hier war«, sagte sie und lehnte sich gegen die Bar. »Hab gehört, dass der frühere Besitzer Frauen und Leute mit englischem Akzent grundsätzlich nicht bedient hat. Muss ja ein toller Typ gewesen sein.«

»War gewöhnungsbedürftig.«

»Solche Leute haben wir doch am liebsten, nicht wahr?« Sie sah ihn an. »Und über Sie habe ich auch so einiges gehört. Vielleicht spar ich mir in Zukunft sogar den Affen-Mann.«

»Und wieso das?«

»Weil ich das Gefühl habe, Sie lassen sich nicht so leicht zum Affen machen – nach allem, was ich über Sie gehört habe.«

Er lächelte. »Jägerlatein.«

»Hier, bitte, Lorna.« Gordon stand jetzt neben ihnen und

spendierte Lorna einen weiteren Drink. Armagnac diesmal. Rebus sah zu, wie Margaret ein Bier zapfte. »Alle Achtung, John«, sagte Gordon. »Wusste gar nicht, dass Sie so berühmte Leute kennen.«

Lorna Grieve ließ das Kompliment unbeanstandet. Rebus schwieg.

»Wenn ich gewusst hätte, dass es in Edinburgh so hübsche Kerle gibt wie dich«, sagte Lorna zu Gordon, »wär ich nie aufs Land gezogen. Und auch diesen grimmigen alten Hugh Cordover hätte ich nicht geheiratet.«

»Nichts gegen High Cord«, sagte Gordon. »Ich hab Obscura mal als Vorgruppe von Barclay James Harvest in der Usher Hall gesehen.«

»Bist du da noch zur Schule gegangen?«

Gordon dachte kurz nach. »Ich glaub, ich war damals vierzehn.«

Lorna Grieve sah jetzt wieder Rebus an. »Tja, und wir sind inzwischen echte Dinosaurier, Sie und ich«, sagte sie.

»Das waren wir auch schon, als unser lieber Gordon noch in der Ursuppe unterwegs war«, stimmte er ihr zu.

Trotzdem hatte Lorna so gar nichts von einem Dinosaurier. Sie war in leuchtenden Farben gekleidet, hatte eine perfekt sitzende Frisur und war grandios geschminkt. Zwischen den zahllosen gedeckten Anzügen, die die Kneipe bevölkerten, wirkte sie wie ein Schmetterling in Gesellschaft flatternder grauer Motten.

»Und was machen Sie hier?«, fragte er.

»Trinken.«

»Sind Sie mit dem Wagen da?«

»Die Jungs von der Band haben mich mitgenommen.« Sie sah ihn an. »Ich bin nicht nur Ihretwegen hergekommen, falls Sie das meinen.«

»Tatsächlich nicht?«

»Heben Sie bloß nicht ab.« Sie wischte unsichtbare Fusseln von ihrem scharlachroten Jackett. Darunter trug sie eine orangene Seidenbluse, weiter unten eine ausgewaschene Jeans. Dazu schwarze Wildledermokassins. Nicht ein Schmuckstück.

Nicht mal einen Ehering.

»Ich bin für alles Neue aufgeschlossen«, sagte sie, »das ist alles. Zur Zeit ist mein Leben so trostlos, dass ich selbst diesen Laden hier als Abwechslung empfinde«, sagte sie und blickte sich in der Kneipe um.

»Welche Tragik.«

Sie sah ihn zugleich amüsiert und skeptisch an. Gordon trat nervös von einem Fuß auf den anderen und verabschiedete sich dann fürs Erste. »Ich warte oben an dem Automaten auf Sie.« Sie nickte wenig überzeugend.

»Haben Sie den ganzen Tag getrunken?«, fragte er.

»Eifersüchtig?«

Er zuckte mit den Achseln. »Solche Tage kenn ich.« Er sah sie an. »Und wie finden Sie das Ox?«

Sie verzog die Nase. »Es ist wie *Sie*.«

»Ist das nun gut oder schlecht?«

»Weiß ich noch nicht.« Sie musterte ihn. »Sie haben so was Finsteres an sich.«

»Vielleicht zu viel Bier.«

»Nein, im Ernst. Schließlich kommen wir alle aus der Dunkelheit. Und nachts schlafen wir, um nicht mehr daran zu denken. Ich wette, Sie leiden unter Schlafstörungen.« Er schwieg. Sie wirkte jetzt etwas ruhiger. »Und eines Tages – wenn das Feuer der Sonne erlischt – kehren wir alle dorthin zurück.« Ein Lächeln huschte über ihr Gesicht. »»Muss auch meine Seele sich dereinst ergeben, wird sie sich zu neuem Licht erheben.‹«

»Ein Gedicht?«, sagte er.

Sie nickte. »Den Rest hab ich vergessen.«

Die Tür öffnete sich einen Spalt breit. Zwei erwartungsvolle Gesichter: Grant Hood und Ellen Wylie. Hood sah aus, als ob er einen Drink vertragen könnte, aber er kam nicht herein. Wylie entdeckte Rebus und winkte ihm zu.

»Bin gleich wieder da«, sagte er zu Lorna Grieve und berührte ihren Arm, bevor er sich zwischen den anderen Gästen hindurchschob. Nach dem Mief in der Kneipe tat die Nachtluft gut. Rebus atmete ein paarmal tief durch.

»Tut mir Leid, dass wir Sie stören, Sir«, sagte Wylie.

»Sie werden kaum ohne Grund hier sein.« Er schob die Hände in die Taschen. Das Pflaster war jetzt spiegelglatt. Eine altersschwache Laterne tauchte die enge Straße in ihr gelbes Licht. Die Windschutzscheiben der Autos waren mit Raureif bedeckt. Als die drei Polizisten jetzt miteinander sprachen, hatten sie kleine Wölkchen vor dem Mund.

»Wir sind bei Jack Kirkwall gewesen«, erklärte Hood.

»Ja und?«

»Sie kennen ihn?«, fragte Wylie.

»Hab vor ein paar Jahren mal mit ihm zu tun gehabt.«

Hood und Wylie sahen sich an. »Los, erzähl schon«, sagte Hood. Wylie berichtete also, was sie erlebt hatten, und Rebus stand am Ende nachdenklich da.

»Der Mann schmeichelt mir«, sagte er schließlich.

»Er hat gesagt, dass Sie uns mehr über Mr. Big sagen können«, wiederholte sie.

Rebus nickte. »Ja, so haben ihn manche bei der Kripo genannt. Nicht sehr originell.«

»Aber der Name hat gepasst?«, hakte Hood nach.

Rebus trat zur Seite, weil er einem Paar die Tür versperrte. Inzwischen hatte die Sängerin wieder angefangen. Man konnte ihre Stimme durch das geschlossene Fenster des Hinterzimmers hören.

Und die Vergangenheit lässt mich nicht los, sang sie.

»Er hieß Callan. Vorname Bryce.«

»Ich dachte, dass Big Ger Cafferty in Edinburgh das Sagen hat?«

Rebus nickte. »Aber erst, seit Callan sich an der Costa del Sol oder irgendwo zur Ruhe gesetzt hat. Trotzdem hat er bis heute seine Finger im Spiel.«

Wylie: »Versteh ich nicht ganz.«

»Na ja, es gibt da so Geschichten, zum Beispiel, dass Caffertys Aktivitäten teilweise von Spanien aus gesteuert werden. Bryce Callan ist ja schon fast…« Er suchte nach dem richtigen Wort. Die Sängerin in dem Hinterzimmer sang jetzt traurig:

Ach, manches wäre besser ungesagt geblieben.

»… eine mythische Figur?«, fragte Wylie.

Er nickte und starrte in die Auslage des Friseurladens gegenüber. »Weil es uns nie gelungen ist, ihn einzusperren, nehm ich an.«

»Und was hat er mit Dean Coghill angestellt?«

Rebus zuckte mit den Achseln. »Schutzgeld vielleicht. Auf einer Baustelle kann so manches passieren, und auch damals war bei solchen Projekten… schon viel Geld im Spiel. Schon ein paar verlorene Tage reichen manchmal aus, um ein kleines Unternehmen in den Ruin zu treiben.«

Hood nickte. »Dann müssen wir also Coghill ausfindig machen?«

»Mal vorausgesetzt, dass er überhaupt bereit ist, mit uns zu sprechen«, erklärte Wylie.

»Ich werde noch mal versuchen, ein bisschen was über Bryce Callan in Erfahrung zu bringen«, sagte Rebus.

So hat das Gestern sich dem Heute eingeschrieben…

»In der Zwischenzeit«, sagte er, »solltet ihr zwei nach Möglichkeit Coghills Mitarbeiterkartei sicherstellen. Wir müssen unbedingt wissen, wer damals auf der Baustelle gearbeitet hat.«

»Und ob einer dieser Mitarbeiter verschwunden ist«, fügte Hood hinzu.

»Ich nehme mal an, Sie haben die damaligen Vermisstenanzeigen schon überprüft.«

Wylie und Hood sahen sich an, sagten aber nichts.

»Echte Scheißarbeit«, gab Rebus zu, »aber leider geht es nicht anders. Wenn Sie sich zu zweit darum kümmern, dauert es nur halb so lange.«

»Reicht es, wenn wir nur die letzten Monate '78 und die ersten drei Monate '79 durchforsten?«, wollte Wylie noch wissen.

»Für den Anfang ja.« Er wies mit dem Kopf auf das Lokal. »Kann ich euch beiden einen Drink spendieren?«

Wylie schüttelte sofort den Kopf. »Ich glaube, wir gehen lieber ins Cambridge, etwas ruhiger dort.«

»Verstehe.«

»In der Kneipe da drüben«, sagte sie, »herrscht ungefähr das gleiche Chaos wie in der Besenkammer, in die wir mit unseren Ermittlungen geraten sind.«

»Wenn Sie meinen«, sagte Rebus. Wylie sah ihn vorwurfsvoll an.

»Sir«, sagte sie. »Die Frau in dem Lokal…« Wylie blickte auf ihre Füße. »Hab ich die Dame richtig erkannt?«

Rebus nickte. »Reiner Zufall«, sagte er.

»Natürlich.« Sie nickte langsam, drehte sich um und würdigte ihn keines Blickes mehr. Hood rannte hinter ihr her. Rebus stand vor der Tür und öffnete sie einen Spalt breit, wartete aber noch ab. Wylie und Hood steckten die Köpfe zusammen, und Hood wollte unbedingt wissen, wer die Frau gewesen war. Sollte auf dem Revier in der St. Leonard's Street etwas von der Sache bekannt werden, wusste Rebus wenigstens, wer geplaudert hatte.

Und dann würde er das Histo-Team in seine Bestandteile zerlegen.

Um vier Uhr früh wachte er auf. Die Nachttischlampe brannte noch. Die Bettdecke war zurückgeschlagen. Draußen ein Motorengeräusch. Er stolperte zum Fenster und sah gerade noch, wie eine dunkle Gestalt im Fond eines Taxis verschwand. Er wankte nackt ins Wohnzimmer und suchte unterwegs immer wieder nach einem Halt. Sie hatte ihm ein Geschenk dagelassen: eine Demo-CD der Robinson Crusoes mit dem Titel *Shipwrecked Heart*. Klang angesichts des Namens der Truppe durchaus plausibel. Das letzte Stück auf der Platte war Peters Abschiedssong an seinen Vater. Rebus schob die Scheibe in die Stereoanlage, ließ die Musik leise laufen und hörte vielleicht ein, zwei Minuten zu. Auf dem Boden vor dem Sofa standen eine leere Flasche und zwei Gläser. In einem davon war noch ein Fingerbreit Whisky. Er roch daran, brachte das Glas dann in die Küche, goss den Whisky in den Abfluss, füllte das Glas mit kaltem Wasser und leerte es gierig. Nach diesem Besäufnis war ein Kater zwar unvermeidlich, aber er wollte wenigstens sein Bestes tun, um das Schlimmste zu verhindern. Drei Paracetamoltabletten und noch mehr Wasser, danach ging er mit einem weiteren Glas Wasser ins Bad. Sie hatte geduscht. An der Stange hing ein nasses Handtuch. Zuerst hatte sie geduscht, dann ein Taxi gerufen. Hatte er sie vielleicht mit seinem Schnarchen aufgeweckt? Oder hatte sie überhaupt nicht geschlafen? Er ließ sich ein Bad einlaufen und betrachtete sich im Spiegel. Er hatte tiefe Ringe unter den Augen, die Haut hing schlaff herab. Er beugte sich über das Waschbecken und kämpfte mit einer Brechreizattacke. Fast hätte er die Tabletten wieder herausgewürgt. Wie viel hatten sie eigentlich getrunken? Er wusste es nicht mehr. Waren sie eigentlich direkt vom Ox hierher gekommen? Schien ihm nicht sonderlich plausibel. Er ging ins Schlafzimmer und suchte in seinen Taschen nach irgendeinem Hinweis. Nichts. Doch von den fünfzig Pfund, die er abends mitgenommen hatte, waren nur mehr Pennys übrig.

»O mein Gott.« Er kniff die Augen zusammen. Sein Hals war steif, sein Rücken schmerzte. Er ging zurück ins Bad und starrte in den Spiegel. »Haben wir es eigentlich gemacht?«, fragte er sich. Vielleicht ganz sicher, lautete die Antwort. Er schloss wieder die Augen. »Oh, verdammt noch mal, John, was hast du nur gemacht?«

Antwort: mit Lorna Grieve geschlafen. Zwanzig Jahre früher hätte er vor Freude ein Rad geschlagen, aber vor zwanzig Jahren hatte er auch nicht beruflich mit ihr zu tun gehabt, und zwar in einem Mordfall.

Er drehte die Wasserhähne zu, stieg in die Wanne und rutschte mit angewinkelten Knien im Wasser so weit nach vorne, dass sein ganzer Kopf unter Wasser kam. Vielleicht löst sich der Spuk ja in Wohlgefallen auf, wenn ich einfach so liegen bleibe, dachte er. Das erste Mal mit einem Mädchen betrunken ins Bett gestiegen war er vor mehr als fünfunddreißig Jahren – ja, nach einem Schulfest war das gewesen.

Eine verdammt lange Lehrzeit, dachte er und tauchte wieder auf, um Luft zu holen. Was immer auch passieren mochte, er war jetzt irgendwie mit den Grieves verbunden, ein weiterer Faden im Geflecht ihrer Familiengeschichte.

Und falls Lorna über die Geschichte sprechen sollte, dann würde auch er selbst – John Rebus – bald nur noch Geschichte sein.

Zweiter Teil
Ein
dunkler Morast

16

Als Jayne zur Arbeit gegangen war, widmete sich Jerry seinem Morgenritual: Tee, Toast und die Zeitung und dann ein bisschen Musik-Hören im Wohnzimmer. Alte Scheiben aus seiner Jugend. Ja, so konnte man den Tag beginnen. Sollten doch die Nachbarn oben stampfen und toben, er zeigte ihnen nur einen Vogel und tanzte trotzdem weiter. Er hatte ein paar Lieblingssongs – Generation X: »Your Generation«, Klark Kent: »Don't Care«, Spizzenenergi: »Where's Captain Kirk?« Die Plattenhüllen waren total zerfleddert, die Vinylscheiben zerkratzt – sie waren auf zu vielen Partys im Einsatz gewesen, an zu viele Freunde ausgeliehen worden. Er musste daran denken, wie er sich mit ein paar Kumpels mal, ohne zu bezahlen, in ein Ramones-Konzert an der Uni geschlichen hatte: Oktober '78. Die Spizz-Single war vom Mai '79: Das Kaufdatum war hinten auf die Hülle gekritzelt. Ja, so war er damals gewesen. Sämtliche Singles hatte er handschriftlich datiert, richtig Buch geführt. Die fünf Spitzentitel der Woche. Natürlich hatte er nicht alles gekauft. Eine Zeit lang war er regelmäßig ins Virgin in der Frederick Street gegangen, um Platten zu klauen. Bei Bruce's war das nicht ganz so einfach gewesen. Der Typ, der damals das Bruce's geführt hatte, war später Manager der Simple Minds geworden. Jerry hatte sie schon gesehen, als sie sich noch Johnny and the Self Abusers nannten.

Ja, das alles hatte ihm damals verdammt viel bedeutet. Die Wochenenden, die Adrenalinstöße, die einen ganz schwindelig machten.

Heutzutage passierte ihm das beim Tanzen nicht mehr. Er ließ sich auf das Sofa fallen. Drei Platten, dann reichte es ihm.

Er drehte sich einen Joint und schaltete den Fernseher an, obwohl er genau wusste, dass es ohnehin nichts Vernünftiges zu sehen gab. Jayne arbeitete heute eine Doppelschicht und würde erst um neun, vielleicht zehn zurück sein. Er hatte also zwölf Stunden, um abzuspülen. Manchmal hatte er Bock, wieder zu arbeiten, in irgendeinem Büro zu hocken, vielleicht sogar mit Anzug und Schlips, Entscheidungen treffen, Anrufe entgegennehmen. Nic hatte angeblich sogar eine Sekretärin. Eine *Sekretärin*. Wer hätte das gedacht? Er konnte sich noch gut erinnern, wie sie zusammen zur Schule gegangen waren und nachmittags in der Sackgasse gebolzt und dann hinterher meist in Jerrys Zimmer wie wild getanzt hatten. Nics Mutter mochte nämlich keine Besucher. Wenn Jerry mal an der Tür geläutet hatte, hatte sie ihm mit grimmigem Gesicht aufgemacht. Inzwischen war sie tot, die alte Kuh. In ihrem Wohnzimmer hatte es nach den Hamlet-Zigarren gerochen, die Nics Vater rauchte. Alle anderen, die Jerry kannte, rauchten Zigaretten, nur bei Nics Vater mussten es unbedingt Zigarren sein. Jerry hielt die Fernbedienung in der Hand und musste lachen, als er daran zurückdachte. *Zigarren! Wofür hielt der Blödmann sich eigentlich?* Nics Alter hatte einen Schlips und eine Strickjacke getragen… Jerrys Vater hatte meist nur ein Unterhemd angehabt, und der Gürtel hatte ihm locker gesessen, wenn es mal wieder was zu bestrafen gab. Aber Jerrys Mutter war ein echter Schatz: Nie hätte er seine Eltern gegen Nics eingetauscht.

»Nie und nimmer«, sagte er laut.

Er schaltete den Fernseher aus. Der Joint war jetzt fast zu Ende. Er zog noch einmal daran, warf den Stummel dann ins Klo und spülte ihn herunter. Nicht dass er sich wegen der Bullen Gedanken machte, nein, aber Jayne mochte es nicht, wenn er sich volldröhnte. Jerry fand hingegen, dass der Stoff ihn erst richtig klar im Kopf machte. Ja, eigentlich sollte es das Zeug auf Rezept geben, damit Typen wie er nicht völlig ausrasteten.

Er ging ins Bad und rasierte sich: Vielleicht 'ne kleine Nummer, wenn Jayne zurückkam. Er summte noch immer »Captain

Kirk« vor sich hin. Super-Scheibe, eine der besten. Er dachte an Nic, wie er sich mit ihm angefreundet hatte. Seit dem fünften Lebensjahr waren sie in derselben Klasse gewesen. Aber erst seit der Hauptschule hatten sie öfter was zusammen gemacht und Alex Harvey und Status Quo gehört und versucht rauszukriegen, in welchen der Texte es um Sex ging. Nic hatte sogar ein Gedicht geschrieben, Hunderte von Versen über eine Orgie. Jerry hatte ihn erst kürzlich daran erinnert, und sie hatten ohne Ende darüber gelacht. Ja, das war doch schließlich das Wichtigste: ablachen.

Plötzlich fiel ihm auf, dass er in den Badezimmerspiegel starrte. Er hatte Schaum im Gesicht und hielt den Rasierer in der Hand. Unter den Augen fielen ihm Tränensäcke und Falten auf. Ja, es ging allmählich bergab mit ihm. Jayne sprach immer wieder über Kinder und über das Ticken der biologischen Uhr. Und er sagte dann, dass er noch mal darüber nachdenken müsste. Tatsache war, dass er mit Gören nicht viel am Hut hatte. Wie oft hatte er nicht schon von Nic gehört, dass Kinder jede Beziehung ruinieren. Von Typen, die schon seit der Geburt ihres Sprößlings keinen Sex mehr gehabt hatten – Monate, manchmal Jahre. Und die Mütter ließen sich gehen, gingen immer mehr in die Breite. Nic verzog angewidert die Nase, wenn er darüber sprach.

»Keine schönen Aussichten, was?«, sagte Nic, wenn er davon erzählte.

Und Jerry konnte nicht anders als ihm zustimmen.

Jerry hatte angenommen, dass er mit Nic nach der Schule in ein und derselben Firma arbeiten würde, vielleicht in einer Fabrik. Doch dann hatte Nic eine Bombe platzen lassen: Er wollte noch ein Jahr dranhängen, einen höheren Abschluss machen. Trotzdem hatten sie sich weiterhin gesehen. Nur dass da plötzlich in Nics Zimmer diese ganzen Bücher herumlagen, aus denen Jerry beim besten Willen nicht schlau wurde. Und dann war Nic noch drei Jahre auf der Napier-Uni gewesen – das hieß: noch mehr Bücher und Referate und all so was. In dieser Zeit hatten sie sich gelegentlich mal am Wochenende getroffen, unter der Woche fast nie – hin und wieder waren sie mal freitags abends zusammen in die Disco oder in ein Pop-Konzert gegangen. Zu Iggy Pop… Gang of Four… zu den Stones im Playhouse. Mit seinen Kumpels von der Uni hatte Nic Jerry meist gar nicht erst bekannt gemacht, höchstens, wenn sie sich mal zufällig bei einem Konzert trafen. Ein- oder zweimal waren sie zusammen einen trinken gegangen. Jerry hatte bei der Gelegenheit eins der Mädchen angemacht, und Nic hatte ihn am Arm gefasst.

»Was meinst du, wie Jayne das finden würde?«

Ja, richtig, er war damals schon mit Jayne gegangen. Hatte in derselben Fabrik gearbeitet wie er: Halbleiterfabrikation. Jerry fuhr den Gabelstapler, konnte verdammt gut umgehen mit dem Ding. Natürlich hatte er ein bisschen angegeben und war um die Frauen herumgekurvt. Die Frauen lachten und sagten: Pass bloß auf, dass du niemanden über den Haufen fährst. Und dann war Jayne plötzlich da gewesen. Tja, und das war's dann.

Fünfzehn Jahre waren sie jetzt verheiratet. Fünfzehn Jahre und keine Kinder. Was sollten sie auch mit Kindern, schließlich ging er stempeln. Ja, und ein Brief war auch gekommen: Das Arbeitsamt wollte wissen, was er unternahm, um an einen neuen Job zu kommen. Antwort: Ihr könnt mich mal. Und auch Jayne machte ihm Druck. »Die Uhr läuft ab, Jerry.« Damit meinte sie ihre biologische Uhr, doch die Bemerkung enthielt auch stets die Drohung, dass sie abhauen würde, falls sie ihren Willen nicht bekam. Wäre nicht das erste Mal. Schon einmal hatte sie einfach ihre Klamotten gepackt und war weggegangen – zu ihrer Mutter natürlich, drei Straßen weiter.

Ja, er musste unbedingt raus. In der Bude wurde er noch verrückt. Er wischte sich den Schaum vom Gesicht und zog das Hemd wieder an. Dann schnappte er sich seine Jacke, und schon war er draußen. Lief erst durch die Straßen, um mit irgendwem zu quatschen. Danach trieb er sich eine halbe Stunde beim Buchmacher rum, um sich aufzuwärmen, und tat so, als ob er sich in irgendein Formular vertiefte. Er war dort schon bekannt, und die Leute wussten, dass er keine Wette abschließen würde. Die paar Mal, die er es getan hatte, hatte er sowieso kein Glück gehabt. Dann kam die Mittagszeitung, und er blätterte ein bisschen darin herum. Auf Seite drei eine Geschichte über ein Sexualverbrechen. Er studierte den Bericht. Eine neunzehnjährige Studentin war auf einem Parkplatz angefallen worden. Jerry legte die Zeitung beiseite und ging nach draußen und suchte eine Telefonzelle.

Nics Büronummer hatte er in der Tasche. Er rief ihn manchmal dort an, wenn er sich langweilte. Meistens hielt er dann den Hörer in die Luft, damit Nic einen Song hören konnte, nach dem sie früher gemeinsam getanzt hatten. Die Dame am Empfang hob ab, und er fragte nach Mr. Hughes.

»Nic, Mann, ich bin's, Jerry.«

»Hallo, Kumpel. Was kann ich für dich tun?«

»Ich hab gerade die Zeitung gelesen. Gestern Abend hat jemand 'ne Studentin angefallen.«

»Schrecklich, schrecklich, was alles so passiert.«

»Das warst du nicht zufällig?«

Ein nervöses Lachen. »Nicht sehr witzig, Jerry.«

»Komm, sag schon.«

»Wo bist du? Sonst noch jemand, der *zuhört*?«

Nics Stimme klang irgendwie merkwürdig. Wollte er ihm – Jerry – durch die Blume etwas sagen? Vielleicht, dass jemand mithören konnte, die Rezeptionistin zum Beispiel?

»Wir reden später«, sagte Nic.

»Pass mal auf, tut mir echt Leid...« Die Leitung war tot.

Jerry zitterte am ganzen Leib, als er wieder aus der Zelle trat. Er rannte nach Hause und drehte sich erst mal einen Joint. Stellte den Fernseher an und saß da und versuchte, seinen Herzschlag zu beruhigen. Ja, hier war er sicher, hier konnte ihm keiner etwas tun. Ja, hier war alles in Ordnung.

Bis Jayne zurückkam.

Siobhan Clarke hatte die Stadtverwaltung um Amtshilfe bei der Nachforschung nach Chris Mackies Geburtsurkunde gebeten. Sie hatte aber auch in der Szene weitere Erkundigungen über Mackie eingezogen, vor allem im Bereich Grassmarket und Cowgate, später auch in diversen Parkanlagen, in der Princes Street und am Hunter Square.

Donnerstagmorgen. Sie saß inmitten kränkelnder Menschen im Wartezimmer einer Arztpraxis, bis sie aufgerufen wurde und die Frauenzeitschrift mit den merkwürdigen Artikeln über Kochrezepte, Kleider und Kinder beiseite legte.

Eine Frauenzeitschrift mit Berichten über ihren Lieblingsfußballclub, über zerbrochene Beziehungen und Mordfälle, also über die Sachen, die sie eigentlich interessierten, die gab es offenbar nicht.

Dr. Talbot war Mitte Fünfzig und lächelte ihr zur Begrüßung müde entgegen. Chris Mackies Patientenkarte lag schon vor ihm auf dem Schreibtisch. Zunächst ließ er sich jedoch Clarkes eigene Papiere zeigen – Totenschein, Dienstausweis –, bevor er sie aufforderte, mit ihrem Stuhl näher an den Schreibtisch heranzurücken.

Erst nach ein paar Minuten begriff sie, dass die Aufzeichnungen nur bis 1980 zurückreichten. Bei seinem ersten Besuch in der Praxis hatte Mackie als letzte Adresse eine Anschrift in London angegeben und erklärt, dass er bisher bei einem Dr. Mason in Crouch End Patient gewesen sei. Allerdings war ein Brief, den Dr. Talbot an besagten Dr. Mason gerichtet hatte, mit dem Vermerk »Straße unbekannt« zurückgekommen.

»Sind Sie der Sache nachgegangen?«

»Ich bin Arzt und kein Polizist.«

Mackies Edinburgher Wohnsitz war das Heim. Das Geburtsdatum in Talbots Unterlagen war nicht mit jenem identisch, das in Drews Kartei vermerkt war. Clarke hatte das mulmige Gefühl, dass Mackie von vornherein falsche Spuren gelegt hatte. Sie sah abermals die Patientenkarte durch. Im Durchschnitt hatte er Talbot etwa ein- oder zweimal jährlich aufgesucht, meist mit kleineren Beschwerden: eine entzündete Schnitt-wunde im Gesicht, Grippe, ein Furunkel, das aufgemacht werden musste.

»In Anbetracht seiner Lebensumstände war er eigentlich ziemlich gesund«, sagte Dr. Talbot. »Ich glaube nicht, dass er getrunken oder geraucht hat, was die Dinge natürlich erleichtert.«

»Drogen?«

Der Arzt schüttelte den Kopf.

»Ist das nicht ungewöhnlich bei einem Obdachlosen?«

»Na ja, die allerbeste Konstitution hatte Mr. Mackie natürlich nicht.«

»Ja, aber ich meine… dass ein Obdachloser weder trinkt noch Drogen nimmt…?«

»Hm, das übersteigt eigentlich meine Kompetenz.«

»Aber nach Ihrer Erfahrung…?«

»Keine Ahnung – jedenfalls hat Mr. Mackie mir nur wenig Sorgen gemacht.«

»Danke, Dr. Talbot.«

Sie verließ die Praxis und fuhr direkt zum Sozialamt, wo eine Miss Stanley sie in eine trostlose Kabine führte, in der normalerweise Sozialhilfempfänger abgefertigt wurden.

»Sieht so aus, als hätte er anfangs keine Versicherungsnummer gehabt«, sagte sie und studierte die Akte. »Wir mussten ihm eine neue geben.«

»Wann war das?«

Natürlich war es 1980 gewesen: dem Jahr, als Christopher Mackie aus dem Nichts aufgetaucht war.

»Ich war zu der Zeit noch nicht hier, aber der damalige Sachbearbeiter hat ein paar Notizen gemacht.« Miss Stanley las aus den Notizen vor: »›Ungepflegt, weiß nicht, wo er ist. Hat weder Versicherungs- noch Steuernummer.‹ Als letzter Wohnsitz ist London angegeben.«

Clarke schrieb sich Punkt für Punkt alles auf.

»Beantwortet das Ihre Fragen?«

»Ja, das hilft mir schon ein bisschen weiter«, sagte sie. Näher als in der Nacht, als »Chris Mackie« gestorben war, würde sie dem Mann wohl kaum kommen. Ja, seither hatte sie sich sogar immer weiter von ihm entfernt, weil er nämlich gar nicht existierte. Mackie war ein Phantom, das jemand ersonnen hatte, der offensichtlich etwas zu verbergen hatte.

Mit wem sie es wirklich zu tun hatte, würde sie vielleicht nie erfahren.

Mackie war nämlich verdammt clever gewesen. Jeder hatte ihr erzählt, dass er ein gepflegter Mann gewesen war, doch beim Sozialamt war er verwahrlost erschienen. Warum? Weil seine Geschichte auf diese Weise plausibler erschien: ein vergesslicher, desorientierter, hilfloser Mensch. Ein Typ, den jeder überlastete Sachbearbeiter möglichst schnell wieder los werden wollte. Keine Versicherungsnummer? Kein Problem, verpassen wir ihm halt eine neue. Ein vage Adresse in London? Auch gut. Am besten, man bestätigte ihm seinen Anspruch rasch durch eine Unterschrift, dann hatte man ihn wenigstens schnell vom Hals.

Ein Anruf auf ihrem Handy beim Standesamt brachte die Bestätigung, dass an dem von ihr angegebenen Tag kein Christopher Mackie zur Welt gekommen war. Natürlich hätte sie es auch noch mit dem anderen Datum versuchen können, das sie erhalten hatte, oder vielleicht die Londoner Behörden einschalten … Aber sie wusste, dass sie ohnehin nur irgendwelchen Schatten hinterherjagte. Sie hockte sich in ein voll besetztes Café und trank einen Kaffee. Sie starrte in die Luft und überlegte, ob sie nicht am besten ihren Bericht verfassen und es dabei bewenden lassen sollte.

Es gab mindestens ein halbes Dutzend Gründe, die eine solche Entscheidung nahe legten.

Und ein paar hunderttausend andere, die dafür sprachen, die Sache weiterzuverfolgen.

Als sie wieder in ihrem Büro am Schreibtisch saß, fand sie auf ihrem Anrufbeantworter mindestens ein Dutzend Nachrichten vor. Einige der Namen kannte sie: Lokalreporter, von denen manche bis zu dreimal angerufen hatten. Sie schloss die Augen und sprach ein Wort aus, für das ihre Großmutter ihr eine Ohrfeige verpasst hätte. Dann ging sie in die Cafeteria hinunter, weil sie wusste, dass dort die neueste Ausgabe der *News* auslag. Titelseite: DAS TRAGISCHE GEHEIMNIS EINES LUMPEN-MIL-LIONÄRS. Da die Zeitung kein Foto von Mackie hatte, hatte sie einfach eines abgedruckt, auf dem der Schauplatz seines Todessprungs zu sehen war. Sonst kaum etwas Substanzielles: bekanntes Gesicht in der Stadtmitte... Sechsstelliges Bankkonto... Die Polizei bemüht sich herauszufinden, wer »einen Anspruch auf das Geld anmelden könnte«.

Siobhan Clarkes schlimmster Albtraum.

Als sie wieder nach oben kam, läutete schon ihr Telefon. Hi-Ho Silvers kam ihr auf den Knien entgegengerutscht und streckte ihr flehend die Hände entgegen.

»Ich bin sein Sohnemann«, sagte er. »Ich will einen DNS-Test, aber vor allem – her mit der Knete.«

Die übrigen Beamten lachten. »Ist für di-hich«, sagte einer von ihnen und zeigte auf ihr Telefon. Klar: Inzwischen waren natürlich sämtliche Schwachköpfe und Glücksritter im ganzen Land alarmiert. Wählten einfach den Notruf oder meldeten sich in der Fettes Avenue. Und um die Plagegeister wieder los zu werden, rückten die Kollegen dann schon irgendwann damit heraus, dass die Dienststelle in der St. Leonard's Street die Ermittlungen führte.

All diese Irren hatte Siobhan jetzt am Hals – ein Heer durchgeknallter Kindsköpfe.

Sie machte auf dem Absatz kehrt und ignorierte einfach das Gejammer, das sie bis ins Treppenhaus verfolgte.

Wieder rannte sie durch die Straßen und befragte weitere Obdachlose nach Mackie. Sie wusste, dass sie schnell sein musste. Schon bald würde jeder Zweite behaupten, ihn gekannt zu haben, mit ihm verwandt oder befreundet gewesen zu sein, ihn von der Brücke gestoßen zu haben. Die Obdachlosen wussten inzwischen, wer sie war. Sie nannten sie »Puppe« oder »Klatschbase«. Ein alter Mann hatte sie sogar mit dem Ehrentitel »Göttliche Jägerin Diana« begrüßt. Auch die jüngeren Bettler waren im Bilde. Nicht die Verkäufer der Obdachlosenzeitung, sondern die jämmerlichen Gestalten, die, in eine Decke gehüllt, in Hauseingängen hockten. Einmal hatte sie vor einem Platzregen in Thin's Bookshop Schutz gesucht, als einer von ihnen hereingekommen war. Er hatte seine Decke einfach weggeworfen und in sein Handy geschimpft, dass er noch immer auf sein verdammtes Taxi warte. Obwohl er sie gesehen und auch erkannt hatte, ließ er sich in seiner Tirade nicht unterbrechen.

Unten am Anfang von The Mound war alles ruhig. Zwei junge Männer mit Pferdeschwanz. Neben ihnen lagen zwei Hunde und leckten sich, während sich die Besitzer eine Dose Bier teilten.

»Kenn ich nicht, den Typ. Haste mal 'ne Fluppe?«

Inzwischen hatte sie immer eine Packung bei sich, bot den beiden eine an und lächelte, als sie jeweils zwei nahmen. Dann war sie wieder The Mound hinaufgegangen. John Rebus hatte ihr mal erzählt: Der steile Hügel war aus Natursteinen aus der Neustadt aufgeschüttet worden. Dabei hatte ausgerechnet das Geschäft des Mannes weichen müssen, auf dessen Idee die ganze Anlage zurückging. John Rebus fand die Geschichte gar nicht witzig, allerdings sehr aufschlussreich.

»Wieso aufschlussreich?«

»Na ja, typisch schottisch halt«, hatte er nur entgegnet, ohne weiter auf ihre Frage einzugehen.

Sie überlegte, ob er damit vielleicht das Unabhängigkeitsstreben, den selbstzerstörerischen Zug im Wesen der Schotten gemeint hatte. Jedenfalls war er nicht besonders angetan, wenn Siobhan sich – falls jemand einfach nicht locker ließ – für die Unabhängigkeit aussprach. In solchen Situationen machte er sich über sie lustig und sagte, dass sie in Wahrheit eine englische Spionin sei. »Man hat Sie doch nur hierher geschickt, damit Sie die Unabhängigkeitsbewegung untergraben.« Und dann nannte er sie eine typische »Zugereiste«. Sie wusste nie ganz genau, ob er solche Sprüche ernst meinte. Ja, so waren die Leute in Edinburgh nun mal: starrköpfig und verschroben. Manchmal hatte sie aber auch das Gefühl, dass er ihr – wie zurückhaltend auch immer – den Hof machte, dass seine Sprüche und Witze Bestandteil eines Paarungsrituals waren. Noch zusätzlich kompliziert wurde die Sache allerdings dadurch, dass er sich – sofern sie mit ihrer Vermutung überhaupt richtig lag – offenbar dazu gedrängt fühlte, das Objekt seiner Begierde eher ein bisschen zu piesacken als offen zu umwerben.

Sie kannte John Rebus inzwischen schon eine Reihe von Jahren, trotzdem waren sie immer noch nicht richtig befreundet. So weit sie es beurteilen konnte, hatte Rebus außerhalb der Arbeit mit keinem der Kollegen etwas zu tun, es sei denn, sie lud ihn mal zu einem Spiel der Hibs ins Stadion ein. Sein einziges Hobby war offenbar das Trinken. Im Übrigen bevorzugte er Orte, wo wenig Frauen anzutreffen waren, meist museale Kneipen, die noch aus prähistorischen Zeiten übrig geblieben waren.

So weit sie wusste, hatte er jahrelang mit Dr. Patience Aitken eine höchst wechselhafte Beziehung gehabt, aber das war offenbar vorbei. Natürlich ging sie das alles im Grunde genommen überhaupt nichts an. Anfangs hatte sie ihn für scheu und verklemmt gehalten, doch so sicher war sie sich inzwischen nicht mehr. Anscheinend wusste er genau, was er wollte. Jedenfalls konnte sie ihn sich beim besten Willen nicht in einem Single-Club vorstellen. Das war mehr was für Leute wie Derek Linford. Linford... ja, da hatte sie wohl einen Fehler gemacht. Seit dem Abend im Dome hatte sie nicht mehr mit ihm gesprochen. Danach hatte er noch exakt eine Nachricht auf ihrem Anrufbeantworter hinterlassen: »Ich hoffe, Sie sind mir nicht mehr böse, was immer auch der Grund gewesen sein mag.« Als ob es ihr Fehler gewesen wäre. Fast hätte sie ihn zurückgerufen, ihm eine Entschuldigung abgepresst, doch vielleicht war das ja genau seine Taktik: Vielleicht wollte er sie ja nur dazu bringen, den ersten Schritt zu tun, den Kontakt wieder aufzunehmen und das Spiel von vorne zu beginnen.

Ja, vielleicht hatte John Rebus' Wahnsinn wirklich Methode. Klar, man konnte die Abende natürlich auch allein zu Hause verbringen, sich ein schönes Video ausleihen, Gin trinken und irgendwelches Knabbergebäck in sich reinschieben. Man musste dort niemanden beeindrucken. Auf Partys und in Kneipen hatte sie nämlich ständig das Gefühl, dass fremde Augen sie anstarrten und taxierten.

Morgens im Büro hieß es dann: »Und was haben Sie gestern Abend gemacht?« Eigentlich eine harmlose Frage, klar. Trotzdem begnügte sie sich vorsichtshalber mit der Antwort: »Nicht viel, und Sie?« Denn das Wort *alleine* bedeutete sofort, dass man auch einsam war.

Oder auf der Suche. Oder dass man was zu verbergen hatte.

Der Hunter Square war nur von einem einsamen Touristenpaar bevölkert, das sich über einen Stadtplan beugte. Da der Kaffee, den sie getrunken hatte, sich bemerkbar machte, stattete sie der öffentlichen Toilette einen Besuch ab. Als sie wieder aus der Kabine trat, stand eine Frau neben dem Waschbecken und durchwühlte ein paar Plastiktüten. Die Frau trug eine schmuddelige dicke Jacke, die am Hals und an den Schultern aufgerissen war. Ihr kurzes Haar war verfilzt und ihre Wangen von der Kälte gerötet. Sie führte Selbstgespräche und fand schließlich, was sie suchte: einen halb gegessenen Hamburger, der noch in seiner Verpackung steckte. Die Frau hielt das Ding in den warmen Luftstrom des Händetrockners und drehte es hin und her. Clarke sah ihr fasziniert zu und wusste nicht recht, ob sie abgestoßen oder beeindruckt sein sollte. Die Frau wusste genau, dass sie beobachtet wurde, ließ sich jedoch von ihrem Vorhaben nicht abbringen. Als sich der Trockner schließlich ausschaltete, setzte sie ihn mit dem Finger wieder in Gang. Dann fing sie an zu sprechen.

»Neugierig, was? Bist du auch auf der Rolle?« Sie sah Clarke an. »Findest du wohl witzig, was?«

»Witzig?«, sagte Clarke.

Die Frau schnaubte verächtlich. »Ist ja auch egal. Übrigens, ich bin keine Pennerin.«

Clarke trat näher. »Meinen Sie nicht, dass das Ding schneller warm wird, wenn Sie es aufmachen?«

»Hm?«

»Ich würde es jedenfalls innen aufwärmen und nicht außen.«

»Soll das heißen, dass ich zu blöde bin...?«

»Nein, ich...«

»Toll, dass du alles weißt. Mein Gott, was würde ich nur ohne dich machen? Haste mal 'n paar Piepen?«

»Ja, danke.«

Wieder schnaubte die Frau. »Für Witzchen bin ich hier zuständig.« Sie biss vorsichtig in den Burger und sprach dann mit vollem Mund.

»Ich glaube, ich hab nicht ganz verstanden«, sagte Clarke.

Die Frau schluckte. »Ob du 'ne Lesbe bist, hab ich gefragt. Schwule Männer treiben sich ja auch auf öffentlichen Toiletten rum.«

»Aber Sie sind doch auch hier?«

»Trotzdem bin ich keine Lesbe.« Sie nahm einen weiteren Bissen.

»Kennen Sie zufällig einen gewissen Mackie? Chris Mackie?«

»Und mit wem hab ich die Ehre?«

Clarke präsentierte ihren Dienstausweis. »Wussten Sie schon, dass Chris tot ist?«

Die Frau hörte auf zu kauen. Wollte schlucken, konnte nicht, fing an zu husten und spuckte den Brei in ihrem Mund auf den Boden. Dann ging sie zum Waschbecken hinüber und trank Wasser aus der hohlen Hand. Clarke stellte sich neben sie.

»Er ist von der North Bridge gesprungen. Ich nehme an, Sie haben ihn gekannt?«

Die Frau starrte in den mit Flüssigseife beschmierten Spiegel. Ihre dunklen, wissenden Augen waren wesentlich jünger und unverbrauchter als ihr Gesicht. Clarke schätzte die Frau auf Mitte dreißig, allerdings konnte sie an einem schlechten Tag auch für fünfzig durchgehen.

»Jeder hat Mackie gekannt.«

»Aber nicht alle reagieren wie Sie.«

Die Frau hielt noch immer den Burger in der Hand. Sie sah ihn an, wollte ihn schon wegwerfen, wickelte ihn dann aber doch wieder ein und legte ihn auf eine ihrer Plastiktüten.

»Ja, weiß auch nicht, warum ich so überrascht war«, sagte sie. »Sterben doch jeden Tag irgendwelche Leute.«

»Aber Sie waren mit ihm befreundet, richtig?«

Die Frau sah Clarke an. »Spendierst du mir 'ne Tasse Tee?«

Clarke nickte.

Im ersten Café wurden sie abgewiesen. Auf Nachfrage erklärte der Geschäftsführer, die Frau habe bei ihm Lokalverbot, weil sie die Gäste angebettelt hatte. Ein Stück weiter gab es ein anderes Café.

»Da hab ich auch Lokalverbot«, sagte die Frau. Und so ging Clarke hinein und kam kurz darauf mit zwei Bechern Tee und ein paar klebrigen Krapfen zurück. Sie saßen auf dem Hunter Square, und die Fahrgäste auf dem Oberdeck der vorbeifahrenden Busse starrten sie an. Von Zeit zu Zeit fuchtelte die Frau mit der Hand in der Luft herum, um die Leute zu erschrecken.

»Tja, ist weit mit mir gekommen«, murmelte sie schließlich.

Clarke kannte inzwischen ihren Namen: Dezzi. Abkürzung für Desiderata. Aber das war auch nicht ihr richtiger Name. »Den hab ich zu Hause gelassen, als ich weg bin.«

»Und wann war das, Dezzi?«

»Keine Ahnung. Ist schon lange her.«

»Und – sind Sie seither die ganze Zeit in Edinburgh gewesen?«

Sie schüttelte den Kopf. »Überall. Letzten Sommer saß ich plötzlich in einem Bus nach Wales. Keine Ahnung, wie das passiert ist. Haste mal 'ne Kippe?«

Clarke gab ihr eine. »Und wieso sind Sie von zu Hause weg?«

»Ganz schön neugierig.«

»Wie Sie meinen. Aber was ist nun mit Chris?«

»Ich hab ihn nur Mackie genannt.«

»Und wie hat er Sie genannt?«

»Dezzi.« Sie sah Clarke an. »Möchtest wohl meinen Nachnamen wissen, was?«

Clarke schüttelte den Kopf. »Ehrlich nicht.«

»Na ja, ihr Bullen seid so ehrlich, wie der Tag lang ist.«

»Da ist was Wahres dran.«

»Nur dass die Tage um diese Jahreszeit verdammt kurz sind.«

Clarke lachte. »Also gut, Sie haben gewonnen.« Sie wollte herausfinden, ob Dezzi wusste, was mit Mackie los gewesen war. Ob sie wusste, was in der Zeitung gestanden hatte? »Und was können Sie mir über Mackie sagen?«

»Ich war mal mit ihm zusammen – nur ein paar Wochen.« Plötzlich strahlte sie über das ganze Gesicht. »Richtig wilde Wochen waren das, verstehst du.«

»Wie wild?«

Ein schelmischer Blick. »So wild, dass sie uns eingebunkert haben. Mehr sag ich nicht.« Sie biss in ihren Krapfen, kaute, zog an ihrer Zigarette und biss wieder in den Krapfen.

»Hat er Ihnen was von sich erzählt?«

»Er ist doch tot. Ist doch egal.«

»Ist mir aber nicht egal. Was für einen Grund könnte er gehabt haben, sich umzubringen?«

»Tja, warum bringt man sich um?«

»Würde ich gerne von Ihnen erfahren.«

Sie schlürfte ihren Tee. »Weil man am Ende ist.«

»Sie meinen, das ist der Grund: War er wirklich am Ende?«

»Ist doch 'n Scheißleben …« Dezzi schüttelte den Kopf. »Ich hab mir mal die Pulsadern mit 'ner Scherbe aufgeschnitten. Acht Stiche.« Sie hielt Clarke das Handgelenk unter die Nase, doch die konnte keine Narben entdecken. »Aber ich glaube, so richtig ernst ist es mir damals nicht gewesen.«

Natürlich war Clarke sich darüber im Klaren, dass viele Obdachlose psychisch krank waren. Plötzlich fiel ihr ein: Konnte sie Dezzi überhaupt über den Weg trauen?

»Und wann haben Sie Mackie zuletzt gesehen?«

»Dürfte erst 'n paar Wochen her sein.«

»Und was für einen Eindruck hatten Sie von ihm?«

»Nichts Besonderes.« Sie schob sich den Rest ihres Krapfens in den Mund. Spülte mit Tee nach und widmete sich dann wieder ihrer Zigarette.

»Dezzi, haben Sie ihn wirklich gekannt?«

»Was?«

»Jedenfalls haben Sie mir bisher noch nichts von ihm erzählt.«

Dezzi stand auf. Clarke befürchtete schon, dass sie einfach weggehen würde. »Wenn er Ihnen was bedeutet hat«, sagte sie, »dann helfen Sie mir, ihn besser zu verstehen.«

»Niemand hat Mackie gekannt, jedenfalls nicht richtig. Zu viele Barrieren.«

»Und – sind Sie an ihn herangekommen?«

»Glaub ich nicht. Hat mir zwar 'n paar Geschichten erzählt…, aber mehr nicht.«

»Was für Geschichten?«

»Ach, wo er überall gewesen ist – Amerika, Singapur, Australien. Ich dachte schon, dass er vielleicht bei der Marine war oder so was, aber er hat nein gesagt.«

»Hatte er eine gute Erziehung?«

»Er wusste 'ne ganze Menge. Ich bin sicher, dass er in Amerika war, das andere weiß ich nicht so genau. Aber London kannte er jedenfalls – all die Sehenswürdigkeiten und die U-Bahn-Stationen. Als ich ihn das erste Mal gesehen habe…«

»Ja?« Clarke zitterte vor Kälte, ihre Zehen waren schon ganz taub.

»Ich weiß nicht. Aber ich hatte irgendwie das Gefühl, dass er bloß auf der Durchreise ist. Als ob er noch andere Möglichkeiten hätte.«

»Trotzdem ist er hier geblieben?«

»Ja.«

»Glauben Sie, dass er freiwillig obdachlos war, also nicht aus Not?«

»Kann schon sein.« Dezzis Augen wurden etwas größer.

»Was ist los?«

»Ich kann sogar beweisen, dass ich ihn gekannt habe.«

»Wieso?«

»Er hat mir was geschenkt.«

»Was geschenkt?«

»Allerdings konnte ich nicht viel damit anfangen, deshalb ..., also deshalb hab ich's weggegeben.«

»Weggegeben?«

»Na ja, ich hab's halt verkloppt, in einem Second-Hand-Laden in der Nicolson Street.«

»Und was war es?«

»So 'ne Art Aktentasche. Passte zwar nicht viel rein, aber war aus Leder.«

Mackie hatte sein Geld in einer Aktentasche bei der Bausparkasse abgeliefert. »Die dürfte lange weg sein«, sagte Clarke.

Dezzi schüttelte den Kopf. »Der Chef von dem Laden hat sie noch. Ich hab ihn damit auf der Straße gesehen. Ja, echtes Leder, und der Scheißkerl hat mir nur fünf Piepen dafür gegeben.«

Vom Hunter Square zur Nicolson Street waren es nur ein paar Schritte. Der Laden war eine wahre Fundgrube. Er war bis obenhin voll gestopft: Bücher, Kassetten, Stereoanlagen, Töpferwaren. Dazwischen ein paar enge Gänge. Ein Staubsauger war mit einer Federboa geschmückt. Auf dem Boden lagen stapelweise Spielkarten und alte Comics. Außerdem gab es Elektrogeräte, Brettspiele und Puzzles, Töpfe, Pfannen, Gitarren, Musiktruhen. Der Besitzer des Ladens war ein Asiate. Offenbar erkannte er Dezzi nicht wieder. Clarke präsentierte ihm ihre Dienstmarke und bat ihn, ihr die Aktentasche zu zeigen.

»Fünf elende Piepen hat er mir dafür gegeben«, nörgelte Dezzi. »Echtes Leder.«

Der Mann sträubte sich zunächst, bis Clarke ihn darauf hinwies, dass das Revier in der St. Leonard's Street gleich um die Ecke war. Schließlich langte er unter seinen Ladentisch und zog eine abgenutzte Aktentasche hervor. Clarke bat ihn, sie zu öffnen. In der Tasche steckten eine Zeitung, ein Essenspaket und eine dicke Rolle Banknoten. Als Dezzi sich die Sache näher anschauen wollte, klappte er die Tasche wieder zu.

»Zufrieden?«, sagte er.

Clarke wies auf eine Ecke der Tasche, wo sie besonders zerkratzt war.

»Wie ist das passiert?«

»Ich hab versucht, die Initialen zu entfernen.«

Clarke sah sich die Tasche näher an. Vielleicht erkennt Valerie Briggs die Tasche ja wieder, dachte sie. »Können Sie sich noch an die Initialen erinnern?«, fragte sie Dezzi.

Dezzi schüttelte den Kopf und inspizierte die beschädigte Stelle ganz genau.

Das schlechte Licht in dem Laden erschwerte es Clarke noch zusätzlich, die zerkratzten Initialen zu entziffern.

»ADC vielleicht«, sagte sie.

»Könnte sein«, sagte der Ladenbesitzer. Dann zeigte er mit dem Finger auf Dezzi. »Aber ich hab Ihnen einen fairen Preis gezahlt.«

»Bestohlen hast du mich, du Dieb.« Sie stieß Clarke mit dem Ellbogen an. »Na, leg ihm schon die Handschellen an, Mädchen.«

ADC, überlegte Clarke, *ist Mackie in Wahrheit ADC?*

Oder verfolgte sie nur abermals eine sinnlose Spur?

Wieder in der St. Leonard's Street, hätte sie sich dafür ohrfeigen können, dass sie nicht früher überprüft hatte, ob Mackie schon mal aktenkundig geworden war. August 1997: Christopher Mackie und »eine Miss Desiderata« (die sich weigerte, ihren vollen Namen zu nennen) wurden auf den Stufen einer Gemeindekirche in Bruntsfield aufgegriffen, als sie dort »Unzucht« trieben.

August: Festivalzeit. Clarke war überrascht, dass man die beiden nicht für eine experimentelle Theatergruppe gehalten hatte.

Der Beamte, der die beiden damals festgenommen hatte, ein gewisser Rod Harken, konnte sich noch gut an den Vorfall erinnern.

»Sie hat einen Bußgeldbescheid bekommen«, erklärte er Clarke am Telefon. »Und ein paar Tage Knast, weil sie uns ihren Namen nicht sagen wollte.«

»Und was war mit ihrem Partner?«

»Ich glaube, der ist mit einer Verwarnung davongekommen.«

»Wieso?«

»Weil der arme Kerl beinahe ohnmächtig war.«

»Ich verstehe nicht ganz.«

»Gut, dann erklär ich's Ihnen. Sie hatte ihre Unterhose ausgezogen und saß mit hochgezogenem Rock rittlings auf ihm und hat versucht, ihm die Hose herunterzuziehen. Der Mann war so weggetreten, dass wir ihn regelrecht rütteln mussten, damit er wieder zu sich kam.« Harken kicherte.

»Haben Sie ein Foto von den beiden gemacht?«

»Sie meinen, vor der Kirche auf den Stufen?« Harken kicherte immer noch. Clarke fand es an der Zeit, einen etwas eisigeren Ton anzuschlagen.

»Nein, ich meine nicht auf den Stufen. Ich meine auf dem Revier in Torphichen.«

»Ach so. Ja, wir haben ein paar Aufnahmen gemacht.«

»Und – existieren die noch?«

»Kommt darauf an.«

»Na gut. Könnten Sie vielleicht mal nachsehen?« Clarke machte eine kurze Pause. »Bitte.«

»Schon gut«, sagte der Mann mürrisch.

»Danke.«

Sie beendete das Gespräch. Eine Stunde später brachte ein Streifenwagen die Fotos vorbei. Die Aufnahmen von Mackie waren besser als die aus dem Asyl. Sie blickte in seine zu Boden gerichteten Augen. Auch auf diesem Foto hatte er dichtes dunkles Haar, das zurückgekämmt war. Sein Gesicht war entweder sonnengebräunt oder wettergegerbt, das vermochte sie nicht zu entscheiden. Er hatte einen Ein- oder Zweitagebart, war aber auch nicht ungepflegter als so mancher sommerliche Rucksacktourist. In seinem Blick lag eine merkwürdige Schwere. Offenbar konnte kein Schlaf der Welt diesen Menschen vergessen lassen, was seine Augen gesehen hatten. Über die Fotos von Dezzi musste Clarke lächeln: Die Gute grinste über das ganze Gesicht und scherte sich einen Dreck um die Prozedur.

In einem Umschlag hatte Harken ein kurzes Schreiben beigelegt: *Wir haben Mackie nach dem Vorfall befragt, und er hat gesagt, dass er keine »Sexbestie« sei. Dann ist irgendetwas bei der Transkription verloren gegangen. Jedenfalls haben wir ihn erst einmal festgehalten und überprüft, ob er sich schon mal eine Sexualstraftat hat zuschulden kommen lassen. Wir haben aber nichts gefunden.*

Wieder läutete das Telefon. Die Zentrale. Man teilte ihr mit, dass unten jemand auf sie wartete.

Ihr Besucher war ein rotgesichtiger kleiner runder Mann. Er trug einen dreiteiligen Anzug und betupfte sich unentwegt die Stirn mit einem Taschentuch von der Größe eines mittleren Tischtuchs. Der Mann hatte eine Glatze. Nur an den Seiten seines Kopfes wuchs reichlich Haar, das er oberhalb der Ohren zurückgekämmt hatte. Er stellte sich als Gerald Sithing vor.

»Ich habe die Geschichte über Chris Mackie heute Morgen in der Zeitung gelesen. Hat mich tief getroffen«, sagte er mit bebender Stimme. Seine kleinen Augen ruhten auf ihr.

Clarke verschränkte die Arme. »Dann haben Sie ihn also gekannt, Sir?«

»Oh ja. Schon seit Jahren.«

»Könnten Sie ihn mir dann mal bitte kurz beschreiben?«

Sithing sah sie erstaunt an und klatschte dann in die Hände. »Ach natürlich. Sie halten mich für einen Schwindler.« Er lachte scheppernd. »Der sich das Geld unter den Nagel reißen will.«

»Und – haben Sie es vielleicht nicht auf sein Geld abgesehen?«

Als er sich wieder gefasst hatte, gab er eine zutreffende Beschreibung von Mackie. Clarke kratzte sich an der Nase. »Bitte, gehen wir hier herein, Mr. Sithing.«

Direkt neben der Rezeption gab es ein Besprechungszimmer. Sie schloss die Tür auf und warf zuerst einen Blick hinein. Manchmal wurde der Raum nämlich als Abstellkammer benutzt, doch jetzt war er leer: Nur ein Schreibtisch und zwei Stühle. Die Wände waren völlig nackt. Auch ein Aschenbecher oder ein Papierkorb war nirgends zu sehen.

Sithing nahm Platz und sah sich etwas verwundert in dem Zimmer um. Clarke befingerte inzwischen nicht mehr ihre Nase, sondern stützte das Kinn nachdenklich auf eine Hand. Sie war fix und fertig und hatte Kopfschmerzen.

»Wie haben Sie Mr. Mackie kennen gelernt?«

»Reiner Zufall. Ich bin zu der Zeit täglich im Meadows-Park spazieren gegangen.«

»Was heißt das – zu der Zeit?«

»Oh, vor sieben, acht Jahren. Herrlicher Sommertag, deshalb hab ich mich auf eine Bank gesetzt. Und da saß schon jemand – etwas ungepflegt, na ja, Sie wissen schon, halt ein Obdachloser. Und dann sind wir ins Gespräch gekommen. Ich glaube, ich habe das Eis gebrochen und irgendwas über das Wetter gesagt.«

»Und der andere Herr war Mr. Mackie?«

»Richtig.«

»Wo hat er damals gewohnt?«

Sithing lachte wieder. »Immer noch misstrauisch, meine Beste?« Er fuchtelte mit einem Wurstfinger in der Luft herum. »In einem Heim am Grassmarket. Am nächsten und am übernächsten Tag hab ich ihn dann wieder getroffen. Und so haben wir uns allmählich immer besser kennen gelernt. Jedenfalls haben mir diese Begegnungen sehr viel Spaß gemacht.«

»Und worüber haben Sie gesprochen?«

»Über Politik, das Chaos in der Welt. Außerdem hat er sich für die Geschichte Edinburghs interessiert und für Architektur. Er war jedenfalls total dagegen.«

»Dagegen?«

»Ja, gegen die neuen Gebäude, die in den letzten Jahren hier entstanden sind. Kann sein, dass ihm das alles am Ende zu viel geworden ist.«

»Sie meinen, er hat sich aus Protest gegen die hässliche neue Architektur umgebracht?«

»Verzweiflung kennt viele Ursachen.« In seiner Stimme lag ein gewisser Tadel.

»Tut mir Leid, wenn ich ...«

»Ach, überhaupt kein Problem. Sie sind nur übermüdet.«

»Ist das so offensichtlich?«

»Kann sein, dass Chris auch nur müde gewesen ist. Das war es eigentlich, worauf ich hinauswollte.«

»Hat er je von sich erzählt?«

»Ein bisschen. Er hat mir von dem Heim erzählt, von Leuten, die er kannte ...«

»Nein, das meine ich nicht, ich meine seine Vergangenheit. Hat er mal davon erzählt, wie er gelebt hat, bevor er obdachlos geworden ist?«

Sithing schüttelte den Kopf. »Er hat gerne zugehört. Besonders fasziniert hat ihn alles, was mit Rosslyn zu tun hat.«

Im ersten Augenblick dachte Clarke, sie hätte ihn missverstanden. »Rosalind?«

»Rosslyn. Die Kapelle.«

Sithing neigte sich auf seinem Stuhl nach vorne. »Ich beschäftige mich schon seit vielen Jahren mit diesem Ort. Schon mal was von den Rittern von Rosslyn gehört?«

Clarke fühlte sich immer unbehaglicher. Sie schüttelte den Kopf. Ihre Augen brannten.

»Aber Sie wissen doch sicher, dass das Geheimnis von Rosslyn sich im Jahr 2000 offenbaren wird?«

»Ist das wieder so eine New-Age-Geschichte?«

Sithing schnaubte unwillig. »Nein, das ist keine *neue*, sondern vielmehr eine *uralte* Geschichte.«

»Das heißt, Sie glauben, dass es mit Rosslyn etwas Besonderes auf sich hat?«

»Ja, natürlich. Genau deswegen ist Rudolf Hess doch nach Schottland geflogen. Hitler war ganz wild auf den Gral.«

»Weiß ich. Ich habe *Indiana Jones und der letzte Kreuzzug* dreimal gesehen. Dann hat Harrison Ford also an der falschen Stelle gesucht?«

»Sie können lachen, so viel Sie wollen«, höhnte Sithing.

»Und das war also das Thema, über das Sie mit Chris Mackie gesprochen haben?«

»Ja, er war ein Gläubiger!« Sithings Hand klatschte auf den Schreibtisch. »Er hat daran geglaubt.«

Clarke erhob sich von ihrem Stuhl. »War Ihnen bekannt, dass er Geld hat?«

»Er hätte gewünscht, dass die Ritter es bekommen.«

»Haben Sie damals schon über ihn Bescheid gewusst?«

»Er hat uns hundert Pfund für unsere Forschungen gespendet. Unter dem Boden der Kapelle, da liegt es begraben.«

»Was?«

»Das Portal! Das große Tor!«

Clarke hielt Sithing die Tür auf. Sie fasste ihn am Arm, der sich weich anfühlte – nur Fleisch und keine Knochen.

»Raus«, befahl sie.

»Das Geld gehört den Rittern! Wir waren seine Familie.«

»Raus.«

Er leistete nur geringen Widerstand. Sie schob ihn in die Drehtür und gab ihm einen Stoß. Draußen drehte er sich noch einmal um und sah sie wütend an. Sein Gesicht war jetzt hochrot. Die Haare hingen seitlich wirr an seinem Kopf herunter. Er fing wieder an zu reden, doch sie kehrte ihm einfach den Rücken zu. Der Beamte an der Rezeption grinste.

»Lassen Sie das«, sagte sie warnend.

»Ich habe gehört, dass Onkel Chris gestorben ist«, sagte er

und ignorierte einfach ihren erhobenen Zeigefinger. Auf dem Weg zur Treppe hörte sie noch, wie er sagte: »Er hat versprochen, dass er mir ein schönes Erbe hinterlässt, wenn er mal nicht mehr da ist. Kommen Sie schon, Siobhan? Ich will doch gar nicht viel, nur ein paar tausend Pfund von meinem lieben Onkel Chris.«

Als sie wieder nach oben kam, läutete gerade ihr Telefon. Sie nahm den Hörer ab und rieb sich mit der freien Hand die Schläfen.

»Ja«, sagte sie knapp.

»Hallo?« Eine Frauenstimme.

»Ich nehme mal an, ich habe es mit der Schwester des Verstorbenen zu tun.«

»Nein, hier spricht Sandra. Sandra Carnegie.«

Der Name sagte ihr im ersten Augenblick überhaupt nichts.

»Wir waren zusammen im Marina«, erklärte die Stimme.

Clarke schloss gequält die Augen. »Oh, verdammt, ja. Entschuldigen Sie, Sandra.«

»Ich ruf nur an, um zu fragen...«

»Ein schrecklicher Tag heute«, sagte Clarke.

»..., ob Sie schon eine Spur haben. Mir sagt ja keiner was.«

Clarke seufzte. »Tut mir Leid, Sandra. Ich bearbeite den Fall nicht mehr. Wer ist Ihr Ansprechpartner bei der Kriminalpolizei?«

Sandra Carnegie murmelte etwas Unverständliches.

»Ich verstehe Sie nicht.«

Dann ein Wutausbruch: »Ich hab nur gesagt, dass ihr alle gleich seid. Erst seid ihr wahnsinnig besorgt, aber dann tut ihr nichts, um den Kerl zu erwischen. Immer wenn ich auf die Straße gehe, hab ich Angst, dass er mich beobachtet. Immer muss ich denken: Ist der Kerl vielleicht im selben Bus oder irgendwo auf der Straße?« Die Wut wich jetzt Tränen. »Und ich hab gedacht, dass Sie..., damals abends haben wir doch...«

»Tut mir Leid, Sandra.«

»Sagen Sie das nicht ständig. Hören Sie endlich damit auf, verdammt noch mal!«

»Vielleicht kann ich ja mal mit den Kollegen reden...« Doch die Leitung war schon tot. Siobhan legte den Hörer auf, nahm ihn dann wieder von der Station und legte ihn auf den Schreibtisch. Irgendwo hatte sie doch Sandras Nummer. Aber dann sah sie das Chaos auf ihrem Schreibtisch. Aussichtslos.

Und die Kopfschmerzen wurden immer schlimmer.

Und die Betrüger und die Irren waren ihr auf den Fersen.

Wozu dieser Scheißberuf, wenn man sich so beschissen dabei fühlte?

17

Genau der richtige Morgen für eine Fahrt aufs Land: der Himmel milchig-blau mit dünnen Wolkenstreifen, fast kein Verkehr und Page/Plant im Kassettenspieler. Vielleicht würde die lange Fahrt ihm ja dabei helfen, wieder etwas klarer im Kopf zu werden. Außerdem musste er nicht zur Lagebesprechung. Linford hatte die Bühne ganz für sich.

Rebus fuhr stadtauswärts. Der morgendliche Berufsverkehr schwappte ihm entgegen. Lange Schlangen auf der Queensferry Road, der übliche Stau am Barnton-Rondell. Auf manchen Autodächern noch Schnee. Der Winterdienst war schon ganz früh im Einsatz gewesen. Rebus hielt an einer Tankstelle und spülte ein paar Paracetamol mit einer Dose Irn-Bru hinunter. Als er über die Forth Bridge fuhr, sah er, dass man die Millenniums-Uhr bereits auf der Eisenbahnbrücke in Stellung gebracht hatte – ein Hinweis, auf den er eigentlich verzichten konnte. Er musste an eine Paris-Reise denken, die er mal mit seiner Ex-Frau gemacht hatte... war das wirklich schon zwanzig Jahre her? In der Rue Beaubourg hatte er damals eine ganz ähnliche Uhr gesehen, nur dass die Zeiger stehen geblieben waren.

Und jetzt unternahm er gewissermaßen eine Zeitreise, tauchte wieder in die Ferientage seiner Kindheit ein. Als er von der M90 abbog, war er überrascht, dass er noch über dreißig Kilometer zu fahren hatte. War St. Andrews tatsächlich so weit weg? Meist hatte ein Nachbar sie früher dort hingefahren: Mutter und Vater Rebus, ihn selbst und seinen Bruder. Zu dritt hatten sie sich auf den Rücksitz gequetscht, die Taschen zwischen den Beinen, Bälle und Badetücher auf dem Schoß. Die Fahrt hatte damals einen ganzen Vormittag gedauert. Die halbe Nachbarschaft hatte zum Abschied gewinkt, als ob sie auf eine Expedition gingen. Ja, tatsächlich führte die Reise sie in den dunklen Kontinent von Nordost-Fife, und ihr Ziel war ein Campingplatz, wo ein Vier-Kojen-Wohnwagen sie erwartete, in dem es nach Mottenkugeln roch und nach verbranntem Gas. Abends hatten sich dann in der Toilettenanlage allerlei Insekten versammelt, Motten und Weberknechte, deren lange Beine auf den weiß getünchten Wänden lange Schatten warfen. Dann zurück in den Wohnwagen, wo sie Karten oder Domino gespielt hatten. Meist hatte ihr Vater gewonnen, es sei denn, ihre Mutter hatte ihn ausnahmsweise mal dazu bringen können, nicht zu betrügen.

Zwei Wochen Sommerferien. Häufig hatte es geregnet, manchmal eine ganze Woche. Lange öde Spaziergänge unter einer Regenhaut. Aber auch wenn die Sonne schien, war es nicht immer warm. Die beiden Brüder plantschten in der Nordsee, bis sie ganz blau angelaufen waren, und winkten in der Ferne irgendwelchen Schiffen zu, von denen ihr Vater behauptete, dass es russische Spione seien. In der Nähe gab es eine Basis der Luftwaffe, und die wollten die Russen angeblich auskundschaften.

Als er sich der Stadt jetzt näherte, sah er als erstes einen Golfplatz, und als er dann ins Zentrum kam, fiel ihm auf, dass St. Andrews sich kaum verändert hatte. War hier tatsächlich die Zeit stehen geblieben? Wieso gab es in der Hauptstraße keine Billigschuhgeschäfte und Ramschläden und Hamburger-Restaurants? St. Andrew konnte auf diese Sachen offenbar verzichten. Er kam an die Stelle, wo früher ein Spielzeugladen gewesen war. Inzwischen gab es dort einen Eisladen. Dann noch ein kleines Café, ein altes Warenhaus… und Schüler. Überall Schüler und Studenten, fröhliche, muntere junge Leute. Er versuchte sich zu orientieren. Eine kleine Stadt: nur sechs oder sieben größere Straßen. Trotzdem verfranzte er sich ein paarmal, bis er schließlich durch ein altes, aus Naturstein erbautes Tor fuhr. Er hielt neben einem Friedhof. Auf der anderen Straßenseite lag der Eingang eines großen neugotischen Gebäudes, das eher an eine Kirche als an eine Schule erinnerte: Haugh Academy.

Er überlegte, ob er den Wagen abschließen sollte, tat es dann aber doch: nur so aus alter Gewohnheit.

Halbwüchsige Mädchen eilten in das Gebäude. Sie alle trugen graue Blazer und Röcke, strahlend weiße Blusen und ein am Hals geknotetes Tuch. Eine Frau in einem langen schwarzen Mantel stand im Eingang.

»Inspektor Rebus?«, fragte sie, als er näher kam. Er nickte. »Billie Collins«, sagte sie und schüttelte ihm kurz und kräftig die Hand. Als ein Mädchen mit gesenktem Kopf an ihnen vorbeischleichen wollte, sagte sie: »Na, na, na« und fasste die Kleine bei der Schulter.

»Millie Jenkins, hast du deine Hausaufgaben schon gemacht?«

»Ja, Miss Collins.«

»Und hast du sie schon Miss McCallister gezeigt?«

»Ja, Miss Collins.«

»Dann kannst du gehen.«

Sie gab die Schulter des Mädchens frei, und die Kleine flog geradezu ins Freie.

»*Gehen*, Millie! Nicht rennen!« Sie folgte dem Mädchen noch ein paar Sekunden mit den Augen und wandte sich dann wieder Rebus zu.

»Da wir heute einen so schönen Tag haben, hab ich mir gedacht, dass wir vielleicht ein bisschen spazieren gehen.«

Rebus nickte zustimmend. Er überlegte, ob sie mal ganz abgesehen vom Wetter noch einen anderen Grund hatte, weshalb sie ihn in ihrer Schule nicht haben wollte ...

»Ich kann mich noch gut an den Ort hier erinnern«, sagte er.

Sie waren einen Hügel hinuntergeschlendert und gingen jetzt auf einer Brücke über einen Bach. Links von ihnen lagen der Hafen und die Pier, und geradeaus ging der Blick aufs Meer hinaus. Rebus hob den rechten Arm und zeigte in die Ferne. Dann ließ er den Arm rasch wieder sinken, weil er sich nicht dem Tadel aussetzen wollte: *John Rebus, man zeigt nicht mit dem Finger auf Menschen oder Sachen.*

»Wir haben früher immer unsere Ferien hier verbracht ...‚ dort oben auf dem Campingplatz.«

»Kinkell Braes«, sagte Billie Collins.

»Dort drüben gab es damals einen Minigolfplatz.« Er wies vorsichtshalber mit dem Kopf in die betreffende Richtung. »Die Umrisse der Anlage sind noch deutlich zu erkennen.«

Nur ein paar Meter weiter unterhalb lag der Strand. Auf der Promenade war außer einem Labrador, der von seinem Besitzer spazieren geführt wurde, niemand unterwegs. Als der Mann an ihnen vorbeiging, nickte er lächelnd. Eine typische schottische Begrüßung: nur kein Wort zu viel. Das Fell des Hundes war am Bauch ganz nass, weil das Tier durch das Wasser gewatet war. Vom Meer kam ein schneidend kalter Wind herüber, den Billie Collins vermutlich als erfrischend bezeichnet hätte.

»Wissen Sie«, sagte sie, »ich glaube, Sie sind erst der zweite Polizist, mit dem ich zu tun habe, seit ich hier lebe.«

»Nun, dann passiert hier offenbar nicht allzu viel?«

»Nur die üblichen Schülerstreiche.«

»Und das erste Mal?«

»Wie bitte?«

»Ja, der andere Polizist.«

»Oh, das war letzten Monat. Die abgetrennte Hand.«

Rebus nickte. Er hatte über die Sache gelesen. Ein Studentenstreich. In der Pathologie waren ein paar Sachen verschwunden und dann irgendwo in der Stadt wieder aufgetaucht.

»Einen Dummejungenstreich nennt man das wohl«, sagte Billie Collins. Sie war groß gewachsen und knochig gebaut. Ausgeprägte Wangenknochen und schwarzes, etwas sprödes Haar. Auch Seona Grieve war Lehrerin. Roddy Grieve hatte also zweimal eine Lehrerin geheiratet. Sie hatte eine ausgeprägte Stirn und tief liegende Augen. Hinzu kam eine markante Nase. Maskuline Züge, die noch durch ihre tiefe Stimme unterstrichen wurden. Sie trug flache schwarze Schuhe und einen langen marineblauen Rock. Der einzige Schmuck an ihrem ebenfalls blauen Pullover war eine große keltische Brosche.

»Eine Art Initiationsritus?«, fragte Rebus.

»Ja. Die Studenten aus dem dritten Jahr stellen die Anfänger auf eine Art Mutprobe. Alle verkleiden sich, und natürlich trinken sie viel zu viel.«

»Und dann ab in die Pathologie.«

Sie sah ihn an. »So etwas ist meines Wissens bisher noch nie vorgekommen. Ein Anatomie-Streich. Die Hand hat man später auf der Schulhofmauer gefunden. Einige meiner Mädchen mussten sogar behandelt werden, weil sie einen Schock erlitten hatten.«

»Mein Gott.«

Sie schlenderten gemächlich dahin. Rebus wies auf eine Bank, auf der sie in gebührlichem Abstand Platz nahmen. Billie Collins zog ihren Rock nach unten.

»Also waren Sie früher häufig in den Ferien hier?«, fragte sie.

»Ja, fast jeden Sommer. Wir haben da drüben am Strand gespielt oder sind zur Burg hinaufgegangen... Es gab dort eine Art Verlies.«

»Das Flaschen-Verlies.«

»Genau.«

»Und einen Gespensterturm...«

»St. Rule's. Der ist gleich neben der Kathedrale.«

»Wo ich meinen Wagen abgestellt habe?« Sie nickte und er lachte. »Ist mir als Kind alles viel weitläufiger vorgekommen.«

»Damals haben Sie sicher gedacht, dass es von St. Rule's zu dem Minigolfplatz ziemlich weit ist, nicht wahr?« Sie dachte kurz nach. »Aber vielleicht war es das ja auch.«

Er nickte langsam und ahnte ungefähr, was sie meinte. Offenbar wollte sie sagen, dass die Vergangenheit sehr weit zurücklag und dass man ihr nie mehr einen Besuch abstatten konnte. Er hatte sich von dem weitgehend unveränderten Erscheinungsbild der Stadt täuschen lassen. Nein, die Stadt hatte sich zwar kaum verändert, aber er selbst hatte sich verändert. Und das war das Entscheidende.

Sie holte tief Luft und legte die Hände auf den Schoß. »Sie möchten mit mir über meine Vergangenheit reden, Inspektor, nicht wahr, und das ist ein schmerzliches Thema. Wenn ich die Wahl hätte, würde ich lieber nicht darüber sprechen. Mir sind nur wenige glückliche Erinnerungen geblieben, und für die interessieren Sie sich ja ohnehin nicht.«

»Ich verstehe ja…«

»Das kann ich mir kaum vorstellen. Als Roddy und ich zusammengekommen sind, waren wir noch zu jung. Zweites Jahr an der Uni, hier an diesem Ort. Wir waren glücklich hier, vielleicht habe ich es deshalb geschafft, später trotzdem hier zu bleiben. Aber als Roddy dann den Job im Schottland-Ministerium bekommen hat…« Sie zog ein Taschentuch aus ihrem Ärmel hervor. Nicht dass sie den Tränen nahe gewesen wäre, nein, sie zupfte vielmehr daran herum und starrte auf den bestickten Rand des Tuches. Offenbar half ihr das dabei, sich zu konzentrieren. Rebus blickte aufs Meer hinaus und stellte sich Spionageschiffe vor – wahrscheinlich hatte er damals in Wahrheit nur schlichte Fischdampfer gesehen, und den Rest hatte seine Fantasie hinzuerfunden.

»Peter ist zum denkbar ungünstigsten Zeitpunkt auf die Welt gekommen«, fuhr sie fort. »Roddy hat damals Tag und Nacht geschuftet. Wir haben im Haus seiner Eltern gewohnt. Von Vorteil war auch nicht unbedingt, dass sein Vater krank war. Und dann habe ich außerdem noch unter postnatalen Depressionen gelitten…, na ja, jedenfalls war es die Hölle.« Sie hob den Kopf. Vor ihr lag der Strand, und der Labrador sprang fröhlich herum und apportierte zum hundertsten Mal denselben Stock. Doch sie sah etwas völlig anderes. »Roddy hat sich immer mehr in die Arbeit geflüchtet. Wahrscheinlich seine Art, damit fertig zu werden, nehm ich an.«

Damit kannte Rebus sich aus: immer länger arbeiten, nur nicht nach Hause gehen. Keinen Streit mehr über Politik, aber auch keine Kissenschlachten mehr. Nur noch das eine: das unleugbare Gefühl des Scheiterns. Sammy sollte darunter nicht zu leiden haben, so die unausgesprochene Vereinbarung zwischen ihnen. Der letzte Pakt zwischen Ehemann und Ehefrau. Und dann hatte Rhona ihm eines Tages eröffnet, dass er ihr völlig fremd geworden sei, und war einfach weggegangen und hatte ihre gemeinsame Tochter mitgenommen…

An einen Streit zwischen seinen eigenen Eltern konnte er sich nicht erinnern. Richtig. Das Geld war immer ein Problem gewesen. Jede Woche hatten sie etwas für die Ferien der Jungen beiseite gelegt. Ja, sie hatten wirklich jeden Pfennig umgedreht. Aber Johnny und Mike hatte es trotzdem nie an etwas gefehlt. Sicher, sie hatten geflickte und gestopfte Sachen getragen. Aber sie hatten immer gut zu essen bekommen und außerdem ein Weihnachtsgeschenk und waren einmal im Jahr in die Ferien gefahren. Und dann hatten sie im Liegestuhl gelegen und auf dem Marsch zurück zum Wohnwagen hatte es reichlich Pommes und Eiscreme gegeben. Manchmal hatten sie auch Minigolf gespielt oder einen Ausflug nach Craigtoun Park gemacht. Dort gab es eine Miniaturbahn, mit der man schließlich irgendwo im Wald vor einer Ansammlung von Elfenhäuschen landete.

Alles war damals so einfach, so unschuldig gewesen.

»Und dann hat er immer mehr getrunken«, sagte sie jetzt, »deshalb bin ich wieder nach St. Andrews gezogen und habe Peter mitgenommen.«

»Hat er zu der Zeit viel getrunken?«

»Er hat es heimlich getan und die Flaschen in seinem Arbeitszimmer versteckt.«

»Seona sagt, dass er nicht viel getrunken hat.«

»Ja, was soll sie sonst auch sagen.«

»Um seinen guten Namen zu schützen?«

Billie Collins seufzte. »Ich weiß nicht, ob ich Roddy einen Vorwurf machen kann. Schuld war seine Familie, die erstickende Atmosphäre, die diese Leute um sich verbreiten.« Sie sah ihn an. »Er wollte schon immer als Abgeordneter ins Parlament gehen. Und jetzt hatte er es fast geschafft...«

Rebus rutschte auf der Bank hin und her. »Ich habe gehört, dass er Cammo geradezu angebetet hat.«

»Nicht ganz das richtige Wort, aber er wollte auch ein bisschen was von dem erreichen, was Cammo geschafft hat.«

»Und das heißt?«

»Cammo kann charmant und rücksichtslos sein. Manchmal ist er gerade dann besonders rücksichtslos, wenn er seinen ganzen Charme ausspielt. Diese Seite seines Bruders hat Roddy imponiert: die Fähigkeit zu intrigieren.«

»Aber er hatte doch nicht nur diesen einen Bruder.«

»Ach so, Sie meinen Alasdair?«

»Haben Sie ihn gekannt?«

»Ich mochte Alasdair, aber ich kann ihm nicht vorwerfen, dass er weggegangen ist.«

»Wann ist er weggegangen?«

»Ende der Siebziger – neunundsiebzig, glaube ich.«

»Wissen Sie, warum er weggegangen ist?«

»Nicht genau. Er hatte einen Geschäftspartner: Frankie oder Freddy oder so ähnlich. Es hieß damals, dass sie zusammen weggegangen sind.«

»Eine Liebesbeziehung?«

Sie zuckte mit den Achseln. »Ich hab es jedenfalls nicht geglaubt und Alicia auch nicht, obwohl sie, glaube ich, nichts gegen einen Homosexuellen in der Familie gehabt hätte.«

»Und was hat Alasdair so gemacht?«

»Alles Mögliche. Eine Zeit lang hatte er ein Restaurant: Das Mercurio in der Dundas Street. Ich glaube, es hat seinen Namen seither ein Dutzend Mal geändert. Aber er ist mit seinen Mitarbeitern nicht zurechtgekommen. Danach hat er ein bisschen mit Immobilien gehandelt. Ich glaube, dieser Frankie oder Freddy war auch aus der Branche. Außerdem hat er Geld in einige Bars investiert. Wie gesagt, Inspektor, alles Mögliche.«

»Also nichts mit Kunst oder mit Politik?«

Sie schnaubte verächtlich. »Um Himmels willen, nein. Dazu war Alasdair ein viel zu nüchterner Mensch.« Sie machte eine kurze Pause. »Aber was hat Alasdair mit Roddy zu tun?«

Rebus schob die Hände in die Manteltaschen. »Ich möchte Roddy nur etwas besser kennen lernen. Alasdair ist nur ein weiterer Stein in dem Mosaik.«

»Bisschen spät, um ihn kennen zu lernen, finden Sie nicht?«

»Wenn ich ihn besser kenne, kann ich mir vielleicht leichter vorstellen, wer seine Feinde waren.«

»Aber wir kennen doch häufig nicht einmal selbst unsere ärgsten Feinde. Der Wolf im Schafspelz und so weiter.«

Er nickte zustimmend, streckte die Beine aus und legte sie übereinander. Genau in diesem Augenblick erhob sich Billie Collins. »Von hier bis Kinkell Braes sind es nur fünf Minuten. Vielleicht nicht uninteressant für Sie.«

Er bezweifelte das zwar, doch als sie nun den steilen Weg zu dem Campingplatz hinaufstiegen, fiel ihm etwas anderes aus seiner Kindheit wieder ein: ein tiefes, von Menschenhand geschaffenes Loch, das an den Seiten mit Zement ausgekleidet war. Es hatte sich direkt neben dem Weg befunden, und er war immer ganz vorsichtig daran vorbeigegangen, um nicht hineinzufallen. Vielleicht eine Art Schleuse? Er erinnerte sich noch, dass Wasser darin geplätschert hatte.

»Mein Gott, das Loch ist ja immer noch da!« Er stand davor und blickte hinein. Das Loch war inzwischen eingezäunt und wirkte nicht einmal mehr halb so tief wie früher. Trotzdem bestand kein Zweifel: Es war dasselbe Loch. Er sah Billie Collins an. »Als Kind bin ich vor Angst fast gestorben, wenn ich hier vorbeigehen musste. Auf der einen Seite die Klippen und auf der andern Seite dieses Loch da. Hat mich jedes Mal irrsinnige Überwindung gekostet, diesen Weg zu nehmen. Regelrechte Albträume hab ich deswegen gehabt.«

»Kaum zu glauben.« Sie wirkte nachdenklich. »Oder vielleicht doch.« Sie ging weiter.

Mit ein paar raschen Schritten holte er sie wieder ein. »Und wie ist Peter mit seinem Vater zurechtgekommen?«

»Tja, wie kommen Väter und Söhne schon miteinander aus?«

»Haben sie sich gelegentlich gesehen?«

»Ich habe Peter wenigstens nicht daran gehindert, seinen Vater zu besuchen.«

»Das war eigentlich nicht meine Frage.«

»Mit einer anderen Antwort kann ich nicht dienen.«

»Wie hat Peter reagiert, als er vom Tod seines Vaters erfahren hat?«

Sie blieb abrupt stehen und sah ihn an. »Was wollen Sie damit sagen?«

»Komisch, ich frage mich die ganze Zeit, was Sie *nicht* sagen wollen.«

Sie verschränkte die Arme. »Also, dann befinden wir uns in einer ziemlich unangenehmen Situation, oder sehen Sie das anders?«

»Ich möchte doch nur wissen, ob die beiden sich verstanden haben, das ist alles. Weil Peter nämlich ein Lied über seinen Vater geschrieben hat, und der Song heißt: ›Die reinste Qual‹. Was nicht unbedingt auf Friede, Freude, Eierkuchen schließen lässt, wenn Sie mich verstehen.«

Sie waren jetzt oben am Ende des Weges angelangt. Vor ihnen standen mehrere Reihen Wohnwagen. Die Fenster schienen auf wärmeres Wetter zu warten, auf randvolle Gasflaschen und auf gut gelaunte Feriengäste.

»Hier haben Sie also früher Ihre Ferien verbracht?«, sagte

Billie Collins und sah sich um. »Sie Ärmster.« Sie sah nur die hässliche Anlage und die abweisende Nordsee, doch die schönen Tage, die er hier erlebt hatte, die sah sie natürlich nicht.

»Die reinste Qual««, sagte sie wie zu sich selbst. »Deutliche Worte, nicht wahr?« Sie sah ihn an. »Ich habe mich jahrelang bemüht, den Clan zu verstehen, Inspektor. Sparen Sie sich die Mühe. Fangen Sie etwas Sinnvolleres mit Ihrer Zeit an.«

»Zum Beispiel?«

»Holen Sie einfach die Vergangenheit zurück und sorgen Sie dafür, dass es diesmal besser läuft.«

»Auch wenn zu Hause in meinem Wohnzimmer ein runder Tisch steht«, sagte er, »so heißt das noch lange nicht, dass ich der große Zauberer Merlin bin.«

Er fuhr auf der Küstenstraße in südlicher Richtung nach Kirkcaldy und legte in Lundin Links einen Zwischenstopp ein, um zu Mittag zu essen. Das dortige Old Manor Hotel gehörte dem Vater eines Stammgastes aus der Oxford Bar. Rebus hatte ihm schon seit einer Weile einen Besuch versprochen. Er aß zuerst eine East-Neuk-Fischsuppe und dann einen einfach zubereiteten frisch gefangenen Fisch. Dazu trank er Mineralwasser und versuchte, nicht an die Vergangenheit zu denken – weder an seine eigene noch an die anderer Leute. Hinterher führte George ihn ein bisschen herum. Von der Hauptbar aus bot sich ihm ein überwältigender Ausblick: ein Golfplatz und dahinter bis zum Horizont nichts als Meer. Als plötzlich die Sonne durchbrach, strahlte Bass Rock wie ein Klumpen aus weißem Gold.

»Spielst du eigentlich?«

»Was?« Rebus blickte noch immer aus dem Fenster.

»Golf.«

Rebus schüttelte den Kopf. »Hab ich früher mal versucht. Hoffnungslos.« Er wandte mit Mühe die Augen von dem herrlichen Ausblick ab. »Wie kannst du nur im Ox rumhängen, wenn du zu Hause so etwas hast?«

»Ich trinke nur abends, John. Und im Dunkeln kannst du da draußen nichts erkennen.«

Recht hatte er. In der Dunkelheit war es manchmal sogar unmöglich, die eigene Hand vor Augen zu sehen. Die Dunkelheit verschluckte den Campingplatz, den Minigolfplatz und den St. Rule's Tower. Sie verschluckte aber auch Verbrechen, Schmerzen und Kummer. Sobald man sich der Dunkelheit überließ, sah man plötzlich Dinge, die andere nicht sahen, auch wenn man sie meist nicht benennen konnte: eine Bewegung hinter einem Vorhang, einen Schatten unten auf der Straße.

»Siehst du, wie der Bass Rock leuchtet?«, sagte George.

»Ja.«

»Was du da siehst, ist nichts weiter als Vogelscheiße im Sonnenlicht.« Er stand auf. »Bleib ruhig noch 'n bisschen sitzen, ich besorg uns einen Kaffee.«

Und so hockte Rebus vor dem Fenster und starrte hinaus in den herrlichen Wintertag – während seine Gedanken im Dunkeln kreisten. Was wohl in Edinburgh auf ihn wartete? Ob Lorna ihn sehen wollte? Als George mit dem Kaffee zurückkehrte, sagte er, dass oben noch ein Zimmer frei sei.

»Sieht aus, als könntest du ein paar Stunden Schlaf gebrauchen.«

»Jesus, Mann, führe mich bloß nicht in Versuchung.« Er trank seinen Kaffee schwarz.

18

Auf den Korridoren des Krankenhauses herrschte professionelle Betriebsamkeit. Schwestern öffneten und schlossen Türen. Ärzte studierten Tabellen, während sie ihre Visite absolvierten. Weit und breit kein Bett, nur Warte- und Behandlungszimmer, Büros. Derek Linford konnte Krankenhäuser nicht ausstehen. Er hatte gesehen, wie seine Mutter in einem gestorben war. Sein Vater war zwar noch am Leben, doch sie hatten kaum Kontakt. Nur hier und da mal ein Telefonat. Als Derek sich das erste Mal dazu bekannt hatte, dass er die Konservativen wählte, hatte sein Vater sich von ihm abgewandt. Ja, so war er nun einmal: halsstarrig und ständig unzufrieden. »Was hast *du* denn mit der Arbeiterklasse gemeinsam?«, hatte er seinen Vater giftig gefragt. »Du arbeitest doch schon seit zwanzig Jahren nicht mehr.« Ja, das stimmte: arbeitsunfähig wegen eines Grubenunfalls. Immer, wenn es ihm gerade passend erschien, fing der Alte an zu hinken, aber wenn er seine alten Kumpels in der Kneipe traf, dann konnte er plötzlich gehen wie ein junger Gott. Und Dereks Mutter, die hatte sich in der Fabrik im wahrsten Sinne des Wortes totgeschuftet.

Derek Linford hatte es nicht trotz, sondern gerade wegen seiner Herkunft zu etwas gebracht. Er hatte sich hochgeboxt, um es seinem Vater zu zeigen und um seine Mutter zu beruhigen. Der Alte – der eigentlich noch gar nicht so alt war: achtundfünfzig – wohnte in einer Sozialwohnung, genau genommen in einem Reihenhaus. Wenn Linford mit dem Wagen dort vorbeikam, fuhr er ganz langsam. War ihm egal, ob ihn jemand sah. Manchmal winkte einer der Nachbarn, weil ihm der junge Mann in dem Auto irgendwie bekannt vorkam. Ob die Leute seinem Vater wohl davon erzählten? *Ich hab kürzlich Derek hier vorbeifahren sehen. Dann seid ihr also noch in Kontakt …?* Allerdings hätte er nur zu gerne gewusst, wie sein Vater auf solche Fragen reagierte: mit einem Grunzen wahrscheinlich. Dann würde er wohl weiter den Sportteil lesen oder das Kreuzworträtsel malträtieren. Als Derek noch zur Schule gegangen war, ein Musterschüler übrigens, da hatte ihn sein Vater beim Kreuzworträtsellösen manchmal nach einem Wort gefragt. Dann hatte der Junge sich den Kopf zermartert und natürlich was Falsches gesagt … Bis er dahinter gekommen war, dass der Alte ihn absichtlich hereinlegte und falsche Angaben machte. Zum Beispiel: Fluss mit fünf Buchstaben und einem »e« am Ende. Antwort: Seine. Nein: Themse. Nur hatte das Wort leider sechs Buchstaben.

Dereks Mutter war nicht in diesem Krankenhaus gestorben. Sie hatte seine Hand gehalten und keuchend geatmet. Sprechen konnte sie nicht mehr, aber ihre Augen sagten ihm, dass es ihr nicht Leid tat zu sterben. Aufgebraucht wie eine schlecht gewartete alte Maschine. Der Alte hatte mit einem Blumenstrauß im Arm am Fußende des Bettes gestanden: Nelken aus Nachbars Garten. Und dann hatte er noch aus der Bibliothek Bücher mitgebracht – Bücher, die sie nicht mehr lesen konnte.

War es unter diesen Umständen ein Wunder, dass er Krankenhäuser nicht ausstehen konnte? In den ersten Jahren bei der Polizei hatte er nämlich gezwungenermaßen viele Stunden in solchen Häusern zugebracht, darauf gewartet, dass Verbrechensopfer oder auch Gewalttäter behandelt wurden, dass Patienten oder Ärzte seine Fragen beantworteten. Blut und Verbände, angeschwollene Gesichter, gebrochene Arme oder Beine. Einmal war er dabei gewesen, als ein Ohr wieder angenäht wurde, ein andermal hatte er einen grauweißen Knochen gesehen, der das Fleisch eines Beines durchstoßen hatte. Irgendein Unfall-, Raub- und Vergewaltigungsopfer.

War es da ein Wunder?

Schließlich fand er das »Familienzimmer«. Angeblich diente der Raum dazu, dass Familien in angenehmer Umgebung auf Nachrichten über »einen ihrer Lieben« warten konnten, das hatte jedenfalls die Rezeptionistin gesagt. Doch als er die Tür aufstieß, quollen ihm dichte Rauchschwaden entgegen, und im Hintergrund dudelte ein Automat. In einer Ecke stand ein flackernder Fernseher. Zwei mittelalte Frauen zogen an ihren Zigaretten. Sie blickten kurz auf und widmeten sich dann wieder der Talk-Show, die über den Bildschirm flimmerte.

»Mrs. Ure?«

Die Frauen blickten wieder auf. »Wie ein Arzt sehen Sie nicht gerade aus.«

»Bin ich auch nicht«, sagte er zu der Frau, die gesprochen hatte. »Sind Sie Mrs. Ure?«

»Wir sind beide Mrs. Ure. Schwägerinnen.«

»Mrs. Archie Ure.«

Die andere Frau, die bisher noch nichts gesagt hatte, stand auf. »Das bin ich.« Sie bemerkte, dass sie ihre Zigarette noch in der Hand hielt, und drückte sie aus.

»Ich bin Inspektor Derek Linford. Ich würde gerne ein paar Worte mit Ihrem Mann sprechen.«

»Dann reihen Sie sich gefälligst in die Schlange ein«, sagte die Schwägerin.

»Tut mir Leid … Ist es ernst?«

»Herzprobleme hat er schon seit langem«, sagte Archie Ures Frau. »Aber das hat ihn nie daran gehindert, sich politisch zu engagieren.«

Linford nickte. Er war gut vorbereitet, wusste alles über Archie Ure: Vorsitzender des Planungsausschusses im Stadtrat, dem er seit über zwanzig Jahren angehörte. Ein Labour-Mann von altem Schrot und Korn, beliebt bei denen, die ihn kannten, aus Sicht der »Reformer« allerdings nicht selten ein Störenfried. Vor etwa einem Jahr hatte er mehrere kritische Artikel für den *Scotsman* geschrieben und war damit in der Partei angeeckt. Dann hatte er Reue gezeigt und als Erster seinen Anspruch auf eine Kandidatur für einen Parlamentssitz angemeldet. Allerdings hatte er offenbar nicht mal im Traum daran gedacht, dass ein Neuling wie Roddy Grieve ihm die Kandidatur vor der Nase wegschnappen würde. Schon im Wahlkampf '79 hatte er sich engagiert. Zwanzig Jahre später hatte man ihm zum Dank die ersehnte Labour-Kandidatur vorenthalten und ihm versprochen, ihn wenigstens ganz oben auf die Liste zu setzen.

»Müssen sie operieren?«, fragte Linford.

»Mein Gott, hör dir das nur an«, sagte die Schwägerin und sah ihn wütend an. »Wie um alles in der Welt sollen wir denn wissen, ob sie ihn operieren? Wir sind doch nur die Angehörigen, wir erfahren doch zuallerletzt, was mit ihm passiert.« Sie stand jetzt ebenfalls auf. Linford wich unwillkürlich einen Schritt zurück. Beide Frauen waren stattliche Erscheinungen –

mit einer unübersehbaren Vorliebe für Zigaretten und Fett, die beiden schottischen Nationalgerichte. Turnschuhe, Jogginghose, dazu passendes YSL-Oberteil, wahrscheinlich ein Sonderangebot oder ein Imitat.

»Ich wollte eigentlich nur wissen ...«

»Was wollen Sie wissen?« Jetzt sprach wieder die Ehefrau, die sich inzwischen ebenfalls in eine gehörige Wut hineingesteigert hatte. Sie verschränkte die Arme. »Was wollen Sie von Archie?«

Ich möchte ihm nur ein paar Fragen stellen, weil er zum weiteren Kreis der Verdächtigen gehört. Nein, das konnte er nicht sagen. Also schüttelte er den Kopf. »Das hat Zeit.«

»Sind Sie vielleicht wegen Roddy Grieve hier?«, fragte sie. Er wusste nicht, was er sagen sollte. »So absurd es für Sie auch klingen mag. Dieser Roddy Grieve ist der Grund, weshalb Archie überhaupt hier ist. Und seiner Huren-Witwe können Sie ausrichten, dass sie daran denken soll. Und wenn mein Archie... wenn er...« Sie ließ den Kopf hängen und fing an zu schluchzen. Ein tröstender Arm legte sich um ihre Schulter.

»Keine Sorge, Isla, das kommt schon wieder in Ordnung.« Die Schwägerin sah Linford an. »Und – haben Sie jetzt erreicht, was Sie wollten?«

Er wandte sich schon zum Gehen, drehte sich aber dann nochmals um. »Was soll das heißen, dass Roddy Grieve schuld ist?«

»Nach Grieves Tod ist Archie doch der Nächste auf der Liste.«

»Ja und?«

»Nur dass jetzt die Witwe ihren Namen ins Spiel gebracht hat. Und wer die Mitglieder des Wahlausschusses kennt, der weiß, dass sie die besten Chancen hat. Tja, Isla, zum zweiten Mal beschissen. Wie es war am Anfang, so auch jetzt und in alle Ewigkeit. Alles Beschiss – bis zum bitteren Ende.«

»Offen gestanden, sie müssten doch verrückt sein, wenn sie das nicht ausnutzen würden.«

Nach dem Besuch im Krankenhaus war das Weinlokal in

der High Street eine echte Wohltat. Linford nippte an seinem Chardonnay und fragte Gwen Mollison, was sie damit sagen wolle. Mollison war eine groß gewachsene Frau mit langem blondem Haar, vielleicht Mitte Dreißig. Sie trug eine fast randlose Brille, die ihre Augen mit den langen Wimpern noch stärker zur Geltung brachte, und spielte mit ihrem Handy, das direkt neben ihrem dicken Terminkalender auf dem Tisch lag. Immer wieder sah sie sich in dem Raum um, als ob sie eigentlich erwartete, dort Freunde oder Bekannte anzutreffen. Auch auf dieses Gespräch war Linford optimal vorbereitet. Mollison war die Nummer drei im Baudezernat der Stadt. Sie hatte zwar nicht Roddy Grieves Stammbaum und konnte auch nicht auf so viele Jahre Parteiarbeit zurückblicken wie Archie Ure, deshalb hatte sie gegen die beiden verloren, trotzdem galt sie als große Hoffnung. Sie stammte aus der Arbeiterklasse und war durch und durch auf New Labour eingeschworen. Außerdem kam sie gut in der Öffentlichkeit an und war eine exzellente Rednerin. Sie trug einen cremefarbenen Leinenanzug – vielleicht Armani. Linford erkannte in ihr sofort die verwandte Seele und hatte sein eigenes Handy direkt neben ihres gelegt.

»Ist doch der klassische PR-Coup«, erklärte Mollison gerade. Vor ihr standen ein Glas Zinfandel und ein Mineralwasser. Allerdings hatte sie den Wein bisher noch nicht angerührt. Linford bewunderte ihre Taktik: Obwohl sie Alkohol trank, also nicht abstinent war, erweckte sie den Eindruck, eigentlich nur Wasser zu trinken.

»Ich meine«, fuhr Mollison fort, »natürlich ist sie jetzt eine Sympathieträgerin. Außerdem hat Seona reichlich Freunde in der Partei. Sie hat ja mindestens so aktiv mitgearbeitet wie Roddy.«

»Kennen Sie sie?«

Mollison schüttelte den Kopf, doch nicht, um seine Frage negativ zu beantworten, sondern vielmehr, um sie als irrelevant abzutun. »Allerdings glaube ich nicht, dass die Partei an sie herangetreten ist, das wäre nun doch zu plump gewesen. Als sie jedoch von sich aus angerufen hat, haben dort natürlich sofort sämtliche Glocken geläutet.« Sie schnappte sich ihr Handy und überprüfte, ob es noch geladen war. Im Hintergrund dudelte Jazzmusik. Außer ihnen hielten sich in dem Lokal nur noch ein paar andere Leute auf, typisch für diese Zeit am Nachmittag. Da sein Mittagessen ausgefallen war, hatte Linford schon ein ganzes Schälchen Erdnüsse vertilgt. Und mit Nachschub war offenbar nicht zu rechnen.

»Und – sind Sie enttäuscht?«

Mollison zuckte mit den Achseln. »Da kommen schon noch andere Gelegenheiten.« So selbstbewusst, so selbstbeherrscht. Die Frau hatte zweifellos eine glänzende Zukunft vor sich. Linford hatte ihr sicherheitshalber schon mal eine Visitenkarte überreicht – eine von den guten, mit dem Prägedruck. Auf der Rückseite war handschriftlich seine Privatnummer vermerkt. Als er ihr das Kärtchen gab, sagte er lächelnd: »Nur für alle Fälle.« Ein paar Minuten später unterdrückte er ein Gähnen, und sie fragte: »Langweile ich Sie etwa?«

»Reine Übermüdung«, entgegnete er.

»Wirklich Leid tut mir eigentlich nur Archie«, fuhr sie jetzt fort. »Dürfte seine letzte Chance gewesen sein.«

»Aber er steht doch ziemlich weit oben auf der Regionalliste.«

»Gut. Das konnten sie ihm einfach nicht verweigern – das wäre eine echte Brüskierung gewesen. Aber Sie verstehen offenbar nicht richtig. Diese Stimmen zählen nämlich nur, wenn wir in unserem Wahlkreis nicht das Direktmandat gewinnen.«

»Das ist zu hoch für mich.«

»Auch wenn Archie auf dieser Liste ganz oben steht, kommt er höchstwahrscheinlich nicht ins Parlament.«

Linford dachte über diese Auskunft nach, verstand aber noch immer nicht richtig, was sie meinte. »Scheint so, als ob Sie sehr großzügig wären«, sagte er einfach so dahin.

»Wieso ich?« Sie lächelte ihn an. »Sie verstehen nichts von Politik. Wenn ich eine Niederlage hinnehme, ohne herumzuzicken, dann kommt mir das beim nächsten Mal zugute. Man muss verlieren lernen.« Sie zuckte wieder mit den Achseln. Ihre gepolsterten Schultern ließen ihre schlanke Gestalt etwas wuchtiger erscheinen, als sie eigentlich war. »Aber wollten wir nicht über Roddy Grieve sprechen?«

Linford lächelte. »Sie gehören nicht zum Kreis der Verdächtigen, Miss Mollison.«

»Wie schön.«

»Jedenfalls nicht, solange *Mrs.* Grieve nichts zustößt.«

Mollison fing laut an zu lachen, und die anderen Gäste drehten sich nach ihnen um. Sie hielt sich erschrocken die Hand vor den Mund, legte sie aber sofort wieder auf den Tisch. »Mein Gott, eigentlich ist das gar nicht witzig. Was ist, wenn ihr wirklich was passiert?«

»Zum Beispiel?«

»Keine Ahnung… Sagen wir, sie kommt unter ein Auto.«

»Dann werden wir uns ganz sicher wieder sehen.« Er öffnete sein Notizbuch und zog seinen Füller hervor: einen Montblanc, über den sie sich schon lobend geäußert hatte. »Vielleicht sollte ich mir für alle Fälle doch mal Ihre Nummer notieren«, sagte er und lächelte.

Die letzte Kandidatin auf seiner kurzen Liste war eine Sozialarbeiterin namens Sara Bone, die im Süden von Edinburgh lebte. Er traf sie in einer Tagesstätte für ältere Menschen. Er saß mit ihr inmitten vernachlässigt wirkender Pflanzen im Wintergarten. Linford erkundigte sich nach dem Grund für den jämmerlichen Zustand der Pflanzen.

»Die armen Pflanzen sind nicht etwa vernachlässigt«, sagte sie, »sondern schlicht übergossen. Jeder, der hier hereinkommt, meint, dass sie Wasser brauchen. Dabei ist zu viel Wasser genauso schlimm wie zu wenig.«

Sie war eine kleine Frau – knapp einssechzig vielleicht – mit einem mütterlichen Gesicht, das von einem jugendlich kurzen Haarschnitt umrahmt wurde.

»Grauenhaft«, sagte sie, als er anfing, über Roddy Grieves

Tod zu sprechen. »Man könnte meinen, die Welt wird immer schlechter.«

»Glauben Sie, dass man daran als Parlamentarier etwas ändern kann?«

»Hoffe ich jedenfalls«, sagte sie.

»Aber die Kandidatur wird Ihnen unter den gegebenen Umständen wohl entgehen, nicht wahr?«

»Den Senioren hier ist das gerade recht.« Sie wies mit dem Kopf auf das Innere des Gebäudes. »Alle haben gesagt, wie sehr sie mich vermissen würden.«

»Schön, wenn man gemocht wird«, sagte Linford und hatte das Gefühl, dass bei dieser Frau für seine Zwecke nichts zu holen war ...

Er rief Rebus an. Die beiden trafen sich in dem Dorf Cramond am Stadtrand. Der sonst so grüne Vorort erschien an diesem Tag grau und abweisend. Offenbar war der Winter hier gar nicht willkommen. Sie standen auf dem Gehsteig neben Linfords BMW. Rebus hörte sich nachdenklich Linfords Bericht an.

»Und was ist mit Ihnen?«, fragte Linford schließlich. »Wie war es in St. Andrews?«

»Schön. Ich bin am Strand spazieren gegangen.«

»Und?«

»Und was?«

»Haben Sie mit Billie Collins gesprochen?«

»Deshalb bin ich ja hingefahren.«

»Und?«

»Sie hat auch nichts Wesentliches zur Erhellung der Situation beigetragen.«

Linford starrte ihn an. »Schon gut. Mir würden Sie ja ohnehin nichts sagen. Selbst wenn sie ein Geständnis abgelegt hätte. Ich wäre bestimmt der Letzte, der was davon erfährt.«

»So arbeite ich nun mal.«

»Indem Sie Ihre Erkenntnisse für sich behalten?« Linford sprach jetzt lauter.

»Mein Gott, Derek, warum sind Sie nur so verklemmt. Lange nicht mehr zum Schuss gekommen?«

Linford lief knallrot an. »Sie können mich mal.«

»Mann, jetzt stellen Sie sich doch nicht so an.«

»Ach, hören Sie schon auf. Lohnt sich nicht, mit Ihnen herumzustreiten.«

»Na, das ist mal ein Wort.«

Sie standen schweigend da, und Rebus zündete sich eine Zigarette an. Wieder sah er St. Andrews vor sich, wie es ihm vor fast einem halben Jahrhundert erschienen war. Er wusste, dass dieser Ort für ihn immer etwas Besonderes bleiben würde, ohne dass er genau hätte sagen können, warum. Ihm fehlten dafür die richtigen Worte. Die Bilder in seinem Kopf gingen zugleich mit einem Gefühl des Verlusts und der Beständigkeit einher. Und beides mischte sich zu einem merkwürdigen Ganzen. Er konnte es einfach nicht in Worte fassen.

»Und – sollen wir jetzt mit ihr sprechen?«

Rebus stöhnte und zog an seiner Zigarette. Der Wind wehte Linford den Rauch ins Gesicht. Wenigstens ist der Wind auf meiner Seite, dachte Rebus. »Wird wohl am besten sein«, sagte er schließlich. »Da wir schon mal da sind.«

»Klingt ja wahnsinnig begeistert. Würde mich echt mal interessieren, was unsere beiden Chefs zu dieser Arbeitsauffassung sagen würden.«

»Ach ja, die Herren Vorgesetzten, die hätte ich beinahe vergessen.« Er sah Linford an. »Kapieren Sie es denn immer noch nicht? Sie haben ein Riesenschwein gehabt, dass Sie mit mir zusammenarbeiten, Mann.« Linford schnaubte verächtlich. »Denken Sie mal darüber nach«, sagte Rebus. »Wenn es uns gelingt, den Mord aufzuklären, sind Sie der große Mann – wenn nicht, dann bin ich halt der Arsch. Das werden Sie unseren beiden Chefs schon verklickern. Schließlich halten beide große Stücke auf Sie. Weil Sie immer so nett und aufmerksam sind.« Er warf die Zigarette auf die Straße. »Am besten, Sie machen sich jedes Mal, wenn ich mich aus Ihrer Sicht unkooperativ verhalte, einen Vermerk. Könnte Ihnen später noch nützlich sein. Und wenn ich Sie beleidige oder Extratouren mache, dann ist das natürlich ebenfalls einen Vermerk wert.«

»Und warum erzählen Sie mir das alles? Macht Ihnen die Rolle des Paria so viel Spaß?«

»Den Paria hier spiele nicht ich, mein Lieber. Denken Sie mal darüber nach.« Rebus knöpfte sein Jackett auf und sprach in bester Wildwestmanier. »Hey, Mann, am besten, wir statten der Witwe mal einen kurzen Besuch ab.«

Linford schlich hinter ihm her.

An der Tür wurden sie von Hamish Hall empfangen, Roddy Grieves Pressereferenten.

»Ach, Sie sind es«, sagte er und winkte sie herein. Seona Grieve wohnte in einem hübschen Backsteinhaus, genau genommen einer Doppelhaushälfte aus den Dreißigerjahren. Von der Eingangshalle aus führten einige Türen in weitere Zimmer. Hamish schob sich an ihnen vorbei, und sie folgten ihm durch das Esszimmer in den erst kürzlich angebauten Wintergarten. In einer Ecke summte ein Heizlüfter. Der Raum war mit Korbmöbeln und einem Tisch mit Glasplatte ausgestattet, an dem vor einem riesigen Papierhaufen Seona Grieve und Jo Banks saßen. Anders als in der Altentagesstätte, die Linford einige Stunden früher besucht hatte, wirkten die ausgewählten Topfpflanzen professionell gepflegt.

»Ach, hallo«, sagte Seona Grieve.

»Kaffee?«, fragte Hamish. Beide Polizisten nickten, und er verschwand in der Küche.

»Bitte setzen Sie sich doch, falls Sie noch ein freies Plätzchen finden«, sagte Seona Grieve. Jo Banks stand auf und räumte die Zeitungen und Aktenordner von den Stühlen. Rebus griff sich einen der Ordner und inspizierte ihn: *Das Schottische Parlament: Einige nützliche Hinweise für neue Kandidaten.* Viele der Blätter in dem Ordner waren am Rand mit Anmerkungen versehen. Höchstwahrscheinlich Roddy Grieves Handschrift.

»Und was verschafft uns die Ehre?«, fragte Seona Grieve.

»Nur ein paar zusätzliche Fragen«, sagte Linford und zog sein Notizbuch aus der Tasche.

»Uns ist zu Ohren gekommen, dass Sie in die Fußstapfen Ihres Mannes treten möchten«, sagte Rebus.

»Dafür sind meine Füße sicher nicht groß genug«, sagte die Witwe.

»Wie dem auch sei«, fuhr Rebus fort, »jedenfalls haben wir bisher noch kein wirkliches Motiv für seinen Tod. Der gute Inspektor Linford ist sogar der Meinung, dass Sie uns vielleicht gerade eines geliefert haben.«

Linford wollte schon Protest erheben, doch Jo Banks kam ihm zuvor. »Wollen Sie Seona vielleicht unterstellen, dass sie Roddy umgebracht hat, um selbst Abgeordnete zu werden? Das ist doch lachhaft.«

»Tatsächlich?« Rebus kratzte sich an der Nase. »Kann schon sein. Trotzdem schließe ich mich ebenfalls der Auffassung von Inspektor Linford an. Es *ist* ein Motiv. Haben Sie schon vorher daran gedacht zu kandidieren?«

Seona Grieve richtete sich in ihrem Sessel auf. »Sie meinen, bevor Roddy ermordet wurde?«

»Ja.«

Sie dachte kurz nach und nickte dann. »Ja, ich glaube schon…«

»Und was hat Sie dann davon abgehalten?«

»Kann ich nicht genau sagen.«

»Was Sie da implizieren, ist doch völlig absurd«, sagte Jo Banks. Seona Grieve berührte besänftigend ihren Arm.

»Schon gut, Jo. Die beiden Herren tun ja nur ihre Pflicht.« Sie sah Rebus wütend an. »Ich habe mich erst entschlossen, mich um die Kandidatur zu bewerben, als mir bewusst geworden ist, dass sonst einer von den anderen – Ure, Mollison oder Bone – an Roddys Stelle tritt… Und da bin ich zu der Auffassung gelangt, dass ich besser geeignet bin als die drei vorgenannten Personen. Deshalb habe ich bei der Partei angefragt.«

»Genau die richtige Entscheidung«, sagte Jo Banks. »Roddy hätte sich nichts anderes gewünscht.«

Klang etwas einstudiert, die Formulierung. Rebus überlegte: War vielleicht Jo Banks mit der Idee an die Witwe herangetreten?

»Ich verstehe durchaus, worauf Sie hinauswollen, Inspektor«, sagte Seona Grieve zu Rebus. »Aber um eine Kandidatur hätte ich mich auch sonst bewerben können. Roddy hätte bestimmt nichts dagegen gehabt. Es hätte wahrlich nicht seines Todes bedurft, damit ich für das Parlament kandidieren kann.«

»Aber er ist nun mal tot, und Sie bewerben sich um die Kandidatur.«

»Richtig, ich bewerbe mich darum«, räumte sie ein.

»Und sie hat dabei die ganze Partei hinter sich«, giftete Jo Banks. »Und falls Sie daran denken, irgendwelche Anschuldigungen zu erheben …«

»Die beiden Herren wollen doch nur Roddys Mörder überführen«, sagte Seona Grieve. »So ist es doch, Inspektor, nicht wahr?«

Rebus nickte.

»Dann stehen wir also weiterhin auf derselben Seite?«

Rebus nickte abermals, war sich jedoch nicht so sicher, ob Jo Banks diese Auffassung teilte.

Als Hamish schließlich ein Tablett mit einer Kanne Kaffee und Tassen hereinbrachte, erkundigte sich Seona Grieve nach dem Stand der Ermittlungen, und Linford bemühte die üblichen Leerformeln. Doch die beiden Frauen fielen auf seine Sprüche nicht herein. Seona Grieve sah vielmehr Rebus an. Durch eine leichte Neigung des Kopfes signalisierte sie ihm, dass sie genau wusste, was er dachte. Dann sah sie wieder Linford an und unterbrach ihn.

»Sparen Sie sich die Mühe, Inspektor Linford. Ich entnehme Ihren Ausführungen jedenfalls, dass Sie im Prinzip noch keinen Schritt weitergekommen sind.«

»Klingt eher so, als ob Sie sich verzweifelt an jeden Strohhalm klammern«, murmelte Jo Banks.

»Wir sind durchaus zuversichtlich...«, fing Linford gerade wieder an.

»Inspektor Linford. Ich bin sicher, dass Sie alles tun, was in Ihrer Macht steht. Ansonsten hätten Sie es in Ihrem Alter noch nicht so weit gebracht. Ich bin Lehrerin von Beruf, wissen Sie. Ich hab schon viele Jungs wie Sie kennen gelernt. Wenn diese jungen Männer mit der Schule fertig sind, glauben sie, dass sie alles erreichen können, was sie sich gerade in den Kopf setzen. Die meisten begreifen ziemlich bald, dass es so einfach nicht geht. Aber Sie...« Sie erhob spöttisch tadelnd einen Finger. Dann sah sie Rebus an, der immer wieder in seine Tasse blies. »Inspektor Rebus dagegen...«

»Was?«, fragte Linford wie aus der Pistole geschossen.

»Inspektor Rebus dagegen glaubt im Prinzip an gar nichts mehr. Oder sehe ich das falsch?« Rebus blies weiterhin in seinen Kaffee und schwieg beharrlich. »Inspektor Rebus gibt sich völlig desillusioniert und spielt den Zyniker. Kennen Sie zufällig das deutsche Wort *Weltschmerz*, Inspektor?«

»Hab ich, glaub ich, bei meinem letzten Auslandsaufenthalt auf der Speisekarte gelesen«, sagte Rebus.

Sie lächelte ihn traurig an. »Das Wort bezeichnet einen Zustand geistiger Erschöpfung.«

»Pessimismus«, pflichtete Hamish ihr bei.

»Sie sind doch sicher der Meinung, dass es sich nicht lohnt, zur Wahl zu gehen, Inspektor, nicht wahr?« fragte Seona Grieve. »Weil Sie glauben, dass es ohnehin keinen Sinn hat.«

»Eine Arbeitsbeschaffungsmaßnahme, die ich von ganzem Herzen begrüße«, sagte Rebus. Jo Banks stöhnte auf. Hamish musste lachen. »Ich weiß nur nicht recht, an wen ich mich mit meinen Problemen künftig wenden soll: vielleicht an meinen Wahlkreisabgeordneten für das Schottische Parlament oder an meinen Listenabgeordneten oder aber an meinen Abgeordneten in London? Vielleicht aber auch an meinen Europa-Abgeordneten oder an meinen Stadtrat? Das meine ich mit Arbeitsbeschaffung.«

»Und warum halse ich mir dann diese ganze Arbeit auf?«, sagte Seona Grieve leise. Jo Banks drückte ihr begütigend die Hand.

»Weil es richtig ist«, sagte sie.

Als Seona Grieve jetzt Rebus ansah, standen Tränen in ihren Augen. Rebus wich ihrem Blick aus.

»Kann sein, dass die Frage etwas unpassend ist«, sagte er. »Aber Sie haben uns gesagt, dass Ihr Mann kaum getrunken hat. Nach meinen Informationen hat er allerdings dem Alkohol – wenigstens früher – ausgiebig zugesprochen.«

»Um Himmels willen«, zischte Jo Banks.

Seona Grieve putzte sich die Nase. »Offenbar haben Sie mit Billie gesprochen.«

»Ja«, gestand er.

»Die will sich doch nur rächen«, murmelte Jo Banks.

Rebus sah sie an. »Verstehen Sie, Miss Banks, wir haben da ein Problem. Wir wissen nicht, was Roddy Grieve in den Stunden vor seinem Tod gemacht hat. Bisher gibt es nur einen Zeugen. Dieser Mann will ihn in einer Kneipe gesehen haben, wo er angeblich allein getrunken hat. Wir müssen wissen, ob das typisch für ihn war: also ob er ein einsamer Trinker gewesen ist. Falls ja, können wir uns nämlich die Mühe sparen, die Freunde aufzuspüren, mit denen er angeblich an jenem letzten Abend ausgegangen ist.«

»Schon gut, Jo«, sagte Seona Grieve leise. Dann sah sie Rebus an. »Er hat gesagt, dass er manchmal das Bedürfnis hat, sich selbst zu vergessen.«

»Und wohin ist er dann gegangen?«

Sie schüttelte den Kopf. »Hat er mir nie erzählt.«

»Und wenn er nachts nicht nach Hause gekommen ist, wo…?«

»Vielleicht hat er dann irgendwo in einem Hotel oder im Auto geschlafen.«

Rebus nickte, und sie schien seine Gedanken zu lesen. »Möglicherweise war er bei diesen Gelegenheiten auch nicht allein«, sagte sie.

»Ja, möglicherweise«, entgegnete er. Auch er selbst war schon mitunter morgens in seinem Auto aufgewacht und hatte nicht mal gewusst, wo er war… irgendwo am Rande einer Landstraße… »Haben Sie uns sonst noch was zu sagen?«

Sie schüttelte langsam den Kopf.

»Tut mir Leid«, sagte er. »Tut mir aufrichtig Leid.«

Rebus stellte seine Kaffeetasse auf den Tisch, stand auf und ging.

Als Linford schließlich aufkreuzte, saß Rebus bereits bei heruntergelassenem Fenster in seinem Saab und rauchte eine Zigarette. Linford beugte sich so weit zu ihm herab, dass sich ihre Gesichter beinahe berührten. Rebus blies eine kleine Rauchwolke direkt an seinem Gesicht vorbei.

»Und – wo stehen wir mit den Ermittlungen?«, fragte Linford.

Rebus dachte über seine Antwort nach. Draußen wurde es bereits dunkel. »Ich glaube, wir tappen im Dunkeln«, sagte er schließlich, »wir rudern nur hilflos mit den Armen in der Luft herum.«

»Was soll das heißen?« Der junge Mann klang jetzt aufrichtig verärgert.

»Das heißt, dass wir zwei uns wohl nie verstehen werden«, antwortete Rebus und ließ den Wagen an.

Linford stand auf dem Gehsteig und sah zu, wie der Saab davonfuhr. Er zog sein Handy aus der Tasche und wählte die Nummer von SPP Carswell in der Fettes Avenue. In seinem Kopf hatte er den Satz schon fertig formuliert: *Ich glaube, Rebus ist doch nicht der richtige Mann.* Doch als er dann auf die Verbindung wartete, fiel ihm etwas anderes ein: Wenn er sich gegenüber Carswell in diesem Sinne äußerte, dann kam das dem Eingeständnis einer Niederlage gleich, dann würde er sich eine Blöße geben. Vielleicht würde Carswell ihn sogar verstehen, trotzdem würde ihm natürlich nicht entgehen, dass Linford an Rebus gescheitert war.

Linford unterbrach die Verbindung und schaltete sein Handy wieder aus. Eine Lösung konnte nur er selber finden.

19

Dean Coghill war tot. Sein Bauunternehmen existierte nicht mehr. In den früheren Büroräumen der Firma residierte jetzt ein Büro für Innenarchitektur, in dem vormaligen Bauhof stand inzwischen ein dreistöckiges Appartementhaus. Doch wenigstens gelang es Hood und Wylie, die Adresse seiner Witwe ausfindig zu machen.

»All diese toten Männer«, sagte Grant Hood.

»Ihr Männer lebt nun mal nicht so lange wie wir Frauen«, entgegnete Ellen Wylie.

Da es ihnen nicht gelang, die Telefonnummer der Witwe ausfindig zu machen, fuhren sie zu der genannten Adresse.

»Wahrscheinlich ist sie schon tot oder verbringt ihren Lebensabend in Benidorm«, sagte Wylie.

»Ist doch fast das Gleiche.«

Wylie lächelte, fuhr links auf den Parkstreifen und zog die Handbremse an. Hood öffnete vorsichtig die Tür und spähte durch den Spalt auf den Asphalt.

»Kein Problem«, sagte er, »die paar Meter bis zum Bordstein schaff ich auch zu Fuß.«

Wylie knuffte seinen Arm. Schon wieder ein blauer Fleck, dachte er.

Meg Coghill war eine kleine, lebhafte Frau von Anfang siebzig. Obwohl nichts dafür sprach, dass sie im Begriff stand, auszugehen oder Gäste zu empfangen, war sie makellos gekleidet und geschminkt. Als sie die beiden Polizisten ins Wohnzimmer führte, hörte man aus der Küche Geräusche.

»Meine Hilfe«, erklärte Mrs. Coghill. Hood wollte schon fragen, ob sie ihre Hilfe immer in diesem noblen Aufzug empfing, doch er ahnte die Antwort ohnehin.

»Möchten Sie eine Tasse Tee?«

»Nein, danke, Mrs. Coghill.« Ellen Wylie nahm auf dem Sofa Platz. Hood blieb stehen, während Mrs. Coghill in einem Sessel versank, der auch einen Menschen ihres dreifachen Volumens hätte fassen können. Hood betrachtete derweil ein paar gerahmte Fotos an der Wand.

»Ist das hier Ihr Mann?«

»Ja, das ist Dean. Er fehlt mir noch immer, wissen Sie.«

Hood nahm an, dass der Sessel, in dem die Witwe sich niedergelassen hatte, früher einmal der Platz ihres Mannes gewesen war. Auf den Fotos war ein Schrank von einem Mann zu sehen – mit kräftigen Oberarmen und Stiernacken –, der sich kerzengerade hielt, die Brust herausstreckte und den Bauch eingezogen hatte. Er hatte ein gutmütiges Gesicht, in dem jedoch geschrieben stand, dass er sich nicht zum Narren halten ließ. Kurzgeschnittenes Silberhaar. Eine Kette um den Hals, am linken Handgelenk ein Armband und eine fette Rolex am rechten.

»Wann ist er gestorben?«, fragte Wylie und gab ihrer Stimme einen vielfach erprobten mitfühlenden Klang.

»Ist schon fast zehn Jahre her.«

»Hatte er Gesundheitsprobleme?«

»Er war schon früher mal wegen seiner Herzprobleme im Krankenhaus gewesen. Die Spezialisten haben ihn gewarnt. Aber er konnte einfach nicht kürzer treten, verstehen Sie. Ständig hat er nur gearbeitet.«

Wylie nickte langsam. »Ja, manche Leute sind nun mal so.«

»Waren noch irgendwelche Partner an der Firma beteiligt, Mrs. Coghill?« Hood hockte inzwischen auf der Armlehne des Sofas.

»Nein.« Mrs. Coghill unterbrach sich. »Also, Dean hatte gehofft, dass Alexander ...«

Hood inspizierte abermals die Fotos – Familienaufnahmen: ein Junge und ein Mädchen in sämtlichen Stadien der Kindheit und Jugend. »Ihr Sohn?«, fragte er.

»Aber Alexander hatte andere Vorstellungen. Er ist jetzt in Amerika verheiratet. Er arbeitet in einem großen Autohaus.«

»Mrs. Coghill«, sagte Wylie, »hat Ihr Mann einen gewissen Bryce Callan gekannt?«

»Sind Sie deshalb gekommen?«

»Dann sagt Ihnen der Name also etwas?«

»Na ja, ein großer Gangster, den kannte doch jeder.«

»Stimmt – er hatte einen gewissen Ruf.«

Meg Coghill stand auf und rückte einige Dekorationsstücke auf dem Kaminsims zurecht. Kleine Porzellantiere: Katzen, die mit einem Wollknäuel spielten, Cockerspaniels mit langen Schlabberohren.

»Möchten Sie uns vielleicht etwas sagen, Mrs. Coghill?« Hood sprach leise und sah Wylie an.

»Ist doch ohnehin zu spät.« Meg Coghills sprach mit bebender Stimme. Sie hatte ihren beiden Besuchern den Rücken zugekehrt. Wylie überlegte, ob die gute Frau vielleicht auf Beruhigungstabletten angewiesen war.

»Trotzdem – sagen Sie es uns bitte«, drängte sie sanft.

Die Witwe hantierte weiter mit den kleinen Figuren, während sie sprach.

»Bryce Callan war ein Verbrecher. Entweder man zahlte oder man bekam Schwierigkeiten. Werkzeuge verschwanden, oder die Reifen der Fahrzeuge wurden zerstochen. Es konnte auch passieren, dass eine ganze Baustelle verwüstet wurde. Aber das waren natürlich nicht irgendwelche Vandalen, das waren Bryce Callans Leute.«

»Dann hat Ihr Mann also Schutzgeld gezahlt?«

Die alte Dame drehte sich wieder um. »Da haben Sie meinen Dean aber schlecht gekannt. Er war der Einzige, der sich Callan widersetzt hat. Und nach meinem Empfinden ist er deshalb so früh gestorben. Ständig diese Belastung… Bryce Callan hat meinem Dean gewissermaßen das Herz in der Brust zerdrückt.«

»Hat Ihnen Ihr Mann das alles erzählt?«

»Um Himmels willen, nein. Er hat nie ein Wort gesagt und alles Geschäftliche von mir fern gehalten. Die Familie ist das eine, die Arbeit das andere, hat er immer gesagt. Deshalb hat er ja auch ein eigenes Büro gehabt, damit er keine Arbeit mit nach Hause bringen muss.«

»Er wollte seine Familie also von alledem fern halten«, sagte Wylie, »trotzdem hat er gehofft, dass Alexander in den Betrieb einsteigt?«

»Das war ganz am Anfang – lange vor Callan.«

»Mrs. Coghill, Sie haben doch bestimmt von der Leiche in dem Kamin in Queensberry House gehört?«

»Ja.«

»Unseres Wissens ist die Firma Ihres Mannes dort vor zwanzig Jahren tätig gewesen. Gibt es aus der Zeit noch irgendwelche Unterlagen, oder hat Ihr Mann damals Mitarbeiter gehabt, mit denen wir vielleicht sprechen könnten?«

»Glauben Sie, dass Callan dahinter steckt?«

»Im Augenblick müssen wir zunächst einmal die Leiche identifizieren«, sagte Hood.

»Können Sie sich noch daran erinnern, dass Ihr Mann dort gearbeitet hat, Mrs. Coghill?«, fragte Wylie. »Vielleicht hat er ja mal erzählt, dass dort jemand plötzlich verschwunden ist?«

Mrs. Coghill schüttelte langsam den Kopf. Wylie sah Hood an, der lächelte. Wär ja auch zu schön gewesen! Ohnehin war Wylie inzwischen davon überzeugt, dass bei der Aufklärung dieses mysteriösen Verbrechens auf glückliche Fügungen nicht zu hoffen war.

»In der letzten Zeit hat er sein Geschäft von hier aus geführt«, sagte Mrs. Coghill. »Vielleicht hilft Ihnen das ja weiter.«

Als Ellen Wylie um nähere Erläuterung dieses Satzes bat, erklärte Mrs. Coghill: »Vielleicht ist es besser, wenn ich Ihnen gleich alles zeige.«

»Ich habe keinen Führerschein«, erklärte die Witwe. »Deshalb hab ich Deans Autos verkauft. Er hat nämlich zwei gehabt, eins für die Arbeit und eins zum Vergnügen.« Offenbar fiel ihr wieder etwas ein, denn ein Lächeln huschte über ihr Gesicht. Sie gingen über die asphaltierte Auffahrt vor dem Haus. Von dem länglichen Bungalow an der Frogston Road aus konnte man weiter südlich die schneebedeckten Pentland Hills erkennen.

»Dean hat sich damals von seinen Männern eine Doppelgarage bauen lassen«, fuhr Mrs. Coghill fort. »Und das Haus hat er auch auf beiden Seiten vergrößern lassen.«

Die beiden Kripobeamten nickten, wussten allerdings immer noch nicht, was sie in der Doppelgarage erwartete. Mrs. Coghill sperrte an der Seite der Garage eine kleine Tür auf. Dann taste sie mit der Hand an der Wand entlang und machte das Licht an. Die geräumige Garage war fast bis obenhin mit Teekisten, Büromöbeln und Werkzeugen gefüllt. Es gab dort beinahe alles: Spitzhacken, Stemmeisen, Hämmer und mit Schrauben und Nägeln gefüllte Schachteln. Industriebohrer, ein paar Presslufthämmer, ja sogar mit Mörtel bespritzte Eimer. Mrs. Coghill legte die Hand auf eine der Teekisten.

»Mein Gott, all diese Papiere. Irgendwo muss es auch noch einen Aktenschrank geben…«

»Vielleicht da drüben unter der Decke?«, fragte Wylie und zeigte in die hintere Ecke.

»Wenn Sie etwas über Queensberry House in Erfahrung bringen möchten, dann müssten Sie es eigentlich hier finden.«

Wylie und Hood sahen sich an. Hood ließ hörbar die Luft aus seinem Mund entweichen.

»Genau das Richtige für das Histo-Team«, sagte Ellen Wylie.

Hood nickte und sah sich in dem Raum um. »Gibt's hier vielleicht so was wie 'ne Heizung, Mrs. Coghill?«

»Ich kann Ihnen einen Heizlüfter aus dem Haus holen.«

»Zeigen Sie mir bloß, wo das Ding ist«, sagte Hood. »Ich hol es dann schon selbst.«

»Ich könnte mir vorstellen, dass Sie gegen eine Tasse Tee jetzt nichts mehr einzuwenden hätten«, sagte Mrs. Coghill, die offenbar über die Gesellschaft der beiden erfreut war.

Siobhan Clarke hatte die Habseligkeiten des »Supertramps« vor sich auf dem Schreibtisch ausgebreitet: den Inhalt seiner Plastiktüte, sein Bausparkassenbuch, die Aktentasche (die ihr letzter Besitzer nur widerstrebend herausgerückt hatte) und die Fotografien. Außerdem lagen dort noch ein paar Briefe Geistesgestörter und schriftliche Mitteilungen über Anrufe, die sie erhalten hatten, darunter drei von Gerald Sithing.

Den Namen »Supertramp« hatte eines der Boulevardblätter kreiert. Inzwischen hatten die Revolverblätter aber auch die Sex-auf-den-Kirchenstufen-Geschichte ausgegraben und sogar ein Archivfoto von Dezzi aufgegabelt. Siobhan wusste, dass die Geier schon unterwegs waren, um Dezzi weitere schmierige Details zu entlocken. Möglich, dass Dezzi ihnen sogar von der Aktentasche erzählen würde. Scheckbuchjournalismus im strikten Sinne kam in diesem Fall allerdings nicht in Frage – nicht solange Dezzi kein eigenes Konto hatte. Also blieb wahrscheinlich nur eine Alternative: Bargeldjournalismus. Möglicherweise hatten die Reporter auch schon mit Rachel Drew gesprochen. Auch sie würde einen Scheck gewiss nicht ablehnen. Noch ein paar Schmankerl für die verehrte Leserschaft und Futter für die Durchgeknallten und die Geldgeilen.

So lange die Medien über den Fall berichteten, musste sie jedenfalls mit immer neuen Briefen und Anrufen rechnen.

Sie erhob sich von ihrem Schreibtisch und streckte sich, bis ihre Wirbel knackten. Es war schon nach sechs, und die Kollegen waren längst nach Hause gegangen. Man hatte sie in ein anderes Zimmer verfrachtet – der Grieve-Mord hatte natürlich Priorität –, und ihr Schreibtisch stand jetzt in einem langen schmalen Schlauch in der hintersten Ecke. Das nächste Fenster war etliche Meter entfernt. Dabei konnte sie noch von Glück sagen: Hood und Wylie hatte es noch schlimmer erwischt. Die Bude, in der sie augenblicklich hausten, hatte nämlich nicht einmal ein Fenster. Erst vor ein paar Stunden hatte der Hauptkommissar mit ihr gesprochen. Das Ergebnis: Ihr blieben nur noch wenige Tage Zeit. Sollte es ihr bis dahin nicht gelingen, den Supertramp zu identifizieren, dann war Schluss. Unter diesen Umständen würde die öffentliche Hand das Geld einschieben und Mackies Selbstmord mitsamt der ganzen Vorgeschichte blieb ungeklärt.

»Wir haben jetzt Wichtigeres zu tun«, hatte der Chef gesagt. Der Mann schien einem Schlaganfall nahe. »Penner, die sich umbringen, gibt es jeden Tag.«

»Aber nicht unter solchen Umständen, Sir«, wagte sie zu widersprechen.

»Das Geld begründet noch keinen besonderen Verdacht, Siobhan. Die Geschichte ist eines jener Geheimnisse, die nun mal im Leben vorkommen.«

»Ja, Sir.«

»Offenbar haben Sie zu lange zu eng mit John Rebus zusammengearbeitet.«

Sie sah ihn stirnrunzelnd an. »Und das heißt?«

»Das heißt, Sie jagen wahrscheinlich einem Phantom hinterher.«

»Aber das Geld existiert doch. Mackie ist in die Filiale einer Bausparkasse marschiert und hat die gesamte Summe dort in bar auf den Tisch gelegt. Und dann lebt der Mann wie ein Asozialer. Ist doch äußerst merkwürdig.«

»Ein reicher Exzentriker. Manche Leute drehen halt durch, wenn sie zu viel Geld in die Hand bekommen.«

»Aber wieso hat er dann auch noch seine Vergangenheit vertuscht? Sieht doch aus, als ob er sich versteckt hätte.«

»Glauben Sie vielleicht, er hat das Geld gestohlen? Aber warum hat er es dann nicht ausgegeben?«

»Das ist eine weitere Frage, Sir.«

Er seufzte und kratzte sich an der Nase. »Noch ein paar Tage, Siobhan, okay?«

»Ja, Sir.«

»'n Abend allerseits.«

John Rebus stand in der Tür.

Sie sah auf die Uhr. »Wie lange stehen Sie schon dort?«

»Und wie lange starren Sie schon die Wand an?«

Sie stand etwa in der Mitte des Büros. Schon seit etlichen Minuten starrte sie auf die Fotos, die die Kollegen vom Schauplatz des schrecklichen Verbrechens an Roddy Grieve gemacht hatten. »Ich habe nur geträumt. Und was machen Sie hier?«

»Dasselbe wie Sie – arbeiten.« Er trat in den Raum und lehnte sich mit verschränkten Armen an einen der Schreibtische.

Sie haben zu lange zu eng mit John Rebus zusammengearbeitet.

»Und wie weit sind Sie mit den Ermittlungen im Fall Grieve?«, fragte sie.

Er zuckte mit den Achseln. »Eigentlich müssten Sie doch zuerst fragen: ›Wie geht es Derek?‹«

Sie drehte den Kopf zur Seite und errötete leicht.

»Tut mir Leid«, sagte er. »Das war selbst für meine Verhältnisse ziemlich daneben.«

»Irgendwie komm ich mit ihm nicht zurecht«, sagte sie.

»Geht mir genauso.«

Sie sah ihn an. »Aber ist in dem Fall Derek das Problem oder vielleicht Sie?«

Er spielte den getroffenen Mann, zwinkerte ihr dann aber lächelnd zu und ging durch den Mittelgang zwischen den Schreibtischen hindurch. »Hat der ganze Krempel hier mit Ihrem Fall zu tun?«, fragte er. Sie ging jetzt ebenfalls zu ihrem Schreibtisch hinüber. Whisky-Dunst lag in der Luft.

»Sie nennen ihn Supertramp.«

»Wer ist sie?«

»Die Medien.«

Ein Lächeln huschte über sein Gesicht. Sie fragte ihn nach dem Grund.

»Supertramp: Hab ich mal live gesehen. In der Usher Hall, wenn ich mich recht entsinne.«

»Vor meiner Zeit.«

»Und was ist mit Mr. Supertramp nun los?«

»Hatte 'n Haufen Kohle, der Mann. Aber entweder konnte

oder wollte er das Geld nicht ausgeben. Und 'ne neue Identität hat er sich auch zugelegt. Meine Theorie ist, dass er sich versteckt hat.«

»Vielleicht.« Er inspizierte die Sachen auf dem Schreibtisch. Sie stand mit verschränkten Armen da und sah ihn vorwurfsvoll an, was er einfach ignorierte. Er öffnete die Plastiktüte und schüttete den Inhalt heraus: Wegwerfrasierer, ein kümmerliches Stück Seife, eine Zahnbürste. »Ziemlich gut organisiert, der Typ«, sagte er. »Alles, was man für die Körperpflege braucht. Offenbar hat er Wert auf Sauberkeit gelegt.«

»Ja, scheint so, als ob er den Penner nur gespielt hat«, sagte sie. Ihm fiel der merkwürdige Klang ihrer Stimme auf, deshalb sah er sie an.

»Was ist los?«, fragte er.

»Nichts.« Sie brachte es einfach nicht fertig zu sagen: *Das ist mein Fall.*

Rebus betrachtete das Archivfoto. »Was hat er denn angestellt?« Sie erzählte es ihm und er lachte.

»Bis jetzt ist es mir gelungen, seine Spur bis 1980 zurückzuverfolgen. In dem Jahr taucht dieser Chris Mackie plötzlich aus dem Nichts auf.«

»Vielleicht sollten Sie sich mal mit Hood und Wylie kurzschließen. Die überprüfen nämlich gerade die Vermisstenanzeigen von '78 und '79.«

»Gute Idee.«

»Sie klingen müde. Wie wär's, wenn ich Sie zum Essen einlade?«

»Um dann beim Essen weiter über berufliche Dinge zu sprechen? Wirklich eine willkommene Abwechslung.«

»Gesprächsthemen fallen mir reichlich ein.«

»Nennen Sie mir drei.«

»Kneipen, progressive Rock-Musik und...«

»... schon fällt Ihnen nichts mehr ein.«

»Doch, doch – schottische Geschichte. Ich hab kürzlich was darüber gelesen.«

»Klingt ja irrsinnig spannend. Übrigens: Kneipen selbst sind kein Thema, man macht es sich dort nur bequem und spricht über andere Dinge.«

»*Ich* kann sehr wohl über Kneipen reden.«

»Ja, weil Sie besessen sind.«

Er inspizierte die Nachrichten, die sie erhalten hatte. »Wer ist G. Sithing?«

Sie verdrehte die Augen. »Heißt mit Vornamen Gerald. War heute Morgen hier. Aber da kommen bestimmt noch ganz andere.«

»Sieht so aus, als ob er unbedingt mit Ihnen sprechen will?«

»Einmal ist genug.«

»Dann haben Sie also die gesamte Irrenhaus-Szene am Hals, was?«

»So kann man es auch sagen.«

»Und wer ist dieser Mensch?«

»Gehört zu einer Gruppe Abgedrehter, die sich Ritter von Rosslyn nennen.«

»Nach der Rosslyn-Kapelle?«

»Richtig. Er sagt, dass Supertramp auch zu dem Verein gehört hat.«

»Klingt nicht sehr wahrscheinlich.«

»Oh, ich glaube, die beiden haben sich wirklich gekannt. Trotzdem kann ich mir nicht vorstellen, dass Mackie sein ganzes Geld diesem Mr. Sithing hinterlassen wollte.«

»Und wer sind diese Ritter von Rosslyn?«

»Sie glauben, dass unter dem Boden der Kapelle was verborgen ist. Im Jahr 2000 soll das Geheimnis angeblich gelüftet werden, und dann sind sie die neuen Führer der Menschheit.«

»Ich bin noch vor ein paar Tagen dort gewesen.«

»Wusste gar nicht, dass Sie sich für solche Sachen interessieren.«

»Tu ich auch nicht. Aber Lorna Grieve wohnt zufällig da draußen.« Rebus studierte die Zeitung, die sich in Mackies Tüte befunden hatte. »War die von Anfang an so gefaltet?«

Die Zeitung machte einen schmuddeligen Eindruck, als ob Mackie sie aus einem Mülleimer gefischt hätte. Eine der inneren Seiten war aufgeschlagen. Außerdem war das Blatt so gefaltet, dass es ein Quadrat ergab.

»Glaub schon«, sagte sie. »Ja, die war von Anfang an so zerknüllt.«

»Nicht zerknüllt, Siobhan. Schauen Sie sich doch mal den Text auf der Seite an.«

Sie warf einen Blick auf die Zeitung. Ein Artikel über die »Kamin-Leiche«. Sie nahm Rebus das Blatt aus der Hand und faltete es auf. »Warum soll es ausgerechnet diese Meldung sein.«

»Welche denn sonst: die über den Verkehrsstau oder die über den Arzt, der Viagra verschreibt?«

»Sie haben die Anzeige ›Silvester in der Grafschaft Kerry‹ übersehen.« Sie biss sich auf die Unterlippe und blätterte bis zur Titelseite zurück: Der Aufmacher war der Mord an Roddy Grieve. »Sehen Sie was, was ich nicht seh?« Sie dachte an die Worte des Chefs: *Sie jagen wahrscheinlich einem Phantom hinterher.*

»Scheint so, als ob Supertramp sich für Skelly interessiert hat. Vielleicht können Sie ja mal die Leute fragen, die ihn gekannt haben.«

Rachel Drew in dem Heim; Dezzi, die ihre Burger mit dem Händetrockner anwärmte; Gerald Sithing. Siobhan war über Rebus' Vorschlag gar nicht begeistert.

»Wir haben da eine Leiche in Queensberry House«, sagte Rebus. »Der Mann hat offenbar Ende '78 oder Anfang '79 den Tod gefunden. Kurz darauf tritt Supertramp in Erscheinung.« Er hob den rechten Zeigefinger. »Supertramp wiederum beschließt plötzlich, sich umzubringen, nachdem er in der Zeitung was über die ›Kamin-Leiche‹ gelesen hat.« Er hob den linken Zeigefinger und führte beide zusammen.

»Vorsicht«, sagte Siobhan, »in manchen Ländern gilt diese Geste als obszön.«

»Dann sehen Sie also keine Verbindung?« Er klang enttäuscht.

»Schade, dass ich Sie enttäuschen muss: Aber könnte es nicht sein, dass Sie all diese Zusammenhänge nur deshalb sehen, weil sich in Ihrem eigenen Fall nichts tut?«

»Was so viel heißt wie: ›Bitte stecke deine Nase nicht in meine Sachen, Rebus‹?«

»Nein, es ist nur…« Sie rieb sich die Stirn. »Ich weiß nur eins.«

»Und das wäre?«

»Ich hab seit dem Frühstück nichts mehr gegessen.« Sie sah ihn an. »Gilt die Einladung noch?«

20

Sie aßen im Pataka's am Causewayside. Siobhan erkundigte sich nach dem Befinden von Rebus' Tochter. Sammy lebte unten im Süden in einem Pflegeheim. Rebus erwiderte, dass es nicht viel Neues gebe.

»Aber kommt sie allmählich darüber hinweg?«

Sie meinte den Unfall, der Sammy in den Rollstuhl gebracht hatte. Rebus nickte, sagte aber nichts, weil er das Schicksal nicht herausfordern wollte.

»Und wie geht's Patience?«

Rebus nahm noch etwas Tarka Dal, obwohl er ohnehin schon zu viel gegessen hatte. Siobhan wiederholte ihre Frage.

»Ziemlich neugierig, was?«

Sie lächelte. Dezzi hatte dasselbe zu ihr gesagt. »Tut mir Leid, ich dachte, in Ihrem Alter lässt vielleicht das Gehör allmählich nach.«

»Oh, ich habe Sie sehr gut verstanden.« Er hob eine Gabel Ingwer-Murgh vom Teller, ließ sie dann aber wieder sinken.

»Das passiert mir auch jedes Mal«, sagte Siobhan. »Ich kann in diesen indischen Restaurants auch nie genug kriegen.«

»Ich esse immer zu viel.«

»Dann haben Sie sich also getrennt?« Siobhan versteckte ihr Gesicht hinter ihrem Weinglas.

»Ja, wir haben uns in Freundschaft getrennt.«

»Tut mir Leid.«

»Warum ist es Ihnen so wichtig, ob wir uns getrennt haben?«

»Also, ich dachte ..., also ich hab immer gefunden, dass Sie zwei sehr gut ...« Sie blickte auf ihren Teller. »Tut mir Leid, dass ich so einen Schwachsinn daherrede. Ich hab sie ja nur vier- oder fünfmal gesehen, und schon halte ich hier eine Predigt.«

»Aber Sie sehen gar nicht wie eine Predigerin aus.«

»Sehr freundlich von Ihnen.« Sie sah auf die Uhr. »Nicht schlecht: Achtzehn Minuten ohne berufliche Themen.«

»Ist das ein neuer Rekord?« Er trank sein Bier aus. »Dabei fällt mir ein, über *Ihr* Privatleben haben wir bisher noch gar nicht gesprochen. Sehen Sie eigentlich Brian Holmes noch gelegentlich?«

Sie schüttelte den Kopf und tat so, als ob sie sich im Raum umblickte. In dem Restaurant saßen außer ihnen noch drei andere Paare und eine vierköpfige Familie. Die Sitarklänge waren gerade leise genug, um nicht zu stören, aber auch laut genug, um eine private Gesprächsatmosphäre zu schaffen.

»Ich hab ihn noch ein paarmal gesehen, nachdem er aus dem Dienst ausgeschieden ist. Aber dann ist der Kontakt abgebrochen.« Sie zuckte mit den Achseln.

»Als ich zuletzt von ihm gehört habe«, sagte Rebus, »war er in Australien. Offenbar wollte er dort bleiben.« Er stocherte in seinem Essen herum. »Sie glauben also nicht, dass wir versuchen sollten herauszufinden, ob es zwischen Supertramp und Queensberry House einen Zusammenhang gibt?«

Siobhan sah wieder auf die Uhr und imitierte ein Klingelgeräusch. »Genau zwanzig Minuten. Gratuliere – ganz schön lange.«

»Ach, hören Sie doch auf.«

Sie lehnte sich zurück. »Wahrscheinlich haben Sie Recht. Leider hat der Chef mir nur noch ein paar Tage gegeben.«

»Trotzdem. Welche andere Spur haben Sie denn?«

»Keine«, gab sie zu. »Außer ein paar durchgeknallten geldgeilen Typen, die mich schier in den Wahnsinn treiben.«

Der Ober tauchte jetzt neben ihnen auf und fragte, ob sie noch etwas trinken wollten. Rebus sah Siobhan an. »Ich fahre«, sagte er. »Tun Sie sich keinen Zwang an.«

»In dem Fall nehm ich noch ein Glas Weißwein.«

»Und für mich noch ein Bier, bitte«, sagte Rebus und reichte dem Ober sein leeres Glas. Dann sagte er zu Siobhan: »Erst mein zweites. Meine Sehfähigkeit ist erst nach dem vierten oder fünften eingeschränkt.«

»Aber Sie haben doch vorher schon was getrunken. Das hab ich gerochen.«

»Man sollte doch immer Pfefferminzbonbons bei sich haben«, murmelte Rebus.

»Und wie lange dauert es noch, bis Ihr Job darunter leidet?« Er sah sie durchdringend an. »Et tu, Siobhan?«

»War ja nur 'ne Frage«, sagte sie unbeeindruckt.

Er zuckte mit den Achseln. »Ich könnte morgen aufhören zu trinken.«

»Aber Sie tun es nicht.«

»Nein, werde ich auch nicht. Und ich werde auch nicht aufhören zu rauchen oder zu fluchen. Und ich werde auch weiterhin Kreuzworträtsel lösen und dabei betrügen.«

»Was – Sie sind ein Kreuzworträtsel-Schummler?«

»Sind wir das nicht alle?« Er beobachtete, wie eines der Paare aufstand und sich anschickte zu gehen. Die beiden hielten Händchen, als sie das Lokal verließen. »Komisch«, sagte er.

»Was?«

»Lorna Grieves Ehemann, der interessiert sich auch für Rosslyn.«

Siobhan grinste. »Willkommener Themenwechsel, was?«

»Die beiden haben in dem Dorf sogar ein Haus gekauft«, fuhr Rebus fort, »so ernst ist es ihm damit.«

»Na und?«

»Vielleicht kennt er ja Ihren Mr. Sithing. Vielleicht ist er sogar Mitglied bei diesen Rittern.«

»Ja und?«

»Sie wiederholen sich, Siobhan.« Er starrte sie an, bis sie das kleine Wort »Entschuldigung« aussprach und dann einen weiteren Schluck Wein trank. »Das Interesse Ihres Supertramps an Rosslyn führt mich zu der Vermutung, dass der Mann etwas mit meinen Mordfall zu tun haben könnte. Und möglicherweise hat Mr. Supertramp sich außerdem auch für Queensberry House interessiert.«

»Wollen Sie vielleicht damit sagen, dass alle drei Fälle zusammenhängen?«

»Ich sage nur, dass...«

»... es zwischen den drei Fällen möglicherweise eine Verbindung gibt, ich weiß. Die alte Theorie von den sechs Graden der Trennung.«

»Welche Theorie?«

Sie sah ihn an. »Okay, vielleicht war das ja schon nach Ihrer Zeit. Diese Theorie besagt, dass es zwischen zwei x-beliebigen Menschen auf diesem Planeten eine Verbindung gibt, und dass genau sechs andere Leute als Vermittler notwendig sind.« Sie hielt inne. »Übrigens glaube ich, dass das wahr ist.«

Gerade traf ihr zweites Glas Wein ein, und sie leerte noch rasch das erste.

»Jedenfalls könnte es sich lohnen, noch mal mit Sithing zu sprechen.«

Sie verzog die Nase. »Ich konnte den Kerl nicht ausstehen.«

»Ich kann gerne dabei sein, wenn Sie möchten.«

»Wollen Sie mir vielleicht meinen Fall wegnehmen?« Sie lächelte zwar, als ob sie nur einen Scherz gemacht hätte. Aber tief in ihrem Innern war sie sich nicht ganz so sicher.

Nach dem Essen fragte Rebus Siobhan, ob sie Lust hätte, im Swany's noch einen Absacker zu trinken, doch sie schüttelte den Kopf.

»Ich möchte Sie nicht in Versuchung führen«, sagte sie.

»Gut, dann fahr ich Sie eben nach Hause.« Als sie zu seinem Saab hinübergingen, entbot Rebus den strahlenden Lichtern des Pubs seinen Abschiedsgruß. Der Wind klatschte ihnen den Schneeregen ins Gesicht. Sie stiegen in den Wagen, und er startete die Zündung und vergewisserte sich, dass die Heizung hoch gestellt war.

»Ist Ihnen eigentlich das merkwürdige Wetter heute aufgefallen?«, fragte Siobhan.

»Wieso?«

»Na ja, es war kalt und regnerisch und windig und sonnig – und alles gleichzeitig: sämtliche Jahreszeiten an einem Tag.«

»Tja, so ist das nun mal in Edinburgh. Hier ist immer was geboten. Augenblick mal.« Seine linke Hand bewegte sich Richtung Handschuhfach. Siobhan zuckte unwillkürlich zusammen, weil sie glaubte, dass er sie berühren wollte. Er lächelte nur kurz und kramte die Kassette hervor, nach der er gesucht hatte.

»Eine kleine Extra-Vorstellung nur für Sie«, sagte er und versenkte die Kassette in der Konsole. Ja, sie war zusammengeschreckt. Offenbar hatte sie die Bewegung seiner Hand für einen Annäherungsversuch gehalten. Jesus. Sie war ja kaum älter als Sammy.

»Und – was ist das?«, fragte sie. Falls er sich nicht täuschte, war sie errötet. Schwer zu sagen in dem dusteren Auto. Er gab ihr die Hülle. »*Crime of the Century*«, las sie laut vor.

»Die beste Supertramp-Scheibe überhaupt«, erklärte er.

»Sie mögen diese alte Musik, nicht wahr?«

»Und die Blue-Nile-Kassette, die Sie für mich überspielt haben. Kann sein, dass ich in vielen Dingen ein Dinosaurier bin, aber für Rockmusik hab ich immer noch ein offenes Ohr.«

Sie fuhren Richtung Neustadt. Edinburgh war in der Tat eine

geteilte Stadt, dachte Rebus. Geteilt zwischen der Altstadt im Süden und der Neustadt im Norden. Und dann abermals geteilt zwischen dem Osten (Hibs FC) und dem Westen (Hearts). Eine Stadt, die nicht weniger durch ihre Vergangenheit als durch ihre Gegenwart geprägt war und die erst jetzt – in Erwartung des neuen Parlaments – in die Zukunft blickte.

»*Crime of the Century*«, wiederholte Siobhan. »An welches Verbrechen haben Sie dabei gedacht – an Ihren toten Parlamentskandidaten oder an meinen mysteriösen Selbstmord?«

»Vergessen Sie nicht die Leiche in dem Kamin. Wo wohnen Sie noch mal?«

»Gleich in der Nähe der Broughton Street.«

Sie fuhren gemächlich dahin und betrachteten die Gebäude rechts und links und die Fußgänger auf der Straße. An jeder roten Ampel checkten sie kurz die Insassen der Nachbarautos. Reine Instinkthandlung: immer auf dem Quivive. Das Leben eines Polizisten bestand nun einmal hauptsächlich darin, sich mit dem Leben anderer Leute zu beschäftigen. In der Stadt war alles ruhig. Noch zu früh für Betrunkene – und das Wetter so ungemütlich, dass ohnehin kaum Leute unterwegs waren.

»Um diese Jahreszeit können einem die Obdachlosen echt Leid tun«, sagte Siobhan.

»Sie müssten mal an Weihnachten einen Blick in die Zellen werfen. Die Polizei gabelt so viele von denen auf wie nur möglich.«

Sie sah ihn an. »Das ist mir völlig neu.«

»Offenbar haben Sie Weihnachten noch nie gearbeitet.«

»Dann nehmen die Kollegen die Leute also fest?«

Rebus schüttelte den Kopf. »Diese Leute betteln ja geradezu darum. So bekommen sie jedenfalls bis Neujahr jeden Tag was Warmes zu essen. Und dann lassen wir sie wieder raus.«

Sie ließ den Kopf gegen die Nackenstütze sinken. »Mein Gott, Weihnachten.«

»Beunruhigt Sie der Gedanke?«

»Meine Eltern wollen immer, dass ich sie Weihnachten besuche.«

»Sagen Sie doch einfach, dass Sie arbeiten.«

»Das wäre unehrlich. Und was machen Sie?«

»Weihnachten meinen Sie?« Er dachte kurz nach. »Wenn sie für mich auf dem Revier Verwendung haben, schieb ich wahrscheinlich Dienst. Immer ziemlich lustig dort am Heiligen Abend.«

Sie sah ihn an, sagte aber nichts. Erst etliche Sekunden später wies sie ihn darauf hin, dass er links abbiegen musste. Vor dem Haus, in dem sie wohnte, war weit und breit kein Parkplatz. Rebus brachte den Wagen neben einem glänzenden Geländewagen zum Stehen.

»Ist das etwa Ihrer?«

»Schön wär's.«

Er betrachtete die Fassaden ringsum. »Hübsche Straße.«

»Möchten Sie noch einen Kaffee?«

Ihm fiel wieder ein, wie sie vorhin zusammengezuckt war: Sagte das nun etwas darüber aus, wie sie von ihm dachte, oder über ihre eigenen Gefühle? »Warum nicht?«, sagte er schließlich.

»Ein Stück weiter hinten war noch ein freier Parkplatz.«

Rebus setzte rund fünfzig Meter zurück und parkte den Wagen am Bordstein. Siobhans Wohnung lag im zweiten Stock. Keine Unordnung, alles war an seinem Platz. Eigentlich hatte er nichts anderes erwartet und freute sich, dass er Recht behalten hatte. Gerahmte Drucke an den Wänden, Einladungen zu Ausstellungseröffnungen. Ein Regal mit CDs und eine nette Stereoanlage. In einem zweiten Regal standen ordentlich sortiert zahlreiche Videos: vorwiegend Komödien, Steve Martin, Billy Crystal. Bücher: Kerouac, Kesey, Camus. Etliche juristische Texte. Außerdem gab es ein grünes zweisitziges Sofa samt einigen farblich nicht darauf abgestimmten Stühlen. Durch das Fenster sah er auf der anderen Seite ein identisches Mietshaus mit zugezogenen Vorhängen und dunklen Fenstern. Er überlegte, ob Siobhan ihre Vorhänge absichtlich offen ließ.

Sie war sofort in die Küche gegangen, um Wasser aufzusetzen. Nachdem er das Wohnzimmer begutachtet hatte, machte er sich auf die Suche nach ihr. Die Türen der beiden anderen Zimmer standen offen. Schon im Gang hörte er das Klappern des Geschirrs und der Teelöffel. Sie machte gerade den Kühlschrank auf, als er hereinkam.

»Wir müssen noch mal über Sithing reden«, sagte Rebus. »Wie wir uns ihm gegenüber am geschicktesten verhalten.« Siobhan schimpfte. »Was ist denn los?«

»Keine Milch«, sagte sie. »Ich dachte, ich hätte noch 'ne Packung H-Milch im Schrank.«

»Ich trink ihn ohnehin schwarz.«

Sie drehte sich wieder Richtung Arbeitsplatte. »Na gut.« Sie öffnete eine Vorratsdose und spähte hinein. »Nur Kaffee hab ich leider auch keinen mehr.«

Rebus lachte. »Ständig Besuch, was?«

»Ich bin einfach diese Woche noch nicht zum Einkaufen gekommen.«

»Kein Problem. Drüben in der Broughton Street gibt es einen kleinen Laden. Eigentlich müsste man dort Milch und Kaffee bekommen.« Sie suchte ihre Handtasche.

»Das mach ich schon«, sagte er und ging zur Eingangstür hinüber.

Als er weg war, lehnte Siobhan den Kopf gegen die Schranktür. Den Kaffee hatte sie ganz hinten versteckt. Sie brauchte einfach ein, zwei Minuten für sich. Sie hatte ohnehin selten Besuch, und John Rebus war zum ersten Mal hier. Ein oder zwei Minuten nur für sich – mehr wollte sie gar nicht. Als er im Auto die Hand in ihre Richtung ausgestreckt hatte ... ja, was hatte er da wohl über ihre Reaktion gedacht? Im ersten Augenblick hatte sie an einen Annäherungsversuch gedacht. Aber so etwas hatte er doch noch nie getan, warum also war sie so zusammengefahren? Die meisten Männer, mit denen sie zusammenarbeitete, machten hier und da eine Anspielung, einen anzüglichen Witz – und warteten dann ab, wie sie reagierte. Aber John Rebus noch nie. Sie wusste, dass er seine Schwächen, ja, dass er Probleme hatte, trotzdem war er in ihrem Leben so etwas wie ein ruhender Pol. Ihm konnte sie vertrauen, das wusste sie ganz genau – egal, was auch passieren mochte.

Und sie wollte ihn auf keinen Fall verlieren.

Sie schaltete das Licht in der Küche aus, ging ins Wohnzimmer und starrte durch das Fenster in die Nacht hinaus. Dann fing sie an, irgendwelche Sachen wegzuräumen.

Rebus knöpfte die Jacke zu und war froh, wieder im Freien zu sein. Siobhan war über seine Anwesenheit nicht gerade begeistert gewesen, so viel war klar. Auch er selbst hatte sich unbehaglich gefühlt. Am besten, man zog einen klaren Trennungsstrich zwischen Berufs- und Privatleben. War allerdings nicht ganz einfach in dem Job: Man ging zusammen was trinken und sprach über Sachen, die für Außenstehende völlig unverständlich waren. Es war eben schwierig, den Umgang unter solchen Umständen nur auf das Büro zu beschränken, auf gemeinsame Fahrten im Dienstwagen und so weiter.

Aber heute Abend, das war irgendwie anders gewesen, das spürte er. Auch er selbst hatte nicht gerne Besuch bei sich zu Hause, hatte weder Siobhan noch sonst wen je in seine Wohnung eingeladen. Vielleicht waren sie sich ähnlicher, als er bis dahin gedacht hatte. Vielleicht war es das, was sie nervös gemacht hatte.

Er hatte eigentlich nicht die Absicht, in ihre Wohnung zurückzugehen. Am besten, er würde nach Hause fahren und sich telefonisch entschuldigen. Er schloss den Wagen auf und setzte sich hinter das Steuer. Die Schlüssel baumelten im Zündschloss. Er saß gedankenverloren da und zündete sich eine Zigarette an. Vielleicht sollte er einfach die Milch und den Kaffee besorgen und ihr vor die Tür stellen. Ja, das wäre die richtige Lösung. Aber die Eingangstür des Hauses war verschlossen. Also musste er klingeln, damit sie ihn hereinließ. Und die Sachen einfach unten vor die Tür stellen…?

Am besten, ich fahre einfach nach Hause, dachte er.

Plötzlich hörte er ein Geräusch, sah, wie jemand aus dem Gebäude trat, das Siobhans Haus gegenüberlag. Die Gestalt hastete den Gehsteig entlang, bog dann nach links in die nächstbeste Seitenstraße ein und blieb stehen. Ein Urinstrahl traf die Wand, und in der Kälte stieg Dampf auf. Rebus saß in der Dunkelheit da und beobachtete den Mann. Vielleicht jemand, der noch ein bisschen weggehen wollte? Oder funktionierte vielleicht in der Wohnung die Toilette nicht...? Der Mann machte die Hose wieder zu und kam auf demselben Weg zurück. Als der Mann an einer Straßenlaterne vorbeiging, erhaschte Rebus einen kurzen Blick auf das Gesicht. Der Mann stieß die Tür auf, die hinter ihm langsam wieder zuging.

Rebus zog an seiner Zigarette. Zwischen seinen Augenbrauen erschien eine vertikale Falte.

Er zerdrückte die Zigarette im Aschenbecher und zog den Schlüssel ab. Dann öffnete und schloss er leise die Wagentür, ohne abzusperren. Fast auf Zehenspitzen überquerte er die Straße und mied das Licht der Straßenlaternen. Als ein Taxi vorbeiraste, drückte er sich in den Hauseingang. Er stieg die paar Stufen zur Eingangstür hinauf, die unverschlossen war. Das Gebäude wirkte ungepflegter als das Mietshaus, in dem Siobhan wohnte. Das Treppenhaus brauchte einen neuen Anstrich. Es roch irgendwie nach Katzenurin. Rebus schloss leise die Tür hinter sich, während ein weiteres Taxi das leise Klicken übertönte. Er schlich zum Fuß der Treppe und lauschte. Irgendwo lief ein Fernseher, vielleicht auch ein Radio. Er inspizierte die Steinstufen, wusste, dass er unmöglich hinaufgehen konnte, ohne Lärm zu machen. Seine Schuhe würden auf dem Belag unweigerlich knirschen und ihn damit verraten. Aber die Schuhe ausziehen? Ausgeschlossen. Und überhaupt: Warum sollte er seine Anwesenheit krampfhaft verbergen?

Er ging die Stufen hinauf.

Erreichte den ersten Treppenabsatz. Ging weiter in den zweiten Stock hinauf.

Jetzt hörte er Schritte, die von oben kamen. Ein Mann mit hochgeschlagenem Mantelkragen, das Gesicht fast verdeckt. Die Hände tief in den Taschen. Ein Räuspern, aber kein Augenkontakt, als er sich an Rebus vorbeizudrücken suchte.

»Hallo, Derek.«

Derek war schon zwei Stufen weiter unten und brauchte einen Augenblick, bis er begriff, was los war. Er blieb stehen und drehte sich um.

»Ich dachte, Sie wohnen in Dean Village«, sagte Rebus.

»Hab nur einen Freund besucht.«

»Ach, tatsächlich. Dürfte ich vielleicht den Namen wissen?«

»Christie – im nächsten Stock.« Er sprach die Worte etwas überhastet.

»Vorname?«, fragte Rebus und lächelte kalt.

»Was wollen Sie eigentlich?« Linford trat auf die nächsthöhere Stufe, weil es ihm unangenehm war, dass Rebus so hoch über ihm stand. »Was haben *Sie* denn hier zu suchen?«

»Ist bei Christie vielleicht die Toilette verstopft oder so was?«

Linford ging ein Licht auf. Er suchte verzweifelt nach Worten.

»Sparen Sie sich die Mühe«, schlug Rebus vor. »Wir wissen beide, was hier los ist. Sie sind ein Spanner.«

»Das ist nicht wahr.«

Rebus schüttelte tadelnd den Kopf. »Klingt nicht sehr überzeugend.« Er hielt inne. »Sie wissen doch, dass das strafbar ist?«

»Und was haben *Sie* hier zu suchen?« Er lächelte böse. »'ne schnelle Nummer? Jedenfalls haben Sie nicht lange gebraucht.«

»Wenn Sie irgendwas gesehen hätten, wäre Ihnen gewiss nicht entgangen, dass ich in mein Auto gestiegen bin.« Rebus schüttelte den Kopf. »Wie lange geht das schon so? Haben Sie keine Angst, dass die Leute im Haus irgendwann was mitkriegen? Fremder Mann, der ständig hier ein und aus geht?«

Rebus trat auf die nächsttiefere Stufe, um Linford auf Augenhöhe gegenüberzustehen.

»Hauen Sie ab«, sagte er leise. »Und lassen Sie sich hier nicht wieder blicken. Falls doch, werde ich Siobhan augenblicklich davon berichten. Und danach sofort Ihren Boss in der Fettes Avenue. Kann sein, dass sie dort eine Schwäche für hübsche Burschen haben, aber mit Perversen haben sie ganz sicher nichts am Hut.«

»Dann stünde Ihr Wort gegen meines.«

Rebus zuckte mit den Achseln. »Was habe ich denn schon zu verlieren? Sie dagegen…« Er sprach den Satz nicht zu Ende. »Und noch eins: Die Ermittlungen führe jetzt ich. Ich möchte, dass Sie sich aus der Sache raushalten, verstanden?«

»Das wird man nicht zulassen«, sagte Linford spöttisch. »Wenn ich nicht mehr dabei bin, wird man auch *Ihnen* die Sache aus der Hand nehmen.«

»Tatsächlich?«

»Darauf wette ich.« Derek Linford drehte sich um und eilte die Treppe hinunter. Rebus wartete, bis er außer Sicht war, dann stieg er zum nächsten Treppenabsatz hinauf. Von dem Fenster dort konnte er Siobhans Wohnzimmer und eines der Schlafzimmer einsehen. Die Vorhänge waren noch immer nicht zugezogen. Sie saß auf ihrem Sofa, hatte den Kopf auf eine Hand gestützt und starrte vor sich hin. Sie sah hundeelend aus, und er hatte das Gefühl, dass Kaffee jetzt nicht das Richtige war.

Er rief sie von unterwegs aus auf dem Handy an. Sie nahm es relativ gelassen. In seiner eigenen Wohnung, ließ er sich schließlich mit einem Glas Bunnahabhain in den Sessel sinken. *Vergiss alle Sorgen und denk nicht an morgen,* stand auf der Flasche. Ja, tatsächlich, er hatte schon Malt-Whiskys kennen gelernt, die das bewirken konnten. Aber natürlich handelte es sich um eine Selbsttäuschung. Er stand auf, verlängerte den Drink mit etwas Wasser, schaltete die Stereoanlage ein und schob Siobhans Blue-Nile-Kassette in das Gerät. Er hatte ein paar Nachrichten auf dem Anrufbeantworter.

Ellen Wylie: berichtete zuerst über den Stand der Ermittlungen. Dann erinnerte sie ihn daran, dass er noch Erkundigungen über Bryce Callan anstellen wollte.

Cammo Grieve: ersuchte um ein Gespräch; schlug gleich einen Zeit- und Treffpunkt vor. »Wenn es sich irgend vermeiden lässt, rufen Sie mich bitte nicht zurück. Ich werde dort sein.«

Bryce Callan, das war lange her. Er sah auf die Uhr. Er kannte jemanden, mit dem er sprechen konnte. War sich zwar nicht sicher, ob das was bringen würde, aber er hatte Wylie und Hood versprochen, sich darum zu kümmern, und natürlich durfte er die beiden nicht hängen lassen.

Als ihm wieder einfiel, wie er Derek Linford eins aufs Dach gegeben hatte, wurde Rebus nachdenklich.

Noch zehn Minuten *Blauer Nil* – »Spaziergang auf den Dächern«, »Hollywood im Regen« –, dann gelangte er zu der Überzeugung, dass es Zeit war zu gehen, zwar nicht über Dächer, aber auf die Straße hinunter zu seinem Wagen. Und dann war er schon unterwegs nach Gorgie.

Gorgie war das Zentrum von Big Ger Caffertys Aktivitäten. Cafferty hatte in Edinburgh den großen Max gespielt, bis Rebus ihn hinter Gitter gebracht hatte, und zwar in Barlinnie. Aber Caffertys Imperium war nicht etwa zusammengebrochen, sondern erlebte unter Führung eines Mannes, der in der Szene als das Wiesel bekannt war, sogar eine gewisse Blüte. Rebus wusste, dass das Wiesel in den Räumen eines privaten Taxiunternehmens in Gorgie residierte. Die Bude war zwar erst vor einiger Zeit abgebrannt, dann aber aus der Asche neu erstanden. Der Laden hatte vorne ein Büro, daran schloss sich dann eine Art Werkstatt an. Doch die Geschäfte führte das Wiesel von einem Raum im ersten Stock aus, von dem nur Wenige etwas wussten. Es war fast zehn, als Rebus dort vorfuhr. Er stellte den Wagen ab und verzichtete darauf, ihn abzuschließen: Einen sichereren Ort gab es vermutlich in der ganzen Stadt nicht.

In dem Büro vornean gab es eine Art Theke mit einem Tele-

fon und einem Stuhl dahinter. Vor dem Tisch stand eine Bank.
Auf diese Bank setzte man sich, während man auf das Taxi wartete. Der Mann hinter der Theke beäugte Rebus, als dieser hereinkam. Er telefonierte gerade und besprach die Einzelheiten
einer Taxibestellung für den folgenden Morgen: von Tollcross
zum Flughafen. Rebus setzte sich auf die Bank und griff sich
die Abendzeitung vom Vortag. Die Wände ringsum waren mit
einem billigen Holzimitat vertäfelt, der Boden mit Linoleum
ausgelegt. Der Mann legte den Hörer auf.

»Kann ich was für Sie tun?«, fragte er.

Sein schwarzes Haar war so schlecht geschnitten, dass es an
eine schlecht sitzende Perücke erinnerte. Seine Nase war nicht
nur mehrfach gebrochen, sondern buchstäblich zertrümmert.
Außerdem hatte er schmale mandelförmige Augen, und seine
Zähne waren – sofern vorhanden – völlig schief.

Rebus sah sich in dem Raum um. »Bei der Versicherungs-
summe hätte man die Bude auch ein bisschen schöner herrich-
ten können.«

»Was?«

»Sieht auch nicht besser aus als früher, bevor Tommy Telford
die Bude abgefackelt hat.«

Die Augen waren jetzt nur mehr Schlitze. »Was wollen Sie?«

»Ich möchte mit dem Wiesel sprechen.«

»Mit wem?«

»Pass mal auf, Freundchen. Wenn er nicht oben ist, dann sag
es am besten gleich. Und versuch gar nicht erst, mir einen Bä-
ren aufzubinden, weil ich das nämlich überhaupt nicht ausstehen kann.« Er zeigte seinen Dienstausweis und stand dann auf
und hielt ihn in Richtung der Überwachungskamera weiter hinten in der Ecke. Aus einem Lautsprecher an der Wand krächzte
eine Stimme.

»Henry, bring Mr. Rebus nach oben.«

Oben auf dem Treppenabsatz gab es zwei Türen, doch nur
eine davon stand offen. Sie führte in ein kleines gepflegtes
Büro: Faxgerät, Fotokopierer, ein Extratisch mit einem Laptop

und einem Überwachungsbildschirm darauf. An dem Schreibtisch selbst saß das Wiesel. Der Kerl war zwar keine besonders eindrucksvolle Erscheinung, trotzdem hatte er in diesem Teil von Edinburgh das Sagen, solange Big Ger noch im Knast saß. Sein dünnes Haar war aus der vorspringenden Stirn nach hinten gekämmt. Dazu kam ein knochiges Kinn mit einem kleinen Mund, so dass sein Gesicht irgendwie spitz zuzulaufen schien.

»Setzen Sie sich doch«, sagte das Wiesel.

»Ich stehe lieber«, sagte Rebus. Er machte Anstalten, die Tür zu schließen.

»Die bleibt offen.«

Rebus nahm die Hand vom Türknopf, dachte kurz nach – in dem Raum war es stickig, als ob gerade noch mehrere Personen hier versammelt gewesen waren – und ging dann rasch zu der anderen Tür hinüber. Er klopfte dreimal. »Alles klar, Freunde?« Er stieß die Tür auf. Drei Männer standen ihm direkt gegenüber. »Dauert nicht lange«, sagte er und machte die Tür wieder zu. Dann schloss er auch die Tür zum Büro des Wiesels, so dass sie jetzt allein in dem Raum waren.

Er setzte sich. Beäugte die Tragetaschen am Boden, aus denen Whiskyflaschen herausragten.

»Tut mir Leid, dass ich eure kleine Party störe«, sagte er dann.

»Was kann ich für Sie tun, Rebus?« Die Arme des Wiesels ruhten auf den seitlichen Lehnen seines Stuhls, als ob er jeden Augenblick aufspringen wollte.

»Waren Sie Ende der Siebzigerjahre hier in der Gegend? Ich weiß, dass Ihr Boss damals hier war. Aber er war zu der Zeit nur 'ne kleine Nummer – hat nur kleine Sachen gedreht und gerade erst angefangen, sich hier breitzumachen. Waren Sie damals schon bei ihm?«

»Worauf wollen Sie hinaus?«

»Ich dachte, ich hätte mich deutlich genug ausgedrückt. Bryce Callan hat zu der Zeit hier die Fäden gezogen. Oder haben Sie Bryce etwa nicht gekannt?«

»Ich kenne den Namen.«

»Cafferty hat damals 'ne Zeit lang für ihn die Drecksarbeit gemacht.« Rebus legte den Kopf auf die Seite. »Hilft das Ihrem Gedächtnis vielleicht auf die Sprünge? Wissen Sie, ich hab gedacht, ich wende mich direkt an Sie, um mir einen Knast-Besuch zu ersparen und Ihren Boss nicht zu behelligen.«

»Und was wollen Sie wissen?« Das Wiesel reagierte jetzt merklich entspannter. Offenbar beruhigte es ihn, dass Rebus sich nur für die alten Zeiten und nicht für die laufenden Geschäfte interessierte. Aber Rebus wusste genau, dass eine falsche Bewegung seinerseits genügte, um die Gorillas des Wiesels zu aktivieren, und dann konnte er sich mindestens auf einen Krankenhausbesuch gefasst machen.

»Ich brauche ein paar Auskünfte über Bryce Callan. Hat er mal mit einem Bauunternehmer namens Dean Coghill Ärger gehabt?«

»Dean Coghill?« Das Wiesel legte die Stirn in Falten. »Nie von ihm gehört.«

»Sicher nicht?«

Das Wiesel schüttelte den Kopf.

»Ich hab gehört, dass Callan ihm ganz schön zugesetzt hat.«

»Sie sagen, die Geschichte liegt zwanzig Jahre zurück?« Das Wiesel wartete, bis Rebus nickte. »Was hat das Ganze dann mit mir zu tun? Wieso sollte ich Ihnen dazu irgendwas sagen?«

»Vielleicht, weil Sie mich so sympathisch finden?«

Das Wiesel schnaubte verächtlich. Doch plötzlich veränderte sich sein Gesichtsausdruck. Rebus drehte sich um und blickte auf den Monitor, doch zu spät. Er konnte nicht mehr erkennen, was das Wiesel gesehen hatte. Schwere Schritte, die sich die Treppe hinaufquälten. Die Tür flog auf. Das Wiesel stand blitzartig auf und gab den Platz hinter dem Schreibtisch frei. Und auch Rebus sprang auf.

»Strohmann!« Die Stimme füllte den ganzen Raum. Eine imposante Gestalt stand in der Tür: Big Ger Cafferty. Er trug einen blauen Seidenanzug und ein blütenweißes Hemd, das oben offen stand. »*Sie* haben mir gerade noch gefehlt.«

Rebus stand vielleicht eine Sekunde oder zum dritten Mal in seinem Leben sprachlos da. Als Cafferty jetzt hereinkam, war der Raum plötzlich ziemlich voll. Er schob sich an Rebus vorbei und bewegte sich mit der gemächlichen Behändigkeit eines Raubtiers. Seine blasse Haut war faltig wie die eines weißen Nashorns, sein Haar silbergrau. Sein länglicher Kopf wuchs übergangslos aus dem Hemdkragen hervor, als er sich jetzt mit dem Rücken zu Rebus niederbeugte. Dann richtete er sich wieder auf und hielt eine Flasche Whisky in der Hand.

»Los, kommen Sie schon«, sagte er zu Rebus, »wir zwei machen jetzt 'ne kleine Spritztour.« Dann fasste er Rebus am Arm und schob ihn Richtung Tür.

Noch immer völlig perplex, tat er, wie ihm geheißen.

Strohmann: So nannte Cafferty Rebus.

Der Wagen war ein schwarzer 7er BMW. Natürlich mit Fahrer und einem zweiten Gorilla auf dem Beifahrersitz und Cafferty und Rebus im Fond.

»Und wohin geht die Reise?«

»Keine Panik, Strohmann.« Cafferty nahm einen Schluck Whisky, reichte Rebus die Flasche und atmete hörbar aus. Die Fenster waren einen Spalt breit geöffnet, und Rebus bekam kalte Ohren. »Kleine Überraschungstour, das ist alles.« Cafferty sah aus seinem Fenster. »Ich war ja 'ne Weile nicht nicht mehr hier. Hab gehört, dass sich vieles verändert hat. Morrison Street und die Western Approach Road«, sagte er zu dem Fahrer, »dann vielleicht Holyrood Road und rüber nach Leith.« Er sah seinen Begleiter an.

»Überall wird gebaut: großartig.«

»Und vergessen Sie nicht das neue Museum.«

Cafferty starrte ihn an. »Warum sollte mich das interessieren?« Er streckte die Hand nach der Flasche aus. Rebus nahm noch einen Schluck und reichte sie ihm dann.

»Ich hab das schreckliche Gefühl, dass man Sie aus dem Knast entlassen hat«, sagte Rebus schließlich.

Cafferty zwinkerte ihm bloß zu.

»Wie haben Sie das denn wieder gedeichselt?«

»Um ehrlich zu sein, Strohmann, dem Direktor hat es gar nicht gefallen, dass er in seinem eigenen Laden plötzlich nichts mehr zu sagen hatte. Ich meine, schließlich wird *er* dafür bezahlt. Doch seine Beamten hatten mehr Respekt vor Big Ger als vor ihrem Chef.« Er lachte. »Also hat sich der Direktor gedacht, dass ich hier draußen weniger Schaden anrichte als im Knast.«

Rebus sah ihn an. »Glaub ich nicht«, sagte er.

»Na ja, kann sein, dass Sie sogar Recht haben. Erleichtert haben das Ganze natürlich auch noch meine gute Führung und mein inoperabler Krebs.« Er sah Rebus an. »Und – glauben Sie mir jetzt?«

»Ich möchte ja.«

Cafferty lachte wieder. »Ich wusste doch, dass ich mit Ihrem Mitgefühl rechnen kann.« Er zeigte auf die Magazintasche auf der Rückseite des Vordersitzes. »Da in diesem großen braunen Umschlag«, sagte er, »da sind meine Röntgenaufnahmen drin.«

Rebus zog den Umschlag aus dem Fach und sah sich die Aufnahmen im Gegenlicht an.

»Sehen Sie den dunklen Flecken? Das ist die Stelle.«

Doch Rebus interessierte eigentlich nur, ob Caffertys Name auf den Aufnahmen verzeichnet war. Und tatsächlich: Auf jeder der Aufnahmen stand unten rechts »Morris Gerald Cafferty«. Rebus schob die Bilder zurück in das Kuvert. Die ganze Aufmachung wirkte hochoffiziell: ein Krankenhaus in Glasgow; radiologische Abteilung. Er gab Cafferty den Umschlag zurück.

»Tut mir Leid«, sagte er.

Cafferty kicherte in sich hinein. Dann schlug er dem Mann vor ihm auf die Schulter. »So was hört man nicht oft, Rab – dass der Strohmann sich entschuldigt.«

Rab drehte sich halb um. Krauses schwarzes Haar und lange Koteletten.

»Rab ist eine Woche vor mir rausgekommen«, sagte Cafferty. »Im Knast waren wir die besten Kumpels.« Er fasste Rab wieder an der Schulter. »Da hockst du gerade noch im Knast, und in der nächsten Minute schieben sie dich schon in die Röhre. Hab doch gesagt, dass ich für dich sorge, stimmt's?« Cafferty zwinkerte Rebus zu. »Hat mir 'n paarmal sehr geholfen, der gute Rab.« Er lehnte sich wieder zurück und nahm einen weiteren Schluck Whisky. »Die Stadt hat sich verändert, Strohmann.« Er blickte aus dem Fenster. »Vieles hat sich verändert.«

»Aber Sie offenbar nicht.«

»Der Knast verändert einen Mann, haben Sie das noch nie gehört? In meinem Fall ist dann noch die Sache mit dem Krebs dazugekommen.« Er schnaubte verächtlich.

»Und wie lange – haben sie gesagt...?«

»Jetzt kommen Sie mir nicht auf die rührselige Tour. Hier.« Er reichte Rebus die Flasche und schob dann den Umschlag wieder in die Sitztasche. »Den ganzen Quatsch vergessen wir jetzt am besten mal. Ich bin froh, wieder draußen zu sein. Welchem Umstand ich diese Tatsache verdanke, ist mir im Augenblick egal. Ich bin hier und damit hat sich's.« Er starrte wieder aus dem Fenster. »Hab gehört, dass überall wie wild gebaut wird.«

»Sollten Sie sich mal persönlich anschauen.«

»Worauf Sie sich verlassen können.« Er hielt inne. »Wissen Sie, ich find's herrlich, nur wir zwei. Dazu 'ne Flasche Whisky und dann über alte Zeiten reden..., aber warum, zum Teufel, sind Sie eigentlich in meinem Büro aufgekreuzt?«

»Ich wollte von Ihrem Wiesel nur ein bisschen was über Bryce Callan erfahren.«

»Der Mann ist doch schon ewig weg von der Bildfläche.«

»Tatsächlich? Ich dachte, er lebt jetzt in Spanien.«

»Was Sie nicht sagen.«

»Vielleicht hab ich da was missverstanden. Aber meines Wissens zahlen Sie ihm doch immer noch ein paar Prozent.«

»Und wieso sollte ich? Er hat doch Verwandtschaft. Sollen die sich doch um ihn kümmern.« Cafferty wurde etwas zappelig. Offenbar reichte allein die Erwähnung des Namens Bryce Callan aus, um ihn nervös zu machen.

»Ich hab nicht vor, Ihnen die Party zu verderben«, sagte Rebus.

»Gut.«

»Also, wenn Sie mir erzählen, was ich wissen will, dann können wir die ganze Sache vergessen.«

»Mensch, waren Sie immer schon so nervig?«

»Ich hab in Ihrer Abwesenheit Unterricht genommen.«

»Dann sollten Sie Ihrem Lehrer eine verdammte Prämie zahlen. Also gut. Wenn Ihnen irgendwas im Magen liegt, dann spucken Sie's schon aus.«

»Ein Bauunternehmer namens Dean Coghill.«

Cafferty nickte. »Ich hab den Mann gekannt.«

»In einem Kamin in Queensberry House ist eine Leiche aufgetaucht.«

»In dem ehemaligen Krankenhaus?«

»Das Gebäude wird gerade umgebaut – soll ein Teil des neuen Parlamentskomplexes werden.« Rebus ließ kein Auge von Cafferty. Er war zwar physisch erschöpft, doch im Kopf war er hellwach und immer noch damit beschäftigt, den Schock zu verdauen. »Diese Leiche hat sich über zwanzig Jahre dort befunden. Und ausgerechnet '78, '79 ist der Kasten umgebaut worden.«

»Und Coghills Firma war daran beteiligt?« Cafferty nickte. »Jetzt verstehe ich ungefähr, was Sie auf dem Herzen haben. Aber was hat das alles mit Bryce Callan zu tun?«

»Ich hab gehört, dass Callan und Coghill aneinander geraten sind.«

»Wenn das wahr wäre, dann wäre Coghill bestimmt was ziemlich Übles zugestoßen. Wieso fragen Sie ihn nicht selbst?«

»Er ist tot.« Cafferty sah ihn an. »Natürliche Ursache«, versicherte ihm Rebus.

»So ist das nun mal, Strohmann, die Leute kommen und ge-hen. Aber *Sie* müssen ständig alte Sachen ausgraben. Mit dem einen Fuß in der Vergangenheit und mit dem anderen im Grab.«

»Eines kann ich Ihnen versprechen, Cafferty.«

»Und das wäre?«

»Wenn man Sie dereinst bestattet, werde ich hinterher be-stimmt nicht mit 'ner Schaufel aufkreuzen, sondern Sie in aller Ruhe verrotten lassen.«

Rab drehte langsam den Kopf nach hinten und sah Rebus mit unbeseelten Augen an.

»Jetzt haben Sie sich aber unbeliebt gemacht, Strohmann.« Cafferty klopfte seinem Henkersknecht besänftigend auf die Schulter. »Eigentlich müsste ich jetzt auch böse mit Ihnen sein.« Er starrte Rebus mit einem bohrenden Blick an. »Viel-leicht beim nächsten Mal.« Er neigte sich vor. »Links ran!«, bellte er. Der Fahrer brachte den Wagen schlingernd zum Stehen.

Rebus brauchte keine weitere Aufklärung. Er öffnete die Tür und stand allein auf der West-Port-Straße. Dann rauschte der Wagen davon. Die noch offene Tür wurde vom Fahrtwind zu-gedrückt. Die schwere Limousine fuhr weiter Richtung Grass-market und dann wahrscheinlich zum Holyrood-Palast. Hatte Cafferty nicht gesagt, dass er unbedingt den Holyrood-Palast – und damit das Zentrum der sich wandelnden Stadt – sehen wollte? Rebus rieb sich die Augen. Dass Cafferty ausgerechnet jetzt wieder aufkreuzen musste. Er musste sich selbst daran er-innern, dass er an schicksalhafte Fügungen nicht glaubte. Er zündete sich eine Zigarette an und setzte sich Richtung Lauris-ton Place in Marsch. Wenn er die Abkürzung durch die Mea-dows nahm, konnte er in fünfzehn Minuten zu Hause sein.

Aber sein Auto stand ja noch in Gorgie. Verdammt noch mal, konnte genauso gut bis morgen früh dort stehen bleiben. Und viel Glück jedem Schwachkopf, der versuchen sollte, die Kiste zu stehlen.

Als er schließlich die Arden Street erreichte, stand der Wagen schon in zweiter Reihe vor dem Haus. Hinter dem Scheibenwischer klemmte ein Zettel, auf dem der Besitzer eines anderen Autos, das von Rebus' Saab blockiert wurde, darum bat, den Wagen bitte wegzufahren. Rebus machte sich an der Fahrertür zu schaffen. Die Tür war nicht abgeschlossen. Nirgends Schlüssel: Sie steckten in seiner Manteltasche.

Caffertys Leute hatten den Wagen dort abgestellt.

Sie hatten das vor allem getan, um Rebus zu zeigen, dass sie es konnten.

Er ging nach oben, goss sich einen Malt-Whisky ein und hockte sich auf die Bettkante. Keine Nachricht auf dem Anrufbeantworter. Lorna hatte also nicht versucht, ihn zu erreichen. Er war zugleich erleichtert und ein bisschen enttäuscht. Er starrte auf das Betttuch. Ein paar Erinnerungsfetzen kamen in ihm hoch, ergaben jedoch keine rechte Ordnung. Und jetzt war auch noch sein Racheengel wieder in der Stadt und reklamierte für sich die Hoheit über ihre Straßen. Rebus ging zur Eingangstür hinüber und legte die Kette vor. Er war schon wieder halb in der Wohnung, als er stehen blieb.

»Was machst du da für einen Schwachsinn, Mann?«

Er ging zurück und entfernte die Kette wieder aus dem Schlitz. Ganz sicher hatte Cafferty nicht die Absicht, sich auf einen ruhigen Abgang vorzubereiten. Er hatte noch ein paar alte Rechnungen zu begleichen. Und eine davon war er selbst – Rebus –, und das kam ihm gerade recht.

Sollte Cafferty tatsächlich kommen, dann würde Rebus schon auf ihn warten…

21

»Es geht besser bei offener Tür«, sagte Ellen Wylie. Bei offener Tür hatten sie nämlich mehr Platz und Licht, um zu arbeiten.

»Aber es ist so kalt«, sagte Grant Hood. »Meine Finger sind schon ganz klamm.«

Sie befanden sich in der Garage der Coghills. Wieder einer dieser grauen Wintertage mit kalten Windböen, die das nach oben versenkbare Garagentor scheppern ließen. Die Deckenlampe war verstaubt und brannte nur schwach, und nur ein kleines zugefrorenes Fenster ließ überhaupt etwas Tageslicht herein. Wylie hielt eine Taschenlampe zwischen den Zähnen und kroch zwischen dem Gerümpel umher. Hood hatte eine vergitterte Maurerlampe mitgebracht. Doch ihr Licht war zu grell, und sie war schwer zu handhaben. Außerdem hatte er sie so an ein Regalbrett geklemmt, dass sie einen Großteil des Raumes eher beschattete als beleuchtete.

Wylie hatte sich gut vorbereitet geglaubt. Sie hatte nicht nur die Taschenlampe mitgebracht, sondern auch je eine Thermosflasche mit heißer Suppe und Tee. Außerdem hatte sie noch ein Extrapaar Wollsocken angezogen und sich einen Schal um den Hals gewickelt. Dann hatte sie sich noch zusätzlich die Kapuze ihres olivgrünen Dufflecoats über den Kopf gezogen. Trotzdem fror sie. Der Elektrolüfter hatte nur einen Heizstab, dessen Wärme etwa zehn Zentimeter weit reichte.

»Bei offener Tür würden wir viel schneller vorwärts kommen«, sagte sie.

»Hörst du nicht den Wind? Der ganze Krempel hier würde ja weiß Gott wo hinfliegen.«

Mrs. Coghill hatte ihnen eine Kanne Kaffee und ein paar Plätzchen gebracht. Offenbar machte sie sich ihretwegen Sorgen. Kurze Klo-Gänge waren unter diesen Umständen die reinste Wohltat. Doch wenn man erst einmal das zentralbeheizte Haus betreten hatte, wäre man am liebsten gleich dort geblieben. Und so war Hood auch nicht entgangen, dass der bis dahin letzte Besuch, den Ellen Mrs. Coghills Haus gleich nebenan abgestattet hatte, ziemlich lange gedauert hatte. Als er eine entsprechende Bemerkung machte, giftete sie, seit wann er eine Stoppuhr mit sich herumtrage.

Und dann hatten sie angefangen, wegen des Garagentors zu streiten.

»Und – schon was gefunden?«, fragte er bereits zum zwanzigsten Mal.

»Du wirst es als Erster erfahren«, erwiderte sie mit zusammengebissenen Zähnen. Sie antwortete überhaupt nur auf seine Frage, weil er sonst nicht aufgehört hätte zu nerven.

»Das Zeug hier ist alles viel zu neu«, klagte er und verfrachtete einen Stapel Papier auf eine der Teekisten am Boden. Dort geriet der Stapel ins Rutschen, und die Papiere landeten auf dem Boden.

»Jedenfalls gehst du systematisch vor«, murmelte Wylie. Am besten, sie brachten das Zeug, das sie bereits gesichtet hatten, nach draußen. Dann konnten sie wenigstens in der Garage unbehelligt arbeiten. Den Rest würde der Wind draußen schon besorgen.

»Ich verstehe ja nicht viel davon«, sagte Wylie schließlich und goss sich etwas Tee aus ihrer Thermosflasche ein, »aber Coghills Buchführung macht einen ziemlich chaotischen Eindruck, falls diese Unterlagen irgendwelche Rückschlüsse erlauben.«

»Er hatte Schwierigkeiten wegen der Umsatzsteuer«, sagte Hood.

»Und wegen der Schwarzarbeiter, die er beschäftigt hatte.«

»Erleichtert uns nicht gerade die Arbeit.« Hood kam jetzt zu ihr herüber und nahm dankend eine Tasse Tee entgegen. Es klopfte an der Tür, und jemand kam herein.

»Und – ist in der Kanne noch was drin?«, fragte er.

»Vielleicht 'ne halbe Tasse«, sagte Wylie. Rebus inspizierte die Kaffeetassen, nahm dann die am wenigsten schmutzige und ließ sich von Wylie Tee einschenken.

»Und wie läuft's so?«, fragte er.

Hood versuchte, die Tür wieder zuzumachen. »Sie meinen – abgesehen von dem eisigen Wind?«

»Kälte stählt doch die Gesundheit«, sagte Rebus und stellte sich direkt vor den Heizlüfter.

»Geht nur mühsam vorwärts«, sagte Wylie. »Coghills größtes Problem war, dass er alles alleine machen wollte.«

»Wenn er nur eine tüchtige Sekretärin eingestellt hätte …«

Wylie sprach den Satz zu Ende: »… dann hätten wir vermutlich schon lange gefunden, wonach wir suchen.«

»Kann natürlich sein, dass er Sachen weggeschmissen hat«, sagte Rebus. »Wie weit reichen die Dokumente zurück, die Sie gefunden haben?«

»Nein, *der* hat ganz sicher nichts weggeschmissen, Sir. Das ist ja gerade das Problem. Der hat jeden Zettel aufgehoben.« Sie fuchtelte ihm mit einem Blatt Papier vor der Nase herum. Am oberen Rand stand in Druckbuchstaben: Coghill – Bauunternehmen. Er nahm es ihr aus der Hand. Ein Kostenvoranschlag für den Bau einer einfachen Garage in Joppa. In der Auflistung waren sämtliche Kosten bis auf den letzten Pence aufgeführt. Datiert war er vom Juli 1969.

»Der Mann war dreißig Jahre im Geschäft, und uns interessiert nur ein bestimmtes Jahr«, sagte Wylie. Sie trank ihren Tee aus und schraubte den Becher wieder oben auf die Thermosflasche. »Das ist fast wie 'ne Nadel im Heuhaufen suchen.«

Rebus leerte ebenfalls seine Tasse. »Also, je weniger ich Sie aufhalte …« Er sah auf die Uhr.

»Wenn Sie gerade nichts zu tun haben, Sir, ein bisschen Hilfe käme uns durchaus gelegen.«

Rebus sah Wylie an. Es war ihr durchaus ernst. »Ich hab gleich einen Termin«, sagte er. »Wollte nur mal vorbeischauen.«

»Das wissen wir zu schätzen, Sir«, sagte Hood, der genauso lustlos klang wie zuvor seine Partnerin. Dann machten sich die beiden wieder an die Arbeit, während Rebus seiner Wege ging.

Wylie hörte, wie Rebus seinen Wagen startete, und ließ einen Papierstoß zu Boden fallen. »Begreifst *du* das? Kreuzt hier mal kurz auf, trinkt uns den Tee weg und verschwindet dann wieder. Und wenn wir was gefunden hätten, wär er damit aufs Revier gefahren und hätte den großen Mann markiert.«

Hood starrte auf die Tür. »Meinst du wirklich?«

Sie sah ihn an. »Du vielleicht nicht?«

Er zuckte mit den Achseln. »Eigentlich nicht sein Stil.«

»Und wieso ist er dann gekommen?«

Hood starrte noch immer auf die Tür. »Weil er ständig unter Strom steht.«

»Mit anderen Worten: Er traut uns nicht.«

Hood schüttelte den Kopf. Er schnappte sich einen weiteren Aktenordner. »Einundsiebzig«, sagte er. »Mein Geburtsjahr.«

»Ich hoffe, Sie haben nichts gegen die Wahl unseres Treffpunkts einzuwenden«, sagte Cammo Grieve und stieg über einen Stapel Gerüstelemente hinweg, die entweder gerade abgebaut worden waren oder erst aufgebaut werden sollten.

»Kein Problem«, sagte Rebus.

»Ich wollte mich hier nur mal etwas umsehen.«

Hier, das hieß in der vorübergehenden Heimstatt des Schottischen Parlaments im Gebäude der General Assembly am oberen Ende von The Mound. Die Bauarbeiten waren bereits in vollem Gange. Oben zwischen den berühmten Deckenbalken waren schwarze Beleuchtungsbrücken aus Metall angebracht. Die Holzkonstruktionen für die bereits fertig zugeschnittenen Gyproc-Wände standen zur Montage bereit. Auf dem alten Fußboden wurde ein neuer verlegt. Gleichzeitig wuchs in der großen Halle in abgestuften Halbkreisen – einem Amphitheater gleich – allmählich der Plenarsaal heran. Die Tische und die Bestuhlung fehlten allerdings noch. Die John-Knox-Statue draußen im Hof war mit Holz verkleidet – manche sagten, um sie zu schützen, andere hingegen behaupteten, um dem Oberpuritaner den Anblick des Höchsten Gerichtshofs der Kirche von Schottland in seiner neuen Gestalt zu ersparen.

»Ich habe gehört, dass Glasgow dem Parlament ein fix und fertiges Gebäude als Tagungsort angeboten hat«, sagte Grieve. Er schnaubte geringschätzig und lächelte dann. »Als ob Edinburgh so etwas zulassen würde. Trotzdem...« Er sah sich um. »Schade, dass man sich nicht einmal die Zeit genommen hat, auf die Fertigstellung des endgültigen Parlamentsgebäudes zu warten.«

»So lange können wir offenbar nicht mehr warten«, sagte Rebus.

»Bloß weil Dewar einen Vogel hat. Mein Gott, wie der Mann gegen den Calton Hill als Standort gekämpft hat, bloß weil der Ort für ihn ein ›nationalistisches Symbol‹ ist. Wirklich idiotisch.«

»Ich persönlich hätte Leith als neuen Parlamentssitz vorgezogen«, sagte Rebus.

Grieve sah ihn interessiert an. »Wieso das?«

»Erstens bricht der Verkehr in der Stadt auch jetzt schon ständig zusammen. Und zweitens«, fuhr Rebus fort, »hätten sich dann die hart arbeitenden Mädchen den weiten Weg nach Holyrood sparen und ihrem Gewerbe gleich vor Ort nachgehen können.«

Cammo Grieves schallendes Gelächter hallte in dem großen Raum wider. Um sie her sägten und hämmerten Zimmerleute. Irgendwo lief ein Radio. Das übliche Pop-Gedudel. Ein paar Arbeiter versuchten mitzupfeifen. Ein Zimmermann haute sich mit dem Hammer auf den Daumen. Seine Flüche hallten von den Wänden wider.

Cammo Grieve sah Rebus an. »Sie haben von meinem Beruf offenbar nicht die beste Meinung, Inspektor, was?«

»Ach, ich glaube, dass Politiker für manche Zwecke ganz nützlich sind.«

Wieder lachte Grieve. »Ich hab das Gefühl, ich sollte besser nicht fragen, welche Zwecke das sind.«

»Wenigstens sind Sie lernfähig, Mr. Grieve.«

Sie schlenderten weiter. Rebus konnte sich noch an einige Informationen erinnern, die er bei einer Begehung des Ortes erhalten hatte. Er reichte sie großzügig an den in England wohnhaften Abgeordneten weiter.

»Dann ist das also hier der Plenarsaal?«, sagte Grieve.

»Richtig. Es gibt noch sechs weitere Gebäude, die meisten davon in städtischem Besitz. In einem davon sind die diversen Verbände untergebracht, in einem anderen die Abgeordneten und ihre Mitarbeiter.«

»Und wie sieht es mit den Tagungsräumen für die Ausschüsse aus?«

Rebus nickte. »Gibt es auch. Auf der anderen Seite der George-IV.-Brücke gegenüber den Abgeordneten-Büros. Die Gebäude sind durch einen Tunnel miteinander verbunden.«

»Einen Tunnel?«

»Damit die Herrschaften die Straße nicht zu überqueren brauchen. Wir wollen doch nicht, dass unseren Abgeordneten was passiert.«

Grieve lächelte. Ganz gegen seinen Willen fand Rebus den Mann ziemlich sympathisch.

»Und ein Pressezentrum gibt es doch bestimmt auch«, sagte Grieve.

Rebus nickte. »Ja, am Lawnmarket.«

»Die verdammten Medien.«

»Campieren die immer noch vor dem Haus Ihrer Mutter?«

»Ja. Jedes Mal, wenn ich meine Mutter besuche, muss ich irgendwelche Fragen abwehren.« Er sah Rebus an. Keine Spur von Fröhlichkeit lag mehr in seinem jetzt blassen, müden Gesicht.

»Haben Sie denn noch immer keine Idee, wer Roddy umgebracht hat?«

»Die Antwort kennen Sie doch schon, Sir.«

»Ach ja: Wir machen mit den Ermittlungen gute Fortschritte ... und so ein Quatsch.«

»Kann sein, dass es Quatsch ist, trotzdem stimmt es.«

Cammo Grieve versenkte die Hände tief in den Taschen seines schwarzen Mantels. Er sah alt und irgendwie unglücklich aus. Ein Mann, der sich keinen Illusionen mehr hingab, so perfekt gekleidet er auch sein mochte, seine Haut war trotzdem schlaff, und seine Schultern hingen herunter. Der obligatorische weiße Schutzhelm war ihm unangenehm. Immer wieder versuchte er, das Ding richtig aufzusetzen. Rebus hatte den Eindruck, dass der Mann mit seinem Leben nicht zurecht kam.

Sie waren die Stufen zur Galerie hinaufgestiegen. Grieve

putzte den Staub von einer Bank, setzte sich und drapierte den Mantel um sich. Unter ihnen in der Mitte des Plenarsaals standen zwei Männer über einen Plan gebeugt und zeigten mit dem Finger in verschiedene Richtungen.

»Kein gutes Omen«, sagte Grieve.

Die beiden breiteten den Plan jetzt auf einem Arbeitstisch aus und beschwerten die Ränder mit Kaffeetassen.

»Riechen Sie was?«, fragte Rebus und setzte sich neben den Abgeordneten.

Grieve schnüffelte ein bisschen und sagte dann: »Sägemehl.«

»Was für den einen Sägemehl, ist für den anderen frisches Holz. Das rieche ich nämlich.«

»Wollen Sie damit sagen, dass Sie einen Neubeginn sehen, wo mich nur schlimme Vorahnungen befallen?« Grieve sah Rebus taxierend an, doch der zuckte bloß mit den Achseln. »Na gut. Manchmal sollte man nicht so viel in die Dinge hineininterpretieren.« Neben ihnen lagen ein paar Kabelrollen. Grieve stützte seine Füße auf eine davon. Er nahm den Schutzhelm ab, legte ihn neben sich und strich sich mit der Hand über das Haar.

»Wir können anfangen, wann immer Sie möchten«, sagte Rebus.

»Womit anfangen?«

»Sie wollten mir doch was erzählen.«

»Tatsächlich? Wieso sind Sie da eigentlich so sicher?«

»Wenn Sie mich nur hierher gebeten hätten, damit wir uns die Baustelle gemeinsam ansehen, wäre ich ziemlich enttäuscht.«

»Na ja, es gibt da tatsächlich etwas, allerdings bin ich im Augenblick nicht mehr so sicher, ob es wichtig ist.« Grieve starrte zu dem Glasfenster in der Decke hinauf. »Ich habe da ein paar Briefe bekommen. Klar, Abgeordnete erhalten ständig Briefe von irgendwelchen Geisteskranken. Deshalb habe ich mir zunächst auch nicht viel dabei gedacht. Aber ich habe Roddy davon erzählt. Ich glaube, eigentlich wollte ich ihn nur vorwarnen, damit er weiß, worauf er sich einlässt. Als Mitglied des Schottischen Parlaments wäre ihm wahrscheinlich genau das Gleiche passiert.«

»Dann hatte er also in der Vergangenheit derartige Schreiben noch nicht erhalten?«

»Jedenfalls hat er nichts davon *gesagt*. Aber da war etwas Merkwürdiges... Als ich ihm davon erzählt habe, hatte ich den Eindruck, dass er schon Bescheid weiß.«

»Und was stand in diesen Briefen?«

»Sie meinen in denen, die ich bekommen habe? Nur, dass ich bald sterben muss, weil ich ein Tory-Schwein bin. Dann waren noch Rasierklingen beigelegt – wahrscheinlich für den Fall, dass ich mich umbringen möchte.«

»Anonym natürlich, nicht wahr?«

»Natürlich. Ganz unterschiedliche Poststempel. Jedenfalls scheint der Absender viel unterwegs zu sein.«

»Und was hat die Polizei gesagt?«

»Ich habe es nicht gemeldet.«

»Und wer außer Ihrem Bruder hat sonst noch davon gewusst?«

»Meine Sekretärin. Die öffnet meine ganze Post.«

»Haben Sie die Briefe noch?«

»Nein, die habe ich sofort vernichtet. Ich habe übrigens in meinem Büro nachgefragt. Seit Roddys Tod ist kein weiteres Schreiben dieser Art mehr eingegangen.«

»Aus Respekt vor den Hinterbliebenen?«

Cammo Grieve machte ein skeptisches Gesicht. »Ich hätte eher erwartet, dass das Schwein sich darüber noch freut.«

»Ich weiß, was Sie denken«, sagte Rebus. »Sie fragen sich, ob der Verfasser der Briefe die ganze Familie auf dem Kieker hat und Roddy vielleicht nur deshalb getötet hat, weil er – oder vielleicht auch sie – an Sie nicht herangekommen ist.«

»Es muss sich um einen *er* handeln.«

»Nicht unbedingt.« Rebus saß nachdenklich da. »Sollten Sie noch weitere Briefe erhalten, geben Sie mir bitte Bescheid. Und bitte werfen Sie sie diesmal nicht weg.«

»Verstanden.« Er stand auf. »Ich fahre heute Nachmittag zurück nach London. Wenn ich was für Sie tun kann, Sie haben ja meine Büronummer.«

»Ja, danke.« Rebus blieb reglos sitzen.

»Also dann, Wiedersehen, Inspektor, und viel Glück.«

»Wiedersehen, Mr. Grieve. Passen Sie auf, dass Sie nicht stolpern.«

Cammo Grieve blieb kurz stehen, ging dann jedoch weiter die Treppe hinunter. Rebus saß da und starrte ins Leere und ließ das Hämmern und Sägen reglos über sich ergehen.

Wieder in der St. Leonard's Street, führte er zunächst ein paar Telefonate. Er saß mit dem Hörer am Ohr an seinem Schreibtisch und sortierte die diversen Nachrichten, die er inzwischen erhalten hatte. Linford verkehrte jetzt nur noch schriftlich mit ihm, und in seinem letzten Schreiben hieß es, dass er weggefahren sei, um mit ein paar Leuten zu sprechen, die am Mordabend zu Fuß in der Holyrood Road unterwegs gewesen waren. Hi-Ho Silvers war es dank seiner Verbissenheit nämlich gelungen, vier Kneipen ausfindig zu machen, in denen Roddy Grieve am Abend seiner Ermordung – ganz allein – etwas getrunken hatte. Zwei davon waren im West End, eine am Lawnmarket, bei der vierten handelte es sich um die Holyrood Tavern. Es gab sogar inzwischen eine Liste mit den Namen der Stammgäste dieses Lokals. Und mit diesen Leuten wollte Linford sprechen. Höchstwahrscheinlich reine Zeitverschwendung, doch was hatte er selbst – Rebus – denn bisher schon Bedeutendes auf die Beine gestellt? Sich von irgendwelchen vagen Ahnungen leiten lassen.

»Spreche ich mit Mr. Grieves Sekretariat?«, sagte er in die Muschel. Dann befragte er die Dame am anderen Ende nach den Drohbriefen. Ihrer Stimme nach zu urteilen, musste sie noch jung sein – vielleicht Mitte zwanzig bis Anfang dreißig. Außerdem schien sie ihrem Chef in Loyalität ergeben. Trotzdem klang ihre Darstellung des Geschehens nicht eingeübt. Nichts, was eine solche Annahme begründet hätte.

Nur so eine Ahnung.

Als Nächstes sprach er mit Seona Grieve. Er erreichte sie auf ihrem Handy. Sie klang nervös, und das sagte er ihr auch.

»Bleibt nicht mehr viel Zeit, den Wahlkampf vorzubereiten«, sagte sie. »Und meine Schule ist auch nicht besonders glücklich mit der Situation. Man hat dort geglaubt, ich würde nur etwas Zeit brauchen, um mich von dem Schicksalsschlag zu erholen, und jetzt erfahren sie plötzlich, dass ich vielleicht überhaupt nicht zurückkomme.«

»Wenn Sie gewählt werden.«

»Ja, genau, diese kleine Hürde wäre freilich noch zu nehmen.«

Sie hatte zwar von einem Schicksalsschlag gesprochen, klang aber gar nicht wie jemand, den gerade erst ein solches Unglück getroffen hatte. Zum Trauern blieb ihr keine Zeit. Vielleicht hatte sie ja genau das Richtige getan, um sich von dem Mord abzulenken. Linford hatte überlegt, ob Seona Grieve es möglicherweise darauf abgesehen hatte, in den Fußstapfen ihres Mannes auf dem schnellsten Weg ins Parlament einzuziehen. Wäre immerhin ein Motiv gewesen. Rebus konnte der Theorie nichts abgewinnen.

Aber eine andere plausible Theorie hatte er natürlich auch nicht.

»Also, Inspektor, falls es sich nicht nur um einen Höflichkeitsanruf handelt…?«

»Entschuldigung, ja natürlich. Ich wollte Sie eigentlich fragen, ob Ihr Mann je Drohbriefe bekommen hat.«

Einen Augenblick herrschte Schweigen. »Nein, nicht dass ich wüsste.«

»Hat er Ihnen erzählt, dass sein Bruder solche Briefe bekommen hat?«

»Wirklich? Nein, das hat Roddy nie erwähnt. Hat Cammo ihm davon erzählt?«

»Offenbar.«

»Hm, das alles ist mir völlig neu. Ansonsten hätte ich Ihnen bestimmt schon davon berichtet.«

»Sicher doch.«

Sie war etwas irritiert, weil sie spürte, dass ihr etwas unterstellt wurde, jedoch nicht genau wusste, was. »Ist das alles, Inspektor?«

»Ja, ich möchte Sie nicht weiter stören, Mrs. Grieve. Tut mir Leid, dass ich Sie behelligt habe.« Aber das war natürlich ganz und gar nicht der Fall, und auch seine Stimme verriet nichts von einem solchen Bedauern.

Sie verstand die Botschaft. »Also, ich weiß Ihre Bemühungen sehr zu schätzen und danke Ihnen für die harte Arbeit, die Sie leisten.« Plötzlich ging die Politikerin mit ihr durch, der es vor allem um Wirkung und nicht so sehr um Aufrichtigkeit ging. »Und natürlich können Sie mich jederzeit anrufen, wenn Sie meinen, dass ich etwas für Sie tun kann.«

»Das ist sehr freundlich von Ihnen, Mrs. Grieve.«

Sie gab sich Mühe, die Ironie in seiner Stimme zu überhören. »Nun gut. Wenn Sie im Augenblick sonst keine Fragen mehr haben?«

Rebus sagte gar nichts, hängte nur einfach ein.

Er fand Siobhan im Büro nebenan. Sie hatte den Hörer zwischen Schulter und Kinn geklemmt und machte gerade eine Notiz.

»Danke«, sagte sie. »Ich weiß Ihre Hilfe sehr zu schätzen. Ja, bis dahin.« Sie sah Rebus hereinkommen. »Und ich bringe noch einen Kollegen mit, wenn es Ihnen recht ist.« Sie hörte wieder zu. »Also gut, Mr. Sithing. Wiedersehen.«

Der Hörer rutschte von ihrer Schulter und fiel zurück auf die Gabel. Rebus inspizierte den Apparat.

»Supertrick«, sagte er.

»Hat 'ne Weile gedauert, bis es geklappt hat. Bitte, bitte sagen Sie, dass wir mittagessen gehen.«

»Wenn ich Sie einladen darf.« Sie zog ihre Jacke von der Rücklehne ihres Stuhls und schlüpfte hinein. »Sithing?«, fragte er.

»Ja, heute am Spätnachmittag, wenn Ihnen das passt.« Er

nickte. »Er ist draußen in der Kapelle. Ich hab gesagt, dass wir ihn dort besuchen.«

»Wie lange hat er Sie zu Kreuze kriechen lassen?«

Sie lächelte und dachte daran zurück, wie sie Sithing praktisch handgreiflich aus dem Revier entfernt hatte. »Ziemlich lange«, sagte sie. »Aber ich habe natürlich einen wahnsinnigen Pluspunkt.«

»Die vierhunderttausend?«

Sie nickte. »Und wohin gehen wir jetzt?«

»Also ich kenn da ein entzückendes kleines Lokal in Fife...«

Sie lächelte. »In der Kantine gibt es Rouladen.«

»Schwierige Entscheidung, aber ist nicht das ganze Leben damit gepflastert?«

»Nach Fife ist es im Augenblick einfach zu weit. Vielleicht beim nächsten Mal.«

»Ja, genau – beim nächsten Mal«, sagte Rebus.

Sie saßen bei Mrs. Coghill am Küchentisch. Als Vorspeise diente ihnen die Suppe aus der Thermosflasche, die Wylie mitgebracht hatte, doch als Hauptgericht hatte Mrs. Coghill mit Käse überbackene Makkaroni vorbereitet. Eigentlich hatten beide beabsichtigt, höflich abzulehnen, doch als Mrs. Coghill dann das blubbernde, von einer goldbraunen Kruste überzogene Gericht aus dem Backofen zog, waren alle guten Vorsätze plötzlich vergessen.

»Na ja, vielleicht eine Kleinigkeit.«

Nachdem Mrs. Coghill ihnen zwei gefüllte Teller hingestellt hatte, überließ sie die beiden ihrem Schicksal. Sie selbst hatte angeblich schon gegessen. »Ich habe einfach nicht mehr so viel Appetit wie früher, aber ein junges Paar wie Sie...« Dabei hatte sie mit dem Kopf auf die Auflaufform gewiesen. »Wenn ich gleich zurückkomme, muss die Kasserolle natürlich leer sein.«

Grant Hood lehnte sich auf dem Stuhl zurück, bis dieser nur mehr auf zwei Beinen stand, und streckte die Arme. Er hatte zweimal nachgenommen. Trotzdem war die Kasserolle noch halb voll.

Ellen Wylie hob den Servierlöffel und wies damit in seine Richtung.

»Um Gottes willen, nein«, sagte er. »Ist alles für dich.«

»Nein, geht nicht«, sagte sie. »Ich weiß nicht mal, ob ich noch aufstehen kann. Vielleicht solltest du deshalb besser den Kaffee machen.«

»Schon verstanden.« Er ließ Wasser in den Kessel laufen. Draußen hatte sich inzwischen der Himmel verfinstert. In der Küche brannte das Licht. Vor dem Fenster wirbelten abgefallene Blätter durch die Luft. »Schrecklicher Tag heute«, sagte er.

Wylie hörte ihm nicht zu. Sie hatte sich gerade in den Inhalt eines Aktenordners vertieft, den sie kurz vor dem Essen entdeckt hatte. Geschäftsunterlagen für den Zeitraum vom 6. April 1978 bis zum 5. April 1979. Sie nahm die Hälfte der Papiere heraus und schob sie über den Tisch. Den Rest behielt sie selbst. Hood räumte die Teller in die Spüle und stellte die Kasserolle zurück in den Backofen. Dann setzte er sich wieder und wartete darauf, dass das Wasser zu kochen anfing. Derweil nahm er sich schon mal das erste Blatt Papier vor.

Eine halbe Stunde später hatten sie endlich gefunden, wonach sie suchten. Eine Auflistung der Mitarbeiter, die damals an dem Umbau von Queensberry House mitgewirkt hatten. Acht Namen. Wylie kritzelte sie in ihr Notizbuch.

»Jetzt müssen wir diese Leute nur noch ausfindig machen und mit ihnen sprechen.«

»Hoffentlich stellst du dir das nicht zu einfach vor.«

Wylie schob die Liste zu ihm herüber. »Der eine oder andere davon ist bestimmt noch in der Baubranche tätig.«

Hood las die Namen. Die ersten sieben waren getippt, der letzte handschriftlich hinzugefügt. »Soll das ›Hutton‹ heißen?« fragte er.

»Der letzte Name?« Wylie sah sich den Eintrag genau an.

»Hutton oder Hatton. Und der Vorname lautet entweder Benny oder Berry.«

»Dann müssen wir uns also bei sämtlichen Baufirmen in Edinburgh nach diesen Namen erkundigen?«

»Entweder das, oder wir sehen erst mal im Telefonbuch nach.«

Der Kessel fing an zu pfeifen. Hood ging zu Mrs. Coghill hinüber und fragte sie, ob sie eine Tasse Kaffee wolle. Er kam mit dem Branchenverzeichnis zurück und schlug unter dem Stichwort »Bauunternehmen« nach.

»Lies mir noch mal die Namen vor«, sagte er. »Vielleicht haben wir ja zufällig Glück.«

Beim dritten Namen, den sie vorlas, sagte Hood: »Bingo« und zeigte mit dem Finger auf eine Kleinanzeige. Der Name auf der Liste lautete John Hicks. Und in dem Telefonbuch war immerhin ein J. Hicks verzeichnet. »An- und Ausbauten, Renovierungen, Umbauten«, las er vor. »Ist auf jeden Fall einen Anruf wert.«

Und so schaltete Wylie ihr Handy ein, und die zwei feierten ihren Erfolg mit Kaffee.

John Hicks' Bauunternehmen war in Bruntsfield ansässig, doch der Mann selbst arbeitete zur Zeit in Glengyle Terrace in einer Gartenwohnung und war gerade damit beschäftigt, das große rückwärtige Zimmer in zwei kleinere Einheiten umzubauen.

»Bringt mehr Miete«, erklärte er. »Manchen Leuten macht es offenbar nichts aus, in einem Karnickelstall zu wohnen.«

»Oder sie können sich nichts Besseres leisten.«

»Wie wahr, wie wahr.« Hicks war Ende fünfzig, ein kleiner drahtiger Mann mit tief gebräunter Glatze und dicken schwarzen Augenbrauen. Er hatte den Schalk in den Augen. »Wenn es so weitergeht«, sagte er, »gibt es in Edinburgh demnächst kein einziges anständiges Haus mehr, das nicht in kleinere Einheiten zerteilt wird.«

»Trotzdem nicht schlecht fürs Geschäft, was?«, sagte Hood.

»Oh nein, ich beklage mich ja gar nicht.« Er lächelte die beiden an. »Sie haben am Telefon gesagt, dass es um Dean Coghill geht?«

Irgendwo in der Wohnung wurde eine Tür zugeknallt.

»Studenten«, erklärte Hicks. »Sind sauer, weil ich schon morgens um acht hier aufkreuze und dann bis vier oder fünf Krach mache.« Er nahm seinen Hammer und schlug damit ein paarmal gegen eine Holzleiste. Wylie hielt ihm die Liste unter die Nase. Er warf einen Blick darauf, nahm sie ihr dann aus der Hand und stieß einen Pfiff aus.

»Mensch, ist das lange her«, sagte er.

»Wir brauchen Informationen über die anderen.«

Er blickte auf. »Wieso?«

»Haben Sie was über die Leiche in Queensberry House gelesen?« Hicks nickte. »Die ist Ende '78, Anfang '79 dort verstaut worden.«

Hicks nickte wieder. »Als wir dort gearbeitet haben. Glauben Sie, dass einer von uns …?«

»Wir verfolgen da nur eine bestimmte Spur, Sir. Können Sie sich vielleicht noch an die offene Feuerstelle erinnern?«

»Oh ja. Wir sollten eine dampfresistente Schicht auftragen. Deshalb haben wir zuerst die Wand aufgemacht und sind darauf gestoßen.«

»Und wann haben Sie die Wand wieder zugemacht?«

Hicks zuckte mit den Achseln. »Weiß ich nicht mehr. Bevor wir dort mit unserer Arbeit fertig waren, aber ich kann mich nicht mehr konkret daran erinnern.«

»Und wer war dafür zuständig?«

»Keine Ahnung.«

»Können Sie uns etwas über die anderen Männer auf der Liste sagen?«

Er warf abermals einen Blick auf das Blatt. »Also Bert, Terry und ich – wir haben oft zusammengearbeitet. Eddie und Tam, die haben nur gearbeitet, wenn sie gerade Geld brauchten. Warten Sie mal …, Harry Connors, der war etwas älter und hat ewig

293

für Dean gearbeitet. Ist ein paar Jahre später gestorben. Dod McCarthy ist nach Australien gezogen.«

»Und hat damals irgendwer zwischendurch den Job hingeschmissen?«

Er schüttelte den Kopf. »Nein, alle waren bis zum Schluss dabei.« Wylie und Hood sahen sich an: wieder eine Theorie, die sich in Luft aufgelöst hatte.

Hicks studierte noch immer die Liste.

»Es gibt einen Namen, den Sie bisher noch nicht erwähnt haben«, sagte Hood zu ihm.

»Benny Hatton«, half Wylie ihm auf die Sprünge.

»Barry Hutton«, verbesserte Hicks sie. »Na ja, Barry hat nur ein paarmal mit uns zusammengearbeitet. Ich glaube, Dean hat ihn nur genommen, um seinem Onkel einen Gefallen zu tun oder so was.«

»Und was ist mit ihm?«

»Eigentlich nichts. Sie wissen doch bestimmt...«

»Was, Sir?«

»Na ja, Barry ist doch jetzt 'ne große Nummer. Er ist der Einzige von uns allen, der ganz nach oben gekommen ist.«

Wylie und Hood sahen sich verständnislos an.

»Kennen Sie ihn denn nicht?« Hicks schien überrascht. »Hutton Wohnungsbaugesellschaft.«

Wylie machte große Augen. »Das ist *dieser* Barry Hutton?« Sie sah Hood an. »Großes Bauunternehmen«, erklärte sie ihm.

»Eins der größten«, fügte Hicks hinzu. »Man weiß doch nie, was aus den Leuten wird. Als ich Barry damals kannte, war er wirklich noch nichts Besonderes.«

»Mr. Hicks«, sagte Hood, »Sie haben da was von seinem Onkel gesagt?«

»Na ja, Barry hatte ja nicht allzu viel Erfahrung in der Baubranche. Ich hatte damals den Eindruck, dass sein Onkel sich bei Dean für ihn verwandt hat, damit der Junge 'n bisschen was lernt.«

»Und wer ist sein Onkel?«

Hicks sah die beiden wieder erstaunt an. Offenbar konnte er nicht glauben, dass sie auch das nicht wussten.

»Bryce Callan«, erklärte er und klopfte wieder mit dem Hammer gegen das Holzstück. »Barry ist der Sohn von Bryce' Schwester. Exzellente Beziehungen, was? Kein Wunder, dass der Bursche es zu was gebracht hat.«

22

Rebus fuhr gemeinsam mit Siobhan nach Roslin hinaus. Sie saß am Steuer, während er auf dem Handy einen Anruf entgegennahm. Als das Gespräch beendet war, drehte er sich auf dem Beifahrersitz in ihre Richtung.

»Das war Grant Hood. Bei den Umbauarbeiten in Queensberry House vor zwanzig Jahren war auch ein Neffe von Bryce Callan dabei, ein gewisser...«

»Barry Hutton«, unterbrach sie ihn.

»Kennen Sie den Mann?«

»Er ist Ende dreißig, unverheiratet und stinkreich. Natürlich hab ich von ihm gehört. Vor einiger Zeit bin ich abends mal mit einer Single-Gruppe weggegangen.« Sie sah ihn an. »Natürlich rein beruflich. Einige von den Frauen haben sich über die attraktivsten Junggesellen unterhalten. Offenbar hatten sie was über Hutton in einer Zeitschrift gelesen. Soll sehr gut aussehen.« Sie sah wieder Rebus an. »Aber der Typ ist doch sauber, nicht wahr? Ich meine, er hat doch geschäftlich mit seinem Onkel nichts zu tun.«

»Nein.« Trotzdem war Rebus nachdenklich. Was hatte Cafferty noch einmal über Bryce Callan gesagt? *Er hat doch Verwandtschaft. Sollen die sich doch um ihn kümmern* – oder so ähnlich.

Als sie jetzt nach Roslin hereinkamen und sich der Kapelle näherten, wollte Siobhan wissen, wieso sich die Rosslyn-Kapelle anders schrieb als der Ort selbst.

»Auch das gehört zu den unergründlichen Mysterien der Kapelle«, sagte Rebus. »Vermutlich steckt wieder so eine Verschwörung dahinter.«

»Ich wollte unbedingt, dass Sie sich die Kapelle mal persönlich anschauen«, sagte Gerald Sithing, als er sie auf dem Parkplatz begrüßte. Er hatte eine knielange blaue Regenjacke an. Darunter trug er ein Tweed-Jackett und eine weit geschnittene braune Cordhose. Er schüttelte Rebus die Hand, war aber gegenüber Siobhan auf Distanz bedacht.

Von außen machte die eingerüstete Kapelle keinen besonders imposanten Eindruck.

»Wir müssen zuerst die Wände trockenlegen, bevor wir mit den eigentlichen Restaurierungsarbeiten anfangen können«, sagte Sithing. »Danach verschwindet das Gerüst natürlich wieder.«

Er führte sie in das Innere der Kapelle. Obwohl Siobhan ungefähr wusste, was sie dort erwartete, war sie tief beeindruckt. Der Raum konnte es in punkto Dekor mit jeder Kathedrale aufnehmen. Außerdem kamen die Steinreliefs gerade deshalb so eindrucksvoll zur Geltung, weil die Kapelle so klein war. Die Decke war mit kunstvoll gearbeiteten Steinblumen geschmückt. Auch die Pfeiler waren reich verziert. Gesteigert wurde diese Wirkung noch durch die Buntglasfenster. Da die Türen offen standen, war es kühl in dem Raum. Dass die Feuchtigkeit sich in den Wänden festgesetzt hatte, war auch an den grünen Flecken an der Gewölbedecke deutlich zu erkennen.

Rebus stand im Mittelgang und tippte mit dem Fuß gegen den Steinfußboden. »Und irgendwo hier unter dem Boden muss doch das Raumschiff vergraben sein«, sagte er.

Sithing schüttelte den Kopf. Er war so nervös, dass er ganz vergaß, beleidigt zu sein. »Die Bundeslade, der Leib Christi... ja, die Geschichten sind mir natürlich bekannt. Doch ein Großteil der Motive, die Sie hier sehen, steht in Zusammenhang mit dem Templerorden. Schilde und Inschriften... und auch einige der Reliefs. Auch das Grab von William St. Clair befindet sich hier. Er ist im vierzehnten Jahrhundert in Spanien gestorben, und zwar als er das Herz unseres Königs Robert Bruce ins Heilige Land bringen wollte.«

»Hätte man das nicht lieber der Post überlassen sollen? Man weiß doch, wie zuverlässig die arbeitet.«

»Die Templer«, fuhr Sithing geduldig fort, »waren der militärische Arm der *Prieuré de Sion*, die es sich zur Aufgabe gemacht hatte, den Tempelschatz des Salomon wiederzufinden.«

»Gibt es nicht ganz in der Nähe ein Dorf namens Temple?«, sagte Siobhan. »Dann verdankt der Ort seinen Namen also den Templern?«

»Ja, und eine verfallene Templerkirche gibt es dort auch«, schob Sithing rasch nach. »Manche behaupten sogar, dass es sich bei der Rosslyn-Kapelle um eine Nachbildung des Tempels Salomon handelt. Die Templer sind übrigens im vierzehnten Jahrhundert nach Schottland gekommen, weil sie anderswo verfolgt wurden.«

»Und wann ist die Kapelle erbaut worden?« Siobhan konnte den Blick von den Kostbarkeiten ringsum kaum mehr abwenden.

»Die Fundamente sind von vierzehnsechsundvierzig. Aber insgesamt hat der Bau vierzig Jahre in Anspruch genommen.«

»Typisch Handwerker«, sagte Rebus.

»Sind Sie denn innerlich völlig tot?« Sithing starrte Rebus an. »Bringen Sie in Ihrem zynischen Herzen denn nicht wenigstens *ein* aufrichtiges Gefühl zustande?«

»Das liegt an meiner Verdauung, danke für Ihr Mitgefühl.« Rebus rieb sich die Brust. Sithing sah Siobhan an. »Aber *Sie* haben sich doch wenigstens ein paar Empfindungen bewahrt, das spüre ich.«

»Wirklich ein ungewöhnlicher Ort, das gestehe ich Ihnen gerne zu.«

»Selbst wenn man sich ein Leben lang damit beschäftigt, kennt man am Ende trotzdem noch nicht mal die Hälfte der Geheimnisse dieses Ortes.«

»Was ist das für eine scheußliche Gestalt?« Siobhan wies auf den Kopf einer Steinfigur.

»Das ist der Grüne Mann.«

Sie sah ihn an. »Ist das nicht ein heidnisches Symbol?«

»Ja, das ist es ja gerade!«, kreischte Sithing erregt. Er brachte sich vor Siobhan in Stellung. »Man könnte die Kapelle beinahe pantheistisch nennen. Sie ist nicht nur christlich, sondern hat Platz für alle Glaubensrichtungen.«

Siobhan nickte.

Rebus schüttelte den Kopf. »Erde an Detective Clarke. Erde an Detective Clarke.«

Sie streckte ihm die Zunge heraus.

»Und die Reliefs oben an der Decke«, sagte Sithing, »das sind Pflanzen aus der Neuen Welt.« Er hielt inne, um die Wirkung seiner Worte auszukosten. »Und entstanden sind diese Arbeiten ein Jahrhundert vor der Entdeckung Amerikas durch Kolumbus!«

»Wirklich faszinierend, Sir«, sagte Rebus gelangweilt, »allerdings sind wir eigentlich aus einem anderen Grund hierher gekommen.«

Siobhan riss den Blick von dem Grünen Mann los. »Das ist richtig, Mr. Sithing. Ich habe Inspektor Rebus von Ihnen erzählt, und er war der Meinung, wir sollten noch mal mit Ihnen sprechen.«

»Über Chris Mackie?«

»Ja.«

»Dann glauben Sie also, dass ich ihn gekannt habe?« Er wartete, bis Siobhan nickte. »Und Sie akzeptieren auch, dass es sein Wille gewesen wäre, die Ritter mit Zuwendungen aus seinem Vermögen zu bedenken?«

»Das haben nicht wir zu entscheiden, Mr. Sithing«, sagte Rebus. »Das müssen wir den Juristen überlassen.« Er machte eine kurze Pause. »Aber natürlich können wir ein gutes Wort für Sie einlegen.« Er ignorierte Siobhans Blick und nickte nur langsam, um Gerald Sithing in dessen Interpretation dieses Satzes zu bestätigen.

»Verstehe«, sagte Sithing. Er setzte sich auf einen der Stühle, die für die Gemeinde bereit standen. »Was möchten Sie denn wissen?«, fragte er leise. Rebus setzte sich auf der anderen Seite des Gangs ebenfalls auf einen Stuhl.

»Hat Mr. Mackie je irgendein Interesse an der Familie Grieve bekundet?«

Im ersten Augenblick schien es so, als ob Sithing die Frage überhaupt nicht verstanden hätte. Doch dann fragte er zurück: »Woher wissen Sie das?« Und Rebus wusste, dass sie einen Volltreffer gelandet hatten.

»Ist Hugh Cordover Mitglied Ihrer Gruppe?«

»Ja«, sagte Sithing und bekam ganz große Augen. Offenbar sah er in Rebus inzwischen eine Art Magier.

»Ist Chris Mackie je hier gewesen?«

Sithing schüttelte den Kopf. »Ich habe ihn oft eingeladen, aber er hat immer abgelehnt.«

»Ist Ihnen das nicht merkwürdig vorgekommen? Haben Sie nicht gesagt, dass er sich für Rosslyn interessiert hat?«

»Ich habe angenommen, dass ihm vielleicht die Anfahrt zu mühsam ist.«

»Sie haben ihn doch im Meadows-Park kennen gelernt und mit ihm ...«

»Über alles Mögliche geredet.«

»Unter anderem auch über die Familie Grieve?«

Siobhan, die nicht mehr recht begriff, worum es eigentlich ging, nahm in der Reihe von Sithing Platz und wandte sich ihm halb zu.

»Und wer hat zuerst von den Grieves angefangen?«

Sithing wusste es nicht mehr genau.

»Ich nehme mal an«, sagte Rebus, »Sie haben ihm von den Rittern erzählt und dabei auch Hugh Cordover erwähnt.«

»Kann sein«, sagte Sithing. Dann blickte er auf. »Ja, genau so ist es gewesen.« Wieder sah er Rebus an. Offenbar war er jetzt vollends von den magischen Kräften seines Gegenübers überzeugt.

Obwohl es sich eigentlich um Siobhans Fall handelte, beschloss sie, den Mund zu halten. Tatsächlich war Sithing von Rebus wie gebannt.

»Also, Sie haben irgendwann Cordover erwähnt«, fuhr Rebus fort, »und Mackie wollte mehr darüber wissen?«

»Er war ein Fan der Band und kannte ihre Musik. Ich glaube sogar, dass er mir mal einen ihrer Songs vorgesummt hat, den ich allerdings nicht kannte. Dann hat er einige Fragen gestellt, die ich – so weit ich konnte – beantwortet habe.«

»Und bei Ihren späteren Begegnungen...?«

»Hat er sich erkundigt, wie es Hugh und Lorna geht.«

»Hat er sonst noch nach jemandem gefragt?«

»Die Grieves sind doch ständig in den Medien. Also hab ich ihm erzählt, was ich so wusste.«

»Mr. Sithing, haben Sie sich je gewundert, warum er den Grieves so viel Interesse entgegenbringt?«

»Bitte, nennen Sie mich doch Gerald. Haben Sie eigentlich schon gewusst, dass Sie eine außerordentlich starke Aura haben, Inspektor? Ja, wirklich.«

»Wahrscheinlich mein Aftershave.« Siobhan musste laut lachen, doch Rebus ignorierte sie. »Hatten Sie nicht manchmal das Gefühl, dass er sich mehr für Hugh Cordover und dessen Familie interessiert hat als für die Ritter von Rosslyn?«

»Oh nein, ganz sicher nicht.«

Rebus beugte sich auf seinem Stuhl nach vorne. »Schauen Sie mal tief in Ihr Herz, Gerald«, sagte er pathetisch.

Sithing leistete dieser Aufforderung Folge und schluckte dann geräuschvoll. »Ja, vielleicht haben Sie Recht. Ja, kann sein. Aber können *Sie* mir sagen, wieso er sich so sehr für die Grieves interessiert hat?«

Rebus stand auf und neigte sich dann zu Sithing herab. »Woher, zum Teufel, soll ich das wissen?«, sagte er.

Auf dem Rückweg im Auto äffte Siobhan Rebus lächelnd nach: »Schauen Sie mal tief in Ihr Herz, Gerald.«

»Merkwürdige Figur, der Mann.« Rebus hatte das Fenster heruntergelassen, damit er rauchen konnte.

»Und zu welchen neuen Erkenntnissen sind wir nun gelangt?«

»Wir wissen jetzt, dass der Supertramp sein Interesse an den Rittern von Rosslyn nur vorgetäuscht hat und Sithing in Wahrheit über die Grieves ausquetschen wollte. Obwohl er zudem sein Interesse an Hugh Cordover bekundet hat, wollte er der Kapelle keinen Besuch abstatten. Wieso nicht? Vielleicht weil er Cordover nicht begegnen wollte.«

»Weil Cordover ihn kannte?«, sagte Siobahn aufs Geratewohl.

»Möglich.«

»Aber wissen wir jetzt über seine Identität eigentlich mehr als vorher?«

»Vielleicht. Der Supertramp hat sich aber nicht nur für die Grieves, sondern auch für Skelly interessiert. Roddy Grieve stirbt ausgerechnet auf dem Gelände von Queensberry House, wo wir kurz zuvor Skellys Leiche gefunden haben. Ungefähr zur gleichen Zeit unternimmt der Supertramp seinen kühnen Flugversuch.«

»Sie meinen, dass alle drei Fälle miteinander zu tun haben?«

Rebus schüttelte nachdenklich den Kopf. »Vielleicht. Aber wir haben dafür nicht genügend Beweise. Der Farmer würde uns das nicht abkaufen. Außerdem würde er es mir sicher nicht gestatten, die Ermittlungen so zu führen, wie dies notwendig ist.«

»Und das heißt …?« Da sie den Ort inzwischen hinter sich gelassen hatten, fuhr Siobhan jetzt schneller. »Wo steckt übrigens Ihr Spezi?«

»Linford, meinen Sie?« Rebus sah sie achselzuckend an. »Der befragt irgendwelche Zeugen.«

Siobhan sah ihn skeptisch an. »Und lässt Sie einfach machen, was Sie wollen?«

»Derek Linford weiß genau, was gut für ihn ist«, sagte Rebus und warf seine Zigarette in das blutrote Licht des Winternachmittags.

Rebus hatte Siobhan, Wylie und Hood zu einem Kriegsrat zusammengerufen. Sie saßen im Hinterzimmer der Oxford Bar in der hintersten Ecke, damit niemand hören konnte, worüber sie sprachen.

»Ich glaube, es gibt zwischen den drei Fällen eine Verbindung«, sagte Rebus, nachdem er zuerst seine Gründe dargelegt hatte. »Jetzt würde ich gerne von Ihnen hören, was Sie von der Sache halten.«

»Mag sein, dass Sie Recht haben, Sir«, meldete Wylie sich zu Wort, »aber wo sind die Beweise?«

Rebus nickte. Vor ihm stand ein fast unberührtes Bier. Aus Rücksicht auf die Nichtraucher am Tisch steckten seine Zigaretten noch immer in seiner Jackentasche. »Genau um das geht's«, sagte er. »Deshalb habe ich Sie ja hierher gebeten. Ab jetzt müssen wir uns nämlich eng miteinander abstimmen, damit wir nichts außer Acht lassen, falls plötzlich Querverbindungen sichtbar werden.«

»Und was sage ich Chefinspektorin Templer?«, wollte Siobhan wissen. Der Name ihrer Vorgesetzten hatte für sie plötzlich einen ganz neuen Klang.

»Sie tun genau, was sie von Ihnen erwartet. Und natürlich machen Sie auch, was der Farmer von Ihnen verlangt, falls er Sie ansprechen sollte.«

»Für den ist mein Fall schon erledigt«, klagte sie.

»Wir werden ihm diese Auffassung schon noch austreiben«, versprach ihr Rebus. »So – und jetzt trinken Sie bitte aus. Die nächste Runde geht auf mich.«

Während Rebus an der Bar die Getränke besorgte, ging Siobhan nach draußen, um per Handy ihren Anrufbeantworter abzuhören. Sie hatte zwei Nachrichten – beide von Derek Linford, der sich umständlich entschuldigte und sie um ein Treffen bat.

»Hat auch lange genug gedauert«, murmelte sie vor sich hin. Er hatte zwar seine Privatnummer hinterlassen, doch sie hatte nicht richtig hingehört.

Wylie und Hood saßen inzwischen alleine an dem Tisch und nippten stumm an ihren Getränken. Dann brach Wylie das Schweigen.

»Was hältst du von der Sache?«

Hood schüttelte den Kopf. »Der Inspektor liebt nun mal Alleingänge. Die Frage ist nur, ob wir uns von ihm vereinnahmen lassen.«

»Wieso sollten wir? Was hat denn unser – oder auch Siobhans – Fall mit dem toten Politiker zu tun?«

»Und wie schätzt du die Situation ein?«

»Ich hab das Gefühl, dass Rebus gerne unsere Ermittlungen an sich ziehen möchte, weil er mit seinem *eigenen* Fall nicht weiterkommt.«

Hood schüttelte den Kopf. »Ich hab dir schon mal gesagt, so ist er nicht.«

Wylie saß nachdenklich da. »Hm. Falls er Recht hat, ist die Sache, an der wir arbeiten, natürlich viel größer, als wir bisher gedacht haben.« Sie verzog den Mund zu einem Lächeln. »Und wenn er sich täuscht, dann bezieht *er* natürlich die Prügel.«

Rebus kam mit den Getränken zurück. Gin, Limone und Soda für Wylie, ein Bier für Hood. Er ging nochmals an die Bar und kehrte mit einem Whisky für sich selbst und einer Cola für Siobhan zurück.

»*Slainte*«, sagte er, als Siobhan wieder auf der engen Bank neben ihm Platz nahm.

»Und wie gehen wir jetzt weiter vor?«, fragte Wylie.

»Das müssen Sie nicht mich fragen«, sagte Rebus. »Sie halten sich einfach an die Vorschriften.«

»Also zunächst mit Barry Hutton sprechen?«, fragte Hood.

Rebus nickte. »Vielleicht sollten Sie sich vorher ein bisschen über den Mann informieren, falls es etwas gibt, was wir noch nicht über ihn wissen.«

»Und der Supertramp?«, fragte Siobhan.

Rebus sah sie an. »Zufällig habe ich da eine Idee...«

Jemand steckte neugierig den Kopf zur Tür herein. Rebus erkannte das Gesicht: Gordon, ein Stammgast. Er hatte noch seinen Anzug an. War offenbar mit seinen Kollegen noch einen trinken gewesen. Als er Rebus sah, trat er zunächst den Rückzug an, überlegte es sich dann aber plötzlich anders und kam an den Tisch. Rebus wusste sofort, dass er gefeiert hatte.

»Na, Sie sind mir ja einer«, sagte Gordon. »Dann haben Sie also neulich tatsächlich Lorna abgeschleppt.« Er bemühte sich, lustig zu klingen, doch in Wahrheit wollte er Rebus vor dessen Freunden blamieren. »Ehemaliges Supermodel, und dann lässt sie sich ausgerechnet mit Ihnen ein.« Er schüttelte den Kopf, so dass ihm der Blick auf Rebus' Gesicht völlig entging.

»Danke, Gordon«, sagte Rebus. Der Tonfall in seiner Stimme brachte den jungen Mann wieder zur Besinnung. Er sah Rebus an und legte dann eine Hand auf den Mund.

»Tut mir Leid, dass ich hier so einen Schwachsinn daherrede«, murmelte er und hatte es ganz eilig, wieder an die Bar zu kommen. Rebus sah seine jungen Kollegen an. Alle drei beschäftigten sich plötzlich intensiv mit ihren Drinks.

»Nehmen Sie das nicht weiter ernst«, sagte er. »Manchmal kriegt Gordon die Dinge in den falschen Hals.«

»Hat er Lorna Grieve gemeint?«, fragte Siobhan. »Kommt die öfter hier in das Lokal?«

Rebus sah sie an und verzichtete auf eine Antwort.

»Aber sie ist doch die Schwester von Roddy Grieve«, sagte Siobhan leise.

»Vor ein paar Tagen ist sie zufällig abends hier mal reingeschneit.« Rebus wusste, dass seine Körpersprache ihn verriet. Als er in Wylies und Hoods Richtung blickte, fiel ihm wieder ein, dass die beiden Lorna an dem Abend gesehen hatten. Er wollte einen Schluck Whisky nehmen, musste aber feststellen, dass sein Glas schon leer war. »Gordon redet dummes Zeug«, murmelte er. Dabei wusste er selbst, dass er nicht sehr überzeugend klang.

23

Für manche Leute ist Edinburgh eine unsichtbare Stadt, die ihre wahren Gefühle und Absichten verbirgt: mit äußerlich respektablen Bürgern und Straßen, in denen die Zeit stehen geblieben zu sein scheint. Auch gehen viele Besucher der Stadt mit dem Gefühl wieder weg, dass sie deren innerste Antriebskräfte nicht recht verstanden haben. Die Stadt Deacon Brodies, in der man den gezügelten Leidenschaften nur am Abend freien Lauf lässt. Die Stadt eines John Knox mit seiner strengen, unerbittlichen Rechtschaffenheit. In dieser Stadt muss man vielleicht eine halbe Million Pfund für ein besseres Haus hinblättern, doch jede Form der Protzerei ist verpönt. Eine Stadt der Saabs und Volvos, nicht der Bentleys oder Ferraris. Den Glasgowern – die sich selbst für leidenschaftlicher, keltischer halten – erscheint Edinburgh deshalb gesetzt und konventionell, ja bisweilen sogar spießig.

Verborgene Stadt. Schon die Geschichte beweist es: Wenn früher Invasoren Einzug hielten, verdrückte sich die Bevölkerung in den Höhlen und Tunneln unter der Altstadt. Mochten die Häuser der Leute auch geplündert werden, irgendwann zogen die Soldaten wieder ab – was war ein Sieg schon wert, wenn es keine Besiegten gab? –, und die Einheimischen kamen wieder ans Licht und bauten alles wieder auf.

Aus der Dunkelheit zurück ans Licht.

Das presbyterianische Ethos befreite die Kirchen der Stadt zwar von allem weltlichem Tand, ließ sie aber auch merkwürdig leer und kalt zurück. Die Schäfchen, die sich in ihnen versammelten, hatten von Kindesbeinen an gelernt, dass am Ende die Verdammnis ihrer harrte. All dies hatte im Laufe der Zeit im Bewusstsein der Menschen natürlich seine Spuren hinterlassen. Die Bewohner Edinburghs waren tüchtige Bankiers und Anwälte, schließlich hatten sie gelernt, ihre Gefühle zu zügeln und ihre Geheimnisse für sich zu behalten. Und so erwarb sich die Stadt allmählich den Ruf eines Finanzzentrums. Es gab eine Zeit, da der Charlotte Square, an dem etliche große Banken und Versicherungen ihre Hauptniederlassungen hatten, als reichste Straße in Europa galt. Später wuchs dann die Nachfrage nach effizienten Büroflächen und nach Parkmöglichkeiten, und so nahmen die Banken und Versicherungsgesellschaften ein großes Gelände zwischen Morrison Street und Western Approach Road in Besitz. Hier befand sich jetzt Edinburghs neues Finanzviertel – ein Labyrinth aus Beton und Glas, dessen Mittelpunkt das International Convention Centre bildete.

Alle waren sich einig, dass die Gegend vor der Errichtung der neuen Gebäude ein Schandfleck gewesen war. Trotzdem war umstritten, ob das neu entstandene Labyrinth als besonders besucherfreundlich gelten konnte. Fast schien es, als ob die Planer bei ihren Erwägungen an die Menschen zuallerletzt gedacht hätten. Jedenfalls kam niemand auf die Idee, aus Freude an der Architektur in dem neuen Finanzdistrikt spazieren zu gehen.

Genau genommen waren dort Fußgänger überhaupt nicht anzutreffen.

An diesem Montagmorgen allerdings stolperten Ellen Wylie und Grant Hood durch das Neubauviertel. Sie hatten den Fehler begangen, den Wagen zu früh auf einem bequemen Parkplatz in der Morrison Street abzustellen. Hood war nämlich der Meinung gewesen, dass es nicht mehr weit sein könne. Doch da ein Gebäude wie das andere aussah und die Gehsteige wegen Bauarbeiten aufgerissen waren, verliefen sie sich und landeten schließlich irgendwo hinter dem Sheraton an der Lothian Road. Zu guter Letzt aktivierte Wylie deshalb ihr Handy und ließ sich von einer Rezeptionistin fernmündlich durch das Viertel lotsen, bis die beiden schließlich vor dem Eingang eines zwölfstöckigen Gebäudes aus getöntem Glas und rosa Sandstein standen. Als sie durch die Lobby marschierten, lächelte ihnen die Rezeptionistin schon entgegen.

»Da sind Sie ja«, sagte sie und legte den Telefonhörer beiseite.

»Ja, da wären wir«, sagte Wylie genervt.

Im Hutton Tower legten noch die Handwerker letzte Hand an: Elektriker in blauen Kombianzügen mit Werkzeuggürteln; Maler in weißen Overalls mit Farbflecken. Einige von ihnen standen – von Farbeimern umstellt – pfeifend unten vor dem Lift.

»Wird bestimmt mal sehr schön hier, wenn es fertig ist«, sagte Hood zu der Rezeptionistin.

»Oberste Etage«, sagte sie. »Mr. Graham erwartet Sie bereits.«

Im Aufzug stand neben ihnen ein grau beanzugter Angestellter, der verzweifelt einen Stapel Papier an sich presste. Er stieg drei Etagen vor ihnen aus und wäre fast gegen eine Trittleiter gerannt, die direkt vor der Aufzugtür stand. Als sich die Lifttüren dann im zwölften Stock öffneten, standen sie plötzlich in einem großen Raum. Hinter einem Schreibtisch saß eine elegant gekleidete Dame, die sich zur Begrüßung eigens erhob und sie zu einem Designer-Tisch mit zwei ebensolchen Stühlen geleitete. Auf dem Tisch lagen bereits die Morgenzeitungen bereit.

»Mr. Graham wird gleich hier sein. Darf ich Ihnen inzwischen etwas anbieten: Tee, Kaffee?«

»Eigentlich wollten wir Mr. Hutton sprechen«, sagte Wylie. Die Frau lächelte sie nur freundlich an.

»Mr. Graham wird Sie nicht lange aufhalten«, sagte sie und ging zurück zu ihrem Schreibtisch.

»Oh, gut«, sagte Hood und schnappte sich eine Zeitung. »Meine *Financial Times* ist nämlich heute Morgen nicht gekommen.«

Wylie blickte in beiden Richtungen in den schmalen Korridor, der auf beiden Seiten eine Kurve beschrieb. Sie hatte den Eindruck, dass der Gang auf diesem Geschoss, aber auch auf den Etagen weiter unten um das ganze Gebäude herum lief. Er wurde auf beiden Seiten von Türen gesäumt, die entweder in Büros mit Fenstern oder in fensterlose Räume im Innern des

Gebäudes führten. Ganz sicher waren die Büros mit Tageslicht heiß begehrt. Da sie selbst zur Zeit viele Stunden in einem fensterlosen Käfig in der St. Leonard's Street verbrachte, konnte Wylie diesen Wunsch nur umso besser verstehen.

In dem Korridor kam jetzt ein groß gewachsener, gut gebauter junger Mann um die Kurve. Sein kurz geschnittenes schwarzes Haar war professionell frisiert und gegelt. Er trug einen maßgeschneiderten dunkelgrauen Anzug, eine Brille mit ovalen Gläsern und eine goldene Rolex. Er stellte sich als John Graham vor und streckte zunächst Wylie die Hand zum Gruß entgegen. Dabei sah sie, dass die Manschetten seines blassgelben Hemdes von goldenen Knöpfen zusammengehalten wurden. Es handelte sich um eines jener Hemden, die man ohne Krawatte trägt. Wylie war auch früher schon Männern begegnet, die von der Aura des Erfolgs umstrahlt wurden, doch bei Graham wäre eigentlich schon eine Ray-Ban nötig gewesen.

»Wir hatten eigentlich gehofft, ein paar Sätze mit Mr. Hutton sprechen zu können«, sagte Grant Hood.

»Ja, natürlich. Aber Sie werden gewiss verstehen, dass Mr. Hutton ein überaus beschäftigter Mann ist.« Er sah auf die Uhr. »Augenblicklich hat er gerade eine Besprechung. Wir hatten deshalb gehofft, dass ich Ihnen vielleicht behilflich sein kann. Wir könnten zum Beispiel Ihr Anliegen gemeinsam durchsprechen, und ich werde Barry dann Bericht erstatten.«

Wylie blieb keine Zeit für die Feststellung, dass sie dieses Vorgehen für eine etwas umständliche Prozedur hielt, Graham war nämlich bereits in den Korridor vorausgeeilt und rief der Dame am Empfang über die Schulter zu, sie möge ihn in den nächsten fünfzehn Minuten mit Anrufen verschonen. Wylie und Hood sahen sich an: *Wie verdammt großzügig von dem Mann.* Hood verzog den Mund, um ihr zu bedeuten, dass es keinen Sinn hatte, den Überbringer der schlechten Botschaft zu strafen – wenigstens im Augenblick noch nicht.

»Hier bitte sehr – das Vorstandszimmer«, sagte Graham und führte sie in einen L-förmigen Raum, der auf beiden Seiten von

Fenstern gesäumt wurde. Ein großer rechteckiger Tisch nahm einen Großteil der Grundfläche ein. Auf dem Tisch standen Wassergläser und Schreibutensilien für die nächste Sitzung. Am Kopf des Tisches war eine große Projektionsfläche aufgestellt. Weiter hinten gab es dann noch gegenüber einem Sofa einen Großbildschirm plus Videoausstattung. Doch am eindrucksvollsten war der Ausblick, der sich nach Osten hin auf das Schloss bot und nach Norden hin Richtung Princes Street und Neustadt und auf die Küste von Fife in der Ferne.

»Genießen Sie den Ausblick, solange das noch möglich ist«, sagte Graham. »Es gibt nämlich bereits Pläne, gleich nebenan einen noch höheren Turm zu errichten.«

»Ein Hutton-Projekt, nehme ich an«, sagte Wylie.

»Natürlich«, sagte Graham. Er hatte ihnen zwei Stühle angeboten und nahm selbst am Kopf des Tisches Platz. Bevor er zu sprechen anfing, wischte er zunächst ein paar imaginäre Fusseln von seiner Hose. »Also, wenn Sie mir jetzt kurz sagen würden, was ich für Sie tun kann?«

»Das ist ganz einfach, Sir«, sagte Grant Hood und schob seinen Stuhl etwas weiter unter den Tisch. »Detective Wylie und ich führen die Ermittlungen in einem Mordfall.« Graham hob eine Augenbraue und presste die Hände zusammen. »Im Rahmen dieser Ermittlungen möchten wir auch mit Ihrem Chef sprechen.«

»Würden Sie mir das bitte näher erläutern?«

Wylie meldete sich zu Wort: »Eigentlich nicht, Sir. Es handelt sich nämlich um einen wichtigen Fall, und wir sind in Eile. Wir waren der Meinung, dass es höflicher ist, Mr. Hutton hier in seinem Büro aufzusuchen. Aber wenn er hier keine Zeit für uns hat, müssen wir ihn halt mit aufs Revier nehmen.« Sie sah ihn an. Deutlicher konnte man es nun wirklich nicht sagen.

Hood sah zunächst sie an, dann Graham. »Was Detective Wylie da gesagt hat, ist völlig korrekt. Wir sind nämlich befugt, Mr. Hutton zu befragen, ob ihm das nun passt oder nicht.«

»Ich versichere Ihnen – darum geht es überhaupt nicht.« Graham hob besänftigend die Hände. »Aber er ist nun mal in einer Besprechung, und das kann dauern.«

»Aber wir haben uns doch telefonisch angemeldet.«

»Das ist vollkommen richtig, Detective Wylie. Aber dann ist plötzlich etwas dazwischengekommen. Hier werden täglich viele Millionen Pfund bewegt, und da sind nun mal bisweilen Überraschungen nicht ganz auszuschließen. In manchen Fällen ist eine unmittelbare Reaktion unumgänglich, schließlich geht es in dem Geschäft um Millionen. Das werden Sie doch verstehen?«

»Natürlich, Sir, aber *Sie* werden vielleicht verstehen, dass Sie uns in dieser Sache nicht behilflich sein können«, sagte Wylie. »Oder haben Sie zufällig 1978 für einen Mann namens Dean Coghill gearbeitet? Ich nehme mal an, dass Sie vor zwanzig Jahren noch den Mädchen auf dem Schulhof unter den Rock geguckt und mit Ihren Schulkameraden allerlei dummes Zeug ausgeheckt haben. Wenn Mr. Hutton also die Güte hätte, mit uns zu sprechen…« Sie wies mit dem Kopf auf eine Kamera oben an der Decke, »… dann wären wir ihm sehr verbunden.«

Hood wollte sich schon für das Auftreten seiner Partnerin entschuldigen. Grahams Gesicht hatte die Farbe gewechselt, und er wusste sich offenbar keinen Rat. Dann ertönte plötzlich aus einem unsichtbaren Lautsprecher eine Stimme.

»Bringen Sie die Herrschaften zu mir.«

Graham stand auf und würdigte die beiden keines Blickes. »Wenn Sie mir bitte folgen«, sagte er.

Er führte sie zurück in den Korridor und zeigte dann ein Stück weiter hinten auf eine Tür. »Zweite Tür links.« Dann drehte er sich um und entfernte sich – die kleine Rache des gedemütigten Mannes.

»Glaubst du, dass in den Wänden hier in dem Gang ebenfalls Wanzen versteckt sind?«, fragte Wylie leise.

»Weiß man nie.«

»Hatte ganz schön Schiss, der Typ, was? Dürfte ihn etwas überrascht haben, dass eine wohlerzogene junge Dame ihm so kräftig auf die Finger klopft.« Sie verzog das Gesicht zu einem breiten Grinsen. »Und was dich betrifft...«

»Wieso mich?«

Sie sah ihn an. »Wieso kommst du auf die Idee, dich für mich zu entschuldigen?«

»Aber das ist doch nun mal die Rolle des ›guten‹ Bullen.«

Sie klopften an die Tür und traten ein, ohne auf eine Aufforderung zu warten. Ein Vorzimmer. Die Sekretärin erhob sich gerade von ihrem Schreibtisch. Sie öffnete eine weitere Tür, und die beiden traten in Barry Huttons Büro.

Der Mann selbst stand mit leicht gespreizten Beinen – die Hände hinter dem Rücken verschränkt – gleich neben der Tür.

»Mussten Sie unbedingt in diesem Ton mit John sprechen?« Er reichte Wylie die Hand. »Einen gewissen Respekt nötigt mir Ihr Auftreten allerdings ab. Jedenfalls lassen Sie sich nicht abwimmeln.«

Das Büro war nicht einmal besonders groß, aber es strotzte nur so vor moderner Kunst. In einer Ecke befand sich eine Bar, und genau dorthin begab sich jetzt Hutton.

»Möchten Sie auch etwas?« Er holte eine Flasche Lucozade aus dem Kühlschrank. Beide schüttelten den Kopf. Dann schraubte er den Verschluss von der Flasche und nahm einen Schluck. »Wissen Sie, ich bin süchtig nach dem Stoff«, sagte er. »Schon immer. Aber als Kind hat man das Zeug ja nur bekommen, wenn man krank war. Können Sie sich daran noch erinnern? Bitte, nehmen Sie doch Platz.«

Er führte sie zu einem cremefarbenen Ledersofa und nahm ihnen gegenüber in einem dazu passenden Stuhl Platz. Der tragbare Fernseher vor ihnen entpuppte sich als Monitor. Auf dem Bildschirm war noch immer der Tisch im Vorstandszimmer zu sehen.

»Tolles Ding, was?«, sagte Hutton. Auf Knopfdruck zeigte die Kamera eine Totale. »Sehen Sie – man kann sie sogar bewegen und Gesichter ganz nahe heranholen...«

»Ich nehme mal an, dass der Ton von drüben ebenfalls übermittelt wird«, sagte Wylie. »Dann wissen Sie ja schon, worüber wir mit Ihnen sprechen möchten.«

»Sie ermitteln in einem Mordfall, wenn ich recht verstanden habe?« Hutton nahm wieder einen Schluck von seinem Lieblingsgetränk. »Ich habe gehört, dass Dean Coghill tot ist. Aber um den handelt es sich doch wohl hoffentlich nicht?«

»Nein, es geht um den Mord in Queensberry House«, sagte Grant Hood.

»Ach ja, die Leiche in der Wand.«

»Und zwar in einem Raum, den Dean Coghills Firma 1978/79 renoviert hat.«

»Ja und?«

»Damals ist auch die Leiche dort versteckt worden.«

Hutton sah die beiden Beamten abwechselnd an. »Wollen Sie mich auf den Arm nehmen?«

Wylie reichte ihm die Liste, auf der Coghills damalige Mitarbeiter vermerkt waren. »Sagen Ihnen diese Namen etwas, Sir?«

Ein Lächeln huschte über Huttons Gesicht. »Mein Gott, ist das lange her.«

»Ist damals einer dieser Leute verschwunden?«

Das Lächeln verschwand. »Nein.«

»Hat sonst noch jemand dort gearbeitet – vielleicht aushilfsweise?«

»Nicht, dass ich wüsste. Es sei denn, Sie rechnen mich in die Kategorie.«

»Uns ist aufgefallen, dass Coghill Ihren Namen erst später hinzugefügt hat.«

Hutton nickte. Er war relativ klein gewachsen, vielleicht einssiebzig, und schlank – allerdings mit Bauchansatz und den ersten Vorboten eines Doppelkinns. Er trug einen nagelneuen schwarzen Anzug, dessen Jacke er bis obenhin zugeknöpft hatte. Auch seine glänzenden schwarzen Schuhe wirkten kaum getragen. Außerdem hatte er kleine dunkle tief liegende Augen, und sein braunes Haar war sorgfältig geschnitten. Auffällig waren auch seine ziemlich langen Koteletten. Hätte Wylie ihn in einer Menschenmenge gesehen, wäre sie nicht unbedingt auf die Idee gekommen, einen besonders reichen oder einflussreichen Mann vor sich zu haben.

»Eine Art Praktikum. Die Baubranche hat mich schon immer fasziniert. Scheint so, als ob ich die richtige Entscheidung getroffen hätte.« Er lächelte sie Beifall heischend an. Beide Detectives verzichteten auf die gewünschte Reaktion.

»Haben Sie manchmal mit Peter Kirkwall zu tun?«, fragte Wylie.

»Er ist reiner Bauunternehmer, ich bin für die gesamte Projektplanung zuständig. Das sind verschiedene Bereiche.«

»Das beantwortet allerdings nicht meine Frage.«

Wieder lächelte Hutton. »Merkwürdig, dass Sie mich nach ihm fragen.«

»Wir haben bereits mit ihm gesprochen. In seinem Büro lagen überall Pläne herum, und an den Wänden hingen Fotos seiner Projekte ...«

»Und bei mir nicht? Vielleicht hat Peter ja ein größeres Ego als ich.«

»Dann kennen Sie ihn also?«

Hutton deutete ein Nicken an. »Ich habe gelegentlich mit seinem Unternehmen gearbeitet. Aber was hat das alles mit Ihrer Leiche zu tun?«

»Gar nichts«, räumte Wylie ein. »Reine Neugier.« Trotzdem hatte sie das Gefühl, einen Nerv getroffen zu haben.

»Also gut«, sagte Grant Hood, »um noch mal auf Queensberry House zurückzukommen ...«

»Was soll ich Ihnen da erzählen? Ich war damals achtzehn, neunzehn. Im Wesentlichen habe ich den Handlanger gespielt: das Gewerbe von der Pieke auf gelernt, wie man so sagt.«

»Aber an den Raum mit den Kaminen können Sie sich noch erinnern?«

Hutton nickte. »Irgendwelche Isolierungsarbeiten, glaube ich. Jedenfalls war ich dabei, als wir die Wand aufgemacht haben.«

»Wurde die Verwaltung über die Kamine informiert?«

»Um ehrlich zu sein – glaub ich nicht.«

»Und warum nicht?«

»Na ja, Dean hat befürchtet, dass sie uns dann die Denkmalpfleger auf den Hals schicken und dass er seine Termine nicht mehr halten kann. Außerdem hat er sein Geld ja erst nach Abschluss der Arbeiten bekommen. Also wollte er möglichst jeden Zeitverlust vermeiden.«

»Dann haben Sie die Wand also einfach wieder zugemacht?«

»Ja, so muss es wohl gewesen sein. Jedenfalls war die Wand wieder zu, als ich eines Morgens zur Arbeit kam.«

»Wissen Sie noch, wer genau das gemacht hat?«

»Vielleicht Dean selbst oder Harry Connors. Harry war sozusagen Deans rechte Hand.« Er nickte. »Aber jetzt begreife ich, worauf Sie hinauswollen. Derjenige, der die Wand wieder zugemacht hat, hätte eigentlich sehen müssen, dass in einem der Kamine eine Leiche versteckt ist.«

»Und – fällt Ihnen dazu etwas ein?«, fragte Wylie. Hutton schüttelte den Kopf. »Sie haben doch sicher in der Zeitung von dem Fall gelesen, Mr. Hutton. Gibt es einen Grund, weshalb Sie sich nicht bei uns gemeldet haben?«

»Ich wusste ja nicht, dass die Leiche aus dieser Zeit stammt. Hätte doch ohne Weiteres sein können, dass der Kamin in der Zwischenzeit schon x-mal wieder aufgemacht worden ist.«

»Und – noch andere Gründe?«

Hutton sah sie an. »Wissen Sie, ich bin Geschäftsmann. Wenn in der Presse merkwürdige Geschichten über mich erscheinen, dann ist das nicht unbedingt gut für meinen Ruf.«

»Mit anderen Worten: Keine PR ist die beste PR?«, sagte Hood.

Hutton lächelte ihn an. »So kann man es vielleicht sagen.«

»Bevor es hier zu gemütlich wird«, mischte Wylie sich jetzt ein, »würde ich noch gerne wissen, wie Sie damals den Job bei Mr. Coghill bekommen haben.«

»Ich hab mich genau wie jeder andere beworben.«

»Tatsächlich?«

Hutton legte die Stirn in Falten. »Worauf wollen Sie hinaus?«

»Ich wollte eigentlich nur wissen, ob nicht Ihr Onkel ein gutes Wort für Sie eingelegt hat – oder vielleicht auch mehr als das?«

Hutton verdrehte die Augen. »Hab ich mir schon gedacht, dass das noch kommen wird. Schauen Sie, meine Mutter ist nun mal zufällig Bryce Callans Schwester, okay? Deshalb bin ich noch lange nicht kriminell.«

»Wollen Sie damit sagen, dass Ihr Onkel kriminell ist?«, fragte Wylie.

Hutton blickte sie enttäuscht an. »Jetzt werden Sie nicht auch noch spitzfindig. Wir wissen doch alle, was die Polizei von meinem Onkel hält. Jeder kennt die Gerüchte und Unterstellungen. Trotzdem hat man ihm nie etwas nachgewiesen. Und vor Gericht hat man ihn auch nie gestellt. Und was schließen wir daraus? Aus meiner Sicht heißt das, dass Sie sich irren. Es heißt aber auch, dass ich meinen Erfolg einzig meiner eigenen Arbeit verdanke. Mitsamt Steuern, Mehrwertsteuer und was sonst noch dazugehört. Ich bin so sauber wie nur wenige. Und die Vorstellung, dass Sie mal eben so hier hereinspazieren und …«

»Wir sind schon im Bilde, Mr. Hutton«, unterbrach ihn Hood. »Tut mir Leid, wenn Sie den Eindruck haben, dass wir Ihnen etwas unterstellen wollen. Wir haben es hier mit einem Mordfall zu tun, und das heißt, dass wir jedem kleinsten Hinweis nachgehen müssen, und sei er auch noch so belanglos.«

Hutton starrte Hood an und versuchte offenbar, sich über die Bedeutung des letzten Wortes klar zu werden.

»Wann haben Sie die Arbeit bei Mr. Coghill aufgegeben?« fragte Wylie. Hutton musste darüber nachdenken.

»Vielleicht im April, Mai, so ungefähr.«

»'79?« Hutton nickte. »Und angefangen haben Sie …?«

»Im Oktober '78.«

»Dann waren Sie also insgesamt nur sechs Monate bei Coghill – nicht gerade sehr lange.«

»Ich hatte ein besseres Angebot.«

»Und was war das, Sir?«, fragte Hood.

»Ich habe nichts zu verbergen«, fauchte Hutton.

»Das unterstellt Ihnen ja auch niemand«, sagte Wylie mit besänftigender Stimme.

Hutton fing sich sehr rasch wieder. »Ich habe angefangen, für meinen Onkel zu arbeiten.«

»Für Bryce Callan?« Hutton nickte.

»Und was haben Sie bei ihm genau gemacht?«, fragte Hood.

Hutton leerte erst einmal seine Flasche. »Baulanderschließung.«

»Und damit begann Ihr steiler Aufstieg?«, fragte Wylie.

»Ja, damit habe ich angefangen. Aber danach hab ich mich so schnell wie möglich selbstständig gemacht.«

»Natürlich, Sir«, sagte Hood. Doch zwischen den Zeilen schwang mit: *Ich habe mich zwar selbst hochgearbeitet* – allerdings mit Unterstützung einer helfenden Hand von der Größe eines Fußballfeldes.

Als sie sich verabschiedeten, sagte Wylie noch: »Wahrlich aufregende Zeiten für Sie.«

»Ja, wir haben jede Menge Aufträge.«

»Für die Holyrood-Baustelle?«

»Das Parlament ist nur der Anfang. Einkaufszentren, eine Marina. Ich wundere mich immer wieder, wie viel Nachholbedarf es in Edinburgh noch gibt. Außerdem haben wir Projekte in Glasgow, Aberdeen, Dundee …«

»Und für all das gibt es genügend Interessenten?«, fragte Hood.

Hutton lachte. »Mann, die Leute stehen Schlange. Unser einziges Problem sind die Behörden.«

Wylie nickte. »Baugenehmigungen?«

Bei der Erwähnung dieses Wortes machte Hutton mit beiden Zeigefingern ein Kreuz. »Der Fluch eines jeden Bauträgers.«

Trotzdem lachte er wohlgemut, als er die Tür hinter ihnen zumachte.

316

24

»Nur zur Warnung«, sagte Rebus, als sie die Zufahrt hinaufgingen, »die alte Dame ist ein bisschen gebrechlich.«

»Verstanden«, entgegnete Siobhan Clarke. »Dann werden Sie vermutlich Ihren ganzen Charme ausspielen?«

»Uns interessiert ohnehin in erster Linie Lorna Grieve«, erinnerte er sie. Er wies mit dem Kopf auf den Fiat Punto, der rechts von der Eingangstür parkte. »Das ist ihr Auto.« Er hatte zunächst in High Manor angerufen und mit Hugh Cordover gesprochen. Cordover hatte ganz normal reagiert und nur gesagt, dass Lorna nach Edinburgh gefahren war.

»Ich weiß immer noch nicht, ob das eine gute Idee ist«, sagte Siobhan.

»Passen Sie mal auf«, sagte er, »ich hab Ihnen doch gesagt…«

»John, Sie können sich doch nicht mit der Schwester eines Mordopfers auf eine Affäre einlassen…«

Er packte sie bei den Schultern und drehte sie so, dass sie ihn ansehen musste. »Ich habe mich auf keine Affäre eingelassen!«

»Und – haben Sie etwa nicht mit ihr geschlafen?« Siobhan gab sich Mühe, nicht so laut zu sprechen.

»Und wenn schon?«

»Wir haben es hier mit einem Mordfall zu tun. Wir müssen Fragen an sie richten.«

»Wäre ich nie drauf gekommen.«

Sie starrte ihn an. »Sie tun mir weh.«

Er ließ ihre Schulter los und murmelte eine Entschuldigung.

Sie läuteten an der Tür und warteten. »Und wie war Ihr Wochenende?«, sagte Rebus. Sie sah ihn wütend an. »Also, wir können nicht gut bei den Grieves aufkreuzen und uns dann in ihrem Wohnzimmer die Augen auskratzen«, sagte er. »Dann lassen wir's am besten gleich.«

Sie dachte einen Augenblick nach. »Die Hibs haben schon

wieder gewonnen«, sagte sie dann. »Und was haben Sie so gemacht?«

»Ich war im Büro. Allerdings habe ich kaum was auf die Reihe gekriegt.«

Alicia Grieve erschien an der Tür. Sie sah älter aus als bei Rebus' letztem Besuch – fast als ob sie bereits zu lange gelebt hätte und sich dessen plötzlich bewusst geworden war. Ja, so grausam konnte die Zeit sein. Man verlor einen geliebten Menschen, und plötzlich fing die Zeit an zu rennen, man verblühte in Windeseile, und plötzlich stand der Tod vor der Tür. Rebus hatte dieses Phänomen schon öfter beobachtet: Eigentlich gesunde Frauen oder Männer, die nur Tage oder Wochen nach dem Begräbnis ihres Partners im Schlaf gestorben waren. Wie ein Schalter, den man umlegte, ob nun absichtlich oder unabsichtlich.

»Mrs. Grieve«, sagte er. »Erinnern Sie sich noch an mich – Inspektor Rebus?«

»Ja, natürlich.« Ihre Stimme klang gebrochen. »Und wer ist das?«

»Detective Clarke«, stellte Siobhan sich vor. Sie lächelte das ebenso mitfühlende wie verständnislose Lächeln der Jugend, die einem alten Menschen gegenüber steht. Rebus fiel ein, dass er Alicia vom Alter her näher stand als Siobhan. Er schob den Gedanken beiseite.

»Können wir Roddy endlich begraben? Sind Sie deshalb gekommen?« Sie klang nicht sehr hoffnungsvoll. Ja, sie war offenbar bereit, die Antwort der beiden Polizisten zu akzeptieren, egal wie sie ausfallen mochte. Darin bestand nun ihre Rolle in dieser Welt.

»Tut mir Leid, Mrs. Grieve«, sagte Rebus. »Dauert nicht mehr lange.«

Sie wiederholte den Satz und sagte dann: »Die Zeit ist wie ein Gummiband, finden Sie nicht?«

»Eigentlich sind wir gekommen, um mit Mrs. Cordover zu sprechen«, sagte Siobhan in der Hoffnung, die Frau aus ihren Gedanken zurückzuholen.

»Lorna«, fügte Rebus noch hinzu.

»Ist sie hier?«

Im Haus erklang jetzt eine Stimme: »Natürlich bin ich hier, Mutter. Wir haben doch noch vor zwei Minuten miteinander gesprochen.«

Mrs. Grieve trat beiseite und ließ die beiden herein. Lorna kam gerade aus einem der Zimmer und hielt einen Karton in den Armen.

»Na, da sind Sie ja mal wieder«, sagte sie zu Rebus und würdigte Siobhan keines Blickes.

»Wir würden Ihnen gerne noch einmal ein paar Fragen stellen«, sagte Rebus. Er vermied ihren Blick. Sie reagierte belustigt und wies mit dem Kopf auf das Zimmer, aus dem sie gerade gekommen war.

»Ich versuche hier ein bisschen Ordnung zu schaffen.«

Mrs. Grieve berührte Rebus' Handrücken. Ihre Finger waren eiskalt. »Sie will meine Bilder verkaufen. Sie braucht Geld.«

Rebus sah Lorna an, die nur den Kopf schüttelte.

»Ich möchte sie nur reinigen und neu rahmen lassen, das ist alles.«

»Sie will sie verkaufen«, sagte Mrs. Grieve. »Das spüre ich ganz genau.«

»Mutter, verdammt noch mal. Ich brauche kein Geld.«

»Aber dein Mann. Er hat Schulden, und auch beruflich geht es mit ihm bergab.«

»Jedenfalls danke für den Vertrauensbeweis«, murmelte Lorna.

»Willst du jetzt auch noch frech werden?!« Mrs. Grieve sprach mit bebender Stimme. Noch immer hielt sie Rebus' Hand. Ihre Finger waren wie fleischlose Krallen.

Lorna seufzte. »Und wieso sind Sie gekommen? Bitte, bitte, nehmen Sie mich fest. Dann brauche ich mich jedenfalls nicht mehr mit meiner Mutter herumzustreiten.«

»Dann fahr doch nach Hause«, kreischte ihre Mutter.

»Damit du dich hier in deinem Selbstmitleid ergehen kannst? Oh nein, Mama, so einfach geht das nicht.«

»Seona passt schon auf mich auf.«

»Seona muss sich um ihre politische Karriere kümmern«, fauchte Lorna. »Die braucht dich nicht mehr, die hat jetzt eine sinnvollere Aufgabe.«

»Du bist ein Ungeheuer.«

»Dann musst du Dr. Frankenstein sein.«

»Verkommenes Luder. Jedem Mann, dem du je begegnet bist, hast du dich zu Füßen geworfen.«

»Das mache ich immer noch«, fauchte Lorna. Sie würdigte Rebus keines Blickes. »Und du hast dich an Vater nur herangemacht, weil er dir nützen konnte. Als du dann Erfolg gehabt hast, war es plötzlich aus zwischen euch.«

»Wie kannst du es nur wagen!« Kalter Zorn, die Wut einer wesentlich jüngeren Frau.

Siobhan berührte Rebus' Ärmel und trat den Rückzug Richtung Tür an. Als Lorna sah, dass Siobhan gehen wollte, schrie sie: »Oh mein Gott, schau nur, Mama, die Bullen haben Angst vor uns. Ist das nicht wundervoll? Ich wusste gar nicht, dass wir solche Macht besitzen!« Sie fing an zu lachen und Alicia Grieve stimmte mit ein.

Rebus dachte: Was für ein verdammtes Irrenhaus. Dann begriff er plötzlich, dass dieser Umgangston zwischen Lorna und ihrer Mutter ganz normal war, dass sie sich öfter so anschrien und beschimpften, um sich hinterher ebenso pathetisch wieder zu versöhnen. Die beiden standen schon so lange im Blickpunkt der Öffentlichkeit, dass sie ihr eigenes Melodram, ihre Streitigkeiten wie ein großes Bühnenstück immer wieder aufführten.

Szenen aus der Familienhölle.

Großer Gott.

Lorna wischte sich eine imaginäre Träne aus dem Auge und presste mit der anderen Hand noch immer die Bilder an ihre Brust. »Ich bring sie zurück«, sagte sie.

»Nein, stell sie hier in der Halle zu den anderen«, sagte ihre Mutter. Sie zeigte auf die Stelle, wo bereits ein gutes Dutzend gerahmte Bilder an der Wand lehnten. »Du hast völlig Recht: Wir müssen sie reinigen, einige davon vielleicht sogar neu rahmen lassen.«

»Da wir schon mal dabei sind, sollten wir sie außerdem von der Versicherung schätzen lassen.« Um ihre Mutter zu beruhigen, schob Lorna noch schnell nach: »Aber nicht, damit ich sie teurer verkaufen kann. Nur falls sie gestohlen werden…«

Am liebsten hätte Alicia weitergestritten, doch dann holte sie nur tief Luft und nickte. Lorna stellte die Bilder zu den anderen. Als sie wieder aufstand, rieb sie sich den Staub von den Händen.

»Einige dieser Bilder hast du schon vor vierzig Jahren gemalt.«

»Da könntest du Recht haben – oder sogar noch früher.« Alicia nickte. »Aber sie werden mich lange überleben. Nur dass sie dann nicht mehr dasselbe bedeuten.«

»Wieso nicht?«, fragte Siobhan überrascht.

Alicia sah sie an. »Für mich verbinden sich mit diesen Bildern Dinge, die niemand sonst empfinden kann.«

»Deshalb sind sie ja noch hier«, erklärte Lorna, »und hängen nicht bei irgendeinem Sammler an der Wand.«

Alicia nickte. »Unsere Empfindungen sind sehr kostbar. Schließlich ist das Persönliche alles, was wir besitzen, sonst wären wir nichts als unschuldige Tiere.« Plötzlich ließ sie Rebus' Hand los, an der sie sich bis dahin festgehalten hatte. »Tee«, bellte sie und klatschte in die Hände. »Wir müssen alle zusammen Tee trinken.«

Rebus dachte: Ein Schluck Whisky würde auch nicht schaden.

Sie saßen im Salon und unterhielten sich, während Lorna sich in der Küche zu schaffen machte. Dann kam sie mit einem Tablett herein und schenkte ihnen Tee ein.

»Ich glaube, ich habe noch was vergessen«, sagte sie. »Tee ist nicht gerade meine Spezialität.« Dabei sah sie Rebus an, der in den Kamin starrte. »Wie wär's mit Spirituosen, Inspektor? Sie haben doch eine Schwäche für Malt-Whisky, wenn ich mich recht entsinne.«

»Nein, danke«, sagte er bedauernd.

»Zucker«, sagte Lorna und inspizierte das Tablett. »Habe ich's nicht gesagt?« Sie stand auf und ging Richtung Tür. Rebus und Siobhan wollten aber beide keinen Zucker, deshalb kehrte sie an ihren Platz zurück. Auf einem Teller lagen ein paar mürbe Plätzchen. Wieder lehnten beide ab, doch Alicia nahm eines und tunkte es in ihren Tee, wo es auseinander brach. Die beiden Polizisten blickten diskret beiseite, als die alte Frau die Brocken aus der Tasse fischte und in den Mund schob.

»Na gut«, sagte Lorna schließlich, »und was verschafft uns die Ehre?«

»Wir wissen selbst nicht, ob an der Sache was dran ist«, sagte Rebus. »Detective Clarke stellt Nachforschungen in einem Selbstmord-Fall an. Sieht so aus, als ob der Tote sich auffallend für Ihre Familie interessiert hätte.«

»Oh?«

»Und dann kommt noch hinzu, dass der Mann sich so kurz nach dem Mord umgebracht hat…«

Lorna beugte sich in ihrem Sessel nach vorne. Sie sah Siobhan an. »Handelt es sich zufällig um diesen obdachlosen Millionär?«

Siobhan nickte. »Obwohl – im strikten Sinne war er eigentlich kein Millionär.«

Lorna sah ihre Mutter an. »Weißt du noch, ich hab dir von der Geschichte erzählt.«

Ihre Mutter nickte, war aber offenbar nicht ganz bei der Sache. Lorna sah jetzt wieder Siobhan an. »Aber was hat das alles mit uns zu tun?«

»Vielleicht gar nichts«, räumte Siobhan ein. »Der Verstorbene hat sich Chris Mackie genannt. Sagt Ihnen der Name etwas?«

Lorna dachte intensiv nach, schüttelte dann aber den Kopf.

»Wir haben hier ein paar Fotos«, sagte Siobhan und gab sie ihr. Dann blickte sie Rebus an.

Lorna studierte die Fotos. »Ziemlich grimmiges Gesicht, was?«

Siobhans Blick ruhte noch immer auf Rebus, weil sie wollte, dass er mit der Frage herausrückte.

»Mrs. Cordover«, sagte er, »ich stelle diese Frage höchst ungern.«

Sie sah ihn an. »Welche Frage?«

Rebus holte tief Luft. »Natürlich ist er auf den Bildern viel älter..., außerdem hat er nicht gerade ein leichtes Leben gehabt.« Er gab sich einen Ruck. »Das ist nicht zufällig Alasdair – oder?«

»*Alasdair?*« Lorna betrachtete wieder das Foto, das obenauf lag. »Was soll denn diese Frage?« Sie sah zu ihrer Mutter hinüber, die plötzlich bleicher denn je erschien. »Alasdair hat blondes Haar und überhaupt keine Ähnlichkeit mit diesem Mann.« Alicia streckte ihre Hand nach den Fotos aus, doch Lorna gab sie Siobhan zurück. »Worauf wollen Sie eigentlich hinaus? Dieser Mann hat nicht die geringste Ähnlichkeit mit Alasdair, völlig ausgeschlossen.«

»Natürlich verändert man sich im Laufe von zwanzig Jahren«, sagte Rebus leise.

»Manche Leute verändern sich sogar über Nacht«, erwiderte sie kalt, »aber der Mann auf diesem Foto ist niemals mein Bruder. Wie kommen Sie bloß darauf?«

Rebus hob die Hände. »Nur eine Vermutung.«

»Kommen Sie, ich zeige Ihnen Alasdair«, sagte Alicia Grieve und stand auf. Sie stellte ihre Tasse auf den Tisch. »Na, kommen Sie schon, ich zeige Ihnen meinen Sohn.«

Sie folgten ihr in die Küche. Der Geschirrschrank mit seinen Glastüren war bis obenhin voll. Auf den Arbeitsflächen standen ganze Berge Porzellan, für das es keinen Platz mehr gab. Die Spüle war bis obenhin voll mit schmutzigem Geschirr. Auf einem Bügelbrett türmten sich irgendwelche Kleider. Im Radio lief leise klassische Musik.

»Bruckner«, sagte Alicia und schloss die Tür zum Garten auf. »Ständig spielen sie Bruckner.«

»Ihr Atelier«, sagte Lorna, als sie jetzt Alicia in den völlig verwilderten Garten folgten, dessen ursprüngliche Gestalt noch zu erkennen war. Im Gras lag eine Urne, die darauf zu warten schien, wieder auf ihren Sockel gestellt zu werden. Die Blätter auf dem Rasen bildeten einen klebrigen Teppich, der das Gehen erschwerte. Ganz hinten in der Ecke stand ein Gartenhaus.

»War das früher mal die Bedienstetenwohnung?«, fragte Rebus.

»Ja, nehme ich an«, sagte Lorna. »Wir haben uns als Kinder immer dort versteckt. Dann hat Mutter ein Atelier daraus gemacht, und wir mussten draußen bleiben.« Sie beobachtete ihre Mutter, die mit gebeugtem Rücken dem Haus zustrebte. »Anfangs haben Vater und sie in demselben Raum gemalt – oben unter dem Dach in seinem Atelier.« Sie drehte sich halb um und zeigte auf zwei Fenster im Dach des Haupthauses. »Dann war Mutter der Meinung, dass sie ihren eigenen Raum und ihr eigenes Licht braucht. Aber nicht nur das, sie hat ihn auch sonst aus ihrem Leben ausgeschlossen.« Sie sah Rebus an. »Nicht ganz einfach, in einer solchen Familie aufzuwachsen.«

Alicia zog jetzt einen Schlüssel aus der Jackentasche und schloss die Tür des Ateliers auf. Das Innere bestand aus einem einzigen großen Raum, dessen Wände weiß getüncht und mit Farbe bespritzt waren. Auch am Boden klebten Farbreste. Drei verschieden große Staffeleien. Von der Decke hingen Spinnweben herab. Und an einer Wand lehnte eine Reihe von Porträts unterschiedlichen Formats, auf denen immer wieder der Kopf eines einzigen Mannes in verschiedenen Lebensstadien dargestellt war.

»Guter Gott«, keuchte Lorna, »das ist Alasdair.« Sie ging in die Hocke und betrachtete die Bilder eines nach dem anderen.

»Ich hab mir vorgestellt, wie er allmählich älter wird«, sagte Alicia leise.

Ein blonder Mann mit traurigen Augen. Ein leidender

Mann, auch wenn die Künstlerin auf einigen der Bilder ein Lächeln auf sein Gesicht gezaubert hatte. Und nicht die geringste Ähnlichkeit mit Chris Mackie.

»Du hast mir nie davon erzählt«, sagte Lorna und hob eines der Gemälde hoch, um es genau zu studieren. Mit einem Finger berührte sie zärtlich die Wangenknochen des Mannes.

»Du wärst ohnehin nur eifersüchtig gewesen«, sagte ihre Mutter. »Auch wenn du es natürlich nicht zugibst.« Sie sah Rebus an. »Alasdair war mein Liebling, wissen Sie. Und als er weggegangen ist…« Sie betrachtete ihre eigenen Arbeiten. »Vielleicht habe ich versucht, mir das alles auf diese Weise selbst zu erklären.« Als sie sich wieder umdrehte, sah sie, dass Siobhan noch immer die Fotos in der Hand hielt. »Darf ich?« Sie nahm die Bilder und inspizierte sie aus nächster Nähe.

Plötzlich ein Leuchten in ihren Augen. »Wo ist er?«

»Kennen Sie ihn?«, fragte Siobhan.

»Ich muss unbedingt wissen, wo er ist.«

Lorna hatte das Porträt wieder zu Boden gestellt. »Er hat sich umgebracht, Mutter. Der obdachlose Millionär.«

»Wer ist er, Mrs. Grieve?«, fragte Rebus.

Alicia sah die Fotos mit zitternden Händen abermals durch. »Wie oft habe ich mir gewünscht, mal mit ihm zu sprechen.« Sie wischte sich mit dem Handrücken Tränen aus den Augen. Rebus stand jetzt direkt vor ihr.

»Wer ist der Mann, Alicia? Wer ist der Mann auf den Fotos?«

Sie sah ihn an. »Er heißt Frederick Hastings.«

»Freddy?« Lorna kam jetzt näher und nahm ihrer Mutter das Polizeifoto aus der Hand.

»Und?«, sagte Rebus.

»Könnte tatsächlich stimmen. Ist schon zwanzig Jahre her, seit ich ihn zuletzt gesehen habe.«

»Aber wer war er?«, fragte Siobhan.

Plötzlich fiel es Rebus wie Schuppen von den Augen. »Alasdairs Geschäftspartner?«

Lorna nickte.

Rebus sah Siobhan an. Sie war etwas verwirrt.

»Und Sie sagen, dass er tot ist?«, fragte Alicia. Rebus nickte.

»Bestimmt hätte er gewusst, wo Alasdair ist. Die beiden waren unzertrennlich. Vielleicht hat er ja irgendwo Alasdairs Adresse verwahrt.«

Lorna betrachtete gerade die anderen Fotos, auf denen »Chris Mackie« in dem Asyl zu sehen war. »Freddy Hastings ein Penner.« Sie brach in schallendes Gelächter aus.

»Ich glaube nicht, dass es eine solche Adresse gibt«, sagte Siobhan zu Alicia Grieve. »Ich habe seine Sachen schon x-mal durchgesehen.«

»Ich finde, wir sollten jetzt besser wieder ins Haus gehen«, verkündete Rebus. Plötzlich schwirrten ihm tausend Fragen durch den Kopf.

Lorna kochte noch eine Kanne Tee. Für sich selbst allerdings machte sie einen Drink: halb Whisky, halb Quellwasser. Rebus lehnte einen harten Drink dankend ab. Als sie den ersten Schluck nahm, ruhten ihre Augen auf ihm.

Siobhan hatte ihr Notizbuch auf dem Schoß und hielt einen Stift in der Hand.

Lorna atmete so tief aus, dass Rebus das Whisky-Aroma noch zwei Meter entfernt riechen konnte. »Wir waren immer der Meinung, dass sie zusammen abgehauen sind«, erklärte sie dann.

»Was für ein Quatsch«, unterbrach ihre Mutter sie.

»Na gut, *du* wolltest ja nicht glauben, dass sie schwul sind.«

»Dann sind die beiden also zur selben Zeit verschwunden?«, fragte Siobhan.

»Das war jedenfalls unser Eindruck. Nachdem wir Alasdair damals ein paar Tage nicht mehr erreichen konnten, haben wir versucht, Freddy zu kontaktieren. Doch der war einfach weg.«

»Hat jemand ihn als vermisst gemeldet?«

Lorna zuckte mit den Achseln. »Ich jedenfalls nicht.«

»Und seine Familie?«

»Ich glaube, er hatte keine Angehörigen.« Sie sah ihre Mutter fragend an.

»Er war ein Einzelkind«, sagte Alicia. »Seine Eltern sind schon lange vor dieser Zeit beide innerhalb eines Jahres gestorben.«

»Deshalb hatte er etwas Geld, das er aber, so weit ich weiß, zum größten Teil verloren hat.«

»Sie haben *beide* Geld verloren«, verbesserte Alicia sie. »Deshalb ist Alasdair ja auch weggegangen, Inspektor. Er hatte Schulden und war zu stolz, um Hilfe zu bitten.«

»Aber nicht zu stolz, um abzuhauen«, konnte sich Lorna nicht verkneifen. Ihre Mutter sah sie böse an.

»Und wann ist das alles gewesen?«, fragte Rebus.

»Irgendwann '79.« Lorna sah ihre Mutter fragend an.

»Ungefähr Mitte März«, sagte die alte Dame.

Rebus und Siobhan tauschten einen Blick. März '79: Skelly.

»Und welche Art von Geschäften haben die beiden gemacht?«, fragte Siobhan und versuchte, ihrer Stimme einen normalen Klang zu geben.

»Zuletzt, glaube ich, Immobilien«, sagte Lorna. »Mehr weiß ich nicht. Ich glaube, sie haben irgendwelche Objekte gekauft, die sie dann hinterher nicht mehr losgeworden sind.«

»Baulanderschließung, war es das?«, fragte Rebus.

»Keine Ahnung.«

Rebus sah Alicia an, die den Kopf schüttelte. »Über manche Dinge hat Alasdair einfach nicht gesprochen. Er wollte, dass wir denken, er schafft alles allein.«

Lorna stand auf, um sich nachzuschenken. »Das ist die Umschreibung meiner Mutter dafür, dass er mit den meisten Sachen nicht klargekommen ist.«

»Ganz im Gegensatz zu dir«, fuhr ihre Mutter sie an.

»Wenn die beiden sich wegen ihrer Schulden aus dem Staub gemacht haben«, sagte Siobhan, »wie kommt es dann, dass Mr. Hastings rund ein Jahr später ungefähr eine halbe Million Pfund in einer Aktentasche mit sich herumtragen konnte?«

»Wer ist denn hier die Polizei?«, sagte Lorna und setzte sich wieder.

Rebus dachte angestrengt nach. »Diese Geschichte über die geschäftlichen Pleiten der beiden Männer, gibt es dafür auch Belege, oder handelt es sich nur um einen Ihrer Familienmythen?«

»Was wollen Sie damit sagen?«

»Was wir für unsere Ermittlungen brauchen, sind harte Fakten.«

»Welche Ermittlungen?« Der Alkohol tat jetzt seine Wirkung. Lornas Stimme klang plötzlich aggressiv, auf ihren Wangen erschienen rote Flecken. »Ich dachte, es ist Ihre Aufgabe, den Mord an Roddy aufzuklären und nicht Freddys Selbstmord.«

»Der Inspektor glaubt, dass beides zusammenhängt«, sagte Alicia, die selbst über ihre Schlussfolgerung erstaunt war.

»Wie kommen Sie darauf, Mrs. Grieve?«, fragte Rebus.

»Haben Sie nicht selbst gesagt, dass Freddy sich für unsere Familie interessiert hat? Glauben Sie, dass *er* Roddy umgebracht hat?«

»Warum sollte er?«

»Das weiß ich nicht. Hat vielleicht was mit dem Geld zu tun.«

»Haben Roddy und Freddy sich gekannt?«

»Sie sind sich ein paarmal begegnet, als Alasdair Freddy mit nach Hause gebracht hat. Vielleicht auch sonst noch hin und wieder.«

»Und wenn Roddy nun Freddy zwanzig Jahre später wieder gesehen hätte, glauben Sie, dass er ihn dann noch erkannt hätte?«

»Wahrscheinlich.«

»Ich habe ihn auf den Fotos jedenfalls nicht mehr erkannt«, sagte Lorna.

Rebus sah sie an. »Ja, stimmt«, sagte er, während er dachte: *Oder vielleicht doch?* Wieso hatte sie Siobhan die Fotos gleich zurückgegeben, statt sie ihrer Mutter zu zeigen?

»Hatte Mr. Hastings früher ein Büro?«

Alicia nickte. »In Canongate, nicht weit von Alasdairs Wohnung entfernt.«

»Können Sie sich noch an die Adresse erinnern?«

Sie nannte die Adresse und war offenbar erfreut darüber, dass sie sie noch wusste.

»Und wo hat er gewohnt?« Siobhan machte sich Notizen.

»Irgendwo in der Neustadt«, sagte Lorna. Auch in diesem Fall war es ihre Mutter, die die Adresse nannte.

In dem Speiseraum im Tiefgeschoss des Hotels war um die Mittagszeit nur wenig Betrieb. Entweder gaben die Gäste dem bistroartigen Restaurant im Erdgeschoss den Vorzug, oder aber sie wussten überhaupt nichts von der Existenz dieses zweiten Restaurants. Der Raum war orientalisch-minimalistisch gestaltet, und zwischen den elegant eingedeckten Tischen gab es reichlich Platz. Ein diskreter Ort für ein vertrauliches Gespräch. Cafferty erhob sich und reichte Barry Hutton die Hand.

»Onkel Ger, tut mir Leid, dass ich zu spät dran bin.«

Cafferty machte eine wegwerfende Handbewegung, während ein Lakai Hutton dessen Stuhl unterschob. »Lange her, dass jemand mich so genannt hat«, sagte er und lächelte. »Ist schon gar nicht mehr wahr.«

»Aber so habe ich dich doch immer genannt.«

Cafferty nickte und musterte den gut gekleideten jungen Mann. »Donnerwetter, Barry, du machst ja echt was her.«

Diesmal winkte Hutton ab. Ein Ober brachte die Speisekarten.

»Schon etwas zu trinken, meine Herren?«, sagte der Ober.

»Das müssen wir unbedingt mit Champagner feiern«, sagte Cafferty. Er zwinkerte Hutton zu. »Und natürlich auf meine Rechnung.«

»Sehr nett von dir. Allerdings würde ich lieber Wasser trinken, wenn es dir recht ist.«

Das Lächeln gefror auf Caffertys Gesicht. »Ganz wie du meinst, Barry.«

Hutton sah den Ober an. »Vittel, wenn Sie haben – sonst Evian.«

Der Ober verbeugte sich knapp und sah dann Cafferty an. »Und für Sie weiterhin Champagner, Sir?«

»Wüsste nicht, dass ich die Bestellung zurückgenommen hätte.«

Der Ober verbeugte sich abermals und ging dann davon.

»Vittel, Evian...« Cafferty kicherte und schüttelte den Kopf. »Mein Gott, wenn Bryce dich so sehen könnte.« Hutton zupfte seine Manschetten zurecht. »Ärger gehabt heute Vormittag?«

Hutton blickte auf, und Cafferty wusste, dass etwas passiert war. Doch der jüngere Mann schüttelte nur den Kopf. »Ich trinke mittags keinen Alkohol, das ist alles.«

»Aber ich darf dich doch wenigstens zum Essen einladen.«

Hutton blickte in dem Restaurant umher. Außer ihnen selbst waren nur noch zwei weitere Gäste anwesend, die in einer anderen Ecke saßen und offenbar in ein geschäftliches Gespräch vertieft waren. Hutton musterte die Gesichter, kannte sie aber nicht. Er wandte sich wieder in Caffertys Richtung.

»Wohnst du eigentlich ständig hier?«

Cafferty nickte.

»Und das Haus hast du verkauft?«

Cafferty nickte wieder.

»Vermutlich mit einem dicken Gewinn, nehm ich mal an.« Hutton sah ihn an.

»Sicher, Barry – aber Geld ist nicht alles. So viel hab ich inzwischen begriffen.«

»Du meinst Gesundheit? Glück?«

Cafferty legte die Hände zusammen. »Du bist noch jung. Warte noch ein paar Jahre, dann wirst du schon sehen, was ich meine.«

Hutton nickte, obwohl er nicht recht verstand, worauf der ältere Mann hinauswollte. »Du bist ziemlich schnell wieder rausgekommen«, sagte er dann.

»Gute Führung.« Cafferty lehnte sich zurück, als jetzt ein

Ober einen Brotkorb brachte und ein anderer sich bei Cafferty erkundigte, ob er den Champagner im Eiskübel oder nur leicht gekühlt wünsche.

»Auf Eis«, sagte Cafferty und sah seinen jüngeren Gast an. »Dann laufen die Geschäfte also gut, Barry? Jedenfalls hab ich das gehört.«

»Kann mich nicht beklagen.«

»Und wie geht es deinem Onkel?«

»Gut, soweit ich weiß.«

»Siehst du ihn noch manchmal?«

»Der taucht hier nicht mehr auf.«

»Das weiß ich. Ich dachte, vielleicht besuchst du ihn gelegentlich mal. Ferien oder so was.«

»An meine letzten Ferien kann ich mich schon nicht mehr erinnern.«

»Immer nur Arbeit und kein Vergnügen, Barry«, sagte Cafferty.

Hutton sah ihn an. »Nein, nicht nur Arbeit.«

»Wie schön.«

Während ein Ober ihre Essensbestellung entgegennahm, brachte ein anderer die Getränke. Sie prosteten sich zu. Trotzdem ließ Hutton sich von Cafferty auch nicht zu einem »ganz kleinen Glas« überreden. Hutton trank sein Wasser pur: ohne Eis und Zitrone.

»Und wie geht es dir?«, fragte er schließlich. »Gibt nicht viele Leute, die direkt aus dem Knast in ein solches Hotel übersiedeln.«

»Sagen wir, ich fühle mich ganz wohl«, sagte Cafferty augenzwinkernd.

»Aber deine Geschäfte sind doch in deiner Abwesenheit großenteils weitergelaufen, nicht wahr?«

Cafferty entging nicht die Ironie, mit der sein Gegenüber das Wort »Geschäfte« aussprach. Er nickte langsam. »Etliche Leute wären ziemlich enttäuscht gewesen, wenn es anders gewesen wäre.«

»Keine Frage.« Hutton brach ein kleines Brötchen entzwei.

»Womit wir beim Anlass unseres kleinen gemeinsamen Essens wären«, fuhr Cafferty fort.

»Also ein Geschäftsessen?«, sagte Hutton. Als Cafferty nickte, fühlte er sich sofort wesentlich besser. Also doch nicht nur ein schlichtes Essen, das bloß unnötig Zeit kostete.

25

Jerry erhielt einen harten Schlag ins Gesicht. Das kannte er schon. Doch es war nicht Jayne, die ihn schlug.

Nein, es war Nic.

Er spürte, wie seine Wange zu brennen anfing, wusste, dass der Schlag auf seiner blassen Haut einen blauroten Abdruck hinterlassen würde. Auch Nics Hand musste ganz schön wehtun. Trotzdem: ein schwacher Trost.

Sie saßen in Nics Cosworth. Jerry war gerade erst eingestiegen. Nic hatte ihn kurz zuvor angerufen. Montagabend – und Jerry hatte sich natürlich die Chance nicht entgehen lassen. Jayne hing mit verschränkten Armen und müden Augen vor dem Fernseher. Sie hatten eine Kleinigkeit gegessen und dabei die Nachrichten angeschaut. Keine Pommes. Das Tiefkühlfach war leer, und keiner von beiden hatte noch Lust, welche zu holen. Und so hatten sie wie üblich angefangen zu streiten.

Du fauler Sack …

Wieso setzt du denn deinen fetten Arsch nicht in Bewegung …

Dann der Telefonanruf. Das Telefon stand neben Jayne, aber sie ließ es einfach läuten.

»Darfst zweimal raten, wer das ist«, sagte sie nur. Er hoffte, dass sie Unrecht hatte, dass ihre Mutter am Apparat war. Dann konnte er zu ihr sagen: »Immer die Klappe auf – ist für dich«, und ihr den Hörer geben.

Wenn es nämlich Nic war … ausgerechnet an einem Montag Abend – dann konnte das nur eines bedeuten.

Und jetzt saßen sie also zusammen in dem Auto, und Nic hatte einen Wutanfall.

»Weißt du eigentlich, was du da für einen Schwachsinn gemacht hast. Wehe, du machst so was noch mal …«

»Was heißt das – Schwachsinn?«

»Mich in der Arbeit anzurufen, du Blödmann!«

Jerry rechnete schon mit einem weiteren Schlag, doch Nic stieß ihm nur den Ellbogen in die Rippen. Diesmal nicht mehr so hart. Schien so, als ob er sich allmählich wieder einkriegte.

»Hab einfach nicht darüber nachgedacht.«

Nic schnaubte verächtlich. »Ja, wann denkst du schon mal nach?« Der Motor lief jetzt auf Hochtouren. Er knallte den Gang rein, und dann rasten sie mit quietschenden Reifen davon. Kein Blick in den Rückspiegel, kein Blinker. Hinter ihnen hupte drei- oder viermal ein anderes Auto. Nic sah in den Rückspiegel und entdeckte in dem Wagen einen alten Knacker, ganz allein. Also zeigte er ihm erst mal den Finger und erging sich in wüsten Beschimpfungen.

Ja, wann denkst du schon mal nach?

In Jerrys Kopf arbeitete es fieberhaft. Hatte *er* nicht früher die meisten Sachen geklaut? Hatte er nicht den Alkohol besorgt, als sie noch nicht volljährig gewesen waren? Weil er nämlich etwas größer war und älter aussah als Nic. Nic hatte immer noch ein glattes Gesicht wie ein Teenager, und sein dichtes schwarzes Haar war stets ordentlich geschnitten und frisiert. Ja, auf Nic waren die Mädchen abgefahren, und Jerry hatte nur blöde daneben gestanden und gewartet, ob ihn auch nur eine für gesprächswürdig befunden hatte.

Später Nic an der Uni, der vor Jerry mit seinen Fickeskapaden prahlte. Ja, schon damals hatte es erste Hinweise gegeben: *Sie hat keinen Bock darauf gehabt, deshalb hab ich ihr so lange ins Gesicht geklatscht, bis sie es trotzdem gemacht hat. Dabei hab ich ihre Handgelenke mit einer Hand festgehalten und gerammelt, was das Zeug hält.*

Als ob die Welt diese Gewalt verdient hätte, ja sogar akzeptierte, weil dieser Nic ja sonst so ein feiner Kerl war. In der Nacht, als Nic Catriona kennen gelernt hatte ... ja, da hatte er Jerry auch eine Ohrfeige verpasst. Sie waren durch ein paar Kneipen gezogen – zunächst das Madogs, ein absolut angesagter, aber auch scheißteurer Laden, angeblich war Prinzessin Margaret sogar schon mal dort gewesen, und dann das Shakespeare gleich neben der Usher Hall. Ja, da war Cat mit ihren Freunden verabredet. Wollten zusammen im Lyceum irgendein Stück anschauen, irgendwas mit Pferden. Nic kannte eins der Mädchen, hatte sich der Gruppe vorgestellt, und Jerry hatte die ganze Zeit ebenso stumm wie unerbittlich daneben gestanden. Und dann war Nic mit diesem Mädchen Cat – Abkürzung für Catriona – ins Gespräch gekommen. Sah nicht übel aus, die Kleine, aber die Flotteste aus der Gruppe war sie für seinen Geschmack auch nicht gewesen.

»Studierst du auch?«, hatte jemand Jerry gefragt.

»Nee«, sagte er. »Ich bin in der Elektronikbranche«. Das war sein Standardspruch. Am besten, die Leute hielten ihn für einen Spiele-Designer, der vielleicht sogar eine eigene Software-Firma betrieb. Aber damit kam er selten weit. Die Leute stellten ihm nämlich jedes Mal Fragen, die er dann nicht beantworten konnte, und dann fing er irgendwann an zu lachen und gab zu, dass er Gabelstaplerfahrer war. Diese Eröffnung sorgte zwar meistens für eine gewisse Heiterkeit, doch das Gespräch war damit im Allgemeinen so gut wie beendet.

Als die Gruppe dann abgezogen war, um sich das Stück anzusehen, stieß Nic Jerry in die Rippen. »Volltreffer, Kumpel«, sagte er. »Ich treff Cat hinterher noch auf einen Drink.«

»Dann gefällt sie dir also?«

»Die ist in Ordnung.« Ein misstrauischer Blick. »Oder vielleicht nicht?«

»Doch – sie ist sensationell.«

Wieder ein Stoß in die Rippen. »Und sie ist mit Bryce Callan verwandt. So heißt sie nämlich mit Nachnamen: Callan.«

»Na und?«

Nic machte große Augen. »Noch nie was von Bryce Callan gehört? Verdammt noch mal, Jerry, der ist hier der große Boss.«

Jerry sah sich in der Kneipe um. »Gehört dem die Kneipe hier?«

»Blödmann, der hat in *Edinburgh* das Sagen.«

Jerry nickte, obwohl er noch immer nicht verstand.

Ein paar Gläser später hatte er gefragt, ob er zu dem Treffen mit Catriona mitkommen könnte.

»Bist du nicht ganz dicht?«

»Und was soll ich sonst machen?«

Sie waren auf dem Gehsteig unterwegs, und Nic war unvermittelt stehen geblieben und hatte ihn wütend angesehen.

»Erst mal solltest du erwachsen werden. Wir sind nämlich keine Kinder mehr. Nichts ist mehr wie früher.«

»Weiß ich doch. Schließlich geh *ich* doch jeden Tag zur Arbeit, und sogar heiraten tu ich demnächst.«

Und dann hatte Nic ihm eine gescheuert. Nicht brutal. Trotzdem war Jerry total erstarrt.

»Zeit, erwachsen zu werden, Kumpel. Kann ja sein, dass du einen Job hast, aber wohin ich dich auch schleppe, überall stehst du nur wie ein Volldepp herum.« Er drehte Jerrys Kopf so, dass dieser ihm ins Gesicht sehen musste. »Am besten, du nimmst dir ein Vorbild an mir, Jerry. Am besten, du schaust dir mal genau an, wie *ich* die Sachen mache. Vielleicht wirst du dann ja erwachsen.«

Vielleicht wirst du dann ja erwachsen.

So war es also, das Erwachsen-Sein: Mit Nic zusammen in dem Cosworth sitzen und dann auf die Jagd gehen. Montag Abend. Ja, auch Montag abends gab es Single-Treffs, meist etwas ältere Leute. Aber das Alter der Frauen war Nic ohnehin total egal. Er wollte nur irgendeine. Jerry riskierte einen Blick auf seinen Freund. So ein attraktiver Kerl…, wieso musste der es nur auf diese Weise machen? Was war eigentlich sein Problem?

Aber Jerry kannte die Antwort ja schon. Cat war das Problem. Immer wieder diese Cat.

»Und wohin fahren wir?«, fragte er.

»Der Lieferwagen steht auf dem Lochrin Place.« Nics Stimme klang kalt. Jerry drehte sich fast der Magen um: Gift und Galle stiegen in ihm hoch. Aber er wusste auch: Wenn sie erst mal loslegten..., dann würde noch ein ganz anderes Gefühl von ihm Besitz ergreifen: nämlich Erregung genau wie bei Nic. Zwei völlig ausgerastete Jäger.

»Am besten, du betrachtest das Ganze einfach als Spiel«, hatte Nic beim ersten Mal gesagt.

Es als Spiel betrachten.

Und dann fing sein Herz an schneller zu schlagen und ein merkwürdiger Kitzel ergriff von ihm Besitz. Wenn er erst mal die Handschuhe und die Skimütze übergestreift hatte und in dem Bedford saß, war er plötzlich ein anderer Mensch. Nicht mehr Jerry Lister, sondern jemand aus einem Comic-Buch oder aus einem Film, eine schaurige Gestalt. Jemand, vor dem man Angst haben musste. Selbst das Brennen in der Magengegend verschwand dann beinahe. Beinahe.

Der Lieferwagen gehörte einem Typen, den Nic kannte. Nic hatte dem Menschen erzählt, dass er hier und da nach Feierabend noch ein bisschen schwarzarbeitete. Der Besitzer des Wagens nahm lediglich die zwei Zehn-Pfund-Noten entgegen und wollte ansonsten nichts Genaueres wissen. Außerdem hatte Nic auf dem Schrottplatz ein paar Kennzeichen organisiert, die er einfach mit Draht an den richtigen Schildern befestigte. Der hell lackierte Wagen mit den Rostflecken fiel nicht weiter auf. Eine Frau, die abends in der Dunkelheit und Kälte eilig nach Hause ging, konnte ihn nur zu leicht übersehen.

Und genau auf solche Frauen hatte Nic es abgesehen, Frauen, die es eilig hatten, nach Hause zu kommen. Die beiden parkten den Wagen einfach in der Nähe des Nachtclubs, zahlten ihren Eintritt und gingen dann hinein. Viele Männer kreuzten zu zweit auf, deshalb kümmerte sich kein Mensch um sie. Dann inspizierte Nic die Tische mit den Single-Clubs. Er hatte dafür inzwischen einen sicheren Blick. Einmal hatte er sogar eine der Frauen vorher zum Tanzen aufgefordert. Hinterher hatte Jerry dann gefragt: »War das nicht ein bisschen riskant?« »Was ist schon ein Leben ohne Risiko?«

An diesem Montag Abend fuhren sie zunächst ein bisschen in der Gegend herum. Am besten war es, bis gegen zehn zu warten, das wusste Nic nur zu gut. Um zehn Uhr waren die Betrunkenen, die nach der Sperrstunde aus den Kneipen herüberkamen, noch nicht da, die Single-Clubs dagegen schon in voller Aktion. Die meisten dieser Singles mussten am nächsten Tag arbeiten und konnten deshalb nicht so lange bleiben. Sie blieben vielleicht bis gegen elf und gingen dann allmählich nach Hause. Und bis dahin hatte Nic schon eine oder zwei ausgesucht. Die Zweite nur für alle Fälle, wenn die Sache mit der Ersten aus irgendeinem Grund nicht klappte. An manchen Abenden wurde aber nichts daraus, weil die Frauen gemeinsam oder mit irgendwelchen Männern aus dem Nachtclub kamen und keine von ihnen sich allein auf den Heimweg machte.

An anderen Abenden funktionierte es prächtig.

Jerry stand mit einem Bier in der Hand am Rand der Tanzfläche. Er spürte schon die Erregung, die wie eine dunkle Welle von ihm Besitz ergriff. Trotzdem war er nervös. Konnte man ja nie wissen, ob nicht zufällig ein Freund oder jemand aufkreuzte, der Jayne kannte. *Jayne weiß doch, dass du hier bist?* Nein, wusste sie nicht. Sie fragte schon gar nicht mehr. Wenn er dann um ein oder zwei Uhr früh nach Hause kam, schlief sie schon. Aber selbst wenn sie wach wurde, sagte sie nicht viel.

»Wieder mal voll?« Oder so was.

Dann ging er meistens wieder ins Wohnzimmer und saß mit der Fernbedienung in der Hand vor dem Fernseher, schaltete ihn aber nicht ein. Saß einfach so im Dunkeln da, wo niemand ihn sehen, niemand vorwurfsvoll mit dem Finger auf ihn zeigen konnte.

Das hast du gemacht, du, du.

Nein, stimmt ja gar nicht. Nic hat es getan. Immer nur Nic. Er stand neben der Tanzfläche und hielt in seiner leicht zitternden Hand ein Bier. Innerlich betete er: *Bitte, bitte lass uns heute Abend kein Glück haben!*

Aber dann steuerte Nic in seine Richtung und hatte dieses merkwürdige Strahlen in den Augen.

»Ich kann es nicht fassen, Jer. Ich kann's *einfach nicht* fassen!«

»Ganz ruhig, Mann. Was ist denn los?«

Nic fuhr sich mit den Fingern durch das Haar. »*Sie* ist hier!«

»Wer?« Er blickte umher, hatte Angst, dass jemand sie belauschte. Aussichtslos: Die Musik dröhnte nahe der Schmerzgrenze.

Nic schüttelte den Kopf. »Sie hat mich nicht gesehen.« Er dachte angestrengt nach. »Ja, das könnten wir machen.« Er sah Jerry an. »Ja, das könnten wir wirklich *machen*.«

»Mein Gott, doch nicht etwa Cat?«

»Bist du bescheuert? Nein, diese Schlampe Yvonne!«

»Yvonne?«

»Die Schlampe, mit der Cat damals weggegangen ist.«

Jerry schüttelte den Kopf. »Nicht mit mir. Nicht mit mir, Mann.«

»Aber das ist doch perfekt.«

»Nein, perfekt ist das überhaupt nicht, Nic. Das ist Selbstmord.«

»Könnte die Letzte sein, Jerry. Denk mal drüber nach.« Nic sah auf die Uhr. »Wir bleiben noch 'n bisschen hier. Mal sehen, ob sie jemand aufgabelt.« Er klopfte Jerry auf die Schulter. »Mann, Jerry, das wird 'ne wilde Sache.«

Genau das befürchte ich ja, hätte Jerry am liebsten gesagt.

Cat hatte eine Freundin, Yvonne, die sich von ihrem Mann getrennt hatte. Diese Yvonne war Mitglied in einem Single-Club. Eines Abends hatte sie Cat überredet mitzukommen. Nähere Einzelheiten wusste Jerry nicht. Er wusste auch nicht, wieso Cat mitgegangen war. Doch die Ehe war wohl schon damals kaputt. Nic hatte nie ein Wort darüber verloren. Er hatte nur Sachen gesagt wie: »Sie hat mich verraten, Jer« oder: »Das hätte ich nie von ihr gedacht.« Jedenfalls waren die beiden

Frauen in einen Nachtclub gegangen – aber nicht in den hier, nein, in einen anderen –, und dann hatte irgendein Mann Cat zum Tanzen aufgefordert und dann noch ein zweiter. Und das war's dann auch schon gewesen. Sie war einfach mit dem Burschen durchgebrannt.

Und jetzt sah Nic eine Gelegenheit, sich zu rächen – nicht an Cat, die durfte er nicht anrühren. Schließlich war sie mit Bryce Callan und mit Barry Hutton verwandt. Aber an ihrer Freundin Yvonne.

Als Nic zurückkam und ihn anstieß, wusste Jerry, dass der Single-Trupp sich zum Aufbruch bereitmachte. Er trank sein Bier aus und ging dann mit Nic aus dem Club. Der Bedford stand rund hundert Meter entfernt. Üblicherweise verlief die Prozedur so: Nic ging zu Fuß und Jerry fuhr das Auto. An einer geeigneten Stelle griff sich Nic dann das Opfer. Jerry kam mit dem Auto hinterher und riss die hinteren Türen auf. Dann fuhr er weiter, bis er irgendwo eine verlassene Stelle fand. Nic hielt währenddessen hinten im Laderaum die Frau fest. Dabei musste Jerry darauf achten, dass er nicht bei Rot über eine Ampel fuhr oder die Polizei auf sich aufmerksam machte. Die Handschuhe und die Skimütze lagen im Handschuhfach.

Nic schloss den Wagen auf und starrte Jerry an.

»Heute musst *du* ausnahmsweise zu Fuß gehen.«

»Wieso ich?«

»Yvonne kennt mich doch. Wenn sie sich plötzlich umdreht, sieht sie, dass ich es bin.«

»Dann setz doch die Maske auf.«

»Nicht ganz dicht? Soll ich vielleicht mit 'ner Skimütze über dem Kopf in aller Öffentlichkeit hinter einer Frau herlaufen?«

»Ich mach's jedenfalls nicht.«

Nic knirschte wütend mit den Zähnen. »Du musst es für mich tun.«

»Auf keinen Fall, Mann.« Er schüttelte den Kopf.

Nic versuchte, sich wieder zu beruhigen. »Pass mal auf. Vielleicht ist sie ja nicht mal allein. Ich möchte doch nur…«

»Nein, mach ich nicht. Viel zu riskant. Ist mir egal, was du sagst.« Jerry wich von dem Wagen zurück.

»Wohin gehst du?«

»Ich brauch frische Luft.«

»Stell dich nicht so an, Jer. Mein Gott, wann wirst du endlich erwachsen?«

»Nicht mit mir.« Mehr fiel Jerry nicht ein. Dann drehte es sich um und rannte los.

26

Rebus ging in der Wohnung umher. Er hatte den Grill eingeschaltet und wartete darauf, dass das Ding endlich heiß wurde. Käsetoast: das einsamste Essen der Welt. Ein Gericht, das auf keiner Speisekarte erschien, nie lud man Freunde dazu ein. So einen Fraß aß man nur allein. Ein kleiner Ausflug zum Küchenschrank: Jedenfalls ein paar Scheiben Toastbrot waren noch da. Dann holte er Margarine und Käse aus dem Kühlschrank. An einem solchen Winterabend ging es einfach nicht ohne eine warme Mahlzeit.

Toast mit Käse.

Er ging wieder in die Küche und schob das Brot in den Grill. Dann schnitt er ein dickes Stück Cheddar ab. Er musste an einen alten Werbespruch denken:

Cheddar aus Schottland, das ist's, was uns gefällt,
Cheddar aus Schottland, der beste auf der Welt.

Im Wohnzimmer lief eine frühe Bowie-Scheibe: »The Man Who Sold The World«. Ja, das ganze Leben war ein einziges Geschacher. Täglich irgendwelche Geschäfte mit Freunden, Feinden, Fremden – und immer gab es einen Gewinner und einen Verlierer –, das Gefühl, sich einen Vorteil verschafft oder einen Verlust erlitten zu haben. Vielleicht verkaufte ja nicht unbedingt jeder die ganze Welt, aber irgendwas verkloppte schließlich jeder, irgendeine Vorstellung von sich selbst. Als Bowie von einer Begegnung auf einer Treppe sang, musste Rebus sofort an Derek Linford denken, den er in einem Treppenhaus erwischt hatte: ein Voyeur oder bloß ein armes Würstchen? Auch Rebus selbst hatte in jüngeren Jahren schon verdammt merkwürdige Dinge gemacht. Einmal hatte ein Mädchen mit ihm Schluss gemacht, und er hatte die Eltern angerufen und ihnen erzählt, dass sie schwanger sei. Dabei hatten sie nicht einmal miteinander geschlafen. Er stand am Fenster und sah auf die Wohnungen gegenüber. Hinter einigen Fenstern brannte noch Licht. All diese fremden Menschen. Gegenüber wohnte eine Familie mit zwei Kindern: einem Mädchen und einem Jungen. Er hatte sie schon oft gesehen. Deshalb hatte er sie unwillkürlich gegrüßt, als er ihnen an einem Samstagvormittag mal unten im Zeitungsladen über den Weg gelaufen war. Die Kinder waren ohne ihre Eltern dort. Sie hatten sich an ihm vorbeigedrückt und ihn bloß misstrauisch beäugt, während er ihnen umständlich erklärte, dass er doch bloß ein Nachbar war.

Lasst euch nie von fremden Leuten ansprechen: Genau das Gleiche hätte er ihnen auch geraten. Sicher war er ihr Nachbar, aber er war auch ein Fremder. Die anderen Leute hatten ihn merkwürdig angesehen, wie er da mit seiner Tüte Brötchen, seiner Zeitung und seiner Milch auf dem Gehsteig stand. Die Kinder waren immer mehr vor ihm zurückgewichen, und er hatte zu ihnen gesagt: »Ich wohne gleich gegenüber von euch! Ihr müsst mich doch kennen!«

Natürlich kannten sie ihn nicht. Sie waren mit ihren Gedanken ganz woanders, lebten in einer völlig anderen Welt. Vielleicht war er seither für sie der »böse Onkel von nebenan«, der ganz alleine lebt.

Ja, die Welt verkaufen? Dabei konnte er sich noch nicht mal selbst richtig verkaufen.

Aber so war Edinburgh nun einmal: reserviert, selbstbezogen, ein Ort, wo es passierte, dass man selbst mit dem nächsten Nachbarn nie auch nur ein Wort sprach. Von den sechs Wohnungen auf Rebus' Etage gehörten nur drei den Bewohnern selbst. Die übrigen waren an Studenten vermietet. Er hatte nicht mal gewusst, wem sie gehörten, bis er einmal ein Schreiben wegen einer Dachreparatur erhalten hatte. Die Besitzer wohnten ganz woanders. Einer sogar in Hongkong.

Vor einiger Zeit hatte in einem Haus irgendwo in Dalry sogar ein Wohnungsbesitzer gegen einen anderen geklagt, weil der nicht bereit gewesen war, einen Kostenvoranschlag abzuzeichnen. Ja, so war Edinburgh nun einmal: reserviert, selbstbezogen und aggressiv, wenn einem jemand in die Quere kam.

Bowie sang inzwischen seinen Song »Changes«. Auch Black Sabbath hatten ein Lied mit diesem Titel gemacht, so eine Art Ballade. Ozzy Osbourne sang darin: »*I'm going through Changes*«. Ich auch, Kollege, hätte Rebus beinahe laut gesagt.

Er ging zurück in die Küche, drehte die Toastscheibe um und belegte sie mit Käse. Dann schob er sie wieder unter den Grill. Er stellte den Kessel auf den Herd.

Ja, Veränderungen: zum Beispiel mit seiner Trinkerei. Obwohl er in Edinburgh ungefähr hundert Pubs kannte, war er zu Hause. Kein Bier im Kühlschrank, nur eine halbe Flasche Malt-Whisky. Vor dem Schlafengehen wollte er sich noch ein einziges Glas davon gönnen, vielleicht sogar mit Wasser verdünnt. Und dann mit einem Buch unter die Bettdecke. Er musste ja noch diese ganzen Geschichten über Edinburgh lesen. Sir Walter Scotts *Tagebücher* hatte er allerdings schon wieder beiseite gelegt. Viele Kneipen der Stadt waren nach Orten oder Figuren aus Scotts Werk benannt, vielleicht sogar mehr, als er wusste – er hatte ja noch nie einen Roman dieses Autors gelesen.

Als der Grill zu qualmen anfing, wusste er, dass das Toastbrot so weit war. Er bugsierte beide Scheiben auf einen Teller und ging damit zu seinem Sessel. Der Fernseher lief, allerdings ohne Ton. Rebus' Sessel stand am Fenster, gleich daneben am Boden lagen das schnurlose Telefon und die Fernbedienung.

Manchmal erhielt er abends Besuch von Gespenstern, die es sich auf dem Sofa oder mit gekreuzten Beinen auf dem Boden bequem machten. Nicht so viele, dass sie den ganzen Raum gefüllt hätten, trotzdem mehr, als ihm lieb waren. Kriminelle, tote Kollegen. Und jetzt war Cafferty plötzlich wieder in seinem Leben auftaucht – wie eine Erscheinung aus einer anderen Welt. Rebus aß sein Abendbrot und sah zur Decke hinauf. Womit habe ich das nur verdient, lieber Gott, dachte er. Ja, dieser Gott, offenbar machte es ihm Spaß, andere Leute zu quälen, und sein Lachen hatte einen grausamen Beigeschmack.

Toast mit Käse: Früher hatte er seinen Vater manchmal am Wochenende in Fife besucht. Genau das gleiche Bild: Auch der alte Knabe hatte damals am Tisch gesessen und ein mit Käse belegtes Toastbrot gegessen und mit Tee heruntergespült. In seiner Kindheit hatte Rebus noch mit der ganzen Familie an einem Ausziehtisch gegessen. Später hatte Rebus senior den Tisch in das Wohnzimmer verfrachtet, damit er vor der Elektroheizung und vor dem Fernseher essen konnte. Nur zwei Heizspiralen hatte das Gerät gehabt. Und einen Gasofen hatten sie auch besessen, der allerdings die Fenster beschlagen ließ. Über Nacht bildeten sich dann an den Fenstern Eisblumen, die man am nächsten Morgen entweder abkratzen oder mit einem Tuch abwischen musste, falls es in dem Raum schon warm war.

Wenn Rebus junior zu Besuch gekommen war, hatte sein Vater irgendwas gebrummt, und Rebus hatte sich in den Sessel seiner verstorbenen Mutter gesetzt. Das Angebot, etwas mitzuessen, lehnte er jedes Mal ab. Er wollte einfach nicht mit seinem Vater an einem Tisch sitzen, der nur für eine Person gedeckt war. Seine Mutter hatte früher immer ein Tischtuch aufgelegt, ein Luxus, auf den sein Vater später verzichtete. Immer noch die alten Teller und das alte Besteck, aber eben ohne Tischtuch.

Und er selbst war inzwischen so weit, dass er zum Essen nicht einmal mehr einen Tisch brauchte.

Von seinen Eltern erhielt er zu dieser Geisterstunde niemals

Besuch. Vielleicht hatten sie ja wirklich ihre Ruhe gefunden, anders als seine übrigen nächtlichen Besucher. An diesem Abend hatten ihn die Gespenster allerdings bisher verschont – nur das Flackern des Fernsehers an den Wänden, das Licht der Straßenlaternen und die Scheinwerfer der Autos unten auf der Straße zogen seine Aufmerksamkeit auf sich. Eine Welt ohne Farben, nur das Spiel von Licht und Schatten. Und besonders bedrohlich schwebte Caffertys Schatten über ihm. Was hatte der Mann bloß vor? Wann würde er zum großen Schlag ausholen, dem letzten, entscheidenden Zug des ganzen Spiels?

Er brauchte unbedingt einen Drink. Aber das musste noch warten. Er wollte sich nämlich beweisen, dass es auch ohne ging. Natürlich hatte Siobhan Recht gehabt. Ein kapitaler Fehler – die Geschichte mit Lorna Grieve. Schuld daran war aber nicht nur der Alkohol – sondern die Vergangenheit, eine Vergangenheit der Platten-Cover und der Illustriertenfotos. Aber klar: Auch der Alkohol hatte eine Rolle gespielt. Siobhan hatte natürlich Recht: Seine Arbeit litt jetzt schon unter der Trinkerei.

Er nahm das Telefon und dachte kurz daran, Sammy anzurufen. Dann hielt er seine Uhr Richtung Fenster und sah, dass es schon nach zehn war. Nein, schon zu spät. Ja, immer war es gerade zu spät, wenn er daran dachte. Und wenn sie ihn dann anrief, entschuldigte er sich, und sie sagte, er könne sie jederzeit anrufen, egal, um welche Uhrzeit. Trotzdem fand er es jetzt zu spät. In dem Zimmer neben ihr schlief schließlich auch noch jemand, den er vielleicht durch seinen Anruf aufwecken würde. Und Sammy selbst brauchte ebenfalls unbedingt ihren Schlaf. Schließlich hatte das Mädchen einen strikten Tagesablauf: ständig irgendwelche Untersuchungen und Therapien. Auf die Frage nach ihrem Befinden hatte sie gesagt: »Ich komm schon klar« – ihre Art, ihm mitzuteilen, dass sie nur langsame Fortschritte machte.

Ja, langsame Fortschritte: Damit kannte er sich aus. Aber trotzdem waren die Dinge für ihn plötzlich in Bewegung gekommen. Er hatte das Gefühl, mit einer Binde vor Augen am

Steuer eines Autos zu sitzen, während die übrigen Insassen pausenlos auf ihn einredeten. Sicher gab es auf dem Weg, der vor ihm lag, jede Menge Vorfahrtsschilder und Einbahnstraßen, aber darum konnte er sich nicht kümmern. Und Sicherheitsgurte gab es in dem Auto auch keine, und Rebus war ein rasanter Fahrer.

Er stand auf und legte eine Tom-Waits-CD ein. *Blue Valentine*, das der Sänger noch kurz vor seinem Zusammenbruch eingespielt hatte. Bluesig und zerknautscht und aus einem Guss. Ja, Waits kannte die Schattenseiten des Daseins. Vielleicht ein bisschen affektiert, wie er sang, aber die Texte kamen von Herzen. Rebus hatte ihn einmal auf der Bühne gesehen. Ganz sicher ein Selbstdarsteller, trotzdem hatten seine Texte nichts Verlogenes. Der Mann verkaufte schlicht eine Version seiner selbst, die er seinem Publikum in einer ansprechenden Verpackung offerierte. Ja, das musste man können, wenn man als Popstar oder Politiker nach oben kommen wollte. Auch erfolgreiche Politiker konnten sich ja inzwischen so etwas wie eine eigene Meinung oder Persönlichkeit nicht mehr leisten. Bauchredner waren sie. Und selbst ihre – farblich genau auf ihren Typ abgestimmten – Kleider ließen sie von anderen auswählen. Auch Seona Grieve war wahrscheinlich so eine. Leute mit einem eigenen Kopf hatten es schon immer schwer gehabt, und Seona Grieve war ganz sicher zu ehrgeizig, um sich auf irgendwelche Risiken einzulassen. Ja, die Dame verstand es sogar, sich ihre Zeit zwischen harter Arbeit und Trauer genau einzuteilen. Mit Linford hatte er mal im Spaß über die Verdachtsmomente gegen die Witwe gesprochen. Ein Motiv konnte man ihr wenigstens unterstellen. Aber dass sie ihren Mann tatsächlich umgebracht hatte, war nicht sehr wahrscheinlich. Jedenfalls konnte er sich Seona Grieve nicht mit einem schweren Hammer vorstellen. Andererseits wäre es natürlich gerade deshalb besonders schlau von ihr gewesen, eine solche Waffe zu verwenden: einen Gegenstand, den niemand mit ihr in Verbindung brachte.

Während Linford streng nach Vorschrift auf der Autobahn der üblichen Ermittlungsprozeduren dahinfuhr, hatte Rebus sich auf allerlei Abwege begeben. Aber was war, wenn der Freddy-Hastings-Selbstmord mit dem Mord an Roddy Grieves überhaupt nichts zu tun hatte? Vielleicht stand dieser Suizid ja nicht einmal mit der Leiche in Queensberry House in Verbindung. Jagte er – Rebus – vielleicht Schatten hinterher, die genauso ungreifbar waren wie die Gebilde, die die Scheinwerfer der Autos, die unten auf der Straße vorbeifuhren, an die Wände seiner Wohnung zauberten? Auf der Tom-Waits-Platte war gerade ein Stück zu Ende, als das Telefon läutete. Er schrak zusammen.

»Ich bin's«, sagte Siobhan Clarke. »Ich glaube, dass jemand mich beobachtet.«

Rebus läutete unten an der Tür. Sie wechselten ein paar Worte über die Sprechanlage, bevor sie ihn ins Treppenhaus ließ. Als er oben ankam, stand die Tür schon offen.

»Was ist passiert?«, fragte er. Sie führte ihn ins Wohnzimmer. Merkwürdigerweise war sie wesentlich ruhiger als er selbst. Auf dem Couchtisch stand eine Flasche Wein, von der ein Drittel fehlte. Daneben ein fast leeres Glas. Offenbar hatte sie indisch gegessen, der unverkennbare Geruch hing noch in der Luft. Trotzdem nicht mal ein schmutziger Teller, alles schon wieder aufgeräumt.

»Schon seit einiger Zeit bekomme ich diese Anrufe.«

»Was für Anrufe?«

»Jemand ruft an und hängt dann ein. Zwei- oder dreimal täglich. Wenn ich nicht da bin, registriert sie der Anrufbeantworter. Wer es auch sein mag, jedenfalls wartet der Anrufer, bis das Gerät sich einschaltet.«

»Und wenn Sie da sind?«

»Genau das Gleiche: Die Leitung ist plötzlich tot. Ich hab schon die 1471 angerufen, aber dort heißt es nur, dass der Anrufer seine Nummer zurückhält. Und dann heute Abend…«

»Was?«

»Hatte ich plötzlich das Gefühl, dass ich beobachtet werde.« Sie wies mit dem Kopf Richtung Fenster. »Von da drüben.«

Die Vorhänge waren geschlossen. Er ging hinüber, öffnete sie und blickte auf das Haus gegenüber. »Bleiben Sie hier«, sagte er dann.

»Natürlich hätte ich auch selbst hinübergehen können«, sagte sie, »aber...«

»Bin gleich zurück.«

Sie stand mit verschränkten Armen am Fenster. Hörte, wie unten die Tür zufiel, sah, wie Rebus die Straße überquerte. Bei seinem Eintreffen war er völlig außer Atem gewesen. Lag das nun an seiner schlechten Kondition, oder hatte er sich derart beeilt? Hatte er vielleicht ihretwegen sogar Angst gehabt? Sie überlegte, wieso sie ausgerechnet ihn angerufen hatte. Schließlich war der Gayfield Square nur ein paar Minuten entfernt. Die Kollegen dort wären ganz sicher sofort gekommen. Natürlich hätte sie auch selbst nachsehen können. Angst hatte sie jedenfalls keine. Aber solche mulmigen Gefühle verschwanden nun einmal am schnellsten, wenn man mit jemandem darüber reden konnte. Er war direkt unten in das Haus gegenüber marschiert. Sie sah, wie er im ersten Stock die Treppe hinaufging. Jetzt befand er sich im zweiten. Er blieb kurz stehen, presste sich gegen das Fenster und winkte ihr beruhigend zu. Dann stieg er noch ein Stockwerk höher und sah nach, ob sich dort jemand versteckt hatte. Anschließend ging er sofort wieder nach unten.

Als er wieder in die Wohnung trat, war er völlig außer Atem.

»Ich weiß schon«, sagte er und ließ sich auf das Sofa fallen, »ich sollte unbedingt mehr Sport treiben.« Er wollte gerade die Zigaretten aus der Tasche ziehen, als ihm einfiel, dass er bei ihr nicht rauchen durfte. Sie kam mit einem langstieligen Glas aus der Küche zurück.

»Leider kann ich Ihnen nur einen Schluck Rotwein anbieten«, sagte sie und schenkte ihm ein.

»Prost.« Er nahm einen großen Schluck und atmete dann schwer aus. »Die erste Flasche heute Abend?«, fragte er und bemühte sich, witzig zu klingen.

»Gespenster sehe ich jedenfalls noch keine«, sagte sie. Sie kniete jetzt vor dem niedrigen Tisch und drehte das Glas in der Hand.

»Ich meine nur: Wenn man allein ist ... Das ist nicht persönlich gemeint, mir geht es genauso.«

»Was meinen Sie? Dass man sich dann Dinge einbildet?« Ihr Gesicht hatte sich ein wenig dunkler verfärbt. »Und woher haben Sie es dann gewusst?«

Er sah sie an. »Was gewusst?«

»Ich möchte nur eines von Ihnen hören: dass nicht *Sie* mich beobachtet haben.«

Er machte den Mund auf, brachte jedoch zunächst keinen Ton heraus.

»Sie haben einfach die Tür zu dem Haus aufgestoßen«, erklärte sie. »Also haben Sie gewusst, dass sie nicht abgeschlossen ist. Dann sind Sie im zweiten Stock stehen geblieben. Etwa nur um Atem zu schöpfen?« Ihre Augen wurden etwas größer. »Dort hat nämlich auch dieser Mensch gestanden. Nicht in einem der angrenzenden Häuser, sondern genau im Haus gegenüber im zweiten Stock.«

Rebus blickte in sein Weinglas. »Ich war es jedenfalls nicht«, sagte er.

»Aber Sie wissen, wer es ist.« Sie dachte kurz nach. »Ist es Derek?« Sein Schweigen sagte alles. Sie stand vom Boden auf und ging in dem Zimmer auf und ab. »Wenn ich den Kerl zu fassen kriege ...«

»Passen Sie mal auf, Siobhan ...«

Plötzlich drehte sie sich um und sah ihn an. »Und woher haben Sie das gewusst?«

Ihm blieb keine andere Wahl, als ihr die Geschichte zu erzählen. Noch bevor er ganz damit fertig war, schnappte sie sich das Telefon und tippte Linfords Nummer ein. Als am anderen

Ende jemand abhob, kappte sie die Verbindung. Plötzlich ging ihr Atem schwer.

»Darf ich Sie was fragen?«, sagte Rebus.

»Was?«

»Haben Sie 1471 vorgewählt?« Sie sah ihn erstaunt an. »Die Vorwahl muss man nämlich eingeben, wenn man bei einem Anruf die eigene Nummer nicht preisgeben möchte.«

Sie war noch immer reichlich verwirrt, als das Telefon klingelte.

»Ich hebe nicht ab«, sagte sie.

»Und wenn es gar nicht Derek ist?«

»Ich lass einfach den Anrufbeantworter laufen.«

Nach dem siebten Klingeln schaltete sich das Gerät ein. Zuerst ihre Ansage, dann wurde die Verbindung unterbrochen.

»Arschloch!«, fauchte sie. Sie nahm wieder das Telefon, wählte die 1471, hörte schweigend zu und legte das Telefon dann wieder auf die Station.

»Nummer zurückgehalten?«, sagte Rebus.

»Was will der Kerl denn überhaupt?«

»Er ist gekränkt, Siobhan. Manche Leute reagieren merkwürdig, wenn sie auf Ablehnung stoßen.«

»Klingt, als ob Sie mit ihm sympathisieren.«

»Überhaupt nicht. Ich suche nur nach einer Erklärung.«

»Da kriegt man eine Abfuhr, und dann fängt man an, dem anderen nachzuspionieren.« Sie nahm ihr Weinglas und führte es ein paarmal hastig zum Mund, während sie nervös im Zimmer auf und ab ging. Plötzlich fiel ihr auf, dass die Vorhänge noch offen waren, und sie ging rasch hinüber und schloss sie.

»Kommen Sie, beruhigen Sie sich schon«, sagte Rebus. »Wir können ja morgen früh mit ihm sprechen.«

Als sie ihre Fassung einigermaßen zurückgewonnen hatte, setzte sie sich neben ihm auf das Sofa. Er wollte ihr etwas Wein nachgießen, aber sie lehnte ab.

»Schade um den schönen Wein«, sagte er.

»Sie können ihn ja austrinken.«

»Möchte ich aber nicht.« Sie sah ihn an und er lächelte. »Den halben Abend habe ich zu Hause herumgesessen und in mir den Wunsch unterdrückt, noch was trinken zu gehen«, erklärte er.

»Wieso?«

Er zuckte bloß mit den Schultern, und sie nahm ihm die Flasche aus der Hand. »Dann bringen wir das Zeug am besten aus der Gefahrenzone.«

Als er in die Küche kam, goss sie den restlichen Wein gerade in den Abfluss.

»Ziemlich radikal«, sagte er. »Hätte der Kühlschrank nicht genügt?«

»Man trinkt Rotwein nicht gekühlt.«

»Sie wissen schon, was ich meine.« Er sah das saubere Geschirr im Abtropfkorb. Sie hatte alles direkt nach dem Abendessen gespült. Die Küche war weiß gefliest und blitzeblank. »Wir könnten kaum unterschiedlicher sein«, sagte er.

»Wieso?«

»Ich wasche grundsätzlich nur ab, wenn ich kein sauberes Geschirr mehr habe.«

Sie lächelte. »Eigentlich wollte ich immer etwas schlampiger sein.«

»Aber?«

Ein Achselzucken. Dann inspizierte sie den Raum. »Vermutlich meine Erziehung. Manche Leute würden mich wohl als zwanghaft reinlich bezeichnen.«

»Ich dagegen bin als Chaot verschrien«, sagte Rebus.

Er sah, wie sie die Flasche mit Wasser ausspülte und neben dem Mülleimer zu einigen Einweggläsern in einen Plastikbehälter stellte.

»Bringen Sie das Zeug etwa extra zum Flaschencontainer?«

Sie nickte und lachte. Dann wurde ihr Gesicht plötzlich wieder ernst. »Herrgott noch mal, John, ich bin doch nur dreimal mit ihm ausgegangen.«

»Manchmal ist das genug.«

»Wissen Sie, wo ich ihn kennen gelernt habe?«

»Wollten Sie mir doch nicht sagen – falls Sie sich noch daran erinnern.«

»Dann sag ich's Ihnen halt jetzt: in einem Single-Club.«

»An dem Abend, als Sie mit der jungen Frau unterwegs waren – dem Vergewaltigungsopfer?«

»Ja, er geht in diesen Single-Club. Niemand dort weiß, dass er Bulle ist.«

»Na ja, vielleicht hat er Schwierigkeiten, Frauen kennen zu lernen.«

»Er trifft doch jeden Tag welche, John.« Sie hielt kurz inne. »Keine Ahnung, vielleicht gibt es dafür aber auch noch einen anderen Grund.«

»Und welchen?«

»Ich bin mir nicht sicher. Vielleicht hat er ja so etwas wie eine dunkle Seite.« Sie lehnte sich rückwärts gegen die Spüle und verschränkte die Arme. »Wissen Sie noch, was Sie gesagt haben?«

»Ich sage so viele denkwürdige Dinge.«

»Was Sie darüber gesagt haben, wie manche Männer sich verhalten, wenn sie abgewiesen werden.«

»Meinen Sie vielleicht, dass Linford schon zu oft abgeblitzt ist?«

»Vielleicht.« Sie dachte nach. »Aber ich hatte eigentlich mehr an diesen Vergewaltiger gedacht. Warum dieser Mann vor allem Frauen aus Single-Clubs überfällt.«

Rebus dachte kurz nach. »Sie meinen, er hat es in einem solchen Club bei einer Frau versucht und ist abgeblitzt?«

»Oder seine Frau oder Freundin ist zu einer solchen Veranstaltung gegangen…«

Rebus nickte. »Und hat dort einen anderen kennen gelernt?«

Siobhan nickte ebenfalls. »Natürlich habe ich mit dem Fall eigentlich nichts mehr zu tun…«

»Aber die zuständigen Kollegen haben doch bestimmt in sämtlichen Single-Clubs Nachforschungen angestellt.«

»Ja, aber sie dürften kaum daran gedacht haben, die weiblichen Mitglieder nach eifersüchtigen Partnern zu fragen.«

»Klingt plausibel. Noch ein Thema für morgen Früh.«

»Ja«, sagte sie und ließ Wasser in den Kessel laufen, »sobald ich mit Derek gesprochen habe.«

»Und wenn er es bestreitet?«

»Ich stehe ja nicht allein da, John.« Sie sah ihn über die Schulter an. »Ich habe doch Sie.«

»Nein, Sie haben mich und ein paar Vermutungen. Das ist nicht unbedingt das Gleiche.«

»Wie meinen Sie das?«

»Es ist doch allgemein bekannt, dass Linford und ich nicht gerade die dicksten Freunde sind. Und dann komme ich daher und behaupte, dass ich ihn beim Spannen erwischt habe. Offenbar wissen Sie nicht, wie so etwas in der Zentrale läuft, Siobhan.«

»Sie meinen, dass sie dort ihre eigenen Leute schützen?«

»Vielleicht, vielleicht auch nicht. Jedenfalls würden die Herrschaften dort es sich zweimal überlegen, ob sie einem John Rebus eher glauben als einem künftigen Polizeipräsidenten.«

»Ist das der Grund, weshalb Sie mir nichts von der Sache erzählt haben?«

»Kann sein.«

Sie drehte sich wieder um. »Und wie möchten Sie Ihren Kaffee?«

»Schwarz.«

Von Derek Linfords Wohnung blickte man direkt auf das Dean Valley und das kleine Flüsschen Water of Leith. Er hatte zwar einen günstigen Kredit aufgegabelt – nicht zuletzt, weil er die Fettes-Karte voll ausgespielt hatte –, trotzdem machten ihm die hohen monatlichen Ratenzahlungen schwer zu schaffen. Und dann war da noch der BMW. Er hatte also eine Menge zu verlieren.

Er war schweißgebadet, deshalb zog er seinen Mantel und

sein Hemd aus. Ja, sie hatte ihn an dem Fenster gesehen und dann telefoniert. Und dann war er weggerannt und wie ein Verrückter nach Hause gerast und dort die Treppe hinaufgehetzt. Als er die Tür zu seiner Wohnung aufschloss, läutete gerade sein Telefon. Er schnappte sich den Hörer. Sein erster Gedanke: Das ist sicher Siobhan! Sie hat jemanden gesehen, und jetzt ruft sie mich an, damit ich ihr helfe. Als er auf den Empfangsknopf drückte, wurde die Verbindung plötzlich beendet. Doch auf seinem Display konnte er sehen, dass es tatsächlich Siobhan gewesen war. Er rief sie sofort zurück, sie hob aber nicht ab.

Er stand zitternd am Fenster, ohne etwas von der schönen Aussicht mitzubekommen… *Sie weiß, dass ich es war!* Immer wieder dieser eine Gedanke. Außerdem hätte sie ohnehin nicht *ihn* um Hilfe gebeten, sondern Rebus. Und natürlich hatte Rebus ihr alles erzählt. Natürlich hatte er das.

»Sie weiß Bescheid«, sagte er laut. »Sie weiß es, weiß es, weiß es.«

Er ging im Wohnzimmer auf und ab und schlug sich mit der rechten Faust immer wieder in die linke Hand.

Für ihn stand so viel auf dem Spiel.

»Nein«, sagte er und schüttelte den Kopf. Allmählich wurde sein Atem wieder ruhiger. »Nein, das alles hier lasse ich mir nicht nehmen. Für nichts und für niemanden. Dafür habe ich nicht jahrelang gearbeitet, Überstunden gemacht, Wochenenddienste geschoben, Kurse belegt und Bücher gelesen.«

»Nein«, sagte er wieder. »Das lass ich mir nicht nehmen.«

Jedenfalls nicht, wenn es sich irgend vermeiden ließ.

Nicht ohne bis zum Letzten dafür zu kämpfen.

Cafferty erhielt einen Anruf oben in seinem Zimmer. Unten in der Bar gab es angeblich Ärger. Er zog sich an, fuhr nach unten und sah, dass Rab am Boden lag und von zwei Barmännern und einigen Gästen festgehalten wurde. Ein Stück entfernt saß ein zweiter Mann mit gespreizten Beinen auf dem Boden. Er blutete aus der Nase, hielt sich aber ein Ohr, aus dem er ebenfalls blutete. Er kreischte, dass jemand die Polizei verständigen sollte. Neben ihm kniete seine Freundin.

Cafferty sah ihn an. »Sie brauchen einen Krankenwagen«, sagte er.

»Das Schwein hat mich ins Ohr gebissen!«

Cafferty ging vor dem Mann in die Hocke, hielt ihm zwei Fünfziger vor die Nase und schob sie ihm dann in die Brusttasche. »Einen Krankenwagen«, wiederholte er. Die Freundin verstand den Hinweis und erhob sich vom Boden, um ein Telefon zu suchen. Dann ging Cafferty zu Rab hinüber, hockte sich neben ihn und fasste ihn bei den Haaren.

»Rab«, sagte er, »was zum Teufel hast du hier nur angestellt?«

»Wollte nur 'n bisschen Spaß haben, Big Ger.« An seinen Lippen klebte noch Blut von dem Ohr des Mannes.

»Scheint so, als ob die anderen Leute hier in dem Raum das anders sehen«, sagte Cafferty.

»Ist doch öde, wenn man keinen Spaß hat.«

Cafferty sah ihn schweigend an. »Wenn du solche Sachen anstellst«, sagte er dann leise, »weiß ich nicht, was ich mit dir machen soll.«

»Ist doch egal«, sagte Rab.

Auch diese Auskunft beschied Cafferty zunächst mit Schweigen. Er sagte zu den Männern, sie könnten Rab jetzt loslassen. Vorsichtig leisteten sie ihm Folge. Rab hatte offenbar nicht die Absicht aufzustehen. »Helfen Sie ihm doch bitte mal«, sagte Cafferty zu den Männern. Er hatte ein Bündel Geldscheine in der Hand, die er großzügig nach allen Seiten verteilte.

»Das ist für Ihre Hilfe und damit Sie nicht darüber sprechen.« In der Bar selbst war zwar kein Schaden entstanden, trotzdem drückte er dem Barmann noch ein paar weitere Scheine in die Hand. »Manchmal fallen einem solche Schäden erst später auf«, sagte er zu dem Mann. Dann bestellte er eine Runde Drinks und klopfte Rab mit der Hand auf die Schulter.

»Zeit, dass du ins Bett gehst.« Rabs Zimmerschlüssel lag schon auf der Bar. Das Personal wusste natürlich, dass er zu Big

Ger gehörte. »Wenn du dich unbedingt mal wieder prügeln musst, dann tu das gefälligst woanders, kapiert?«

»Tut mir Leid, Big Ger.«

»Ist doch klar, dass wir zusammenhalten, Rab. Aber manchmal gehört dazu nicht nur Kraft, sondern auch ein bisschen Grips.«

»Schon klar, Big Ger. Tut mir echt Leid.«

»Also, dann ab in die Kiste. Aber bitte fang im Lift keine Schlägerei mit deinem Spiegelbild an.«

Rab versuchte zu lächeln. Nach der ganzen Aufregung wirkte er plötzlich schläfrig. Cafferty sah zu, wie der Gorilla aus der Bar schlurfte. Er brauchte unbedingt noch einen Drink. Aber nicht hier zwischen all diesen Leuten. Am besten, er ließ sie hier unten allein, damit sie sich den Schock von der Seele reden konnten. Immerhin gab es in seinem Zimmer eine Minibar, das musste für heute Abend reichen. Er entschuldigte sich nochmals bei den Anwesenden, trat dann gemeinsam mit Rab in den Lift und stand bis in den dritten Stock zusammen mit ihm in der kleinen Kabine. Fast wie früher in der Zelle. Rab hatte die Augen geschlossen. Er lehnte mit dem Rücken an dem Spiegel. Cafferty sah ihn nur kühl an und zuckte nicht einmal mit der Wimper.

Ist doch egal. Ja, das hatte Rab gesagt. Cafferty überlegte: Vielleicht hatte der Mann sogar Recht.

27

Als Rebus am nächsten Morgen aufs Revier kam, sprachen zwei Polizisten gerade über einen Film, der am Vorabend im Fernsehen gelaufen war.

»*Harry und Sally* müssen Sie doch gesehen haben, Sir.«

»Nicht gestern Abend. Manche Leute haben eben Wichtigeres zu tun.«

»Wir sprechen gerade darüber, ob Männer mit Frauen befreundet sein können, ohne mit ihnen ins Bett zu wollen. Darum geht es nämlich in dem Film, wissen Sie.«

»Also, ich glaube«, sagte sein Kollege, »sobald ein Kerl ein Auge auf eine Frau wirft, überlegt er sofort, wie sie wohl in der Kiste ist.«

Rebus hörte nebenan im Büro laute Stimmen. »Tut mir Leid, meine Herren, aber ich bin leider etwas in Eile ...«

»Ziemlich lautes Liebesgeflüster«, sagte einer der Uniformierten.

Rebus drehte sich um. »Mein lieber Mann, da täuschen Sie sich aber gründlich.«

Siobhan hatte Derek in eine Ecke des Raumes gedrängt. Außer ihr selbst und Linford waren noch ein paar andere Polizisten anwesend: Inspektor Bill Pryde, Detective Roy Frazer und Detective George Hi-Ho Silvers. Sie saßen an ihren Schreibtischen und genossen das Spektakel. Als er hereinkam, warf Rebus den drei Kollegen einen vernichtenden Blick zu. Siobhan hatte Linford an der Gurgel gepackt. Sie stand auf den Zehenspitzen und funkelte ihn aus nächster Nähe an. Er hielt in einer Hand ein Blatt Papier, das er vor lauter Schrecken völlig zerknüllt hatte. Die andere Hand hatte er halb abwehrend, halb beschwichtigend erhoben.

»Und sollte Ihnen zufällig wieder meine Telefonnummer in den Kopf kommen, dann unterstehen Sie sich, sie noch einmal zu wählen«, kreischte Siobhan, »sonst vergesse ich mich – darauf können Sie Gift nehmen.«

Rebus ergriff von hinten ihre Arme und zog sie von Linford weg. Ihr Kopf flog herum, und er sah in ihr wutverzerrtes Gesicht. Linford hustete.

»Nennen Sie das eine Aussprache?«, sagte Rebus.

»Hab ich doch gewusst, dass Sie dahinter stecken«, krächzte Linford.

Siobhan drehte sich wieder zu ihm um. »Diese Geschichte geht allein Sie und mich an, Sie Arschloch.«

»Sie halten sich wohl für unfehlbar, was?«

Rebus: »Schnauze, Linford. Machen Sie nicht alles noch schlimmer.«

»Was hab ich denn gemacht?«

Siobhan versuchte sich von Rebus loszureißen. »Sie verdammter Scheißkerl!«

Plötzlich erscholl von der Tür her eine befehlsgewohnte Stimme: »Was, zum Teufel, ist hier eigentlich los?« Alle drei blickten Richtung Tür. Hauptkommissar Watson stand dort mit einem Besucher: SPP Colin Carswell.

Rebus wurde als Letzter gebeten, Watson seine Version des Geschehens vorzutragen. Die zwei waren allein im Büro des Hauptkommissars. Watson hatte die Hände auf dem Schreibtisch zusammengelegt und hielt darin einen frisch angespitzten Bleistift.

»Möchten Sie, dass ich mich in das Ding hineinstürze?« fragte Rebus und zeigte auf den Stift. »Rituelles Harakiri.«

»Ich möchte von Ihnen nur hören, was passiert ist. Da kommt *einmal* der SPP, und ausgerechnet an dem Tag…«

»Der wird ohnehin sofort für Linford Partei ergreifen.«

Der Farmer sah ihn wütend an. »Ach, hören Sie schon auf. Erzählen Sie mir lieber, was passiert ist.«

»Was wollen Sie denn von mir? Die beiden anderen haben Ihnen doch schon erzählt, worum es geht.«

»Aber ich möchte es noch einmal von Ihnen hören – und zwar genau.«

»Siobhan hat Ihnen ganz sicher die Wahrheit gesagt, und Linford dürfte Ihnen einen Haufen Lügen aufgetischt haben, um seinen Arsch zu retten.« Watsons Gesicht wurde immer dunkler.

»Los, fangen Sie schon an.«

»Also, Siobhan ist ein paarmal mit Linford ausgegangen«, sagte Rebus. »Nichts Ernstes. Dann hatte sie die Nase von ihm voll. Ich war eines Abends in Ihrer Wohnung, um mit ihr über ihren Fall zu sprechen. Auf dem Heimweg bin ich noch kurz unten im Auto sitzen geblieben, um mir eine Zigarette anzuzünden. Plötzlich tritt jemand aus dem Mietshaus gegenüber, geht um die Ecke zum Pinkeln und hastet dann zurück in das Haus. Ich bin hinterhergegangen, weil mir die Sache irgendwie merkwürdig vorgekommen ist. Dabei bin ich auf Linford gestoßen, der durch ein Fenster im Treppenhaus Siobhan beobachtete. Gestern Abend hat sie mich dann angerufen und gesagt, dass sie sich von jemandem beobachtet fühlt. Und dann hab ich ihr schließlich die Geschichte mit Linford erzählt.«

»Und wieso haben Sie ihr nicht schon früher davon erzählt?«

»Ich wollte sie nicht beunruhigen. Außerdem habe ich gedacht, dass er sich dort bestimmt nicht mehr blicken lässt.« Rebus hob resignierend die Hände. »Offenbar bin ich doch nicht der harte Typ, für den ich mich immer gehalten habe.«

Der Farmer lehnte sich auf seinem Stuhl zurück. »Und was sagt Linford?«

»Ich wette, er hat Ihnen erzählt, dass Inspektor Rebus sich diesen ganzen Schwachsinn nur ausgedacht, dass Siobhan sich getäuscht hat und ich ihr diese Geschichte aufgebunden habe.«

»Und warum sollten Sie so etwas tun?«

»Um ihn loszuwerden, damit ich die Ermittlungen führen kann, wie es mir passt.«

Der Farmer sah den Bleistift an, den er noch immer in den Händen hielt. »Allerdings hat er ein anderes Motiv genannt.«

»Und zwar?«

»Er hat gesagt, dass Sie Siobhan für sich selbst wollen.«

Rebus verzog das Gesicht zu einem höhnischen Grinsen. »Also, das ist seine Fantasie, nicht meine.«

»Wirklich nicht?«

»Nein, wirklich nicht.«

»Ich kann diese Sache nicht einfach zu den Akten legen, nachdem Carswell die Szene persönlich mitbekommen hat.«

»Verstehe, Sir.«

»Und was soll ich Ihrer Ansicht nach tun?«

»Wenn ich *Sie* wäre, würde ich Linford wieder in die Fettes

Avenue verfrachten. Dann kann er dort wieder den netten Jungen am Schreibtisch spielen und hat mit der wirklichen Polizeiarbeit nichts mehr zu tun.«

»Aber Mr. Linford will das nicht.«

Rebus war aufrichtig erstaunt. »Er will hier bleiben?« Der Farmer nickte. »Wieso?«

»Er sagt, dass er Ihnen die Sache nicht übel nimmt. Führt den ganzen Ärger auf den Ermittlungsstress zurück.«

»Begreife ich nicht.«

»Ehrlich gesagt, ich auch nicht.« Der Farmer stand auf, ging zu seiner Kaffeemaschine und füllte nur eine Tasse. Rebus gab sich Mühe, seine Erleichterung nicht zu zeigen. »Ich an seiner Stelle wäre doch froh, wenn ich Siobhan und Sie los wäre.« Der Farmer verstummte und setzte sich wieder. »Aber was Inspektor Linford will, das bekommt Inspektor Linford auch.«

»Wird 'ne Menge Ärger geben.«

»Wieso?«

»Haben Sie in den letzten Tagen mal einen Blick in den Lagerraum geworfen? Die Bude platzt aus allen Nähten. Schon schwierig genug, Siobhan und ihn unter normalen Umständen auf Distanz zu halten, aber es kommt noch hinzu, dass die Fälle, an denen wir arbeiten, möglicherweise zusammenhängen.«

»Das hat Detective Clarke auch gesagt.«

»Mir hat sie erzählt, dass Sie daran denken, die Supertramp-Ermittlungen einzustellen.«

»Von Ermittlungen kann man in dem Fall doch kaum sprechen. Klar, die vierhunderttausend haben mich schon interessiert. Trotzdem habe ich ihr eigentlich keine Chance gegeben.«

»Sie ist eine gute Polizistin, Sir.«

Watson nickte. »Und das, obwohl Sie bei Ihnen ihr Handwerkszeug gelernt hat«, sagte er.

»Schauen Sie«, sagte Rebus, »ich weiß doch, wie der Laden hier läuft. Sie selbst treten demnächst in den Ruhestand und sind alles andere als froh darüber, diesen ganzen Schlamassel am Hals zu haben.«

»Rebus, ich finde, dass Sie ...«

»Linford ist Carswells Mann, deshalb werden Sie ihm auch nicht auf die Füße treten. Bleiben nur wir übrigen.«

»Überlegen Sie sich, was Sie sagen.«

»Ich sage nichts, was Sie nicht ohnehin schon wissen.«

Der Farmer erhob sich, stützte sich mit den Fäusten auf den Schreibtisch und beugte sich zu Rebus hinüber. »Und was ist mit Ihnen – und Ihrer kleinen Privatpolizei und Ihren konspirativen Treffen in der Oxford Bar. Sie treten ja schon auf, als ob Sie hier das Revier leiten.«

»Ich versuche nur, einen Fall aufzuklären.«

»Und Clarke nebenbei an Land zu ziehen, was?«

Rebus sprang jetzt ebenfalls auf. Ihre Gesichter waren nur noch Zentimeter voneinander entfernt. Keiner der beiden Männer sagte ein Wort, offenbar befürchteten beide, sonst tätlich zu werden. Plötzlich fing das Telefon an zu läuten. Der Farmer hob ab und hielt den Hörer an sein Ohr.

»Ja?«, sagte er. Rebus war seinem Chef so nahe, dass er Gill Templers Stimme hören konnte.

»Pressekonferenz, Sir. Möchten Sie meine Notizen vorher noch sehen?«

»Ja, bringen Sie sie herein, Gill.«

Rebus gab sich einen Ruck. Er hörte, wie Watson sagte: »Waren wir schon fertig, Inspektor?«

»Glaub schon, Sir.« Er schaffte es gerade noch, die Tür zu schließen, ohne sie zuzuschlagen.

Rebus machte sich auf die Suche nach Linford. Im Büro war er nicht. Jemand erzählte ihm, dass Siobhan auf der Toilette war, wo eine Kollegin sie zu beruhigen versuchte. In der Kantine war er auch nicht. Vorne an der Anmeldung erfuhr er, dass Linford das Revier vor fünf Minuten verlassen hatte. Rebus sah auf die Uhr: Noch früh am Tag. Auf dem Parkplatz war Linfords BMW nirgends zu sehen. Rebus stand auf dem Gehweg, nahm sein Handy und rief Linford an.

»Ja?«

»Wo zum Teufel stecken Sie?«

»Am Ende der St. Leonard's Lane auf dem Parkplatz vor der Werkstatt.«

Rebus drehte sich um und spähte in die St. Leonard's Lane. »Und was machen Sie da?«

»Ein bisschen nachdenken.«

»Geben Sie sich keine Mühe.« Rebus setzte sich zu Fuß in Bewegung.

»Finde ich toll, dass Sie sich die Mühe machen, mich auch noch per Handy zu beleidigen.«

»Ist mir ein Vergnügen.« Er hatte jetzt den Parkplatz erreicht. Und da stand der Wagen auch schon auf einem Behindertenparkplatz. Rebus schaltete sein Telefon aus, öffnete die Beifahrertür und stieg ein.

»Was für eine nette Überraschung«, sagte Linford, legte sein eigenes Telefon beiseite und umklammerte mit beiden Händen das Lenkrad. Er starrte geradeaus durch die Windschutzscheibe.

»Ja, es geht doch nichts über eine nette Überraschung«, sagte Rebus. »Besonders nett fand ich zum Beispiel die Eröffnung des Hauptkommissars, dass ich hinter Detective Clarke her bin.«

»Und – sind Sie das etwa nicht?«

»Sie wissen genau, dass es nicht stimmt.«

»Jedenfalls sind Sie ständig in ihrer Wohnung.«

»Ja, während Sie im Haus gegenüber den Spanner machen.«

»Na gut. Kann sein, dass ich ein bisschen ausgerastet bin, als sie sich plötzlich so abweisend verhalten hat… Ist mir noch nicht oft passiert.«

»Was – dass eine Frau Sie abblitzen lässt? Kann ich mir kaum vorstellen.«

Linford lächelte gequält. »Glauben Sie doch, was Sie wollen.«

»Sie haben Watson angelogen.«

Linford sah ihn an. »Hätten Sie doch an meiner Stelle genauso gemacht. Ich lass mir durch diese Sache nicht meine Karriere kaputtmachen.«

»Hätten Sie sich vorher überlegen sollen.«

»Hinterher ist man immer klüger«, murmelte Linford. Er biss sich auf die Unterlippe. »Soll ich mich vielleicht bei Siobhan entschuldigen? Mir sind einfach die Nerven durchgegangen ... passiert sicher nicht noch einmal.«

»Dann aber schriftlich.«

»Für den Fall, dass ich doch wieder ausflippe?«

Rebus schüttelte den Kopf. »Ist natürlich nicht ganz einfach, sich zu entschuldigen, wenn einem jemand an der Gurgel hängt.«

»Mein Gott, ich dachte schon, sie bringt mich um.«

Rebus saß mit versteinertem Gesicht da. »Und wieso haben Sie sich nicht gewehrt?«

»Hätte keinen guten Eindruck gemacht – es waren doch noch drei andere Männer mit im Raum.«

Rebus musterte ihn. »Eines muss man Ihnen lassen: Sie sind wirklich aalglatt. Nie ein unüberlegter Schritt.«

»Finden Sie es etwa besonders überlegt, dass ich Siobhan in dieser Weise hinterhergekrochen bin?«

»Hm. Sieht nicht so aus.« Doch selbst in diesem Punkt war Rebus sich nicht ganz sicher.

Linford drehte sich um, machte sich auf dem Rücksitz zu schaffen und brachte genau jene zerknüllten Papiere zum Vorschein, die er während Siobhans Attacke in der Hand gehalten hatte.

»Was dagegen, wenn wir mal kurz auf die Ermittlungen zu sprechen kommen?«

»Warum nicht?«

»Ich weiß natürlich, dass Sie mir die Ergebnisse Ihrer eigenen Ermittlungen vorenthalten. Aber das ist Ihre Entscheidung. Jedenfalls habe ich inzwischen eine Reihe von Leuten befragt. Könnte sein, dass ich dabei ein Goldkorn gefunden habe ...« Er gab Rebus die Papiere. Seitenweise Vernehmungsprotokolle. Die Holyrood Tavern, Jennie Ha's ..., aber nicht nur Lokale, sondern auch Leute, die in der Nähe von Queensberry House wohnten. Ja, selbst im Holyrood-Palast hatte er Nachforschungen angestellt.

»Fleißig, fleißig«, sagte Rebus widerstrebend.

»Na ja, vielleicht keine sehr originelle Methode, aber manchmal führt auch Hartnäckigkeit zum Ziel.«

»Und wo ist jetzt dieses Goldkorn? Oder erwarten Sie von mir, dass ich das gesamte geologische Material durcharbeite und Ihnen hinterher ein Fleißkärtchen schenke?«

Linford lächelte. »Das Beste habe ich für zuletzt aufgehoben.«

Er meinte die letzten Seiten der Protokolle, die Rebus in der Hand hielt. Zwei Gespräche mit einem Mann, die an ein und demselben Tag stattgefunden hatten. Das erste eher zufällige Gespräch hatte in der Holyrood Tavern stattgefunden, das zweite auf dem Revier in der St. Leonard's Street. Die Fragen hatte Hi-Ho Silvers gestellt.

Der Mann, um den es sich handelte, hieß Bob Cowan. Seine Adresse: Royal Park Terrace. Er lehrte Wirtschafts- und Sozialgeschichte an der Universität. Einmal in der Woche traf er sich mit einem Freund in der Holyrood Tavern. Da dieser Freund am Grassmarket wohnte, lag die Taverne für beide etwa auf halber Strecke. Cowan liebte es, auf dem Heimweg durch den Holyrood Park zu spazieren und die Schwäne auf dem kleinen See zu beobachten.

Es war fast Vollmond in jener Nacht – der Nacht, die Roddy Grieve zum Verhängnis geworden war –, *und ich bin ungefähr um Viertel vor zwölf von der Kneipe aus nach Hause gegangen. Wenn ich abends durch den Park gehe, begegnet mir normalerweise keine Menschenseele. Es gibt ja in der Gegend auch nur wenige Häuser. Ist vielleicht nicht jedermanns Sache. Schließlich liest man in der Zeitung ständig irgendwelche Geschichten. Aber ich habe in den drei Jahren, seit ich nachts dort entlanggehe, noch nie Schwierigkeiten ge-*

habt. Kann sein, dass die folgende Beobachtung nicht besonders wichtig ist. In den Tagen nach dem Mord habe ich trotzdem immer wieder daran denken müssen. Letztlich bin ich jedoch zu der Auffassung gelangt, dass dies nichts zur Erhellung beiträgt. Später habe ich dann in der Zeitung die Fotografien von Mr. Grieve gesehen, doch ich glaube nicht, dass er einer der beiden Männer gewesen ist. Aber natürlich kann ich mich auch täuschen. Obwohl es in der Nacht ziemlich hell war, habe ich eigentlich nur einen der beiden Männer richtig gesehen. Sie standen gegenüber Queensberry House auf der anderen Straßenseite. Ich würde sagen, direkt gegenüber dem Eingang. Es sah aus, als ob sie auf jemanden warteten. Deshalb sind sie mir ja aufgefallen. Also, ich meine, zu dieser Tageszeit und dann ausgerechnet dort inmitten all dieser Baustellen. Merkwürdiger Ort für eine Verabredung. Ich weiß noch, dass ich auf dem Heimweg darüber nachgedacht habe. Na ja, was man so denkt: Vielleicht hatte sich der dritte Mann ja schlicht in die Büsche geschlagen, um sich mal schnell zu erleichtern. Vielleicht aber auch eine sexuelle Begegnung. Oder aber sie wollten etwas von der Baustelle stehlen…

Eine Zwischenbemerkung von Linford:

Darüber hätten Sie uns unbedingt sofort informieren müssen, Mr. Cowan.

Dann wieder Cowan:

Na ja, kann schon sein. Aber ich hab gedacht, dass es wahrscheinlich belanglos ist. Und die Männer haben auch nicht wirklich verdächtig ausgesehen. Ich meine, sie waren weder maskiert noch hatten sie große Taschen bei sich. Einfach zwei Männer, die dort standen und plauderten. Hätten ja auch bloß Freunde sein können, die sich dort zufällig getroffen haben. Verstehen Sie? Beide waren ganz normal gekleidet: Jeans, glaube ich, dunkle Jacken und vielleicht Turnschuhe. Der Mann, den ich deutlicher gesehen habe, hatte kurz geschnittenes Haar – entweder dunkelbraun oder schwarz. Dazu große blasse Augen wie ein Basset-Hund und Hängebacken. Er hatte so einen merkwürdigen Zug um den Mund, als ob er gerade etwas Unangenehmes erfahren hätte. Außerdem war er ziemlich groß, mindestens einsachtzig, und hatte breite Schultern. Meinen Sie wirklich, er könnte was damit zu tun haben? Mein Gott, dann wäre ich ja der Letzte, der den Mörder gesehen hat...

»Was halten Sie davon?«, fragte Linford.

Rebus sah gerade die anderen Protokolle durch.

»Klar«, sagte Linford, »natürlich nichts Sensationelles.«

»Doch, find ich sehr interessant.« Offenbar hatte Linford mit einer so positiven Reaktion nicht gerechnet. »Sehr präzise ist die Beschreibung allerdings nicht. Großer breitschultriger Mann... das trifft auf relativ viele Männer zu.«

Linford nickte. Er hatte auch schon darüber nachgedacht. »Wir könnten natürlich ein Phantombild machen... Cowan ist jedenfalls bereit, daran mitzuwirken.«

»Und was dann?«

»Wir könnten es dort in der Gegend in den Lokalen aushängen. Vielleicht wohnt der Betreffende ja sogar in der Gegend. Nach der Beschreibung zu urteilen, könnte es sich sogar um einen Maurer handeln.«

»Sie meinen, einen Bauarbeiter?«

Linford sah ihn fragend an. »Vielleicht hilft uns ja das Phantombild weiter...«

Rebus gab ihm die Protokolle zurück. »Einen Versuch ist es jedenfalls wert. Meinen Glückwunsch.«

Sofort plusterte sich Linford wie ein Gockel auf, und Rebus fiel wieder ein, weshalb er ihn von Anfang an nicht hatte ausstehen können. Das kleinste Lob, und der Mann rastete völlig aus.

»Aber Sie werden mich natürlich auch in Zukunft nicht in Ihre Karten schauen lassen, nicht wahr?«

»Genau das.«

»Und mir auch weiterhin Ihre Erkenntnisse vorenthalten?«

»Ist im Augenblick besser für Sie, Linford, glauben Sie mir.«

Linford nickte zustimmend. »Und was soll ich dann tun?« Rebus öffnete die Beifahrertür.

»Am besten, Sie lassen sich in der St. Leonard's Street erst wieder blicken, wenn Sie diesen Brief geschrieben haben. Sorgen Sie dafür, dass Siobhan ihn noch heute erhält – aber nicht vor heute Nachmittag, damit sie noch etwas Zeit hat, sich zu beruhigen. Morgen können Sie dann vielleicht wieder aufkreuzen. Wie gesagt, *vielleicht*.«

Linford schien über diese Auskunft geradezu beglückt. Er wollte Rebus die Hand schütteln, doch der machte einfach die Tür zu. Nein, diesem Fatzke konnte er die Hand nicht reichen: Mochte der Mann auch ein Goldkorn entdeckt haben, ein Alchimist war er deshalb noch lange nicht. Außerdem traute ihm Rebus noch immer nicht über den Weg. Vielmehr war er davon überzeugt, dass der Bursche selbst seine Großmutter verhökern würde, wenn er sich davon einen beruflichen Vorteil erhoffte. Die Frage war: Was würde Linford tun, wenn er seine berufliche Position bedroht sah?

Ein trister Anlass, ein trister Ort.

Siobhan war mit Rebus gekommen. Auch die Polizistin war da, die an dem Abend, als »Mackie« gesprungen war, auf dem Bahnsteig zu Siobhan gesagt hatte: *Sind Sie nicht in Inspektor Rebus' Abteilung?* Außerdem ein Geistlicher und ein paar Gesichter, die Siobhan vom Grassmarket her kannte. Die Gestalten nickten ihr zur Begrüßung zu. Mit Zigaretten konnte sie allerdings nicht dienen, da sie nämlich keine bei sich hatte. Auch Dezzi war da und schluchzte in ein Knäuel rosa Toilettenpapier. Offenbar hatte sie irgendwo ein paar schwarze Klamotten aufgabelt: einen spitzenbesetzten Rock und eine reichlich mitgenommene Spitzenstola. Außerdem schwarze Schuhe – an jedem Fuß einen anderen.

Von Rachel Drew keine Spur. Vielleicht wusste sie nichts von dem Termin.

Die Grabstätte war also nicht gerade brechend voll. Irgendwo in der Nähe krächzten ein paar Krähen so laut, dass die hastig hingesprochenen dürren Worte des Geistlichen kaum zu verstehen waren. Eine der Damen vom Grassmarket stieß ihrem Begleiter alle paar Minuten in die Rippen, weil er ständig einzunicken drohte. Jedes Mal, wenn der Geistliche den Namen Freddy Hastings aussprach, stöhnte Dezzi auf. Als dann alles vorüber war, machte Siobhan auf dem Absatz kehrt und ging mit raschen Schritten davon. Sie wollte mit niemandem sprechen, schließlich war sie nur aus Pflichtgefühl gekommen und wollte so schnell wie möglich wieder weg.

Als die beiden ihre Autos erreichten, sah sie Rebus zum ersten Mal an.

»Was hat Watson eigentlich zu Ihnen gesagt?«, fragte sie. »Für ihn wiegt Linfords Wort genauso schwer wie unseres, nicht wahr?«, fuhr sie dann fort. Als Rebus nichts sagte, stieg sie ein, ließ ihren Wagen an und weg war sie. Rebus stand einen Augenblick nachdenklich da und schloss dann seinen Wagen auf. Ja, wenn er sich nicht täuschte, hatte sie Tränen in den Augen gehabt.

Gerade trat der gelbe JCB-Bagger in Aktion und schaufelte Schutt auf einen Lkw. Die Außenmauern des Gebäudes waren inzwischen gefallen. Deshalb hatte die ganze Szene etwas Voyeuristisches an sich. Allerdings fiel Rebus auf, dass einige der Umstehenden den Blick abwendeten. Es war, als ob ein Pathologe sich an die Arbeit gemacht und die Geheimnisse eines Körpers freigelegt hätte. Noch vor kurzem hatten hier Menschen gelebt: Türen angestrichen, Tapeten ausgewählt. Und die Wandvertäfelung dort drüben. Vielleicht hatte ein junges – frisch verheiratetes – Ehepaar sie angebracht und liebevoll lackiert. Glühbirnenfassungen, Steckdosen, Schalter…, alles kreuz und quer, Kabelsalat. Auch die sonst verborgenen Elemente der Konstruktion waren plötzlich sichtbar: Dachbalken, Rohre, klaffende Wunden, wo noch kurz zuvor Kamine gewesen waren. Ein prasselndes Feuer zur Weihnachtszeit… mit dem prächtig geschmückten Baum in der Ecke.

Ja, die Geier hatten ihr Werk verrichtet: Nur einige bessere Türen waren erhalten geblieben, alles andere herausgerissen:

Kamine, Spülkästen, Waschbecken, Badewannen, Wasserboiler und Heizkörper… Doch selbst diese Dinge konnte noch irgendein Altwarenhändler zu Geld machen. Am meisten faszinierten Rebus die Farb- und Tapetenschichten in den noch nicht ganz zerstörten Räumen. Hinter einer gestreiften Nobeltapete kamen plötzlich Reste verblasster rosa Pfingstrosen zum Vorschein und dahinter noch eine Schicht mit rot befrackten Reitersleuten. In einer Wohnung war die Küche an einer ungewöhnlichen Stelle eingebaut, dafür hatten die Mieter die ursprüngliche Küchennische tapeziert. Als jetzt die Tapete sich von der Wand löste, wurden die schwarzen und weißen Fliesen wieder sichtbar. Lastwagen karrten das ganze Gerümpel zu Schuttplätzen außerhalb der Stadt. Später wurde es dann irgendwann mit einer Erdschicht abgedeckt – ein gefundenes Fressen für künftige Archäologen.

Rebus zündete sich eine Zigarette an und kniff die Augen zusammen, um sie vor dem Staub zu schützen. »Scheint so, als ob wir etwas spät dran wären.«

Er stand mit Siobhan vor dem zertrümmerten Gebäude, in dem Freddy Hastings früher sein Büro gehabt hatte. Siobhan hatte sich wieder einigermaßen beruhigt und Linford aus ihren Gedanken verdrängt. Sie stand neben Rebus, und die beiden beobachteten die Abbrucharbeiten. Hastings' Büro war früher im Erdgeschoss gewesen, darüber Wohnungen. Doch von alledem war jetzt nichts mehr übrig. Nur die Reste des Gebäudes mussten noch abgetragen werden, dann rückten die Baufirmen an. Auf dem Grundstück war nämlich eine neue Wohnanlage geplant, nur einen Steinwurf vom neuen Parlament entfernt.

»Vielleicht können wir ja bei der Stadt Näheres erfahren«, schlug Siobhan vor. Rebus nickte. Möglich, dass man dort etwas über den Verbleib von Hastings' Sachen wusste. Allerdings war das wohl eher unwahrscheinlich. »Optimistisch sehen Sie nicht gerade aus«, fügte sie dann noch hinzu.

»Ist nun mal nicht meine Art«, sagte Rebus und inhalierte zusammen mit dem Rauch seiner Zigarette eine Mixtur aus Gips-staub und der Vergangenheit anderer Leute.

Sie fuhren zur Stadtverwaltung in der High Street, wo ihnen ein Beamter den Namen einer Anwaltskanzlei in Stockbridge nannte. Auf dem Weg dorthin statteten sie Hastings' ehemaliger Wohnung noch einen kurzen Besuch ab. Die derzeitigen Besitzer hatten den Namen noch nie gehört. Vor ihnen hatte die Wohnung einem Antiquitätenhändler gehört, der sie – so weit die jetzigen Besitzer wussten – von einem Fußballspieler gekauft hatte. Das war 1979 – inzwischen eine halbe Ewigkeit her. Die Wohnungen in der Neustadt wechselten nämlich vielfach alle drei bis vier Jahre den Besitzer. Meist waren die Käufer junge Leute, die nicht nur schön wohnen wollten, sondern gleichzeitig eine gute Geldanlage suchten. Ein paar Jahre später bekamen sie dann Kinder, und plötzlich gingen ihnen die Treppen auf die Nerven, oder sie wollten unbedingt einen Garten. Deshalb verkauften sie die Wohnung wieder und legten sich was Größeres zu.

Auch der Anwalt, der sie empfing, war noch jung und wusste mit dem Namen Frederick Hastings nichts anzufangen. Doch dann rief er einen älteren Kompagnon an, der gerade auswärts eine Besprechung hatte. Man vereinbarte für nachmittags einen Termin. Unten auf der Straße diskutierten Rebus und Siobhan dann kurz darüber, ob es sich überhaupt lohne, extra ins Büro zurückzufahren. Siobhan schlug einen Spaziergang durch das Dean Valley vor, doch dann fiel Rebus plötzlich ein, dass Linford in Dean Village wohnte. Also erklärte er, dass ihm das zu anstrengend sei.

Siobhan: »Klar, Sie möchten natürlich in die nächste Kneipe.«

Rebus: »Gute Idee. Ich kenn da eine Ecke Saint Stephen's Street.«

Schließlich landeten sie in einem Café am Raeburn Place. Siobhan bestellte Tee, Rebus koffeinfreien Kaffee. Eine Bedienung wies ihn darauf hin, dass in dem Lokal das Rauchen – lei-

369

der, leider – nicht gestattet sei. Rebus seufzte und steckte das Päckchen wieder ein.

»Wissen Sie«, sagte er, »früher war das Leben mal so einfach.«

Sie nickte zustimmend. »Ja, früher. Man lebte bequem in Höhlen, und wenn man was essen wollte, schlug man es einfach tot…«

»Und die jungen Damen wussten noch durch Charme zu betören. Heute hingegen erfreut sich beim weiblichen Nachwuchs das Studienfach Sarkasmus allem Anschein nach größter Beliebtheit.«

»Dass ausgerechnet Sie als Großmeister des Fachs das monieren.«

Dann wurden die Getränke gebracht. Siobhan befummelte ihr Handy, weil sie wissen wollte, ob sie irgendwelche Nachrichten bekommen hatte.

»Also gut«, sagte Rebus schließlich, »dann muss ich wohl das Thema ansprechen.«

»Welches Thema?«

»Die Frage, was Sie mit Linford vorhaben?«

»Kenne ich einen Menschen dieses Namens?«

»So ist's recht.« Rebus trank von seinem Kaffee. Siobhan schenkte sich etwas Tee ein und führte die Tasse dann mit beiden Händen zum Mund.

»Sie haben doch mit ihm gesprochen?«, sagte sie. Rebus nickte langsam. »Hab ich mir doch gedacht. Ich hab nämlich gehört, dass Sie ihn gesucht haben.«

»Ja, weil er dem Farmer eine Lüge über mich erzählt hat.«

»Weiß ich. Hat er erwähnt.«

»Und was haben Sie gesagt?«

»Die Wahrheit«, sagte sie. Beide verstummten, führten ihre Tassen zum Mund und setzten sie dann gleichzeitig wieder ab. Dann nickte Rebus, obwohl er selbst nicht genau wusste, warum. Siobhan brach schließlich das Schweigen. »Und was haben Sie zu Linford gesagt?«

»Er lässt Ihnen eine schriftliche Entschuldigung zukommen.«

»Wie großzügig von ihm.« Sie hielt inne. »Glauben Sie, dass es ihm ernst damit ist?«

»Ja, ich glaube, er bedauert, was er getan hat?«

»Aber nur weil es seiner Scheißkarriere schaden könnte.«

»Da mögen Sie Recht haben. Trotzdem ...«

»Sie finden also, dass ich die Sache einfach vergessen soll?«

»Nicht unbedingt. Aber Linford stellt eigene Nachforschungen an. Wenn wir Glück haben, nimmt ihn das so in Anspruch, dass wir ihn erst mal los sind.« Er sah sie an. »Ich glaube, er hat Angst vor Ihnen.«

Ein wütendes Schnauben. »Das will ich ihm aber auch geraten haben.« Wieder hob sie ihre Tasse an. »Na gut. Wenn er mir nicht mehr in die Quere kommt, dann lass ich ihn ebenfalls in Ruhe.«

»Gute Einstellung.«

»Sie glauben, dass wir mit den Ermittlungen nicht weiterkommen, nicht wahr?«

»Hastings?« Sie nickte. »Bin ich mir nicht sicher«, sagte er. »Erstaunlich, was man in Edinburgh so alles ans Licht befördern kann.«

Blair Martine erwartete sie schon, als sie wieder die Kanzlei aufsuchten. Ein rundlicher älterer Mann im Nadelstreifenanzug mit silberner Uhrkette.

»Ich habe mich oft gefragt«, sagte er, »ob ich in meinem Leben je wieder mit Freddy Hastings zu tun bekomme.« Vor ihm auf dem Tisch lag ein gut zwanzig Zentimeter hoher Aktenstapel, der mit einer Kordel zusammengebunden war. Als er mit der Hand den obersten Ordner berührte, wirbelte Staub auf.

»Wie meinen Sie das, Sir?«

»Na ja. Der Mann war zwar nie ein Fall für die Polizei, aber trotzdem höchst mysteriös. Er ist einfach auf und davon.«

»Weil ihm die Gläubiger im Nacken saßen?«, fragte Rebus.

Martine sah ihn skeptisch an. Offenbar hatte er sehr gut zu Mittag gegessen. Jedenfalls machte er ein rundum zufriedenes Gesicht, und seine Weste spannte sich über seinem stattlichen

Bauch. Rebus befürchtete schon, dass von dem guten Stück in bester Kintopp-Manier sämtliche Knöpfe abplatzen würden, sollte der wohlgenährte Träger sich in seinem Stuhl zurücklehnen.

»Freddy war nicht mittellos«, sagte Martine. »Was nicht heißen soll, dass er nicht ein paar Fehlinvestitionen getätigt hätte. Das war nämlich sehr wohl der Fall. Trotzdem…« Er tippte wieder mit dem Finger auf den Stapel vor sich auf dem Schreibtisch. Rebus hätte sich am liebsten sofort auf die Akten gestürzt, wusste aber, dass Martine sich auf seine Geheimhaltungspflicht berufen würde.

»Außerdem hat er eine Reihe von Gläubigern zurückgelassen«, fuhr Martine fort. »Doch keine gravierenden Sachen. Wir mussten seine Wohnung verkaufen und haben dafür sogar einen ganz annehmbaren Preis erzielt, wenn auch vielleicht nicht ganz das, was möglich gewesen wäre.«

»Genug, um die Forderungen seiner Gläubiger abzudecken?«, fragte Siobhan.

»Ja, und die Kosten unserer Kanzlei ebenfalls. Ziemlich arbeitsaufwändig, wenn jemand einfach so vom Erdboden verschwindet.« Er hielt inne. Offenbar hatte er noch ein Ass in seinem mit kostbaren Manschettenknöpfen geschmückten Ärmel. Rebus und Siobhan saßen stumm da. Sie spürten, dass er ganz begierig darauf war, seinen Trumpf auf den Tisch zu legen. Endlich beugte Martine sich vor und stützte die Ellbogen auf den Schreibtisch.

»Ich hab sogar noch etwas von dem Geld auf die Seite gebracht«, sagte er verschwörerisch. »Um damit die Lagerkosten zu bestreiten.«

»Lagerkosten?«, wiederholte Siobhan.

Der Anwalt machte eine weit ausholende Handbewegung. »Ich bin lange Zeit davon ausgegangen, dass Freddy eines Tages wieder in meinem Leben aufkreuzt. Allerdings lebendig und nicht als Leiche.« Er seufzte. »Wann ist übrigens das Begräbnis?«

»Wir kommen gerade von dort«, sagte Siobhan. Sie verzichtete auf die Bemerkung: Waren nur ganz wenige Leute dort. Eine Eilbestattung ohne persönliche Worte des Geistlichen. Ja, eigentlich hätte man auch von einem Armenbegräbnis sprechen können, nur dass der Supertramp natürlich alles andere als arm gewesen war.

»Und was genau haben Sie auf Lager gelegt?«, fragte Rebus.

»Wertgegenstände aus seiner Wohnung. Alles Mögliche: angefangen von Schreibutensilien bis hin zu einem sehr schönen Perserteppich.«

»Den Sie selbst gerne gehabt hätten, nicht wahr?«

Der Anwalt sah Rebus an. »Und dazu noch die Sachen aus seinem Büro.«

Rebus saß plötzlich kerzengerade auf seinem Stuhl. »Und wo befindet sich dieser Lagerraum?«, fragte er.

Die Antwort lautete: an einer trostlosen Straße am nördlichen Stadtrand in Granton. Die Investoren und der Stadtrat hatten mit dem ehemaligen Fischerdorf angeblich Großes vor.

»Um sich das vorzustellen, braucht man allerdings eine blühende Fantasie«, sagte Rebus, als er gemeinsam mit Siobhan dorthin fuhr.

Granton war nämlich gegenwärtig noch eine wenig ansprechende, teilweise sogar hässliche Ansammlung heruntergekommener Kaimauern und grauer Industriegebäude. Überall zerbrochene Fabrikfenster, Graffiti, Ruß speiende Laster. Doch Leute wie Sir Terence Conran waren der Meinung, dass hier demnächst ein ganz neues Einkaufs- und Freizeitparadies entstehen sollte. Zudem sollten in den alten Speicherhäusern ganz ähnlich wie in den Londoner Docklands luxuriöse Wohnungen eingerichtet werden. Diese Leute waren davon überzeugt, dass sich hier demnächst ein finanzstarkes Publikum niederlassen würde. Und natürlich sollten jede Menge Arbeitsplätze entstehen und neue Wohnungen – kurz ein ganz neues Lebensgefühl.

»Und – gibt's in der Gegend auch irgendwas Schönes?«, fragte Siobhan.

Rebus dachte kurz nach. »Das Starbank's ist nicht schlecht – ziemlich gute Kneipe«, sagte er. Sie sah ihn an. »Ach ja, richtig«, sagte er. »Ist eigentlich schon nicht mehr in Granton, eher Newhaven.«

»Seismisches Verwahrinstitut« nannte sich die Firma. Drei lange Reihen Betonbunker, die jeweils etwa drei Viertel so groß waren wie eine normale Garage.

»Seismisch‹ bedeutet, dass Ihre Dinge bei uns erdbebensicher verwahrt werden«, erklärte Gerry Reagan, der Betreiber der Firma.

»Gut zu wissen«, sagte Rebus, »schließlich haben wir ja in Edinburgh fast wöchentlich ein mittleres Erdbeben.«

Reagan lächelte. Er führte die beiden zwischen zwei langen Gebäuden hindurch. Der Himmel wurde immer dunkler, und vom Meer her wehte eine steife Brise. »Schließlich steht die Burg oben auf einem Vulkan«, sagte er. »Und können Sie sich noch an das Beben erinnern, das vor einiger Zeit Portobello erschüttert hat?«

»Aber die Ursache waren doch Grubenarbeiten«, sagte Siobhan.

»Kann sein«, sagte Reagan. Der Mann hatte buschige Augenbrauen und den Schalk im Gesicht. Vor seiner Brust baumelte an einer Kette eine Lesebrille. »Jedenfalls wissen meine Kunden, dass ihre Sachen hier bis zum Jüngsten Tag in Sicherheit sind.«

»Und wer nimmt Ihre Dienste hauptsächlich in Anspruch?«, fragte Siobhan.

»Alle möglichen Leute: ältere Herrschaften, die in ein Pflegeheim ziehen und nicht wissen, wo sie ihre Möbel unterbringen sollen. Leute, die vorübergehend etwas unterstellen müssen, weil sie aus beruflichen Gründen umziehen müssen, aber noch keine neue Wohnung haben. Ich habe aber auch zwei Oldtimer hier.«

»Und – sind die nicht zu groß für Ihre Lagerräume?«, fragte Rebus.

»Ziemlich knapp«, räumte Reagan ein. »Bei einem der Wagen mussten wir sogar die Stoßstangen abbauen.«

Blair Martine hatte den beiden Polizisten eine schriftliche Genehmigung mitgegeben, die Reagan zusammen mit einem Schlüssel in der Hand hielt. Er schloss das nach oben versenkbare Garagentor auf.

»Raum dreizehn«, sagte er und überprüfte nochmals, ob alles seine Ordnung hatte. Dann öffnete er die Tür zu dem Verschlag.

Martine hatte Hastings' Sachen zunächst in einem Speicherhaus gelagert. Als dann dieses Haus umgebaut wurde, hatte der Anwalt neue Vorkehrungen getroffen: »Sein Verschwinden hat mir in der Tat mehr Arbeit gemacht als zehn normale Rechtsfälle.« Erst vor drei Jahren waren die Sachen schließlich in Reagans Seismischem Verwahrinstitut gelandet. Martine wollte deshalb keine Garantie für die Vollständigkeit und Unversehrtheit der Sachen übernehmen. Außerdem hatte er Hastings nach eigenem Bekunden nicht sehr gut gekannt und ihn nur ein paarmal auf irgendwelchen Empfängen oder Partys getroffen. Alasdair Grieve war er überhaupt nie begegnet.

Hinterher hatte Siobhan gefragt: »Aber wenn die beiden nicht wegen ihrer Schulden abgehauen sind, wieso dann?«

Rebus' Antwort: »Aber Freddy ist doch gar nicht abgehauen.«

»Doch. Er hat anfangs auch das Weite gesucht, ist dann aber wiedergekommen«, berichtigte Siobhan ihn. »Und Alasdair? Ist er die Leiche in dem Kamin?«

Rebus hatte ihr keine Antwort gegeben.

Als Reagan jetzt die Tür ganz aufmachte, blickten sie in einen Trödelladen – allerdings ohne Kasse.

»Haben wir das nicht schön verstaut?«, sagte Reagan und betrachtete voll Bewunderung sein Werk.

»Guter Gott«, stöhnte Siobhan. Rebus tippte bereits eine Nummer in sein Handy ein.

»Wen rufen Sie denn an?«, fragte sie.

Er antwortete nicht, sondern richtete sich nur etwas höher auf, als sich am anderen Ende jemand meldete. »Grant? Ist Wylie auch da?« Er grinste bösartig. »Haben Sie was zum Schreiben da? Ich erkläre Ihnen jetzt mal den Weg. Ein kleiner Auftrag, genau das Richtige für das Histo-Team.«

Linford saß in der Fettes Avenue im Büro von SPP Carswell. Er trank einen Schluck Tee, während Carswell einen Anruf entgegennahm. Als das Gespräch beendet war, führte Carswell seine eigene Tasse zum Mund und blies hinein.

»Ziemliches Chaos auf dem Revier in St. Leonard's, was, Derek?«

»Ja, Sir.«

»Ich hab Watson ins Gesicht gesagt: Wenn er nicht in der Lage ist, seine Beamten…«

»Bei allem Respekt, Sir. Bei einem so wichtigen Fall können den Beteiligten schon mal die Nerven durchgehen.«

Carswell nickte. »Ein feiner Zug an Ihnen, Derek.«

»Wie bitte?«

»Dass Sie sich vor Ihre Kollegen stellen, obwohl die sich wahrlich indiskutabel verhalten haben.«

»Sicher trifft mich auch ein Teil der Schuld, Sir. Niemand hat es gerne, wenn plötzlich ein Außenstehender das Kommando übernimmt.«

»Und dann hat man Sie zum Sündenbock gemacht, was?«

»Na ja, Sir.« Linford betrachtete seine Tasse. Kleine Ölflecken schwammen an der Oberfläche. Er war sich nicht sicher, ob dafür der Tee, das Wasser oder die Milch die Ursache war.

»Wir könnten die Ermittlungen auch ganz an uns ziehen«, sagte Carswell. »Unsere eigenen Leute einsetzen…«

»Bei allem Respekt, Sir, die Ermittlungen sind schon zu weit fortgeschritten, um jetzt noch einmal von vorne zu beginnen. Würde viel Zeit kosten.« Er hielt inne. »Außerdem würde es unser Budget sprengen.«

Carswell war dafür bekannt, dass er in Gelddingen auf Ordnung Wert legte. Auf seiner Stirn erschienen ein paar Falten, dann nahm er wieder einen Schluck aus seiner Tasse. »Das ist allerdings nicht wünschenswert«, sagte er. »Jedenfalls nicht, wenn es nicht unbedingt sein muss.« Er sah Linford an. »Dann wollen Sie also weitermachen, wenn ich recht verstehe?«

»Ich glaube, die Sache lässt sich noch wenden, Sir.«

»Alle Achtung, Derek, Courage haben Sie, das muss man Ihnen lassen.«

»Die meisten Kollegen dort sind völlig in Ordnung«, fuhr Linford fort. »Probleme machen nur einige wenige …« Er verstummte und führte wieder die Tasse zum Mund.

Carswell überflog die Notizen, die er sich auf dem Revier in St. Leonard's gemacht hatte. »Zufälligerweise dieser Inspektor Rebus und Detective Clarke?«

Linford schwieg und wich Carswells Blick aus.

»Niemand ist unersetzlich, Derek«, sagte der SPP leise. »Glauben Sie mir – niemand.«

28

»Ein echtes Déjà-vu-Erlebnis«, sagte Wylie, als sie gemeinsam mit Hood das Innere des Verschlags inspizierte. Das ganze Abteil war bis unter die Decke voll: Schreibtische, Tische, Stühle, Teppiche, Kartons, gerahmte Drucke, eine Stereoanlage.

»Das dauert Tage«, klagte Hood. Und eine Mrs. Coghill gab es hier auch nicht und auch keine warme Küche. Nur eine triste Brache ringsum, dazu wehte noch ein scharfer Wind, und und am Himmel hingen schwere Regenwolken.

»Unsinn«, sagte Rebus. »Wir suchen nach Dokumenten. Alle sperrigen Sachen räumen wir auf die eine Seite. Alles, was interessant sein könnte, packen wir in den Kofferraum. Außerdem sind wir ja zu viert.«

Wylie sah ihn an. »Wie darf ich das verstehen?«

»Ganz einfach: Zwei von uns sorgen hier für Ordnung und zwei gehen die Papiere durch. Wir bringen das ganze Zeug aufs Revier in die St. Leonard's Street.«

»Fettes ist näher«, sagte Wylie.

Er nickte. Aber die Fettes Avenue war Linfords Heimatrevier. Offenbar hatte Siobhan seine Gedanken gelesen.

»Die Kiste drüben ist *noch* näher«, sagte sie und wies mit dem Kopf auf den Wohnwagen, der Gerry Reagan als Büro diente.

Rebus nickte. »Gut. Ich sprech mal mit ihm.«

Grant Hood schleppte einen tragbaren Fernseher aus der Garage und stellte ihn auf den Boden. »Fragen Sie ihn auch gleich nach einer Plane.« Er blickte nach oben. »Fängt ohnehin gleich an zu regnen.«

Eine halbe Stunde später peitschte ihnen der strömende Regen kleine Eisnadeln ins Gesicht. Zugleich zog dichter Nebel auf. Reagan hatte eine große durchsichtige Plastikplane gebracht, die sich bei jedem Windstoß selbstständig zu machen drohte. Sie hatten drei Ecken mit Backsteinen beschwert, die vierte bildete einen ungestüm flatternden Eingang. Dann hatte Reagan eine bessere Idee: Die übernächste Garage stand zur Zeit leer. Deshalb schleppten Hood, Wylie und Siobhan Clarke die Sachen jetzt in diesen Verschlag, während Reagan sich bemühte, die wild flatternde Plane wieder zusammenfalten.

»Und was macht der Boss?«, fragte Hood Reagan.

Reagan blickte mit zusammengekniffenen Augen zu seinem Wohnwagen hinüber, dessen erleuchtete Fenster in der hereinbrechenden Dunkelheit Wärme und Schutz verhießen. »Er richtet drüben die Kommandozentrale ein, hat er jedenfalls gesagt.«

Hood und Wylie wechselten einen Blick. »Und gibt es dort zufällig einen Teekessel und einen Stuhl neben der Heizung?«, fragte Wylie.

Reagan lachte.

»Keine Sorge«, sagte Siobhan, »Sie kommen schon noch zu

Ihrem Recht.« Trotzdem hoffte sie inständig, bald auf irgendwelche Dokumente zu stoßen, damit sie einen Vorwand hatte, dem Wohnwagen ebenfalls einen Besuch abzustatten.

»Ich haue um fünf Uhr ab«, sagte Reagan. »Bringt ja nichts, hier in der Dunkelheit herumzuhängen.«

»Haben Sie zufällig ein paar Lampen, die wir benutzen könnten?«, fragte Siobhan. Wylie und Hood sahen sich enttäuscht an. Um fünf Uhr den ganzen Krempel hinwerfen, das hätte ihnen gut ins Konzept gepasst. Reagan machte ein skeptisches Gesicht. Aber aus anderen Gründen.

»Wir schließen hinterher alles wieder ab«, versicherte ihm Siobhan. »Und die Alarmanlage schalten wir auch ein.«

»Ich weiß nicht, ob meine Versicherung das so gut finden würde.«

»Haben Sie schon mal gehört, dass eine Versicherung irgendwas gut findet?«

Er lachte wieder und kratzte sich am Kopf. »Na gut. Ich kann ja auch bis sechs hier bleiben.«

Sie nickte. »Okay, also dann bis sechs.«

Kurz darauf entdeckten sie die Aktenordner. Reagan hatte inzwischen eine Schubkarre geholt und mit der Plastikplane ausgelegt. Die drei luden die Ordner in die Karre, und Siobhan schob sie zu dem Wohnwagen hinüber. Als sie die Tür aufmachte, sah sie, dass Rebus einen der beiden Schreibtische in dem Raum frei gemacht und sämtliche Sachen in einer Ecke auf dem Boden aufgestapelt hatte.

»Reagan hat gesagt, dass wir den Tisch benutzen können«, sagte er. Dann zeigte er auf eine Tür. »Da drüben gibt es übrigens eine chemische Toilette und ein Waschbecken plus Teekessel. Allerdings muss man das Wasser abkochen, bevor man es trinkt.« Sie sah, dass auf dem Stuhl neben Rebus ein Becher Kaffee stand.

»Ich glaube, wir könnten alle eine Tasse gebrauchen«, sagte sie. Bevor sie den Tauchsiedertopf voll laufen ließ und einschaltete, steckte sie noch ihr Handy zum Aufladen in eine Steckdose. Rebus ging nach draußen und holte die erste Ladung Aktenordner herein.«

»Schon ziemlich dunkel draußen«, sagte sie.

»Und wie kommen Sie zurecht?«

»In der Garage gibt es nur ein Licht. Mr. Reagan hat gesagt, dass er bis sechs Uhr bleiben kann.«

Rebus sah auf die Uhr. »Na gut.«

»Noch eins«, sagte sie. »Was wir hier tun, dient doch der Aufklärung des Grieve-Mords, nicht wahr?«

Er sah sie an. »Klar, wir können ohne weiteres ein paar Überstunden aufschreiben, wenn Sie das meinen.«

»Wäre nicht schlecht wegen der Weihnachtsgeschenke, falls ich überhaupt noch Zeit finden sollte, welche zu kaufen.«

»Weihnachten?«

»Noch nie gehört? Ein hoher Feiertag im Dezember, Fest der Liebe und so weiter.«

Er sah sie an. »Wie schaffen Sie das nur – so einfach umzuschalten?«

»Man muss nicht unbedingt besessen sein, um ein guter Polizist zu sein.«

Er trat wieder ins Freie, um weitere Aktenordner zu holen. Ein Stück entfernt sah er drei Figuren, die im Nebel arbeiteten – Wylie, Hood und Reagan. Ihre Schatten zeichneten sich überlebensgroß auf der gegenüberliegenden Wand ab. Der Anblick hatte für ihn etwas Zeitloses. Schon seit Tausenden von Jahren arbeiteten Menschen in solcher Finsternis. Und wozu? Ein Großteil der Vergangenheit ging einfach spurlos verloren. Doch er selbst und seine jungen Mitarbeiter hatten dafür zu sorgen, dass vergangene Verbrechen nicht ungesühnt blieben, ob sie nun vor zwei Tagen oder vor Jahrzehnten passiert waren. Aber nicht etwa weil das Recht oder die Gesetzesmacher es verlangten, sondern wegen der zahllosen stummen Opfer, der gepeinigten Seelen. Und natürlich auch, weil sie selbst daraus Befriedigung bezogen. Wenn es ihnen nämlich gelang, die Schuldigen dingfest zu machen, dann büßten sie auch für ihre eigenen Sünden. Wie um Gottes willen konnte man das alles nur wegen ein paar Weihnachtsgeschenken vergessen...?

Siobhan kletterte jetzt ebenfalls aus dem Wagen, um ihm zu helfen, und brach die Magie des Augenblicks. Sie legte ihre Hände an den Mund und rief den anderen zu, dass sie Kaffee gekocht habe. Jubelschreie und Applaus. Plötzlich hatte das Ganze nichts Offenbarendes mehr, und die gespenstischen Figuren verwandelten sich wieder in normale Menschen. Reagan schlug seine behandschuhten Hände zusammen und federte vor Vergnügen auf den Zehen. Offensichtlich war er froh, dieses kleine Abenteuer zu erleben, das ein wenig Abwechslung in seinen eintönigen Alltag brachte. Hood jubelte zwar, schleppte jedoch – von seinem Pflichtgefühl getrieben – weiterhin unermüdlich Stühle aus dem einen Verschlag in den anderen. Wylie hob die Hand und signalisierte, dass sie zwei Stücke Zucker in ihren Kaffee wollte. Ja, die junge Frau wusste in der Tat ganz genau, was sie wollte.

»Merkwürdige Beschäftigung«, sagte Siobhan.

»Ja«, pflichtete er ihr bei. Doch sie meinte Reagans Job.

»Den ganzen Tag hier allein verbringen. Und dann all diese Betonkästen voller Geheimnisse, voll mit dem Gerümpel anderer Leute. Wäre bestimmt nicht uninteressant, noch ein paar weitere von diesen Verschlägen zu öffnen.«

Rebus lächelte. »Warum, glauben Sie, ist Reagan so überaus hilfsbereit?«

»Weil er ein großzügiger Mann ist?«, mutmaßte Siobhan.

»Oder weil er nicht möchte, dass wir hier herumschnüffeln.« Sie sah ihn an. »Ist auch der Grund, weshalb ich so lange in seinem Büro geblieben bin. Ich hab mir nämlich mal seine Kundenkartei vorgenommen.«

»Und?«

»Ein paar Namen habe ich wiedererkannt: Hehler, die in Pilton und Muirhouse wohnen.«

»Also ganz hier in der Nähe.« Rebus nickte. »Aber ohne Durchsuchungsbefehl geht natürlich nichts.«

»Trotzdem gut zu wissen, falls dieser Reagan Schwierigkeiten macht.« Er blickte sie an. »Außerdem kann es uns nur nützen, wenn wir das nächste Mal gegen einen dieser Typen ermitteln. Was hilft uns schon ein Durchsuchungsbefehl für eine Wohnung in Muirhouse, wenn das ganze Diebesgut hier gelagert ist.«

Siobhan, Wylie, Reagan und Rebus hockten in dem kleinen Büro zusammen und tranken Kaffee. Hood wollte unbedingt weitermachen, und Wylie hatte ihm versprochen, ihm hinterher eine Tasse Kaffee mitzubringen.

»Bei der Gewerkschaft würde er sich damit nicht gerade beliebt machen«, bemerkte Reagan.

Der Wohnwagen war mit einem Gasheizstrahler ausgestattet. Allerdings war die Kiste schlecht isoliert. Das lange schmale Fenster im vorderen Teil des Wagens war total beschlagen. Nur gelegentlich machte sich ein Tropfen selbstständig und lief nach unten, wo sich das Wasser auf der Fensterbank sammelte. Von der Decke hing eine Glühbirne herab, und außerdem gab es noch eine Schreibtischlampe. Der Raum war von gelbem Licht erfüllt, die Luft zum Schneiden. Rebus bot Reagan eine Zigarette an, und die beiden Männer hockten zusammen auf einer kleinen Bank, während die beiden Nichtraucherinnen möglichst weit auf Abstand gingen.

»Silvester ist es so weit«, sagte Reagan und inspizierte seine Zigarette, »dann hör ich auf.«

»Und – glauben Sie, dass Sie's schaffen?«

Der Mann hob skeptisch die Schultern. »Vielleicht klappt's ja diesmal. Wenigstens hab ich schon etwas Übung. Ich versuch nämlich seit Jahren immer wieder, mit der Qualmerei aufzuhören.«

»Übung macht den Meister«, sagte Rebus nur.

»Was glauben Sie, wie lange Sie noch brauchen?«, fragte Reagan.

»Wir wissen Ihr Entgegenkommen sehr zu schätzen.« Aus Rebus' Stimme war plötzlich jede Zigaretten rauchende Vertraulichkeit gewichen. Reagan begriff sofort, was los war: Dieser Polizist konnte ihm viel Ärger bereiten, falls er ihn gegen sich aufbrachte. Dann flog die Tür auf, und Grant Hood kam hereingekrabbelt. Er hatte sich einen Computer-Monitor unter den Arm geklemmt. In der anderen Hand hielt er eine Tastatur. Er schob sich an den Übrigen vorbei und stellte beides auf den freigeräumten Schreibtisch.

»Wie findet ihr das?«, fragte er und rang nach Atem.

»Sieht ziemlich alt aus«, konstatierte Siobhan.

»Ohne Festplatte bringt das Ding doch nichts«, sagte Ellen Wylie.

Hood grinste. Genau auf diese Reaktion hatte er nämlich gewartet. Er griff unter seinen Mantel, wo er etwas im Hosenbund verstaut hatte. »Festplatten, wie wir sie heute kennen, hat es damals noch nicht gegeben. Der Schlitz an der Seite ist für Disketten.« Er brachte ein halbes Dutzend Pappquadrate zum Vorschein. »Neun-Zoll-Disketten«, sagte er und fuchtelte damit vor ihrer Nase herum. Mit der freien Hand klopfte er auf die Tastatur. »Wahrscheinlich ein alter DOS-Rechner. Und wisst ihr, was das heißt: Ich bleibe jetzt hier in dem Wagen hocken und schau mir die Sachen mal näher an.« Er legte die Disketten beiseite und rieb sich vor dem Heizstrahler die Hände. »Und ihr geht jetzt hübsch nach draußen und seht nach, ob ihr noch weitere Disketten findet.«

Gegen Ende hatten sie ungefähr die halbe Garage ausgeleert. Bei den Sachen, die noch übrig waren, schien es sich vorwiegend um Möbel zu handeln, und die interessierten sie nicht mehr. Rebus schnappte sich drei Aktenordner, die er noch abends auf dem Revier durchzuarbeiten gedachte. Um diese Zeit war dort nichts mehr los. Das Hauptproblem um diese Jahreszeit waren Taschen- und Ladendiebe: Die Läden in der Princes Street waren gesteckt voll mit Leuten, die mit dicker Brieftasche herumrannten. Auch an Geldautomaten kam es immer wieder zu Überfällen. Und hinzu kam die allgemeine

Depressivität. Manche Fachleute führten diesen Zustand auf die kurzen Tage und die langen Nächte zurück. Die Leute tranken, bis sie aggressiv wurden, bis sie zu randalieren anfingen. Schlägereien, zertrümmerte Fenster, Bushäuschen, Telefonzellen, Läden und Kneipen. Die Leute gingen mit Messern auf ihre nächsten Angehörigen los, schnitten sich die Pulsadern auf. Kurz: Winterdepression.

Jede Menge Arbeit für Rebus und seine Kollegen. Jede Menge Arbeit für die Sozialarbeiter, die Gerichte, die Gefängnisse. Eine ganze Flut von Papierkram, gerade wenn die Weihnachtskarten eintrafen. Rebus hatte es schon lange aufgegeben, solche Karten zu schreiben, trotzdem bekam er immer noch welche: von Verwandten, Kollegen, einigen seiner Zechkumpane.

Auch Father Conor Leary schickte jedes Jahr eine. Leary lag noch immer im Krankenhaus, und Rebus hatte ihn schon eine ganze Weile nicht mehr gesehen. Krankenhausbetten erinnerten ihn an seine Tochter Sammy, die seit einem Unfall mit einem flüchtigen Autofahrer an den Rollstuhl gefesselt war. Für Rebus war Weihnachten das Fest der verlogenen Familienzusammenkünfte und der Illusion, dass in der Welt alles zum Besten stehe. Die mit Lametta und allerlei Nippes begangene Geburtstagsfeier eines Menschen, die nur mit dreisten Lügen und Alkohol überhaupt zu ertragen war.

Oder vielleicht lag es ja auch an ihm.

Er ließ sich Zeit beim Durchsehen der Papiere und machte mehrere Kaffeepausen. Zum Rauchen ging er auf den Hinterhof. Stinklangweilige Geschäftskorrespondenz befand sich in den Unterlagen. Zeitungsausschnitte, Immobilienanzeigen, einige davon mit einem Stift eingekreist, andere mit doppelten Fragezeichen am Rand versehen. Die Anmerkungen auf den Papieren waren immer in ein und derselben Schrift geschrieben. Also war klar, dass Freddy Hastings seinen Laden ganz allein betrieben und keine Sekretärin beschäftigt hatte. Und wie passte nun Alasdair Grieve in das Bild? Besprechungen:

Alasdair war bei solchen Besprechungen offenbar immer dabei gewesen – und bei Geschäftsessen ebenfalls. Vielleicht hatte er nur die Honneurs gemacht und das Unternehmen mit seinem Namen geschmückt. Cammos Bruder, Lornas Bruder, Alicias Sohn – mit einem solchen Menschen gingen potentielle Kunden natürlich gerne essen.

Er ging wieder hinein, um sich aufzuwärmen und den nächsten Ordner durchzusehen. Und dann wieder eine Tasse Kaffee und ein kleiner Ausflug nach unten, um ein wenig mit den Kollegen von der Nachtschicht zu plaudern. Einbrüche, Schlägereien, Familienkräche. Gestohlene Autos, Vandalismus. Alarmanlagen, die plötzlich losheulten. Eine Vermisstenanzeige. Ein Patient, der, nur mit einem Pyjama bekleidet, aus dem Krankenhaus verschwunden war. Autounfälle. Spiegelglatte Straßen. Eine Vergewaltigung, ein Mordversuch.

»Ruhige Nacht«, sagte der Dienst habende Beamte.

Kameraderie in der Nachtschicht. Ein Beamter gab Rebus ein Sandwich ab. »Ich nehme immer mehr zu essen mit, als ich brauche.« Salami und Salat auf Vollkornbrot. Orangensaft könne er auch haben, sagte der Mann, doch Rebus schüttelte nur den Kopf.

»Das Brot ist völlig genug«, sagte er.

Oben an seinem Schreibtisch machte er sich dann wieder Notizen und markierte besonders wichtige Blätter mit Post-it-Aufklebern. Die Uhr an der Wand zeigte fast Mitternacht. Er griff in die Tasche seines Jacketts und befummelte seine Zigarettenschachtel: nur noch eine übrig. Damit war die Sache entschieden. Er schloss die Ordner in seinen Schreibtisch ein, zog seinen Mantel an, ging nach draußen und marschierte zur Nicolson Street. Es gab dort ein paar Läden, die die ganze Nacht geöffnet hatten, drei oder vier insgesamt. Auf seiner Einkaufsliste standen Zigaretten und ein kleiner Imbiss, vielleicht noch was zum Frühstück morgen Früh. Auf der Straße herrschte reges Treiben: eine Gruppe Teenager, die verzweifelt ein Taxi suchten, Leute auf dem Heimweg, die eine Packung mit etwas

Essbarem an sich pressten. Und am Boden: schmierige Verpackungen, Fleisch- und Tomatenreste, zertretene Pommes frites. Ein Krankenwagen raste mit zuckendem Blaulicht ohne Sirene vorbei, eine fast gespenstische Erscheinung in dem allgemeinen Lärm. Überschnappende Stimmen Betrunkener. Und auch festlich gekleidete Menschen, die gerade aus dem Festival Theatre oder aus der Queen's Hall kamen.

Gruppen junger Leute, die in Hauseingängen oder an Straßenecken herumlungerten. Sie sprachen leise und beobachteten das Treiben ringsum. Rebus kam die Situation nicht ganz geheuer vor. Überall witterte er kriminelle Absichten. Oder waren die Zecher, die sich auf der Straße herumtrieben, schon immer so merkwürdig gewesen? Nein, fand er nicht. Die Stadt veränderte sich zu ihrem Nachteil, und über diesen Umstand vermochten auch alle noch so eleganten Glas-Beton-Paläste nicht hinwegzutäuschen. Die alte Stadt starb langsam dahin... tief verletzt durch diese anonyme Gleichgültigkeit, diesen mangelnden Respekt vor Straßen und Plätzen, Nachbarn, ja sogar vor sich selbst.

Auf den Gesichtern der Älteren, die ihr Theaterprogramm zusammengerollt in der Hand hielten, war deutlich Angst zu erkennen. Aber in diese Angst mischte sich noch etwas anderes: ein Gefühl der Trauer und der Ohnmacht. Sie konnten nicht mehr darauf hoffen, an diesen Verhältnissen etwas zu ändern, sie konnten nur noch hoffen, mit heiler Haut davonzukommen. Und zu Hause würden sie dann ihre Tür verrammeln, die Vorhänge oder die Fensterläden schließen und sich auf das Sofa sinken lassen. Und dann würden sie vielleicht noch einen Tee trinken, ein paar Plätzchen essen und die Wand anstarren und von der Vergangenheit träumen.

Vor dem Laden, den Rebus auserkoren hatte, herrschte dichtes Gedränge. Auf dem Gehsteig standen Autos, und aus dem Eingang dröhnte laute Musik. Zwei Hunde versuchten zu kopulieren und wurden dabei von ihren jugendlichen Besitzern angefeuert, während die Mädchen kreischten und den Blick abwandten. Rebus trat in den Eingang und schloss – von dem gleißenden Licht geblendet – kurz die Augen. Er schnappte sich ein paar Würstchen und vier Brötchen. Dann ging er zur Kasse, um noch Zigaretten zu kaufen. Eine weiße Plastiktüte, um die Sachen nach Hause zu bringen. Nach Hause ging es nach rechts, doch er bog nach links ab.

Er musste unbedingt pinkeln, das war alles, und das Royal Oak war ganz in der Nähe. Außerdem konnte er dort auf die Toilette gehen, ohne den Gastraum zu betreten, er hatte also gar nicht die Absicht, etwas zu trinken. Man trat zunächst in einen kleinen Vorraum, ein Stück weiter geradeaus gab es eine Tür, die in die Bar führte. Doch wenn man die Treppe hinunterging, gelangte man direkt zur Toilette. Zur Toilette und zu einer zweiten, ruhigeren Bar. Die Bar im Erdgeschoss war berühmt. Sie hatte lange geöffnet und bot fast täglich Live-Musik. Den Anfang machten meistens irgendwelche Einheimischen mit ein paar alten Liedern, doch danach trat dann vielleicht ein spanischer Flamenco-Gitarrist auf und anschließend vielleicht ein Bursche mit asiatischem Gesicht und schottischem Akzent, der Blues spielte.

Wusste man nie genau.

Auf dem Weg zur Treppe warf Rebus einen Blick durch das Fenster. Die Kneipe war sehr klein und an diesem Abend gesteckt voll mit glänzenden Gesichtern: ältere Folk-Liebhaber und harte Trinker, Neugierige und Musik-Süchtige. Jemand sang ohne Begleitung. Rebus sah Geigen und ein Akkordeon, die die Musiker beiseite gestellt hatten, während sie sich auf die volle Baritonstimme konzentrierten. Der Sänger stand in der Ecke. Rebus konnte ihn zwar nicht sehen, aber sämtliche Augenpaare blickten dorthin. Der Text stammte von Burns:

Was Macht und Täuschung nicht vermocht
In vielen kriegerischen Jahren
Wird jetzt vollbracht durch böse Buben
Die gekauft durch schnöden Mammon waren.

Rebus war schon auf der Treppe, als er stehen blieb. Er erkannte eines der Gesichter. Er stieg wieder ein paar Stufen hoch und presste sein Gesicht an das Fenster. Ja, direkt neben dem Klavier saß Caffertys Knastbruder. Wie hieß er gleich noch einmal? Ach ja, Rab. Der Mann war schweißgebadet, sein Haar glänzte. Auf dem Gesicht ein abweisender Ausdruck, die Augen undurchdringlich. In der Hand ein Glas Wodka-Orange.

Und dann machte der Sänger einen Schritt nach vorne, und Rebus konnte erkennen, wer es war.

Cafferty.

> Doch nicht das englische Schwert hat uns bezwungen,
> Geschützt durch unseren Heldenmut,
> Dem englischen Gold erst ist dies Werk gelungen,
> Verschachert von Schurken unser höchstes Gut.

Als er die letzte Strophe anstimmte, blickte Cafferty zu dem Fenster hinüber. Er lächelte grimmig, als Rebus die Tür aufstieß, und sang gerade die letzte Zeile, als Rebus sich Richtung Bar schob. Rab beäugte Rebus misstrauisch und versuchte offenbar, ihn einzuordnen. Eines der Mädchen hinter der Bar nahm Rebus' Bestellung entgegen: ein kleines Bier und einen Whisky. Die übrigen Gäste hüllten sich in respektvolles Schweigen, und eine Patriotin hatte sogar Tränen in den Augen und nippte an ihrem Brandy-Coke, während ihr etwas abgerissener Freund ihr von hinten die Schultern tätschelte.

Als das Lied zu Ende war, dröhnender Applaus, ein paar Pfiffe und begeisterte Zurufe. Cafferty neigte den Kopf, hob sein Whiskyglas und trank den übrigen Gästen zu. Dann erstarb allmählich das Klatschen, und der Akkordeonspieler fühlte sich gedrängt, seine Kunst vorzuführen. Einige Leute klopften Cafferty auf die Schulter und gratulierten ihm, als er sich jetzt Richtung Klavier durch die Menge schob. Er beugte sich zu Rab herab und flüsterte ihm etwas zu. Wie Rebus es vorausgesehen hatte, trat er danach zu ihm an die Bar.

Cafferty prostete ihm zu, leerte sein Glas und bestellte ein weiteres. »Und noch eins für meinen Freund Strohmann.«

»Ich hab schon eins«, sagte Rebus.

»Seien Sie doch nett zu mir, Strohmann. Ich feiere gerade meine Heimkehr.« Cafferty zog eine zusammengelegte Zeitung aus der Tasche und legte sie auf die Bar. Der Immobilienteil lag obenauf.

»Wollen Sie in den Immobilienmarkt einsteigen?«

»Könnte sein«, sagte Cafferty augenzwinkernd.

»Wieso das?«

»Wenn man sich die Altstadt so anschaut – eine todsichere Sache.«

Rebus wies mit dem Kopf Richtung Klavier, wo Rab seinen Stuhl verrückt hatte, um die Bar besser im Blick zu haben. »Der hat doch nicht nur getrunken. Was hat er sonst noch genommen? Koks?«

Cafferty blickte zu seinem Aufpasser hinüber. »Im Knast nimmt jeder, was er gerade braucht. Ich habe schon Zellen kennen gelernt«, sagte er und lächelte, »die waren größer als die Bude hier.«

Inzwischen standen zwei neue Gläser Malt-Whisky vor ihnen. Cafferty verlängerte sein Getränk mit etwas Wasser, während Rebus zusah. Im Grunde genommen passte Rab überhaupt nicht zu Cafferty. Klar, im Knast war einem Mann wie Cafferty natürlich jeder Schläger willkommen. Aber hier in Freiheit, auf seinem ureigenen Terrain, wo er so viele Männer bekommen konnte, wie er wollte, was verband Cafferty hier draußen mit Rab und Rab mit Cafferty? War im Knast irgendwas passiert... oder war vielleicht hier draußen was geplant? Cafferty hielt den Wasserkrug über Rebus' Glas und wartete auf eine Reaktion. Schließlich nickte Rebus und hob das Glas, als Cafferty fertig war.

»Zum Wohl«, sagte er.

»*Slainte.*« Cafferty nahm einen Schluck und ließ den Whisky genüsslich auf seine Geschmacksknospen wirken.

»Sie machen einen überraschend munteren Eindruck«, sagte Rebus zu ihm und zündete sich eine Zigarette an.

»Was nützt es schon, wenn man ein langes Gesicht macht?«

»Ach, ich könnte dem schon was abgewinnen.«

»Hm. Sie sind ein harter Mann. Manchmal frag ich mich, ob Sie nicht sogar noch härter sind als ich.«

»Möchten Sie es darauf ankommen lassen?«

Cafferty lachte. »In meinem Zustand? Und bei Ihrem grimmigen Gesicht?« Er schüttelte den Kopf. »Vielleicht ein andermal.«

Sie standen schweigend da. Als der Akkordeonspieler fertig war, klatschte Cafferty. »Er ist Franzose, wissen Sie. Versteht fast kein Wort Englisch.« Dann an den Musiker gerichtet: »*Encore! Encore, mon ami!*«

Der Akkordeonspieler machte eine leichte Verbeugung. Er saß an einem der Tische, neben sich einen Gitarristen, der gerade sein Instrument für das nächste Stück stimmte. Als er wieder anfing zu spielen, diesmal ein eher sentimentales Stück, drehte sich Cafferty wieder in Rebus' Richtung.

»Komisch, dass Sie neulich von Bryce Callan angefangen haben.«

»Wieso?«

»Weil ich gerade überlegt hatte, mich bei Barry nach dem Befinden des alten Bryce zu erkundigen.«

»Und was hat Barry gesagt?«

Cafferty blickte in sein Glas. »Er hat gar nichts gesagt. Ich bin bei ihm nicht weiter gekommen als irgendein Arsch, dem man sagt, dass man seine Grüße ausrichten wird.« Obwohl sein Gesicht die Farbe gewechselt hatte, lachte er. »Allerdings wird das dem kleinen Barry noch heimgezahlt.«

»Der kleine Barry ist inzwischen eine ziemlich große Nummer, Cafferty. Vielleicht kann er es sich nicht leisten, mit Ihnen gesehen zu werden.«

»Na ja, sei's drum. Aber seinem Onkel kann er nicht das Wasser reichen.« Er leerte sein Glas. Rebus fühlte sich verpflichtet nachzubestellen. Zwischenzeitlich leerte er sein kleines Bier und den Blend-Whisky, den er anfangs bestellt hatte. Ab jetzt wollte er sich ganz auf den Malt konzentrieren. Wieso, zum Teufel, erzählte ihm Cafferty dies ganze Zeug?

»Vielleicht hat Bryce genau das Richtige getan«, sagte Cafferty, als ihre Getränke serviert wurden. »Einfach aussteigen und die Sonne genießen.«

Rebus goss ein wenig Wasser in beide Gläser. »Denken Sie daran, es ihm nachzumachen?«

»Könnte sein. Ich bin noch nie im Ausland gewesen.«

»Noch nie?«

Cafferty schüttelte den Kopf. »Die Fähre nach Skye, das hat mir gereicht.«

»Inzwischen gibt es eine Brücke.«

Cafferty verzog das Gesicht. »Wo immer sich ein wenig Romantik erhalten hat, muss auch das noch verschwinden.«

Insgeheim teilte Rebus diese Meinung zwar, aber Cafferty war der Letzte, dem er das beichten würde. »Ist doch wesentlich bequemer so«, sagte er deshalb.

Caffertys Gesicht verzog sich immer mehr, doch nicht wegen Rebus' Spruch, nein, der Mann hatte wirklich Schmerzen. Er krümmte sich ein wenig zusammen und legte die Hand auf den Bauch. Dann stellte er seinen Drink auf die Bar und suchte in seiner Tasche nach irgendwelchen Tabletten. Er trug einen dunkelblauen Blazer und darunter ein schwarzes Polohemd. Schließlich brachte er zwei Tabletten zum Vorschein, goss Wasser in ein leeres Glas und spülte sie herunter.

»Alles in Ordnung?«, fragte Rebus und versuchte, nicht allzu besorgt zu klingen.

Cafferty atmete tief aus und tätschelte freundschaftlich Rebus' Unterarm.

»Verdauungsprobleme, nicht weiter schlimm.« Er erhob wieder das Glas. »Tja, alles verändert sich – und nicht unbedingt zum Besseren, was, Strohmann? Barry hätte ebenfalls den Weg seines Onkels einschlagen können, stattdessen ist er Geschäftsmann geworden. Und Sie ... Ich wette, die meisten Ihrer Kollegen bei der Kripo sind deutlich jünger und haben das College besucht. Wahrscheinlich erzählen die Ihnen, dass Ihre Methoden völlig veraltet sind.« Er breitete die Arme aus. »Oder täusche ich mich da etwa?«

Rebus sah zunächst Cafferty an und blickte dann zu Boden. »Nein, Sie täuschen sich nicht.«

Cafferty schien erfreut, dass sie sich wenigstens in einem einig waren. »Kann nicht mehr lange dauern, bis Sie in Pension gehen.«

»Ich hab noch ein paar Jahre vor mir.«

Cafferty hob bedauernd die Hände. »Eigentlich schade.«

Als der Mann jetzt wieder anfing zu lachen, hätte Rebus fast mit eingestimmt. Dann orderten sie eine neue Runde Whisky. Diesmal bestellte Cafferty außerdem einen Wodka Gimlet, den er Rab brachte. Als er wieder an die Bar trat, kam Rebus abermals auf den Gorilla zu sprechen.

»Wenn ich mir den Mann so anschaue, kann ich mir kaum vorstellen, dass er Ihnen viel nützt.«

»Keine Angst, der nimmt es auch in diesem Zustand noch mit jedem auf.«

»Angst hab ich auch nicht. Mir ist nur eingefallen, dass ich wohl nie mehr eine so gute Gelegenheit bekommen werde, Ihnen an den Kragen zu gehen wie jetzt.«

»Mir an den Kragen gehen? Mein Gott, in dem Zustand, in dem ich bin, brauchen Sie nur einmal richtig zu niesen, und schon liege ich tot am Boden. Jetzt lassen Sie's mal gut sein. Trinken Sie lieber noch einen.«

Rebus schüttelte den Kopf. »Ich hab noch zu arbeiten.«

»Um diese Tageszeit?« Cafferty sprach jetzt so laut, dass einige andere Gäste ihn anstarrten. Doch das war ihm ganz egal. »Wollen Sie etwa heute Nacht noch Bösewichter jagen, Strohmann?« Wieder lachte er. »Gibt nicht mehr viele von diesen alten Kneipen, was? Kennen Sie noch das Castle o' Cloves?«

Rebus schüttelte den Kopf.

»Beste Kneipe überhaupt. Ich habe dort oft getrunken. Und jetzt... na ja, aus und vorbei. Inzwischen steht dort ein Heimwerkermarkt. Gar nicht weit von eurem Revier entfernt.«

Rebus nickte. »Kenn ich.«

»Alles verändert sich«, sagte Cafferty. »Vielleicht sollten Sie auch allmählich aus dem Spiel aussteigen.« Er führte sein Glas zum Mund. »Nur so eine Idee, nichts für ungut.« Dann leerte er sein Glas.

Rebus holte tief Luft. »Hatschi!« Er tat so, als ob er nieste, und besabberte dabei Caffertys Brust. Dann betrachtete er sein Werk. Die beiden sahen sich an. Die übrigen Gäste konnten nur froh sein, dass Blicke nicht töten können. »Sie haben mich angelogen«, sagte Rebus leise und ging zur Tür. Gerade hatte der Gitarrist sein Instrument zu Ende gestimmt.

»Das wirst du nicht überleben, Strohmann«, brüllte Cafferty und wischte sich Speichelflecken vom Hemd. Die Musik hörte jetzt auf zu spielen. »Hörst du, Strohmann? Ich werde auf deinem verdammten Sarg tanzen!«

Rebus ließ die Tür hinter sich zufallen und atmete draußen die rauchfreie Luft ein. Der Lärm hatte inzwischen nachgelassen. Immer mehr Halbwüchsige gingen nach Hause. Er lehnte den Kopf gegen eine Mauer – eine kalte Kompresse für die Hitze in seinem Hirn.

Ich werde auf deinem Sarg tanzen.

Merkwürdige Worte aus dem Mund eines sterbenden Mannes. Rebus marschierte los: die Nicolson Street hinauf und dann in die Cowgate. Unweit des Leichenschauhauses blieb er stehen und rauchte eine Zigarette. Die Plastiktüte hatte er immer noch bei sich: Brötchen und Würstchen. Er konnte sich nicht vorstellen, je wieder hungrig zu sein. Sein Magen ein einziges Säurebad. Er hockte sich auf eine Mauer.

Ich werde auf deinem Sarg tanzen.

Ja, eine Gigue wahrscheinlich – ebenso ungestüm wie steifbeinig –, trotzdem eine Gigue.

Dann zurück durch die Infirmary Street. Wieder zur Royal Oak. Diesmal trat er nicht so nahe ans Fenster. Kein Instrument war zu hören: nur die Stimme eines Mannes.

> *Wie langsam ihr verstreicht, ihr schweren Stunden,*
> *Der freudlose Tag wälzt öde sich dahin,*
> *Wie funkelnd huschtest du vorbei,*
> *Als meine Liebste ich umfing...*

Wieder Cafferty; wieder ein Burns-Lied. Seine Stimme ebenso schmerzlich wie freudetrunken. Und Rab saß mit halb geschlossenen Augen neben dem Klavier und atmete schwer. Zwei Männer, gerade aus dem Knast entlassen. Der eine starb singend, der andere eine Karikatur eines freien Menschen.

Alles war so falsch, so völlig falsch.

Rebus spürte es in seinem dem Untergang geweihten Herzen.

Dritter Teil
Jenseits des Nebels

Doch manchmal glitzert Raureif im Sonnenlicht
  hoffnungsgleich,
wenn Muskeln sich verspannen,
  und der gefrierende Dunst
wispernd kundtut:
  Lass die Flasche wenigstens für diesmal ruhen.
Es gibt noch warme Mysterien jenseits
  dieses Nebels.

Angus Calder, »Love Poem«

Jerry kreuzte völlig verfroren und durchnässt auf dem Arbeitsamt auf. Der Rasierschaum war ihm ausgegangen, deshalb hatte er normale Seife verwendet. Dann hatte sich noch herausgestellt, dass seine letzte Rasierklinge völlig ruiniert war, weil Jayne sich die Beine damit rasiert hatte. Also schon am frühen Morgen der erste Streit. Er hatte sich mehrmals geschnitten, und an einer Stelle ließ sich das Blut kaum stillen. Und jetzt brannte sein Gesicht – und der verdammte Schneeregen hatte ihm den Rest gegeben. Und natürlich riss genau in dem Augenblick die Wolkendecke auf, als er das Arbeitsamt betrat, und die Sonne kam zum Vorschein.

Tja, eine grausame Stadt – dieses Edinburgh.

Er wartete eine halbe Stunde, bis sich herausstellte, dass er den Termin gar nicht auf dem Arbeitsamt, sondern beim Sozialamt hatte. Und das bedeutete eine weitere halbe Stunde Fußmarsch. Fast wäre er wieder nach Hause gegangen, doch dann überlegte er es sich noch einmal anders. Außerdem: Was erwartete ihn schon zu Hause? Wie im Knast kam er sich dort in letzter Zeit vor – und dann noch seine nörgelnde Frau, die ihm ständig Vorhaltungen machte.

Also ging er zum Sozialamt, wo man ihn wissen ließ, dass er eine Stunde zu spät dran war. Und als er der Dame dort die Sache erklären wollte, hörte sie ihm überhaupt nicht zu.

»Bitte, nehmen Sie erst mal Platz. Mal sehen, was wir für Sie tun können.«

Er hockte sich also zwischen die verschnupften Leute und saß direkt neben einem alten Knaben, der steinerweichend hustete und am Ende seinen Auswurf auf den Boden spuckte.

Jerry suchte sich einen anderen Platz. Zwar war seine Jacke unterwegs in der Sonne getrocknet, doch sein Hemd war immer noch klamm. Er saß bibbernd da. Um Gottes willen – nur keine Grippe. Er wartete eine Dreiviertelstunde. Andere Leute kamen und gingen wieder. Zweimal sprach er mit der Rezeptionistin. Sie erklärte ihm, dass man nach einer Möglichkeit suche, ihn »dazwischenzuschieben«. Die Frau hatte dünne Lippen und einen abweisenden Zug um den Mund. Also setzte er sich wieder.

Tja, was sollte er nur tun? Er stellte sich vor, in einem hübschen warmen Büro mit einer Kaffeemaschine zu arbeiten und den Anblick der jungen Mädchen in Miniröcken zu genießen. Genau wie Nic. Jesus, eine wundervolle Vorstellung. Wahrscheinlich ging Nic gerade zum Mittagessen in einen dieser schicken Läden mit blütenweißen Tischtüchern. Geschäftsessen mit teuren Getränken und dann zum Abschluss ein Handschlag, der den Deal besiegelte. Eigentlich kein Problem, so ein Job. Aber nicht jeder war mit der Cousine des Chefs verheiratet.

Noch gestern Abend hatte Nic ihn am Telefon zusammengeschissen, weil er nach der Disco einfach abgehauen war. Am Ende hatte er allerdings wieder ganz versöhnlich geklungen. Doch irgendwas war anders gewesen als früher. Ja genau, Nic hatte Angst vor ihm. Und dann fiel ihm plötzlich der Grund ein. Weil er – Jerry – nämlich zu den Bullen gehen und Nic verpfeifen konnte. Nic *musste* ihn bei Laune halten, deshalb hatte er den Vorfall auch heruntergespielt, ein paar Witze gemacht und zum Schluss gesagt: »Klar, ich verzeih dir noch mal. Kennen uns schon so lange. Weißt du noch: Wir zwei gegen den Rest der Welt.«

Allerdings hatte Jerry im Augenblick das Gefühl, ganz allein gegen die Welt zu kämpfen – in diesem vermieften Loch, wo niemand sich um ihn kümmerte. Er dachte: *Wir zwei gegen den Rest der Welt.* Hat doch ohnehin nie gestimmt. Sie waren doch nie gleichwertige Freunde gewesen. *Ja, was bedeuteten sie sich denn überhaupt?* Möglich, dass er die Antwort auf diese Frage inzwischen kannte. In erster Linie ging es darum, die Zeit totzuschlagen. Und wenn sie zusammen waren, benahmen sie sich noch immer genauso kindisch wie vor zwanzig Jahren. Und die Sachen, die sie anstellten…, alles nur ein Spiel, wenn auch mit tödlichem Ernst.

Einer der Wartenden ließ eine Zeitung liegen, als er in das Büro des Sachbearbeiters gebeten wurde. Jesus, und der Mensch war zwanzig Minuten nach Jerry gekommen. Trotzdem wurde er früher abgefertigt. Jerry rutschte einen Stuhl weiter, schnappte sich die Zeitung, sah sie jedoch gar nicht an. Schon der Gedanke an all die Gemeinheiten in dem Blatt machte ihn ganz konfus: Vergewaltigungen, Überfälle – ob Nic was damit zu tun hatte? Wusste er denn, was Nic hinter seinem Rücken so alles trieb? An den Abenden, wenn sie sich nicht trafen? Und dann diese anderen Geschichten: glückliche junge Ehepaare, stürmische Beziehungen, Sexprobleme, Kinder berühmter Mütter. Alle diese Sachen führten ihm sein eigenes Elend nur umso deutlicher vor Augen.

Jayne: *Die Uhr tickt unaufhaltsam.*

Nic: *Zeit, dass du endlich erwachsen wirst.*

Der Minutenzeiger der Uhr an der Wand sprang eine Markierung weiter. Ja, ständig auf die Uhr schauen, das war es doch, was man im Büro machte, wenn einen nicht gerade ein Minirock ablenkte. Wusste er denn, ob Nic es in seinem Job wirklich so gut hatte? Schon acht Jahre arbeitete er jetzt in Barry Huttons Unternehmen, aber aufgestiegen war er auch nicht.

Einmal hatte er sich bei Jerry beklagt: »Kann auch ein Nachteil sein, wenn man mit dem Boss verwandt ist. Dieser Barry gibt mir keine bessere Position, weil die anderen dann sagen, dass er das nur tut, weil ich zur Familie gehöre. Verstehst du?«

Und als Cat ihn dann verlassen hatte: »Dieser Scheiß-Hutton würde mich lieber heute als morgen rausschmeißen. Seit Cat weg ist, bin ich ihm nur noch im Weg. Siehst du, Jerry: Das hat man nun davon. Wahrscheinlich verlier ich wegen dieser Kuh sogar noch meinen Job. Ja, wegen ihr und ihrem verdammten Cousin.«

Ja, getobt und gewütet hatte er.

Und so etwas musste er sich von einem Typen anhören, der ein Haus für 200 000 Pfund besaß und einen Job und ein Auto hatte. Ja, wer von ihnen beiden musste eigentlich noch erwachsen werden? Immer öfter ging ihm diese Frage durch den Kopf.

»Weißt du was, Jer, der Kerl schmeißt mich raus, sobald er eine Gelegenheit dazu findet.«

»Jayne will mich auch rausschmeißen, hat sie gesagt.«

Doch das hatte Nic natürlich nicht interessiert. Sein einziger Kommentar: »Sind doch alle gleich, die Weiber.«

Sind doch alle gleich, die Weiber.

Wieder ein Gang zu der Dame an der Rezeption. Wer bin ich denn?, dachte er. Irgendein Arschloch oder was? Bin ich etwa nicht verheiratet? Lebe ich vielleicht nicht in geordneten Verhältnissen? Ein bisschen mehr Respekt könnte schon sein.

Wenigstens einen gewissen Respekt hatte er verdient – und vielleicht noch etwas mehr?

Die Frau hinter dem Schreibtisch hatte sich gerade einen Kaffee geholt. Jerrys Kehle war wie ausgedörrt. Er stand bibbernd vor ihr.

»Also, passen Sie mal auf«, sagte er. »Wollen Sie mich hier verarschen oder was?«

Sie trug eine schwarz umrandete Brille. Oben an der Tasse klebten Spuren ihres Lippenstifts. Ihr Haar war gefärbt, und übergewichtig war sie auch. Eine Frau mittleren Alters, die langsam aus dem Leim ging. Allerdings befand sie sich ihm gegenüber im Augenblick in einer Machtposition, und das ließ sie ihn deutlich spüren. Sie lächelte ihn kühl an und klimperte ein paarmal mit den Augen, so dass er ihren blauen Lidschatten sehen konnte.

»Mr. Lister, würden Sie sich bitte wieder beruhigen…«

An ihrem faltigen Hals hing eine Kette. Und Riesenbrüste

hatte sie. Mein Gott, solche Brüste hatte er ja noch nie gesehen.«

»Mr. Lister.« Sie versuchte seine Aufmerksamkeit wieder auf ihr Gesicht zu lenken. Aber er starrte nur wie gebannt auf ihre Brust, stützte sich mit den Händen auf die Kante ihres Schreibtischs. Er sah sie auf der Ladefläche des Bedford vor sich, sah, wie er ihr einen kräftigen Schlag auf ihren Lippenstift-Mund verpasste, sah, wie er an ihrer Bluse zog, bis die Kette davonflog.

»Mr. Lister!«

Sie hatte sich von ihrem Stuhl erhoben, da er sich immer weiter über den Schreibtisch lehnte. Einige ihrer Kollegen waren inzwischen aufmerksam geworden.

»Jesus«, sagte er. Mehr fiel ihm nicht ein. Er bebte am ganzen Körper. Er bemühte sich, wieder klar zu denken, die Bilder aus seinem Kopf zu verscheuchen. Eine Sekunde blickte er ihr in die Augen und wusste sofort, dass sie genau sehen konnte, was er gedacht hatte – jedes einzelne Detail.

»Oh, Jesus.«

Zwei große Männer kamen bedrohlich näher. Oh Gott, das fehlte ihm gerade noch – dass die Bullen ihn festnahmen. Er stürzte zwischen den anderen Leuten hindurch ins Freie, wo die Straßen in der Sonne trockneten und eine geradezu gespenstische Normalität herrschte.

»Was ist nur mit mir los?«, sagte er. Plötzlich bemerkte er, dass er weinte, dass er gar nicht wieder aufhören konnte. Tränenüberströmt stolperte er die Straße entlang und suchte immer wieder Halt an Hauswänden. Immer weiter rannte er, bis er schweißgebadet war. Fast drei Stunden irrte er umher.

Und hatte dabei fast die ganze Stadt durchquert.

Ein grauer Morgen. Rebus wartete das Ende des Berufsverkehrs ab, bevor er sich auf den Weg machte.

Das Glasgower Barlinnie-Gefängnis lag gleich an der M8. Wenn man wusste, wonach man suchte, konnte man es sogar von der Autobahn Edinburgh-Glasgow aus sehen. Es lag am Rand der Siedlung Riddrie. Das erste Schild tauchte allerdings erst auf, wenn man schon fast da war. Während der Besuchszeiten brauchte man bloß den anderen Autos und Fußgängern zu folgen. Tätowierte Männer älteren Datums, noch drahtig zwar, aber schon mit eingefallenen Wangen, die alte Kumpels im Knast besuchten. Gestresste Mütter mit Kindern im Schlepptau. Verschämte Verwandte, die immer noch nicht recht begriffen, wie es so weit hatte kommen können.

Sie alle hatten nur ein Ziel: die Königliche Haftanstalt Barlinnie.

Die viktorianischen Gebäude lagen hinter hohen Steinmauern verborgen, doch der Empfangsbereich selbst war hochmodern. Es gab eigens einen Beamten, der die Besucher auf Drogen überprüfte und ihnen den magischen Handschuh überstreifte. Falls ein Besucher in letzter Zeit mit Rauschgift zu tun gehabt hatte, erschien eine Anzeige auf dem Display. Ein positiver Befund bedeutete, dass der Besucher mit dem Gefangenen nur durch eine Glasscheibe getrennt sprechen durfte. Auch die Taschen wurden durchsucht und dann in Schließfächer gesperrt. Beim Hinausgehen konnte man sie dann wieder abholen. Rebus hatte schon gehört, dass der Besucherbereich gerade neu gestaltet worden war – mit nagelneuen Sitzgruppen und sogar einer Spielecke für die Kinder.

Doch im Inneren des Knasts war alles beim Alten geblieben. Die Gefangenen mussten ihre Notdurft auch weiterhin auf Töpfen verrichten und entsprechend schlecht war die Luft auf den Gängen. Außerdem hatte man zwei neue Trakte angebaut, die ausschließlich Sexualstraftätern und Drogensüchtigen vorbehalten waren. Was wiederum die übrigen Knastis fuchste, die diesen Abschaum am liebsten gleich einen Kopf kürzer gemacht hätten und über die Sonderbehandlung empört waren.

Ebenfalls neu waren die Glaskabinen für Gespräche zwischen Anwälten und Mandanten. Die beiden Parteien konnten dort ungestört miteinander reden. Bill Nairn, der Zweite Direktor, war mächtig stolz auf diese Verbesserungen, als er Rebus herumführte. Zum Schluss komplimentierte er ihn sogar in eine der Glaskabinen, und die beiden Männer nahmen wie Anwalt und Mandant einander gegenüber Platz.

»Gar nicht mehr mit früher zu vergleichen, was?«, strahlte Nairn.

Rebus nickte. »Schon in schlechteren Hotels genächtigt.« Die beiden Männer kannten sich seit langem: Nairn war früher bei der Staatsanwaltschaft in Edinburgh gewesen, danach hatte er im dortigen Saughton-Gefängnis gearbeitet und war schließlich zum Vize in Barlinnie aufgestiegen.

»Cafferty weiß gar nicht, was ihm da entgeht«, sagte Rebus.

Nairn rutschte nervös auf seinem Stuhl hin und her. »Pass mal auf, John, ich weiß, es tut weh, wenn wir so jemanden entlassen…«

»Mir geht es weniger darum, *dass* er wieder draußen ist, sondern *warum*.«

»Der Mann hat doch Krebs.«

»Und der Guinness-Boss hatte Alzheimer.«

Nairn schaute ihn an. »Was willst du damit sagen?«

»Damit will ich sagen, dass Cafferty einen ziemlich munteren Eindruck macht.«

Nairn schüttelte den Kopf. »Er ist wirklich krank, John. Das wissen wir doch beide.«

»Zu mir hat er jedenfalls gesagt, dass ihr ihn unbedingt loswerden wolltet.« Nairn sah ihn verständnislos an. »Weil er nämlich hier bei euch das Sagen hatte.«

Nairn lächelte. »John, du hast doch den Laden hier selbst gesehen. Sämtliche Türen sind verschlossen. Keiner kommt von außen in die Zellen rein. Wie sollte da jemand in allen fünf Trakten das Kommando übernehmen?«

»Aber die Gefangenen kommen doch öfter zusammen. In den Werkstätten, in der Kapelle… Sogar im Hof hab ich ein paar gesehen.«

»Das waren Gefangene mit Hafterleichterung, die außerdem

beaufsichtigt werden. Solche Freiheiten hat Cafferty hier nie genossen.«

»Also war er nicht der große Boss?«

»Nein.«

»Wer dann?« Nairn schüttelte den Kopf. »Erzähl mir doch nichts, Bill. Ihr habt hier in eurem Knast Drogen, Geldverleiher, Gangs, die sich bekriegen. Ihr verarbeitet in euren Werkstätten alte Drähte, um die wertvollsten Bestandteile wiederzuverwerten. Versuch mir doch bitte nicht weiszumachen, dass davon nicht immer wieder mal was wegkommt und als Stichwaffe verwendet wird.«

»Einzelfälle, John. Ich leugne das alles ja gar nicht: Unser Hauptproblem hier sind Drogen. Aber nicht im großen Maßstab. Aber damit hatte Cafferty nichts zu tun.«

»Wer dann?«

»Ich sage dir doch. So ist das hier nicht organisiert.«

Rebus lehnte sich auf seinem Stuhl zurück und sah sich in dem Raum um: überall frische Farbe und neue Teppichböden. »Weißt du was, Bill? Natürlich könnt ihr eure Bude ein bisschen aufdonnern, aber das ändert nichts an den wirklichen Strukturen.«

»Immerhin ein Anfang«, sagte Nairn unbeirrt.

Rebus kratzte sich an der Nase. »Könnte ich vielleicht mal Caffertys medizinischen Bericht sehen?«

»Nein.«

»Könntest *du* denn mal für mich nachsehen? Nur zu meiner Beruhigung.«

»Röntgenaufnahmen lügen nicht, John. Die Kliniken hier in der Gegend sind führend in der Krebsdiagnose und -therapie. Ist eine der Wachstumsindustrien an der Westküste.«

Rebus lächelte, wie Nairn es von ihm erwartete. In der Kabine nebenan tauchte jetzt ein Anwalt auf. Ein paar Minuten später kam der Häftling. Ein junger, verwirrter Mensch. Untersuchungshaft vermutlich. Wahrscheinlich würde er in wenigen Stunden vor seinem Richter stehen. Zwar noch nicht schuldig gesprochen, aber schon mit den Niederungen des Daseins vertraut.

»Wie war er denn eigentlich so?«, fragte Rebus.

Nairns Piepser meldete sich. Er versuchte das Gerät auszuschalten. »Wer, Cafferty?« Er machte sich an seinem Gürtel zu schaffen, wo das Gerät befestigt war. »Eigentlich gar nicht so schlimm. Du weißt doch, wie das bei diesen Berufsverbrechern ist: Für die gehört 'ne Runde Knast einfach zu ihrem Job. Ein vorübergehender Standortwechsel.«

»Und – glaubst du, dass er sich irgendwie verändert hat?«

Nairn zuckte mit den Schultern. »Wird schließlich auch nicht jünger, der Mann.« Er hielt inne. »Außerdem haben sich vermutlich in Edinburgh während seiner Abwesenheit die Machtverhältnisse verschoben.«

»Nicht, dass ich wüsste.«

»Dann macht er also genauso weiter wie früher?«

»An die Costa del Sol hat er sich jedenfalls noch nicht abgesetzt.«

Nairn lächelte. »Du meinst, wie Bryce Callan. Tja, ist uns leider nie gelungen, den Kerl einzusperren.«

»Aber mangelnden guten Willen haben wir uns wahrlich nicht vorzuwerfen.«

»John…« Nairn betrachtete seine Hände, die auf der Tischplatte lagen. »Du hast Cafferty doch sogar manchmal besucht.«

»Ja und?«

»Also läuft zwischen euch mehr als die übliche Bulle-Schurke-Geschichte.«

»Wie meinst du das, Bill?«

»Ich meine nur…« Er seufzte. »Ich weiß nicht genau, was ich meine.«

»Du meinst, dass ich an Cafferty irgendwie zu nahe dran bin? Geradezu von ihm besessen…, nicht mehr objektiv?« Rebus fiel wieder Siobhans Ausspruch ein: Man muss nicht besessen sein, um ein guter Polizist zu sein. Nairn suchte nach den richtigen Worten. »Ich bin ganz deiner Meinung«, fuhr Rebus fort.

»Manchmal fühle ich mich diesem Schwein näher als …« Er verschluckte das Ende des Satzes: *als meiner eigenen Familie*. »Deshalb wäre ich ja auch wesentlich ruhiger, wenn er hier eingelocht wäre.«

»Aus den Augen, aus dem Sinn.«

Rebus neigte sich mit dem Oberkörper nach vorne und blickte um sich. »Ganz unter uns.« Nairn nickte. »Ich habe Angst, dass sich irgendwas Schlimmes zusammenbraut, Bill.«

Nairn sah ihn fragend an. »Du meinst, dass er was gegen dich ausheckt?«

»Ja. Wenn es stimmt, was du sagst, dann hat der Mann doch nichts zu verlieren?«

Nairn dachte nach. »Und du selbst?«

»Ich?«

»Sagen wir mal, er stirbt eines natürlichen Todes. Könnte es nicht sein, dass du dich dann regelrecht betrogen fühlst? Weil *du* ihm dann nicht mehr an den Kragen kannst. Weil es dir nicht gelungen ist, ihn zu besiegen?

Ihn zu besiegen?

»Bill«, wies Rebus ihn zurecht, »traust du mir so etwas zu?«

Die beiden Männer lächelten. Nebenan sprach der Häftling immer lauter.

»Aber ich hab doch nichts gemacht.«

»Nicht sehr überzeugend«, sagte Nairn.

»Ich dachte, diese Kabinen sind schalldicht?«, sagte Rebus. Nairns Achselzucken sagte ihm, dass man sich wenigstens redlich Mühe gegeben hatte. Dann fiel Rebus plötzlich etwas ein. »Kannst du dich zufällig an einen gewissen Rab erinnern? Muss ungefähr zur gleichen Zeit entlassen worden sein wie Cafferty.«

Nairn nickte. »Rab Hill.«

»Hat dieser Rab hier im Knast für Cafferty den Leibwächter gespielt?«

»So weit würde ich nicht gehen. Sie waren nur fünf, sechs Monate im selben Block.«

Rebus legte die Stirn in Falten. »Aber nach Caffertys Auskunft waren sie hier die besten Kumpels.«

Nairn hob beide Hände. »Im Knast findet man die merkwürdigsten Allianzen.«

»Ich glaub nicht, dass dieser Rab draußen besonders gut klarkommt.«

»Wirklich nicht? Du wirst verstehen, dass mich das nicht sonderlich berührt.«

Wieder die Stimme aus der Nachbarkabine: »Wie oft soll ich das denn *noch* sagen?«

Rebus stand auf. *Merkwürdige Allianzen*, dachte er. Cafferty und Rab Hill. »Und wie ist Caffertys Krebs ans Licht gekommen?«

»Wie meinst du das?«

»Ich meine, wie ist es zu der Diagnose gekommen?«

»Das Übliche. Er fühlte sich schlecht. Deshalb haben sie ihn untersucht, und dabei hat es sich herausgestellt.«

»Bitte, tu mir einen Gefallen, Bill. Schau dir wenigstens noch einmal Rabs Akte an, seine Krankenberichte und was es sonst so alles gibt. Tust du das für mich?«

»Weißt du was, John? Ich habe nur wenige Häftlinge hier, die so anstrengend sind wie du.«

»Dann solltest du beten, dass ich nie von einem Geschworenengericht für schuldig befunden werde.«

Bill Nairn wollte schon anfangen zu lachen, bis er den Blick in Rebus' Augen sah.

Als er wieder auf dem Gelände des Seismischen Verwahrinstituts eintraf, hatten Ellen Wylie und Siobhan Clarke bereits den gesamten Verschlag ausgeräumt. Auf dem von Reagan in seinem Wohnwagen frei geräumten Schreibtisch lagen acht Stapel mit Papieren. Die beiden Frauen wärmten sich gerade an dem Heizstrahler und hatten je einen Becher Tee in der Hand.

»Und was jetzt, Sir?«, fragte Wylie.

»St. Leonard's«, sagte Rebus. »Das Besprechungszimmer, das

Sie als Büro benutzen, da können wir das Zeug erst mal verstauen.«

»Damit sonst niemand die Papiere zu sehen bekommt?«, mutmaßte Siobhan.

Rebus sah sie an. Sie hatte von der Kälte einen rosa Teint, und ihre Nase glänzte. Sie trug niedrige Stiefel und dicke Socken, die sie über ihre schwarze Wollstrumpfhose gezogen hatte. Ihr hellgrauer Schal unterstrich noch die Rötung ihrer Wangen.

»Sind Sie beide mit dem eigenen Wagen hier?«, fragte Rebus. Die Frauen bejahten die Frage. »Dann laden Sie das Zeug am besten gleich ein. Wir sehen uns auf dem Revier.«

Er überließ die beiden Frauen ihrem Schicksal und fuhr zurück in die St. Leonard's Street. Als er draußen auf dem Parkplatz noch eine Zigarette rauchte, fuhr der Hauptkommissar in seinem Peugeot 406 vor.

»Könnte ich mal kurz mit Ihnen sprechen, Sir?«, fragte Rebus ohne jede förmliche Begrüßung.

»Hier draußen oder lieber im Warmen?« Farmer Watson griff sich seine Aktentasche und sah auf die Uhr. »Ich hab um zwölf einen Termin.«

»Dauert nur eine Minute.«

»Also gut. Dann sehen wir uns in meinem Büro, sobald Sie hier fertig sind.«

Der Farmer ging ins Haus und schloss die Tür hinter sich. Rebus zog noch einmal an der Zigarette, trat sie dann aus und ging hinterher.

Watson war gerade mit der Kaffeemaschine beschäftigt, als Rebus an die offene Tür klopfte. Er sah kurz auf und nickte Rebus zu. »Sie sehen heute ziemlich mitgenommen aus, Inspektor.«

»Zu lange gearbeitet.«

»Und woran?«

»An der Grieve-Geschichte.«

Der Farmer sah ihn an. »Ist das wahr?«

»Ja, Sir.«

»So weit mir zu Ohren gekommen ist, beschäftigen Sie sich im Augenblick vor allem mit anderen Dingen.«

»Ich glaube, die Fälle sind miteinander verknüpft.«

Die Maschine setzte sich keuchend in Gang, und der Farmer begab sich hinter seinen Schreibtisch. Er setzte sich und bot Rebus einen Stuhl an, doch der blieb einfach stehen.

»Irgendwelche Fortschritte zu vermelden?«

»Ja, wir kommen langsam weiter.«

»Und Inspektor Linford?«

»Der verfolgt seine eigenen Spuren.«

»Stehen Sie in Kontakt mit ihm?«

»Natürlich, Sir.«

»Aber Siobhan geht ihm aus dem Weg?«

»Nein, er geht *ihr* aus dem Weg.«

Der Hauptkommissar wirkte genervt. »Ich bekomme permanent Druck von oben.«

»Aus der Fettes Avenue.«

»Sogar von noch weiter oben. Heute Morgen hat mich ein Mensch aus dem Schottland-Ministerium angerufen und Ergebnisse von mir verlangt.«

»Schwierig, einen Wahlkampf zu führen«, vermutete Rebus, »wenn das Parlament noch vor seiner Konstituierung einen solchen Mordfall zu verkraften hat.«

Der Farmer sah ihn kalt an. »Genau das Gleiche hat dieser Mensch auch gesagt.« Er blickte Rebus aus zusammengekniffenen Augen an. »Und was haben Sie auf dem Herzen?«

Rebus setzte sich und stützte seine Ellbogen auf die Knie. »Es geht um Cafferty, Sir.«

»Cafferty?« Watson hatte alles Mögliche erwartet, nur das nicht. »Was ist mit ihm?«

»Aus dem Gefängnis entlassen, er ist wieder hier.«

»Hab ich schon gehört.«

»Ich möchte, dass wir ihn beschatten.« Die beiden Männer schwiegen, während Rebus auf die Antwort seines Chefs wartete. »Ist besser, wenn wir wissen, was er vorhat.«

»Ist Ihnen doch klar, dass wir das nicht so ohne weiteres machen können.«

»Reicht seine Reputation als Begründung nicht aus?«

»Wäre ein gefundenes Fressen für die Rechtsverdreher und die Medien. Außerdem wissen Sie ja, dass unsere Kapazitäten erschöpft sind.«

»Wenn wir Cafferty gewähren lassen, werden unsere Kapazitäten bald noch viel erschöpfter sein.«

»Womit gewähren lassen?«

»Ich habe gestern Abend zufällig mit ihm gesprochen.« Er sah den skeptischen Ausdruck auf dem Gesicht seines Chefs. »Wirklich total zufällig. Dabei ist mir aufgefallen, dass er sich für den Immobilienteil des *Scotsman* interessiert hat.«

»Na und?«

»Können Sie sich doch denken, was der vorhat.«

»Geschäfte machen.«

»Ja, genau das hat er auch gesagt.«

»Ja und?«

»Aber er hat es anders ausgedrückt. Er hat von einer *todsicheren Sache*… gesprochen.«

»Also, jetzt hören Sie mal«, der Farmer rieb sich die Schläfen, »bringen wir erst mal das Nächstliegende zu Ende. Klären Sie zuerst den Grieve-Fall auf, und dann können wir uns mit Cafferty beschäftigen. In Ordnung?«

Rebus nickte gedankenverloren. Die Tür stand immer noch offen. Plötzlich klopfte es, und ein Uniformierter kam herein. »Besuch für Inspektor Rebus.«

»Und – wer ist es?«

»Hat die Dame nicht gesagt, Sir. Sie hat nur gesagt, sie kommt aus Roslin. Sie wüssten dann schon Bescheid.«

Ja, Rebus wusste Bescheid.

30

Lorna Grieve ging vorne am Empfang auf und ab. Er schloss das Besprechungszimmer auf. Dann fiel ihm wieder ein, dass dort ja Freddy Hastings' Sachen eingelagert waren. Also sagte er, er hätte es sich anders überlegt, und führte sie in das Maltings auf der anderen Straßenseite.

»Müssen Sie unbedingt was trinken, bevor Sie mit mir sprechen?«, witzelte sie. Sie war wie ein junges Mädchen gekleidet: enge rote Lederhose, die in kniehohen schwarzen Stiefeln steckte. Dazu eine tief ausgeschnittene schwarze Seidenbluse und eine schwarze Wildlederjacke, die vorne offen stand. Außerdem war sie stark geschminkt und kam anscheinend direkt vom Friseur. Nach ihren Einkaufstüten zu urteilen, hatte sie auch schon einen Bummel durch mehrere Nobelboutiquen hinter sich.

Rebus bestellte für sich selbst einen frisch gepressten Orangensaft. Offenbar meinte sie, dass er wegen ihres kleinen Scherzes auf Alkohol verzichtete. Was sie jedoch nicht daran hinderte, für sich selbst eine Bloody Mary zu ordern.

»Mary, Königin der Schotten. Nach dieser Dame ist das Zeug doch benannt oder?«, sagte sie. »Ziemlich blutige Veranstaltung, so eine Enthauptung.«

»Keine Ahnung.«

»Wollen Sie damit sagen, Sie haben noch nie eine Bloody Mary getrunken? Exzellentes Katerfrühstück.« Sie wartete auf eine witzige Reaktion, doch ihm fiel nichts ein. Der Tisch, an dem sie saßen, hatte als Oberfläche ein Muster aus zahllosen kleinen Quadraten. »Interessantes Muster«, sagte sie.

»Falls jemand Schach spielen möchte«, erklärte Rebus.

»Schreckliches Spiel. Dauert ewig, und am Schluss bricht alles zusammen. Ja, so ist das nun mal im Leben.« Wieder wartete sie auf eine Reaktion. Aber Rebus biss nicht an.

»Prost«, sagte er.

»Mein erster Drink heute.« Sie trank einen Schluck. Rebus zweifelte an der Aufrichtigkeit ihrer Worte: Mit diesen Sachen kannte er sich aus, und nach seiner Einschätzung hatte sie mindestens schon ein paar Gläser intus.

»Und was kann ich für Sie tun?« Ein alltägliches Geschäft: ein wechselseitiges Geben und Nehmen. Manchmal kam dabei für beide Beteiligten etwas heraus, manchmal nicht.

»Ich wüsste gerne, was Sie bislang erreicht haben.«

»Erreicht haben?«

»Wie weit Sie mit den Ermittlungen inzwischen gekommen sind? Wir erfahren ja nichts.«

»Kann man, glaube ich, so nicht sagen.«

Sie zündete sich eine Zigarette an, bot ihm aber keine an. »Also, sind Sie inzwischen weitergekommen?«

»Das erfahren Sie sofort, wenn wir selbst Näheres wissen.«

Sie richtete sich auf ihrem Stuhl auf. »Das genügt mir nicht.«

»Tut mir Leid.«

Ihre Augen verengten sich. »Ach, hören Sie schon auf. Die Familie hat ein Recht…«

»Im Allgemeinen wenden wir uns zuerst an die Witwe.«

»Seona? Da müssen Sie sich aber ganz weit hinten anstellen. Meine Schwägerin ist nämlich jetzt ein Medienstar, falls Sie es noch nicht wissen. Die Presse, das Fernsehen, alle reißen sich um die ›tapfere Witwe‹, die so selbstlos das Werk ihres Mannes fortführt.« Sie versuchte Seona Grieves Stimme zu imitieren: »›Roddy hätte das von mir erwartet.‹ So ein Schwachsinn.«

»Wie meinen Sie das?«

»Kann sein, dass Roddy nach außen hin eher zurückhaltend erschienen ist, aber der Mann hatte Mumm. Ich kann mir nicht vorstellen, dass er gewünscht hätte, dass seine Frau für das Parlament kandidiert. Jetzt steht *sie* plötzlich als Märtyrerin da, und er gerät völlig in den Hintergrund. Über den armen Mann spricht ja schon niemand mehr, wenn sie nicht gerade aus PR-Gründen seinen Namen missbraucht.«

Die beiden waren alleine in dem Lokal, trotzdem warf die Bedienung ihnen einen warnenden Blick zu.

»Etwas leiser«, sagte Rebus.

In Lornas Augen standen Tränen. Tränen des Selbstmitleids. »Ich habe ein Recht darauf, über den Stand der Ermittlungen informiert zu werden.« Ihre Augen erschienen wieder etwas klarer, als sie ihn jetzt ansah. »Sonderrechte«, sagte sie leise.

»Also, hören Sie mir mal zu«, sagte er, »was in dieser Nacht passiert ist…«

»Schluss damit.« Sie schüttelte den Kopf und leerte ihr Glas, um etwas Zeit zu gewinnen.

»Ich weiß, Sie machen gerade eine schwere Zeit durch. Und wenn ich kann, helfe ich Ihnen gerne, aber erpressen…«

Sie war aufgesprungen. »Ich frage mich, wieso ich eigentlich gekommen bin.«

Er stand ebenfalls auf und nahm ihre Hände. »Was haben Sie genommen, Lorna?«

»Nur ein paar… Hat mir der Arzt verschrieben. Vertragen sich halt nicht mit Alkohol.« Sie vermied es, ihn anzusehen. »Das ist alles.«

»Ich lass Sie von einem Streifenwagen…«

»Nein, nein. Ich nehm ein Taxi. Keine Sorge.« Sie versuchte zu lächeln. »Keine Sorge«, sagte sie dann wieder.

Er hob die Taschen für sie auf. Offenbar hatte sie ihre Einkaufstüten völlig vergessen. »Lorna«, sagte er dann. »Sind Sie je einem Mann namens Gerald Sithing begegnet?«

»Weiß ich nicht. Wer ist das?«

»Ich glaube, dass Hugh ihn kennt. Er leitet so eine merkwürdige Gruppe. Diese Leute bezeichnen sich als Ritter von Rosslyn.«

»Über diese Dinge spricht Hugh nicht mit mir. Er weiß, dass ich ihn sonst auslachen würde.« Sie schwankte zwischen Lachen und Weinen. Rebus führte sie von dem Tisch weg.

»Wieso fragen Sie?«

»Ist nicht so wichtig.« Gerade sah er, dass Grant Hood winkend auf der anderen Straßenseite stand. Siobhan Clarke und Ellen Wylie entluden ihre Autos. Hood bahnte sich einen Weg durch den Verkehr.

»Was ist los?«, fragte Rebus.

»Die Computer-Simulation aus Glasgow«, sagte Hood atemlos. »Wir haben jetzt einen Ausdruck.«

Rebus nickte gedankenverloren und sah dann Lorna Grieve an. »Vielleicht sollten Sie sich das mal anschauen«, sagte er.

Also gingen sie in das Revier, wo er Lorna in ein leeres Zimmer führte. Hood holte den Computerausdruck, während Rebus Tee besorgte. Lorna hatte um zwei Stücke Zucker gebeten, Rebus warf drei in ihre Tasse und sah dann zu, wie sie ihren Tee schlürfte.

»Und worum geht es?«, fragte sie.

»Ein Gesicht«, sagte er gedehnt und beobachtete sie. »Die Universität Glasgow hat es für uns nach einem Schädel rekonstruiert.«

»Queensberry House?«, sagte sie und schien über sein konsterniertes Gesicht amüsiert. »Total blöde bin ich ja nun auch nicht. Und wieso soll ich mir das Bild anschauen?« Doch dann begriff sie plötzlich. »Sie meinen, der Mensch auf dem Bild könnte Alasdair sein?« Sie zitterte jetzt am ganzen Leib. Rebus war augenblicklich klar, dass er einen schweren Fehler gemacht hatte.

»Vielleicht ist es besser, wenn wir …«

Sie stand auf und stieß die Teetasse vom Tisch, ohne es zu bemerken. »Wieso? Was hat denn Alasdair in …? Wir bekommen doch regelmäßig Postkarten von ihm.«

Rebus verfluchte sich selbst. Wie konnte er nur so unsensibel und blöde sein?

Dann stand Grant Hood plötzlich in der Tür und präsentierte stolz das Bild. Lorna schnappte es ihm aus der Hand und starrte darauf. Dann fing sie laut an zu lachen.

»Überhaupt keine Ähnlichkeit«, sagte sie. »Sie Idiot.«

Idiot: Na gut, konnte er ihr nicht verübeln. Er nahm ihr das

Blatt aus der Hand. Ein lebensechtes Bild zweifellos. Mit den Bildern, die Alicia von ihrem Sohn gemalt hatte, hatte es in der Tat keinerlei Ähnlichkeit. Das Gesicht war völlig anders geschnitten, und auch die Haarfarbe stimmte nicht... Nein, wer immer der Mann sein mochte, der all diese Jahre in dem Kamin verbracht hatte, Alasdair Grieve jedenfalls war es nicht.

Wäre ja auch zu einfach gewesen. Und in Rebus' Leben ging nun mal nichts glatt. Und das würde sich wohl auch nicht mehr ändern.

Durch das Lachen angelockt, stand jetzt auch Wylie in der Tür. Kam nicht oft vor, dass auf dem Revier jemand laut lachte.

»Er hat gedacht, der Mann auf dem Bild ist Alasdair«, sagte Lorna Grieve zu ihr und zeigte auf Rebus. »Der Mann wollte mir weismachen, dass mein Bruder tot ist. Als ob einer nicht genug wäre!« Sie sah ihn wütend an. »Und – sind Sie jetzt zufrieden? Fühlen Sie sich jetzt besser?« Sie stürmte aus dem Büro und rannte durch den Gang.

»Gehen Sie ihr nach«, sagte Rebus zu Wylie. »Bringen Sie sie zum Eingang. Und hier...« Er bückte sich und hob die Einkaufstüten auf. »Die gehören ihr.«

Wylie schaute ihn ungläubig an.

»Los, machen Sie schon!«, brüllte er.

»Ihr Wunsch ist mir Befehl«, murmelte Ellen Wylie. Als sie draußen war, ließ sich Rebus in seinen Stuhl fallen und fuhr sich mit beiden Händen durch das Haar. Grant Hood stand daneben und beobachtete ihn.

»Ich hoffe, Sie erwarten von mir keinen Rat«, sagte Rebus zu ihm.

»Nein, Sir.«

»Andernfalls könnte ich Ihnen nämlich nur empfehlen: Schauen Sie sich genau an, was ich mache, und tun Sie dann das exakte Gegenteil. Möglich, dass auf die Art noch was aus Ihnen wird.« Er strich sich mit den Händen durch das Gesicht und starrte dann auf das Bild.

»Wer zum Teufel bist du?«, sagte er. Ein untrügliches Gefühl sagte ihm, dass Skelly des Rätsels Lösung war. Wenn sie erst wussten, wer Skelly war, dann war die Aufklärung des Hastings-Selbstmords und des Mords an Roddy Grieve nur noch eine Formsache.

Sie hockten in dem voll gestopften Besprechungszimmer. Die Tür zum Gang war zu. Allmählich kamen sie auf dem Revier ins Gerede. Manche Kollegen bezeichneten sie inzwischen schon als »Clan« oder als »Geheimbund« oder als »Swinger-Club«. Hood saß in der Ecke. Vor sich hatte er den Computer aufgebaut. Ein äußerst merkwürdiger Monitor: schwarzer Hintergrund, orange Schrift. Hood hatte schon angedeutet, dass die Disketten möglicherweise hinüber waren. Rebus, Wylie und Clarke saßen in der Mitte an einem Tisch. Um sie her auf dem Boden Aktenordner. Vor ihnen auf dem Tisch lag die Computer-Simulation.

»Wissen Sie, was wir als Nächstes tun müssen?«, sagte Rebus. Wylie und Clarke sahen sich an. Das »wir« hätte sich der Mann auch sparen können.

»Vermisstenkartei«, sagte Wylie. »Das Computerbild mit den Fotos in der Kartei vergleichen?«

Rebus nickte. Wylie schüttelte den Kopf. Rebus sah Hood an. »Irgendwelche Probleme?«

»Die Kiste scheint zu funktionieren«, sagte Hood und hämmerte mit zwei Fingern auf der Tastatur herum. »Für den Druckertreiber seh ich allerdings schwarz. Passt nicht mehr zu den heutigen Geräten. Könnte sein, dass wir die Second-Hand-Läden abklappern müssen.«

»Und was ist auf den Disketten?«, fragte Siobhan Clarke.

Er sah sie an. »So schnell geht das nicht.« Dann machte er sich wieder an die Arbeit. Ellen Wylie wuchtete den ersten Ordner auf den Tisch und öffnete ihn. Rebus bückte sich auf seinem Stuhl zur Seite und hob drei weitere empor. Dann klopfte er mit dem Finger auf die Pappe.

»Die hier hab ich schon durchgesehen«, sagte er. Die anderen sahen ihn an. »Gestern Abend«, erklärte er augenzwinkernd.

Sollten ruhig wissen, dass er sich nicht vor der Arbeit drückte, die jungen Kollegen.

Zum Mittagessen gab es Brote. Als sie gegen drei eine Kaffeepause einlegten, hatte Hood den Inhalt der Disketten bereits überflogen.

Er wickelte einen Schokoriegel aus und sagte: »Gott sei Dank hat Hastings sich den Computer erst relativ kurz vor seinem Verschwinden zugelegt.«

»Woher weißt du das?«

»Das Zeug auf den Disketten ist ausschließlich von '78, Anfang '79.«

»Mein Aktenordner reicht bis '75 zurück«, jammerte Siobhan Clarke.

»*Wish You Were Here*«, sagte Rebus. »Pink Floyd. September, glaub ich. Häufig unterschätzt.«

»Danke, Herr Professor«, sagte Wylie.

»Da wart ihr noch im Kindergarten, was?«

»Wenn ich könnte, würde ich das Zeug gerne ausdrucken«, sagte Hood nachdenklich. »Vielleicht sollte ich mal ein paar Computer-Läden anrufen...«

»Und was ist auf diesen Disketten drauf?«, fragte Rebus.

»Gebote für Bauland und Grundstücke... Baulücken und so etwas.«

»Und wo?«

»Calton Road, Abbey Mount, Hillside...«

»Und was wollte Hastings mit diesen Grundstücken anstellen?«

»Geht aus den Disketten nicht hervor.«

»Er hat also versucht, in der Gegend mehrere Grundstücke zu bekommen?«

»Sieht so aus.«

»Scheint so, als ob er große Pläne gehabt hätte«, bemerkte Wylie.

Rebus ging aus dem Zimmer und kam mit einem Stadtplan zurück. Er zog einen Kreis um Calton Road, Abbey Mount und Hillside Crescent. »Sagen Sie – hat er auch für Greenside Gebote abgegeben?«, sagte er. Hood setzte sich wieder an den Computer. Die anderen warteten.

»Ja«, sagte er schließlich. »Woher wissen Sie das?«

»Schauen Sie doch mal. Er hat versucht, im Umkreis des Calton Hill möglichst viele Grundstücke zu bekommen.«

»Und wieso?«, fragte Wylie.

»1979«, sagte Rebus. »Die Volksabstimmung über das Autonomiestatut.«

»Und dort sollte das Parlament seinen Sitz haben?« fragte Siobhan.

Rebus nickte. »Ja – in der alten Royal High School.«

Nun verstand auch Wylie, worauf er hinauswollte. »Die Grundstückspreise in der Gegend wären natürlich immens gestiegen, wenn die Befürworter der Autonomie gewonnen hätten.«

»Also hat er darauf spekuliert, dass die Autonomie kommt«, sagte Siobhan. »Und er hat verloren.«

»Aber hat er denn überhaupt so viel Geld gehabt?«, fragte Rebus. »Auch in den – für Sie schon prähistorischen – Siebzigern waren die Grundstücke in der Gegend nicht gerade billig.«

»Und falls er das nötige Geld nicht gehabt hat?«, fragte Hood.

Ellen Wylie beantwortete die Frage: »Dann vielleicht jemand anderer.«

Wenigstens wussten sie jetzt, wonach sie suchten: Belege über finanzielle Transaktionen, Hinweise darauf, ob außer Hastings selbst und Alasdair Grieve noch Dritte an diesen Geschäftsvorgängen beteiligt gewesen waren. Alle machten Überstunden, obwohl Rebus es jedem von ihnen freistellte, nach Hause zu gehen. Doch inzwischen waren sie zu einem verschworenen Team zusammengewachsen. Alle erledigten klaglos ihre Arbeit, und keiner wollte diese Magie zerstören. Als Rebus einmal auf den

Gang hinausging, um sich die Beine zu vertreten, war er plötzlich allein mit Ellen Wylie.

»Und – fühlen Sie sich noch immer ausgenutzt?«, fragte er.

Sie blieb stehen und sah ihn an. »Wie meinen Sie das?«

»Sie waren doch der Meinung, dass ich Grant und Sie nur ausnutze. Ist das immer noch Ihr Eindruck?«

»Frag ich mich selbst«, sagte sie und verschwand.

Um sieben Uhr abends lud er sie zum Essen in Howie's Restaurant ein. Sie sprachen über den Stand der Ermittlungen und entwickelten die verschiedensten Theorien. Siobhan wollte wissen, wann genau das Referendum stattgefunden hatte.

»Am ersten März«, entgegnete Rebus.

»Und Skelly ist Anfang '79 umgebracht worden. Könnte also unmittelbar nach der Abstimmung gewesen sein.«

Rebus zuckte mit den Achseln.

»Die Bauarbeiten im Untergeschoss von Queensberry House waren am achten März zu Ende«, sagte Wylie. »Ungefähr eine Woche später sind Freddy Hastings und Alasdair Grieve plötzlich verschwunden.«

»So weit wir wissen«, gab Rebus zu bedenken.

Hood schnitt auf seinem Teller ein Stück von seinem Steak ab und nickte nur. Rebus war in Spendierlaune. Deshalb hatte er eine Flasche Hauswein kommen lassen, die noch halb voll auf dem Tisch stand. Siobhan trank lieber Wasser. Wylie hatte zwar ein Glas Wein vor sich, aber noch nichts davon getrunken. Hoods Glas war leer, doch der junge Mann wollte sich nicht nachschenken lassen.

»Wieso will mir bloß dieser Bryce Callan nicht aus dem Kopf?«, sagte Rebus.

Nach einem kurzen Augenblick des allgemeinen Schweigens sagte Siobhan: »Vielleicht, weil Sie es gerne möchten?«

»Was wäre denn mit all diesen Grundstücken passiert?«, fragte Rebus.

Hood: »Man hätte sie erschlossen und bebaut.«

»Und was macht Callans Neffe?«

Clarke: »Er ist Baulöwe. Aber damals war er doch nur ein kleiner Malocher.«

»Passender wäre es vielleicht zu sagen, er hat seine Lehrzeit absolviert.« Rebus trank einen Schluck Wein. »Haben Sie 'ne Ahnung von den derzeitigen Grundstückspreisen in der Holyrood Road? Immerhin entsteht dort jetzt das neue Parlament.«

»Jedenfalls dürften die Preise erheblich gestiegen sein.«

Rebus nickte. »Und dann hat dieser Barry Hutton auch noch ein Auge auf Granton geworfen. Wer weiß, was er sonst noch im Schilde führt.«

»Aber das ist doch sein Job.«

Rebus nickte nachdenklich. »Aber auch in dem Job ist man im Vorteil, wenn man der Konkurrenz bestimmte Optionen voraus hat.«

Hood: »Sie meinen … Unterweltmethoden?«

Rebus schüttelte den Kopf. »Ich meine Freunde in den richtigen Positionen.«

»Hier – AD Holding«, sagte Hood und zeigte auf den Bildschirm. Rebus beugte sich über den jungen Mann und stierte auf die orangen Buchstaben. Hood strich sich mit zwei Fingern über den Nasenrücken, machte dann die Augen zu, öffnete sie wieder und schüttelte ein paarmal ungläubig den Kopf.

»Langer Tag«, sagte Rebus. Es war fast zehn. Eigentlich wollten sie gerade Schluss machen. Kein schlechter Tag. Trotzdem: Konkrete Ergebnisse hatten sie noch keine vorzuweisen – wie Rebus nüchtern konstatiert hatte.

Und nun das.

»AD Holding«, wiederholte Hood. »Das könnte der Partner der beiden gewesen sein.«

Wylie blätterte bereits im Telefonbuch. »Kein Eintrag.«

»Vielleicht Pleite gegangen«, murmelte Siobhan. »Falls es die Firma überhaupt gegeben hat.«

Rebus lächelte. »Bryce Callans Initialen?«

»Dann müsste der Laden doch BC heißen«, sagte Hood. Plötzlich fiel es ihm wie Schuppen von den Augen: »BC, AD.«

»Kleiner Scherz. Von AD hat sich BC offenbar für die Zukunft viel versprochen.« Rebus rief sofort ein paar pensionierte Kollegen an und fragte sie nach Bryce Callan. Der Mann hatte seine »Firma« Ende '79 liquidiert. Einen Teil der Werte hatte der junge Morris Gerald Cafferty übernommen. Ursprünglich hatte Cafferty in den Sechzigern an der Westküste angefangen und für irgendwelche Kredithaie als Schläger gearbeitet. Dann war er eine Zeit lang in London gewesen, wo er sich einen Namen gemacht und das Geschäft von der Pike auf gelernt hatte.

»Diese Leute müssen alle eine Art Lehrzeit absolvieren, John«, hatte ein alter Kollege gesagt. »Und wenn sie für ihr Geschäft nicht clever genug sind, dann sperren wir sie halt ein... und bringen sie immer wieder in den Knast.«

Aber Cafferty hatte schnell und gründlich gelernt. Schon früh war er mit Bryce Callans Organisation verbandelt gewesen und hatte sich kurz darauf selbstständig gemacht. Ferner hatte er sich dadurch ausgezeichnet, dass er so gut wie keine Fehler beging.

Bis er es mit John Rebus zu tun bekam.

Und jetzt war er wieder aufgekreuzt, und sein alter Boss Bryce Callan war irgendwie in diesen Fall verwickelt. Wie das alles im Einzelnen zusammenhing, das wusste Rebus allerdings nicht.

Eins war jedenfalls klar: Ende '79 hatte Callan das Handtuch geworfen. Oder anders ausgedrückt: Er hatte sich ins Ausland abgesetzt – genau genommen in ein Land, mit dem Großbritannien keinen Auslieferungsvertrag abgeschlossen hatte. Aber hatte es ihm einfach gereicht? Oder hatte er sich die Finger verbrannt? Oder war ihm in Edinburgh das Pflaster wegen eines Verbrechens zu heiß geworden, das ihm noch gefährlich werden konnte?

»Ja, es kann nur Bryce Callan sein«, sagte Rebus. »Er muss es einfach sein.«

»Allerdings gibt es da noch ein klitzekleines Problem«, rief ihm Siobhan in Erinnerung.

Ja: Sie mussten diese Behauptung erst noch beweisen.

31

Den größten Teil des nächsten Tages verbrachten sie damit, die nachfolgenden Schritte gründlich vorzubereiten. Sie sichteten weitere Papiere und Aufzeichnungen und führten zwischendurch zahlreiche Telefonate. Rebus sprach am Telefon gut dreißig Minuten mit Pauline Carnett von der Schottischen Kripo und eine weitere Stunde mit einem pensionierten Hauptkommissar, der sich in den Siebzigerjahren vergeblich bemüht hatte, Bryce Callan das Handwerk zu legen. Pauline Carnett setzte sich sogar mit Scotland Yard und Interpol in Verbindung und gab Rebus später eine spanische Telefonnummer durch. Almeria: 950.

»Ich bin mal im Urlaub dort gewesen«, sagte Grant Hood. »Viel zu viele Touristen. Zum Schluss sind wir in der Sierra Nevada wandern gegangen.«

»Wir?«, sagte Ellen Wylie und hob eine Augenbraue.

»Ein Freund und ich«, murmelte Hood und errötete. Wylie und Siobhan zwinkerten sich zu und lächelten.

Das entscheidende Telefonat konnte Rebus allerdings nur vom Büro des Hauptkommissars aus führen. Nur Watsons Apparat verfügte nämlich über eine Freisprechfunktion. Und von den übrigen Telefonen aus ließen sich außerdem keine Auslandsgespräche führen. Natürlich wollte Watson höchstpersönlich bei dem Gespräch anwesend sein. Da er eine Überfüllung seines Büros befürchtete, traf man folgende Vereinbarung: Die drei jüngeren Beamten sollten draußen im Gang warten. Dafür wollte man jedoch einen Tonbandmitschnitt machen.

Sofern Bryce Callan einverstanden war.

Rebus überließ es Siobhan Clarke und Ellen Wylie, die Verhandlungen mit dem Farmer zu führen. Die zwei ersten Fragen, die Watson stellte, lauteten: »Wo ist Inspektor Linford? Und wie steht er zu alledem?«

Rebus hatte die beiden gut vorbereitet. Also erwähnten sie Linford möglichst wenig und redeten so lange auf den Farmer ein, bis er schließlich erschöpft zustimmte.

Nach diesem Vorgeplänkel saß Rebus nun im Stuhl seines Chefs und tippte die Nummer ein. Der Hauptkommissar selbst hockte ihm gegenüber auf der anderen Seite des Schreibtischs, und zwar auf dem Stuhl, auf dem Rebus normalerweise herumrutschte.

»Am besten, Sie gewöhnen sich gar nicht erst daran«, musste der Farmer noch unbedingt loswerden.

Dann wurde am anderen Ende das Telefon abgehoben. Rebus drückte auf die Aufnahmetaste. Eine Frauenstimme: Spanisch.

»Könnte ich bitte mit Mr. Bryce Callan sprechen?«

Wieder irgendwas Spanisches. Rebus wiederholte den Namen. Schließlich legte die Frau den Hörer beiseite. »Haushälterin?«, mutmaßte Rebus. Dem Farmer fiel dazu nichts ein. Dann kam wieder jemand an den Apparat.

»Ja bitte? Wer spricht da?« Der Mann klang verärgert. Vermutlich hatte er gerade Siesta gemacht.

»Spreche ich mit Bryce Callan?«

»Ich habe zuerst gefragt.« Eine tiefe, raue Stimme mit schottischem Akzent.

»Hier spricht Inspektor John Rebus von der Kripo in Edinburgh. Ich möchte mit Mr. Bryce Callan sprechen.«

»Seit wann habt ihr denn so feine Manieren?«

»Na ja, hat sich manches geändert in den letzten Jahren. Das höchste Gebot des Dienstleistungszeitalters heißt doch bekanntlich: Kundenfreundlichkeit.«

Callan fing an zu lachen und hustete dann. Raucherkatarrh. Rebus fummelte eine Zigarette aus seiner Schachtel. Der Farmer legte die Stirn in Falten, doch Rebus ließ sich davon nicht beirren. Zwei Raucher, die hustend miteinander plaudern – da kommt man doch gleich ganz anders ins Gespräch.

»Und was können Sie für mich tun?«, fragte Callan.

Rebus bemühte sich, den entspannten Konversationston beizubehalten. »Was dagegen, wenn ich unser Gespräch aufzeichne, Mr. Callan? Nur aus Dokumentationsgründen.«

»Wenn es Ihnen Spaß macht. Ich hab mir nichts vorzuwerfen. Mir hat nie jemand etwas Illegales nachweisen können.«

»Aber Mr. Callan, das weiß ich doch.«

»Ja, und worum geht es dann?«

»Es geht um eine Firma namens AD Holding.« Rebus blickte auf ein Blatt Papier, das vor ihm auf dem Schreibtisch lag. Seine jungen Kollegen und er hatten gründlich gearbeitet: Sie konnten detailliert nachweisen, dass die Firma zu Callans kleinem Imperium gehört hatte.

Schweigen am anderen Ende der Leitung.

»Mr. Callan? Sind Sie noch da?« Der Farmer war aufgestanden und hatte Rebus den Papierkorb als Aschenbecherersatz hingeschoben. Dann riss er eines der Fenster auf.

»Ja, ich bin noch da«, sagte Callan. »Rufen Sie mich in einer Stunde wieder an.«

»Ich wäre Ihnen sehr dankbar, wenn Sie…« Doch die Leitung war tot. Also drückte er auf »Beenden«.

»So ein Arsch«, sagte er. »Jetzt kann er sich in aller Ruhe was zurechtlegen.«

»Wenn er nicht will, muss er überhaupt nicht mit uns sprechen«, erinnerte ihn Watson.

Rebus nickte.

»Könnten Sie jetzt bitte den verdammten Glimmstengel ausmachen«, fügte er dann noch hinzu. Rebus drückte seine Zigarette an der Wand des Abfallbehälters aus.

Die anderen warteten draußen auf dem Gang auf ihn. Als er den Kopf schüttelte, sahen sie ihn enttäuscht an.

»Er hat gesagt, ich soll in 'ner Stunden noch einmal anrufen.« Er sah auf die Uhr.

»Bis dahin wird ihm schon was einfallen«, sagte Siobhan Clarke.

»Und wie soll ich das verhindern?«, giftete Rebus.

»Tut mir Leid, Sir.«

»Ach, Sie können ja nichts dafür.«

»Also hat er sich eine Stunde Bedenkzeit ausbedungen«, sagte Wylie. »Folglich haben wir ebenfalls noch eine Stunde Zeit. Reicht für ein paar Telefonate. Und Hastings' Papiere können wir uns auch noch mal vornehmen...« Sie sah die anderen fragend an. »Man weiß ja nie.«

Rebus nickte zustimmend. Ja, das Mädchen hatte Recht: Alles, nur nicht dumm herumsitzen. Und so machten sie sich wieder an die Arbeit und tranken dosenweise Limonade, während im Hintergrund ein Kassettenrekorder, den Grant Hood mitgebracht hatte, sanfte Musik absonderte. Instrumentalmusik: Jazz und Klassik hauptsächlich. Rebus war zunächst skeptisch, doch dann stellte er fest, dass das Gedudel die Langeweile vertrieb. Der Farmer meinte nur: Stellen Sie die Musik wenigstens nicht so laut.

Siobhan Clarke war ganz seiner Meinung: »Wenn bekannt wird, dass ich Jazz höre, kann ich mich ja nirgendwo mehr blicken lassen.«

Eine Stunde später stattete die ganze Mannschaft Watsons Büro einen zweiten Besuch ab. Diesmal ließ Rebus die Tür offen. Das war er seinen jungen Kollegen einfach schuldig. Watson hielt den Mund. Rebus wählte die Nummer und ließ es ewig läuten. Offenbar hatte Callan es sich inzwischen anders überlegt. Sah ganz danach aus, als ob der Mann keine Lust mehr verspürte, mit ihm zu sprechen.

Doch dann hob er ab. Nicht seine Haushälterin, nein, Callan höchstpersönlich, der gleich zur Sache kam.

»Ist mit Ihrem Telefon eine Konferenzschaltung möglich?«

Der Hauptkommissar nickte. »Ja«, sagte Rebus.

Callan nannte ihm eine Nummer, die er anrufen sollte: Glasgower Vorwahl. Der Name des Teilnehmers: C. Arthur Milligan. Rebus kannte den Mann, ein Nobelanwalt und Angstgegner der Polizei und der Staatsanwaltschaft. Milligan arbeitete bisweilen auch mit Hugh Cordovers Bruder Richie zusammen, einem nicht minder erfolgreichen Anwalt. Wenn Milligan und Cordover gemeinsam auftraten, hatten die Polizei und die Staatsanwaltschaft nichts zu lachen.

Falls man sich die beiden leisten konnte.

Der Farmer zeigte Rebus, welche Knöpfe er für eine Konferenzschaltung drücken musste. Dann plötzlich Milligans Stimme: »Hallo, Inspektor Rebus, können Sie mich hören?«

»Laut und deutlich, Sir.«

»Hallo, Mr. Milligan«, sagte Callan, »ich verstehe Sie auch sehr gut.«

»Guten Tag, Bryce. Wie ist das Wetter bei Ihnen?«

»Weiß der Teufel. Ich kann ja nicht raus wegen diesem Arschloch.«

Gemeint war Rebus. »Also, Mr. Callan, vielen Dank für Ihre Bereitschaft, mit uns …«

Milligan unterbrach ihn: »Wenn ich recht verstanden habe, möchten Sie Ihr Gespräch mit meinem Mandanten aufzeichnen. Wer ist sonst noch anwesend?«

Rebus nannte den Hauptkommissar, ohne die Übrigen zu erwähnen. Dann verhandelte er mit Milligan über den Tonbandmitschnitt. Schließlich einigte man sich darauf, dass die Aufzeichnung beginnen konnte. Rebus drückte auf die Taste.

»Alles klar«, sagte er. »Wenn ich jetzt bitte …«

Wieder Milligan: »Zunächst möchte ich darauf hinweisen, dass mein Mandant nicht verpflichtet ist, irgendeine Ihrer Fragen zu beantworten.«

»Ist mir klar, Sir.« Rebus gab sich Mühe, verbindlich zu klingen.

»Außerdem spricht er nur mit Ihnen, um seiner Bürgerpflicht nachzukommen, obwohl er schon seit langem keinen Wohnsitz mehr im Vereinigten Königreich hat.«

»Ja, Sir, ich weiß das durchaus zu schätzen.«

»Haben Sie ihm irgendetwas vorzuwerfen?«

»Absolut nicht. Uns geht es nur um Informationen.«

»Und das Tonband würden Sie in einem Verfahren nicht als Beweismittel verwenden?«

»Kann ich mir nicht vorstellen, Sir.« Er wählte seine Worte zurückhaltend.

»Aber ausschließen können Sie es nicht?«

»Ich kann nur für mich selbst sprechen, Sir.«

Es entstand eine kurze Pause. »Bryce?«, sagte Milligan.

»Soll losschießen«, sagte Bryce Callan.

Milligan: »Also, dann fangen Sie an, Inspektor.«

Rebus brauchte einen Augenblick, um sich zu sammeln. Er überflog nochmals rasch die Dokumente auf dem Schreibtisch, angelte seine Zigarette aus dem Papierkorb und zündete sie wieder an.

»Was rauchen Sie?«, fragte Callan.

»Embassy.«

»Kosten hier zwei Pence die Packung. Ich rauche seit einiger Zeit Zigarren. Los, fangen Sie schon an.«

»Uns interessiert vor allem die AD Holding, Mr. Callan.«

»Was ist damit?«

»Die Firma hat doch Ihnen gehört, nicht wahr?«

»Nee. Ich hab daran nur eine Minderheitenbeteiligung gehalten, mehr nicht.«

In den Augen der jungen Polizisten, die in der Tür standen, stand geschrieben: *Wir wissen, dass du lügst.* Aber Rebus wollte Callan nicht verprellen, jedenfalls nicht so schnell. »Diese Firma AD hat damals in der Nähe des Calton Hill Grundstücke aufgekauft, wobei offiziell ein anderes Unternehmen in Erscheinung getreten ist. Zwei Männer: Freddy Hastings und Alasdair Grieve. Können Sie sich an die beiden erinnern?«

»Von welcher Zeit sprechen Sie?«

»Späte Siebziger.«

»Verdammte Scheiße, ist ja schon 'ne Ewigkeit her.«

Rebus wiederholte die beiden Namen.

»Wenn Sie meinem Mandanten vielleicht sagen würden, worum es sich bei der Sache handelt«, sagte Milligan, den die Angelegenheit inzwischen anscheinend selbst interessierte.

»Ja, Sir. Es geht dabei um einen gewissen Geldbetrag.«

»Geld?« Jetzt war auch Callan hellwach.

»Ja, Sir. Eine relativ hohe Summe sogar. Wir wissen nicht genau, was wir mit dem Geld tun sollen.«

Die drei jungen Beamten sahen ihn verwundert an: Er hatte ihnen seine Strategie vorher nicht verraten.

Callan lachte. »Kein Problem. Soll ich Ihnen meine Kontonummer geben?«

»Wie viel Geld?«, fragte der Anwalt.

»Vermutlich deutlich mehr, als Mr. Callan Ihnen für Ihre Dienste heute Nachmittag überweisen wird«, entgegnete Rebus. Wieder lachte Callan. Der Farmer warf Rebus einen warnenden Blick zu. Es hatte wenig Sinn, einen Mann wie Milligan unnötig gegen sich aufzubringen. Rebus konzentrierte sich auf seine Zigarette. »Vierhunderttausend Pfund«, sagte er schließlich.

»Eine nicht unbeträchtliche Summe«, räumte Milligan ein.

»Wir sind der Meinung, dass Mr. Callan möglicherweise einen Anspruch auf die Summe erheben könnte«, sagte Rebus.

»Wieso?« Callan klang jetzt wieder äußerst misstrauisch.

»Das Geld hat einem Mann namens Freddy Hastings gehört«, erklärte Rebus. »Jedenfalls hat er es in einer Aktenmappe mit sich herumgetragen. Hastings war früher in der Immobilienbranche tätig. Er ist der AD Holding beim Erwerb von Grundstücken in der Nähe des Calton Hill behilflich gewesen. Das war Ende '78, Anfang '79, also kurz vor dem Referendum.«

Milligan: »Wenn die Abstimmung anders ausgegangen wäre, hätte das natürlich die Grundstückspreise in die Höhe getrieben?«

Rebus: »Möglicherweise.«

»Und was hat das alles mit meinem Mandanten zu tun?«

»In den letzten zwanzig Jahren hat dieser Hastings mehr oder weniger wie ein Stadtstreicher gelebt.«

»Trotz dieser Summe?«

»Wir können nur darüber spekulieren, wieso er das Geld nicht angerührt hat. Vielleicht hat er es für jemanden verwahrt. Vielleicht hatte er aber auch Angst.«

»Vielleicht war er aber auch nicht ganz dicht«, sagte Callan. Rebus spürte, dass der Mann anfing mitzudenken.

»Die Sache ist die: Dieser Hastings sollte damals Grundstücke für die AD Holding erwerben, die nach unserer Kenntnis hauptsächlich von Mr. Callan kontrolliert wurde.«

»Und Sie meinen, Hastings hat das Geld einfach eingeschoben?«

»Das ist nur *eine* Theorie.«

»Dann gehört das Geld also eigentlich der AD Holding?«

»Möglich. Mr. Hastings hat keine Verwandten, und ein Testament hat er auch nicht hinterlassen. Deshalb fällt das Geld an den Staat, wenn niemand sonst einen Anspruch geltend macht.«

»Zu schade«, sagte Milligan. »Was sagen Sie dazu, Bryce?«

»Ich hab ihm doch schon gesagt, dass ich nur eine geringe Beteiligung an dieser Firma gehalten habe.«

»Vielleicht fällt Ihnen dazu ja doch noch etwas mehr ein.«

»Na ja, vielleicht hatte ich auch eine etwas höhere Beteiligung – jetzt, wo Sie es erwähnen.«

Rebus: »Dann hatten Sie also geschäftlich mit diesem Mr. Hastings zu tun?«

»Ja.«

»Und seine Firma hat offiziell Gebote für Grundstücke und Immobilien gemacht, die eigentlich *Sie* in Ihren Besitz bringen wollten?«

»Kann sein.«

»Wieso?«

»Wieso was?«

»Sie hatten doch schon ein eigenes Unternehmen für solche

Geschäfte – die AD Holding. Genau genommen hatten Sie sogar Dutzende von Unternehmen.«

»Wenn Sie es sagen.«

»Aber wieso haben Sie dann Hastings vorgeschickt?«

»Das müssen Sie schon selbst rausfinden.«

»Mir wär's lieber, *Sie* sagen es mir.«

Milligan schaltete sich ein: »Und warum, Inspektor?«

»Mr. Milligan, wir müssen Klarheit darüber haben, ob Mr. Callan und Freddy Hastings tatsächlich geschäftlich miteinander zu tun hatten. Wir brauchen nämlich Beweise dafür, dass dieses Geld tatsächlich Mr. Callan gehört hat.«

Milligan war unschlüssig. »Bryce, was meinen Sie?«, sagte er.

»Ja, er hat tatsächlich Geld von mir bekommen und hat sich dann verpisst.«

Rebus machte eine kurze Pause. »Und natürlich haben Sie die Polizei informiert?«

Callan lachte. »Klar doch.«

»Wieso nicht?«

»Aus demselben Grund, weshalb ich Hastings als Mittelsmann verwendet habe. Die Bullen wollten damals unbedingt meinen guten Namen ruinieren und haben mir alle möglichen Schweinereien angehängt. Ich wollte ja nicht nur diese verdammten Grundstücke kaufen.«

»Verstehe. Sie hatten die Absicht, diese Grundstücke zu bebauen?«

»Wohnungen, Clubs, Bars…«

»Und dazu brauchten Sie Genehmigungen, die Mr. Hastings aufgrund seiner Reputation leichter bekommen konnte.«

»Sehen Sie? Jetzt sind Sie doch von ganz alleine darauf gekommen.«

»Und wie viel hat Hastings dafür verlangt?«

»Fast 'ne halbe Million.«

»Ziemlich ärgerliche Geschichte, was?«

»Ich war damals völlig außer mir. Aber der Kerl hatte sich ja aus dem Staub gemacht.«

Rebus blickte zur Tür hinüber. Damit hatten sie auch die Erklärung dafür, weshalb Hastings seine Spuren so gründlich verwischt hatte. Es erklärte zudem, woher das Geld stammte, allerdings nicht, wieso er davon keinen Gebrauch gemacht hatte.

»Und was ist mit Hastings' Partner?«

»Ist der nicht ebenfalls verschwunden?«

»Hat aber offenbar von dem Geld nichts bekommen.«

»Darüber müssen Sie schon mit ihm persönlich reden.«

Wieder intervenierte Milligan. »Bryce, besitzen Sie vielleicht noch Unterlagen, mit denen wir unseren Anspruch untermauern könnten?«

»Kann schon sein«, räumte Callan ein.

»Aber Fälschungen zählen nicht«, warnte ihn Rebus. Callan schnalzte missbilligend mit der Zunge. Rebus rutschte auf seinem Stuhl nach vorne. »Trotzdem danke für die Aufklärung. Das bringt mich auf einige weitere Fragen, die mit dieser Geschichte zu tun haben – wenn es Ihnen recht ist?«

»Okay, schießen Sie los«, sagte Callan fröhlich.

Milligan: »Vielleicht sollten wir vorher noch …«

Doch Rebus war schon voll in Fahrt. »Ich glaube, ich habe Ihnen noch nicht gesagt, wie Mr. Hastings gestorben ist – er hat sich selbst umgebracht.«

»War auch höchste Zeit«, brummte Callan.

»Er hat sich ausgerechnet kurz nach der Ermordung des Parlamentskandidaten Roddy Grieve getötet. Dieser Roddy Grieve ist Alasdairs Bruder, Mr. Callan.«

»Ja und?«

»Außerdem haben wir kurz vor Hastings' Selbstmord in einem alten Kamin in Queensberry House eine Leiche entdeckt. Erinnern Sie sich noch an die Geschichte?«

»Was soll das heißen?«

»Ich meine nur, ob Ihnen Ihr Neffe Barry vielleicht von der Sache erzählt hat?« Rebus überflog auf einem Blatt Papier nochmals die Fakten. »Barry hat dort Anfang 1979 gearbeitet, ungefähr zur Zeit des Referendums. Das war die gleiche Zeit, als Sie feststellen mussten, dass Sie sich mit Ihren frisch erworbenen Grundstücken verspekuliert hatten. Außerdem haben Sie damals vermutlich erfahren, dass Hastings sich die Kohle unter den Nagel gerissen hat. Entweder das – oder aber er hat Ihnen erzählt, dass das ganze Geld bei einem dieser Geschäfte draufgegangen ist. Vielleicht haben Sie aber auch erst später festgestellt, dass er gelogen hatte, allerdings war er zu dem Zeitpunkt schon auf und davon.«

»Und was hat das alles mit Barry zu tun?«

»Ihr Neffe hat damals für Dean Coghill gearbeitet.« Rebus schnappte sich ein anderes Blatt. Milligan versuchte abermals zu intervenieren, doch Rebus redete einfach weiter. Ellen Wylie war ganz zappelig und betete, Rebus möge sich nicht einschüchtern lassen. »Nach meinem Dafürhalten haben Sie damals Druck auf Coghill ausgeübt, damit er Barry einstellt. Barry hat nämlich zu der Zeit für Sie gearbeitet. Außerdem glaube ich, dass Sie Coghill Barry auf den Hals geschickt haben, damit er Coghill völlig in die Enge treibt. Eine Art Lehrzeit für Ihren Neffen.«

Callan war außer sich. Er rang nach Luft: »Also, Milligan, wie können Sie nur zulassen, dass dieser Kerl so mit mir spricht?«

Er sprach Milligan jetzt mit dem Nachnamen an – nichts mehr von wegen Kumpel oder Freund. Oh ja, Callan kochte vor Wut.

Rebus redete die beiden einfach nieder. »Also, die Leiche ist exakt in den Monaten in dem Kamin versteckt worden, als Ihr Kleiner dort gearbeitet hat, das heißt genau zu der Zeit, als Sie herausgefunden haben, dass Hastings und Grieve Sie abgezockt hatten. Deshalb wüsste ich gerne von Ihnen, Mr. Callan: Wer ist die Leiche in dem Kamin? Und wieso haben Sie den Mann damals umlegen lassen?«

Zunächst betretenes Schweigen, dann die Explosion: Callan brüllte, Milligan drohte.

»Sie verdammter Lügner …«

»Ich muss ganz entschieden protestieren …«

»Zuerst kommen Sie mir mit diesen vierhunderttausend Piepen…«

»Völlig ungerechtfertigte Anschuldigung gegen einen Mann, der sich weder in diesem noch in einem anderen Land etwas hat zuschulden kommen lassen, einen Mann, dessen Reputation…«

»Schade, dass ich jetzt nicht neben dir stehe, du Schwein. Sonst müsstest du mir nämlich Handschellen anlegen, damit ich dir nicht die Fresse poliere!«

»Sie wissen ja, wo Sie mich finden«, sagte Rebus. »Sollten Sie Lust verspüren, sich ins nächste Flugzeug zu setzen…«

»Passen Sie bloß auf, Mann.«

Milligan: »Also, Bryce, lassen Sie sich durch diese unlauteren Tricks nicht dazu verleiten… Wenn ich recht verstanden habe, Inspektor, befindet sich doch außer Ihnen selbst noch ein hoher Polizeibeamter in Ihrem Büro.« Er überflog seine Notizen. »Ach ja, Hauptkommissar Watson, nicht wahr? Also, Herr Hauptkommissar, ich möchte aufs Entschiedenste dagegen protestieren, dass Sie meinen Mandanten mittels derart hinterhältiger Taktiken und Lügen über einen hohen Geldbetrag…«

»Die Geschichte mit dem Geld ist wahr«, sagte Watson in das Mikrofon. »Dieses Geld gibt es wirklich. Allerdings steht es in einem Zusammenhang mit einer ganzen Reihe mysteriöser Geschehnisse. Deshalb wäre es in der Tat am besten, Mr. Callan würde sich in ein Flugzeug setzen und sich für eine offizielle Vernehmung zur Verfügung stellen.«

»Was Sie da auf Ihrem Tonband mitgeschnitten haben, ist natürlich in einem Gerichtsverfahren völlig gegenstandslos«, sagte Milligan.

»Wirklich? Na gut«, sagte der Farmer. »Die Klärung solcher Fragen überlasse ich im Allgemeinen der Staatsanwaltschaft. Allerdings sind Sie uns noch eine Antwort auf eine wichtige Frage schuldig.«

Callan: »Ich – Ihnen Rechenschaft schuldig? Wie kommen Sie denn darauf? Ihr könnt mich alle mal, ihr Schweine!«

Rebus sah Callan im Geiste vor sich: Das Gesicht des Mannes war wahrscheinlich hochrot, und sicher hätte er den Hörer in seiner Hand am liebsten gegen die Wand geknallt.

»Dann geben Sie es also zu?«, fragte Watson in vollendeter Naivität. Er zwinkerte den jungen Beamten zu, die mucksmäuschenstill in der Tür standen. Hätte Rebus den Farmer nicht besser gekannt, hätte er sich gewiss zu der Annahme verleiten lassen, dass das Gespräch dem Mann richtig Spaß machte.

»Verpissen Sie sich!«, grollte Callan.

»Ich glaube, Sie können in dieser Auskunft einen negativen Bescheid auf Ihre Frage sehen«, sagte Milligan leise.

»Klingt ganz so«, pflichtete Watson ihm bei.

»Ach, schert euch doch zum Teufel, blödes Pack!«, brüllte Callan. Dann war die Leitung tot.

»Scheint so, als ob Mr. Callan uns verlassen hätte«, sagte Rebus. »Sind Sie noch da, Mr. Milligan?«

»Ja, ich bin noch da und möchte nochmals aufs Schärfste protestieren...«

Rebus unterbrach die Verbindung. »Ich glaube, Mr. Milligan ist uns ebenfalls abhanden gekommen«, sagte er zu den anderen. Seine jungen Kollegen waren völlig aus dem Häuschen. Rebus stand auf, und Watson nahm seinen Stuhl wieder in Besitz.

»Wir sollten uns nicht zu früh freuen«, sagte er, als Rebus das Tonbandgerät ausschaltete. »Stimmt zwar: Wir haben jetzt einige wichtige Mosaiksteine, aber wer der Mörder und wer das Mordopfer ist, wissen wir immer noch nicht. Und ohne diese beiden Steinchen ist der ganze Spaß, den wir gerade mit Bryce Callan gehabt haben, völlig für die Katz.«

»Trotzdem, Sir...« sagte Grant Hood und grinste.

Watson nickte. »Trotzdem hat Inspektor Rebus sehr schön herausgearbeitet, was für eine erbärmliche Kreatur dieser Callan ist.« Er sah Rebus an, doch der schüttelte nur den Kopf.

»Ich hätte noch mehr aus ihm rausbringen müssen.« Er

drückte auf die Rücklauftaste. »Ich bin mir nicht mal sicher, ob diese Informationen uns wirklich weiterhelfen.«

»Immerhin wissen wir jetzt, womit wir es zu tun haben, und das ist doch schon die halbe Miete«, sagte Wylie.

»Ich finde, wir sollten uns diesen Hutton mal näher anschauen«, erklärte Siobhan Clarke. »Offenbar ist er in die Sache verwickelt. Und außerdem ist er *hier*.«

»Und wenn er nun einfach alles bestreitet?«, gab Watson zu bedenken. »Außerdem ist er nicht ohne Einfluss. Wenn wir ihn in die Sache reinziehen, könnte das unangenehme Folgen für uns haben.«

»Oh, wie furchtbar«, murmelte Clarke.

Rebus sah seinen Boss an. »Sir, ich würde Sie alle jetzt gerne auf einen Drink einladen. Könnte ich Sie überreden, sich uns anzuschließen?«

Der Farmer sah auf die Uhr. »Gut, auf *einen* Whisky«, sagte er dann. »Und eine Stange Pfefferminzbonbons für den Heimweg – meine Frau riecht nämlich aus zwanzig Metern Entfernung, wenn ich getrunken habe.«

Rebus brachte die Getränke an den Tisch. Hood half ihm dabei. Wylie wollte nur eine Cola. Hood selbst trank Bier. Rebus: ein Bier und einen Whisky. Einen Single Malt Whisky für den Farmer und ein Glas Rotwein für Siobhan. Sie tranken sich zu.

»Auf gute Zusammenarbeit«, sagte Wylie.

Der Farmer räusperte sich. »Apropos, wo ist eigentlich Derek?«

Schweigen. Doch dann sagte Rebus: »Inspektor Linford verfolgt eine eigene Spur: Er meint, dass ein Zeuge, mit dem er gesprochen hat, vielleicht den Mörder gesehen hat.«

Watson sah ihn an. »Unter Zusammenarbeit verstehe ich aber eigentlich etwas anderes.«

»Brauchen Sie mir nicht zu sagen, Sir«, entgegnete Rebus. »Normalerweise bin *ich* der Einzelkämpfer.«

»Ja, aber weil Sie es so wollen«, sagte Watson, »und nicht etwa, weil wir Sie aus dem Team ausgeschlossen hätten.«

»Eins zu null für Sie«, sagte Rebus leise.

Clarke stellte ihr Glas auf den Tisch. »Im Grunde genommen ist das alles meine Schuld, Sir, weil ich total die Nerven verloren habe. Ich glaube, John wollte nur weitere Spannungen vermeiden, deshalb hat er dafür gesorgt, dass Inspektor Linford nicht mehr in meinem Dunstkreis auftaucht.«

»Weiß ich doch, Siobhan«, sagte Watson. »Aber ich möchte trotzdem, dass Derek über den Stand der Ermittlungen Bescheid weiß.«

»Ich werde mit ihm sprechen«, sagte Rebus.

»Gut.« Sie saßen eine Weile schweigend da. »Tut mir Leid, wenn ich Ihnen die Laune verdorben habe«, sagte der Farmer schließlich. Dann leerte er sein Glas und erklärte: »Ich muss jetzt leider gehen, aber natürlich schmeiß ich vorher noch 'ne Runde.« Obwohl sie ihm versicherten, dass niemand etwas Derartiges von ihm erwartete, ließ er sich von seinem Vorhaben nicht abbringen. Als er gegangen war, entspannte sich die Atmosphäre. Vielleicht war es aber auch der Alkohol.

Vielleicht.

Hood holte ein Kästchen mit Schachfiguren von der Bar, um gegen Clarke Dame zu spielen. Rebus konnte Gesellschaftsspiele nicht ausstehen, und das sagte er auch.

»Ich bin ein schlechter Verlierer, das ist mein Problem.«

»Noch schlimmer finde ich schlechte Gewinner«, sagte Clarke, »die sich hinterher weiß Gott wie aufblasen.«

»Keine Sorge«, sagte Hood. »Ich werde sehr nett zu Ihnen sein.«

Rebus fand, dass der Bursche sich immer besser machte. Dann sah er, wie Clarke ihren Platz einnahm und Hood gleich den König wegschnappte, während ihre eigene Formation noch unerschütterlich stand.

»Echt brutal«, sagte Wylie und strich Hood über das Haar. Als das zweite Spiel begann, nahm Wylie Hoods Platz ein. Hood saß jetzt Rebus gegenüber, trank zuerst sein erstes Bier aus und schob dann das zweite vor sich, das der Hauptkommissar bezahlt hatte.

»Prost«, sagte er und nahm einen Schluck. Rebus hob sein Glas. »Whisky kann ich einfach nicht trinken«, erklärte Hood. »Am nächsten Tag hab ich immer einen *solchen* Kopf.«

»Passiert mir auch gelegentlich.«

»Und wieso trinken Sie das Zeug dann?«

»Die Vorfreude auf den Schmerz – ein altes kalvinistisches Prinzip.« Hood sah ihn verständnislos an. »Schon gut«, sagte Rebus.

»Eigentlich hat er alles falsch gemacht«, sagte Siobhan Clarke plötzlich, während sich Wylie auf den nächsten Zug konzentrierte.

»Wer?«

»Callan. War doch völig überflüssig, eine andere Firma vorzuschicken, um seine Baupläne durchzudrücken. Hätte doch einen viel einfacheren Weg gegeben.«

Wylie sah zu den Männern hinüber. »Da bin ich ja mal gespannt.«

»Siobhan, sollen wir mal raten?«, sagte Rebus.

Wylie klaute Clarke eine Figur. Clarke schlug sofort zurück. »Ist doch ganz einfach«, sagte sie. »Mit Kohle kann man doch alles erreichen.«

»Die Planungskommission bestechen?« Hood lächelte bei der Vorstellung.

»Verdammt noch mal«, sagte Rebus und stierte in sein Glas. »Vielleicht ist es das…«

Mehr wollte er nicht sagen. Selbst mit der Drohung, ihn zu einer Runde Dame zu verdonnern, konnten seine jungen Kollegen ihn nicht umstimmen.

»Nein, im Augenblick sag ich nichts«, erklärte er. Gleichzeitig überstürzten sich in seinem Kopf die Gedanken, und auch Cafferty kam ihm plötzlich wieder in den Sinn. Er saß da und überlegte, was als Nächstes zu tun sei…

32

Freitag Morgen. Rebus und Linford hockten in der Kantine des Präsidiums in der Fettes Avenue. Rebus nickte einigen bekannten Gesichtern zu: Claverhouse und Ormiston, Schottische Kripo, die gerade ein Schinkenbrötchen verdrückten. Linford sah in ihre Richtung.

»Sie kennen die beiden?«

»Ist eigentlich nicht meine Art, Fremde zu grüßen.«

Linford betrachtete die Scheibe Toast, die auf seinem Teller lag. »Und wie geht's Siobhan?«

»Wesentlich besser, seit Sie sich nicht mehr blicken lassen.«

»Hat sie mein Schreiben bekommen?«

Rebus leerte seine Tasse. »Gesagt hat sie jedenfalls nichts.«

»Ist das ein gutes Zeichen?«

Rebus sah ihn skeptisch an. »Passen Sie mal auf. Die Sache zwischen Ihnen und Siobhan ist gelaufen. Siobhan hätte die Geschichte genauso gut melden können. Was glauben Sie, was dann in Zimmer 279 los gewesen wäre?« Rebus wies mit dem Daumen nach oben.

Linford sackte in sich zusammen. Rebus stand auf und holte sich einen weiteren Kaffee. »Egal«, sagte er dann, »aber es gibt da ein paar Neuigkeiten.« Dann schilderte er Linford die Verbindungen zwischen Freddy Hastings und Bryce Callan. Linford saß jetzt wieder kerzengerade da. Offenbar war Siobhan Clarke wenigstens vorläufig aus seinen Gedanken verschwunden.

»Und was hat der Mord an Roddy Grieve mit dieser ganzen Sache zu tun?«, fragte er.

»Wissen wir leider noch nicht«, gestand Rebus. »Vielleicht ein Racheakt, weil Alasdair, sein Bruder, Callan damals abgezockt hat?«

»Und warum wartet Callan dann zwanzig Jahre damit?«

»Ich weiß, klingt nicht sehr plausibel.«

Linford sah ihn an. »Aber da ist noch etwas – was Sie mir natürlich verschweigen?«

Rebus schüttelte den Kopf. »Ich kann Ihnen nur eines raten: Schauen Sie sich diesen Barry Hutton mal näher an. Falls tatsächlich Callan hinter der ganzen Geschichte steckt, muss er ja jemanden haben, der *hier* für ihn die Drecksarbeit macht.«

»Und das könnte dieser Barry sein?«

»Jedenfalls ist er sein Neffe.«

»Und – gibt es Beweise dafür, dass er nicht nur der typische Rotarier-Geschäftsmann ist?«

Rebus wies mit dem Kopf Richtung Claverhouse und Ormiston. »Fragen Sie doch mal Ihre beiden Kollegen da drüben, vielleicht wissen die ja mehr.«

»Nach allem, was ich weiß, kann Hutton unmöglich der Mann sein, den unser Zeuge abends in der Holyrood Road gesehen hat.«

»So ein Baulöwe hat ja auch noch Mitarbeiter.«

»Laut Hauptkommissar Watson hat Hutton ›Freunde‹ in einflussreichen Positionen. Können Sie mir vielleicht mal sagen, wie ich ihm auf die Schliche kommen soll, ohne bei diesen Leuten anzuecken?«

Rebus sah ihn an. »Das müssen Sie selbst wissen.«

»Was? Wie ich meine Nachforschungen anstelle?« Linford wirkte irritiert.

Rebus schüttelte den Kopf. »Nein, ob Sie Rücksicht darauf nehmen wollen, wer sich durch Ihre Ermittlungen auf den Schlips getreten fühlt. Hören Sie mal zu, Linford. Wir sind Polizisten – Sie und ich. Sie müssen noch lernen, hier und da den ganzen Papierkram zu vergessen und Farbe zu bekennen.« Linford wirkte nicht sonderlich überzeugt. »Scheint so, als ob Sie glauben, dass ich Sie reinlegen möchte.«

»Und wollen Sie das etwa nicht?«

»Meinen Sie, dann würde ich es Ihnen unter die Nase binden?«

»Hm. Wahrscheinlich nicht. Aber vielleicht wollen Sie mich ja… auf die Probe stellen.«

Rebus stand auf und ließ seinen Kaffee unberührt stehen. »Ihr Misstrauen ehrt Sie. Passt sehr gut zu dem Laden hier.«

»Was soll das schon wieder heißen?«

Doch Rebus zwinkerte ihm nur zu, schob die Hände in die Taschen und ging seiner Wege. Linford saß da, trommelte mit den Fingern auf die Tischplatte, stand dann auf und ging zu den beiden anderen Polizisten hinüber, die ein paar Tische weiter saßen.

»Was dagegen, wenn ich mich kurz zu Ihnen setze?«

Claverhouse wies auf einen freien Stuhl. »Wenn es sich bei diesem jungen Mann um einen Freund von John Rebus handelt...«

»... dann ist jetzt eine riesengroße Gefälligkeit fällig«, führte Ormiston den Gedanken seines Kollegen zu Ende.

Linford saß in seinem BMW in der einzigen freien Parkbucht vor dem Hutton Tower. Mittagszeit: Büroangestellte strömten aus dem Gebäude und kehrten kurz darauf mit Sandwichtüten und Limodosen zurück. Einige standen auf den Stufen und rauchten. War nicht einfach gewesen, das Gebäude zu finden: Linford war durch eine riesige Baustelle gefahren, selbst die Straße war noch nicht asphaltiert. Dann ein Holzschild: PARKEN NUR FÜR MITARBEITER. Trotzdem hatte er seinen Wagen dort abgestellt.

Er stieg aus dem BMW und sah kurz nach, ob die Radkappen auf der Schlaglochpiste etwas abbekommen hatten. Die Kotflügel waren innen völlig verdreckt. Musste noch abends in die Waschanlage, der Wagen. Dann setzte er sich wieder ins Auto und ärgerte sich beim Anblick der Sandwich- und Obstparade, dass er seinen Frühstückstoast hatte liegen lassen. Claverhouse und Ormiston hatten ihn nach dem kurzen Gespräch in der Kantine sofort mit nach oben genommen. Allerdings gab es über Hutton kaum Einträge – nur ein paar Strafzettel und der Vermerk, dass Bryce Edwin Callan der Bruder seiner Mutter war.

Was hatte Rebus noch gesagt? Ja, dass Linford bei seinen Nachforschungen notfalls Flagge zeigen müsse. Allerdings hatte dieser keinen triftigen Grund, mal eben in das Gebäude zu marschieren und die gesamte Belegschaft antreten zu lassen. Auch wenn Hutton nichts zu verbergen hatte, eine solche Vorgehensweise würde er ganz sicher nicht billigen. Und wenn Linford ihm erklärte, weshalb er gekommen war, würde der Mann ihn sofort zusammenstauchen, sich ans Telefon hängen und seinen Anwalt, die Presse und wer weiß wen sonst noch informieren... Außerdem war Linford selbst skeptisch. Vielleicht hatte sich Rebus – oder sogar Siobhan? – die ganze Geschichte ja nur ausgedacht, um ihn lächerlich zu machen. Und falls er in Schwierigkeiten geriet, würden *die zwei* am meisten davon profitieren.

Trotzdem...

Trotzdem: Hatte er diese Strafe nicht verdient? Und wenn er sich darauf einließ – ob sie ihm dann verzeihen würden? Natürlich hatte er nicht die Absicht, dort drüben in das Gebäude hineinzugehen, aber er konnte ja mal die Augen offen halten... jeden Mitarbeiter inspizieren, der das Hochhaus verließ. Ja, dafür konnte man sich schon mal einen Nachmittag um die Ohren schlagen. Und falls Hutton selbst das Gebäude verließ, konnte er ihm ja unauffällig hinterherfahren. Vielleicht arbeitete Grieves Mörder ja gar nicht in diesem Gebäude und Hutton traf sich mit ihm ganz woanders.

Ein Mord auf Bestellung... ein Vergeltungsakt. Nein, diese zweite Möglichkeit leuchtete ihm noch immer nicht ein. Grieve war nicht aus solch persönlichen Gründen umgebracht worden – jedenfalls konnte Linford dafür keine Anhaltspunkte finden. Sicher – die ganze Familie war ziemlich daneben, aber ließ sich daraus ein Motiv herleiten? Aber warum hatte er dann sterben müssen? War er vielleicht zum falschen Zeitpunkt am falschen Ort aufgetaucht, oder hatte er etwas gesehen, was er nicht sehen sollte? Oder hatte seine Ermordung vielleicht etwas mit dem Mandat zu tun, um das er sich beworben hatte? Wollte jemand seine Wahl zum Abgeordneten verhindern? Wieder fiel ihm die Ehefrau ein, wieder verwarf er den Gedanken. Man brachte den eigenen Ehemann nicht um, weil man sich um einen Parlamentssitz bewerben wollte.

Linford rieb sich die Schläfen. Die Raucher auf den Stufen warfen ihm merkwürdige Blicke zu, fragten sich anscheinend, was der Mensch dort zu suchen hatte. Wenn nun einer von ihnen den Sicherheitsdienst alarmierte, dann hatte er den Salat. Hinter ihm fuhr ein Auto auf den Parkplatz und hielt an. Der Fahrer hupte und gestikulierte in Linfords Richtung. Dann stieg er aus und näherte sich dem BMW. Linford ließ das Fenster herunter.

»Sie stehen auf meinem Parkplatz. Wenn Sie also bitte …?«

Linford sah sich um. »Ich sehe hier kein Schild.«

»Sie blockieren einen Firmenparkplatz.« Ein Blick auf die Uhr. »Eigentlich sollte ich schon längst in einer Sitzung sein.«

Linford sah, dass ein Stück weiter ein anderer Fahrer in sein Auto stieg. »Da drüben wird doch was frei.«

»Sind Sie taub oder was?« Der Mann sah ihn wütend an. Offenbar suchte er Streit.

Auch Linford war geladen. »Dann möchten Sie also mit mir herumstreiten, statt in Ihre Sitzung zu gehen?« Er blickte zu dem anderen Auto hinüber, das gerade zurücksetzte. »Schöner Parkplatz da drüben.«

»Das ist Harley. Er fährt jeden Tag in der Mittagspause zum Sport. Wenn er zurückkommt, bin ich in der Sitzung. Außerdem ist das *sein* Parkplatz. Und deshalb fahren *Sie* Ihren verdammten Schrotthaufen jetzt gefälligst weg!«

»Das müssen ausgerechnet *Sie* sagen – mit Ihrem lächerlichen Sierra Cosworth.«

»Tut nichts zur Sache.« Der Mann riss die Tür von Linfords Wagen auf.

»Die strafbare Handlung, die Sie gerade begehen, wird sich in Ihrem Führungszeugnis gut machen.«

442

»Mal sehen, was die Bullen sagen, wenn Sie ohne Zähne aufs Revier kommen.«

»Über diese Frage können Sie nachdenken, wenn Sie wegen Beamtenbeleidigung in der Zelle sitzen.«

Der Mann zuckte zusammen. Selbst sein Unterkiefer wich ein wenig zurück. Dann schluckte er, und sein Adamsapfel trat deutlich hervor. Linford nutzte die Gelegenheit. Er zog seine Dienstmarke aus der Tasche und hielt sie dem Mann unter die Nase.

»Genügt Ihnen der Ausweis?«, sagte er. »Ihren Namen habe ich allerdings nicht verstanden...«

»Also, tut mir schrecklich Leid.« Der Mann war plötzlich sanft wie ein Lamm und lächelte entschuldigend. »Ich wollte Sie nicht...«

Linford zog sein Notizbuch hervor und genoss die plötzliche Umkehrung der Machtverhältnisse. »Von Verkehrsrowdys habe ich ja schon gehört, aber dass es auch Parkplatzrowdys gibt, ist mir völlig neu.« Er sah zu dem Sierra hinüber und notierte sich das Kennzeichen. »Ihren Namen brauchen Sie mir gar nicht erst zu sagen.« Er tippte auf das Notizbuch. »Das hier genügt vollkommen.«

»Ich heiße Nic Hughes.«

»Na gut, Mr. Hughes, sind Sie vielleicht *jetzt* in der Lage, in aller Ruhe über diesen Vorfall zu sprechen?«

»Kein Problem. Ich bin nur leider sehr in Eile.« Er wies mit dem Kopf auf das Gebäude. »Haben Sie einen Termin bei...?«

»Tut mir Leid, darüber kann ich Ihnen leider keine Auskunft geben, Sir.«

»Natürlich. Ich wollte nur...« Er brach mitten im Satz ab.

»Am besten, Sie gehen jetzt in Ihre Besprechung.« Gerade in diesem Augenblick setzte sich die Drehtür in Bewegung, und Barry Hutton trat heraus und knöpfte sich die Jacke zu. Linford kannte ihn von Pressefotos. »Ich wollte ohnehin gerade wegfahren.« Linford strahlte Hughes an und wollte schon die Zündung betätigen. »Nein, nein, Sie können den Parkplatz haben.« Hughes wich ein paar Schritte zurück. Nicht weit entfernt schloss Hutton seinen Wagen – einen roten Ferrari – auf und sah Hughes.

»Verdammt noch mal, Nic, warum bist du denn noch nicht oben?«

»Sofort, Barry.«

»Was heißt hier sofort, du Arschloch.«

Dann entdeckte Hutton Linford. Er verzog verächtlich das Gesicht. »Schwaches Bild, Nic – dass du einfach einem Fremden deinen Parkplatz überlässt. Eigentlich hatte ich dir etwas mehr Durchsetzungsvermögen zugetraut.« Hutton grinste und setzte sich in den Ferrari. Dann stieg er wieder aus und kam zu dem BMW herüber.

Linfords erster Gedanke: *So eine Katastrophe. Jetzt kennt Hutton mein Gesicht und mein Auto. Wenn ich ihn jetzt observiere, fällt ihm das doch sicherlich auf.* Aber wie hatte Rebus gesagt: »Sie müssen noch lernen, Flagge zu zeigen.« Gegenüber dem Cosworth-Fahrer hatte er diesen Rat beherzigt, und zur Belohnung stand jetzt Barry Hutton vor dem BMW und zeigte auf ihn.

»Ein Polizist, wenn ich mich nicht täusche. Ist mir ein Rätsel, wieso man euch auf hundert Meter erkennt, sogar in einem dicken BMW. Jetzt hören Sie mir mal zu. Ich habe den beiden anderen schon alles gesagt. Jetzt ist Schluss, kapiert?«

Linford nickte langsam. Die »beiden anderen«: Wylie und Hood. Linford hatte ihren Bericht gelesen.

»Will ich auch hoffen«, sagte Hutton, drehte sich um und ging zu seinem Wagen. Linford und Hughes sahen zu, wie er den Ferrari startete, und hörten dann das satte Röhren des Motors. Staub wirbelte auf, als der Wagen über den Parkplatz schoss.

Hughes glotzte Linford an, Linford glotzte Hughes an. »Haben wir noch was zu besprechen?«, fragte Linford.

»Was wird hier eigentlich gespielt?« Der Mann brachte die Worte kaum heraus.

Linford schüttelte den Kopf, kostete seinen kleinen Sieg aus und legte den Gang ein. Er rollte langsam über den Parkplatz und überlegte, ob er Hutton folgen sollte. Im Rückspiegel sah er Hughes. Irgendwas stimmte nicht mit dem Mann. Der Dienstausweis hatte ihn nicht nur zur Raison gebracht, sondern in helle Panik versetzt.

Hatte der Kerl vielleicht etwas zu verbergen? Andererseits: Selbst Pfarrer und Pastoren brachen manchmal in Schweiß aus, wenn sie es mit der Polizei zu tun bekamen. Trotzdem: Dieser Mensch war merkwürdig... Allerdings traf die Beschreibung des Zeugen auf Hughes überhaupt nicht zu. Trotzdem... trotzdem...

An der Ampel Ecke Lothian Road war Barry Hutton drei Autos vor ihm. Linford hatte sich inzwischen zu der Auffassung durchgerungen, dass er nichts zu verlieren hatte.

33

Big Ger Cafferty saß allein in seinem metallic-grauen Jaguar XK8 unten vor Rebus' Wohnung. Rebus, der gerade seinen Wagen abschloss, tat so, als ob er ihn nicht bemerkte. Als er Richtung Eingangstür ging, hörte er, wie in dem Jaguar leise surrend das Fenster heruntergelassen wurde.

»Ich dachte, wir könnten mal wieder 'ne Spritztour machen«, rief Cafferty.

Rebus reagierte nicht, schloss die Tür auf und trat ins Treppenhaus. Als die Tür ins Schloss fiel, stand er unschlüssig da. Dann machte er die Tür wieder auf. Cafferty war inzwischen ausgestiegen und lehnte an seinem Wagen.

»Na, wie gefällt Ihnen mein neuer Schlitten?«

»Haben Sie den gekauft?«

»Meinen Sie vielleicht, ich hab ihn gestohlen?« Cafferty lachte.

Rebus schüttelte den Kopf. »Ich dachte, in Ihrem Fall genügt eigentlich ein Leihwagen.«

»Gerade deshalb genieße ich das Leben, solange es geht.«

Rebus blickte um sich. »Wo ist Rab?«

»Ich hab gedacht, auf den kann ich heute verzichten.«

»Soll ich das als Kompliment oder als Beleidigung deuten?«

Auf Caffertys Stirn erschienen ein paar Falten. »Was?«

»Ja, dass Sie ohne Aufpasser hier aufkreuzen.«

»Haben Sie nicht kürzlich abends selbst gesagt, dass man so eine Gelegenheit nutzen sollte? Was ist jetzt mit unserer Spritztour?«

»Können Sie denn überhaupt vernünftig fahren?«

Cafferty lachte wieder. »Stimmt, ich bin schon etwas eingerostet. Ich dachte nur, dass man so besser sprechen kann.«

»Worüber?«

»Über Bryce Callan natürlich.«

Sie fuhren Richtung Osten. Früher hatten die völlig heruntergekommenen Häuser von Craigmillar und Niddrie die Gegend verunstaltet, doch inzwischen waren sie der Abrissbirne zum Opfer gefallen.

»Ich hab den Teil der Stadt immer gemocht«, sagte Cafferty. Man hat von hier aus einen herrlichen Ausblick auf Arthur's Seat und die Burg von Craigmillar. Ein richtiger Yuppie würde für eine schicke Immobilie in dieser Lage wahrscheinlich einiges springen lassen.«

»Nur dass man heute nicht mehr von ›Yuppies‹ spricht.«

Cafferty sah ihn an. »Tja, da sieht man's mal wieder: Ich bin ganz schön lange weg gewesen.«

»Kann man so sagen.«

»Und das alte Polizeirevier ist auch weg.«

»Nur um die Ecke gezogen.«

»Um Gottes willen – schauen Sie nur: die vielen neuen Einkaufszentren.«

Inzwischen hatten sie Niddrie hinter sich gelassen und folgten der Beschilderung Richtung Musselburgh.

»Mensch, Mensch, wie sich hier alles verändert hat«, sagte Cafferty nachdenklich.

»Und ich werde immer älter, während wir in Ihrem Auto durch die Gegend gurken. Könnten Sie vielleicht mal auf den Punkt kommen?«

Cafferty blickte in Rebus' Richtung. »Bin schon die ganze Zeit dabei, nur dass Sie es nicht merken.«

»Was wollten Sie mir denn über Callan erzählen?«

»Nur, dass er mich angerufen hat.«

»Dann weiß er also, dass Sie wieder draußen sind.«

»Wie viele unserer vermögenden Landsleute im Ausland ist auch Callan bestens über alles informiert, was in Schottland passiert.« Cafferty sah ihn an. »Ziemlich nervös, was?«

»Wieso fragen Sie?«

»Weil Sie die ganze Zeit die Hand am Türöffner haben, als ob Sie es gar nicht abwarten könnten rauszuspringen.«

Rebus legte seine Hand woanders hin. »Ich hab das Gefühl, Sie führen was gegen mich im Schilde.«

»Ach, tatsächlich?«

»Und ich wette drei Monatsgehälter darauf, dass Sie überhaupt nicht krank sind.«

Cafferty ließ die Straße nicht aus den Augen. »Dann beweisen Sie es.«

»Keine Sorge.«

»Ich? Wieso sollte ich mir Sorgen machen? Ich bin die Ruhe selbst – ganz im Gegensatz zu Ihnen.« Sie schwiegen eine Weile. Cafferty streichelte das Lenkrad. »Aber trotzdem ein schönes Auto, was?«

»Sicher, wenn man so hart arbeitet, kann man sich so was schon mal leisten.«

»Sie wissen doch, ich lasse arbeiten. Das zeichnet nun mal den erfolgreichen Geschäftsmann aus.«

»Womit wir wieder bei Bryce Callan wären. Noch vor kurzem hat sein Neffe Sie abblitzen lassen, und jetzt ruft der Mann Sie aus heiterem Himmel an?«

»Er weiß, dass ich Sie kenne.«

»Ja und?«

»Und er wollte von mir wissen, was ich weiß. Sie haben sich da nicht sonderlich beliebt gemacht, Strohmann.«

»Oh, ich fang gleich an zu weinen.«

»Glauben Sie wirklich, dass er in diese Morde verwickelt ist?«

»Wollen Sie etwa das Gegenteil behaupten?«

Cafferty schüttelte den Kopf. »Nein, ich wollte Ihnen nur raten, seinem Neffen ein wenig auf die Finger zu schauen.«

Rebus dachte eine Weile nach.

»Wieso?«, fragte er schließlich.

Cafferty gab ihm keine Antwort.

»Stammt der Tipp von Callan?«

»Indirekt.«

Rebus schüttelte ungläubig der Kopf. »Kapier ich nicht. Wieso sollte Callan Barry Hutton in die Pfanne hauen?« Wieder blieb Cafferty die Antwort schuldig. »Merkwürdig...«, sagte Rebus.

»Was?«

Rebus schaute aus dem Fenster. »Dass Sie mit mir extra nach Musselburgh fahren, um mir einen Haufen Scheiße zu erzählen. Sie selbst wollen doch, dass Hutton hochgeht.« Er sah Cafferty an. »Ich frage mich nur, warum?«

Rebus konnte die Wut, die plötzlich in Caffertys Gesicht aufflammte, beinahe körperlich spüren. »Sie sind verrückt, wissen Sie das? Sie kennen offenbar nur ein Ziel: nämlich *mir* eine blutige Nase zu verpassen. Sonst ist Ihnen so ziemlich alles egal – oder sehe ich das falsch, Strohmann? Ihr überlebensgroßes Feindbild ist Morris Gerald Cafferty.«

»Nehmen Sie sich nicht so wichtig.«

»Eigentlich wollte ich Ihnen ja einen Gefallen tun. Ihnen dabei helfen, sich mit Ehre zu bekleckern, und verhindern, dass Bryce Callan Sie umbringt.«

»Sind Sie neuerdings bei der UNESCO?«

»Also, hören Sie mal zu...«, Cafferty seufzte. Seine Wangen

hatten inzwischen fast wieder ihre normale Farbe angenommen. »Okay, kann sein, dass ich auch ein bisschen an mich gedacht habe.«

»Und welche Interessen verfolgen Sie?«

»Das geht Sie einen Scheißdreck an. Sie hat nur das eine zu interessieren: Der Hauptnutznießer ist John Rebus.«

Cafferty betätigte den Blinker und hielt dann in der High Street auf dem Parkstreifen an. Rebus blickte umher, konnte aber nichts Besonderes erkennen.

»Das Luca's?« Im Sommer bildeten sich vor dem Eiscafé regelmäßig lange Schlangen. Doch jetzt war tiefster Winter. Später Nachmittag, und drinnen brannte Licht.

»Früher gab's hier die beste Eiscreme weit und breit«, sagte Cafferty und öffnete seinen Sicherheitsgurt. »Mich würde interessieren, ob das noch immer so ist.«

Kurz darauf kam er mit zwei Waffeln Vanilleeis zurück. Rebus zwickte sich ins Ohr und schüttelte ungläubig den Kopf.

»Noch vor einer Minute haben Sie mir erzählt, dass Callan einen Killer auf mich angesetzt hat, und jetzt sitzen wir hier und essen Vanilleeis.«

»Sie wissen doch: Entscheidend im Leben sind die kleinen Dinge.« Cafferty leckte an seiner Waffel. »Wenn jetzt Sommer wäre, könnten wir da drüben unsere Wetten abschließen.« Ach ja. In Musselburgh gab es eine Rennbahn. Attraktion Numero zwo.

Rebus schlürfte von seinem Eis. »Dann legen Sie mal los«, sagte er. »Erzählen Sie ein bisschen was über Hutton. Allerdings bin ich nur an Informationen interessiert, die mir wirklich weiterhelfen.«

Cafferty dachte kurz nach. »Zum Beispiel Schmiergeld«, sagte er. »Jeder in Huttons Branche braucht Freunde.« Er machte eine kurze Pause. »Möglich, dass sich das Erscheinungsbild der Stadt verändert, aber die Machtmechanismen sind immer noch dieselben.«

Barry Hutton ging einkaufen: Er parkte seinen Wagen im St. James Centre und machte im John-Lewi's-Kaufhaus ein paar Besorgungen. Dann hinaus auf die Princes Street und die paar Schritte hinüber zu Jenners. Hutton kaufte irgendwelche Klamotten, während Derek Linford das Krawattensortiment studierte. Die ganze Innenstadt war gesteckt voll. Linford war sich sicher, dass Hutton ihn nicht gesehen hatte. Auch wenn er bisher noch nie jemanden beschattet hatte, die Theorie kannte er jedenfalls. Er kaufte einen Schlips – hellorange mit grünen Streifen – und tauschte ihn gegen seine schlichte braune Krawatte aus.

Auf dem Firmenparkplatz hatte Hutton einen Mann mit brauner Krawatte gesehen: Anderer Schlips, anderer Mann.

Dann über die Straße ins Balmoral Hotel zum Nachmittagstee mit einem Mann und einer Frau: Geschäftliche Besprechung mit offenen Aktentaschen. Dann wieder zum Parkhaus und im Schneckentempo Richtung Waverley Bridge. Der Berufsverkehr nahm immer mehr zu. Hutton parkte in der Market Street und betrat das Carlton Highland Hotel durch den rückwärtigen Eingang. Er hatte eine Sporttasche in der Hand. Vermutlich ging er in den Fitness-Club des Hauses. Linford wusste, dass es in dem Hotel eine solche Einrichtung gab. Hatte selbst schon mit dem Gedanken gespielt, dort Mitglied zu werden, doch dann war ihm der Beitrag zu hoch gewesen. Sein Hauptgedanke damals: ein Ort, wo man die hohen Tiere trifft, allerdings verdammt teuer.

Er saß da und wartete. Im Handschuhfach hatte er eine Flasche Mineralwasser, doch er durfte natürlich nichts trinken. Zu peinlich, wenn er Hutton verlieren würde, bloß weil er sich mal schnell erleichtern musste. Also essen. Sein Magen knurrte. Nur ein paar Schritte entfernt entdeckte er ein Café… Wieder durchwühlte er das Handschuhfach und brachte eine Packung Kaugummis zum Vorschein.

»Bon appetit«, sagte er zu sich selbst, als er einen davon auswickelte.

Hutton blieb eine Stunde in dem Fitness-Club. Linford notierte sich die genaue Zeit, wie er es auch schon vorher gemacht hatte. Dann kam der Baulöwe allein wieder heraus. Sein Haar war noch nass vom Duschen, in der Hand schwenkte er wie vorhin schon seine Tasche. Der Mann war ganz erfüllt von jenem lässigen, strahlenden Selbstbewusstsein, das nach intensiver sportlicher Betätigung bei den Leuten um sich greift. Dann wieder ins Auto und ab Richtung Abbeyhill. Linford überprüfte sein Mobiltelefon. Die Batterie war leer. Er schloss es an den Zigarettenanzünder an. Er dachte daran, Rebus anzurufen. Doch was sollte er ihm eigentlich erzählen? Ihn um sein Placet bitten? *Ja, ist schon okay, wie Sie das machen. Weiter so.* Nein, diese Blöße wollte er sich nicht geben.

Die beiden Autos fuhren jetzt auf der Easter Road dahin. Hutton telefonierte. Ständig hatte er sein Handy am Ohr und sah fast nie in den Rück- oder Seitenspiegel. Aber Linford war ohnehin drei Autos hinter ihm. Also keine große Gefahr.

Dann waren sie plötzlich in Leith und fuhren durch gesichtslose Nebenstraßen. Linford ließ sich zurückfallen und hoffte, dass ihn jemand überholen würde. Weit und breit kein anderes Auto, nur Hutton und er. Die Straßen wurden jetzt immer enger. Auf beiden Seiten Häuser, deren Eingangstüren direkt auf die Straße hinausgingen. Kinderspielplätze, Glasscherben, die im Scheinwerferlicht funkelten. Dunst. Plötzlich hielt Hutton auf dem Seitenstreifen an. Nach Linfords Empfinden konnte der Hafen nicht mehr weit sein. Allerdings kannte er diesen Teil der Stadt überhaupt nicht, mied die Gegend nach Möglichkeit: zu viel kriminelle Energie. Waffenhandel. Alkoholismus und häusliche Gewalt. Und die Leidtragenden waren meistens »Freunde« oder Angehörige.

Huttons Auto stand vor einer der ortsüblichen Schlägerkneipen: ein winziges Lokal mit verhängten Fenstern und einer stabilen Tür. Auf den ersten Blick war gar nicht zu erkennen, dass der Laden geöffnet hatte. Doch Hutton wusste es anscheinend besser. Er stieß die Tür auf und ging direkt hinein. Seine Sporttasche lag auf dem Beifahrersitz, die Einkaufstaschen auf dem Rücksitz. Jeder Passant konnte das Zeug sehen.

Blödheit oder Selbstgewissheit. Linford entschied sich für die zweite Option. Er musste an die Kneipe in Leith in dem Film *Trainspotting* denken – an den amerikanischen Touristen, der sich nach der Toilette erkundigt, und die schrägen Typen, die hinter ihm hergehen und die Beute anschließend unter sich aufteilen. Genau dieselbe Art von Kneipe. Nicht mal einen Namen hatte das Lokal – vorne nur ein Brauereischild mit der Aufschrift »Tennent's Lager«. Linford sah auf die Uhr und machte sich ein paar Notizen. Alles wie im Lehrbuch. Er hörte sein Telefon ab. Keine Nachrichten. Er wusste, dass sein Single-Club abends was unternehmen wollte, und zwar um neun. Allerdings war er sich nicht darüber im Klaren, ob er hingehen sollte oder nicht. Und wenn er dort wieder auf Siobhan traf? Den Vergewaltigungsfall bearbeitete sie zwar nicht mehr, aber man konnte nie wissen. Niemand hatte ihn bisher auf den Abend in der Disco angesprochen, als er Siobhan kennen gelernt hatte. Also hatte sie offenbar Wort gehalten und niemandem was erzählt. Ausgesprochen nett von ihr, besonders angesichts… Natürlich hatte sie ihn in der Hand, aber bisher hatte sie diesen Vorteil nicht genutzt.

Andererseits: Was hatte er denn schon Schlimmes getan? Wie ein verliebter Teenager vor ihrer Wohnung herumgegangen. Nicht gerade ein heimtückisches Verbrechen. Außerdem nur dreimal. Selbst wenn Rebus ihn nicht entdeckt hätte… sicher hätte er schon sehr bald von allein damit aufgehört. Ja, das eigentliche Problem war Rebus. Ihm hatte er die ganze Scheiße mit Siobhan in erster Linie zu verdanken. Außerdem hatte ihm der Mann die Ermittlungen weitgehend aus der Hand genommen. Ja, verdammt noch mal, genau dieses Ziel hatte Rebus von Anfang an verfolgt: es den Kollegen aus der Fettes Avenue zu zeigen und dann dort zum Hauptkommissar aufzusteigen und ihm – Linford – das Leben schwer zu machen. Andererseits ging Rebus natürlich bald in den Ruhestand, wenn er sich nicht schon vorher tot soff, aber Siobhan – Siobhan, die blieb natürlich noch länger, es sei denn, sie heiratete und bekam Kinder.

Außerdem konnte sie ihn jederzeit zum Deppen machen.

Was sollte er nur dagegen tun? Aber hatte der SPP nicht selbst gesagt: »Niemand ist unersetzlich«?

Er las, was er gerade in seinem Auto fand: das Handbuch des Herstellers, die Inspektionseinträge, ein paar Zettel, die auf der Beifahrerseite in der Tür steckten: Prospekte, Einkaufslisten … Dann studierte er seinen Autoatlas, inspizierte sämtliche Gegenden Schottlands, die er noch nicht kannte. Plötzlich schrillte das Telefon, und er zuckte erschrocken zusammen. Er nahm das Gerät aus der Halterung und schaltete es hastig ein.

»Hier spricht Rebus«, sagte die Stimme.

»Irgendwas passiert?«

»Nein…, nur dass Sie seit Stunden verschollen sind.«

»Und da haben Sie sich natürlich Sorgen gemacht?«

»Sagen wir: Ich war neugierig.«

»Ich beschatte Hutton. Er ist gerade in einer Kneipe in Leith. Schon seit…« Er sah auf die Uhr. »…schon seit eineinviertel Stunden.«

»Welche Kneipe?«

»Kein Name über der Tür.«

»Welche Straße?«

Linford musste zugeben, dass er es nicht wusste. Er blickte um sich, sah aber nichts, was ihm hätte weiterhelfen können.

»Wie gut kennen Sie Leith?«, fragte Rebus. Linford spürte, wie der Mut ihn verließ.

»Ziemlich gut«, sagte er.

»Und – sind Sie im Norden oder im Süden? Im Hafen oder in Seafield? Oder wo sonst?«

»Nicht weit vom Hafen entfernt«, stotterte Linford.

»Sehen Sie irgendwo Wasser?«

»Jetzt hören Sie mal zu. Ich verfolge den Mann schon den ganzen Nachmittag. Zunächst hat er sich Klamotten gekauft, danach hat er einen geschäftlichen Termin gehabt, und anschließend ist er in seinen Fitness-Club gegangen...«

Rebus hörte gar nicht zu. »Der Mann hat eine kriminelle Vergangenheit, egal ob er was mit der Sache zu tun hat oder nicht.«

»Wie meinen Sie das?«

»Ich meine, er hat früher für seinen Onkel gearbeitet. Wahrscheinlich versteht er von diesen Sachen mehr als Sie.«

»Also, ich lass mir von Ihnen doch nicht...«

»Hallo? Sind Sie noch da? Und was machen Sie, wenn Sie pinkeln müssen?«

»Muss ich nicht.«

»Und wenn Sie Hunger haben?«

»Hab ich nicht.«

»Ich hab Ihnen doch gesagt, Sie sollen sich um seine Mitarbeiter kümmern. So hatte ich das eigentlich nicht gemeint.«

»Erzählen Sie mir bitte nicht, wie ich meinen Job zu machen habe.«

»Gehen Sie bloß nicht in diese Kneipe, okay? Ich hab so eine Idee, wo Sie stecken könnten. Ich fahr jetzt gleich los. Warten Sie auf mich.«

»Keine Ursache.«

»Sie können ja versuchen, mich daran zu hindern.«

»Also, das hier ist *mein*...« Aber Rebus hatte schon aufgelegt.

Linford stieß ein paar stumme Flüche aus und versuchte, Rebus zurückzurufen. »Tut mir Leid«, sagte eine Stimme, »aber die Nummer, die Sie gewählt haben, ist derzeit nicht erreichbar.«

Wieder fluchte Linford.

Wollte er überhaupt, dass Rebus herkam, seine Nase in seine Arbeit steckte? Sich in alles *einmischte*? Wollte er sich von Rebus sagen lassen, was er zu tun hatte?

Plötzlich flog die Kneipentür auf. Eine Stunde fünfzig Minuten war Hutton in dem Lokal gewesen, und in der ganzen Zeit war kein anderer Gast gekommen oder gegangen. Aber jetzt stand er im gleißenden Licht, das aus der Kneipe nach draußen fiel, in der offenen Tür. Neben ihm ein zweiter Mann.

Die beiden standen plaudernd im Eingang. Linford parkte ein Stück abseits auf der anderen Straßenseite und inspizierte den zweiten Mann. Er rief sich nochmals die Beschreibung in Erinnerung, die der Zeuge von den beiden Männern abends in der Holyrood Road gegeben hatte. Passte ziemlich genau auf die zweite Gestalt dort vor der Tür.

Jeans, dunkle Bomberjacke, weiße Turnschuhe. Kurzes schwarzes Haar. Große runde Augen und ein verdrießliches Gesicht.

Hutton klopfte dem Mann auf die Schulter. Der Mann war offenbar nicht gerade begeistert über das, was er zu hören bekam. Er streckte Hutton die Hand zum Abschied entgegen, doch der ignorierte dieses Angebot. Hutton ging zu seinem Ferrari, schloss die Tür auf und weg war er. Zunächst sah es so aus, als ob der Mann wieder in die Kneipe gehen wollte. Ganz neue Situation für Linford: Wenn Rebus kommt, gehen wir zusammen in den Schuppen, dachte er, und dann nehm ich den Mann fest. Nicht schlecht für einen Nachmittag Arbeit.

Doch der Mann verabschiedete sich nur laut von seinen Kumpels. Dann setzte er sich zu Fuß in Bewegung. Linford öffnete leise die Tür seines Wagens und stieg aus. Wollte das Auto zuerst abschließen, dachte dann aber an den leisen Ton, der signalisierte, dass die Alarmanlage eingeschaltet war. Also verzichtete er darauf.

Auch sein Handy hatte er vergessen.

Der Mann wirkte betrunken. Er wankte leicht und schlenkerte mit den Armen. Dann ging er in ein anderes Lokal, kam aber schon ein paar Minuten später wieder heraus, stand vor der Tür und zündete sich eine Zigarette an. Dann ging er weiter, blieb unterwegs stehen, um mit jemandem zu quatschen, den er offenbar kannte, dann zog er ein Handy aus der Tasche und telefonierte. Linford klopfte seine eigenen Taschen ab. Jetzt erst bemerkte er, dass er sein eigenes Handy im Auto vergessen hatte. Er hatte keine Ahnung, wo sie sich befanden, versuchte sich die Namen der Straßen einzuprägen, durch die sie gingen.

Wieder eine Kneipe: Drei Minuten und dann weiter. Eine Abkürzung durch eine kleine Gasse. Linford wartete, bis der Mann am anderen Ende der Gasse nach links in eine Straße eingebogen war. Dann ein kurzer Sprint bis zum Ende der Gasse. Vor ihm lag jetzt eine Wohnanlage mit hohen Zäunen und zugezogenen Gardinen. Laufende Fernseher und Kindergeschrei. Dunkle Durchgänge mit einem Anflug von Uringestank. Graffiti. Dann weitere Durchgänge. Der Mann blieb stehen und klopfte an eine Tür. Linford hielt sich im Schatten. Die Tür ging auf, und der Mann trat rasch ein.

Wahrscheinlich nicht der letzte Zwischenstopp, dachte Linford. Keine Schlüssel, also vermutlich nicht die eigene Wohnung. Er sah auf die Uhr. Auch sein Notizbuch hatte er im Auto gelassen – auf dem Beifahrersitz neben dem Handy. Und abgeschlossen war der BMW auch nicht. Er biss sich auf die Unterlippe und sah sich in der Betonwüste ein bisschen um. Ob ich die Kneipe überhaupt wieder finde, überlegte er. Und sein Superschlitten, ob der noch da war?

Wenigstens war Rebus im Anmarsch. Bestimmt wusste der sofort, was zu tun war, und würde in der Zwischenzeit auf Linfords Wagen aufpassen. Er zog sich für alle Fälle noch ein paar Schritte weiter in den Schatten zurück und schob die Hände in die Taschen. Verdammt kalt.

Der Schlag traf ihn völlig lautlos von hinten. Linford war schon bewusstlos, noch bevor er auf dem Boden aufschlug.

34

Diesmal war Jayne wirklich abgehauen. Und bei ihrer Mutter war sie auch nicht. Die alte Vettel sagte nur: »Ich soll dir ausrichten, dass sie zu einer Freundin gezogen ist. Keine Ahnung, zu welcher, sie hat nämlich gesagt, dass es besser ist, wenn ich es gar nicht erst weiß.« Sie hatte die Arme verschränkt und füllte fast die ganze Tür ihres Reihenhauses aus.

»Na dann besten Dank für deine großzügige Hilfe«, entgegnete Jerry und ging zurück über den Gartenweg. An der Pforte saß der Hund der Alten. Netter kleiner Kläffer namens Eric. Jerry verpasste ihm einen Fußtritt und öffnete die Pforte. Als Jaynes Mutter ihm wegen des jaulenden Hundes eine wilde Schimpftirade hinterherschickte, lachte er nur.

Zu Hause in der Wohnung sah er noch einmal nach, ob sie etwas hinterlassen hatte. Kein Schreiben, und ihre Klamotten waren auch größtenteils weg. Im Affekt hatte sie jedenfalls nicht gehandelt. Der Beweis: Auf dem Boden stand eine Kiste mit 45er-Schallplatten. Daneben lag eine Schere – doch die Scheiben waren noch völlig okay. Vielleicht eine Art Friedensangebot? Ansonsten waren nur ein paar Sachen im Zimmer verstreut. Sah ganz so aus, als ob sie es eilig gehabt hatte. Er schaute in den Kühlschrank: Käse, Margarine, Milch. Kein Bier. Auch sonst war nichts mehr zu trinken da. Er warf den spärlichen Inhalt seiner Taschen auf die Couch. Drei Pfund und etwas Kleingeld. Guter Gott, wann war eigentlich die nächste Überweisung fällig? Frühestens in einer Woche. Scheiße, und das an einem Freitagabend – drei lumpige Pfund. Er durchwühlte diverse Schubladen und suchte hinter der Couch und unter dem Bett. Das stolze Ergebnis: weitere achtzig Pence.

In der Küche starrten ihm von der Pinnwand die Rechnungen entgegen: Gas, Strom, Steuern. Und dann noch die Miete und das Telefon. Gerade morgens erst war die Telefonrechnung gekommen, und Jerry hatte Jayne gefragt, warum sie drei Stunden in der Woche mit ihrer Mutter telefonieren musste, die gleich ein paar Häuser weiter um die Ecke wohnte.

Er ging zurück ins Wohnzimmer und suchte in seiner Plattensammlung nach »Stranded« von den Saints. Eigentlich war die B-Seite noch besser – »No Time«. Zeit hatte er zwar im Überfluss, trotzdem fühlte er sich wie ein gestrandetes Wrack.

Dann die Stranglers: »Grip«. Während die Musik lief, fiel ihm ein, dass er Jayne vielleicht ein bisschen strangulieren könnte, weil sie ihm das angetan hatte.

»Komm, reiß dich zusammen«, rief er sich selbst zur Ordnung.

Er kochte sich einen Tee und versuchte, seine Situation zu überdenken, doch er hatte nur Müll in der Birne. Also knallte er sich erst mal auf das Sofa. Wenigstens konnte sie jetzt nicht mehr über seine Musik maulen. Ihre Kassetten hatte sie mitgenommen: Eurythmics, Celine Dion, Phil Collins. Ohnehin nur Schrott, das meiste davon. Er läutete drei Türen weiter bei Tofu und fragte nach ein bisschen Shit. Tofu sagte: »Nur wenn du dafür bezahlst.«

»Ich brauch doch nur Stoff für einen Joint. Du bekommst es auch zurück.«

»Was? Das Zeug, das du geraucht hast?«

»Ich meine, ich will es ja nur auf Pump.«

»Klar doch. Haste letzten Mittwoch auch schon gesagt.«

»Ach, komm schon Tofu, nur ein paar Krümel.«

»Tut mir Leid, Kumpel, ich bin doch nicht von der Heilsarmee.«

Jerry hob drohend den Finger. »Das vergess ich dir nicht so leicht. Darauf kannst du einen lassen.«

»Klar doch, Jer.« Tofu machte die Tür wieder zu, und Jerry hörte, wie die Kette vorgelegt wurde.

Dann zurück in die Wohnung. Er war nervös, brauchte unbedingt ein bisschen Action. Scheiße: Immer wenn man mal einen Freund brauchte, war keiner da. Nic... er konnte ja Nic anrufen. Ihn wenigstens anpumpen. Wenn er es recht überlegte, hatte er Nic ja total in der Hand. Warum sollte er sich eigentlich nicht jede Woche einen gewissen Betrag von ihm holen? Er sah auf die Digitalanzeige des Videogeräts. Schon nach fünf. War Nic jetzt noch bei der Arbeit oder schon zu Hause? Er versuchte es unter beiden Nummern: nichts. Vielleicht hockte Nic aber auch mit ein paar Miniröcken aus dem Büro in irgend 'ner Kneipe. Natürlich ohne seinen alten Waffenbruder. Er selbst, Jerry, war ja nur der blöde Depp, von dem Nic sich vorteilhaft abheben konnte.

Ja, ein Volldepp. So einfach war das. Alle lachten über ihn: Jayne, ihre Mutter, Nic. Selbst die Frau auf dem Sozialamt. Und Tofu ..., er hörte geradezu, wie dieser Depp mit seinen Tüten voll Grass und seinen Haschischplatten gemütlich in seiner verrammelten Bude hockte und sich über ihn kaputtlachte. Dazu nette Musik aus der Stereoanlage und reichlich Knete in der Tasche. Jerry sammelte die Münzen ein, die neben ihm auf dem Sofa lagen, und schmiss sie gegen den Fernseher.

Dann läutete es. Jayne, ja, das konnte nur Jayne sein. Okay, er musste sich zusammenreißen, nur jetzt keinen Schwachsinn machen. Ein bisschen eingeschnappt durfte er schon sein, aber auf keinen Fall ausrasten. So was passierte nun mal, also die Ruhe bewahren ... Wieder läutete es. Augenblick. Wieso nahm sie denn nicht einfach ihren eigenen Schlüssel? Dann hämmerte jemand mit der Faust gegen die Tür. Hatten sie vielleicht noch irgendwo Schulden? Wollte da vielleicht einer den Fernseher abholen – oder das Videogerät? Sonst gab es ja nichts in der Bude.

Er stand im Flur und hielt die Luft an.

»Mensch, ich kann dich sehen, du Blödmann.«

Ein Augenpaar spähte durch den Briefschlitz. Nics Stimme. Jerry ging zur Tür.

»Nic, Mann, ich hab gerade versucht, dich anzurufen.«

Er entriegelte die Tür, die sofort nach innen aufflog. Er stolperte rückwärts und landete auf dem Hintern. Er wollte sich schon wieder aufrappeln, als Nic ihm einen weiteren Stoß versetzte. Wieder stürzte er zu Boden. Dann wurde die Tür zugeknallt.

»Linke Tour, Jerry, eine verdammt linke Tour.«

»Was soll das heißen? Was hab ich denn schon wieder getan?«

Nic war schweißgebadet. Seine Augen waren noch dunkler und kälter als sonst und seine Stimme schneidend scharf.

»Hätte ich dir doch nur nichts davon gesagt«, zischte er.

Jerry stand inzwischen wieder auf den Beinen. Er schob sich an der Wand entlang Richtung Wohnzimmer. »Was gesagt?«

»Dass Barry mich loswerden will.«

»Was?« Jerry kapierte nichts mehr. Er war völlig aufgelöst. Sicher begriff er nicht richtig, worum es ging. Verdammt noch mal, er musste nur richtig nachdenken.

»Erst hast du mich bei den Bullen verpfiffen…«

»Was? Augenblick mal…«

»Schnauze, Jerry. Wenn ich mit dir fertig bin…«

»Aber ich hab doch nichts getan!«

»Verpfiffen hast du mich *und* den Bullen gesteckt, wo ich arbeite.«

»Niemals!«

»Sie haben sich doch bei Barry nach mir erkundigt. Einer von denen hat heute Nachmittag sogar stundenlang auf *meinem* Parkplatz im Auto gesessen. Was hat der Typ denn sonst dort zu suchen?«

Jerry zitterte am ganzen Leib. »Dafür kann es doch viele Gründe geben.«

Nic schüttelte den Kopf. »Nein, Jer, nur einen einzigen. Und du glaubst doch wohl nicht, dass du ungeschoren davonkommst.«

»Was soll das heißen?«

Nic zog etwas aus seiner Tasche: ein Messer. Ein verdammtes riesengroßes Messer. Und dann sah Jerry, dass Nic Handschuhe trug.

»Ich schwöre bei Gott, Mann.«

»Schnauze.«

»Wieso sollte ich denn so was tun, Nic? Denk doch mal nach.«

»Ja, jetzt hast du die Hosen voll. Du zitterst ja wie ein verdammter Hosenscheißer.« Nic lachte. »Dass du ein Schwächling bist, habe ich ja immer schon gewusst, aber ein so elender Hosenscheißer…«

»Also, hör doch mal zu, Mann. Jayne ist abgehauen, und ich…«

»Jayne kannst du vergessen.« Oben stampfte jemand gegen die Decke. Nic hob den Kopf. »*Schnauze!*«

Jerry witterte eine kleine Chance und rannte in die Küche. Die Spüle war bis oben voll mit Geschirr und Besteck. Er griff sich eine Handvoll Gabeln und Teelöffel. Nic wollte sich schon auf ihn stürzen, als ihn eine Ladung Besteck traf. Jerry fing an zu schreien.

»Ruft die Polizei! Hey, ihr da oben – holt die Bullen!«

Nic machte einen Ausfall mit dem Messer und erwischte Jerry an der rechten Hand. Blut strömte aus der Wunde. Jerry schrie vor Schmerz laut auf und verpasste Nic einen Tritt gegen die Kniescheibe. Wieder ein Stoß mit dem Messer, doch Jerry konnte ausweichen und ins Wohnzimmer entwischen. Doch dann stolperte er und stürzte er über die Kiste mit den 45er-Platten. Die Scheiben rollten und schlitterten über den Boden. Schon war Nic wieder über ihm. Unter seinem Fuß zerbarst eine der Schallplatten.

»Du verdammtes Schwein«, sagte er. »Du hast mich das letzte Mal verpfiffen.«

»Nic, Mensch, du bist ja total wahnsinnig!«

»Als ob es noch nicht gereicht hätte, dass Cat mich verlässt – nein, du musstest mich ja auch unbedingt noch verpfeifen. Also gut. Aber die Vergewaltigungen gehen auf *dein* Konto. Ich hab nur den Wagen gefahren. Genau das werde ich den Bullen sagen.« Sein Gesicht war jetzt eine hässliche Grimasse. »Wir zwei haben uns gestritten, und dabei ist es halt passiert – in Notwehr natürlich. Ja, genau das werde ich denen verklickern. Der Einzige von uns beiden, der was in der Birne hat, das bin nämlich ich, du Schwachkopf. Und einen anständigen Job und ein Haus und ein Auto hab ich auch. Und *mir* werden sie natürlich glauben.« Er hob das Messer, und in diesem Augenblick stieß Jerry zu. Ein gurgelndes Geräusch kam aus Nics Mund. Er starrte Jerry ungläubig an, beugte dann den Kopf und sah die Schere, die in seiner Brust steckte.

»Wer von uns beiden hat nun was in der Birne?«, sagte Jerry und stand auf, als Nic gerade bäuchlings zu Boden schlug.

Er ließ sich auf die Couch fallen. Nics Körper zuckte noch

ein-, zweimal und lag dann reglos da. Jerry fuhr sich mit den Händen durch das Haar. Dann inspizierte er die gut fünf Zentimeter lange, tiefe Wunde an seiner Hand. Musste eigentlich im Krankenhaus genäht werden. Er kniete sich neben Nic auf den Boden und durchsuchte seine Taschen, bis er den Schlüssel des Cosworth fand. Nie hatte Nic ihn den Wagen fahren lassen – nicht mal angeboten hatte er es.

Jetzt musste er eine Entscheidung treffen. Sollte er nun einfach in der Wohnung bleiben und warten? Sich schon mal überlegen, was er den Bullen sagen wollte? Natürlich Notwehr – war ja auch so gewesen. Nic hielt das Messer noch in der Hand. Möglich, dass die Nachbarn erzählten, was sie gehört hatten. Aber die Bullen… wussten ja schon, dass Nic die Frauen vergewaltigt hatte. Und sicher wussten sie auch, dass zwei Männer an den Überfällen beteiligt gewesen waren.

Und natürlich sprach alles dafür, dass er – Jerry – der zweite Mann gewesen war: Nics Kumpel seit Kindertagen, der Versager, der Nic getötet hatte. Und sicher würden sie irgendwelche Zeugen aufgabeln, die ihn in diesen Nachtclubs gesehen hatten. Womöglich hatte er sogar Spuren in dem Bedford hinterlassen.

Keine schwierige Entscheidung also. Er warf die Schlüssel in die Luft, fing sie wieder auf und marschierte aus der Wohnung. Ließ die Tür einfach offen. Warum sollten die Bullen sie extra eintreten?

Ob Nic daran auch gedacht hätte?

35

Rebus erneuerte gerade seine alte Bekanntschaft mit den härteren Exemplaren der Leither Kneipenszene. Nicht etwa mit den charmanten frisch aufgemöbelten Bars oben am Hafen oder mit den schnieken viktorianischen Gasthäusern an der Great Junction Street oder an der Bernard Street. Um die Art von Lokalitäten zu finden, die er suchte, musste man sich schon in abgelegenere Seitenstraßen begeben, wo man nur selten einem Mitarbeiter des gar nicht weit entfernten Schottland-Ministeriums begegnete. Zunächst einmal hatte er sich vorgenommen, vier dieser Läden abzuklappern. Die beiden ersten waren Fehlanzeige. Doch als er an dem dritten vorbeifuhr, sah er rund fünfzig Meter entfernt auf dem Seitenstreifen Linfords BMW, der unter einer kaputten Straßenlampe abgestellt war. Kluger Zug, den Wagen an einer schlecht beleuchteten Stelle zu parken, aber andererseits: An der Straße war ohnehin fast jede zweite Laterne hinüber.

Rebus stoppte seinen Saab hinter dem BMW. Er betätigte die Blinkhupe: keine Reaktion. Stieg aus seinem Wagen und zündete sich eine Zigarette an. Ohnehin hatte er ja nur zufällig an dieser Stelle angehalten, um eine Zigarette zu rauchen. Doch seinen Augen entging nichts. Die Straße war ruhig. In der Bellman's Bar brannte noch Licht – wenigstens früher hatte der Laden mal so geheißen. Den jetzigen Namen zu erraten, blieb jedem selbst überlassen. Wahrscheinlich war den Typen, die dort trinken gingen, der Name ohnehin völlig schnuppe.

Er ging an dem BMW vorbei und spähte unauffällig hinein. Irgendwas lag auf dem Beifahrersitz: ein Handy. Linford musste also in der Nähe sein. War vielleicht nur kurz pinkeln gegangen, obwohl er das am Telefon weit von sich gewiesen hatte. Rebus lächelte und schüttelte den Kopf. Dann sah er, dass die Türen des BMW nicht abgesperrt waren. Er öffnete die Fahrertür. Die Innenbeleuchtung ging an, und er entdeckte Linfords Notizbuch. Er nahm es in die Hand und fing an, darin zu lesen, doch plötzlich ging das Licht wieder aus. Also setzte er sich auf den Fahrersitz, machte die Tür zu und schaltete das Licht wieder ein. Unglaublich detailliert, was der Mann alles aufgeschrieben hatte. Doch was nützte das schon, wenn man entdeckt wurde? Rebus stieg wieder aus und inspizierte die wenigen anderen Autos, die in der Nähe abgestellt waren. Ganz normale alte Kisten, die mit ein bisschen Nachhilfe gerade noch durch den TÜV kamen. Barry Hutton gehörte ganz sicher keine dieser Gurken. Aber hatte Linford nicht gesagt, dass Hutton mit dem Auto hierher gekommen war? Hieß das, dass er schon wieder weg war?

Und bedeutete es ferner, dass er Linford entwischt war?

Plötzlich erschien ihm diese Version ein wenig zu blauäugig. Und so spielte er im Kopf ein paar andere Möglichkeiten durch, die ihm weit weniger gefielen. Er ging wieder zu seinem Saab und bat die Kollegen in St. Leonard's telefonisch, bei der Dienststelle in Leith anzufragen, ob dort etwas Außergewöhnliches passiert war. Die prompte Antwort: bisher eine ruhige Nacht. Er saß in seinem Wagen, rauchte drei oder vier Zigaretten, bis die Packung leer war. Dann ging er zum Bellman's hinüber und stieß die Tür auf.

Der Raum war verraucht. Weder Musik noch Flimmerkiste. Nur ein halbes Dutzend Männer, die an der Bar standen und ihn anstarrten. Kein Barry Hutton, kein Linford. Rebus holte ein paar Münzen aus der Tasche.

»Gibt's hier einen Zigarettenautomaten?«

»Nee, haben wir nicht.« Der Mann hinter der Bar sah ihn abweisend an. Rebus blinzelte müde.

»Und können Sie mir vielleicht so eine Packung verkaufen?«

»Nee.«

Er sah die anderen Gäste an. »Kann ich bei euch ein paar Fluppen kaufen?«

»Ein Pfund das Stück«, so die unzweideutige Antwort.

»Das ist ja Wucher«, sagte er.

»Dann verpiss dich, und kauf deine Kippen woanders.«

Rebus studierte in aller Ruhe die Gesichter und dann die schlichte Ausstattung des Etablissements: drei Tische, ein tiefroter Linoleumboden, holzvertäfelte Wände. Bilder vergilbter Pin-up-Girls, ein Dartboard mit reichlich Spinnweben. Eine Toilette konnte er nirgends entdecken. Das gesamte Getränkeangebot der Bar bestand aus vier Flaschen Whisky. Außerdem gab es zwei Zapfhähne: einer für Lager, der andere für Export.

»Scheint ja mächtig was los zu sein hier in dem Laden«, sagte
er.

»Wusste gar nicht, dass du heute Abend einen Alleinunter-
halter bestellt hast, Shug«, sagte einer der Gäste zu dem Barmann.

»Am besten, wir hauen ihm eins auf die Nuss. Vielleicht fängt
er dann auch noch an zu singen«, sagte der Barmann.

»Keine Panik, Leute.« Rebus hob beschwichtigend die Hände und wich langsam zurück. »Natürlich werde ich Barry von
dem herzlichen Empfang hier berichten.«

Aber die Männer fielen nicht darauf herein und schwiegen,
bis der Barmann fragte: »Was für ein Barry?«

Rebus zuckte mit den Achseln, drehte sich um und ging hinaus.

Ungefähr fünf Minuten später erhielt er den Anruf. Derek
Linford wurde gerade ins Krankenhaus gebracht.

Rebus ging auf dem Korridor auf und ab. Er konnte Krankenhäuser ohnehin nicht ausstehen. Dieses hier allerdings noch
weniger. Denn hier hatte man damals Sammy nach ihrem Unfall eingeliefert.

Kurz nach elf tauchte Ormiston auf. Tätlicher Angriff auf
einen Polizeibeamten, da schaltete sich natürlich sofort die
Zentrale ein.

»Wie geht's ihm?«, fragte Rebus. Er war nicht allein: Siobhan
saß mit einer Dose Fanta neben ihm und machte ein betroffe-
nes Gesicht. Auch andere Kollegen hatten inzwischen vorbei-
geschaut – unter anderem Watson und Linfords Boss aus der
Fettes Avenue, der Rebus und Siobhan keines Blickes würdigte.

»Nicht gut«, sagte Ormiston und suchte in seinen Taschen
nach Kleingeld für die Kaffeemaschine. Siobhan fragte, was er
brauchte, und gab ihm dann ein paar Münzen.

»Hat er gesagt, was passiert ist?«

»Die Ärzte haben ihm das Sprechen verboten.«

»Aber hat er es Ihnen erzählt?«

Ormiston, der inzwischen einen Plastikbecher in der Hand hielt, drückte den Rücken durch. »Er hat von hinten einen Schlag bekommen und dann noch ein paar Fußtritte. Außerdem ist sein Unterkiefer gebrochen.«

»Verständlich, dass er unter solchen Umständen nicht sonderlich gesprächig ist«, sagte Siobhan und sah Rebus an.

»Sie haben ihn mit irgendwelchen Mitteln vollgepumpt«, sagte Ormiston, pustete in seinen Becher und beäugte dann skeptisch die Flüssigkeit. »Ist das nun Kaffee oder Suppe, was meinen Sie?«

Siobhan zuckte mit den Achseln.

»Er hat irgendwas aufgeschrieben«, sagte Ormiston schließlich. »Der Boss war offenbar ganz wild darauf.«

»Und was?«, fragte Siobhan.

Ormiston sah Rebus an. »Sinngemäß etwa: ›John Rebus war darüber informiert, dass ich dort war.‹«

»Was?« Rebus' Gesicht war wie versteinert. Ormiston wiederholte die Worte nochmals für ihn.

Siobhan sah abwechselnd die beiden Männer an. »Und das heißt?«

»Das heißt«, sagte Rebus und ließ sich auf einen Stuhl sinken, »er glaubt, dass *ich* es gewesen bin. Sonst wusste ja niemand, wo er ist.«

»Aber es spricht doch alles dafür, dass es derjenige gewesen ist, den er observiert hat«, argumentierte Siobhan.

»Nicht aus Derek Linfords Sicht.« Rebus sah sie an. »Ich habe ihn angerufen und ihm gesagt, dass er auf mich warten soll. Kann natürlich sein, dass ich ihn reingelegt und ihn an die Leute verpfiffen habe, die in der Kneipe waren. Könnte aber auch sein, dass ich ihm den Schlag verpasst habe.« Er sah Ormiston fragend an.

»So sehen Sie das doch auch, Ormie – was?«

Ormiston sagte nichts.

»Aber warum sollten Sie …?« Siobhan brach mitten im Satz ab, weil ihr die Antwort selbst dämmerte. Rebus bestätigte ihre

Vermutung durch ein Nicken. Rache... Eifersucht... oder weil Linford Siobhan so behandelt hatte.

Ja, so dachte Linford. Aus seiner Sicht der Dinge ergab das alles einen Sinn.

Für Linford das perfekte Motiv.

Siobhan saß vor dem Krankenhaus in ihrem Wagen und kämpfte mit sich. Sollte sie den Kranken nun besuchen oder lieber nicht? Plötzlich krächzte ihr Funkgerät.

Bitte achten Sie auf einen schwarzen Ford Sierra Cosworth. Der Fahrer könnte ein gewisser Jerry Lister sein, der wegen eines schwer wiegenden Zwischenfalls – Code sechs – einvernommen werden soll.

Code sechs? Ständig veränderten sich die Codes – bis auf den Code einundzwanzig, dem polizeiinternen Notruf. Augenblicklich stand Code sechs für Totschlag oder Mord. Sie meldete sich in der Zentrale und erfuhr dort, dass es sich bei dem Toten um einen gewissen Nicholas Hughes handelte. Der Mann war mit einer Schere erstochen worden, und Listers Frau hatte ihn in ihrer Wohnung gefunden, als sie nach Hause gekommen war. Die Frau stand unter Schock und wurde gerade behandelt. Siobhan fiel wieder jene Nacht ein, als sie die Abkürzung durch den Waverley-Bahnhof genommen hatte. Der Grund: die beiden aufdringlichen Männer in dem schwarzen Sierra, von denen einer zu dem anderen gesagt hatte: *Eine Lesbe, Jerry.* Und jetzt war ein Mann namens Jerry in einem schwarzen Sierra auf der Flucht.

Eigentlich hatte sie den beiden damals nur aus dem Weg gehen wollen und war dabei zufällig Zeugin geworden, wie jener Stadtstreicher sich von der Brücke auf den Bahnsteig gestürzt hatte.

Je länger sie darüber nachdachte, um so mehr geriet sie ins Grübeln...

36

Der Farmer war auf hundertachtzig.

»Wer ist überhaupt auf die Idee gekommen, Barry Hutton von Linford beschatten zu lassen?«

»Inspektor Linford hat auf eigene Initiative gehandelt, Sir.«

»Und wie kommt es dann, dass ich in dieser Sache überall auf Ihre schmierigen kleinen Fingerabdrücke stoße?«

Samstagmorgen. Sie saßen in Watsons Büro. Rebus war ziemlich nervös: Er musste jetzt seine Version der Geschichte erzählen und hatte wenig Hoffnung, dass der Boss ihm glauben würde.

»Ich habe doch gesehen, was er aufgeschrieben hat«, fuhr der Farmer fort. »›Rebus wusste Bescheid‹, hieß es dort schwarz auf weiß. Was, zum Teufel, soll man denn daraus schließen?«

Rebus hatte die Kiefer so fest zusammengepresst, dass seine Wangenknochen schmerzten. »Und was sagt der SPP?«

»Er verlangt eine Untersuchung. Und natürlich sind Sie vom Dienst suspendiert.«

»Damit sind die Herren aus der Zentrale mich wahrscheinlich bis zur Pensionierung los.«

Der Hauptkommissar knallte beide Hände auf den Schreibtisch und fand vor Wut keine Worte. Rebus nutzte die Gelegenheit.

»Wir haben da eine Personenbeschreibung. Jemand hat am Abend von Grieves Ermordung auf der Straße vor Queensberry House einen Mann gesehen. Wenn man dann noch berücksichtigt, dass dieser Mann im Bellman's verkehrt, dürfte es nicht sehr schwierig sein, ihn zu finden. Klar, im Bellman's selbst erfahren wir überhaupt nichts. Die Stammkunden dort halten natürlich dicht. Doch ich habe zufällig ein paar Spitzel in Leith. Wir suchen nach einem knallharten Burschen, der dieses Lokal fast wie sein Büro benutzt. Ich brauch nur ein paar Beamte, dann …«

»Aber Linford sagt doch, dass *Sie* es waren.«

»Weiß ich, Sir. Aber mit Verlaub ...«

»Wie sieht es denn aus, wenn ich jetzt ausgerechnet Sie mit den Nachforschungen betraue?«

Der Farmer sah plötzlich sehr müde aus, völlig geschafft von den Strapazen seines Jobs.

»Ich will die Ermittlungen ja gar nicht leiten«, sagte Rebus. »Ich möchte doch nur die Genehmigung, mich in Leith ein bisschen umzuhören, sonst nichts. Sie müssen doch verstehen, dass ich diese idiotische Anschuldigung gegen mich aus der Welt schaffen möchte.«

Watson lehnte sich in seinem Stuhl zurück. »Die Kollegen in der Fettes Avenue sind völlig außer sich. Schließlich ist Linford einer von ihnen. Und dann noch die nicht genehmigte Beschattung von Barry Hutton. Wissen Sie, was das im Fall eines Verfahrens gegen ihn bedeutet? Der Generalstaatsanwalt wird völlig ausrasten.«

»Wir brauchen Beweise. Helfen kann uns dabei nur jemand, der in Leith Kontakte hat.«

»Wie wär's mit Bobby Hogan? Das ist doch ohnehin sein Revier.«

Rebus nickte. »Ja, den hätte ich auch gerne dabei.«

»Aber Sie selbst müssen natürlich auch unbedingt mitmischen?« Rebus schwieg. »Und wir wissen beide, dass Sie dort sowieso herumschnüffeln werden, egal, was ich sage.«

»Lieber wäre mir, ich hätte Ihren Segen.«

Der Farmer strich sich mit der Hand über den Kopf.

»Je eher, desto besser, Sir«, drängte ihn Rebus.

Der Hauptkommissar schüttelte den Kopf und sah Rebus an. »Nein«, sagte er, »ich möchte nicht, dass Sie dort ermitteln, Inspektor. Ich kann das gegenüber der Fettes Avenue einfach nicht vertreten.«

Rebus stand auf. »Verstanden, Sir. Sie möchten also nicht, dass ich wegen des Angriffs auf Inspektor Linford meine Informanten in Leith kontaktiere?«

»Ganz recht, Inspektor, das kann ich Ihnen nicht gestatten. Ist ohnehin nur eine Frage von Stunden, bis Sie vom Dienst suspendiert werden. Und ich möchte, dass Sie sich hier auf dem Revier verfügbar halten.«

»Danke, Sir.« Er ging Richtung Tür.

»Inspektor, das ist mein völliger Ernst.«

Rebus nickte nur. Als er in den Lageraum kam, saß bloß Roy Frazer an seinem Schreibtisch und las Zeitung. »Schon gelesen?«, fragte Rebus und schnappte sich ein anderes Blatt. Frazer nickte. »Durchfall«, erklärte Rebus und rieb sich den Bauch. »Nehmen Sie bitte meine Gespräche entgegen und sagen Sie, dass ich gerade außer Gefecht bin.«

Frazer nickte und lächelte. Samstags morgens in aller Ruhe auf dem Klo die Zeitung lesen: Fast jeder von ihnen hatte das schon mal gemacht.

Rebus ging rasch auf den Parkplatz hinaus, sprang in seinen Saab und wählte auf dem Handy Bobby Hogans Nummer.

»Bin schon da, Kumpel«, sagte Hogan.

»Wo?«

»Vor dem Bellman's. Aber der Laden ist noch zu.«

»Reine Zeitverschwendung. Setz dich lieber mit deinen Kontaktleuten in Verbindung.« Rebus fuhr los. Er blätterte in seinem Notizbuch und las Hogan dann die Beschreibung des Mannes vor, den der Zeuge in der Mordnacht vor Queensberry House gesehen hatte.

»Ein harter Typ, der einschlägige Lokale zu bevorzugen scheint«, sagte Hogan nachdenklich, als Rebus fertig war. »Aber wo, zum Teufel, findet man heutzutage in Leith noch so einen klassischen Profigangster?«

Rebus kannte ein paar Kneipen dieser Art. Es war elf Uhr früh: Öffnungszeit. Der Himmel war bedeckt. Die Wolken hingen so tief über Arthur's Seat, dass nur hier und da Teile des Felsmassivs zu erkennen waren. Genau wie dieser verdammte Fall, dachte Rebus. Immer wieder ein kurzer Blick auf irgendein Detail, doch nie wurde das ganze Gebäude sichtbar.

In Leith war es ruhig. Die Leute verspürten bei dem Wetter anscheinend wenig Lust, die Wohnung zu verlassen. Rechts und links Teppichgeschäfte, Tätowierungssalons, Leihhäuser, Waschsalons und Beratungs- und Zahlstellen des Sozialministeriums, die wegen des Wochenendes geschlossen waren. An den meisten Tagen hatten sie mehr Zulauf als die angrenzenden Läden. Er parkte seinen Wagen in einer Sackgasse und schloss ihn ab. Um zwölf Minuten nach elf betrat er die erste Kneipe. Er bestellte einen Kaffee. Der Barmann hatte schon eine Tasse vor sich stehen. Zwei alte Stammkunden hockten vor dem Fernseher und qualmten die Bude voll: offenbar ihre Hauptbeschäftigung, der sie mit geradezu rituellem Ernst nachgingen. Der Barmann war nicht sehr gesprächig, nicht mal Kaffee schenkte der Mann ihm nach. Also weiter.

Draußen auf der Straße klingelte Rebus' Handy: Bill Nairn.

»Was, du arbeitest sogar am Samstag, Bill?«, sagte Rebus. »Wieso denn das?«

»Hier im Knast ist immer was los. Übrigens, ich hab mir mal die Unterlagen von diesem Rab Hill näher angesehen.«

»Ja und?« Rebus blieb unvermittelt stehen. Ein paar Passanten mussten einen Bogen um ihn machen. Meist ältere Leute, die kaum noch die Füße vom Pflaster brachten. Solche Leute hatten natürlich kein Auto, um in eines der Einkaufszentren am Stadtrand zu fahren. Und nicht genügend Energie, um den Bus nach Edinburgh zu nehmen.

»Nicht viel Neues. Der Mann ist wegen guter Führung entlassen worden. Hat eine Adresse in Edinburgh angegeben. Und bei seiner Bewährungshelferin hat er sich auch schon gemeldet…«

»Und – wie sieht es mit Krankheiten aus, Bill?«

»Hat gelegentlich über Bauchweh geklagt. Als die Beschwerden nicht besser geworden sind, haben wir ihn untersuchen lassen. Aber keine besonderen Befunde.«

»In demselben Krankenhaus wie Cafferty?«

»Ja, aber ich sehe trotzdem ...«

»Wie lautet seine Adresse in Edinburgh?«

Nairn nannte ihm die genauen Daten: ein Hotel in der Princes Street. »Schön«, sagte Rebus und ließ sich noch die Daten der Bewährungshelferin durchgeben. »Danke, Bill. Ich melde mich wieder.«

Auch im zweiten Lokal war die Luft schon zum Schneiden. Auf dem Teppichboden lag noch der Müll vom Vorabend. An der Bar standen drei Männer und tranken Whisky. Sie hatten die Ärmel hochgerollt, damit jeder ihre Tätowierungen sehen konnte. Als er hereinkam, musterten sie ihn von oben bis unten, fühlten sich aber durch seine Anwesenheit offenbar nicht weiter gestört. Rebus kannte den Barmann. Er hockte sich an einen Ecktisch, trank ein kleines Bier und rauchte eine Zigarette. Nach ein paar Minuten kam der Barmann zu ihm an den Tisch, um den fast leeren Aschenbecher zu leeren, und Rebus richtete flüsternd ein paar Fragen an ihn. Der Mann schüttelte nur unmerklich den Kopf. Entweder wusste er tatsächlich nichts, oder er wollte nichts sagen. Na schön. Sinnlos, den Mann unter Druck zu setzen.

Also ging er wieder. Klar, dass die Typen an der Theke mit dem Barmann über ihn sprechen würden. Diese Leute rochen einen Bullen auf zehn Kilometer. Und ganz sicher interessierten sie sich dafür, weshalb er gekommen war. Sollte der Barmann es ihnen doch sagen: kein Problem. Keine Frage: Die Sache hatte sich natürlich längst herumgesprochen. Wenn ein Polizist attackiert wurde, waren die Bullen natürlich sofort zur Stelle. In Leith kannte man das schon.

Draußen zog er sein Handy aus der Tasche, wählte die Nummer des Hotels und ließ sich mit Mr. Robert Hills Zimmer verbinden.

»Tut mir Leid, Sir, Mr. Hill meldet sich nicht.«

Rebus beendete das Gespräch.

Kneipe drei: Ein Aushilfsbarmann und auch sonst kein Gesicht, das Rebus kannte. Er ging gleich wieder. Danach zwei Cafés mit Plastiktischen samt Brandflecken. Dazu Essiggeruch und der Gestank von Frittenöl. Also nichts wie in die nächste Bar. Die Kunden hier arbeiteten meist unten im Hafen und kamen mittags hierher, um sich 'ne anständige Dosis Cholesterin reinzuziehen.

An einem Tisch saß ein Mann, der sich gerade mit der Gabel ein von Eigelb triefendes Stück Spiegelei in den Mund schob. Rebus kannte den Mann.

Er hieß Big Po. Hatte früher in diversen Lokalen und Clubs als Türsteher gearbeitet. Aber auch zur See war er mal gefahren – bei der Handelsmarine. Der Mann hatte deformierte und vernarbte Pranken, ein wettergegerbtes Gesicht und einen dichten braunen Bart. Ein Schrank von einem Kerl. Wie er so hinter seinem Tisch hockte, erinnerte er an einen Erwachsenen, den es zufällig in einer Grundschulklasse wieder auf die Schulbank verschlagen hatte. Nach Rebus' Empfinden war auf der Welt für Big Po alles ein paar Nummern zu klein geraten.

»Jesus«, brüllte der Mann, als Rebus an seinen Tisch trat, »ist ja mindestens 'ne Ewigkeit her!« Speichel- und Eipartikel flogen durch die Luft. Ein paar Leute drehten sich um, sahen aber gleich wieder weg. Schließlich wollte niemand den Eindruck erwecken, in Big Pos Angelegenheiten herumzuschnüffeln. Rebus nahm Pos ausgestreckte Hand und machte sich schon auf das Schlimmste gefasst. Ein Schraubstock war nichts gegen den Händedruck dieses Mannes. Als diese Prüfung bestanden war, streckte er erleichtert seine Finger und nahm am Tisch des Giganten Platz.

»Was kann ich Ihnen spendieren?«, fragte Po.

»Nur Kaffee.«

»Ausgeschlossen. Oder wollen Sie sich Eck zum Todfeind machen.« Po wies mit dem Kopf auf einen fetten älteren Mann, der sich gerade die Hände an seiner Schürze abwischte und ihm zunickte. »Die besten Pfannengerichte in ganz Edinburgh«, brüllte Po, »hab ich Recht, Eck?«

Eck nickte abermals und beschäftigte sich dann wieder mit seiner Bratpfanne. Der Mann war offenbar nervös. Bei Big Po musste man schließlich auf alles gefasst sein.

Rebus bestellte bei der mittelalten Kellnerin einen Kaffee, während Big Po noch mit den Überresten seines Spiegeleis kämpfte.

»Warum nehmen Sie denn keinen Löffel?«, fragte Rebus.

»Ich liebe nun mal die Herausforderung.«

»Na schön. Dann bin ich ja mit meinem Anliegen bei Ihnen an der richtigen Adresse.« Als die Kellnerin den Kaffee servierte, verstummte Rebus. Das Getränk befand sich in einer durchsichtigen braunen Glastasse mit passender Untertasse. In einigen Cafés kam diese Art von Geschirr gerade wieder in Mode. Doch Rebus hatte den Eindruck, dass es sich bei dem Gedeck, das vor ihm auf dem Tisch stand, noch um ein Original handelte. Obwohl er seinen Kaffee eigentlich schwarz trank, bekam er eine Art Café au lait, auf dem weiße Klumpen schwammen. Er nahm einen Schluck. Ziemlich heiß, aber mit Kaffee hatte die Brühe nicht die geringste Ähnlichkeit.

»Na, dann erzählen Sie mal, wo Sie der Schuh drückt«, sagte Big Po.

Rebus erklärte ihm, worum es ging. Po hörte ihm kauend zu. Als er mit dem Essen fertig war, schob er sich noch schnell zwei Scheiben Toast in den Mund, mit denen er das verbliebene Fett von seinem leeren Teller gewischt hatte. Dann lehnte er sich zufrieden zurück und hätte mit seinem Vorbau fast den ganzen Tisch umgerissen. Er schlürfte genüsslich von seinem dunkelbraunen Tee und gab sich redlich Mühe, die Schwingungen seines dröhnenden Organs so weit zu reduzieren, dass nicht gleich die ganze Bude zu wackeln anfing.

»Wenn Sie was über das Bellman's erfahren wollen, müssen Sie mit Gordie sprechen. Der war früher ständig dort. Aber jetzt hat er Lokalverbot.«

»Lokalverbot im Bellman's? Was hat er denn angestellt: mit 'ner MP herumgeballert – oder einen Gin-Tonic bestellt?«

Big Po lachte. »Ich glaube, er hat Houtons Alte gevögelt.«

»Houton – ist das der Besitzer?«

Po nickte. »Superarschloch.« Was aus seinem Mund schon einiges bedeutete.

»Ist Gordie jetzt der Vor- oder der Nachname?«

»Gordie Burns, ist regelmäßig im Weir O' anzutreffen.«

Er meinte das Weir O' Hermiston an der Uferstraße Richtung Portobello. »Und wie erkenne ich den Mann?«, fragte Rebus.

Po zog ein Handy aus der Tasche seiner blauen Windjacke. »Ich ruf ihn mal an. Mal sehen, wo er gerade steckt.«

Po kannte die Nummer auswendig. Während er telefonierte, starrte Rebus aus dem beschlagenen Fenster. Dann beendete Po das Gespräch, und Rebus stand auf und bedankte sich.

»Und – wollen Sie etwa Ihren Kaffee nicht mehr trinken?«

Rebus schüttelte den Kopf. »Aber Sie sind natürlich eingeladen.« Er ging zur Theke und gab der Kellnerin einen Fünfer. Dreifünfzig für die Fettpampe, so billig gab es diesen lebensbedrohenden Fraß sonst nirgends in der Stadt. Auf dem Weg zur Tür musste er wieder Big Pos Tisch passieren. Mit der einen Hand klopfte er dem Mann auf die Schulter, mit der anderen schob er ihm einen Zwanziger in die Jackentasche.

»Gott segne Sie, junger Mann«, brüllte Big Po. Ganz sicher war Rebus sich zwar nicht, aber als er die Tür hinter sich zumachte, hatte er das Gefühl, dass der Koloss von einem Mann gerade ein zweites Frühstück bestellt hatte.

Das Weir O' war ein relativ kultiviertes Lokal mit eigenem Parkplatz. Auf einer großen Tafel im Schankraum standen die »Gerichte des Tages«. Als Rebus an die Bar trat und einen Whisky bestellte, leerte ein anderer Gast, der ein Stück abseits ebenfalls an der Theke stand, sein Glas. Dann wurde Rebus' Drink serviert, und der andere Mann wandte sich zum Gehen und sagte zu seinem Zechkumpan, dass er mal kurz weg müsse. Rebus ließ sich für seinen Drink ein, zwei Minuten Zeit und verließ dann ebenfalls das Lokal. Der Mann wartete gleich um die Ecke auf ihn. Im Hintergrund leer stehende Lagerhäuser und Schlackehaufen.

»Gordie?«, fragte Rebus.

Der Mann nickte. Er war groß gewachsen, ungefähr Ende dreißig und hatte eine langes trauriges Gesicht und dünnes schlecht geschnittenes Haar. Rebus präsentierte ihm einen Zwanziger. Gordie zögerte gerade lange genug, um zu zeigen, dass er seinen Stolz noch nicht völlig verloren hatte, und steckte das Geld dann ein.

»Beeilen Sie sich«, sagte er und blickte immer wieder unruhig nach beiden Seiten. Auf der Straße herrschte dichter Verkehr – vor allem Laster, die aber so schnell fuhren, dass sie von den beiden Männern keine Notiz nahmen.

Rebus fasste sich kurz: Personenbeschreibung, Kneipe, Attacke.

»Klingt wie Mick Lorimer«, sagte Gordie und wandte sich zum Gehen.

»Augenblick mal«, sagte Rebus. »Was ist mit der Adresse?«

»Mick Lorimer«, wiederholte Gordie nur und ging wieder in die Kneipe.

John Michael Lorimer: auch als Mick bekannt. Vorstrafen wegen Körperverletzung, Einbruchs und Diebstahls. Bobby Hogan kannte ihn. Also schnappten sie sich Lorimer, brachten ihn in Leith auf das Revier und ließen ihn ein bisschen schwitzen, bevor sie mit dem Verhör begannen.

»Aus dem bringen wir ohnehin nichts heraus«, sagte Hogan warnend. »Hat ungefähr einen Wortschatz von zehn Wörtern.«

Offenbar hatte er zu Hause schon auf sie gewartet. Er saß ruhig in seinem zweistöckigen Haus gleich abseits der Easter Road. Ein »Freund« hatte ihnen die Tür aufgemacht und sie in das Wohnzimmer geführt, wo Lorimer mit einer aufgeschlagenen Zeitung auf dem Schoß in einem Sessel saß. Gesagt hatte er fast nichts, nicht mal gefragt, weshalb sie gekommen waren und ihn aufs Revier mitnehmen wollten. Rebus hatte sich die Adresse seiner Freundin geben lassen. Sie lebte in der Wohnanlage, wo Linford niedergeschlagen worden war. Doch das nützte ihnen nicht allzu viel: Denn selbst wenn sie beweisen konnten, dass Linford an dem Abend tatsächlich Lorimer verfolgt hatte – der Mann hatte ein Alibi. Er war zu seiner Freundin gegangen und hatte den ganzen Abend bei ihr verbracht.

Bequemer konnte er es wirklich nicht haben: Natürlich würde die Frau bei ihrer Aussage bleiben – falls sie wusste, was gut für sie war. Allein ihre ausdruckslosen Augen und ihre langsamen Bewegungen legten beredt Zeugnis davon ab, dass Mick Lorimer ihr eine ausgezeichnete Dressur hatte angedeihen lassen.

»Dann verschwenden wir also bloß unsere Zeit?«, sagte Rebus, und Bobby Hogan machte eine skeptische Kopfbewegung. Hogan war schon genauso lange bei der Polizei wie Rebus selbst, und beide Männer wussten, wie der Hase lief. Einen hart gesottenen Gangster wie Lorimer festzunehmen war das eine, etwas aus ihm herauszubringen etwas völlig anderes.

»Immerhin wissen wir, mit wem wir es zu tun haben«, sagte Hogan und stieß die Tür zu dem Raum auf, in dem Lorimer schon auf sie wartete.

Das Revier in Leith war – anders als die Inspektion in der St. Leonard's Street – in einem altmodischen Gebäude mit solider spätviktorianischer Ausstattung untergebracht. Rebus musste unwillkürlich an seine ehemalige Schule denken. Auf den kalten Steinwänden pappte schon die zwanzigste Farbschicht. Die Heizungsrohre lagen auf dem Putz. Und die Vernehmungszimmer waren so karg und bedrückend eingerichtet wie Gefängniszellen. Lorimer saß an einem Tisch und fühlte sich anscheinend genauso wohl wie daheim in seinem Wohnzimmer.

»Anwalt«, sagte er nur, als die beiden Polizisten hereinkamen.

»Glauben Sie, dass Sie einen brauchen?«, fragte Hogan.

»Anwalt«, wiederholte Lorimer.

Hogan sah Rebus an. »Wie 'ne kaputte Platte, findest du nicht?«

»Allerdings in der falschen Rille hängen geblieben.«

Hogan sah wieder Lorimer an. »Wir können Sie hier sechs Stunden ohne Rechtsbeistand festhalten. So will es das Gesetz.« Er schob die Hände in die Hosentaschen. Nur ein entspanntes Gespräch mit einem alten Freund – diesen Eindruck wollte er Lorimer mit seinem lockeren Auftreten vermitteln. »Also früher hat Mick mal für Tommy Telford gearbeitet«, sagte er zu Rebus, »hast du das gewusst?«

»Nein, keinen Schimmer«, log Rebus.

»War keine leichte Zeit für ihn, als Tommys kleines Imperium damals in die Luft geflogen ist.«

Rebus nickte. »Ja, ja – der gute Big Ger Cafferty«, sagte er.

»Ist ja allgemein bekannt, dass Big Ger Tommy und seine kleine Gang nicht ausstehen konnte.« Ein viel sagender Blick Richtung Lorimer . »Und auch die Typen nicht, die für Tommy gearbeitet haben.«

Rebus stand jetzt direkt vor dem Tisch. Er stützte sich mit den Händen auf die Lehne eines Stuhls. »Big Ger ist wieder draußen. Schon gehört, Mick?«

Lorimer zuckte nicht einmal mit der Wimper.

»Ist wieder ganz obenauf hier in Edinburgh«, fuhr Rebus fort. »Vielleicht kann ich Sie ja mit ihm in Kontakt bringen …«

»Sechs Stunden«, sagte Lorimer. »Kein Problem.«

Rebus sah Hogan an: Das war's dann wohl.

Sie machten eine Pause und rauchten draußen eine Zigarette.

Rebus fing an, laut nachzudenken: »Sagen wir mal, Lorimer hat Roddy Grieve umgebracht. Auch wenn wir das Motiv noch nicht kennen. Jedenfalls glauben wir, dass Barry Hutton dahinter steckt.« Hogan nickte. »Allerdings drängen sich da zwei Fragen auf: Die erste: Sollte Grieve überhaupt sterben?«

»Leicht vorstellbar, dass Lorimer des Guten zu viel getan hat. Wenn der mal in Fahrt kommt, sieht er nur noch rot.«

»Zweitens«, fuhr Rebus fort: »War es überhaupt beabsichtigt, dass Grieve gefunden wird? Oder wollten sie ihn eigentlich verschwinden lassen?«

Hogan wackelte mit dem Kopf. »Auch das würde zu Lorimer passen. Stark wie ein Bulle, aber nichts in der Birne.«

Rebus sah ihn an. »Also gut. Sagen wir mal, er hat Scheiße gebaut. Wieso haben sie ihn dann hinterher nicht fertig gemacht?«

Hogans Mund verzog sich zu einem Lächeln. »Mick Lorimer fertig machen? Dazu braucht man eine ganze Armee. Entweder das, oder man setzt ihn mit anderen Mitteln außer Gefecht.«

Plötzlich hatte Rebus eine seiner Eingebungen... Er rief abermals in dem Hotel an. Rab Hill war immer noch nicht wieder aufgetaucht. Aber vielleicht war es ohnehin besser, mit ihm persönlich zu sprechen. Rebus musste diesen Hill unbedingt auf seine Seite bringen. Hill war sozusagen ein Beweisstück auf zwei Beinen, deshalb ließ Cafferty ihn ja auch nicht aus den Augen.

Sollte es Rebus gelingen, diesen Rab Hill für sich zu gewinnen, dann war Cafferty fällig und konnte sich wieder im Knast seines Lebens freuen. Es gab fast nichts auf der Welt, was Rebus sich so sehnlich wünschte.

»Ja, das wäre wie Weihnachten«, sagte er laut. Als Hogan um nähere Erläuterung bat, schüttelt er nur den Kopf.

Bei der Gegenüberstellung ließ sich Mr. Cowan, der den Mann abends in der Holyrood Road gesehen hatte, reichlich Zeit. Schließlich entschied er sich für Lorimer. Der Verdächtige wurde daraufhin in die Zelle zurückgeführt, und die übrigen Männer – vorwiegend Studenten – konnten sich bis zu ihrem zweiten Auftritt an Tee und Gebäck laben.

»Die Jungs spielen größtenteils in einem Rugby-Team«, erklärte Hogan. »Immer wenn ich ein paar kräftige Kerle brauche, rufe ich dort an. Viele sind Medizin- oder Jurastudenten.«

Aber Rebus hörte nicht richtig zu. Er stand mit Hogan draußen vor der Eingangstür des Reviers und rauchte eine Zigarette. Plötzlich fuhr ein Krankenwagen vor. Ein Sanitäter öffnete die hinteren Türen. Dann wurde eine Hebevorrichtung heruntergelassen, und Derek Linford kam zum Vorschein. Sein blau-rot-grün verfärbtes Gesicht war noch immer stark angeschwollen und sein Kopf bandagiert. Um den Hals trug er eine Krause. Er saß in einem Rollstuhl. Als der Sanitäter ihn jetzt Richtung Eingang schob, sah Rebus, dass Linfords Kiefer mit einem Drahtgestell stabilisiert war. An seinen Pupillen war zu erkennen, dass er unter Schmerzmitteln stand. Als er Rebus erblickte, wich die Abwesenheit plötzlich aus seinem Blick, und seine Augen verengten sich zu schmalen Schlitzen. Rebus schüttelte langsam den Kopf. Er wollte dem Mann sein Mitgefühl bekunden, ihm zugleich aber auch zu verstehen geben, dass er mit der Attacke nichts zu tun hatte. Linford wich seinem Blick aus, bemühte sich aber um eine gewisse Würde, als der Rollstuhl jetzt umgedreht wurde, damit die Sanitäter ihn leichter die Stufen hinauftragen konnten.

Hogan schnippste seine Zigarette direkt vor dem Krankenwagen auf die Straße. »Also willst du dich aus der Sache raushalten?«, fragte er. Rebus nickte.

»Halte ich für besser.«

Er rauchte noch zwei weitere Zigaretten, dann tauchte Hogan wieder auf.

»Hm«, sagte er. »Linford hat Lorimer ebenfalls wieder erkannt.«

»Kann er sprechen?«

Hogan schüttelte den Kopf. »Der Mann hat den ganzen Mund voll mit Drähten. Hat nur genickt, als ich ihm die Nummer gezeigt habe.«

»Und was sagt Lorimers Anwalt?«

»Nicht gerade zu beneiden, der Mann. Hat nur gefragt, welche Medikamente Linford bekommt.«

»Und – reichen diese beiden Aussagen deiner Meinung nach aus, um Lorimer erst mal einzusperren?«

»Ja, glaube ich schon. Zunächst mal wegen Körperverletzung.«

»Und wie lange kommen wir damit durch?«

Hogan blies die Backen auf. »Also, unter uns gesagt – nicht sehr lange. Dieser Lorimer bestreitet ja gar nicht, dass er der Mann ist, den Linford observiert hat. Das Problem ist nur, dass mit der Geschichte noch ein paar andere unangenehme Sachen verbunden sind.«

»Unerlaubte Observierung.«

Hogan nickte. »Wäre für die Verteidigung vor Gericht ein gefundenes Fressen. Ich spreche noch mal mit seiner Freundin. Vielleicht ist sie ja wütend auf ihn…«

»Die hält dicht«, sagte Rebus mit Bestimmtheit. »Die halten immer dicht.«

Siobhan Clarke stattete Derek Linford im Krankenhaus einen Besuch ab. Linford saß halb aufrecht im Bett – mit vier Kissen im Rücken. Neben ihm ein Krug Wasser und ein Revolverblatt.

»Ich hab ein paar Illustrierte mitgebracht«, sagte sie. »Aber natürlich weiß ich nicht genau, was Sie interessiert.« Sie legte die Plastiktüte auf das Bett und setzte sich neben Linford auf einen Stuhl. »Ich hab gehört, dass Sie noch nicht wieder sprechen können. Aber ich wollte trotzdem mal vorbeischauen.« Sie lächelte. »Wie es Ihnen geht, brauche ich wohl gar nicht erst zu fragen. Vielmehr wollte ich Ihnen sagen, dass es nicht Johns Schuld ist. Er würde so etwas niemals tun… und auch nicht zulassen, dass jemandem so etwas widerfährt. Dazu ist er viel zu anständig.« Sie wich seinem Blick aus. Ihre Finger spielten mit der Plastiktüte. »Was zwischen uns passiert ist… zwischen Ihnen und mir… das war mein Fehler, so viel habe ich inzwischen begriffen. Ich meine, jedenfalls nicht weniger mein Fehler als Ihrer. Trotzdem ist niemandem damit geholfen, wenn Sie jetzt…« Sie blickte ihn an, sah die Wut und das Misstrauen in seinen Augen.

»Wenn Sie…« Plötzlich wusste sie nicht mehr weiter. Sie

hatte vorher eine kleine Rede einstudiert, doch jetzt überkam sie das Gefühl, dass er sich ohnehin nicht überzeugen lassen wollte.

»Für diese schlimme Sache verantwortlich ist ausschließlich derjenige, der Ihnen das angetan hat.« Wieder sah sie ihn kurz an und senkte dann den Blick. »Manchmal frage ich mich, ob der Hass, den Sie in sich tragen, eigentlich John oder mir gilt.«

Er zog langsam die Zeitung von dem Tischchen neben seinem Bett und legte sie vor sich auf die Decke. An der Zeitung klemmte ein Kuli. Er nahm den Schreiber und zeichnete dann etwas auf die Titelseite des Blattes. Sie stand auf und drehte den Kopf zur Seite, um besser sehen zu können, was er meinte. Ein ungelenker Kreis, so groß, wie er ihn nur eben zeichnen konnte. Ihr war auf der Stelle klar, dass dieser Kreis für ihn die ganze Welt symbolisierte, den ganzen Hass, den er allem und jedem entgegenbrachte.

Ja, der Mann war von einem alles verzehrenden Hass erfüllt.

»Ich hab heute extra ein Spiel der Hibs ausfallen lassen, um Sie zu besuchen«, sagte sie. »Ich hatte nämlich gehofft, Sie irgendwie umstimmen zu können.« Er funkelte sie nur wütend an. »Zugegeben: ein ziemlich schwacher Witz«, sagte sie. »Natürlich wäre ich ohnehin gekommen.« Er hatte die Augen jetzt zugemacht, wollte offenbar nichts mehr hören.

Sie blieb noch ein paar Minuten, dann ging sie. Als sie wieder im Auto saß, fiel ihr ein Telefonat ein, das sie unbedingt noch machen wollte. Der Zettel mit der Nummer steckte in ihrer Tasche.

»Sandra?«

»Ja.«

»Ich dachte, Sie sind vielleicht einkaufen oder so was. Hier spricht Siobhan Clarke.«

»Oh.« Sandra Carnegie schien nicht sonderlich erfreut.

»Wir glauben, dass der Mann, der Sie überfallen hat, nicht mehr am Leben ist.«

»Was ist passiert?«

»Er ist erstochen worden.«

»Sehr gut. Sie sollten dem Menschen, der das getan hat, einen Orden verleihen.«

»Sieht so aus, als ob es sich bei dem Täter um seinen Komplizen handelt. Der Mann hat plötzlich das Bedürfnis verspürt, sein Gewissen zu erleichtern. Wir haben ihn auf der A1 Richtung Newcastle erwischt. Er ist voll geständig.«

»Bekommt er eine Mordanklage?«

»Wir werden alles gegen ihn vorbringen, was wir ihm nachweisen können.«

»Heißt das, dass ich als Zeugin auftreten muss?«

»Vielleicht. Aber das ist doch eine wundervolle Nachricht?«

»Ja, super. Danke, dass Sie mich informiert haben.«

Dann war die Verbindung weg. Siobhan stöhnte auf. Das einzige fest eingeplante Erfolgserlebnis des Tages – auch das noch ein Reinfall.

»Am besten, Sie gehen gleich wieder«, sagte Rebus.

»Danke für den freundlichen Empfang.« Siobhan schnappte sich einen Stuhl und nahm ihm gegenüber Platz, während sie sich aus dem Mantel schälte. Sie hatte sich schon einen frisch gepressten Orangensaft an der Bar besorgt. Die beiden saßen im Hinterzimmer des Ox. Vorne im Schankraum war Hochbetrieb: Früher Samstagabend – die Fußballmeute. Doch im hinteren Raum war es ruhig. Der Fernseher war ausgeschaltet. Nur drüben am Kamin saß ein weiterer Gast, der die *Irish Times* las. Rebus hatte einen Whisky vor sich. Sonst keine leeren Gläser auf dem Tisch. Aber natürlich nahm er sein leeres Glas mit an die Bar, wenn er sich Nachschub holte.

»Haben Sie nicht gesagt, Sie wollten etwas kürzer treten?«, fragte Siobhan. Er warf ihr einen beleidigten Blick zu. »’tschuldigung«, sagte sie. »Mir war im Augenblick ganz entfallen, dass der Whisky die Lösung aller Probleme ist.«

»Auch nicht schlimmer als Jogaübungen.« Er führte das Glas an die Lippen, ohne zu trinken. »Was wollen Sie überhaupt hier?« Dann kippte er den Whisky und ließ ihn genüsslich die Kehle hinunterrinnen.

»Ich hab Derek besucht.«

»Und wie geht's ihm?«

»Kann nicht sprechen.«

»Arme Sau.«

»Aber das ist nicht mal das Schlimmste.«

Er nickte langsam. »Ich weiß. Und vielleicht hat er sogar Recht.«

»Was soll das heißen?«

»Immerhin habe ich ihm geraten, Huttons Leute zu jagen. Ja, genau genommen habe ich ihm sogar nahe gelegt, einen Mörder zu observieren.«

»Aber Sie wollten doch nicht, dass er …«

»Wer weiß? Vielleicht habe ich ja *wirklich* gehofft, dass er was auf die Mütze kriegt.«

»Aber warum denn?«

Rebus wiegte den Kopf hin und her. »Vielleicht, um ihm eine Lektion zu erteilen?«

Siobhan wollte schon fragen: Und wieso? Etwa, um ihn zu erniedrigen? Oder um ihn für seinen Voyeurismus zu bestrafen? Doch dann schwieg sie lieber und trank von ihrem Saft.

»Aber ganz sicher sind Sie sich auch nicht?«, fragte sie schließlich.

Rebus wollte sich schon eine Zigarette anzünden, überlegte es sich dann aber anders.

»Sie können ruhig rauchen«, sagte sie.

Er schüttelte den Kopf und schob die Zigarette wieder in die Packung. »Hab heute ohnehin schon zu viel geraucht. Außerdem bin ich hier in der Unterzahl.« Er wies mit dem Kopf zu dem Zeitung lesenden Mann hinüber. »Hayden dort drüben ist auch Nichtraucher.«

Als er seinen Namen hörte, lächelte der Mann die beiden an und rief: »Danke für Ihr Verständnis« und las dann weiter in der *Irish Times*.

»Was ist überhaupt los?«, fragte Siobhan. »Sind Sie schon vom Dienst suspendiert?«

»Dazu müssen mich die Herren Vorgesetzten erst mal finden.« Rebus fing an, mit dem Aschenbecher herumzuspielen. »In letzter Zeit hab ich manchmal an Kannibalismus gedacht. Ich meine, Queensberrys Sohn.«

»Was ist mit ihm?«

»Bisweilen frag ich mich, ob der Kannibalismus nicht auch heute noch viel verbreiteter ist, als wir meinen.«

»Das ist doch hoffentlich nicht Ihr Ernst?«

Er schüttelte den Kopf. »Aber wir sprechen doch zum Beispiel davon, dass wir jemanden schmoren lassen oder zum Frühstück verspeisen. Oder wir sagen, dass in unserer Welt jeder den anderen auffrisst. In Wahrheit sprechen wir dabei natürlich immer nur von uns selbst.«

»Kommunion«, sagte Siobhan. »Der Leib Christi.«

Er lächelte. »Ja, das habe ich nie begriffen. Einfach unvorstellbar: Diese Oblate, die sich in Fleisch verwandelt.«

»Und zur Abrundung einen kräftigen Schluck Blut…, kennt man sonst eigentlich nur aus Vampirfilmen.«

Auf Rebus' Gesicht erschien ein Lächeln, doch seine Augen verrieten, dass er in Gedanken ganz woanders war.

»Ich muss Ihnen unbedingt noch von einem merkwürdigen Zufall erzählen«, sagte sie. Also berichtete sie ihm von dem Abend, als sie sich in den Waverley-Bahnhof geflüchtet hatte, von dem schwarzen Sierra und dem Mann, der mehrere Frauen aus Single-Clubs vergewaltigt hatte.

Als sie fertig war, nickte er. »Und jetzt erzähl ich Ihnen eine noch absurdere Geschichte«, sagte er. »Linford hat in seinem Notizbuch das Kennzeichen des Sierra vermerkt.«

»Wieso das?«

»Weil dieser Nicholas Hughes für Barry Huttons Unternehmen gearbeitet hat.« Siobhan wollte eine Frage stellen, doch Rebus kam ihr zuvor. »Sieht im Augenblick noch wie ein reiner Zufall aus.«

Siobhan lehnte sich zurück und dachte kurz nach. »Wissen Sie, was wir brauchen?«, sagte sie dann. »Ich meine, in dem Grieve-Fall. Wir müssen unsere Theorien untermauern, wir brauchen Zeugen. Wir brauchen jemanden, der uns wirklich weiterhilft.«

»Warum veranstalten wir nicht einfach eine spiritistische Sitzung?«

»Glauben Sie etwa immer noch, dass Alasdair tot ist?« Er machte ein unschlüssige Kopfbewegung. »Ich jedenfalls nicht. Wenn der Mann wirklich unter der Erde wäre, hätten wir das schon lange erfahren.« Sie unterbrach sich, weil Rebus plötzlich einen Geistesblitz zu haben schien. »Was hab ich denn gesagt?«

Er sah sie an. »Also sollten wir mit Alasdair sprechen.«

»Ganz genau«, sagte sie.

»Dann müssen wir ihm halt eine Einladung zukommen lassen.«

Sie sah ihn verwirrt an. »Was für eine Einladung?«

Er leerte sein Glas und stand auf. »Am besten, Sie fahren. In meiner derzeitigen Pechsträhne würde ich uns sonst wahrscheinlich noch um einen Laternenmast wickeln.«

»Was für eine Einladung?«, fragte sie wieder, während sie eilends ihren Mantel überstreifte.

Aber Rebus war schon unterwegs. Als sie an dem Mann mit der Zeitung vorbeiging, hob er sein Glas und wünschte ihr viel Glück.

Dem Tonfall seiner Stimme nach zu urteilen, hatte sie dieses Glück verdammt nötig.

»Dann kennen Sie ihn also«, sagte sie und stürzte in die weite Welt hinaus.

37

Das Begräbnis von Roderick David Rankeillor Grieve fand
nachmittags statt. Draußen herrschte dichtes Schneegestöber.
Rebus war ebenfalls in der Kirche. Er stand ganz hinten und
hielt ein geöffnetes Gesangbuch in der Hand, sang aber nicht
mit. Obwohl der Bestattungstermin erst kurz zuvor angekün-
digt worden war, war die Kirche brechend voll. Familienangehörige aus ganz Schottland waren gekommen, außerdem jede
Menge hochkarätige Trauergäste: Politiker, Medienleute und
Vertreter der Finanzwelt. Die Abgesandten des Labour-Estab-
lishments in London spielten mit ihren Manschettenknöpfen
und inspizierten ihre stummen Piepser. Gleichzeitig hielten sie
Ausschau nach bekannten Gesichtern.

Auch draußen vor der Tür hatten sich viele Menschen eingefunden: gnadenlose Autogrammjäger, Fotografen unter Ter-
mindruck, die ständig Wassertropfen von ihren Teleobjektiven
tupften. Und auch zwei Fernsehteams – die BBC und ein Pri-
vatsender – hatten ihre Übertragungswagen in Position gebracht. Es galt ein striktes Protokoll zu befolgen: Der Friedhof war ausschließlich geladenen Trauergästen vorbehalten.
Polizisten sorgten für einen reibungslosen Ablauf. Wegen der
zahlreich vertretenen Prominenz hatte man strenge Sicher-
heitsvorkehrungen getroffen. Selbst Siobhan Clarke hatte sich
draußen unter die Leute gemischt und observierte die Zaun-
gäste.

Der Gottesdienst erschien Rebus endlos. Außer dem Ge-
meindegeistlichen sprachen noch diverse Stützen der Gesellschaft. Wieder strikt nach Protokoll. Vorne in den ersten Bän-
ken saßen die unmittelbaren Angehörigen. Man hatte Peter
Grief gefragt, ob er vorne bei seinen Onkeln und Tanten sitzen
wollte, doch er hatte es vorgezogen, zwei Reihen weiter hinten
neben seiner Mutter Platz zu nehmen. Fünf Bänke vor sich sah
Rebus Jo Banks und Hamish Hall. Der Stellvertretende Polizei-

präsident Colin Carswell hatte seine beste Uniform angelegt und schien etwas pikiert darüber, dass man ihm keinen Platz in einer der vorderen Bänke zugewiesen hatte. Dort waren so viele geladene Gäste zusammengepfercht, dass sie sich nur einzeln erheben und wieder setzen konnten, so dass immer wieder eine Art Olawelle durch die Reihen lief.

Und dann folgte Ansprache auf Ansprache. Roddy Grieves vormaliger Schulleiter sprach so stockend und leise, dass viele seiner Worte im Räuspern und Hüsteln der Gemeinde untergingen. Der polierte Sarg aus dunklem Eichenholz hatte glänzende Messinggriffe und stand erhöht auf einem schwarz drapierten Unterbau. Die Leiche war in einem altehrwürdigen Rolls Royce zur Kirche gebracht worden. In den engen Straßen ringsum waren zahlreiche schwere Limousinen geparkt, einige davon sogar mit Stander – die Repräsentanten der diversen Edinburgher Konsulate. Draußen vor der Tür hatte Cammo Grieve Rebus zur Begrüßung mit dem Anflug eines Lächelns bedacht. Der Abgeordnete hatte bei der Bestattung seines Bruders einen Großteil der Organisation übernommen und auch das Procedere mit den Vertretern der Öffentlichkeit abgestimmt. Nach der Beisetzung stand für die geladenen Gäste in einem Hotel im West End ein Büfett bereit. Allerdings waren zu dieser Veranstaltung nur Familienangehörige und enge Freunde geladen. Auch dort musste die Polizei wieder die Sicherheit gewährleisten, allerdings nicht die Städtische, sondern die Schottische Kriminalpolizei.

Als wieder ein Lied angestimmt wurde, schlüpfte Rebus aus der Kirche und ging auf den Friedhof hinaus. Die Grabstätte war gut fünfzig Meter entfernt: ein Familiengrab, in dem bereits der Vater des Ermordeten und ein Großelternpaar ruhten. Die Grube war fertig vorbereitet und an den Rändern mit grünem Filz drapiert. Auf der einen Seite des Grabes lag das Erdreich säuberlich zu einem kleinen Hügel aufgeschüttet. Rebus rauchte eine Zigarette und ging zwischen den Gräbern auf und ab. Als seine Zigarette zu Ende war, wusste er nicht recht, wohin mit dem Stummel. Also drückte er ihn aus und schob ihn wieder in die Schachtel.

Dann wurden die Kirchentüren geöffnet, und donnernde Orgelklänge drangen ins Freie. Rebus entfernte sich von der Grabstätte und nahm neben einigen Pappeln in der Nähe Aufstellung. Eine halbe Stunde später war alles vorbei. Tränen und Taschentücher, schwarze Krawatten und verlorene Blicke. Als die Trauergäste langsam den Friedhof verließen, verflog rasch die feierliche Stimmung. Zurück blieben allein die fleißigen Totengräber, die das Erdreich wieder in die Grube schaufelten. Autotüren wurden zugeschlagen, Motoren heulten auf. Binnen Minuten sah alles wieder aus wie immer. Ein ganz normaler Friedhof: keine feierlich getragenen Stimmen, keine weinenden Menschen mehr, nur der schauerliche Schrei einer Krähe und das Knirschen der Schaufeln im Sand.

Rebus begab sich zum rückwärtigen Teil der Kirche, ließ aber die Grabstätte nicht aus den Augen. Die Bäume und Grabsteine boten ihm Deckung. Wind und Wetter hatten die Grabsteine fast glatt gescheuert. Er musste daran denken, dass heutzutage nur noch wenige Menschen das Privileg genossen, auf diesem Friedhof ihre letzte Ruhe zu finden. Die meisten Leute landeten auf der anderen Straßenseite, wo man einen wesentlich größeren Friedhof angelegt hatte, der mit der verträumten Romantik hier auf dieser Seite kaum mehr etwas gemein hatte. Rebus las wahllos ein paar Namen – Warriston, Lockhart, Milroy –, sah Steine mit den Lebensdaten früh verstorbener Kinder. Schrecklich, eine kleine Tochter oder einen kleinen Sohn zu verlieren. Auch Alicia hatte jetzt zwei ihrer Lieben verloren.

Er wartete eine Stunde. Seine Füße wurden immer kälter, und die Feuchtigkeit drang in seine Schuhsohlen ein. Der Schneeregen wollte und wollte nicht aufhören, und der Himmel hing wie eine große graue Glocke über der Welt und ließ alles Leben erstarren. Rebus verkniff sich sogar das Rauchen, schließlich wollte er nicht unnötig auffallen. Ja, er versuchte sogar, möglichst gleichmäßig zu atmen – jedes Ausatmen eine weiße Wolke des Lebens. Ein Mann, der sich mit dem Faktum der Sterblichkeit beschäftigte, an verstorbene Angehörige und Freunde dachte, die auch irgendwo auf einem Friedhof lagen. In Rebus' Leben gab es etliche Gespenster, die ihn allerdings in letzter Zeit seltener heimsuchten. Möglich, dass auch Roddy Grieve sich eines Tages zu ihnen gesellen würde, doch Rebus glaubte nicht recht daran. Er hatte den Mann zu Lebzeiten nicht gekannt und auch mit seinem Schatten nur wenig gemeinsam.

Den ganzen Sonntag hatte er damit verbracht, Rab Hill zu finden. Im Hotel hatte man ihm gesagt, dass Mr. Hill am Vorabend ausgezogen war. Als er etwas hartnäckiger nachfragte, hatte man ihm erklärt, dass Mr. Hill bereits seit ein, zwei Tagen nicht mehr dort gewesen war. Dann hatte Mr. Cafferty verlauten lassen, so der Hotelangestellte, dass sein Freund plötzlich habe verreisen müssen. Cafferty hatte auch die Rechnung beglichen. Allerdings war Cafferty der letzte Mensch, mit dem Rebus über Hill sprechen wollte. Er hatte sich sogar Hills Zimmer zeigen lassen, doch der Mann hatte dort absolut gar nichts zurückgelassen.

Anschließend hatte Rebus Hills Bewährungshelferin einen Besuch abgestattet. Er hatte ein paar Stunden gebraucht, bis er ihre Privatnummer herausgefunden hatte, und sie war nicht sonderlich erfreut darüber gewesen, dass er sie am Sonntag störte.

»Hat das nicht Zeit bis morgen?«

Rebus hatte diese Frage negativ beschieden. Schließlich hatte sie ihm dann erzählt, was sie wusste. Robert Hill war bisher zweimal bei ihr vorstellig geworden. Den nächsten Termin hatte er am kommenden Donnerstag.

»Ich gehe davon aus, dass er zu dem Termin nicht erscheinen wird«, sagte Rebus zu ihr und beendete das Gespräch.

Den Sonntagabend hatte er im Auto vor dem Hotel verbracht, aber weder Cafferty noch Hill hatten sich dort blicken lassen. Montag und Dienstag ging er dann wieder in die St. Leonard's Street, während über seine Zukunft von Leuten entschieden wurde, die in der Hierarchie so weit über ihm rangierten, dass er bestenfalls ihre Namen kannte. Am Ende verzichteten seine Vorgesetzten auf eine Suspendierung, angeblich weil Linford keinerlei Beweise für seine Behauptung hatte vorbringen können. Doch Rebus war davon überzeugt, dass er letzten Endes einzig aus Gründen der PR ungeschoren davongekommen war. Gill Templer, so das Gerücht, hatte argumentiert, dass die Polizei sich eine schlechte PR einfach nicht leisten könne. Die Suspendierung eines bekannten Polizeibeamten von den Ermittlungen in einem so wichtigen Fall, so ihre weiteren Ausführungen, wäre für die stets hungrigen Pressegeier natürlich ein gefundenes Fressen gewesen.

Mit dieser Argumentation hatte sie die hohen Tiere an deren empfindlichster Stelle getroffen. Nur Carswell, so hieß es, hatte für Rebus' Suspendierung votiert.

Rebus musste sich unbedingt noch bei ihr bedanken.

Als er sich jetzt wieder aus seinen Gedanken losriss und aufblickte, sah er einen cremefarbenen Trenchcoat, der sich auf dem Rasen Richtung Grab bewegte. Die Gestalt hatte die Hände tief in den Taschen vergraben und den Kopf nach vorne gebeugt. Der Mensch bewegte sich rasch und wusste offenbar genau, wohin er wollte. Rebus setzte sich ebenfalls in Bewegung, ließ dabei die Gestalt jedoch keine Sekunde aus den Augen. Ein groß gewachsener Mann mit vollem, unbezähmbarem Haar, das seiner Erscheinung etwas Jungenhaftes gab. Er blieb vor dem Grab stehen, während Rebus näher kam. Die Totengräber hatten das Grab inzwischen fast zugeschaufelt. Der Grabstein – das hatte noch Zeit. Rebus war ganz schwindelig im Kopf, wie ein Spieler, der den alles entscheidenden Einsatz gewagt hat. Er blieb direkt hinter dem Mann stehen und räusperte sich. Der Mann drehte sich halb um und richtete sich dann kerzengerade auf. Dann ging er einfach davon. Rebus folgte ihm.

»Ich möchte gerne, dass Sie mitkommen«, sagte er leise. Die Totengräber beobachteten die Szene. Der Mann sagte kein Wort, sondern ging nur immer weiter.

Rebus wiederholte sein Ansinnen, fügte aber diesmal noch hinzu: »Es gibt noch ein weiteres Grab, das Sie besuchen sollten.«

Der Mann ging jetzt langsamer, blieb aber nicht stehen.

»Ich bin Polizist, wenn es das ist, was Ihnen Sorge bereitet. Ich zeige Ihnen gerne meine Dienstmarke.«

Nur ein oder zwei Meter von dem Friedhofstor entfernt blieb der Mann unvermittelt mitten auf dem Weg stehen. Rebus ging um ihn herum und konnte jetzt zum ersten Mal das sonnengebräunte Gesicht des Fremden deutlich erkennen. Die Wangen des Mannes hingen leicht nach unten. Er hatte Augen, die von Erfahrung und Humor zeugten – vor allem jedoch von Angst. Ein Grübchenkinn, das mit grauen Stoppeln bedeckt war. Müde von der Reise, misstrauisch gegenüber diesem Fremden – ein Fremder in einem fremden Land.

»Ich bin Inspektor Rebus«, sagte Rebus und präsentierte seinen Dienstausweis.

»Wessen Grab?« Fast ein Flüstern – ganz ohne schottischen Akzent.

»Freddys«, sagte Rebus.

Freddy Hastings lag auf einem ebenso trostlosen wie weiträumigen Friedhof auf der anderen Seite der Stadt begraben. Auf dem Grab gab es nichts, was an ihn erinnerte, und so standen sie jetzt vor einem anonymen Hügel frisch aufgeschütteter Erde.

»An seinem Begräbnis haben nur sehr wenige Trauergäste teilgenommen«, sagte Rebus. »Ein paar Kollegen von mir, eine alte Bekannte von Hastings und ein paar Penner.«

»Ich begreife das alles immer noch nicht. Wie ist er denn gestorben?«

»Selbstmord. Hat anscheinend irgendwas in der Zeitung gelesen und sich einfach umgebracht. Keine Ahnung, warum. Vielleicht hat er es schlicht satt gehabt, sich zu verstecken.«

»Und das Geld ...?«

»Ach so, ja. Anfangs hat er ein bisschen davon ausgegeben, aber dann ... Aus irgendeinem Grund hat er es später nicht mehr angerührt – bis auf minimale Summen. Vielleicht hat er ja auch gewartet, dass Sie wieder auftauchen. Vielleicht hatte er aber auch Schuldgefühle.«

Der Mann schwieg. In seinen Augen standen Tränen. Er zog ein Taschentuch aus der Tasche, wischte sich das Gesicht ab und zitterte, als er es wieder einsteckte.

»Ein bisschen kühl hier bei uns im Norden, was?«, sagte Rebus. »Wo haben Sie eigentlich in den letzten Jahren gelebt?«

»In der Karibik. Ich betreibe dort eine Bar.«

»Ziemlich weit weg von Edinburgh.«

Der Mann sah Rebus an. »Wie haben Sie mich eigentlich gefunden?«

»Ich habe nicht *Sie* gefunden, sondern Sie *mich*. Natürlich waren die Bilder ganz hilfreich.«

»Die Bilder?«

»Seit Sie damals verschwunden sind, Mr. Grieve, hat Ihre Mutter Sie immer wieder gemalt.«

Alasdair Grieve wusste selbst nicht genau, ob er seine Familie sehen wollte.

»Vielleicht wären sie damit überfordert, zum jetzigen Zeitpunkt«, sagte er.

Rebus nickte. Sie saßen in einem Vernehmungszimmer in der St. Leonard's Street. Siobhan Clarke war ebenfalls anwesend.

»Ich nehme an«, sagte Rebus, »Sie legen keinen Wert darauf, dass Ihr Edinburgh-Aufenthalt an die große Glocke gehängt wird.«

»Richtig«, pflichtete Grieve ihm bei.

»Übrigens – welchen Namen führen Sie eigentlich zur Zeit?«

493

»In meinem Pass steht Anthony Keillor.«

Rebus notierte sich den Namen. »Wo Sie den Pass herhaben, frag ich lieber gar nicht erst.«

»Würde ich Ihnen ohnehin nicht sagen.«

»Trotzdem sind Sie die Vergangenheit anscheinend nie ganz losgeworden. Immerhin ist Keillor ein Bestandteil von Rankeillor.«

Grieve sah ihn verwundert an. »Scheint so, als ob Sie sich mit meinen Familienverhältnissen gut auskennen.«

Rebus zuckte mit den Achseln. »Wann haben Sie von Roddys Tod erfahren?«

»Ein paar Tage nachdem es passiert ist. Zuerst wollte ich sofort nach Hause fahren, aber dann wusste ich nicht recht, was das bringen soll. Und vor ein paar Tagen hab ich dann die Traueranzeige gelesen.«

»Hätte ich nicht gedacht, dass die Anzeige sogar in der Karibik in den Zeitungen erscheint.«

»Im Internet, Inspektor. Der *Scotsman* online.«

Rebus nickte. »Und dann haben Sie sich überlegt, dass Sie es einfach riskieren?«

»Roddy und ich sind uns immer sehr nahe gestanden... Ich hatte das Gefühl, dass ich ihm das einfach schuldig bin.«

»Trotz des Risikos?«

»Das alles liegt ja nun schon zwanzig Jahre zurück, Inspektor. In der langen Zeit verändert sich der Mensch...«

»Trotzdem gut, dass *ich* auf dem Friedhof auf Sie gewartet habe und nicht Barry Hutton.«

Der Name löste in Grieve anscheinend eine ganze Flut von Erinnerungen aus. Rebus beobachtete, wie es in Grieves Kopf arbeitete. »So ein mieser Kerl«, sagte Grieve. »Gibt's den auch noch?«

»Einer der großen Baulöwen unserer Stadt.«

Grieves Gesicht verzog sich zu einer Grimasse. »Mein Gott«, stammelte er.

»Also gut«, sagte Rebus und stützte sich mit den Ellbogen auf die Schreibtischplatte. »Jetzt wäre ich Ihnen dankbar, wenn Sie uns sagen, wer die Leiche in dem Kamin ist.«

Grieve sah ihn verständnislos an. »Die was?«

Als Rebus den Sachverhalt erläuterte, nickte Grieve mit dem Kopf.

»Hutton muss die Leiche dort versteckt haben. Hat damals in Queensberry House gearbeitet und Dean Coghill im Auftrag seines Onkels ein bisschen auf die Finger geschaut.«

»Bryce Callan.«

»Eben der. Callan hat seinen Neffen damals systematisch aufgebaut. Scheint so, als ob er erstklassige Arbeit geleistet hat.«

»Und Sie haben zu der Zeit mit Callan gemeinsame Sache gemacht?«

»So würde ich das nicht nennen.« Grieve machte Anstalten aufzustehen, hielt dann aber mitten in der Bewegung inne. »Was dagegen? Mir wird es hier ein bisschen eng.«

Grieve ging in dem kleinen Raum auf und ab. Siobhan stand neben der Tür. Sie lächelte ihn freundlich an. Rebus gab ihm ein Foto – das computergenerierte Gesicht der Kaminleiche.

»Wie viel wissen Sie denn überhaupt?«, wollte Grieve von Rebus wissen.

»Eine ganze Menge. Callan hat damals in der Nähe des Calton Hill wie wild Bauland aufgekauft, weil er auf das neue Parlament spekuliert hat. Allerdings sollte die Planungsbehörde nicht erfahren, wer hinter den Transaktionen steckt. Deshalb hat er Freddy und Sie vorgeschickt.«

Grieve nickte. »Bryce hatte beste Kontakte zu einem Stadtrat, zu jemandem aus dem Planungsausschuss.« Rebus und Siobhan sahen sich an. »Dieser Mann hatte Bryce mit der Information versorgt, dass das Parlament dort gebaut werden soll.«

»Trotzdem ziemlich riskant: Das hing doch vom Ausgang des Volksentscheids ab.«

»Ja, aber anfangs schien die Sache klar. Erst als die Klausel eingebaut wurde, dass mindestens vierzig Prozent der Wahlberechtigten für die Autonomie stimmen müssen, ist die Sache gekippt. Aber genau dieses Ziel hat die Regierung ja verfolgt.«

»Na schön. Dann hatte Callan jetzt also die vielen Grundstücke, nur dass die erhofften Spekulationsgewinne ausblieben.«

»Aber die Grundstücke waren auch so ziemlich wertvoll. Und plötzlich sollten wir für alles verantwortlich sein.« Grieve lachte. »Als ob *wir* den Wahlausgang manipuliert hätten.«

»Und dann?«

»Na ja... Freddy hatte sich da auf so ein Spiel eingelassen. Er hat Callan nämlich erzählt, dass wir für die Grundstücke mehr bezahlt hatten, als tatsächlich der Fall war. Callan hat das irgendwie herausgefunden und wollte plötzlich von uns die Differenz zurückhaben und außerdem noch die Provision, die er uns dafür gezahlt hatte, dass wir ihm quasi unseren Namen zur Verfügung gestellt hatten.«

»Also hat er Ihnen jemanden auf den Hals geschickt?«, mutmaßte Rebus.

»Richtig, einen Kerl namens Mackie.« Grieve wies auf das Foto. »Einen von seinen Schlägern, ein richtig mieses Schwein.« Er rieb sich die Schläfen. »Mein Gott, Sie können sich nicht vorstellen, wie merkwürdig es ist, über diese ganzen Geschichten nach so langer Zeit zu sprechen...«

»Mackie?«, hakte Rebus nach. »Und der Vorname – Chris?«

»Nein, nicht Chris: Alan oder Alex... oder so was. Wieso?«

»Weil Freddy sich später selbst so genannt hat.« Ob vielleicht ebenfalls aus Schuldgefühlen, überlegte Rebus. »Und wie ist dieser Mackie ums Leben gekommen?«

»Callan hat ihn uns damals auf den Hals geschickt, damit wir Schiss bekommen und zahlen. Und der Kerl konnte einem wirklich Angst einjagen. Freddy hat nur Glück gehabt. Er hatte ein Messer in der Schublade, eine Art Brieföffner. Dieses Ding hat er an dem Abend für alle Fälle mitgenommen. Eigentlich sollten wir Callan treffen, um mit ihm diese Geschichte zu klären. Spätabends auf einem Parkplatz an der Cowgate..., Freddy und ich hatten die Hosen gestrichen voll.«

»Aber Sie sind trotzdem hingegangen?«

»Zuerst wollten wir abhauen... na ja, aber dann sind wir trotzdem hingegangen. Einen Bryce Callan versetzt man nicht so ohne weiteres. Allerdings war Bryce überhaupt nicht dort, sondern nur diese Kreatur Mackie. Der Kerl hat mir gleich zur Begrüßung ein paar Schläge gegen den Kopf versetzt – bis heute bin ich deshalb auf einem Ohr halb taub. Dann wollte er sich auf Freddy stürzen. Der Mensch hatte einen Revolver dabei und hat mit dem Knauf auf mich eingeschlagen. Freddy war noch in viel größerer Gefahr... da bin ich mir ganz sicher. Diese krumme Tour war nämlich seine Idee gewesen, und das wusste Callan. Trotzdem war es Notwehr, das kann ich beschwören. Ja, ich glaube nicht mal, dass er diesen Mackie umbringen wollte – er wollte ihn sich nur vom Leibe halten.«

»Und dabei hat er ihm direkt ins Herz gestochen«, sagte Rebus.

»Richtig«, sagte Grieve. »War uns sofort klar, dass der Mensch tot ist.«

»Und was haben Sie dann gemacht?«

»Ihn in seinen Wagen gepackt – und dann nichts wie weg. Wir waren beide der Meinung, dass es am besten ist, wenn wir uns trennen. Schließlich war uns völlig klar, dass wir ab sofort auf Callans Abschussliste stehen.«

»Und das Geld?«

»Ich hab zu Freddy gesagt, dass ich damit nichts zu tun haben will. Dann hat er vorgeschlagen, dass wir uns auf den Tag genau in einem Jahr in einer Bar in der Frederick Street wieder treffen sollen.«

»Aber Sie sind nicht gekommen.«

Grieve schüttelte den Kopf. »Ich hatte mir inzwischen eine neue Identität zugelegt und mich an meine neue Umgebung gewöhnt.«

Aber Freddy muss ebenfalls gereist sein, dachte Siobhan. Sonst hätte er Dezzi nicht all diese Sachen erzählen können.

Als Alasdair ein Jahr später an dem vereinbarten Tag nicht

aufgetaucht war, war Freddy Hastings in der George Street, die nicht weit von der Frederick Street entfernt war, schnurstracks in die Filiale der Bausparkasse marschiert und hatte dort auf den Namen C. Mackie ein Konto eröffnet…

»Er hat das ganze Geld in einer Aktentasche mit sich herumgeschleppt«, sagte Siobhan.

Grieve sah sie an. »Ach ja, die Tasche – die hat eigentlich Dean Coghill gehört.«

»… und die Initialen ADC.«

»Ich glaube, Dean heißt er mit zweitem Namen, der erste hat ihm wohl nicht so gefallen. Barry Hutton hat uns in der Tasche mal 'ne riesige Barsumme überreicht. Er war sogar noch stolz darauf, dass er sie Coghill einfach weggenommen hatte: ›Weil ich nämlich das Sagen habe und weil dieser blöde Coghill nichts dagegen machen kann.‹« Er schüttelte den Kopf.

»Mr. Coghill ist tot«, sagte Siobhan.

»Das geht ebenfalls auf Bryce Callans Konto.«

Rebus wusste genau, was Grieve meinte, auch wenn Coghill eines natürlichen Todes gestorben war.

Rebus und Siobhan waren jetzt ein verschworenes Team.

»Wo stehen wir eigentlich mit den Ermittlungen?«, fragte sie.

»Vor einem großen Haufen etwas wirrer Details«, räumte er ein. »Da ist zum Beispiel Barry Hutton, der nach Mackie sucht und die Leiche in der Nähe von Queensberry House findet. Also bringt er den Toten dorthin und versteckt ihn in der Wandnische. Vermutlich hat er geglaubt, dass die Leiche dort ewig unentdeckt bleibt.«

»Wieso?«

»Ja, wer sollte sich denn dafür interessieren?«

»Und wieso hat niemand Mackie als vermisst gemeldet?«

»Mackie war Bryce Callans Mann. Glauben Sie, der hat ihn als vermisst gemeldet?«

»Und Freddy Hastings bringt sich um, als er die Geschichte in der Zeitung liest?«

Rebus nickte. »Plötzlich steht alles wieder vor ihm, und er kommt damit einfach nicht klar.«

»Kann ich nicht ganz nachvollziehen.«

»Was?«

»Ja, Freddys Verhalten. Er hatte doch gar keinen Grund, sich umzubringen. Er war doch völlig aus der Schusslinie…«

»Es gibt da ein Problem, das noch weit schwerer wiegt«, sagte Rebus. »Spricht alles dafür, dass Callan und Hutton völlig ungeschoren davonkommen.«

Siobhan lehnte sich gegen ihren Schreibtisch und verschränkte die Arme. »Ja, stimmt. Die beiden haben ja im strikten Sinne nichts verbrochen. Sie haben weder Mackie umgebracht noch Freddy Hastings von der North Bridge gestoßen.«

»Obwohl sie für das alles die Verantwortung tragen.«

»Und dieser Callan lebt inzwischen im Ausland, und Barry Hutton spielt den angesehenen Großunternehmer.« Er quittierte ihre Bemerkung nur mit Schweigen. »Oder sehen Sie das anders?« Dann fiel ihr wieder ein, was Alasdair Grieve bei seiner Vernehmung gesagt hatte.

»Bryce hatte beste Kontakte zu einem Stadtrat«, zitierte sie ihn.

»Zu jemandem aus dem Planungsausschuss«, führte Rebus das Zitat zu Ende.

38

Sie brauchten ungefähr eine Woche, um alles zu einem Gesamtbild zusammenzufügen. Das ganze Team arbeitete auf Hochtouren. Derek Linford war inzwischen wieder zu Hause und nahm seine Mahlzeiten per Strohhalm ein. Irgendwer konnte sich die Bemerkung nicht verkneifen: »Diese ganze Geschichte wird sich für unseren Freund bestimmt noch auszahlen.« Und tatsächlich sah es ganz danach aus, als ob Linford demnächst mit einer Beförderung rechnen konnte. Unterdessen spielte

Alasdair Grieve den Touristen. Er wohnte in einer Pension in der Minto Street. Vorerst brauchten sie ihn noch. Deshalb durfte er das Land nicht verlassen. Er hatte seinen Pass abgegeben und musste jeden Tag in der St. Leonard's Street vorstellig werden. Hauptkommissar Watson war der Auffassung, dass Grieve im strafrechtlichen Sinne nichts vorzuwerfen sei. Aber da der Mann eine tätliche Auseinandersetzung mit Todesfolge mit eigenen Augen gesehen hatte, musste natürlich eine Akte über ihn angelegt werden. Rebus hatte mit Grieve inoffiziell vereinbart: Wenn Sie sich brav zu unserer Verfügung halten, wird Ihre Familie von Ihrer Anwesenheit nichts erfahren.

Das Team ging nochmals alles durch, was man bis dahin zusammengetragen hatte. Aber nicht nur die Kollegen, die den Roddy-Grieve-Fall bearbeiteten, machten Überstunden, auch Siobhan und Wylie und Hood waren ständig im Büro, wobei Wylie auf einem Schreibtisch am Fenster bestand. Nur eine kleine Kompensation für all die Stunden, die sie in dem dunklen Vernehmungszimmer verbracht hatte, wie sie nicht müde wurde zu betonen.

Aber auch die anderen Dienststellen waren plötzlich wesentlich kooperativer als zuvor: vor allem die Schottische Kripo und die Zentrale. Als man alle nötigen Beweismittel zusammengetragen hatte, schaltete man einen Arzt ein und setzte den Verdächtigen davon in Kenntnis, dass es ihm freigestellt sei, sich bei der Vernehmung von einem Anwalt beraten zu lassen. Natürlich wusste der Mann längst, dass die Polizei gegen ihn ermittelte. Trotz seines heiklen Gesundheitszustands hatte er von seinen politischen Freunden gewiss schon diskrete Hinweise erhalten. Wieder versuchte Carswell, Rebus die Ermittlungen aus der Hand zu reißen, wieder wurde er überstimmt, wenn auch nur knapp.

Als Rebus und Siobhan vor dem von einer Mauer eingefassten Haus in der Queensferry Road eintrafen, standen drei Autos in der Einfahrt: Der Arzt und der Anwalt waren schon da. Ein großes Haus aus den Dreißigern, allerdings an der verkehrsreichen Straße, die aus der Stadt nach Fife hinausführte. Sicher eine Wertminderung von 50 Mille, aber trotzdem, das Haus musste mindestens dreihunderttausend wert sein. Nicht schlecht für einen einfachen Stadtrat.

Archie Ure lag im Bett, allerdings nicht in seinem Schlafzimmer. Um seiner Frau die Mühsal des Treppensteigens zu ersparen, hatte man im Wohnzimmer ein Einzelbett aufgestellt. Der Esstisch stand jetzt draußen im Eingangsbereich, die sechs Stühle ruhten mit der Sitzfläche nach unten auf seiner glänzenden Oberfläche. In dem Raum roch es irgendwie nach Krankheit: nach Schweiß und ungeputzten Zähnen. Der Patient richtete sich auf seinem Lager auf und atmete schwer. Die ärztliche Untersuchung war gerade abgeschlossen. Ure war an einen Monitor angeschlossen. Seine Pyjamajacke war aufgeknöpft, und auf seiner Brust waren Klebeelektroden befestigt, die durch schwarze Drähte mit dem Überwachungsgerät verbunden waren. Seine beinahe unbehaarte Brust sank bei jedem mühsamen Ausatmen wie ein angestochener Blasebalg in sich zusammen.

Ures Anwalt hieß Cameron Whyte, ein klein gewachsener, sorgfältig gepflegter Mensch, der nach Auskunft von Ures Ehefrau seit drei Jahrzehnten ein Freund der Familie war. Er saß auf einem Stuhl neben dem Bett. Auf den Knien hatte er eine Aktentasche, auf die er einen DIN-A4-Block gelegt hatte. Zuerst machten die Anwesenden sich miteinander bekannt. Rebus verzichtete zwar darauf, Archie Ure die Hand zu schütteln, erkundigte sich aber nach seinem Befinden.

»Ziemlich gut, bevor Sie auf die Idee gekommen sind, mich mit diesem Unsinn zu behelligen«, lautete die barsche Antwort.

»Wir versuchen es so schnell wie möglich hinter uns zu bringen«, sagte Rebus.

Ure brummte etwas in seinen Bart. Dann stellte Cameron Whyte ein paar Formfragen, während Rebus einen Kassettenrekorder aus einer der zwei Kisten hervorkramte, die er mitgebracht hatte. Ein ziemlich altmodisches Gerät, das die Vernehmung in doppelter Ausführung aufzeichnen und den genauen zeitlichen Ablauf dokumentieren konnte. Rebus besprach die Prozedur noch einmal mit Whyte, der genau hinsah, als Rebus das Datum und die Zeit einstellte und dann zwei nagelneue Bänder aus ihrer Verpackung befreite. Schwierigkeiten bereitete die Schnur, die kaum bis zu der nächsten Steckdose in der Wand reichte. Aber auch das Doppelmikrofon reichte nur knapp bis zu Ures Bett. Rebus brachte seinen eigenen Stuhl so in Position, dass er zwischen Anwalt und Patient eingezwängt war. Das Mikrofon, dessen Kabel bis zum Zerreißen angespannt war, ruhte auf der Bettdecke. Allein die Vorbereitungen nahmen etwa zwanzig Minuten in Anspruch. Nicht dass Rebus es besonders eilig gehabt hätte. Er hatte sogar gehofft, dass Mrs. Ure wegen der ausgedehnten Präliminarien das Zimmer verlassen würde. Und tatsächlich ging sie einmal aus dem Raum, kehrte jedoch kurz darauf mit einem Tablett zurück, auf dem Teetassen und eine Kanne standen. Sie schenkte ganz bewusst nur dem Arzt und dem Anwalt von dem Getränk ein und sagte zu den Polizeibeamten: »Bitte bedienen Sie sich.« Siobhan leistete dieser Aufforderung lächelnd Folge und stellte sich dann wieder an die Tür, da es in dem Raum keinen Stuhl für sie gab. Der Arzt saß auf der anderen Seite des Bettes neben dem Monitor. Ein junger Mensch mit sandfarbenem Haar, der das Treiben in dem Zimmer verwundert betrachtete.

Mrs. Ure, die nicht direkt neben ihrem Mann stehen konnte, drückte sich neben dem Anwalt herum, was diesen offenbar irritierte. In dem Raum wurde es immer heißer und stickiger. Die Fenster waren beschlagen. Der Raum befand sich im hinteren Teil des Hauses. Durch die beschlagenen Fenster konnte man draußen eine von Bäumen und Sträuchern gesäumte ausgedehnte Rasenfläche erkennen. Direkt vor dem Fenster war auf einem Pfahl ein Vogelhäuschen aufgestellt, das gelegentlich von Meisen und Spatzen aufgesucht wurde. Offenbar waren die Vögel von der Qualität des Futterangebots nicht sonderlich angetan.

»Ich sterbe vor Langeweile«, sagte Archie Ure und trank einen Schluck Apfelsaft.

»Tut mir Leid«, sagte Rebus. »Dauert nicht mehr lange.« Dann öffnete er die zweite Kiste und holte daraus einen dicken Aktenordner hervor. Ure war im ersten Augenblick offenbar von der schieren Menge des Materials tief beeindruckt. Doch dann zog Rebus ein einzelnes Blatt daraus hervor und legte es oben auf den Ordner, den er – genau wie der Anwalt seine Aktenmappe – als Unterlage benutzte.

»Ich glaube, wir können jetzt anfangen«, sagte Rebus. Siobhan kniete nieder und schaltete das Gerät ein. Dann nickte sie, um ihm zu bestätigen, dass beide Bänder liefen. Rebus nannte deutlich seinen Namen und bat die übrigen Anwesenden, das Gleiche zu tun.

»Mr. Ure«, sagte er dann, »kennen Sie einen Mann namens Barry Hutton?«

Diese Frage hatte Ure erwartet. »Ein großer Bauunternehmer«, sagte er.

»Wie gut kennen Sie ihn?«

Ure trank einen weiteren Schluck von seinem Saft. »Ich bin Vorsitzender des Planungsausschusses im Stadtrat. Mr. Hutton legt uns regelmäßig Bauanträge vor.«

»Wie lange haben Sie den Vorsitz dieses Ausschusses schon inne?«

»Acht Jahre.«

»Und davor?«

»Wie meinen Sie das?«

»Ich meine, welche Ämter Sie davor gehabt haben.«

»Ich sitze seit fast fünfundzwanzig Jahren im Stadtrat. Es gibt nur wenige Ämter, die ich in dieser Zeit nicht irgendwann mal innegehabt habe.«

»Aber meistens im Planungsbereich?«

»Wieso fragen Sie das? Sie wissen es doch ohnehin schon.«

»Tatsächlich?«

Ure verzog das Gesicht. »In einem Vierteljahrhundert entwickeln sich natürlich gewisse freundschaftliche Verbindungen.«

»Und diese Freunde haben Ihnen berichtet, dass wir gewisse Nachforschungen anstellen?«

Ure nickte und widmete sich dann wieder seinem Saft.

»Mr. Ure hat genickt«, sagte Rebus für das Tonbandgerät. Ure sah ihn an. Auf seinem Gesicht war eine gewisse Ablehnung unverkennbar, trotzdem machte ihm das Spiel anscheinend auch Spaß, denn darum handelte es sich für ihn: ein Spiel. Konnten ihm ja ohnehin nichts anhängen, also brauchte er sich auch keine ernsthaften Sorgen zu machen.

»Sie waren Ende der siebziger Jahre Mitglied des Planungsausschusses«, fuhr Rebus fort.

»Achtundsiebzig bis dreiundachtzig«, pflichtete Ure ihm bei.

»Da müssen Sie doch bisweilen mit Bryce Callan zu tun gehabt haben?«

»Eigentlich nicht.«

»Was soll das heißen?«

»Das heißt, dass ich seinen Namen kenne.« Ure und Rebus sahen beide, wie der Anwalt sich eine Notiz machte. Rebus fiel auf, dass der Mann einen Füller benutzte und in großen schrägen Buchstaben schrieb. »Kann mich nicht erinnern, dass sein Name je in einem offiziellen Bauantrag erschienen wäre.«

»Und Freddy Hastings?«

Ure nickte. Er hatte gewusst, dass dieser Name ebenfalls fallen würde. »Ja, Freddy war auch ein paar Jahre im Geschäft. Ziemlich gerissener Bursche – Spielernatur. Aber das gilt ja letzten Endes für alle diese Spekulanten.«

»Und war Freddy ein guter Spieler?«

»War nicht sehr lange im Geschäft, wenn Sie das meinen.«

Rebus schlug den Ordner auf und tat so, als ob er etwas suchte. »Haben Sie Barry Hutton damals schon gekannt, Mr. Ure?«

»Nein.«

»Aber der hat zu der Zeit auch schon mitgespielt.«

»Kann sein – aber nicht auf meinem Spielplatz.« Ure musste über seinen eigenen Scherz lachen. Seine Frau streckte ihrem Mann über den Kopf des Anwalts hinweg die Hand entgegen, und er tätschelte sie. Cameron Whyte fühlte sich offenbar nicht sonderlich wohl in dieser Umklammerung. Er hatte sein Gekritzel eingestellt und wirkte erleichtert, als Mrs. Ure ihren Arm zurückzog.

»Lief denn immer alles wie geschmiert?«, fragte Rebus. Das Ehepaar Ure bedachte ihn mit bösen Blicken.

»Bitte keine Spitzfindigkeiten, Inspektor«, ließ der Anwalt sich vernehmen.

»Tut mir Leid«, sagte Rebus. »Sie haben Bryce Callan wichtige Informationen verkauft, Mr. Ure, nicht wahr? Das war für jemanden wie Sie ein Kinderspiel – ein ziemlich einträgliches noch dazu.« Er hörte, wie Siobhan hinter ihm ein Lachen unterdrückte.

»Eine schwere Anschuldigung, Inspektor«, sagte Cameron Whyte.

Ure sah seinen Anwalt an. »Muss ich das ausdrücklich bestreiten, Cam, oder genügt es, wenn er es nicht beweisen kann?«

»Ich bin mir nicht mal sicher, *ob* ich es beweisen kann«, sagte Rebus treuherzig. »Wir wissen nur, dass Bryce Callan von irgendeinem Mitglied des Stadtrats erfahren hat, wo das neue Parlament entstehen soll, und vielleicht hat er auf diesem Wege auch Informationen über zum Verkauf stehende Grundstücke und Immobilien erhalten. Ferner wissen wir, dass jemand für die von Freddy Hastings vorgelegten Pläne den Weg geebnet hat.« Rebus fixierte Ure. »Mr. Hastings' damaliger Geschäftspartner Alasdair Grieve hat alles gestanden.« Rebus blätterte wieder in seinem Ordner und zitierte dann aus dem Protokoll: »›Man hat uns damals versichert, dass die Frage der Genehmigungen kein Problem sei. Callan hatte das nach eigenem Bekunden unter Kontrolle. Angeblich hat jemand im Planungsausschuss dafür gesorgt, dass alles glatt lief.‹«

Cameron Whyte blickte von seinen Notizen auf. »Tut mir

Leid, Inspektor. Möglich, dass mit meinen Ohren etwas nicht stimmt, aber ich habe nicht gehört, dass in dem Zitat der Name meines Mandanten gefallen wäre.«

»Mit Ihren Ohren ist alles in Ordnung, Sir. Alasdair Grieve hat den Namen dieses Maulwurfs nie gekannt. Sechs Leute saßen damals in dem Planungsausschuss: Es kann jeder von ihnen gewesen sein.«

»Außerdem hatten wahrscheinlich noch andere Mitarbeiter des Ausschusses Zugang zu diesen Informationen«, fuhr der Anwalt fort.

»Denkbar.«

»Alle möglichen Leute – angefangen vom Leiter des Baudezernats bis hinunter zu den Sekretärinnen.«

»Keine Ahnung, Sir.«

»Aber Sie *sollten* es wissen, andernfalls könnten derart leichtfertige Unterstellungen Ihnen noch viel Ärger bereiten.«

»Ich glaube nicht, dass Mr. Ure gleich rechtliche Schritte gegen mich in Erwägung zieht«, sagte Rebus. Hier und da warf er einen kurzen Blick auf den Herzmonitor. Zwar nicht ganz so gut wie ein Lügendetektor, das Gerät, aber Ures Puls hatte sich in den vergangenen Minuten sichtlich beschleunigt. Rebus blätterte wieder umständlich in seinen Unterlagen.

»Eine allgemeine Frage«, sagte er dann und sah Ure an. »Die Entscheidungen des Planungsausschusses können doch für einen Investor Millionen wert sein, nicht wahr? Ich meine nicht für die Mitglieder des Ausschusses selbst oder für sonstige Entscheidungsträger ..., sondern für Bauunternehmen und Grundstücksspekulanten oder für Leute, die im Umkreis eines neues Großprojektes Land oder Immobilien besitzen?«

»Manchmal ja«, räumte Ure ein.

»Dann muss diesen Leuten also daran gelegen sein, sich mit den Entscheidungsträgern gut zu stellen?«

»Unsere Entscheidungen werden ständig überprüft«, sagte Ure. »Ich weiß, dass wir nach *Ihrer* Auffassung allesamt bestechlich sind, aber selbst wenn jemand hinten herum abkassieren wollte, ist es ziemlich wahrscheinlich, dass man ihm auf die Schliche kommt.«

»Im Umkehrschluss bedeutet das allerdings, dass es durchaus Chancen gibt, unentdeckt zu bleiben?«

»Nur ein Narr würde das Risiko eingehen.«

»An Narren besteht ja bekanntlich kein Mangel, besonders wenn der Preis stimmt.« Rebus studierte wieder seine Notizen. »Sie haben das Haus hier 1980 bezogen – ist das richtig, Mr. Ure?«

Wieder schaltete Whyte sich ein. »Also, Inspektor, ich weiß wirklich nicht, was Sie damit sagen wollen…«

»Im August 1980«, unterbrach ihn Ure. »Das Geld stammt von der verstorbenen Mutter meiner Frau.«

Auch darauf war Rebus vorbereitet. »Und das Haus Ihrer Schwiegermutter haben Sie verkauft, um dieses hier zu erwerben?«

Ure sah ihn misstrauisch an. »Ganz recht.«

»Ihre Schwiegermutter hatte unseres Wissens ein kleines Häuschen in Dumfriesshire, Mr. Ure. Kaum mit der Queensferry Road vergleichbar.«

Ure verschlug es für ein paar Sekunden die Sprache. Rebus wusste genau, was dem Mann durch den Kopf ging. Der Mann dachte: Wenn sie selbst das ausgegraben haben, was mag dann noch kommen?

»Was sind Sie nur für ein rücksichtsloser Mann!«, zischte Mrs. Ure. »Archie hat gerade einen Herzinfarkt überstanden – wollen Sie ihn vielleicht umbringen?«

»Hör auf zu schimpfen, Liebes«, sagte Archie Ure und versuchte ihre Hand zu tätscheln.

»Inspektor«, meldete sich jetzt Cameron Whyte zu Wort. »Ich muss aufs Schärfste gegen diese Art der Vernehmung protestieren.«

Rebus sah Siobhan an. »Ist vielleicht noch Tee in der Kanne?« Er kümmerte sich nicht um das allgemeine Stimmengewirr. Der Arzt war von seinem Stuhl aufgestanden, weil er wegen des

Zustands des Patienten besorgt war. Siobhan goss Tee ein. Rebus nickte ihr dankbar zu. Dann sah er wieder Ure an.

»Tut mir Leid«, sagte er. »Ich hab Ihre Antwort nicht genau verstanden. Mir geht es um Folgendes: Wenn schon in Edinburgh solche Bauvorhaben so viel Geld einbringen, dann müsste jemand, der für die Planung derartiger Unternehmungen in ganz Schottland zuständig ist, eigentlich über einen unglaublichen Einfluss verfügen.« Er lehnte sich zurück, trank einen Schluck Tee und wartete.

»Ich kann Ihnen nicht mehr folgen«, sagte der Anwalt.

»Macht nichts, meine Frage richtet sich ja auch an Mr. Ure.« Rebus sah Ure an, der sich räusperte, bevor er zu sprechen anfing.

»Ich habe doch schon gesagt, die Entscheidungen des Stadtrats unterliegen einer gründlichen Überprüfung. Auf nationaler Ebene werden ganz sicher noch viel strengere Maßstäbe angesetzt, wenn es mal so weit ist.«

»Das beantwortet allerdings nicht meine Frage«, sagte Rebus leutselig. Er rutschte auf seinem Stuhl ein Stück nach vorne. »Sie haben bei der Abstimmung über den Labourkandidaten nach Roddy Grieve die meisten Stimmen erhalten, ist das richtig?«

»Ja und?«

»Nachdem Grieve tot war, hätten Sie eigentlich an seine Stelle treten müssen.«

»Wenn *sie* nicht plötzlich den Hut in den Ring geworfen hätte«, zischte Mrs. Ure.

Rebus sah sie an. »Ich nehme an, dass Sie von Seona Grieve sprechen?«

»Jetzt reicht es aber, Isla«, sagte ihr Mann. Dann zu Rebus: »Und weiter.«

Rebus zuckte mit den Achseln. »Also, nachdem der Kandidat nicht mehr verfügbar war, hätte von Rechts wegen Ihnen die Kandidatur zugestanden. Durchaus verständlich, dass Sie schockiert waren, als Seona sich plötzlich beworben hat.«

»Schockiert? Fast umgebracht hätte es ihn. Und jetzt kommen auch Sie noch daher und rühren das alles wieder auf...«

»Ich hab doch gesagt, du sollst den Mund halten!« Ure hatte sich auf die Seite gedreht und stützte sich auf den Ellbogen, um seine Frau besser zu sehen. Rebus hatte den Eindruck, dass das Überwachungsgerät jetzt lauter piepste. Dann wurde der Patient von dem Arzt mit sanfter Gewalt wieder auf den Rücken gerollt. Einer der Drähte hatte sich gelöst.

»Lassen Sie mich in Ruhe, Mann«, schimpfte Ure. Seine Frau stand mit verschränkten Armen da, ihr Mund und ihre Augen waren nur noch schmale aggressive Schlitze. Ure trank wieder einen Schluck Saft und lehnte seinen Kopf dann gegen die Kissen. Seine Augen waren zur Decke gerichtet.

»Also weiter«, sagte er wieder.

Rebus hatte plötzlich Mitleid mit dem Mann. Was nahm er sich eigentlich heraus? War er nicht selbst auch nur ein sterblicher Mensch, der einem vom Tode gezeichneten Mann gegenübersaß – ein fehlbarer Mensch, der genau wusste, dass sie beide in der Vergangenheit Schuld auf sich geladen hatten? Archie Ure hatte jetzt nur noch einen Feind, nämlich den Tod. Manchmal konnte dieses Bewusstsein einen Menschen zutiefst verändern.

»Nur eine Mutmaßung«, sagte Rebus leise. Er hatte die übrigen Anwesenden jetzt aus seinem Bewusstsein ausgeblendet – es gab nur noch ihn und den kranken Mann neben ihm in dem Bett. »Sagen wir mal, so ein Baulöwe hat jemanden im Stadtrat, auf dessen Entscheidungen er sich verlassen kann. Und sagen wir weiter, dieser Stadtrat denkt daran, für das Parlament zu kandidieren. Nach zwanzig Jahren im Bauausschuss einer großen Kommune brächte so jemand natürlich die ideale Voraussetzungen dafür mit, auch auf nationaler Ebene ein vergleichbares Amt zu übernehmen. Und natürlich ist mit einem solchen Posten eine Menge Macht verbunden. Etwa die Macht, Milliardenprojekte abzusegnen oder abzulehnen. Hinzu kommen noch die langjährige Erfahrung und das Wissen, welche

Regionen bestimmte Subventionen erhalten sollen, wo diese Fabrik oder jene Wohnanlage errichtet werden soll... Für einen Baulöwen ein Gottesgeschenk... oder sogar ein Grund, jemanden zu ermorden...«

»Inspektor«, meldete sich Cameron Whyte warnend zu Wort. Doch Rebus schob jetzt seinen Stuhl so nahe wie möglich an das Bett heran.

»Wissen Sie was? Ich glaube, dass Sie vor zwanzig Jahren Bryce Callans Informant gewesen sind. Und als Bryce sich dann abgesetzt hat, hat er Sie an seinen Neffen weitergereicht. Wir haben das überprüft: Barry Hutton hat am Anfang seiner Karriere eine ungewöhnliche Glückssträhne gehabt. Sie haben es ja selbst gesagt: Ein guter Baulöwe und Immobilienspekulant muss eine Spielernatur sein. Doch jeder weiß, ständig gewinnen kann man nur, wenn man mit gezinkten Karten spielt. Barry Hutton war ein Betrüger, und *Sie* haben ihm zugearbeitet, Mr. Ure. Allerdings hatte Barry sich noch viel mehr von Ihnen versprochen. Doch dann hat Roddy Grieve Ihnen die Kandidatur vor der Nase weggeschnappt, und das hat Barry natürlich überhaupt nicht ins Konzept gepasst. Also hat er Roddy Grieve einen seiner Gorillas auf den Hals geschickt. Vielleicht wollte er ihn ja nur einschüchtern, aber dieser Mick Lorimer ist dabei zu weit gegangen.« Rebus hielt inne. »So heißt nämlich der Kerl, der Roddy Grieve getötet hat: Lorimer. Wir wissen, dass Hutton ihn engagiert hat.« Er spürte, dass Siobhan, die hinter ihm stand, etwas unruhig wurde. Schließlich lief das Band mit und hielt fest, dass er eine bisher unbewiesene Behauptung aufstellte.

»Roddy Grieve war an dem Abend betrunken. Gerade erst hatte er die Kandidatur für sich entschieden, und jetzt wollte er sich seine künftige Wirkungsstätte einmal aus der Nähe anschauen. Nach meiner Auffassung hat Lorimer gesehen, wie Grieve über den Bauzaun gestiegen ist, und ist hinter ihm her. Als Grieve aus dem Weg geräumt war, boten sich Ihnen plötzlich wieder die herrlichsten Aussichten.« Rebus kniff die Augen zusammen. »Allerdings ist mir bisher die Ursache Ihres Herz-infarktes nicht ganz klar: Hat dieses Unglück nun mit Roddy Grieves gewaltsamem Tod zu tun oder mit dem Umstand, dass Seona Grieve sich um die Kandidatur beworben und Sie damit aller Hoffnungen beraubt hat?«

»Was wollen Sie eigentlich?« Ures Stimme klang jetzt heiser.

»Das sind doch alles völlig unbewiesene Behauptungen, Archie«, sagte der Anwalt.

Rebus blinzelte ein paarmal, ließ Ure jedoch keine Sekunde aus den Augen. »Was Mr. Whyte da sagt, ist nicht ganz richtig. Ich glaube, unser Material reicht für eine Anklage völlig aus, auch wenn vielleicht nicht jeder unsere Interpretation teilen wird. Uns fehlen nur noch einige winzige Details. Außerdem habe ich den Eindruck, dass Sie gerne reinen Tisch machen und sich von dieser Last befreien würden.« Seine Stimme war nur mehr ein Flüstern. Er hoffte, dass er nicht zu leise für das Tonbandgerät sprach. »Nach all diesen Schweinereien einen klaren Strich ziehen.«

In dem Raum war es jetzt völlig still, nur das Piepsen des Überwachungsapparates war zu hören – in immer größeren Abständen. Archie Ure richtete sich so weit auf, dass er ohne Stütze im Bett saß. Er signalisierte Rebus mit dem Finger, näher zu kommen. Rebus erhob sich halb von seinem Stuhl. Der Mann flüsterte ihm etwas ins Ohr: zu leise für das Tonband. Trotzdem musste er es unbedingt hören …

Aus nächster Nähe war Ures Atmen nur mehr ein Rasseln – heiße Luft an Rebus' Hals. Das Gesicht und der Hals des Mannes waren mit grauen Stoppeln bedeckt. Öliges Haar. Der Geruch von Talkumpuder – ein süßer, alles andere überdeckender Duft. Wahrscheinlich hatte seine Frau damit die wund gelegenen Stellen seines Körpers eingerieben.

Ures Lippen waren jetzt ganz nahe an Rebus' Ohr, berührten es sogar einmal. Dann Worte, die lauter waren als ein Flüstern, Worte, die für alle im Raum Anwesenden bestimmt waren.

»Jämmerlicher Schwachsinn.«

Dann keuchendes Gelächter, immer lauter, das wie Gift den Raum erfüllte. Ein Gelächter, in dem die Beschwörungen des Arztes, das unregelmäßige Stakkato des Monitors und das Gejammer der Ehefrau einfach untergingen. Ures Frau schlug dem Anwalt die Brille von der Nase, als sie sich verzweifelt auf ihren Mann stürzen wollte. Whyte bückte sich, um die Brille wieder aufzuheben, und Isla versuchte, über ihn hinwegzusteigen. Der Arzt sah besorgt auf den Monitor und bemühte sich, Archie Ure wieder in die Horizontale zu zwingen. Rebus saß reglos da. Das Gelächter galt ihm. Der Hassausbruch galt ihm. Die rot geäderten Augen, die fast aus ihren Höhlen zu springen schienen, starrten ihn an. Rebus blieb nur die Rolle des Zuschauers.

Dann wich das Lachen einem grässlichen Erstickungsanfall, versank in gurgelndem weißem Schaum. Ures Gesicht lief tiefrot an, seine Brust sackte zusammen und erhob sich nicht mehr. Isla Ure fing wie wahnsinnig an zu kreischen.

»Nicht schon wieder, lieber Gott. Bitte, nicht schon wieder.«

Cameron Whyte hatte sich inzwischen wieder aufgerichtet, die Brille auf der Nase. Seine Teetasse war umgestürzt, und das Getränk hatte auf dem blassrosa Teppich einen braunen Flecken hinterlassen. Der Arzt redete unentwegt, Siobhan eilte ihm zur Hilfe: Sie wusste genau, was zu tun war. Rebus wusste das natürlich auch, saß jedoch nur reglos da: Er war ja bloß Zuschauer, der das Geschehen vor sich wie auf einer Bühne betrachtete. Die Darbietung war Sache des Schauspielers.

Der Doktor erteilte Anweisungen, stieg dann auf das Bett und brachte sich für die Herzmassage in Position. Siobhan machte sich für die Mund-zu-Mund-Beatmung bereit. Die Pyjama-Jacke stand weit offen. Der Arzt legte eine Hand auf die Brust des Patienten und stützte sich mit der anderen Faust darauf...

»Eins, zwei, drei, vier..., eins, zwei, drei.« Siobhan hielt Ure die Nase zu und exhalierte Luft in seinen Mund. Dann drückte der Arzt mit ganzer Kraft immer wieder den Brustkorb des Patienten nach unten.

»Sie brechen ihm ja die Rippen!«

Isla Ure schluchzte, presste die Knöchel ihrer Hände gegen den Mund. Ein ums andere Mal umschloss Siobhan den Mund des sterbenden Mannes mit ihren Lippen. Versuchte ihm neues Leben einzuhauchen.

»Los, machen Sie schon, Archie!«, brüllte der Arzt, als ob er dem Tod durch schiere Lautstärke Einhalt gebieten könnte. Rebus wusste: Wer sich den Tod wünscht, zu dem kommt er nur allzu bereitwillig. Keinen Schritt kann ein solcher Mensch mehr tun, ohne dass ein dunkler Schatten sich über seine Gedanken legt, jede Sekunden wartet er – der Tod – auf das letzte Willkommen. Ja, für den Tod sind Verzweiflung und Erschöpfung und Resignation die Vorboten seines eigenen Triumphes. Rebus spürte fast körperlich die Anwesenheit dieses unheimlichen Gesellen in dem Raum. Archie Ure hatte den Tod herbeigewünscht, ihn bereitwillig in sich aufgenommen, ihn mit einem irrwitzig grölenden Gelächter willkommen geheißen. Dieser Untergang war der Preis, den er für seinen Sieg zu zahlen hatte.

Nicht mal verübeln konnte ihm Rebus das.

»Los, Archie, machen Sie schon, verdammt noch mal!«

»… drei, vier…, eins, zwei…«

Das Gesicht des Anwalts war kreideweiß. An seiner Brille fehlte ein Bügel, der irgendwo zertreten herumlag. Isla Ure hatte den Mund am Ohr ihres Mannes und stammelte irgendwelche unverständlichen Worte.

»Meinlieberlieber… Dudarfstnicht… weggehen… lassmichnicht-allein…!«

In dem allgemeinen Stimmengewirr und Lärm klang in Rebus' Ohren noch immer das Gelächter nach. Das letzte irre Lachen des Archie Ure. Draußen vor dem Fenster hing ein Rotkehlchen kopfunter an dem Vogelhäuschen und betrachtete die menschliche Pantomime in dem Raum. Das erste Rotkehlchen, das er bisher in diesem Winter gesehen hatte. Warum bekam man diese Vögel immer nur in den kalten Monaten zu Gesicht?

Noch eine Frage, die er auf seine Liste setzen musste.

Zwei, drei Minuten waren verstrichen. Der Doktor zeigte allmählich Ermüdungserscheinungen. Er tastete den Puls an der Halsschlagader, legte dann das Ohr auf den Brustkorb. Die Drähte bildeten ein wirres Knäuel. Das Piepsen der Maschine hatte aufgehört. Auf dem Monitor nur noch die drei Buchstaben LED, wo vorher Zahlenkolonnen erschienen waren.

ERR

Dann eine andere Buchstabenfolge: RESET: Neustart.

Der Arzt stieg von dem Bett herunter. Cameron Whyte hatte die Teetasse wieder auf die Untertasse gestellt. Seine Brille saß ihm schräg im Gesicht. Der Arzt strich sich die Haare aus der schweißbedeckten Stirn. Siobhan Clarkes Lippen erschienen trocken und blass, fast als hätten sie ein wenig von ihrer Lebenskraft eingebüßt. Isla Ure lag auf ihrem Mann, ihre Schultern zuckten. Das Rotkehlchen war inzwischen wieder davongeflogen.

John Rebus bückte sich und hob das Mikrofon vom Boden auf. »Ende der Vernehmung um ...« Er blickte auf die Uhr. »Elf Uhr achtunddreißig.«

Alle sahen ihn an. Als er das Tonbandgerät ausschaltete, war es, als ob er die Apparate ausgestellt hätte, die Archie Ure bis dahin am Leben erhalten hatten.

39

Sie waren in das Büro des Stellvertretenden Polizeipräsidenten in der Fettes Avenue gerufen worden. Colin Carswell hörte sich gerade die letzten Minuten des Tonbands an: das absolute Lärmchaos.

Sie hätten dabei sein müssen, hätte Rebus am liebsten zu ihm gesagt. Dann erklärte er: der Augenblick, als Ure sich aufgerichtet und ihn mit dem Finger zu sich gewinkt hatte ..., der Augenblick, als Schaum vor seinem Mund gestanden hatte ..., das Geräusch, das entstanden war, als der Arzt auf das Bett gestiegen war…, und der dumpfe Schlag, als das Mikrofon zu Boden gefallen war. Von da an war kaum mehr etwas zu verstehen. Rebus drehte den Bass herunter und die Höhen und die Lautstärke herauf. Trotzdem bildeten die Geräusche nur einen ununterscheidbaren Salat.

Carswell hatte Rebus' und Siobhan Clarkes Berichte vor sich auf dem Schreibtisch. Er feuchtete Daumen und Zeigefinger an, bevor er die Seiten umblätterte. Die beiden hatten jeweils einen exakten Bericht über Archie Ures Hinscheiden verfasst und dabei ihre Zeitangaben mit dem Tonband abgestimmt.

Natürlich gab es noch eine zweite Kopie des Bandes, die Cameron Whyte an sich genommen hatte. Whyte hatte erklärt, dass es sich Ures Witwe vorbehalte, Klage gegen die Polizei zu erheben. Und genau deshalb hatte Carswell die betreffenden Polizisten einbestellt. Aber nicht nur Rebus, sondern auch Siobhan und den Farmer.

Wieder ein Geräusch: Das war, als Rebus das Mikrofon aufgehoben hatte: *Ende der Vernehmung… um elf Uhr achtunddreißig.*

Rebus drückte auf die Stopp-Taste. Carswell hatte sich die Aufnahme jetzt zweimal angehört. Schon nach dem ersten Durchgang hatte er ein paar Fragen gestellt. Jetzt lehnte er sich zurück und legte die Hände vor dem Gesicht zusammen. Der Farmer tat es ihm gleich. Als er es bemerkte, nahm er die Hände sofort herunter und schob sie zwischen die Beine. Doch dann korrigierte er auch diese unvorteilhafte Haltung wieder und legte die Hände endgültig auf die Knie.

»Prominenter Kommunalpolitiker stirbt bei Polizeiverhör«, sagte Carswell. Hätte auch eine Zeitungsschlagzeile sein können, doch bisher war es ihnen gelungen, die Wahrheit vor der Pressemeute geheim zu halten. Auch der Anwalt hatte sich dieser Auffassung angeschlossen und in diesem Sinne auf die Witwe eingewirkt: Eine solche Schlagzeile und die Leute würden anfangen, Fragen zu stellen. Wieso hatte die Polizei den

Mann vernommen, der erst unlängst einen Herzinfarkt erlitten hatte? Die Witwe hatte jetzt ohnehin genug um die Ohren.

Murrend hatte sie ihr Einverständnis gegeben, Whyte jedoch zugleich beauftragt, »die Schweine vor den Kadi zu bringen«.

Worte, die die Oberen in der Zentrale erschaudern ließen. Und genau wie Cameron Whyte und seine Mitarbeiter jetzt wahrscheinlich das Tonband analysierten, warteten ein paar Räume weiter schon die Anwälte der Polizei auf die Übergabe des Beweisstücks.

»Ein fataler Irrtum, Herr Hauptkommissar«, sagte Carswell zu Watson, »einen Mann wie Rebus mit einer so schwierigen Vernehmung zu betrauen. Ich hatte ja von Anfang an meine Zweifel. Leider sehe ich mich in dieser Auffassung voll und ganz bestätigt.« Er sah Rebus an. »Aber nicht mal freuen kann ich mich darüber.« Er verstummte. »Ein fataler Irrtum«, wiederholte er dann.

Fataler Irrtum, dachte Rebus: ERR – RESET.

»Bei allem Respekt, Sir«, sagte der Farmer, »es war kaum vorherzusehen, dass ...«

»Einen Beamten wie Rebus zur Vernehmung eines schwerkranken Mannes zu schicken, grenzt an vorsätzliche Tötung.«

Rebus biss die Zähne zusammen, doch dann schaltete Siobhan sich ein: »Sir, Inspektor Rebus hat während der gesamten Ermittlungen Hervorragendes geleistet.«

»Und wie kommt es dann, dass einer unserer besten Beamten jetzt ein Drahtgestell im Gesicht tragen muss? Und wieso liegt ein lang gedienter Labour-Stadtrat jetzt in einem Kühlfach im Leichenschauhaus? Und wie kommt es dann, dass wir noch keinen einzigen Verdächtigen wirklich überführt haben? Und dabei wird es wohl auch bleiben, fürchte ich.«

Carswell wies auf das Tonbandgerät. »Einen besseren Kronzeugen als Ure hätten wir gar nicht finden können.«

»Die Art und Weise, wie Inspektor Rebus die Vernehmung geführt hat, war völlig in Ordnung«, sagte der Farmer leise. Er saß da, als würde er sich am liebsten bis zum Ende aller Tage in die Ecke stellen.

»Ohne Ure können wir die Ermittlungen vergessen«, erklärte Carswell unbeeindruckt und inspizierte Rebus. »Es sei denn, Sie bringen Barry Hutton mit Ihren brachialen Verhörmethoden so weit, dass er reumütig alles gesteht.«

»Keine ganz unrealistische Einschätzung.«

Carswell sah ihn wütend an. Der Farmer fing schon an, sich zu entschuldigen.

»Schauen Sie, Sir«, unterbrach ihn Rebus und fixierte den SPP, »mir ist diese ganze Sache mindestens genauso unangenehm wie allen anderen Beteiligten. Aber schließlich haben wir Archie Ure nicht umgebracht.«

»Und was dann?«

»Vielleicht sein schlechtes Gewissen?«, schlug Siobhan vor.

Carswell sprang auf. »Diese ganzen Ermittlungen waren von Anfang an die reinste Farce.« Er zeigte auf Rebus. »Und dafür tragen *Sie* die Verantwortung. Und so wahr ich hier stehe: Dafür werde ich Sie zur Rechenschaft ziehen.« Dann sah er Watson an. »Und was Sie anbelangt, wahrscheinlich hatten Sie sich das Ende Ihrer Laufbahn auch etwas anders vorgestellt.«

»Sicher, Sir. Aber mit Verlaub, Sir...«

Watson war plötzlich wie verwandelt.

»Was?«, fragte Carswell.

»Niemand hat Ihren blauäugigen Knaben gebeten, sich an Hutton dranzuhängen. Niemand hat ihn gebeten, einen Mordverdächtigen zu observieren und sich dabei irgendwo in Leith in eine merkwürdige Wohnanlage locken zu lassen. Diese Entscheidungen hat er *ganz allein* getroffen, und deshalb sitzt er jetzt mit seinem Drahtgestell zu Hause im Bett.« Der Farmer machte eine kurze Pause. »Ich glaube, Sie verfolgen das Ziel, diese schlichten Tatsachen zu verschleiern. Diese beiden Beamten hier...« Der Farmer sah die beiden an. »*Meine* beiden Mitarbeiter haben Ihren Protegé außerdem als Spanner enttarnt. Und auch das haben Sie gütig übersehen.«

517

»Überlegen Sie, was Sie sagen…« Carswell sah Watson wütend an.

»Ich glaube, das da ist jetzt Vergangenheit.« Der Farmer zeigte auf das Tonbandgerät. »Genau wie Sie habe ich mir dieses Tonband angehört, und nach meiner Meinung gibt es an den Vernehmungsmethoden von Inspektor Rebus nicht das Geringste auszusetzen.« Er stand auf und sah Carswell direkt ins Gesicht. »Sie versuchen doch nur, diese Geschichte hochzuspielen. Okay, wenn Sie es unbedingt drauf ankommen lassen wollen – ich bin bereit.« Dann ging er schnurstracks Richtung Tür, dreht sich aber nochmals um. »Was hab ich denn zu verlieren?«

Carswell jagte die drei aus seinem Büro, nur dass sie schon längst draußen waren.

Sie begaben sich nach unten in die Kantine, stocherten in ihrem Essen herum und redeten kaum. Dann sah Rebus den Farmer an.

»Was war das denn?«

Der Hauptkommissar zuckte mit den Achseln und versuchte zu lächeln. Die Anspannung war inzwischen von ihm gewichen; er sah erschöpft aus. »Mir ist halt der Kragen geplatzt – sonst nichts. Seit dreißig Jahren bin ich jetzt bei der Polizei…« Er schüttelte den Kopf. »Wahrscheinlich habe ich nur die Nase bis obenhin voll von Typen wie diesem Carswell. Dreißig Jahre, und der glaubt, er kann so mit mir umspringen.« Er sah die beiden an und versuchte ein Lächeln.

»Besonders gut fand ich Ihren Schlusssatz«, sagte Rebus. »›Was hab ich denn zu verlieren?‹«

»Hab ich mir schon gedacht«, sagte der Farmer. »Hab ich ja schließlich schon oft genug von Ihnen zu hören bekommen.« Dann ging er an das Büfett und holte noch drei Kaffee, obwohl ihre Tassen noch halb voll waren, aber er brauchte einfach etwas Bewegung. Siobhan lehnte sich auf ihrem Stuhl zurück.

»Und was wird jetzt aus uns?«, fragte sie.

»Ab nach Golgatha«, sagte er, »und zwar ohne Rückfahrschein.«

»Übertreiben Sie da nicht ein bisschen?«

»Wissen Sie, was mich am meisten ärgert? Uns werden sie wegen dieser Geschichte wahrscheinlich ans Kreuz nageln, und diesem verdammten Linford – dem hängen sie einen Orden um.«

»Wenigstens können wir feste Nahrung zu uns nehmen.« Sie stieß die Gabel in das Gemüse auf ihrem Teller.

40

»Warum ausgerechnet hier?«

Er ging über den gefrorenen Rasen des Warriston-Krematoriums. Big Ger Cafferty trug eine pelzgefütterte schwarze Lederjacke und hatte den Reißverschluss bis unter das Kinn hochgezogen.

»Wissen Sie noch, wie wir mal vor Jahren zusammen spazieren gegangen sind?«

»Duddingston Loch.« Rebus nickte. »Ja, ich erinnere mich.«

»Aber Sie wissen nicht mehr, was ich damals zu Ihnen gesagt habe?«

Rebus dachte kurz nach. »Sie haben gesagt, dass wir Schotten grausam sind und gleichzeitig in den Schmerz verliebt.«

»Ja, wir lieben die Niederlage, Strohmann. Und dieses Parlament wird uns zum ersten Mal seit dreihundert Jahren die Möglichkeit geben, unser Geschick wieder selbst in die Hand zu nehmen.«

»Ja und?«

»Vielleicht ist es an der Zeit, nach vorne zu blicken und nicht ständig nur zurück.« Cafferty blieb stehen. Sein Atem hinterließ kleine graue Wölkchen. »Aber Sie..., Sie schaffen es einfach nicht, die Vergangenheit loszulassen, nicht wahr?«

»Haben Sie mich etwa hier in diesen Garten der Erinnerung

bestellt, um mir zu erzählen, dass ich in der Vergangenheit lebe?«

Cafferty zuckte mit den Achseln. »Wir alle müssen mit der Vergangenheit leben, aber nicht unbedingt *in* ihr.«

»Sollen Sie mir das von Bryce Callan ausrichten?«

Cafferty sah ihn an. »Ich weiß, dass Sie es auf Barry Hutton abgesehen haben. Glauben Sie, dass Sie es schaffen?«

»Soll schon mal passiert sein.«

Cafferty kicherte. »Ja, davon kann ich ein Lied singen.« Er setzte sich wieder in Bewegung. In den Blumenbeeten standen stark zurückgeschnittene Rosen – und diese trostlosen Holzstängel sollten schon bald wieder Knospen treiben? *Genau wie wir*, dachte Rebus, *stachelig und abweisend.* »Morag ist vor einem Jahr gestorben«, sagte Cafferty. Morag war seine Frau.

»Ja, hab ich gehört.«

»Ich hatte sogar die Erlaubnis, zur Beerdigung zu gehen.« Cafferty trat gegen einen Stein, der in eines der Beete flog. »Aber ich bin nicht hingegangen. Die anderen Knastis in Barlinnie fanden das ganz schön hart.« Er lächelte verlegen. »Und was denken Sie darüber?«

»Ich glaube, Sie hatten Angst.«

»Kann schon sein.« Er sah Rebus wieder an. »Bryce Callan ist wesentlich nachtragender als ich, Strohmann. Mich haben Sie einmal in den Knast gebracht, und trotzdem laufen Sie noch lebendig herum. Aber seit Bryce weiß, dass Sie es auf seinen Neffen abgesehen haben, will er Sie aus dem Weg räumen.«

»Dann ist er aber selbst ebenfalls dran.«

»So blöde ist der nicht. Vergessen Sie eines nicht: Ohne Leiche kein Verbrechen.«

»Dann will er mich also einfach wegräumen?«

Cafferty nickte. »Und zwar egal, ob Sie Barry überführen oder nicht.« Er blieb wieder stehen. »Möchten Sie das?«

Rebus blieb ebenfalls stehen und sah um sich, als ob er sich zum letzten Mal an der Schönheit der Welt erfreute. »Und was hat das alles mit Ihnen zu tun?«

»Vielleicht möchte ich ja, dass Sie noch ein bisschen leben.«

»Und wieso?«

»Außer Ihnen interessiert sich doch niemand für mich.« Cafferty kicherte wieder. In der Ferne sah Rebus Caffertys Wagen – den grauen Jaguar – und daneben das Wiesel. Der Mann trat von einem Fuß auf den anderen, weil ihm kalt war, und traute sich nicht, sich an den Lack zu lehnen.

»Apropos: keine Leiche, kein Verbrechen … Wo steckt eigentlich Rab Hill?«

Cafferty sah ihn an. »Ja, ich hab schon gehört, dass Sie nach ihm gefragt haben.«

»Klar doch. Weil nämlich Rab Krebs hat und nicht Sie. Er hat sich untersuchen lassen und Ihnen dann von den Ergebnissen erzählt.« Rebus hielt inne. »Und dann haben Sie sich irgendwie seine Röntgenbilder verschafft.«

»Tja, das staatliche Gesundheitswesen«, sagte Cafferty. »Die Ärzte verdienen nicht halb so viel, wie ihnen eigentlich zusteht.«

»Ich werde das beweisen, darüber sind Sie sich hoffentlich im Klaren.«

»Sie sind ein verdammt rachsüchtiger Bulle. Dagegen ist ein armer Bürger wie ich einfach machtlos.«

»Vielleicht könnte ich auch ein bisschen nachsichtiger sein«, sagte Rebus.

»Und die Gegenleistung …?«

»Sie müssen gegen Bryce Callan aussagen. Sie waren '79 schließlich hier und wissen genau, was damals passiert ist.«

Cafferty schüttelte den Kopf. »Nein, so geht das nicht.«

Rebus schaute ihn an. »Und wie dann?«

Cafferty überhörte die Frage. »Ziemlich kalt hier, was?«, sagte er stattdessen. »Ich möchte mal irgendwo begraben werden, wo es warm ist.«

»Da, wo Sie mal landen werden, ist es bestimmt ziemlich warm«, sagte Rebus. »Vielleicht sogar ein bisschen *zu* heiß.«

»Und Sie werden natürlich mit den Englein singen, was?« Sie gingen jetzt zum Auto zurück. Plötzlich blieb Rebus stehen.

Sein Saab stand auf der anderen Seite der Kapelle. Cafferty drehte sich nicht einmal um. Er winkte lässig mit der Hand und ging weiter. »Die nächste Beerdigung, an der ich teilnehme, könnte gut die Ihre sein, Strohmann. Einen bestimmten Wunsch für den Grabstein?«

»Wie wär's mit ›Ist im Alter von neunzig Jahren friedlich entschlafen‹?«

Cafferty lachte mit der Zuversicht des Unsterblichen.

Rebus drehte sich um und ging zurück. Er hatte das Gelände bereits verlassen, als er plötzlich einen dumpfen Schlag hörte, doch das Wiesel hatte nur die Autotür zugeknallt. Rebus ging zur Vorderseite der Kapelle hinüber, öffnete die Tür und ging hinein. In dem Vorraum lag auf einem Marmortisch ein großes aufgeschlagenes Erinnerungsbuch. Oben auf der Seite stand das Datum von genau vor einem Jahr: acht Namen, also acht Verbrennungen an jenem Tag, acht trauernde Familien, die vielleicht heute erschienen waren, um ihres verstorbenen Angehörigen zu gedenken – oder auch nicht. Nein... falsch. In dem Buch war nicht das Datum der Verbrennung angegeben, sondern der Todestag. Er markierte die Seiten mit dem Leseband. Dann fing er an, das Buch von hinten durchzublättern, ließ die noch unbeschrifteten Seiten durch die Finger flattern. Alle diese Seiten würden irgendwann einmal voll geschrieben sein. Sollte Cafferty Recht behalten, würde sein Name nicht darunter sein: Er würde sich einfach in nichts auflösen. Ihm war nicht ganz klar, was er von der Aussicht halten sollte. Ja, im Grunde genommen empfand er gar nichts. Noch keine Einträge für den heutigen Tag. Aber als er angekommen war, waren gerade ein paar Autos weggefahren, ein halbwüchsiger Junge mit einer schlecht gebundenen schwarzen Krawatte hatte ihn vom Rücksitz einer Limousine aus angesehen.

Auch für den Vortag noch keine Einträge: noch zu früh. Und der Tag davor? Auch nichts. Das Wochenende entfiel ohnehin. Aber für den vergangenen Freitag: neun Einträge – die Verbrennungen hatten vermutlich gestern stattgefunden. Rebus betrachtete die in schwarzer Tinte gehaltene Auflistung. Der Schreiber verstand was von seinem Handwerk. Füllfederhalter: dicke Abstriche, schöne Bögen. Geburtsdaten, bei verheirateten Frauen sogar der Mädchenname...

Volltreffer.

Robert Wallace Hill – alias Rab.

Er war am vergangenen Freitag gestorben. Die Bestattung hatte vermutlich erst gestern stattgefunden. Die Asche des Mannes lag jetzt im Garten der Erinnerung verstreut. Deswegen also war Cafferty hergekommen, um dem Mann die letzte Ehre zu erweisen, dem er seine Entlassung aus dem Gefängnis verdankte. Rab, dessen Körper von Krebs zerfressen war. Rebus sah plötzlich alles ganz genau vor sich. Rabs Entlassung stand ohnehin bereits an, dann die schreckliche Krebsdiagnose. Im Gefängnis hatte er Cafferty davon erzählt, der eine Krankheit vortäuschte, daraufhin selbst im Krankenhaus untersucht worden war, Rabs Befunde und Röntgenbilder irgendwie mit seinem Namen versehen, wahrscheinlich einen Arzt bestochen oder bedroht hatte. Bis obenhin mit Schmerzmitteln vollgepumpt, hatte Rab dann den Tag seiner Entlassung erwartet und war mehr oder weniger gleichzeitig mit Cafferty wieder in Freiheit gelangt. Sicher hatte Cafferty sich das Ganze eine Stange Geld kosten lassen: Geld, damit Rab sich seinen Abgang so angenehm wie möglich gestalten konnte, ein dickes Kuvert voll Banknoten für etwaige Hinterbliebene.

Rebus zweifelte daran, dass Cafferty sich in einem Jahr wieder in der Kapelle blicken lassen würde. Sicher hatte er Wichtigeres zu tun. Schließlich gab es jede Menge Geschäfte zu machen. Und Rab? Na ja, hatte Cafferty nicht selbst gesagt, dass man nach vorne blicken sollte und nicht ständig nur zurück? Weihnachten stand vor der Tür. Bald würde es in Edinburgh wieder ein Schottisches Parlament geben. Aber trotzdem...

»Trotzdem – was?«

»Und dann bist du fällig«, murmelte er vor sich hin und trat wieder ins Freie.

Er wählte auf dem Mobiltelefon die Nummer des Leichen-schauhauses und fragte Dougie, wer Rab obduziert hatte. Die Antwort: Curt und Stevenson. Er bedankte sich bei Dougie und tippte Curts Nummer ein. Er dachte an Rab, der jetzt nur mehr Asche war. *Ohne Leiche kein Verbrechen.* Aber es musste ja einen Obduktionsbericht geben, und wenn darin von Krebs die Rede war, dann hatte Rebus Beweismaterial genug, um Cafferty abermals untersuchen zu lassen.

»Eine Überdosis«, erklärte Curt. »Er war schon im Gefängnis süchtig und hat es ein bisschen übertrieben, als er wieder raus-gekommen ist.«

»Aber als Sie ihn aufgemacht haben, was haben Sie da sonst noch gefunden?« Rebus hielt das Telefon so fest umschlossen, dass sein Handgelenk schmerzte.

»Hat die Familie uns untersagt, John.«

Rebus schloss die Augen. »Ein junger Mann… ungewöhnli-che Todesumstände.«

»Irgendeine religiöse Begründung… hab den Namen der Kirche noch nie gehört. Der Anwalt hat uns schriftlich um die Respektierung dieses Wunsches ersucht.«

Darauf wette ich, dachte Rebus. »Also keine Autopsie?«

»Wir haben unser Möglichstes getan. Aber die Tests waren eindeutig…«

Rebus beendete das Gespräch und presste die Augen zusam-men. Ein paar Schneeflocken verfingen sich in seinen Wim-pern. Nur langsam öffnete er die Lider, um sie zu verscheu-chen.

Keine Leiche, keine Beweise. Plötzlich fing er an zu zittern, Caffertys Worte fielen ihm wieder ein: *Ja, ich hab schon gehört, dass Sie nach ihm gefragt haben.* Nach Rab Hill. Cafferty hatte es gewusst… gewusst, dass Rebus es wusste. Kein Problem, einem kranken Mann eine Überdosis zu verpassen. Kein Prob-lem für jemanden wie Cafferty – jemanden, der so viel zu ver-lieren hatte.

41

Die letzten Tage vor Silvester waren der reinste Albtraum. Lorna hatte ihre Geschichte an eine Boulevardzeitung verkauft – Model verbringt heiße Nacht mit Polizisten, der den Mord an ihrem Bruder aufklären soll. Rebus' Name war zwar nicht gefallen... besser gesagt: noch nicht.

Natürlich brachte ihr dieser Schritt Ärger mit ihrem Ehemann und ihrer Familie ein. Aber Rebus begriff, warum sie es getan hatte. Auf einer ganzen Doppelseite war sie in durchsichtigen Kleidern zu sehen, das Gesicht und das Haar total aufgedonnert. Vielleicht erhoffte sie sich davon einen neuen Schub für ihre Karriere. Vielleicht nutzte sie aber auch nur die letzte sich bietende Gelegenheit.

Wenigstens noch einen Augenblick des Ruhms.

Rebus' eigene Karriere neigte sich offenbar rapide dem Ende zu. Wenn Lorna das Interesse der Presse nicht verlieren wollte, musste sie Namen nennen, und dann würde Carswell zuschlagen. Also verabredete sich Rebus mit Alasdair und machte ihm einen Vorschlag. Alasdair rief seine Schwester in High Manor an und stimmte sie um. Die beiden sprachen vierzig Minuten miteinander, danach gab Rebus Alasdair den Pass zurück und wünschte ihm alles Gute. Ja, er fuhr ihn sogar zum Flughafen. Grieve sagte zum Abschied: »Gerade noch rechtzeitig zum neuen Jahr wieder zu Hause.« Ein Handschlag, ein knappes Winken zum Abschied. Rebus fühlte sich verpflichtet, Grieve darauf hinzuweisen, dass sie ihn vielleicht noch als Zeugen brauchten. Grieve nickte nur, wusste, dass er sich jederzeit weigern konnte. Entweder das oder sich abermals aus dem Staube machen...

An Silvester hatte Rebus frei, er hatte ja während der gesamten Weihnachtstage gearbeitet. In der Stadt war es ruhig geblieben, trotzdem waren die Zellen bis obenhin voll. Sammy hatte ihm ein Geschenk geschickt: die CD-Ausgabe des *White Album* von den Beatles. Sie blieb unten in Südengland, besuchte ihre Mutter. Siobhan hatte ihr Geschenk in seine Schreibtischschublade gelegt: eine Geschichte des Hibernian FC. Er blätterte darin herum, wenn es auf dem Revier für ihn nichts zu tun gab. Wenn er sich gerade einmal nicht mit den Hibs befasste, beugte er sich über irgendwelche Berichte und versuchte, daraus etwas Brauchbares für die Staatsanwaltschaft zusammenzubasteln. Außerdem führte er Gespräche mit mehreren jungen Anklagevertretern. Im Augenblick waren diese Herren noch der Auffassung, dass man mit einiger Aussicht auf Erfolg lediglich gegen Alasdair Grieve Anklage erheben konnte: wegen Beihilfe… und Entfernung vom Tatort…

Noch ein guter Grund, Grieve in ein Flugzeug zu setzen.

Und jetzt war Silvester, und alle sprachen nur davon, wie miserabel das Weihnachtsprogramm im Fernsehen mal wieder gewesen war. Abends würde es auf der Princes Street voll sein, vielleicht zweihunderttausend fröhliche Zecher. Die Pretenders sollten spielen, fast schon ein Grund, ebenfalls dort hinzugehen, aber er wusste, dass er zu Hause bleiben würde. Das Ox war ihm zu riskant: zu nahe an dem Volksauftrieb und zu schwierig zu erreichen. Das ganze Stadtzentrum war abgeriegelt. Also war er noch kurz ins Swany's gegangen.

Als er ein Kind gewesen war, hatten alle Mütter an diesem Tag die Schwellen ihrer Häuser gefegt und nass gewischt, das ganze Haus auf Vordermann gebracht. Schließlich musste man das neue Jahr in einem blitzeblanken Haus empfangen. Es gab belegte Brote und Plätzchen. Um Mitternacht hatten dann die Glocken geläutet: Draußen hatte eine groß gewachsene dunkle Gestalt gewartet – mit einer Flasche und einem Sack Kohlen und mit ein paar Leckereien. Mit einem Klopfen an der Tür läutete der Fremde das neue Jahr ein. Dann hatte man gesungen und getanzt. Einer seiner Onkel hatte dazu auf der Harmonika gespielt, eine Tante vielleicht mit Tränen in den Augen und heiserer Stimme gesungen. Der Tisch hatte sich unter all dem Gebäck und Kuchen, dem Knabberzeug und den Erdnüssen gebogen. In der Küche dann Saft für die Kinder, manchmal auch selbst gemachtes Ingwerbier. Im Ofen schon ein Auflauf, der nur darauf wartete, mittags verspeist zu werden. Wenn Fremde noch Licht sahen, konnten sie einfach anklopfen und wurden gastlich empfangen. Jeder war an diesem Abend in jedem Haus willkommen, wenigstens an diesem einen Abend im Jahr.

Und wenn niemand kam… dann saß man zu Hause herum und wartete. Man ging nicht hinaus, solange kein Besucher den Fuß über die Schwelle gesetzt hatte: Das sollte nämlich Unglück bringen. Eine Tante hatte tagelang allein zu Hause gesessen, weil alle geglaubt hatten, dass sie bei ihrer Tochter zu Besuch war. Ansonsten: Singende Menschen auf der Straße, der Austausch von Erinnerungen im Alkoholdunst und Gebete für das kommende Jahr.

Ja, so war das früher gewesen. Und jetzt war Rebus selbst alt und machte sich gegen elf vom Swany's aus auf den Heimweg. Er wollte das neue Jahr alleine erwarten, und auch morgen würde er ins Freie gehen, auch wenn niemand zuvor den Fuß über seine Schwelle gesetzt hatte. Schon möglich, dass er sich bemühen würde, irgendwo unter einer Leiter hindurchzugehen und auf jede Ritze im Pflaster zu treten.

Nur um zu zeigen, dass er es konnte.

Sein Wagen war in einer Nebenstraße der Arden Street abgestellt, weil es in der Nähe seiner Wohnung einfach keinen Parkplatz gegeben hatte. Er schloss den Kofferraum auf und holte seine Einkaufstüten heraus: eine Flasche Macallan, sechs Flaschen Belhaven Best, Paprikachips, geröstete Erdnüsse. Im Tiefkühlfach lag noch eine Pizza und im Eisschrank Aufschnitt und Käse. Und Brot hatte er auch noch. Das musste reichen. Das *White Album* hatte er sich bis jetzt aufgespart. Es gab wahrlich schlimmere Möglichkeiten, das neue Jahr einzuläuten.

Eine davon stand direkt unten vor dem Eingang seines Mietshauses: Cafferty. »Schau mal an«, sagte Cafferty und öffnete die Arme. »Beide ganz allein in dieser Nacht der Nächte.«

»Vielleicht gilt das für Sie.«

»Oh ja«, sagte Cafferty und nickte, »für Sie ist dieser Abend ja das gesellschaftliche Ereignis des Jahres. Während ich hier quatsche, sind gewiss schon ganze Scharen duftender Schönheiten im Minirock im Anmarsch.« Er hielt inne. »Frohe Weihnachten übrigens.« Er wollte Rebus etwas geben, der es jedoch nicht annahm. Etwas Kleines, Glänzendes ...

»Eine Packung Zigaretten?«

Cafferty zuckte mit den Achseln. »Ein Spontankauf.«

Rebus hatte oben noch selbst drei Packungen. »Können Sie behalten. Vielleicht hab ich ja Glück, und Sie bekommen wirklich Krebs davon.«

Cafferty schnalzte vorwurfsvoll mit der Zunge. Sein Gesicht erschien in dem Neonlicht riesig wie der Mond. »Ich dachte, wir machen mal wieder 'ne kleine Spritztour.«

Rebus starrte ihn an. »Eine Spritztour?«

»Ja, wozu Sie Lust haben: Queensferry, Portobello ...?«

»Wieso haben Sie es denn so eilig?« Rebus stellte seine Trage-taschen zu Boden. Die Flaschen taten ihre Anwesenheit durch fröhliches Klirren kund.

»Bryce Callan.«

»Was ist mit dem?«

»Sie kommen doch mit Ihren Ermittlungen nicht weiter, stimmt's?« Rebus schwieg. »Und daran wird sich wohl auch nichts mehr ändern. Jedenfalls hab ich auf Barry Huttons Stirn noch keine Sorgenfalte entdecken können.«

»Na und?«

»Deshalb könnte ich Ihnen vielleicht ein bisschen weiterhelfen.«

Rebus trat von einem Fuß auf den anderen. »Und warum sollten Sie?«

»Kann sein, dass ich dafür meine Gründe habe.«

»Gründe, die Sie vor zehn Tagen noch nicht kannten, als ich Sie gefragt habe?«

»Vielleicht haben Sie damals nicht nett genug gefragt.«

»Dann kann ich Ihnen leider wenig Hoffnung machen. Meine Manieren haben sich in der Zwischenzeit nicht gebessert.«

Cafferty lächelte. »Nur eine kleine Spritztour, Strohmann. Sie können gemütlich was trinken und mich über den Stand der Ermittlungen aufklären.«

Rebus kniff die Augen zusammen. »Baulöwe und Spekulant«, sagte er nachdenklich. »Sie möchten sich wohl vergrößern, was?«

»Ist leichter, wenn man ein schon eingeführtes Unternehmen übernehmen kann«, gab Cafferty zu.

»Barry Huttons Unternehmen? Ich bring ihn in den Knast, und Sie übernehmen den Laden. Ob Bryce das gefällt?«

»Mein Problem.« Cafferty zwinkerte ihm zu. »Kommen Sie, fahren wir ein bisschen spazieren. Machen Sie einfach einen Zettel an die Tür, damit die Hochglanzdamen wissen, dass die Party erst 'ne Stunde später steigt.«

»Die werden gar nicht begeistert sein. Sie wissen ja, wie Models so sind.«

»Überbezahlt und unterernährt, meinen Sie das? Ungefähr das exakte Gegenteil von Ihnen selbst, Inspektor?«

»Ha, ha.«

»Vorsicht, guter Mann«, sagte Cafferty warnend. »Wenn Sie sich um diese Jahreszeit kaputtlachen, könnte der Heilungsprozess einige Zeit in Anspruch nehmen.«

Während sie so sprachen, hatten sie sich bereits in Bewegung gesetzt, und Rebus staunte, als er plötzlich feststellte, dass er die Einkaufstüten in der Hand hielt. Sie standen jetzt vor dem Jaguar. Cafferty riss die Fahrertür auf und setzte sich elegant hinter das Lenkrad. Rebus stand noch einen Augenblick unschlüssig da. Silvester, der letzte Tag des Jahres … ein Tag, um Schulden zu begleichen, die Bücher in Ordnung zu bringen … ein Tag, um Dinge zum Abschluss zu bringen.

Er machte Anstalten einzusteigen.

»Schmeißen Sie Ihren Schnaps einfach auf den Rücksitz«,

schlug Cafferty vor. »Ich habe eine gute Flasche im Hand-schuhfach, zwanzig Jahre alter Armagnac. Warten Sie, bis Sie den Stoff probieren. Ich sage Ihnen, das Zeug macht aus einem gestandenen Heiden einen Johannes den Säufer.«

Aber Rebus hatte schon den Macallan aus einer seiner Tü-ten hervorgekramt. »Ich hab meinen eigenen Stoff dabei«, sagte er.

»Auch kein schlechter Tropfen.« Cafferty gab sich redlich Mühe, nicht beleidigt zu sein. »Sie können davon ruhig ein biss-chen was in meine Richtung pusten, damit ich das Zeug we-nigstens inhalieren kann.« Er startete den Wagen. Der Jaguar schnurrte wie eine Katze. Und plötzlich setzte sich der große Wagen in Bewegung. Den Leuten draußen auf der Straße mussten sie wie zwei alte Freunde erscheinen, die ein bisschen durch die Gegend kutschieren. Zuerst in südlicher Richtung nach Blackford Hill, dann nach Osten Richtung Küste. Und Rebus erzählte zum beiderseitigen Nutzen alles, was er wusste. Über den Pakt, den zwei Geschäftsfreunde mit dem Teufel Bryce Callan geschlossen hatten, einen Pakt, der schließlich einem – wenn auch üblen – Burschen das Leben gekostet hatte. Darüber, dass Hastings vergeblich auf die Rückkehr seines Freundes gewartet und ein äußerst bescheidenes Leben als Penner geführt hatte, um sich der Entdeckung zu entziehen – oder vielleicht doch aus tätiger Reue? Von den Lektionen, die Barry Hutton in seiner Jugend gelernt hatte – dieser Hutton, der heute ein erfolgreicher Geschäftsmann war und immer rei-cher und berühmter wurde. Davon, dass Hutton das gleiche Spiel wie vor zwanzig Jahren jetzt noch einmal hatte spielen wollen und die Absicht verfolgt hatte, seinen Mann im Stadtrat in das Parlament zu hieven …

Als Rebus fertig war, schien Cafferty nachdenklich und sagte dann: »Das fängt ja gut an mit der schottischen Autonomie.«

»Kann sein«, entgegnete Rebus und trank wieder einen Schluck aus seiner Flasche. Portobello: Das war offenbar ihr Fahrtziel. Vielleicht wollte Cafferty ja am Hafen anhalten und bei heruntergelassenen Fenstern ein bisschen im Wagen sitzen. Doch dann bog Cafferty in die Seafield Road und fuhr Richtung Leith.

»Ein Stück weiter gibt es eine Parzelle Land, die ich vielleicht kaufen möchte«, erklärte er. »Die Pläne sind schon fertig, und auch einen Kostenvoranschlag hab ich schon – von einem Bauunternehmer namens Peter Kirkwall.«

»Und wofür?«

»Einen Freizeitkomplex – Restaurant, vielleicht ein Kino oder Fitness-Club. Und dann oben drauf ein paar Luxuswohnungen.«

»Kirkwall arbeitet für Barry Hutton.«

»Weiß ich.«

»Hutton wird das bestimmt herausfinden.«

Cafferty zuckte mit den Achseln. »Damit muss ich halt leben.« Auf seinem Gesicht erschien ein Lächeln, das Rebus nicht zu deuten wusste. »Ich hab da von einem Grundstück gleich neben dem künftigen Parlament gehört. Konnte man vor vier Jahren noch für 'ne Dreiviertelmillion kaufen. Wissen Sie, was es jetzt wert ist? Vier Millionen. Kein schlechtes Geschäft – oder?«

Rebus steckte den Korken zurück in die Flasche. Zu beiden Seiten der Straße nichts als Autohändler, dahinter Brachland und dann das Meer. Sie fuhren in eine mit Schlaglöchern übersäte enge unbeleuchtete Gasse. Am Ende der Straße ein Metallzaun. Cafferty hielt den Jaguar an, stieg aus, öffnete mit einem Schlüssel ein schweres Vorhängeschloss und stieß dann mit dem Fuß das Tor auf.

»Und was gibt es dort zu sehen?«, fragte Rebus, dem etwas mulmig zumute wurde, als Cafferty wieder einstieg. Klar, noch konnte er wegrennen – aber sie waren jetzt ziemlich weitab von der Zivilisation, und er war todmüde. Außerdem war es um seine Laufkünste inzwischen auch nicht mehr gut bestellt.

»Auf dem Gelände gibt es nichts als Lagerhäuser. Wenn man einmal richtig hustet, bricht der ganze Schrott zusammen. Am besten, man bestellt ein paar anständige Planierraupen, und dann hat man einen halben Kilometer Strand, mit dem man schöne Sachen machen kann.«

Sie fuhren durch das Tor.

»Ein ruhiges Plätzchen für ein Plauderstündchen.«

Aber sie waren nicht hergekommen, um zu plaudern. Soviel wusste Rebus inzwischen. Er drehte den Kopf nach hinten und sah, dass ihnen ein zweites Auto auf das Gelände folgte. Ein roter Ferrari. Rebus sah jetzt wieder Cafferty an.

»Was wird hier gespielt?«

»Rein geschäftlich«, sagte Cafferty kalt, »sonst nichts.« Er stoppte den Jaguar, zog die Handbremse. »Raus«, befahl er. Rebus blieb reglos sitzen. Cafferty stieg aus dem Auto und ließ seine Tür offen. Der andere Wagen stand jetzt neben dem Jaguar. Alle vier Scheinwerfer waren abgeblendet und tauchten den rissigen Betonboden ringsum in gleißendes Licht. Rebus betrachtete ein Gestrüpp, dessen wirrer Schatten sich an der Wand eines Lagerhauses abzeichnete. Dann wurde seine Tür aufgerissen. Hände ergriffen ihn. Er hörte das leise Klicken, als sein Sicherheitsgurt aufgemacht wurde, und dann wurde er ins Freie gezogen und auf den kalten Boden geworfen. Er blickte kurz auf. Vor dem Hintergrund des Scheinwerferlichts sah er die Silhouetten von drei Männern. Vor ihren dunklen Gesichtern erschienen in regelmäßigen Abständen Atemwolken. Cafferty und zwei andere. Rebus versuchte, sich aufzurappeln. Die Whisky-Flasche war aus dem Auto gefallen und auf dem Beton zerschellt. Verdammt: Warum hatte er nicht mehr davon getrunken, solange das noch möglich gewesen war?

Ein Tritt gegen seine Brust streckte ihn rücklings zu Boden. Er versuchte, mit den Händen einen Halt zu finden, war also völlig ungeschützt, als ihn der nächste Schlag voll erwischte. Diesmal mitten im Gesicht, ein klassischer Kinnhaken, der seinen Kopf krachend auf den Beton schmetterte. Er spürte, wie die Wirbel knackten, sich beleidigt über diese Behandlung beklagten.

»Eine Warnung nützt ja bei dem Arschloch nichts«, sagte eine Stimme, die nicht Cafferty gehörte. Ein schlanker jüngerer Mann. Rebus presste die Augen zusammen und schützte sie dann mit einer Hand, als ob er in die Sonne starrte.

»Barry Hutton, wenn ich nicht irre?«, sagte er.

»Los, heb ihn schon hoch«, lautete die barsche Antwort. Der dritte Mann – Huttons Mann – zog Rebus auf die Füße, als ob er aus Pappmaschee gemacht wäre, und hielt ihn dann von hinten fest.

»Dir werd ich's zeigen«, zischte Hutton. Rebus konnte ihn jetzt etwas genauer erkennen: ein wutverzerrtes Gesicht, der Mund nach unten gezogen, spitze Nase. Der Mann trug schwarze Lederhandschuhe. In Rebus' Geist tauchte blitzartig eine – angesichts der Situation völlig absurde – Frage auf: *Ob er die wohl zu Weihnachten bekommen hat?*

Hutton schlug ihm mit der Faust gegen die linke Wange. Rebus konnte den Schlag noch etwas abmildern, spürte ihn aber trotzdem deutlich genug. Als er den Kopf umdrehte, sah er den Mann, der ihn von hinten fest hielt. Es war nicht Mick Lorimer.

»Dann ist Lorimer also heute Abend nicht mit von der Partie?«, sagte Rebus. Sein ganzer Mund war inzwischen voll Blut. Er schluckte es herunter. »Waren Sie eigentlich an dem Abend dabei, als er Roddy Grieve umgebracht hat?«

»Mick hat kein Gefühl dafür, wann es reicht«, sagte Hutton. »Ich wollte den Kerl nur ein bisschen vorwarnen, nicht gleich umbringen.«

»Tja, gutes Personal zu finden wird immer schwieriger.« Er spürte, wie der Griff um seine Brust sich verengte, ihm die Luft aus den Lungen presste.

»Richtig, nur dass ständig irgendein Bullen-Klugscheißer daherkommt, wenn man es am allerwenigsten brauchen kann.« Wieder ein Schlag, diesmal fing Rebus' Nase an zu bluten. Tränen schossen aus seinen Augen. Er versuchte sie wegzublinzeln. Oh, Jesus, tat das weh.

»Danke, Onkel Ger«, sagte Hutton. »Dafür bin ich dir was schuldig.«

»Ist doch Ehrensache«, sagte Cafferty. Er trat einen Schritt vor. Rebus konnte sein Gesicht jetzt deutlich sehen. Nicht der Funke eines Gefühls. »Früher hättest du dich nicht so leicht aufs Kreuz legen lassen, Strohmann, nicht vor fünf Jahren.« Er trat wieder ein paar Schritte zurück.

»Kann ich nur bestätigen«, sagt Rebus. »Am besten, ich trete gleich morgen in den Ruhestand.«

»Worauf du dich verlassen kannst«, sagte Hutton. »Und zwar in einen verdammt langen Ruhestand.«

»Und wo willst du ihn entsorgen?«, fragte Cafferty.

»Ach, wir haben Baustellen in Hülle und Fülle. Ein schönes großes Loch und eine halbe Tonne Beton.«

Rebus versuchte, sich loszumachen, doch der Mann hielt ihn eisern umklammert. Er hob einen Fuß und trat mit aller Macht zu, doch der Gorilla hinter ihm hatte stahlverstärkte Schuhspitzen. Der Griff des Mannes wurde immer enger, wie ein Stahlband, das ihn – Rebus – langsam erdrückte. Ein Stöhnen entrang sich seiner Kehle.

»Aber zuerst wollen wir noch ein bisschen Spaß haben«, sagte Hutton. Er kam näher, seine Gesicht war nur noch Zentimeter von Rebus' entfernt. Dann spürte Rebus, wie hinter seinen Augen der Schmerz explodierte, als Hutton ihm mit voller Wucht das Knie zwischen die Beine rammte. Galle stieg ihm in den Mund, und der Whisky suchte sich den kürzesten Weg ins Freie. Dann ließ der Mann ihn plötzlich los, und er sank auf die Knie. Vor seinen Augen nichts als Nebel, im Hintergrund das Singen des Meeres. Er wischte sich mit der Hand über das Gesicht, versuchte, die Augen wieder klar zu bekommen. Sein ganzer Unterleib stand in Flammen. In seiner Kehle Whisky-Dunst. Als er durch die Nase ausatmen wollte, bildeten sich große Blutblasen. Der nächste Schlag traf ihn an der Schläfe. Diesmal ein Fußtritt, der ihn auf den Beton niederstreckte, wo er wie ein Fetus zusammengekrümmt liegen blieb. Er wusste, dass er sich eigentlich aufrappeln, sich dem Kampf stellen musste. Was hatte er denn noch zu verlieren? Wenn es schon nicht anders ging, konnte er auch tretend, kratzend, prügelnd und speiend untergehen. Hutton hockte vor ihm und hob seinen Kopf an den Haaren in die Höhe.

In der Ferne hörte er Explosionen: das Feuerwerk oben auf der Burg. Das bedeutete, dass es jetzt Mitternacht war. Der Himmel wurde von farbenprächtigen Gebilden erleuchtet: blutrot, giftgelb.

»Du kannst dich in deiner Gruft auf einen ziemlich langen Aufenthalt gefasst machen, das kannst du mir glauben«, sagte Hutton. Cafferty stand direkt hinter ihm und hielt etwas in der Hand. Die Lichter des Feuerwerks brachen sich darin. Ein Messer, eine mindestens zwanzig Zentimeter lange Klinge. Dann hatte sich Cafferty diese Aufgabe also selbst vorbehalten. Entschlossen umklammerte er den Griff. Das also war es, worauf alles hinausgelaufen war, seit sie sich damals im Büro des Wiesels wieder gesehen hatten. Rebus war fast erleichtert: lieber Cafferty als dieser junge Schläger. Hutton hatte seine kriminellen Neigungen gut zu verbergen gewusst, eine dicke polierte Schicht bürgerlicher Respektabilität aufgetragen. Ja, unter den gegebenen Umständen hätte Rebus sich immer für Cafferty entschieden...

Aber jetzt spülte das tosende Meer alles andere hinweg, brandete über Rebus hinweg, reinigte ihn mit seinem Brausen, steigerte sich zu einem ohrenbetäubenden Lärm, und die Schatten und das Licht, dies alles verschwamm, wurde eins...

Ringsum war alles grau.

42

Er erwachte.

Frierend, ächzend vor Schmerz, als ob er die ganze Nacht in einem Grab verbracht hätte. Seine Augen waren verkrustet. Er riss sie auf. Ringsum nichts als Autos. Er zitterte am ganzen Leib, seine Körpertemperatur war bedrohlich gesunken. Er erhob sich wackelig auf die Füße, hielt sich dabei an einem der Autos fest. Ein großer Autohof – das konnte nur die Seafield Road sein. Mit den Fingern entfernte er die Blutkruste aus seiner Nase, fing an, rasch zu atmen. Er versuchte, seinen Kreislauf wieder in Schwung zu bringen. Sein Hemd und seine Jacke waren blutverschmiert, doch sonst hatte er keine nennenswerten Verletzungen, keine Stichwunden oder dergleichen.

Was zum Teufel ist eigentlich passiert?

Draußen war es noch dunkel. Er hielt seine Uhr in das Licht einer Straßenlaterne: halb vier. Klopfte seine Taschen ab. Fand schließlich das Handy und gab seinen Code ein. Ein Beamter in der St. Leonard's Street hob den Hörer ab.

Wo bin ich nur: im Himmel oder in der Hölle?

»Ich brauche einen Wagen«, sagte er. »Seafield Road, die Volvo-Niederlassung.«

Während er wartete, ging er auf dem Parkplatz auf und ab und versuchte sich mit schmerzenden Händen warm zu reiben. Er zitterte immer noch wie Espenlaub. Der Streifenwagen brauchte zehn Minuten. Zwei Uniformierte stiegen aus.

»Mein Gott, wie sehen Sie denn aus?«, sagte einer von ihnen.

Rebus quälte sich auf den Rücksitz. »Die Heizung bitte auf Hochtouren«, sagte er.

Die Polizisten stiegen vorne ein und machten die Türen zu. »Was ist denn mit Ihnen passiert?«, fragte der Beifahrer.

Rebus dachte über die Frage nach. »Weiß ich nicht mehr genau«, sagte er dann.

»Trotzdem frohes neues Jahr, Sir«, sagte der Fahrer.

»Ja, frohes neues Jahr«, schloss sich ihm der Beifahrer an.

Rebus versuchte, die Neujahrswünsche zu erwidern, brachte aber kein Wort heraus. Er lag einfach nur hinten auf dem Sitz und versuchte, am Leben zu bleiben.

Er fuhr mit den Kollegen zu dem Gelände mit den Lagerhäusern. Der Betonboden war spiegelglatt wie eine Eisbahn.

»Was ist hier denn passiert?«, fragte Siobhan Clarke.

»Hat vorher nicht so ausgesehen«, antwortete Rebus und kämpfte mit dem Gleichgewicht. Eigentlich hatten die Ärzte ihm untersagt, das Krankenhaus zu verlassen. Aber seine Nase war ja nicht gebrochen. Klar, man hatte Blutspuren in seinem Urin entdeckt, trotzdem keinerlei Anzeichen für innere Verletzungen oder für einen Infekt. Eine der Krankenschwestern hatte nur gesagt: »Ziemlich hoher Blutverlust für eine zerdepperte Nase.« Sie war gerade damit beschäftigt gewesen, seine Kleider zu inspizieren. Dabei war ihm wieder die Diagnose eingefallen: Schnitt- und Schürfwunden im Gesicht, eine offene Wunde innen an der Wange und eine blutige Nase. Ansonsten am ganzen Körper Blutergüsse. Wieder sah er das Messer vor sich – Cafferty, der hinter Barry Hutton stand...

Und jetzt stand er wieder fast genau an jener Stelle, wo er vor rund zehn Stunden knapp dem Tod entronnen war... nichts als eine spiegelglatte Eisfläche.

»Die haben alles weggespritzt«, sagte er.

»Was?«

»Sie haben das Blut weggespritzt.«

Er ging zurück zum Auto.

Barry Hutton war nicht zu Hause. Seine Freundin hatte ihn seit gestern Abend nicht mehr gesehen. Sein Wagen war vor seinem Bürokomplex abgestellt – abgeschlossen und mit eingeschalteter Alarmanlage. Die Schlüssel waren nicht aufzufinden. Und Barry Hutton selbst war auch nicht aufzufinden.

Sie trafen Cafferty in seinem Hotel an. Er trank unten in der Halle seinen Morgenkaffee. Huttons Mann – der jetzt zu Cafferty gehörte – saß an einem Nebentisch und las Zeitung.

»Ich habe gerade erfahren, was das Hotel hier während der Millenniumsfeiern für die Zimmer verlangt«, sagte Cafferty.

»Wucher, reiner Wucher. Offenbar haben wir den falschen Beruf ergriffen – Sie und ich.«

Rebus saß seinem Erzfeind und Retter gegenüber. Siobhan Clarke stellte sich kurz vor und blieb stehen.

»Dann sind Sie also zu zweit gekommen«, sagte Cafferty. »Vier Ohren hören mehr als zwei, was?«

Rebus sah Siobhan an. »Bitte warten Sie draußen.« Sie blieb reglos stehen. »Bitte.« Sie zögerte, drehte sich dann um und marschierte wütend aus der Halle.

»Ziemlich temperamentvoll, die Dame«, sagte Cafferty und lachte. Dann sah er Rebus plötzlich besorgt an. »Wie geht's denn so, Strohmann? Dachte schon, dass Sie mir da draußen abhanden kommen.«

»Wo ist Hutton?«

»Jesus, Maria – woher soll ich das wissen?«

Rebus sah den Gorilla an. »Am besten, Sie statten dem Warriston-Krematorium mal einen Besuch ab. Schauen Sie dort in dem Buch unter Robert Hill nach. Caffertys Aufpasser leben meist nicht lange.«

Der Mann sah ihn ausdruckslos an.

»Und – ist Barry noch nicht wieder aufgetaucht?« Cafferty gab sich überrascht.

»Sie haben ihn doch höchstpersönlich umgebracht. Und jetzt treten Sie in seine Fußstapfen.« Rebus hielt inne. »Und so war das ja wohl von Anfang an geplant.«

Cafferty lächelte bloß.

»Und was wird Bryce Callan dazu sagen?« Rebus sah, wie das Lächeln auf Caffertys Gesicht immer breiter wurde. Er fing langsam an zu nicken. »Dann war Bryce also einverstanden? Die ganze Sache war zwischen Ihnen beiden von Anfang an abgesprochen, richtig?«

Cafferty sprach mit leiser Stimme. »Man kann nicht einfach herumlaufen und Leute wie Roddy Grieve umlegen. Das ist schlecht für alle Beteiligten.«

»Aber Barry Hutton – *den* können Sie ermorden?«

»Ich habe Ihren Hals gerettet, Strohmann. Dafür sind Sie mir was schuldig.«

Rebus zeigte mit dem Finger auf Cafferty. »Sie haben mich doch selbst dorthin gelockt. Sie haben diesen Hinterhalt gelegt, und Hutton ist brav darauf hereingefallen.«

»Sie sind beide darauf hereingefallen.« Cafferty war richtig stolz. Am liebsten hätte Rebus ihm die Faust ins Gesicht geschlagen, und Cafferty wusste das ganz genau. Er betrachtete die elegante Einrichtung des Raumes. Chintz und Sesselschoner, Lüster und schalldämpfende Teppiche. »Nicht ganz der richtige Ort für so was.«

»Ich bin schon aus nobleren Etablissements rausgeflogen.« Rebus sah ihn wütend an. »Wo ist er?«

Cafferty machte es sich in seinem Sessel bequem. »Sie kennen doch bestimmt diese Geschichte über die Altstadt. Dass dort alles so eng und steil ist, hat einen einfachen Grund: Denn unter der Erde liegt dort eine riesige Schlange begraben.« Er wartete, bis Rebus kapiert hatte. Dann setzte er noch eins drauf: »Unter unserer schönen Altstadt ist aber nicht nur Platz für eine Schlange, Strohmann.«

Die Altstadt: die Bauarbeiten an der Holyrood Road – Queensberry House, Dynamic Earth, das neue Redaktionsgebäude des *Scotsman*…, Hotels und Wohnanlagen. So viele Baustellen. Viele schöne tiefe Löcher, die sich mit Beton auffüllen ließen…

»Wir werden nach ihm suchen«, sagte Rebus. Hatte nicht Cafferty in jenem Garten der Erinnerung gesagt: *Keine Leiche, kein Verbrechen*?

Cafferty zuckte bloß mit den Achseln. »Tun Sie das. Und vergessen Sie nicht, Ihre Klamotten als Beweisstücke abzugeben. Vielleicht hat sich sein Blut ja mit Ihrem vermischt. Könnte allerdings sein, dass Sie dann selbst in eine gewisse Erklärungsnot geraten. Ich war nämlich gestern den ganzen Abend hier.« Er machte eine ausladende Handbewegung. »Sie können jeden hier fragen. Eine Superparty, eine tolle Nacht. Und nächstes Jahr an Silvester… wer weiß schon, was wir bis dahin machen?

Immerhin haben wir dann ein eigenes Parlament, und diese ganze Geschichte ist bis dahin lange vergessen.«

»Ist mir egal, wie lange es dauert«, sagte Rebus. Doch Cafferty lachte nur. Er war wieder da, er hatte in *seinem* Edinburgh wieder die Fäden in der Hand, und mehr interessierte ihn nicht...

Danksagung

Den folgenden Institutionen und Personen möchte ich meinen Dank aussprechen: der Schottischen Kulturstiftung Historic Scotland, die mir eine Besichtigung von Queensberry House ermöglicht hat; der Scottish Office Constitution Group, Professor Anthony Busuttil von der Universität Edinburgh; den Mitarbeitern des Edinburgher Leichenschauhauses, den Mitarbeitern des Polizeireviers in der St. Leonard's Street und dem Hauptquartier der Lothian and Borders Police; dem Old Manor Hotel, Lundin Links (insbesondere Alistair Clark und George Clark).

Hilfreich für mich waren auch die folgenden Bücher und Publikationen: »Who's Who in The Scottish Parliament« (eine Sonderbeilage der Zeitung *Scotland on Sunday* vom 16. Mai 1999); *Crime and Criminal Justice in Scotland* von Peter Young (Stationery Office, 1997); *A Guide to The Scottish Parliament*, hg. v. Gerry Hassan (Stationery Office, 1999); *The Battle for Scotland* von Andrew Marr (Penguin, 1992).

Danken möchte ich ferner Angus Calder für die Genehmigung, Auszüge aus seinem »Love Poem« zu zitieren.

Weitere Informationen über die bemerkenswerte Rosslyn-Kapelle findet der Leser unter:

www.ROSSLYNCHAPEL.org.uk

Ian Rankin bei Goldmann